麥 田 人 文

王德威／主編

麥田出版

Edited by David D. W. Wang,
Professor of Chinese Literature, Columbia University.
Published by Rye Field Publishing Company,
(A division of Cité Publishing Group)
11F, No. 213, Sec. 2, Hsin-Yi Rd., Taipei, Taiwan.

麥田人文28

閱讀張愛玲

——張愛玲國際研討會論文集

Reading Eileen Chang

編　者／楊澤(Yang Tse)
主　編／王德威(David D. W. Wang)
責任編輯／林秀梅
發 行 人／陳雨航
出　版／麥田出版股份有限公司
發　行／城邦文化事業股份有限公司
台北市信義路二段213號11樓
電話：(02)2396-5698　傳眞：(02)2357-0954
e-mail: service@cite.com.tw
郵撥帳號：18966004　城邦文化事業股份有限公司
香港發行所／城邦(香港)出版集團
香港北角英皇道310號雲華大廈4／F，504室
電話：25086231　傳眞：25789337
新馬發行所／城邦(新、馬)出版集團
Penthouse, 17, Jalan Balai Polis,
50000 Kuala Lumpur, Malaysia
電話：(603)2060833　傳眞：(603)2060633
印　刷／凌晨企業有限公司
登 記 證／行政院新聞局局版北市業字第四○五號
初版一刷／一九九九年十月一日
售　價／四五○元

ISBN 957-708-880-0

閱讀張愛玲

張愛玲國際研討會論文集

楊澤／編

目錄

序／世故的少女——張愛玲傳奇

楊澤

1

離九五年那個秋天，張愛玲謝世快有四載。一度是舊上海最時髦、前衛的文學少女，張愛玲向來對死亡有種著迷，早在作品裏預演了各樣死亡情節；因此，若照蔡康永幾分佻達的說法，張愛玲其實是「越獄逃亡」了。但張愛玲的「越獄計畫」顯然早有預謀。現在回想起來，除了遺言中指定「葬於荒野」的告別式之外，張似乎還爲自己安排了另一個告別式：我指的是《張愛玲全集》，尤其是《對照記》的出版。《對照記》初版於前一年夏天，是一本以註解舊照爲主的書，也是張愛玲的最後一本書；圖文並茂，華美中見蒼涼，恐怕是張爲自己預排的影像告別式。

我得聲明，我無意渲染，早已被過度渲染了的「張愛玲傳奇」，但即便對張迷而言，張愛玲亦代表了一種「拒絕」，一種「否認」(disavowal)，一堵誘惑的牆。表面上，張愛玲長期離羣索居，是身爲名人而不願付出公衆人物的代價，因而選擇築起一道隔絕的牆(如張所心儀的嘉寶般)。追究起來，張愛玲的孤獨恐怕從一開始就充滿了分裂的張力：介於模仿的欲望(Girard所謂

mimetic desire）與不可模仿的絕對孤高之間：既身處於萬花筒般的浮華之內，又立於高處、僻處，張看衆人的花花世界。終其一生，張慣於背對衆人，在僻處看小報，看各樣偵探雜誌（包括寫實犯罪個案）和好萊塢動態；既對這花花世界的林林總總充滿了八卦般的好奇，又對猥瑣不堪的人生種種否定面（negativities）極其敏感，避之唯恐不及。王安憶說，張愛玲早就憑著才女的直覺看透人生，因此是虛無的。從一開始，作爲一個世故的上海才女，張愛玲早就看透浮華，更看清浮華的假面、扮演是什麼；她不想戴上如衆人般的假面，演衆人的戲，在反抗、出走的過程裏，卻仍不免拎起一張孤獨的面具。

在我的認知裏，張愛玲的孤獨，奇特而複雜；一方面，張很清楚孤芳自賞、「獨樹一幟」的重要性；熟悉張愛玲的人大都不會忘記，她出道時的「奇裝異服、招搖過市」，還有那句丟向當年讀者大衆、充滿嬌寵的「出名要趁早呀」的話。從短篇小說集《傳奇》、散文集《流言》到最後的《對照記》，張很懂得勾引讀者的種種技巧和方式，也比誰都清楚，藝術與人生、眞與假的那層微妙連結。閱讀《對照記》，我們理解到，張可能比誰都熱衷扮演自己；她一再跨越人生、藝術間的那條線，製造近乎媚俗的驚奇效果，卻又有意識地保持與衆人、讀者間那層幻想的距離。

但張又知道人生的扮演——尤其以繁複見長的「女性扮演」（femininity, womanliness），不外是一種性別的面具，更精確地說，得以見容於父權社會的「假面」（masquerade）；人生如戲亦如夢，所有的扮演都將歸零、歸空。小說家張愛玲對人生的揭發，因此既是喜劇性的，也是悲劇性的。扮演既是浮華世界的遊戲規則，是虛假的意識型態，底層便有無法遮掩的虛僞與扭曲，而揭發、嘲弄，作爲小說家經營喜劇的重要技巧，同時也暴露出，張對「平凡人」的同情，以及各種色相、夢幻泡影的悲劇性認識。另一方面，如果扮演也意在追求虛構的完美鏡象，是否「鏡花水月」的底層還有，在虛僞、扭曲之外，另一種可供回歸的純眞或自然？純眞也許不可能；那麼，孤獨——遠離衆人、塵囂，far from the madding crowd，那般的「絕對」孤獨呢？我們知道，張愛玲對這樣的孤獨嗜痂成癖；遺憾的是，這樣的孤獨固然代表一種超越的手勢，也顯現出，張近乎不可自拔的，耽溺的身影或姿態。

與此孤高的追求相對應的，則是張愛玲對「荒野」的著迷。我得澄清，張的孤獨其實是城市人的孤獨，是詩人波特萊爾用來與 multitude（「大衆」）對照、押韻的 solitude。對張而言，文明塵囂之外，並無舊文人悠游其中的山水美感，而是荒蕪、原始，不乏幾分恐怖的荒野。張愛玲說過：

> 像我們這樣生長在都市文化中的人，總是先看見海的圖畫，後看見海；先讀到愛情小說，後知道愛；我們對於生活的體驗往往是第二輪的，借助於人爲的戲劇，因此在生活與生活的戲劇化之間很難劃界。

在此，我們大可懷疑，「荒野」也並無太多實質，而是接近布希亞所說的「擬象」。張對「荒野」的著迷發展成一種張迷也會複誦的「荒涼美學」，但「荒野」絕非「目擊道存」的自然本體。荒野是擬象，文明亦是擬象；荒野既是文明的「零度寫作」，也可逕視爲張愛玲「死亡願望」的完美溢出。事實上，也只有在這樣的美學基礎上，我們方能理解，張愛玲如何爲自己安排了雙重的告別式：如果說「葬於荒野」是死者對浮華的反叛、出走，出版《對照記》則是 writing from (beyond) the grave——一種提前在荒涼墓室中舉行的影像紀念展，一種渴望被眾人注視的，死者棺槨上的巴洛克風雕飾。

2

我們對文學的愛是複雜的。以張愛玲為例：可確定的是，對許多的張迷而言，張恐怕不只是一個作家（或「作家中的作家」），也不只是一種引人耽溺的華美文體——而是一種極致的品牌。戰後幾十年在台灣，張愛玲作為「上海的原創品牌」（Shanghai original），始終是無人能及的。這中間包括幾個可能因素：舊上海和台灣，代表品牌極致的張愛玲和她的消費者之間，其實一直有著極大的、近乎仰望的距離；而當舊上海鉛華落盡，張愛玲儼然也變成了那逝去的傳奇的唯一見證和代言人。舊上海固然是今天所說的獨占鼇頭的品牌，她的好，眾人可意會也可言傳道盡；張愛玲的藝術，像一把魔梳，一面魔鏡，卻進一步把舊上海的腐朽、庸俗都化成了神奇。張愛玲最重要的文本，《傳奇》一書傳的因此不單是上海傳奇，也是張愛玲傳奇。

但我得再說一次，我們對文學的愛是複雜的：當我們拿起一本小說，開始閱讀，馬上也就進入了一個「自我詮釋」的旅程。打開書前的扉頁，在每部作品開頭，等著讀者的彷彿有那麼一個「空白」地帶，時間尚未開始流動，一切尚未發生。但這「空白」地帶也是充滿曖昧的，彷彿在幽暗的混沌之中，天地尚未誕生，上帝的園子也還沒造好，而故事裏的重要元素——引誘、背叛和放逐的主題——卻早已隱然成形就緒。

也就是說，在故事的開頭，在旅程的開頭，我們首先擁有了一種莫名的失落感。重點或問題，因而不在於，愛和意義等「超越的符旨」(transcendental signified) 是否存在；而在於，一開始，愛和意義即被視爲失落物，而我們，身爲讀者的任務，就是重新去找到它們。

愛與死、色與空、眞與假，這些大抵是文學底層最重要的一些主題。在充滿自我詮釋、扮演的閱讀旅程裏，我們找不到愛，卻渴望要去追尋；說不出來那愛，那永恆的匱乏或失落感，卻一味地叨叨絮絮，欲說還休；無形中彷彿有一種時間的壓力 (只能愛或再愛那麼一次)，催促我們全力投入這「失樂園」和「得樂園」輾轉相尋的旅程裏。

也許是延續少年時代的閱讀經驗，面對文學，我們常顯得過度認眞：文學原是想像之辭、虛構之言，可我們不單以假爲眞，甚且挪爲追尋自我、判斷他人的依據。但文學並不建築在幻想或幻想的語言上，文學本是幻想 (phantasy, phantasm)。事實上，也只有基於這層瞭解，我們才可能稍稍懂得，張當年在《傳奇》裏所提出的「荒野」或「荒原」的重要命題。背對舊上海閃閃發光的花花世界，張發明、實踐了一種「焦土」策略：爲了打造她「既感傷又張狂」的文學幻想，我們看見，少女張愛玲在一篇篇別出心裁的小說裏，把上海灘的文明夷爲憂鬱的廢墟！

現在回頭看去，這中間偷偷地隱藏了，一個世故少女的多少幻想和刻意！這也說明了，上海傳奇其實只是張愛玲傳奇的一部分；如果你不反對，張愛玲傳奇遠比上海傳奇激烈、豔異，亦更加惑人眼目。相對於白流蘇，張也有她自己的「傾城之戀」：她用孤獨雕塑自己的靈魂，用幻想編織一身華服，遠遠地立於地平線之上。

3

無論想像或現實層次，上海灘向來是一多采多姿的舞台。所謂海派文明，代表的正是一則無中生有的「自我傳奇」(salf-maker)，一種商業社會與階級的「向上流動性」(upward mobility)；上海話的「噱頭」、「排場」云云，說明了上海人於應對進退之間所流露出的強烈舞台感。對張迷而言，一九四三是神奇的一年：不到二十三歲的張愛玲半年內發表了〈第一爐香〉、〈第二爐香〉、〈茉莉香片〉、〈傾城之戀〉與〈金鎖記〉等代表作；從一開始，張愛玲的「亮相」與「出場」，就充滿了無可比擬的戲劇性。

二、三〇年代以來，上海的大衆文化在經濟繁榮與工業化的基礎上迅速冒出了頭，在這樣一個大量複製的時代，新文學與大衆文化、雅與俗也在一定程度上相互較勁、呼應；在張崛起前，丁玲的〈莎菲女士的日記〉、巴金、茅盾的左派小說與蘇青的《結婚十年》、鴛蝴派的小說及文藝愛情片等通俗文類，早已共同開發出一個屬於女性讀者的幻想與行動空間。等到張異軍突起，剛好是非常特殊的「孤島」時期，如孟悅、戴錦華所指出的，淪陷區如同一片歷史斷裂的空洞，女性文學在其間悄然生長。回到當年，我們看見，張愛玲和炎櫻在咖啡館高談闊論（見〈雙聲〉），張與蘇青在文壇上「結盟」，一時之間，女性的凝視、空間、行動似乎有了重要的集結可能。但如果我們逼視現實，想像，當一個世故的文學少女如張愛玲，出現在舊上海的通衢大道上，面對的仍然是：一個充滿父權圖騰與男性凝視的世界。

在後面這件事上，魯迅寫於三〇年代的短文〈上海的少女〉，提供了一份寶貴的見證。魯迅形容——走在舊上海大街上的時髦女人，「像一切異性的親人，也像一切異性的敵人」，所表現的神氣，「是在招搖，也在固守，在羅致，也在抵禦」。而上海少女，在這樣的環境中長大，則分明地「自覺著自己所具的光榮」，以及「這種光榮中所含的危險」。魯迅說，這險境逼使上海少女早熟了起來，「精神已是成人，肢體卻還是小孩子」；他的結論是：

> 俄國作家梭羅古勃曾經寫過這一種類型的少女，說是還是小孩子，而眼睛卻已經長大了。然而我們中國作家是另有一種稱讚的寫法的，所謂「嬌小玲瓏」者就是。

魯迅表明上海這樣大城裏長大的少女或「童女」(child-woman)，實際上是孩童和成人、少女和女人的一個奇異的混合體。我不能確定，魯迅這裏所說的「中國作家」會是哪些人（極可能會有他看不起的鴛蝴派作者），但他對「嬌小玲瓏」一辭的註解，不多不少，點出了一個屬於中國舊文人的，根深柢固的「意淫」傳統：「童女」現象所代表的，乃是女性在男性的凝視下，靈魂與肉體所承受扭曲的複雜程度。

我們可以想像，魯迅所說的「光榮」和「危險」，正是女人淪爲獵物或戀物命運的一體兩面；但我們也同時看見了，從此命運延伸出來的性別扮演與幻想。英文裏有所謂「The glory of defense, the pleasure of defeat」的講法：這恰恰是魯迅所說的「是在招搖，也在固守，在羅致，也在抵禦」——一種存在於男女之間的「看與被看」、「虐與被虐」的互動邏輯。

4

在我的認知裏，張愛玲正是這樣一個極其世故的上海童女，而以童女爲中心的性別扮演與幻想，則是張愛玲文學最初與最終的動力。從魯迅的描述裏，我們了解到，童女身上有種停滯、使時間凝止的美感，但那看起來長不大，或不再長大的「嬌小玲瓏」，卻只是男性凝視或意淫觀點下的消費標準。相對於已經長大了的「眼睛」（或者說，超前的心智年齡），童女的身體既被擱置在落後或延遲不前的時間空隙裏，又被暴露在充滿流動欲望與男性凝視的「危險」環境中。表面看來，童女站在少女這邊，介於孩童與女人之間，保有某種純眞質地，且對未來扮演女人的複雜挑戰滿是假想與遐思；實際上，失落在城市大街上，童女乃是一種擺盪在少女與女人、出走與禁錮之間的存在。

這也正是當年上海，張愛玲這樣標榜前衛的城市少女的某種特性或矛盾：一方面，張標榜物質和時尚，凸顯女性欲望與自主權，但同時，由於種種因素，張其實長期活在一種內外、身心分裂的狀態裏。這些因素包括：衆人皆知的家庭變故，所有的衝突、壓抑與禁錮，最後導致了她充滿戲劇性的出走。這裏無法對張的「家庭傳奇」(family romance)和「自我傳奇」(ego romance)作一完整的交代，只能說，「家變」既是肉體的災難，也是精神的災難；不單是父權體制可能施加的最徹底的迫害、閹割，更是一種「浪漫愛」(romantic love)的災難；張的早熟，即與她對「情」(erotic attachmant)以及控制、占有欲的深刻體驗有關。但張的出走並未將她完全從禁錮中解放出來，終其一生，家變的「創傷」（trauma）留痕於她的作品中歷歷可見，並未遠離。在成長的陰影裏，少女張愛玲透過閱讀，往天才兒童、「才女」的標竿走去，藉以甩脫內在的不安與自卑；但閱讀卻只有加深她，因重重家變而來的過度早熟。不過，若想從張的閱讀尋找早熟的證據或線索，還是得先回到她與《金瓶》、《紅樓》、《海上花》等情色小說的淵源。

張愛玲的家世背景乃是遺老遺少與西化家庭的奇妙混合。張的祖父母曾合寫過詩和一本帶言情色彩的武俠小說《紫荊記》；她的遺少父親同樣饒有舊文學底子，會寫舊詩，也愛背誦古文；但更重要的，她八、九歲時就在父親書房看完了《金瓶》等上述情色小說。的確，張父在這點上十分「開通」，不單不禁止女兒接觸這些危險讀物，還進一步為女兒所寫的《摩登紅樓夢》擬出了回目；反諷的是，早在《摩登紅樓夢》中，少女張愛玲即已強烈預告了出走的主題，她的現代感，以及將欲望與時尚、前衛與封建共冶一爐的新奇手法，在此展露無遺。

出走後，張愛玲有段短暫的時間與母親同住；母親試圖將她訓練、改造成外表端莊、舉止嫻淑，諸多細節都符合上流社會標準的現代淑女。這種現代「女子學校」的訓練雖然終究失敗——張對這失敗不免耿耿於懷——卻繼續強化張閱讀情色小說所積累的解放欲望與現代感等早熟徵象；另方面，這些訓練表明是為了幫助少女，更輕快地進入現代上流社會，卻也讓父權機制伺機透過禮儀細節，重逞對女性的消費、禁錮與壓抑。長期被禁錮，以及過度早熟，少女張愛玲無從掩藏、填補，在家庭歷史與身體形象幾方面，屢次遭受重大挫折所造成的自卑與不安。在這樣的情形下，寫作言情故事和追求時尚的「奇裝異服」，自然而然地，成為張補償欲望的匱缺，以及重塑自我的主要裝備。

5

然而，寫作與時尚二者，也回過頭來加深張的身心分裂，使得女性的身體與行動可能，在不同的角色扮演與服裝面具之下，受到忽視和遮蓋。張自己的身體既失卻本來的重要性，反而更加熱衷於扮演，藉以進入他人的身體與角色，戴上他人的面具。這一來便形成了幾重極有趣的分裂和辯證關係：少女張愛玲所扮演的身體，既是自己的（既是眞——透過自傳性角色的坦誠告白；又作假——少女本來的身世和身體被遮蓋了），同時又不是自己的（既是假——只是虛構的扮演活動；又作眞——實現扮演欲望的工具）。

少女的這層扮演與身體間的關係，相當類似畫家與畫布間所產生的一種「刮」的關係：刮的動作同時含有揭露、塡補或掩蓋、模擬等意義，既外露地在畫布上刮出一些形象，或者線條、光影與顏色的脈絡質地；又向內刮自己的思維、記憶、情感，以及欲望、想像與精神活動的狀態。我們似乎也可以將張愛玲的言情故事比擬作一幅幅現代仕女圖，雖然一反傳統強調含蓄、空靈的抒情風格，少女張愛玲在《傳奇》中所發展出來的刮法與刮畫的美學，毋寧是十分濃烈、甚至峭削的。總的說來，《傳奇》裏的少女往往是既浮華又帶著幾分滄桑世故：浮華使得她們無法停下，去追求眞正的夢想與冒險，世故則使得她們倍加孤獨；在世故與浮華的底層，她們又一貫地以幻想與孤獨「互刮」——既拿孤獨保護幻想，也用幻想安慰孤獨。

張愛玲將這種互刮的技巧大量使用在人物與主題的各個層次上，有趣的是，少女張愛玲與畫中人往往有那麼一層神似或互刮的關係。也正由於刮畫的美學是建立在童女身心分裂的困境上，張也才能拿愛與死、眞與假、浮華與昇華相辯證，既以「情」穿透「欲」，又用「欲」探試「情」。以《傳奇》為例，童女的分裂困境至少有以下三種不同類型。在第一類裏，人物的身心充滿張力：童女的心吸取各樣資訊，因閱讀與想像的養分而顯得肥大，而身體感知這樣的變化，一時卻無法跟上，也缺乏行動的機會與可能。在這樣的困境裏，童女的精神或幻想渴望從身體中逸出，逸出的結果是——往返於想像與現實的擺盪衝撞，幾乎打破、逾越了身體，以及傳統與外在社會加諸於精神的禁錮。但這種逾越僅存於人物的想像中，身體與處境並未經歷轉換；童女的心由騷動復歸平靜，這一切其實只是虛構出來的扮演活動。

這類扮演的兩個典型是：〈封鎖〉的翠遠和〈心經〉的小寒。的確，像小寒和翠遠這樣的少女，從一開始便清楚意識到自己所面對的身心分裂、心逸出於身的危險，而她們的幻想與精神活動也在在加深了，這種危險所帶來的威脅感。但她們又相信，「危險」在召喚她們（猶如獻身於一個「光榮的」冒險，得以扮演傳奇中的英雄或受難者），暗示、催促著她們出走，終會將她們從原來的禁錮中解放出來。

翠遠和小寒的冒險既主動又被動，清楚地具現兩性間「看與被看」、「虐與被虐」的互動邏輯；而儘管她們看似在情與欲、浮華與昇華之間頻繁往返，但在過程裏，讀者卻無法看清少女付諸行動的身體。身體，在張的故事裏，往往陷於被（自我）放逐的、模糊的狀態裏。反而是，少女的靈魂被包裹在對各種扮演可能的想像之中，呈現出一種獨特的神情與風采——像極了張常樂於描繪的、多半沒有身體的小漫畫頭像：各種少女與女人的表情、嘴臉，代表各式各樣的浮華與世故，各種「階級政治」(class politics)與「性政治」(sexual politics)。

6

童女的第二種分裂與前一種大致雷同，同樣基於激烈的精神活動與乎凝滯、落後的身體間的斷裂。但二者其實差別甚大：這裏童女的精神活動不單未能逾越身體，或者搖撼傳統價值與意識型態的制約，反而以此禁錮爲基礎，進一步向內、向外蔓延，隨之衍生出種種異常的、近乎病態的變貌。蔓延的結果是——童女的悲劇性宿命益發呼之欲出，反變得更加有利於父權體制對女性所遂行的收編、收藏與操縱等活動；最後不僅童女的身體受到限制，童女的心智、精神也在劇烈的內爆後急遽萎縮，落入銷解、死亡之中。

擁有這種分裂特質的童女在《傳奇》裏隨處可見——〈第二爐香〉的愫細、〈紅玫瑰與白玫瑰〉的煙鸝、〈金鎖記〉的芝壽、〈花凋〉的川嫦、〈紅鸞禧〉的棠倩和梨倩——卻一無例外地，只是故事中搭配演出的角色或背景人物。如果川嫦看似唯一的例外，卻也是一個徹底的反諷：她蜉蝣般「朝生暮死」的存在證明，她和其他人並無分別，同樣只是愛情、欲望的機械。這些人物都擁有某種黑色、荒謬的特質，以及不堪的遭遇（煙鸝染了便祕，芝壽和川嫦死於肺癆……）；既是父權體制的「異己」，也是絕對、徹底孤獨的。

童女的第三種分裂乍看不如前二者嚴峻，但內在的戲劇性恐怕更形複雜。起初，人物的精神與身體彼此牽動、對答；在對答的過程中，看似步伐一致的精神、身體卻又回過頭來互成對峙。

這麼一來，身心之間呈現更微妙複雜的張力——身體明明打破了禁制，但精神或靈魂卻又潛回原先的禁錮狀態裏；反之亦然。表面上，人物身心互爲表裏，不單跳脫少女原先受限制的想像世界，進而擁有與現實平起平坐的眼光、姿態，以及「女性扮演」的高度技巧，甚至是解放、實踐欲望與自我的行動能力。張在此跨躍一大步，彷佛即將克服分裂的困境，替行走於舊世代大街的女性寫出新的欲望與自我的法則；反諷的是——解放、出走之爲幻象，猶如鴉片、裏小腳於女性身心所銘刻的烙印那般不可磨滅，張因此往往在一舉解放了「閣樓裏的瘋女人」之後，又將這些角色逐一上銬，押解回婚姻與情場的舊制老法之中。

擁有此種分裂特質的童女包括：〈金鎖記〉的七巧與長安、〈第一爐香〉中的梁太太與薇龍、〈傾城之戀〉的流蘇，以及〈紅玫瑰與白玫瑰〉的嬌蕊；其中流蘇、嬌蕊、七巧屬於一類，長安和薇龍屬另一類。她們或因種種歷練，增強了對身體與周遭環境的掌握，在歷經滄桑後轉變成更成熟、平衡的女人或情婦，如流蘇和嬌蕊；或因人生的際遇、轉折，被迫深入女性扮演與男性權力的封建法則之中，藉以換取某種社會地位與現實利益，卻在玩弄與操控權力欲的過程裏，走火入魔，變成了人見人厭的「婆娘」(phallic woman)，如七巧和梁太太；或因無力承受的愛欲挫折、家庭變故身陷困境，雖然原有出走、叛逃的機會，卻因心結難解，只有再度把自己反鎖於封閉的情感或精神狀態裏，如長安與薇龍。

事實上，長安、薇龍這樣的少女攬鏡自照，無論是她們與情婦或婆娘的界線，都成了無法跨越的深淵：長安與七巧、薇龍與梁太太的母女與擬母女關係，也因此充滿了莫大的張力與矛盾。依照精神分析與家庭社會學的基本觀點，少女既要取代母親，又要反抗、跨越母親所扮演的傳統角色，不免有仇母、弒母心結。總的說來，婆娘般的母親，總是對藝術少女、閱讀少女造成限制與阻礙，而情婦般的母親則會和欲望少女、物質少女競爭所愛（現代法國女作家莎岡與莒哈絲的小說充分印證了這點）。但少女／情婦、少女／婆娘的絕對界線，其實又是承《紅樓》賈寶玉所作的女兒／女人的劃分而來。《紅樓》對張的深刻影響，於此可見一斑，我另有一長文，細論張愛玲與黛玉的認同、與曹侯／寶玉的收藏與反收藏關係，此處不贅。

7

考證《紅樓》、翻譯《海上花》之外，張愛玲晚年似陷入創作低潮，只發表了〈浮花浪蕊〉、〈相見歡〉和〈色・戒〉幾個短篇。在這些散篇裏，張愛玲繼續思考著女人的宿命與扮演的命題，雖然她的思考過程，同《傳奇》時代相比，顯得更爲冷靜也更富分析性，但結論卻一樣悲觀。其中，一九七九年發表在中國時報「人間副刊」的〈色・戒〉最見作者功力，也最引人深思。表面看來，〈色・戒〉說的是，少女佳芝拋棄學業，在抗戰的召喚下義無反顧地當了間諜，最後，卻毀在類似 puppy love（少艾之戀）的情愫下，愛上年長許多的漢奸而事敗被殺。然而，如果深入故事的核心，深入作者不動聲色的白描筆法，便會發現：佳芝從事的乃是一種「偷渡」的行爲，充滿了曖昧與複雜性。平時參與大學劇團活動的少女佳芝，其實是「假公濟私」，借獻身於浪漫的「國族傳奇」，同時得到不同的角色扮演，以便解放自己的欲望與行動力，建立自我（self-empowerment）。少女佳芝乃是張愛玲作品裏極少數，非情婦型的「女通姦者」（adulteress）：「女通姦者」在同年代的西方小說裏，往往代表對父權的抗議、反撲，但佳芝的自我解放卻徹底的、悲慘的失敗了，這當然是因為——少女佳芝奉「父之名」行動，仍深深仰賴父權體制的光環與凝視。

寫出〈色．戒〉之時，張愛玲已流落海外多年，再婚、喪偶，跨入了人生的最後階段，但至少在她的故事裏，還是堅持以童女的角色和扮演為依歸，來看愛情與婚姻，看女性的內在與外在世界。〈色．戒〉是一個典型的間諜故事，不論情節的安排，或冷靜、冷酷的敍述觀點與筆調，皆意圖製造一種懸疑或懸置(suspense, suspension)。懸疑或懸置代表一種眞空、匱乏的狀態；不過，〈色．戒〉並不強調「諜對諜」的刺激或緊張——那是出於解決懸置造成的不安或失序，為達成任務所必經的各種阻礙與冒險——凸顯的，毋寧更是一種側面的、敲邊鼓式的推理過程。情節表面的懸疑只是為了導出人物的根本困境：少女佳芝的欲望、身體與情愫，被尷尬地卡在情欲和歷史的夾縫中，不上不下，進退兩難。

在故事的深層，在冷凝的敍述筆調底下，同樣遭懸置的，還有作者張愛玲的失落情緒。我們彷彿看見，隱形的敍述者不動聲色地坐在少女佳芝身旁，牽動桌面下的傀儡絲線，靜靜地目睹，她一步步地走向失敗、死亡；另一方面，當敍述者揮動尖筆，仔細地描繪當年上海的場景與各樣生活細節時，不留心、不經意之間便汩汩地洩出了一股懷舊的失落感。少女佳芝的故事，不僅讓敍述者有機會重返失落已久的舊上海舞台，同時也「借屍還魂」地道出了，作者張愛玲過去的情感試煉與創傷（她與胡蘭成的分合）。作者張愛玲既是敍述這段感情的唯一見證或線人，恐怕也是情節背後眞正的操縱者與多重間諜——她不單替自己的欲望或情史，也替整個間諜故事找到了主謀的兇手：那父愛的癥結……

張愛玲對父愛有種近乎偏執的渴望與渴求，兩次結婚對象皆爲年紀比她大許多的文人；甚至，張對大師胡適的仰慕，也在於她視胡爲 father figure，而不在於其他的東西。如果追究起來，當然是因爲，她一度是——「父親的少女」(daddy's girl)；一度在父親的書房裏閱讀《金瓶》、《紅樓》等危險讀物，又與父親合作過她自己的處女作《摩登紅樓夢》；也就是說，張最早的閱讀與寫作，最早的自我詮釋與扮演，絕大部分是與父愛的記憶連結在一起的。家變與父愛的失落，因而註定是一個難以忘懷的創傷，其理甚明。這裏想指出的是，由於這份不尋常的父愛摻雜了愛、恨與 Electra complex（伊蕾克特拉情結）的曖昧性與複雜性，因而特別的難以跨越。然而，也正因爲張曾直接、間接把父親——吸鴉片、打嗎啡、蓄妾的父親——與舊社會的恥辱連結、等同起來，頻頻在幾本「力作」中重演、「重排」(rehearse)這份傷痛(《金鎖記》、《半生緣》與《怨女》)，她反而永遠地把自己和父親凍結在精神分析所謂的「原始情節、場景」(primal plot, scene)之中。

8

在凍結了的原始場景裏：張愛玲仍是那昨日出走的少女，而父親的形象則深藏在昏沉沉的鴉片煙霧之中。如張小虹所指出的，鴉片煙、嗎啡之於張愛玲，乃是「滿清遺少父親的象徵閹割」；張小虹說：

過去精神分析理論家多半喜歡以母親連結混沌滯留的想像期，父親連結分明前進的象徵期，而張愛玲筆下那瀰漫著鴉片煙霧的昏睡沉落空間卻是與父親相連的，「有太陽的地方使人瞌睡，陰暗的地方有古墓的清涼」。

父親與舊中國、與死亡因此是劃上了等號。張愛玲雖與五四有段距離，且常被人歸在鴛蝶派通俗文學的陣營，但她對舊社會的刻劃分析，在一定程度上其實是延續魯迅的透視、批判而來（早期發表在《二十世紀》上的長文，〈論中國人的宗教〉清楚透露這點）。夏濟安曾有一文討論魯迅作品的黑暗面，在分析過魯迅對死亡以及對舊中國的「著迷」(obsession)之後，夏曾問過一個有趣的問題：既怒且哀，既吶喊且彷徨的魯迅，到底是對死亡，還是對舊中國比較著迷？唐文標稍早曾以「一級一級走進沒有光的所在」來形容張愛玲的小說人物：的確，張的人物大半活在一種「生不如死」(living death)的狀態裏，絕大部分逃不出被禁錮、被物化的命運。張雖不若魯迅或一般左派文人那樣，訴諸吶喊與鬥爭，但她對舊中國的頹廢、腐敗同樣有一份著迷；著迷的底層卻是與父親——與象徵閹割、死亡的父親，緊緊地連結在一起的。

像極了契訶夫筆下的人物，張生長在一個新舊交接的時代與環境中，骨子裏也不免是一個新舊交接的人物——封建舊社會眼看就要退去，但張的身上還殘留著貴族的血液和姿態；舊世代的習氣仍然把衆人圈在其中，妯娌婆媳、街坊、牌搭子、鶯鶯燕燕、妖嬈多姿的那一套，這正是前衛少女如張愛玲最要反叛、顛覆的。然而，這又是煙賭娼的舊中國城市，舊社會的「惡之華」在此開遍，如《海上花》所描繪的，即使在向下的墮落中，也感到一種曖昧、幽微的快感與美感。

寫舊詩的父親，抽大煙、蓄妾的父親（或讀者在張小說中所習見的，那些「終身躲在浪蕩油滑的空殼裏」的男人），因而也並不是，絕對沒有其存在的「正當理由」，與乎一份荒涼的美感的……

追究起來，這恐怕就是爲什麼，晚年的張愛玲會回過頭來，費那麼大的心血，逐字逐句譯完《海上花列傳》。在中譯與英譯這本情色小說的過程裏，譯者張愛玲不僅可以重訪，那曾經讓她展盡風華、享盡風光的上海舊舞台，且得以與自己的過去，與那被凍結的父親形象及記憶，達成和解。鴉片的原罪、父親的閹割、通俗小說、情色小說的污名、甚至是海派文化被湮沒的原始風貌，一切都重現了，一切也都改變了。在長久的身心分裂之後，一切都是和解：五四以降，充滿浪漫與挫折的，屬於個人與集體的，情欲的歷史、歷史的情欲，都已遠離；一切都是歡樂，巴洛克的歡樂，嘉年華般、回歸晚清的「純眞」與「狎邪」的歡樂。衆多的童女仍住在煙花柳巷的大觀園裏——在那裏，童女，介於少女與妓女／情婦之間，大可追尋更徹底的性別扮演與幻想——既然沒有原罪的自覺，也就沒有自覺的禁錮與痛苦；因此，也就不用再那麼害怕，自己的身體或他人的身體，自己的欲望或他人的欲望……

在張爲國語本《海上花》所寫的譯後記中，她十分自覺地把自己和《金瓶》、《紅樓》、《海上花》所代表的情色小說傳統連結起來；她也談到這幾座文學的高峯，峯與峯之間、之後的斷裂，隱隱地暗示了自己在文學史上的位置。一方面，這是強烈肯定閱讀與寫作情色小說的，有罪、無罪的快感和快樂，肯定她長久浸淫的情色傳統「以情悟道」、「以色悟空」的美學。但另方面，張也在重建一種文化的系譜或家譜，既對她的「文學父親」們輸誠，也對培育她的「城市父親」——對她向所眷戀的舊上海舞台，作出回歸的手勢與姿態。

輯一 ■ 文學與歷史之間

對照記

——張愛玲與《紅樓夢》

康來新

「對照」是張愛玲的方法學。

她以參差對照書寫小說，以參詳對照考據《紅樓夢》，最後則以「看老照相簿」的圖文對照回顧並終結一生。

紅樓夢未完，張愛玲未完，兩個文本，如何對照？從家族史對照人與人，從小說史對照文與文，從紅學史對照評與評。歷史的流域，流動著對照的欲望。很想蔥綠桃紅參差，很想再三不斷參詳，很想相簿今昔圖文，卻只能認定「摩登」，由物質「摩登」的輸入，文學傳統的習染，個人才性的因應與突破，進而文本的「現代性」發掘，進而「更深長的回味」。

如是我想望。

如是我說明。

一、史傳❶觀點下的張愛玲VS.曹雪芹

1.「摩登」❷

張愛玲（一九二一—一九九五）的〈摩登紅樓夢〉❸寫於荳蔻年少的十三歲（一九三四）。雖似戲筆，但單是「摩登」的命題，便足以見證天才在構思上的早慧，一種逾齡的感時（感受時潮）與嘲世能力。

紅樓續書史上，一向不乏標「新」之例。如：補恨型的《續紅樓夢「新」編》（海圃主人，1799）；借題式的《「新」石頭記》（吳沃堯，1908）、《「新」石頭記》（南武野蠻，1909）；補佚類的《紅樓夢「新」補》（張之，1984）、《紅樓夢「新」續》（周玉清，1990）。

然而，少女張愛玲卻是唯一能大膽啓用流行外來語，另行開路拓境之人。這一來是二、三〇年代，十里洋場的一股「摩登」熱正風靡，對張愛玲記憶猶新的，應有田漢、阮玲玉才擔綱上演的《三個摩登女性》（1933）❹；其次，不無戲謔❺成分的「摩登」一詞，正好可以呼應走筆行文之際的戲謔風格。

有趣的是：「摩登」的標籤，卻偏偏貼於「舊派」的文體——純粹鴛鴦蝴蝶派的章回小說上，但，這何嘗不是一種流行？好在〈摩登紅樓夢〉的情節始終不脫「摩登」的人／事／物，亦即：改朝換代後的賈府「新」貌，寧滬政圈的「新」招頻頻，犖犖大者如：元春主持「新」生活時裝

表演、尤二姊聘請律師控告賈璉遺棄、賈寶玉出國留學等。

難得的是：「仇父甚深」（水晶：〈解讀茉莉香片〉，1996）的張愛玲，竟然在〈摩登紅樓夢〉的作業中，與彼合作無間，六回長篇的回目，回回像模像樣❻，皆是出自典型遺老的父親張志沂（一八九六—一九五三）的手筆。這也許是張氏父女唯一一次完美的同台演出，不免令人爲之「傷懷」起來。

而「傷懷」恰是「摩登」寶玉的結局（末回回目：陷阱設康衢嬌娃蹈險，驪歌驚別夢遊子「傷懷」），傷懷因爲與黛玉失和，只好黯然去國。和南武野蠻借題發揮晚清愛國意識的《「新」石頭記》相較，後者是寶黛雙雙攜手留學，前景看好；倒因而顯示「民國女子」（胡蘭成：《今生今世》，1976）張愛玲的悲觀思維，就是在青春期也一點不天眞激情。

若對照於張愛玲的家族史，則「摩登」出國者並不屬於下一代的兒女，反而是上一代的母親——黃素瓊（一八九六—一九五七）。特立獨行的黃素瓊，出身軍門❼，豈止母系不凡？張愛玲的家譜可謂清末民初的一張「護官符」——外曾祖父李鴻章（一八二四—一九〇一）、祖父張佩綸（一八四八—一九〇三），再加上後來繼母來自的孫家❽——「與她同時代的作家，沒有誰的家世比她更顯赫」（張子靜：《我的姊姊張愛玲》，1996）。

《紅樓夢》的「四大家族」說，其實大可古今（中外）通行。對照該書作者，當然也得出了曹李孫馬❾的榜單。只不過書中最是「摩登」行徑——自幼隨父出洋外貿的薛寶琴，一時還不易從曹李諸家的檔案中，找到可能相應的原型所出。

然而相關文獻，如教會方面，西人的《耶穌會士通訊集》，中文的《熙朝定案》；官方的《康熙實錄》、《京華錄》、奏摺，民間如張貞《杞田集》等等，參證之下便知曹李兩家都曾接觸／接待當時的「摩登」人物——西洋教士。一六九八年康熙南巡，參與行宮所在——江寧織造署接駕盛事的，還有那一帶的西洋神職人員，這是曹家。李家呢？李煦一六九二年曾陪同教士南行澳門、杭州等地⑩，像這樣的外事活動，在十七世紀算是「摩登」經驗，證諸小說文本，則是洋貨充斥，琳琅滿目，噹噹盈耳，寫實之外，還帶來了異國情調的浪漫憧憬，更起了難能可貴的象喻作用（如怡紅臥室的玻璃嵌境）。

既然張愛玲與《紅樓夢》的「實證」關係，可以溯自十三歲的「摩登」書寫，而《紅樓夢》又一向得風氣之先，就文本言，如先知先覺的精神視野，「摩登」事／物的一再穿插；就出版言，如「活字」排印的新潮之舉，流傳海外的譯本推出。凡此種種，宜乎「摩登」詮釋之。更何況，與曹家生死榮辱攸關的康熙（一六五五—一七二二，一六六二年即位），與法路易十四、俄彼得大帝是同爲世所矚目的全球性領袖人物，康熙心靈開放，對新知追求，西學涉獵，未曾稍懈，自君而臣，說曹家「摩登」，應不致牽強。

發跡於十七世紀的曹家（曹璽一六六四年首任江寧織造），其轉運變泰之軌跡，幾與滿清帝業同步。從整個人類歷史的宏觀來看，那也正是西方新興力量的崛起時段，所謂世界「摩登」史的序幕揭開——資本主義、民主政治，以及「海洋」霸業——包括清教徒「五月花」一六二四年橫渡大西洋，登陸北美新世界。從黑水白山起家的滿族，在「新興」⑪的程度上，倒也並不遜色於海上諸霸與北美拓荒者。能成功地以小女眞取代大明朝，由關外入主中原，便足證明其卓越優異，除了漢文化的長期接觸與學習外，又擷取了蒙古部落草原文明之長。

在這樣的歷史進程與新興氛圍下，曹雪芹又因家族的特殊管道——織造名爲外差實爲近臣，較諸明清其他作家，更是得天獨厚，能有一開眼界，見識或感受「摩登」的機緣。當然，曹雪芹生卒年仍無定論，曹家中興與否也大有爭議，這些都關涉到對作家第一手富貴摩登經驗的研判。至少，著書黃葉村的曹雪芹，舉家食粥，常賒酒債，富貴摩登的物質享受很遙遠，像舊時的秦淮風月，只能在夢裏重溫。怡紅院裏，聽自鳴鐘響，照玻璃鏡容，穿孔雀裘衣，嘗玫瑰清露；海天遠遊，寶琴與金髮少女締結「詩」緣……，像這般的溫柔歲月，像這般的摩登情境，也只能在作家的腦海或追憶或設想，在他的筆尖或模擬或編造。「幸而直接經驗並不是創作選材的唯一泉源」（張愛玲：〈女作家聚談會〉，1944），畢竟同是「文字獄」——迷戀文字韻味（〈論寫作〉，1944）中人，張愛玲提供了「經驗」以外的問題思考空間。

對張愛玲來說，成長的世界，因雙親不睦，早在三歲的稚齡（一九二四），就長期被迫單親處境，且一分爲二。屬於父親的是黑暗、沉淪與腐舊，屬於母親的是光明、進取與摩登。身爲遺老家族的成員，黃素瓊的一生，畢竟無愧於她的原「湘」自許——「她總是說湖南人最勇敢」（《對照記》，1994）。所謂「勇敢」，莫過於：踏著三寸金蓮橫跨新舊兩個時代——遊學、油畫、滑雪、離婚、美國情人、蛇皮加工、老死海外。黃素瓊果真是「摩登女性」，和黃氏一起勇敢的，還有黃氏的小姑張茂淵（一九〇一—一九九一）。愛玲三歲那年，姑嫂二人有志一同，不甘像舊式婦女，一味逆來順受兄／夫的惡習不改，於是毅然別親離家，聯袂遠赴歐洲。等到正式離婚的六年後（一九三〇），從「灰撲撲」（〈私語〉，1944）的張家搬到高樓公寓大廈的，仍是當初的好搭檔，張黃二女同行，兩位「摩登」女性，用始終不渝的友愛行動改變了「姑嫂情結」的刻板印象，也符合了女性主義的救贖之道——姊妹情誼(sisterhood)。兩個女人的善緣也發生在下一代,張愛玲與印度女友炎櫻延續了這則美談佳話。

張茂淵遲遲到了七十八歲(一九七九)的高齡才結婚。

即使沒有這兩位「摩登」姑/母,張愛玲的「摩登」機緣仍是隨時隨地一觸即發。求學過程不是教會女校便是英式美式的大學,休閒娛樂的翻譯讀物和聲光電化之電影,謀生之道是筆耕,從新興的稿費制度直接受益;而由林語堂模式的寫給洋人看,到《紫羅蘭》通俗刊物的一鳴驚人。張愛玲專業寫作生涯的規畫,包括奇裝異服的「驚世」造型,都是數千年女性前所未有的摩登。生活在百年來的租界都會,或是殖民港埠,其實無所逃於「摩登」,乃因特殊時/空的座標使然也。

2. 天才

「摩登」既非張愛玲的專利,「摩登」當然也不會是曹雪芹個人所獨有。

就以曹氏家族爲例,曹雪芹的祖父曹寅(一六五八—一七一二)毋寧比曹雪芹更具備「摩登」的物質基礎,還有曹寅青少年時期的好友——納蘭性德(一六五五—一六八五),正黃旗貴族,大學士明珠長子;然而前者的《楝亭》系列——詩、詞、文集,後者代表作《飲水詞》及其他詩、詞、文集,卻不能納入此處的「摩登」論述中。不錯,創作變數太多,從經歷到體驗到意願到藝術形式……,也許詩詞的抒情性格不如小說敍事特質便於「摩登」入境。果然,李汝珍(一七六三—一八三〇)的《鏡花緣》便大量敍寫海外奇風異俗,怪誕有之,詭譎有之,卻不能稱其爲「摩登」,因缺乏「現實」——近現代科技文明——「摩登」的依據。事實上,「蓬萊詭戲」(樂蘅軍:

《論《鏡花緣》的世界觀》，1976）的《鏡花緣》其來有自，作者本人的浪漫玄思外，還來自悠遠古老的志怪傳統，如：《山海經》、《博物志》，以及較後的《西遊記》、《三寶太監西洋記》的域外歷險探奇。

總之，文學傳統與個人才性實有甚於經驗者⓬。

曹學懸案重重，但確鑿不疑的是：曹雪芹在創作上獲利於祖上世代積累的精神遺產，以藏書爲例：《離騷草木疏》與〈大觀園試才題對額〉，《牡丹亭牌譜》與壽怡紅之擲骰抽籤，《侍兒小名錄拾遺》與賈府如雲侍女的姓名學，不僅是以上枝枝蔓蔓的細節印證，更有曹寅主持巨帙修撰刻印的《全唐詩》、《佩文韻府》……曹李兩家戲曲風尚的創建推動⓭。因之，他的文學傳統一是家族建立的；另一則是整個古典時代形成的，如魏晉名士、江南才子的流風餘韻，如湯顯祖（一五五〇——一六一六）之情觀，馮夢龍（一五七四——一六四六）的情教，《金瓶梅》之世態人情……，甚至，有可能是當時「外來」的啓發，如伊甸禁果偷食與青埂頑石通靈，黛玉〈葬花吟〉與莎翁十四行的青春訴願⓮。

曹家江南近六十載，沉酣富貴溫柔之鄉悠悠有年：文人園林，水磨崑腔，性靈小品，衣履飲饌……，涵泳其中，游藝其中，北來的正白旗人，原就繼承了屬於關外北大荒的文化財富（神話、傳說、習俗……），再加上南邊漢人的文化精粹，曹雪芹文學人才得以養成——重要因素的人文大氣候之外，不能不提他的個人才性。

張愛玲認爲：「曹雪芹的天才不是像女神雅典娜一樣，從她父王天神修斯的眉宇間跳出來的，一下子地就全副武裝。從改寫的過程可以看出他的成長，有時候我覺得是天才的橫剖面。」（《紅

樓夢魘》序，1977）

改寫過程顯示天才的成長，書中情節有助於對天才類型的思辨。

劉姥姥曾以新鮮有趣的語言魅力，征服賈府上下老少，包括嫌棄已婚婦人是魚眼睛的寶玉（少女是珍珠），都要爲她信口杜撰的雪中精靈著了迷。另一位具有說服力的故事高手，是怡紅院的不知名小丫頭，她即興編謅的芙蓉花神，竟使寶玉去悲生喜。一老一少的兩位女性說書人，前者是大觀園外，「世事洞明」「人情練達」的高齡村婦，後者是怡紅院裏，涉世不深的稚齡女僕。用王國維（一八七七—一九二七）的分類，則劉姥姥爲客觀型——「不可不閱世。閱世愈深，則材料愈豐富、愈變化，《水滸傳》、《紅樓夢》之作者是也」。而主觀型自是小丫頭了，「不必閱世，閱世愈淺，則性情愈眞，李後主是也」（《人間詞話》，1908）。

代表曹張兩人的文類是敍事小說而非抒情詩歌，就文類言，兩人自然歸於深於閱世的「客觀型」，然而兩人在類同中，實則又存在男女、年齡與閱歷的差異。如此細分下去，曹雪芹是王氏本來就將之歸類的水滸之屬，也就是紅樓世界的劉姥姥，張愛玲反而是怡紅院裏的小小女孩兒了。她是「民國世界的臨水照花人。看她的文章，只覺得她什麼都曉得，其實她卻世事經歷得很少」（胡蘭成，1976）。

「他似乎是個溫暖的情感豐富的人」（《紅樓夢魘》序），在披閱、增刪、傳抄的苦悶中，曹雪芹就靠自家二、三知己打氣，張愛玲從脂批與旗人閱讀圈如明義的記錄中，去揣想小說奇才的人格特質。顯然她未採信所謂雪芹佚著佚物的《廢藝齋集稿》[15]，否則就更可以斷言曹雪芹的溫暖與豐富了。沒落世家不致流於懷才不遇的自憐自嘆，因爲將「雜學旁收」的一身絕技編寫成講義，以供殘障或失業者賴以習得一技之長，重新立足社會，小說家還是民間藝人兼社會工作者，豈能不熱情慷慨？

張愛玲呢？「是一個既孤獨又熱情的人」（張子靜，1996）。

其實，同時兼有熱情與孤獨，又何嘗不是天才的共性？「寂寞西郊人到罕，有誰曳杖過煙林」（張宜泉：〈和曹雪芹西郊信步憩廢寺原韻〉）。「傲骨如君世已奇，嶙峋更見此支離」（敦敏：〈題芹圃畫石〉）。

如果，十三歲的〈摩登紅樓夢〉，是「紅迷」張愛玲與《紅樓夢》文字實證關係的開始，那麼十八歲的〈天才夢——我的天才夢〉（1939），便無疑是「作家」張愛玲，以強烈個人風格驚豔文壇的第一篇。

〈天才夢〉對自己的天才／古怪極盡揶揄誇張之能事，故而，十八歲的張愛玲宣稱，天才只是夢，因爲古怪無法生活——生命是一襲華美的袍，爬滿了蚤子（〈天才夢〉）。

誇張了生活某部分的無能，也對照出另一部分的超能。若說傳統婦工的針黹、女紅、烹調等等，「在現實的社會裏，我等於一個廢物」（〈天才夢〉），就這些才藝而言，張愛玲與「廢藝齋」的民間藝人曹雪芹判若雲泥。至於她所自信的色彩、音符與字眼，除了中間音樂一項外，繪畫與寫作則又可與曹雪芹惺惺相惜了。張愛玲雕章麗句，偏愛險怪尖新，頗有少年詩人李賀（七九〇—八一六）的味道，正是敦誠（一七三四—一七九一）用以形容曹雪芹的另一個曠世天才——「牛鬼遺文悲李賀」（《四松堂詩集》〈輓雪芹〉）。

張愛玲的人際熱情，在家族是母舅家的表姊妹，在學校是炎櫻，在文壇是蘇青，在學界是胡適之（一八九一—一九六二），當然不能不提初戀時期的胡蘭成（一九〇六—一九八一）。而晚年唯好靜的退隱自閉，雖難以與早年寫作事業的積極熱中聯想，卻是符合了中學時代的落落寡歡。

結廬人境若想車馬不喧不擾，是需要陶淵明式的心遠才能地自偏的，小說家，特別是人情世態的小說家，生活世界與藝術世界的距離遠近，很得花費一番工夫調適。曹雪芹於清貧荒村埋首，張愛玲在萬丈紅塵揮筆，創作的心靈卻必須是偏遠的、是孤獨的，唯其如此，才能免於人云亦云的平庸、低俗、因襲，了無新意。

「摩登」從「物質」層次來看，十八世紀的曹雪芹因家世背景，多少在經歷了新式的摩登人／事／物外，更進而將之轉化爲藝術題材。二十世紀張愛玲則是更上層樓，在「制度」上「摩登」——國民政府第一代離婚制度下的第一代單親兒，二十世紀稿費制度下的第一代職業女作家……。

「摩登」也可以從「意識」層面去探索。

當曹雪芹不滿流行有時的「風月筆墨」與「才子佳人」時，他的求「新」、創「新」便使他不得不踽踽獨行。而他畢竟寫出既是終結舊又是開啓新的劃時代巨著，這又說明他的確具有特殊的個人才性：「摩登」的鐘錶計時、「摩登」的玻璃鏡顯影、「摩登」的玻璃燈照明，從象徵解讀，曹雪芹的「摩登」物件已然是「現代」意識、現代性(modernity)了[16]。

張愛玲鬻文爲生，「著書都爲稻粱謀」，流行通俗之餘，妥協遷就之餘（如《半生緣》、《秧歌》與電影劇本），卻還是開發她不流於俗的「現代意識」、現代性，也顯示她個人才性對文學傳統的因應與突破。

二、文學承傳中的傳奇VS.大旨談情

1.民國通俗小說與明清世情小說

「過了這村，沒了那店。」（柯靈：〈遙寄張愛玲〉，1985）張愛玲早年《傳奇》的名噪一時，在過來人遙想起來，卻是文學史中一次「千載難逢」的意外。「起了個大早，趕了個晚集。」（《紅樓夢魘》序）也許因爲自己的小說命運還算是不失其時，所以張愛玲會格外不平於《紅樓夢》所代表中國長篇小說的時運不濟——顛峰成了絕壁，正盛之際又被攔截回去。

意識形態不左也並非右，一九四二年毛澤東的延安講話，張道藩的文藝政策都不曾左右張愛玲，她卻因之意外受惠。孤島淪陷期走紅於上海（一九四三—一九四五），冷戰結構下復活於海島台灣，在在都應驗《傳奇》的傾城佳人——白流蘇在「歷史」際遇上的微妙。

珍珠港事件後，感時憂國的「嚴肅」作家或走避他地，或暫時淡出……，一向擁擠嘈嚷的上海文壇突然空盪喑啞起來，「歷史」讓給軟性文學自歌自舞的偌大空間。張愛玲「打鐵趁熱」（柯靈），相繼推出了小說集《傳奇》（1944）、散文集《流言》（1945），也如伊所願——「出名要早」（《傳奇》再版序言）。

四九變局後，張愛玲由滬而港（一九五二）而棲身美國（一九五五），也曾多方嘗試，只是再

難恢復昔日聲勢，眼看就過氣了，卻被台灣軟性文學的強勢出版者「皇冠」相中（一九六六）。三十多年前，《萬象》發行人平襟亞曾刊出張愛玲的〈心經〉(1943)，三十多年後，「皇冠」發行人平鑫濤代理了張愛玲——所有的出版品，叔侄兩代，一脈相承的軟性文學經紀人。

對照起來，「復活」海島的張愛玲比崛起孤島的張愛玲更是意義深長，在白色恐怖、文化也戒嚴的三十多年間，「一個」四〇年代的上海張愛玲，幾乎縫合了整個斷層的新文學，在這個海島，她曾扮演父祖意識的「正統」中國角色（以一九五四年的《秧歌》與《赤地之戀》最爲代表），而且又毫不費力，能轉型爲女性書寫的典範，既是變「男」變「女」變變變，又是變「中」變「台」變變變，張愛玲一九九四年獲頒時報文學終身獎，卻是「台獨」民進黨文宣部主任陳芳明在評審中力爭的結果。

就文學論文學，更關鍵的變易是變雅變俗變變變。在英美學界，有學者夏志清知音激賞，史頁篇幅甚至多於魯迅（《中國現代小說史》,1961），在中文出版，又有「皇冠」活絡強力的發行網，使張愛玲普及世界各地的華人圈，一方面逐漸形成張派的作者羣，另一方面也成爲校園教學、學院研究的對象。如是，則張愛玲豈非紅樓夢？

鐘鳴鼎食的《紅樓夢》，在小說書寫的藝術上，倒是沿襲市井風情的《金瓶梅》路數——「西門家裏，大大小小，前前後後，碟兒碗兒，一一記之」（張竹坡：〈金瓶梅讀法〉），極其逼眞細膩的生活臨場感。然而強調「家庭閨閣中一飲一食」（戚本第一回）的《紅樓夢》，卻不重蹈《金瓶梅》的「風月筆墨」，即使這其中的縱欲狂想、偏差行爲，儼然性文化的小百科，但有心以「情」典——大旨談情（第一回）取代「性」經的作者，雖亦是飲食與男女，卻能使之成爲閒人雅事與情人心事，前者也體現明清小品的生活美學，後者則是有別於才子佳人模式的戀婚樣板：後花園私訂終身確實離經叛道，而洞房花燭的小登科，亦步亦趨於金榜題名的大登科，如此結局，大團圓的俗套，又分明是衞道護教。有了御筆親批榜單的背書，先前缺乏父命媒言的淫奔之舉，便是可以原諒了。然而閒人雅事，情人心事，所有的飲饌聲色、啼笑憂歡，到頭來還是一場空，一飲一食、一歡一愛就成了警幻訓事。相形之下，《金瓶梅》的物質生活享受、感官刺激追求乃是富人俗事、淫人性事。雖然蘭陵笑笑生，仍是嚴肅用心，深懷教化意識，或使小說成爲以色戒色的一尊小乘歡喜佛；或是重申「萬惡淫爲首」、「百善孝爲先——不孝有三，無後爲大」，故而淫亂無後的西門故事，仍是儒家訓誨。

這樣「道學」的閱讀，未必是「通俗」讀物的小說原旨：「市井俗人，喜看理治之書者甚少，愛看適情閒文者特多。」（戚本第一回）較之於詩與文的雅正，商品化的小說於娛興取悅之餘，似無法迴避警世教導之責。小說如同戲曲，和受衆的互動關係特別密切，《紅樓夢》第一回的幾處自白與對話，無非是書寫與閱讀的辯證。作者深知小說讀者的閱讀取向，在媚俗、通俗、脫俗之間，頗是夫子自道一番，明清在物質基礎下發展出的印刷文化，不免對出版品的雅俗特別敏感。

白話小說史的關鍵人物——《三言》的編纂者馮夢龍，他的「通俗」主張也就是他小說美學的重點。「尙理或病於艱深，修辭或傷於藻繪」、「不足以觸里耳而振恆心」（《醒世恆言》序）。「里耳」，俚俗傾聽的意願是什麼？「天下之文心少而里耳多」（《古今小說序》）。

「一身俗骨」的張愛玲應是最了然於心。「要迎合讀者的心理，辦法不外這兩條：㈠說人家所要說的，㈡說人家所要聽的。」（〈論寫

作〉）

關於「說」，自馮夢龍、《紅樓夢》以至張愛玲，都深知小說乃故事，故大「道」大「理」不可說，不必說，尤其張愛玲文學人生長成於三、四〇年代，知識分子熱中意識形態之爭，左翼作家往往「理念」先行，「主題」掛帥，不免落入「載道」窠臼，固然爲羣衆代言、說話，卻是「吶喊」以始，「徬徨」而終——『診脈不開方』。逼急了，開個方子，不外乎階級鬥爭的大屠殺」（〈論寫作〉）。

那麼「聽」呢？究竟「里耳」所欲者何？

第一部短篇小說集——《傳奇》的命名，可以提供雖不中亦不遠的答案。

雖然其中不無負氣成分，爲了回應迅雨（傅雷）愛深責切的一句「奇蹟在中國不算希奇，可是都沒好下場」（〈論張愛玲的小說〉，1944），張愛玲便偏偏名正言順，堂而皇之「奇」一「奇」。不過，若按張愛玲坦言不諱的文學血緣——《金瓶梅》、《紅樓夢》——「這兩部書在我是一切的泉源，尤其紅樓夢」（《紅樓夢魘》序），那麼日常飲食、非男即女的人生又何奇之有呢？

「奇」毋寧是「正」的對比，相對於正史之正，一如「小說」之「小」，相對於「大道」之「大」。所謂正史，乃攸關天下存亡，朝代興亡的嚴肅記錄；而大道者，修齊治國、內聖外王的信仰與規範，兩者都容不下小兒小女的小情小愛。追溯「傳奇」之始，本是唐元稹（七七九—八三一）自傳式的懺情錄——《鶯鶯傳》之原名，可見當時一波三折的愛情故事便足稱「奇」，宋人說話四家，「小說」獨立門戶——「謂之銀字兒，如煙粉、靈怪、傳奇……」（耐得翁：《都城紀勝》），瓦舍說書藝術之分類，足以與軟性「小說」抗衡者乃長篇之「講史」（其餘兩類與後來小說發展較無關）。

儘管文學史的「傳奇」還另有「戲曲」之指涉，其中內容也未必盡然是男女情愛，卻仍明顯與史績偉業、道統大德區隔開來。

從小說歷程看，唐傳奇、宋話本、明清世情小說（包括風月筆墨、才子佳人），在「情」上是香火延續的，說話中的「講史」蛻變爲歷史章回小說，說話的靈怪和筆記的志怪匯集爲長篇的神魔（文言志怪仍然涓涓長流下去）。到了民國的鴛鴦蝴蝶派，「衷情」「癡情」「慘情」「奇情」……繽紛眩目，一言以蔽之，仍是「言情」而已。「情」之所鍾，正在吾輩。「我們是一個愛情荒的國家。它（紅樓夢）空前絕後的成功不會完全與這無關」（〈國語本《海上花》譯後記〉，1983）。張愛玲呢？不戰爭、不革命，只是「男女間的小事情」，戀愛中的人比在戰爭或革命中更「素樸」，也更「放恣」（〈自己的文章〉，1944）。「在傳奇裏面尋找普通人，在普通人裏尋找傳奇」（《傳奇》初版扉頁題辭，1944）；「異樣女子，或情或癡，或小才微善」（戚本第一回）。「小」才「微」善，自非英雄豪傑與聖賢，「異樣」女子，或情或癡，也絕非三貞九烈、賢母德婦，或尤物妖孽、禍國殃民。「眞事比小說還要奇怪」（〈談看書〉，1974）。世情小說者，於現世人生的無常與變數中，去關注世態人情之常，有《紅樓夢》偏愛的小小才善與情癡，有張愛玲傾心的小小奸壞與素樸和放恣。在不尋常的人間世，尋找尋常的凡夫俗女，在尋常的凡夫俗女中，去發現不尋常的人間種種、塵世種種。

傳統菁英階級的情感藉詩藉文來抒發，小老百姓的情感則另覓出路，樂府民歌、小說戲曲可以爲之宣洩，雅俗之間更存著大片的灰色地帶。雅傳奇、俗小說，俗傳奇、雅小說，俗中有雅，雅中通俗，邊緣文類的小傳統次文化，也許比主流書寫的大傳統首文化更來得「人生」些，人生者，「通常的人生的回聲」（G. Greene, 1904-1990），張愛玲與《紅樓夢》，比一般「通俗」作者，於傾聽於揮寫之際，於迎合於獨創之間，還多了一些，一些可以「以一奉十」（〈論寫作〉）的什麼。

2. 遺老、末世與現代性

「以一奉十」的《紅樓夢》，在張愛玲是不同年齡層的不同感受，其實和魯迅（一八八一—一九三六）不同讀者羣的不同感受——「單是命意，就因讀者的眼光而有種種」（〈絳洞花主〉小引）意思相仿，也是所有取用不盡不竭的經典共性。

《夢魘》時期，七〇年代的張愛玲，已是返璞歸眞，特別垂青「平淡而近自然」的文學境界；早期「傳奇論」，固然不強調題材之奇，但在技巧方面，也正如當初的唐人，「作意好奇」（胡應麟：《少室山房筆叢》），「有意爲小說」（魯迅：《中國小說史略》，1923），亦即高度的審美心靈與藝術自覺，更因年輕氣盛，頗是逞才炫能，務必華美蒼涼。小說的趨於反耽美、反溺情、反傳奇，可從《夢魘》抑高略窺一斑。「高鶚妄改，死有餘辜」（張愛玲：〈語錄〉，1976），後四十回的掉包計、釵婚黛死，只是庸才在續貂在媚俗。偏偏讀者趨之若鶩，大大養壞了閱讀品味，並且白白耽誤了曹雪芹所創有「現代」價值的小說發展，直到百年後才有《海上花》（1894）追隨，微妙卻更平淡無奇，讀者果然反應冷淡。

放眼世界文壇，十八世紀悼紅軒的滿紙荒唐，事實顯示曹雪芹長篇小說的先鋒性，十九世紀的舊俄小說家都還沒誕生呢！張愛玲嘆賞之餘，也驚覺曹雪芹的全然孤立，缺乏引領，無從參考，顯然，張愛玲已將曹雪芹，從西方十八世紀的浪漫主義，移位於十九世紀的法俄寫實主義大師。

天才在書寫的過程是自我磨難的成長，但天才所書寫的典範卻是令人驚喜的早熟。

比五四小兩歲，張愛玲可謂五四的女兒，然而她文學生命的步調卻與五四以降的新文學不一致。新文學除了「白話」淵源外，實則是反對舊小說的，而張愛玲則一再套用舊小說的命名、用語、敍述口吻，並蓄意營造舊小說特有的氣息氛圍。以上乃有關張氏之「舊學」，至於她的「新知」，二十世紀的中國新文學，其實並未與世紀同行，倒是緊緊尾隨於十九世紀的寫實主義。張愛玲則不然，她的「創作在精神上卻與同時代的西方文學有嚴格意義上的同步關係。西方文學中眞正對她具有吸引力的是一次大戰以後的西方作家……，普遍感到的深刻的精神危機……，強調了人的非理性的一面」（余彬：〈現代文學史上的張愛玲〉，1993）。

換言之，經常被定位於民國通俗小說的「舊」派張愛玲，毋寧是再「現代性」不過的現代主義作家。而外來現代主義的現代小說雖未曾「主流」過，卻也初開於三〇年代上海的新感覺派如施蟄存、劉吶鷗、穆時英；二度盛行於六〇年代的台北《現代文學》如王文興、白先勇、水晶……，不過張愛玲因時因地也因人，始終未曾加入這兩支隊伍（以及任何隊伍）。遺老遺少的舊事舊情，金瓶紅樓的舊腔舊調，鴛鴦蝴蝶的舊路舊網，旗袍鳳仙的舊服舊飾，這諸般的舊，組合在張愛玲身上，卻是一種炫而又眩的摩登，一種世紀末的華麗，一種現代性的頹廢（李歐梵：〈漫談中國現代文學中的「頹廢」〉，1993），一種輓歌式的蒼涼。

張愛玲個人獨有的才具與情性，使她於因應中西文學的傳統之際，仍然有所突破。「摩登」時代（現代）來臨，帶給人類科學理性的樂觀希望，帶給寫實主義對制度改善的天眞信仰。但張愛玲卻感覺不對勁，一點點「咬嚙性」的不對勁，經由她獨特的藝術化處理——靈敏的感官直覺，靈活的意象思維，得其情而不喜的人性矜憫，「張愛玲」於是可以沒完沒了的被閱讀。走紅兩年可能是歷史偶然的湊合，再度復活已不止一時就不單單只是機運了。

遺老家庭拒絕「準時」，時鐘慢，唱歌走板，「跟不上生命的胡琴」(〈傾城之戀〉，1943)。末世家庭卻是「超時」，一樣的庭階園柳，計時使用卻是不一樣的西洋鐘錶。

僅僅從浪漫到寫實，其實還不足以揭示《紅樓夢》在世界與中國文學的「超時」，寫於十八世紀，讀來卻可以是十九世紀的寫實，十九、二十世紀的現代，二十、二十一世紀的後現代。

脫胎金瓶，紅樓的寫實手法倒未必石破天驚，張愛玲迷戀文字本身的單純韻味，如尋常巷陌的麻油店招——「自造小磨麻油衞生麻醬白花生醬提尖錫糖批發」(〈論寫作〉)，說穿了未嘗不是人生況味的紀實，金瓶之前的三言早已如此了，許宣借傘，作者一字不漏告知乃「清湖八字橋老實舒家做的八十四骨紫竹柄」的好傘。

「外物」的「名」「實」寫錄，「內心」的淺露深掘，都可以從傳統文學找到寫實與抒情的豐富遺產。西方現代主義強調的精神危機、存在荒謬，人生欠缺也可向文學的詩詞與小品，哲學的散文與語錄中一一印證，紅樓小說當然是古典精華之結晶，器物名目的文字韻味不勝枚舉：蟬翼紗、軟煙羅，還有雨過天青加秋香加松綠，以及——銀紅；寫實的聲姿口語，千人千腔，各有特色。抒情的秋夜聯詩、芒種花吟……即使是已成慣性或惰性的晨起或夜眠，信手拈來，輕輕點染，便微波粼粼，便自有一番氣象與境界。晴雯離去，寶玉輾轉難眠，才入睡，又醒來，一時改不了口，叫喊的仍是晴雯的名字，襲人連聲答應，對寶玉的解釋只是平靜提醒，名字喊錯，不過往事重演。當初晴雯剛來，都半年了，寶玉一直還習慣喊襲人。當然襲人深知，這次晴雯雖去，名字

「怕是不能去的」（七十七回）——「普通的人生的回聲」——夜半醒來的脫口而出。

花氣襲人知晝（驟）暖。霽月難逢，彩雲易散。襲人、晴雯命名的靈感來自風花雪月，風花雪月未必是無病呻吟，乃是久久長長的一種「抒情」文化，外景所喚起內心的時間情感，流動的花香，與天色實則都是時間的另一個名字啊！寶玉脫口而出的，正是揮之不去的似水年華。

如果說張愛玲和曹雪芹才性獨具，那麼所獨之一該是特殊的時間感受。一九四六年《傳奇》增訂版時，封面前景是抹骨牌的晚清仕女，看上去閒散家常，但右上後的欄杆外，卻鬼魂似出現一個比例突兀的現代女人在探視。時空錯綜，華洋混雜，畸形共存，未來不測，「她的腦子裏似乎深植一條時間與人的感悟性思路」（楊義：《二十世紀中國文學圖志》下，1995），「『對於一種不同於人們祖先的生活方式的認識』，是現代文化最突出的特點之一」（M. Bradbury：〈現代化與現代意識〉）。

鐘與鏡，用來記錄流光與容顏，怡紅院所見，乃是新式珍稀的西洋舶來品。鏡與燈，文學模仿論與表現論的兩種譬喻（M. H. Abrams：《鏡與燈》，1953），《紅樓夢》裏，除傳統銅鏡、燭燈外，更要展示新款新式的外貨。

從計時、顯影到照明，生活方式不同於昔；棄功捨名，尊女卑男，生命價值亦不同於昔。曹雪芹所創最大的「超時」，便是賈寶玉，天下第一淫人，前所未有的新好男人、新人類。

「末世」應指康乾盛世下的曹（李）家敗運，此其一；封建社會的夕陽西沉，此其二。《風月寶鑑》的借鏡作用，就賈瑞之死來看，鏡之正反其實是書中「眞假」「有無」論述的再度引申，如是，正假反眞，正亡反興，紅粉致死，骷髏重生，此實乃佛典空觀的小說轉化，跛道警幻的情節演出。至於家族與社會，鏡子「象憂亦憂，象喜亦喜」，文學寫實的用意極是淸楚，風華絕代轉眼便是白骨屍骸，生固然是死，死也就是生。所以這還是古典循環式的時間觀，現代意識的時間觀是一去不回頭的直線——「過去是死去了，現在也在垂死之中」(M. Bradbury)。《追憶似水年華》，是現代主義大師普魯斯特(M. Proust, 1871-1922)的死亡（時間）文學。普氏一生多病，時時面對死亡，終於得悟：唯有透過「追憶」（藝術創作），逝去的（已死的）才能復活。繁華如夢，往事如煙，對於流逝不再的過去，也只有透過小說書寫，曹雪芹才能免於生之虧欠、負疚，藝術是唯一的救贖，由浮華而昇華，直線型的時間意識。

流光與容顏，由怡紅公子優美唱出，便是〈紅豆詞〉「捱不明的更漏」「照不見菱花鏡裏形容瘦」的古典婉轉（二十八回）；但由村姥姥滑稽演來，便成了現代「荒謬」。更漏變爲鳳姐院的咯噹亂響，秤砣亂晃；菱鏡卻化做怡紅院的眼花神昏，機刮摸撞，扎手舞腳。滿頭豔花的村姥姥，醉裏蹣跚闖入怡紅臥房，迎面西洋玻璃大鏡，猛然出現女丑老婦的身影，她剛剛將貴族之家的精美飮食通瀉，又酒屁鼾鳴倒頭睡去。（四十一回）

風月鑑與病男、怡紅鏡與醉嫗，前者危言莊語，後者嘻皮笑臉，而照女丑的那鏡，也是曾引賈（假）寶玉尋找甄（眞）寶玉的那鏡。這些原欲與無意識的或伏流或湧現，都是紅樓夢的「現代」展示。

如果探究第一回故事緣起的不同說法，《紅樓夢》其實也「可以說是一部討論創作行爲的『後設』小說(metafiction)」（廖咸浩：〈「詩樂園」的假與眞——《紅樓夢》的後設論述〉，1996），「以一奉十」的這部經典，於是由「現代」而「後現代」了。

三、紅學論述裏的夢魘VS.脂評

1.探佚前提的考據

張愛玲與新紅學同庚。

胡適之建立紅學新典範的《紅樓夢考證》，就是發表於張愛玲誕生的一九二一年。事實上，那是後輩學生胡適之向先進師長蔡元培（一八六八—一九四〇）的一次革命性挑戰，吾愛吾師，吾更愛眞理。新「考證」向舊「索隱」（《石頭記索隱》，1916）發難，乃本世紀二〇年代學界的重大事件。研究歸研究，禮數歸禮數，人歸人，事歸事。追求學術獨立的自主性，以新觀念和方法反思舊學、尋求新解，《紅樓夢》成爲學術「摩登（現代）」走向的一項契機（劉夢溪：〈紅樓夢與百年中國〉，1994）。蔡胡師生論戰，實也在響應嚴復（一八五三—一九二一）上世紀末的呼聲——〈論治學治事宜分二途〉（1898）。從某個角度來看，未必不是響應《紅樓夢》不肖逆子的心聲。

半個多世紀後，張愛玲的《紅樓夢魘》（1977）在台灣問世。

作家涉獵紅學者大有人在，成專書者也爲數不少。譬如：何其芳《論紅樓夢》（1956）；林語堂《平心論高鶚》（1966）；高陽《紅樓一家言》（1977）、《高陽說曹雪芹》（1983）；王蒙《紅樓夢啓示錄》（1991）；端木蕻良《說不完的《紅樓夢》》（1993）；劉心武《秦可卿之死》（1994）……。以上所舉還不包括創作與評點。在這個行列中，張愛玲對照參詳的版本校讀，頗是樸學精神，和以上諸家相較，也許與前期高陽較近，但又非後者曹學取向。張愛玲明言自我定位於「考據」，又自我調侃爲瘋狂與豪舉的「夢魇」，遠走海外，一身如寄，步入暮年的天才，竟嗜考據成癖，「偶遇拂逆，事無大小，只要『詳』一會紅樓夢就好了」（《紅樓夢魘》序）。

既是「考據」，自應歸類於新紅學，新紅學取代舊紅學，在中心論述是以自傳說取代排滿說，在方法則是以合乎科學精神的考證，取代牽強附會的猜謎，大膽假設，小心求證。有幾分證據，說幾分話。但證據何處求？「上窮碧落下黃泉，動手動腳找東西」，是的，找「東西」，所謂材料的發掘、發現與運用，才是新紅學的關鍵所在。

張愛玲海外考紅，和她當時任職圖書館，可以一睹諸脂本的變貌密切相關。當然，可資參閱者還有若干論著如俞平伯、周汝昌、吳世昌、趙岡，除此之外，張愛玲十年心血，並不以孤本祕藏的材料取勝。她自詡的優勢無非「熟讀」而已，熟到一遇異字異句，便反射性地不順眼，然而僅此一點，就無可倫比了。熟到生命最深層的無意識，是歲月累積與才性稟賦的功不唐捐。

因而，若要在紅學史中排座對位，可與張愛玲照應者，應是與作者聲氣相通的脂評小組。

八十回的脂本現身，有如撥雲見月，張愛玲自小糾纏的百二十回「石印本」情結，得以紓解之機，也證實自己「撳鈕反應」無誤——一過八十回，便覺面目可憎，語言無味，屢試不爽。脂硯齋之作用大矣，套用張愛玲〈論寫作〉的術語，脂本可以「澣衣」；原本「如匪澣衣」的「心裏很霧數」——雜亂又不潔的壅塞憂傷，能藉以濯洗滌清。

一脂一芹，造化巧安排，兩人關係至深至切，習性相近相親，彼此熟讀身世與心思，長期切磋藝術與文學，不論人生之味或小說之味，脂芹雙雙能解。脂硯齋等親友，運用中國小說學獨有之「評點」法，天眉地腳，回首回末，夾縫夾行，閱評臨場反應，心得即席發表，脂硯小組尤其有助於書寫眞相查訪。以往名家評點，不啻商業行爲，出版商將定稿交付評點者，毛宗岡、金聖歎、張竹坡等人無須參與或透露書寫的協商過程，也因「商業」，所以合乎商場規則，至少評點「量」，力求各回平均；脂硯齋則不然，評點批閱與作者書寫增删幾乎同步，意見時多時少，不必商業考量。

脂學貢獻，一是小說美學，二是史傳曹學，三是探佚紅學。屬於張愛玲的以第三者居多。脂硯齋多少透露創作意圖，提示情節發展，加上諸抄本文本本身所示，這種種都足以展現不同於坊間程高本的紅樓世界。自幼至長的直覺感受，因脂緣而得到進一步的「學術」發展。張愛玲紅學邏輯的起點即是：《紅樓夢》「未完」，「未完」者之究竟，答案正在諸脂本的變貌中。實因脂芹心目中的紅樓也未完。張愛玲書寫小說，向來不走公案推理，即使《半生緣》偶一爲之，也立即旁白淡化。倒是後半生研究小說，頗以推理偵探自居，穿走於未定不確的蛛絲馬跡之中，迷宮摸索，尋失覓佚，力避空口白話，張愛玲自勉實考實據，故事與書寫還是最大關注所在。

細讀脂批諸本，相互對照比較，毋寧是「文本」至上的「新批評」精神，張愛玲的「現代性」，從小說到考據，在在可以言之成理。

參詳對照，鉅細靡遺。《夢魘》七章，以「未完」「高鶚」前奏，五詳——全抄本至舊時眞本爲主奏與終曲，形式乍看是議題集中的新式論文，實則讀來像讀書手札隨筆，甚或節外生枝，偏離航道，行文語調則遠兜遠轉，《海上花》的「藏閃」「穿插」也不時運用。張愛玲無意「狡獪」，讀者卻不免曲徑通幽，難以捉摸，和考證派紅學的「園景悉入目中」不大一樣。

在材料上，張愛玲經常引用《全抄本》（乾隆抄本百二十回《紅樓夢》稿本，或簡稱《夢稿本》，或稱《楊繼振舊藏本》之《楊本》），因她認爲至少大部分要比其他抄本爲早，因之兪平伯所謂「缺文」過簡，便是時間因素的理所當然了。

關於續書者，比對程甲、程乙與舊本後四十回，或爲興趣觀點三階段「一人」的不同反映，或高鶚續書外另有其人，或高鶚僅僅據此編輯……，張愛玲煙雲模糊幾種可能，卻月白風清明確不疑後四十回的「狗尾續貂成了附骨之疽」。

2.感性基調的評析

張愛玲十年考據，心血工夫超過《傳奇》書寫，她推測脂芹諸人的付出比書中宣稱的還更多，批閱何止十載？幾乎是倍數的二十年；增刪也不僅五次。寶玉乃脂硯畫像，並兼有雪芹成分，家庭背景亦脂芹共有，但書寫出於虛構者多，是略有所本的小說，而非實錄其事的家傳，是一人手筆的小說，而非集體作業的小說。

還有，迷失與改寫的人物、情節呢？晴雯是金釧的前身，後來一分爲二：紅玉、賈芸的戀史撲朔迷離，與被攆的茜雪和「花襲人有始有終」，都值得翻案平反。總之，不僅後四十回活生生被「庸俗化」了，而且還轉頭來竄改前八十回，鳳姊、襲人被抹黑，尤三姊則被漂白。

續書「庸俗化」，原書的改寫也在所難免。

張愛玲「熟讀」之外，其實有恃無恐的更是：女性的創造才華與經驗，世態人情的個中三昧，亦即女性與小說家的特長，感性優於知性，品味強於說理，細心推敲勝過旁徵博引。十年迷考據，贏得夢魘名，張愛玲紅學的自我說明，還是「迷」「夢」「魘」的感性自謙，實則大可感性自傲，男性的政治索隱、史傳考證，都得不出她的文學創見。

改寫過程的雙向運動（余彬：〈十年一覺《紅樓夢》〉），更該是小說作家過來人的經驗之談，心得之言。

就個人的書寫經歷言，曹雪芹無疑在成長與成熟，情節方面，如寶黛感情微妙而跌宕的處理便是後期的得心應手。另外是語言運用，以往紅學家只注意書中「南北兼用」。但從來沒有像張愛玲這樣仔細挑檢過……，從吳語出現之頻率來推斷各稿本成書之先後早晚」（趙岡：〈張愛玲與紅學〉，1996）。對白口語的爐火純青，乃有耳共聽的紅樓之長。

技巧由低而高，但是結局卻在改寫中一步一步向世俗低頭，另一種「庸俗化」——「從現代化改爲傳統化」。早本結局，寶玉湘雲白首雙星，落魄潦倒，苦況直至寶玉之死，「黯淡與寫實的作風」和傳統小說不搭調。契訶夫波瀾不驚的苦味人生，是二十世紀西方短篇小說的先河，曹雪芹十八世紀中葉，寫寫改改，改改寫寫，忐忑心虛，終不免遷就傳統中國的欣賞習慣，於是改爲「青埂峰下證了情緣」的禪悟。

雖是「文本至上」，不多加旁徵博引，張愛玲仍不失歷史主義的設身處境、回到現場。清初「文網」當然影響書寫，最初是「性格悲劇」——「寶玉思慕太多，而又富於同情心與想像力，以致人我不分，念念不忘，無法專心工作。窮了之後成爲無業遊民」。這是「自誤」的「成長悲劇」。不寫抄家，不寫獲罪，敗落非突發而係漸微，早本如此，難免是文字入罪的考慮。但後來畢竟還是加入了抄沒，一則寶玉一人承當敗家全責，難獲讀者同情，再說一時也不致敗落如此絕境。迫不得已，便追加寧府獲罪，增添人物與情節是煙幕效應，「免得太像曹家本身」。

由性格而環境，紅樓悲劇質變，不是脂批諸本的對照參詳，小說家張愛玲也無法得此結語，而由服飾研判早本與續書或隱或顯的滿漢意識，大概也只有戀物狂衣的女性才能慧眼獨見吧！天足纏足，繡鞋蓮瓣，女靴睡襪，張愛玲心細如髮，觀察入微，如同側耳傾聽方言轉調、口白易腔，所見所聞可臆測是早是晚，是曹是高。不僅服飾，人的稱謂，地的產業，都是據以舉例的證明，前八十回隱晦滿人文化，後四十回則有意強調。

考據工作無一字無來歷的孜孜矻矻，到底與藝術創造的洋洋灑灑迥異。張愛玲的小說習性與才華，在高鶚的「襲人情結」上得到了發揮，雖然這其中不無水磨工夫的考證。襲人一再被抹黑，和高鶚自身的「畹君」經驗息息相關。高鶚中舉後第四年改完程乙本(1792)，和當年未中時「閒且憊矣」而修訂紅樓的心境，當然就像雨村應試的之後之前，高鶚書中中舉出家，和自己「記憶常新的經驗打成一片」，雖然獲得考場的勝利，卻始終難以釋懷當年相從有年的勢利下堂妾，畹君深恩負盡，高鶚便移恨書中襲人，大加撻伐。

呼之欲出的實有其人，在張愛玲眼裏，至少還有黛玉與麝月。前者的個性輪廓所依所據，係脂硯齋的早年戀人，後者是作者之妾，作者最後的身邊伴侶——「開到荼蘼事了」，麝月所掣花簽的預告。張愛玲甚至編派悼紅軒的稿本縫釘，該是麝月名下的工作。當時爲了省抄工，盡量利用手頭現有的抄本，所以稿本干支未必可以判斷改寫早晚，這是常識。張愛玲的另一推斷，自稱看似荒唐，但又頗爲自信，即是改寫常集中回首與回末，純是因線裝書頭尾換頁較便，而作者又體恤麝月，不願太勞煩伊人。

平心而論，夢魘思維並非井然有序。參詳則往往瑣細絮繁，對照則不免跳脫夾纏，「平淡」未必，「自然」則有之，似是跟著感覺自然走，和同時的〈談看書〉系列如出一轍，代表七〇年代的張愛玲，其實從「對照」來看，又何嘗不是早年「流言」體的擴散，只因篇幅加大，所言對象集中於專書名著，難免是閱讀習慣的挑戰。儘管難讀不好看，但張愛玲的洞燭靈視，稱之「發現」「啓示」紅學應不為過。

因襲人而另起的畹君專欄，饒有小說趣味，可以用來參考對照張愛玲家族史料與《傳奇》小說（張子靜、水晶已經斐然成章了）。另外，她的湘雲論別開生面又透辟情理。湘雲的廣受歡迎，與文化中的俠女崇拜有關，湘黛對比，後者情竇早開，前者情竇未開，湘雲對黛玉是兒童妒忌新生弟妹的吃味，和寶釵迥異。「俠女不是不解風情，就是『婊子無情』，所以『由來俠女出風塵』」，闖盪江湖的俠女，如何能多情？

人物審美，可能是小說閱讀有別於其他文類的最大滿足。張愛玲考據過程中，於人於事或只是蜻蜓點水，卻令人耳目一新，大可深究。如警幻為愛神，中國人的伊甸園是兒童樂園，如果有心，引而申之，或可成為比較文學與中西文化的研究議題。

「摩登」紅學不必遲至胡適的考證，王國維一九〇四年的《紅樓夢評論》才更是典範所在——「現代學術思想和學術規範得到比較集中的體現」（劉夢溪：〈文化托命與中國現代學術傳統〉，1993）。王國維首先使用外來的「叔本華」——西方哲學與美學對《紅樓夢》進行「終極」性的探討，可惜王氏所開「文學批評」的摩登路並未形成風氣與隊伍。三十年後，張愛玲首先使用外來的「摩登」續寫紅樓。可以同歸於「遺民」的王、張二人，道既不同，志也不合，各走各路。不過兩人晚年似都悟出「可愛者不可信，可信者不可愛」，於是由「可愛」轉向「可信」，由文學哲學的可愛，轉入類似史學可信的考證之途。

各開紅樓摩登之風的王國維與張愛玲，當然可以視爲未完無盡的文本。作者雖死，文本永恆，讀者萬萬歲。因之當《人間詞話》、張愛玲與《紅樓夢》在世紀末被閱讀爲世紀末的頹廢（李歐梵：〈漫談中國現代文學中的頹廢〉），就特別引人「更深長的回味」了。

註釋

❶本論文關於張愛玲的生平繫年，大致依據張子靜《我的姊姊張愛玲》（台北：時報，一九九六），但生年則採余彬《張愛玲傳》（湖南：海南，一九九三）一書的一九二一年說。至於曹雪芹，則因受制於主客觀條件，乃採以較爲一般所共識的「雪芹」論述，突出「精神」，大抵點到即止，以免涉入「考證」誤區。

❷英文 modern 一字的中文音譯。據牛津英語大辭典，十六世紀初度出現。其定義大致有二，一是排斥過去的現時意識，即現代的、近世的；另一則是新式的、時髦的，且與工業文明與科技有關。

❸張氏未發表之少作，散文〈存稿〉中片段引述，收入《流言》一書。

❹其他出現在傳媒的例子不可勝數，如一九三四年一月份《申報》的廣告用語，衣料則有：風行一時的摩登藍布；電影《歌舞昇平》則稱：摩登名曲五支；而西藥有西德四七么么出品「玉容霜」——摩登女子，竭誠歡迎……；又有四大名旦尚小雲的「時裝」京戲，出自佛典的《摩登伽女》。

❺據王力的看法，modern 譯爲「現代的」則係普通的含義，又譯爲「摩登」則往往帶「譏諷」或「戲弄」的語

言。見王氏所著《中國語法理論》下冊第六章〈歐化的語法〉（商務印書館，一九四七初版）。

❻六回回目分別是：〈滄桑變幻寶黛住層樓，雞犬昇仙賈璉膺景命〉、〈弭訟端覆雨翻雲，賽時裝嗔鶯叱燕〉、〈收放心浪子別閨闈，假虔誠情郎參教典〉、〈萍梗天涯有情成眷屬，淒涼泉路同命作鴛鴦〉、〈音問浮沉良朋空灑淚，波光黯蕩情侶共嬉春〉、〈陷阱設康衢嬌娃蹈險，驪歌驚別夢遊子傷懷〉。

❼祖父黃翼升（一八一八—一八九四），正統湘軍，平太平天國、捻亂，一八六四年出任首任長江水師提督。

❽繼母孫用蕃（一八九九—一九八六），父親孫寶琦（一八六七—一九三〇）因庚子護駕慈禧有功，出使法國；民國後，屢任北洋政府要職。

❾亦即：任職江寧、蘇州、杭州三地織造的曹氏、李氏、孫氏（文成）家族，以及曾繼任曹璽江寧織造的馬桑格。有研究者推測孫家可能是曹寅母系親戚，而曹顒妻馬氏有可能系出馬桑格一家。

❿方豪（一九一〇—一九八〇）致力中西交通史，於一九四三年發表〈從紅樓夢所記西洋物品考故事的背景〉，收入《方豪六十自定稿》。另有美籍漢學家史景遷(J. Spence)專著 *Ts'ao Yin and the K'onghsi Emperor* (Yale Univ. Press, 1965)。也討論了西洋教士與曹家之接觸。

⓫借用許信良《新興民族》（台北：遠流，一九九五）一書的詞語與理念，該書列舉歷史上的新興民族，如銜接東西的第一座橋樑——蒙古，現代金融信用制度的創建者——荷蘭，民主精神的實驗地——英國……，台灣是正當新興者，而滿洲則是以小御大的組織天才。

⓬爲西方二十世紀上半期新批評代言人物艾略特(T. S. Eliot, 1888-1965)的代表論述，艾氏成爲現代主義之形構主義的領袖，特別強調「傳統」之重要性。筆者則借用他的文學傳統／個人才性觀，兩者並重。

⓭乃據趙岡〈紅樓夢的寫作與曹家的文學傳統〉，收入《紅樓夢論集》（台北：志文，一九七五）。

⓮南京師大外文系黃龍教授稱：英人所著《龍之帝國》一書，提及曹雪芹幼時聽聞乃祖與西人賓客談論聖經、莎

劇。見《紅樓夢涉外新考》（東南大學，一九八九）。台北淡江大學黃美序則認爲《紅樓夢》具有「世界性」之神話，未必需要接觸而影響。張國光則於《湖北大學學報》第五期（一九九二）撰文反黃龍，謂黃氏詭稱閱讀《龍之帝國》。

⓯一九七三年吳恩裕於《文物》發表〈曹雪芹的佚著和傳記材料的發現〉一文，此集稿即是該文所稱一種。因無原件實物披露，僅係存抄者孔祥澤一面之詞，據云《集稿》收藏者爲日商。此一事件在存疑聲中落幕。

⓰有關現代主義的中譯參考用書，主要爲：《現代主義文學研究》上下册（袁可嘉等編纂，中科社，一九八九）；艾略特《文學評論選集》（杜國清譯，台北：田園，一九六九）；普實克《中國現代文學論文集》（李燕燆等譯，湖南：文藝，一九八七）。

《紅樓夢魘》與紅學

郭玉雯

《紅樓夢魘》是張愛玲唯一一本學術性的著作，但她並不完全依循考據的規矩，有板有眼地來寫這本書，她那別具一格的文學洞見與品味，仍然在這本原來應該沉悶的書中到處閃炫。在〈自序〉裏，她只承認「我唯一的資格是實在熟讀紅樓夢，不同的本子不用留神看，稍微眼生點的字自會蹦出來。但是沒寫過理論文字，當然笑話一五一十」。自有《紅樓夢》以來，誰不熟讀？但誰又能使不同的字蹦出來？張愛玲的校勘能力已經達到「自動化」的境界了，還說只是「熟讀」而已，這實在是她一貫的風範——驕傲的謙虛。何況她不止於將蹦出來的字撿拾起來，她對於爲何有這些文字差異——其中牽涉到情節的呼應或矛盾、人物的對照或相似、結局的不同暗示、作者創作態度前後的差異等等，都設法提出解釋來，或許有些地方評斷得過於大膽，但委實不得不佩服她的巧思與眼力。至於是不是笑話，她在序文最後說：「我這人乏善足述，……但是只要是眞喜歡什麼，確實什麼都不管，……十年的工夫就這樣攢了下去，不能不說是豪舉。正是：十年一覺迷考據，贏得紅樓夢魘名。」專意與癡迷正是成就佳作的不二法門，張愛玲擁有此難得美德，還要說「乏善足述」，眞不知要置平庸軟弱的人於何地了！總而言之，她對《紅樓夢》一往情深，而且可以連續十年從事如此繁瑣的考據工作，這本書凝聚著她後半生的心血與感情，同時也應該爲她贏得該有的讚嘆。但這本書在一九七七年出版之後，卻受到冷漠的對待，一方面可能與文字過於簡潔有關，這點張愛玲在〈自序〉裏早就承認了，另一方面她的小說作品成就非凡，在文壇上名聲早已確立，確實不需要這本書來錦上添花。但是人生有幾個可以癡迷的十年？如果我們珍惜張愛玲的一切，難道不應珍惜這十年才完成的精心傑作？

紅學的發展從索隱派開始，宮廷祕史的影射、政治人物的附會、漢滿民族的鬥爭，一直都是歷史的，而不是文學的；甚至到一九二一年，胡適考證派開啓了新紅學的時代，雖離開了猜謎的索隱之路，但又轉進了實證的羊腸小徑。大量的曹家史料，一躍而成爲紅學舞台上的主角，《紅樓夢》一書反而成爲偶然的事實碎片，殘缺地記載了曹家的歷史，「紅學」成爲「曹學」，這仍然是歷史的而非文學的考證。連考證派大將俞平伯對自傳說都產生了疑惑：「近年考證紅樓夢的改從作者的生平家世等等客觀方面來研究，自比以前所謂（舊）『紅學』著實得多，無奈又犯了一點過於拘滯的毛病，我從前也犯過的。他們把假的賈府跟眞的曹家併了家，把書中主角寶玉和作者合爲一人；這樣，賈氏的世系等於曹氏的家譜，而石頭記便等於雪芹的自傳了。這很明顯，有三種的不妥當：第一、失卻小說所以爲小說的意義。第二、像這樣處處黏合眞人眞事，小說恐怕不好寫，更不能寫得這樣好。第三、作者明說眞事隱去，若處處都是眞，即無所謂『眞事隱』，不過把眞事搬了個家而把眞人給換上姓名罷了。」❶不論新舊紅學都承襲了清朝乾嘉考證的學風，都不免將《紅樓夢》看成是史料而不是小說。張愛玲對於胡適相當敬重❷，但是在《紅樓夢》的基本問題上，她是反對「自傳說」的，《紅樓夢魘》中有一篇〈三詳紅樓夢〉，副標題正好是「是創作不是自傳」，這就是文學的角度而不是歷史的。茲引錄其中一段：「寫小說的間或把自己的經驗用進去，是常有的事。至於細節套用實事，往往是這種地方最顯出作者對背景的熟悉，增加眞實感。這作者的個性滲入書中主角的，也是幾乎不可避免的，因爲作者大都需要與主角多少有點認同。這都不能構成自傳性小說的條件。書中的『戲肉』都是虛構的——前面指出的有聞曲、葬花，包括一切較重要的寶黛文字，以及晴雯的下場、金釧兒之死、祭釧。」❸她已經很明顯的指出文學創作與自傳性小說的差異：要看一書中最精采而重要的情節，到底是無中生有呢？還是有歷史事實做爲依據？至於如何證明《紅樓夢》是虛構的文學作品，她主要是用校勘之法來說明作者多次更改的痕跡，像金釧兒在較早的本子中並不存在，後來將晴雯的身世與結局移轉給金釧，另外再創造出晴雯的出身與結果，一個人物就分化爲兩個了，如果晴雯眞是寫曹家某人，就不可能有這種改動的自由。基本上，張愛玲認爲曹雪芹的幾次改寫，愈來愈進步，藝術成熟度也愈來愈高，這就是文學而非歷史的考證。總括來說，紅學走到《紅樓夢魘》才眞正還給《紅樓夢》以小說的本來面目；對於曹雪芹的創作意圖，以及他如何逐步建築成這個藝術偉構，包括故事情節如何設計，人物個性如何雕塑，這本書提出了深具文學性的見解。

曹雪芹在《紅樓夢》楔子裏自道：「於悼紅軒中披閱十載，增刪五次，纂成目錄，分出章回，則題曰《金陵十二釵》。」❹只說「披閱增刪」自然是謙虛話，甲戌本脂硯齋已指出：「若云雪芹披閱增刪，然則開卷至此這一篇楔子又係誰撰？足見作者之筆狡猾之甚。後文如此者不少，這正是作者用畫家煙雲模糊處，觀者萬不可被作者瞞蔽了去，方是巨眼。」❺我們不妨將「披閱」、「增刪」、「纂成目錄」、「分出章回」視爲草創後整理的工作，如果整理就花了十年的時間，全部創作過程絕對不止於十年。曹雪芹所說「增刪五次」，應該是指大的更動，小的增刪自然不止此數。紅學家們很少將注意力放在這五次較大的更動上，反而花了許多力氣爲舊稿與新文的矛盾處勉強說合，像周汝昌曾經非常迂曲地解釋三十一回的舊回目「因麒麟伏白首雙星」，如何發展爲史湘雲後來改過的結局❻，事實上舊回目指的是史湘雲與賈寶玉，並不是史湘雲與後來增添的衞若蘭。另外也有文本與脂評之間，甚至文本或脂評自己本身也有許多扞格不入的地方。如果何處爲舊稿，何處經改動爲新文的問題無法釐清，光是說合的考證難免會愈作愈混亂。《紅樓夢魘》中五篇考證文章，雖然沒有明白指出是那五次較大的更動，但重要的增刪事項都不曾遺漏，包括：㈠賈赦一家與寧府的添加㈡《風月寶鑑》的加入㈢獲罪與抄家的添寫㈣證悟與出家的更動㈤黛玉湘雲情節的增加刪減。這幾項不一定是不同時的改寫，只是在程度上會影響《紅樓夢》的整體結構。本文試就此五點說明如下：

一、賈赦一家與寧府的添加

第三回黛玉進入賈府時，透過她的觀點我們知道「大正房」「正經正內室」的「榮禧堂」，其中住的是賈母的次子賈政，而不是承襲「榮國公」爵位的長子賈赦，這種住法確實很奇怪，不太合理。周汝昌的解釋是賈政是賈母過繼的兒子，而賈赦則根本不是賈母的兒子，只是賈代善的姪兒。然而此說仍無法解釋爲何姪兒可以襲爵，過繼的兒子反而不能的問題，何況書中並無任何依據可以證明。俞平伯也對第二回賈赦在冷子興口中初見時，脂本戚本皆無考語的情形表示疑怪。張愛玲則是從第二十二回來推斷賈赦邢夫人原先不存在，至於迎春也可以從二十八回得知是後來添加的。二十二回賈政請賈母賞燈取樂，「上面賈母、賈政、寶玉一席，下面王夫人、寶釵、黛玉、湘雲又一席，迎探惜三個又一席。地下婆娘丫鬟站滿。李宮裁、王熙鳳二人在裏間又一席」。後來賈政見賈蘭不在，忙遣賈環與兩個婆娘將他喚來。這種場合「可以沒有賈赦賈璉，似乎不能沒有邢夫人。如果因爲不是正式過節，只揀賈母喜歡的人，連賈環也在座」❼。其實王熙鳳在座而賈璉缺席的情形已經不合理了，更何況是賈母的長媳、鳳姊的婆婆邢夫人？在二十二回前半爲寶釵籌備生日時，不論是送禮或吃酒，連看戲都沒提邢夫人，賈母要黛玉點戲，黛玉讓薛姨媽王夫人等，「也許可能包括邢夫人在內，但是似應作『讓薛姨媽邢夫人等』，不能越過她的大舅母，只把二舅母姊妹並提」❽。至於迎春，二十八回寶玉居然稱呼鳳姊爲「二姊姊」，在其他回裏，所謂「二姊姊」一定指迎春，像七十三回，黛玉就說迎春：「若使二姊姊是個男人。」二十八回來自較早的本子，可能沒有迎春。第二回說到迎春，「二小姐乃赦老爹之妾所出」，庚辰本原作「政老爹前妻所出」，其他各本也有作「赦老爺前妻所出」，如果眞是賈赦侍妾所生，也應該像探春一樣說是「某老爹之庶出」，此處異文繁多，極可能是後來添寫所致。張愛玲有以下的結論：「早本賈家家譜較簡，《風月寶鑑》收入此書後才有寧府。原先連賈赦都沒有，只有賈政這一房——賈璉可能是個堂姪，因爲娶了王夫人的內姪女，所以夫婦倆都替賈政管家——因此賈政不過官居員外郎，倒住著『上房』，『正緊正內室』，榮國公賈赦倒住著小巧的別院，沿街另一個大門出入。早先俞平伯在《紅樓夢研究》裏彷彿就說過他們住得奇怪。」「（迎春）她是與賈赦邢夫人同時添寫的人物。第二十二回賞燈家宴有迎春而沒有賈赦夫婦，想必是因爲回內迎春製的燈謎是後添的，所以沒忘了在席上也連帶添上迎春。」添寫賈赦一家爲的是與賈政一家做對比，賈赦好色淺薄，賈政多少有士大夫的樣子；邢夫人苛刻量狹，也不像王夫人仍有慈厚寬順之處；迎春的懦弱平庸也是要反襯探春的進取與才幹。賈璉派給賈赦當兒子，自然也與寶玉對比起來，這是《紅樓夢》塑造人物的基本技巧，在對照中，彼此的個性更加顯豁明白。

第一回楔子裏有一句：「東魯孔梅溪則題曰《風月寶鑑》。」甲戌本眉批說：「雪芹舊有《風月寶鑑》之書，乃其弟棠村序也。」兩相對照，孔梅溪應該就是曹棠村。甲戌本「凡例」：「《紅樓夢》又曰《風月寶鑑》，是誡妄動風月之情。」曹雪芹寫過一本《風月寶鑑》，大概是談世家淫亂之事，他的堂弟曹棠村曾爲這本書作過序，後來這書加入紅樓夢中，所以曹棠村曾建議《紅樓夢》就改名爲《風月寶鑑》，但作者覺得這名字不符合本旨，道學氣濃重，故意用「東魯孔梅溪」來嘲弄棠村，在楔子裏提一下聊表敬意而已，並沒有眞正成爲書名過。俞平伯很早就認爲《風月寶鑑》有些內容已搬到《紅樓夢》中，包括賈瑞的故事，還有二尤、秦氏姊弟、香憐玉愛、多（燈）姑娘皆是。這些故事大都與寧府有關，所以張愛玲認爲寧府也是《風月寶鑑》加入後才有，之前已先加賈赦一家。寧府有賈敬、珍、蓉等人，賈敬提供了另一種「老爺」的典型，放棄家庭責任不說，追求自己肉體生命不朽的結果是中毒而死，比起賈赦來是另一種愚昧。阿城在《閒話閒說》裏曾說：「道教由陰陽家、神仙家來，神仙講究長生不老、不死，迷戀生命到了極端。」[9]賈珍賈蓉父子代表傳統大家庭中最爲穢亂的部分，賈珍與秦可卿是「扒灰」，珍蓉父子與尤氏姊妹是「聚麀」。作者在寫寧府的故事時，諷刺之意相當明顯，違反了楔子裏所說「毫不干涉時世」「非傷時罵世之旨」的初衷，或許原來並不打算寫這類事情，後來爲了忠實反映簪纓之族的陰暗面，擴大社會基礎，才加以添寫，第十三回寫秦可卿之死，據畸笏叟的評：「『秦可卿淫喪天香樓』，作者用史筆也。老朽因有魂託鳳姊賈家後事二件，豈是安富尊榮坐享人能想得到者，其言其意，令人悲切感服，姑赦之，因命芹溪刪去『遺簪』、『更衣』諸文。」可見這一回原先寫的是「扒灰」的場面，後來將文字改得相當隱晦，所謂「不寫之寫」，例如「彼時合家皆知，無不納罕，都有些疑心」，「賈珍哭得淚人一般」。「如何料理，不過盡我所有罷了！」「另設一壇於天香樓上」。「此時賈珍恨不能代秦氏之死，這話如何肯聽」。另外，秦氏丫鬟一個觸柱身死，一個認做義女，終生在鐵檻寺伴靈。顧頡剛引《紅樓佚話》：「又有人謂秦可卿之死，實以與賈珍私通，爲二婢窺破，故羞憤自縊。書中言可卿死後，一婢殉之，一婢披麻做孝女，即此二婢也。」[10]來說明這段奇特的情節。張愛玲認爲作者雖然聽了畸笏叟的勸，將秦可卿的死法改得影影綽綽，但在天香樓自縊的結局並沒有改變，至於在十一回添寫秦可卿的病情是更後的事情[11]，現在看來，難免誤導讀者以爲秦可卿的死因是生病。如果作者眞要將秦可卿改爲因病而死，所謂「不寫之寫」就沒有必要了。第五回有關她的圖畫是「有一美人懸梁自縊」，護花主人曾解釋爲：「詞是秦氏，畫是鴛鴦。」顧頡剛也說：「若說可卿眞自縊的罷，原文中寫可卿的死狀又最是明白，作者若要點明此事，何必把他的病症這等詳寫？這眞是一樁懸案。」如果照張愛玲的說法，懸梁自縊由明寫改爲暗寫，生病是另加的，與自縊無關，這個懸案就可以得到解答了。畸笏叟既然護衞著秦可卿，生病的情節是否也是他要求的？我們實在不能低估作者獨立的創作態度，自縊由明寫改爲暗寫，不只是因爲畸笏叟的交代而已，最主要的還是藝術手法的考慮，秦可卿既是十二釵之一，筆法總要以含蓄爲上。至於生病的添寫也是源於文學上的考量，例如病得不明不白，是喜是病都摸不清；張太醫診病時，有一段對秦可卿性格的分析，簡直是心理治療了；秦可卿以貧家女得嫁巨室，精神壓力沉重，這就是她最大的病因。如此添寫確實深化了這個人物。

二、《風月寶鑑》的加入

《風月寶鑑》加入後有了寧府，另有秦鐘與二尤故事，甚至太虛幻境也因此而誕生。依張愛玲考證，太虛幻境剛加入時，應是太虛「玄」境，原先並非在第五回內，而是在二十五回「魘魔法姊弟逢五鬼」裏：「早先五鬼回內寶玉遭巫魘昏迷不醒，死了過去，投到警幻案下，見到十二釵册子，聽到紅樓夢曲，但是沒有與警幻的妹妹成親，因為『綺櫳晝夜困鴛鴦』，顯然已經有性經驗，用不著警幻給他受性教育。太虛幻境搬到第五回，才有警幻的妹妹兼美，字可卿，又『用秦氏引夢』。」她認為改到第五回唯一的缺點是第一回甄士隱午睡才去過，第五回寶玉又去，「成了跑大路似的」，但這只能算是結構上的小疵，移前到第五回，意境相差甚大：「原先在昏迷的時候做這夢，等於垂危的病人生魂出竅遊地府，有點落套。改為秦氏領他到她房中午睡，被她的風姿和她的臥室淫豔的氣氛所誘惑，他入睡後做了個綺夢，而這夢又關合他的人生哲學，夢中又預知他愛慕的這些女子一個個的淒哀的命運。這造意不但不像是十八世紀中國能有的，實在超越了一切時空的限制。」張愛玲認為曹雪芹的技巧常常走在時代的前端，這是一個佳例，不像俞平伯說：「故紅樓夢性質亦與中國式的閒書相似，不得入於近代文學之林。」看成自傳的人大概都會受到視野的限制。有關寶玉夢遊太虛幻境的情節，向來就有評論家說是暗示秦氏與寶玉這天下午發生了關係，護花主人就說：「秦氏房中是寶玉初試雲雨，與襲人偷試卻是重演。」這種看法眞是辜負了作者的藝術苦心。寶玉在綺夢中得到的是類似於天啓的經驗，一方面他對於自己的天性與志業——「意淫」與「爲閨閣增光」有了清楚的認識，往後也具備了堅定的信念來發揮與從事；另一方面他看到十二釵的圖册，聽到紅樓夢曲文，更有參與造化之意，就像某些直感強烈的人一樣，可以預知別人的命運，尤其是親近的人。

秦鐘的加入增添了寶玉情感世界的另一面向，就像對蔣玉菡、柳湘蓮一樣，寶玉對面貌姣好性格體貼的男性也有所用情，同性之間的愛戀似乎更能彰顯寶玉用情的自然。第九回的鬧學堂等於寫情場風波，同性之間彼此爭風吃醋，連薛蟠也攪在裏面。三十四回寶釵說薛蟠「當日爲一個秦鐘，還鬧得天翻地覆，自然如今比先前又更利害了」。張愛玲認爲：「第十回原有薛蟠調戲秦鐘，可能是金榮從中挑唆，事件擴大，甚至需要賈母庇護秦鐘。」這段不知爲何刪掉了。是不是太露骨？十五回寫寶玉和秦鐘在床上算帳，作者用「未見眞切，未曾記得，此係疑案，不敢纂創」。來逃避直接的描寫，夾批就說：「『五尺牆頭遮不得，留將一半與人看』，借石之未見眞切，淡淡隱去，越覺得雲煙渺茫之中，無限丘壑在焉。」寫秦鐘夭逝，作者故意與元春加封賢德妃放在同一回，襯托寶玉更看重前者而對於後者卻視有如無，毫不曾介意。秦鐘臨死前，有的本子並沒有交代遺言的描述，維持了臨死前魂魄離身，遇到判官鬼使的遊戲筆調。其實有遺言也不妨礙，給寶玉一種反面教材，增添「人生終須悔恨」的感嘆。

二尤事件集中在六十四回到六十九回。原先尤氏姊妹皆與珍蓉父子有染，坐實「聚麀」之名，從六十三回賈蓉與兩位姨娘調情的場面可見其醜態。張愛玲參看各本歧異處之後做了以下判斷：「作者生前最後兩年在提高尤三姊的身分，改爲放蕩而不輕浮。」比較重要的證據是後來刪去六十五回尤二姊對賈珍所說「你們拏我們做愚人待」的「們」字，還有六十四回，賈蓉「素日同他兩個姨娘有情」，「兩個」後來也除去了，甚至在六十三回中，把尤三姊走上來撕賈蓉嘴的動作、對白和調笑都歸給尤二姊，留下賈蓉既抱著頭滾到尤二姊懷裏告饒，尤二姊卻又走上來撕嘴的矛盾。爲何要將尤三姊改爲二姊？「六十三回內的賈蓉太不堪——這是唯一的一次他沒有家中長輩在場，所以現出本來面目——尤三姊還跟他打打鬧鬧的，使人連帶的感到鄙夷」[12]。尤三姊自刎的結局寫得悲壯無比，和尤二姊的吞金自盡是兩種不同格調。如果先前的輕浮行爲二尤之間沒有區別，結局不同就比較沒有說服力，三姊後來專意等待柳湘蓮的癡心也比較不令人同情。六十六回回前總批說：「三姊項下一橫是絕情，乃是正情，湘蓮萬根皆削是無情，乃是至情，生爲情人，死爲情鬼，故結句曰：來自情天，去自情地。」末兩句是指她死後，「奉警幻之命，前往太虛幻境修注案中所有一干情鬼」（六十六回）。可見她已經由「淫」的層面升入「情」的天地。不過作者並無意將尤三姊改爲貞潔女性，因爲六十六回寫她「雖夜間孤衾獨枕，不慣寂寞，奈一心丟了衆人，只念柳湘蓮早早回來，完了終身大事」。並沒有刪去「衆人」兩字，難道除了賈珍賈蓉之外還有其他人？但只要不指名道姓，「衆人」兩字模模糊糊，尤三姊先前的淫行就不那麼落實。總而言之，爲了與尤二姊做更明顯的比對，作者後來改掉尤三姊與賈蓉的具體調情行爲，與賈珍的關係也改得較爲隱晦，給她保留若干神祕，但終究不捨棄她先前「淫奔不才，使人家喪倫敗行」（六十九回尤三姊自道）的罪過；作者或許要彰顯她的強烈意志，「放下屠刀，立地成佛」，好爲最後的項下一橫預做鋪路，無論如何都是文學上的考慮。

柳湘蓮的結局也是改來改去，張愛玲考據出《風月寶鑑》剛開始收入時，柳湘蓮沒削髮出家，只悄然離開京城，再出現時已經落草爲寇，有一段俠文，這是因爲避免與寶玉甄士隱結局重複而改，「但還是原來的結局出家更感動人，因此又改了回來」。另外，張愛玲還認爲加入《風月寶鑑》時，曾將惜春由賈政女兒改爲賈敬女兒、賈珍之妹；而甄士隱賈雨村也因風書加入而出現。前者大概是要強調惜春孤絕的處境，使她後來和父親賈敬一樣成爲個人主義者。至於甄賈兩人的添寫，對紅樓夢的結構緊嚴有莫大的助益，開場收場都由他們擔綱，甄士隱把太虛幻境訊息透露給人間，不但是先導人物，最後也負責接引的工作；賈雨村是黛玉老師，攜帶這位女學生入京之後，還一直與賈府有來往，最後可能會做出忘恩負義、使賈府入罪的事情。他們二人非但是過場穿插的人物，本身也具有相當濃厚的象徵意味，一位淡泊避世，一位熱中名利。無庸多言，這兩個人物添寫得相當精采而有意義，也是作者藝術素養愈來愈成熟的證明。

三、獲罪與抄家的添寫

在第五回太虛幻境出現的預言中，有關家族命運的是「漫言不肖皆榮出，造衅開端實在寧」。「箕裘頹墮皆從敬，家事消亡首罪寧」。太虛幻境和寧府都是《風月寶鑑》加入後才有，寧府到底犯了什麼不肖之罪而導致家業消亡？張愛玲說：「蛛絲馬跡，可以看出第七十五回本來是賈珍收下甄家寄放財物——就尤氏與佩鳳的對白中暗寫南京來了兩個人，賈珍陪同用飯，做爲後文伏線。」隱沒甄家財產，再加上傷風敗俗的穢行，兩罪齊發，寧府就此驟然傾倒，榮府雖受波及，但打擊較輕，鳳姊諸人在原址苦撐了一段時間後，仍然是子孫流散。二十一回的回前總批說後文有一回回目是「薛寶釵借詞含諷諫，王熙鳳知命強英雄」，又感嘆道：「此日阿鳳英氣何如是也，他日之強何身微運蹇，展眼何如彼耶？人世之變遷如此光陰。」鳳姊明明知道情勢不可挽回，仍勉強充當英雄，最後依舊是「樹倒猢猻散」（二十二回夾批），在賈母死後就散了。《風月寶鑑》加入之前，寧府既未出現，作者完全沒寫獲罪的情節？顧頡剛一直主張賈家就是慢慢窮下來，不一定要經過獲罪抄家之事，「高鶚執著了可卿的一句話，便丟掉了許多事實，斷定他們是抄家，這乃是深求之誤」。秦可卿是《風月寶鑑》加入後添寫的人物，所以她託夢給鳳姊預言抄家的情節也是後來改寫的，換言之，第一個早本可能就像顧頡剛所說，榮府只繼續七十二回的家道艱難而窮困下來。據張愛玲考證：「第一個早本沒有寧府賈赦，沒有賈雨村，也沒有甄家。所有賈家犯事的伏線都不存在，可知此本賈家並未獲罪。」這個推論信而有徵，應該不錯。添加賈赦是在寧府之前，當時是否準備寫賈家獲罪？七十五回賈赦曾拍著賈環的頭說：「將來這世襲的前程定跑不了你襲的呢！」二十一回回前總批：「有客題紅樓夢一律，失其姓氏，唯見其詩意駭警，故錄於斯：『自執金矛又執戈，自相戕戮自張羅。……（詩下略）』」這是有關兄弟鬩牆的暗示，顧頡剛也注意到這個可能：「看《紅樓夢》上，個個都喜歡寶玉，唯賈環母子乃是他的怨家；雪芹寫賈環，也寫得他卑瑣猥鄙得很，可見他們倆有彼此不相容的樣子，應當有一個惡果。」張愛玲認為賈赦死後，「賈環會越過賈璉、寶玉頭上，襲榮國公世職」。「倘若抄沒，不會不革去世職。這是沒抄家的又一證」。這是指加寧府之前，只添寫賈赦邢夫人迎春階段的結局。二十三回寶玉到賈政房中聽完訓話後，「剛至穿堂門前」，此句夾批：「妙，這便是鳳姊掃雪拾玉處，一絲不亂。」鳳姊的院子就在穿堂旁邊，如果賈府眞窮下來，她只好親自在穿堂執帚掃雪，既然還在原址居住，就表示沒有抄沒之事，當然這也是加賈赦前第一個早本內的情形。

張愛玲說：「我們對早本知道得多了點，就發現作者規避文網不遺餘力，起先不但不寫抄沒，甚至於避免寫獲罪。」加賈赦時，既然是爲與賈政做一個對比，作者就想到要以賈環、璉、寶玉之間兄弟爲襲爵之事相互傾軋來做爲敗家因素。就個性來說，只有賈環會排擠寶玉，沒有寶玉排擠他的道理，至於賈璉爲何會喪失襲爵的資格？張愛玲以爲是受鳳姊牽連，第七回賈雨村的好友冷子興，因古董和人打官司，「冷子興強買古董不遂，求助於雨村，羅織物主入罪，但是自己仍被牽入，險些遞解還鄉。所以後來賈雨村削職問罪，這件案子也發作了，追究當初庇護冷子興的鳳姊——當然是拿著賈璉的帖子去說人情的」。這個推斷確實很精采，但尚未加《風月寶鑑》與寧府之前，賈雨村怎會出現呢？其實光憑賈璉本身的品行與鳳姊的樹敵衆多就足以喪失繼承權了。添寫寧府獲罪之後，榮府兄弟鬩牆的情節是否保留了下來？「賈環是個『燎了毛的小凍貓子』（鳳姊語），近代通稱『偎灶貓』，靠趙姨娘幕後策動，也還是搗亂的本領有限。逼不得已還是不能不寫獲罪，不過賈環奪爵仍舊保留下來。一寫獲罪立刻加了個寧府做爲禍首與煙幕，免得太像曹家本身」[13]。寧府如果是收下罪家財物與亂倫之罪齊發，自然是「首罪」，榮府兄弟爭爵位，頂多只是「不肖」而已，這就是第五回太虛幻境所預言的結局。寫寧府獲罪時，只是用甄家被抄而將財產轉移至寧府做爲影射，最後作者爲何又再改寫爲賈家被抄沒？張愛玲說：「以曹家的歷史，即使不露出寫本朝的破綻來，而表明是宋或明，以便寫刑部貪汚，恐怕仍舊涉嫌『借古諷今』。所以大概沒有選擇的餘地，爲了寫實與合理，只好寫抄沒，不過是抄得罪有應得。」被抄家實在是作者家族最爲慘痛的經驗，難以淡淡抹去，如果像第一個早本所寫只是窮下來，比較沒有說服力，因爲速度不可能那麼快，所以只好寫抄家。抄家之前雖添寫了寧府獲罪，但張愛玲認爲只是寧府獲罪還不夠徹底，要榮府被抄才能造成重大的刺激與鉅變，尤其是對元春而言。二十二回元春所作謎語的謎底是爆竹，庚辰本有批語曰：「纔得僥倖，奈壽不長。」可見她原來被封爲貴妃沒多久就病亡了，五十五回說目今宮中有一位太妃欠安，五十八回就描述「誰知上回所表的那位老太妃已薨」。一曰「太妃」，二曰「老太妃」，確實有些奇怪；而且這兩段都在回文開端，最容易改動的地方。張愛玲判斷這兩回原來寫的就是元妃的生病與死亡，她引的是十八回元宵省親的證據，因爲臨別時元妃說明年還有可能歸省，批註則說「不再之讖」，所以這年年底元妃即應染病，不擬省親，次年開春過世，和五十五、五十八回的時間剛好吻合。爲何要延遲元妃的病亡時間？張愛玲認爲其中一個原因就是讓元春親眼目睹母家獲罪，如果她因此受刺激而死，「那才深刻動人」。改爲榮府犯事後首先在四十八回添寫賈雨村代賈赦構陷石獃子，沒收石家傳世古扇再獻給賈赦的事件，順便在十七八回元妃點《豪宴》這一齣戲時，伏下「賈家之敗」的預兆，《豪宴》是《一捧雪》裏的情節，都是因古董的搶奪而導致家破人亡的故事。第七回冷子興因古董與人打官司，可能就是賈赦石獃子案的前身，居間者都是賈雨村。不過僅是賈赦扇子事發，究竟只是元妃伯父，賈政如果因此被牽連也有限，最後作者才決定將原先賈珍代收甄家財物之罪，移轉給賈政，在七十五回一開始最容易修改之處，添加尤氏聽到甄家犯罪，賈政收受其財物的消息。什麼人就犯什麼錯，賈赦因爲貪幾把扇子而使人家破人亡，連兒子賈璉都不以爲然，犯罪都犯得小家子氣。賈政是正人君子，但爲了朋友道義，有時也會做出危險的事來。據張愛玲考證，榮府犯罪分成兩個步驟添加，先添賈赦再加賈政，而其文學效果是「意義一層深似一層」，確是卓見。

四、證悟與出家的更動

寶玉在第一個早本裏有沒有出家？二十二回悟禪機，寶玉填了〈寄生草〉的詞在偈後，中心自得，便上床睡了。有正本批語：「前夜已悟，今夜又悟，二次翻身不出，故一世墮落無成也。不寫出曲文何辭，卻留與寶釵眼中寫出。」襲人將寶玉的偈與詞拿給黛玉看，黛玉知道是寶玉一時感忿之作，便向襲人道：「作的是頑意兒，無甚關係。」庚辰本有批語：「黛玉說無關係，將來必無關係。余正恐顰玉從此一悟則無妙文可看矣。不想顰兒視之為漠然，更曰『無關係』，可知寶玉不能悟也。」寶玉在二十一回也有一次類似悟的體驗，寫了〈焚花散麝〉一篇小文章，但這兩次都不算是徹底的悟，只是生活中突發的感觸而已，他終究是甘心墮落而一世無成，所以第一個早本裏寶玉沒有出家。俞平伯說：「出家一節，中舉一節，咸非本旨。」周汝昌也說：「雪芹非出世，紅書非證道之書也。」這對第一個早本而言是確解。賈府既無獲罪也沒有抄家，只是漸衰而已，寶玉對家庭是完全沒有責任感的，就像十四回寶玉向鳳姊說：「怎麼咱們家沒人領牌子做東西？」鳳姊道：「人家來領的時候，你還做夢呢。」庚辰夾批：「寫不理家務公子之語。」十九回從襲人眼中看寶玉「性格異常……更有幾件千奇百怪口不能言的毛病兒。……更覺放蕩弛縱，任性恣情，最不喜務正」。張愛玲考察「各種續書中，只有端方本很明顯的缺獲罪抄沒，只繼續第七十二回的『家道艱難』，再加上寶玉婚後更『放縱』『流蕩』，『年長』時終於無法維持生活」。可見這個早本是性格悲劇，不只是寶玉為自己的任性所誤，「黛玉一生是聰明所誤。……阿鳳是機心所誤。寶釵是博知所誤。湘雲是自愛所誤。襲人是好勝所誤」(二十二回有正本批語)。鳳姊在這個早本裏沒有被休棄，只是用心過度，病發而亡。「黛玉太聰明了，過於敏感，自己傷身體。寶釵無所不知，無所不曉。娶了個 Mrs. Know-All，不免影響夫妻感情」[14]。

這時的婚姻對象自然是寶釵，但寶釵早卒，寶玉續娶湘雲，兩人在窮困的環境中相互扶持至暮年。王伯沆批王希廉本《紅樓夢》，第二十一回批曰：「寶玉實娶湘雲，晚年貧極，夫婦在都中拾煤球爲活云。」四十九回則批曰：「曾在京師見《癡人說夢》一書，頗多本書異事，如寶玉所娶係湘雲，其後流落飢寒，至栖於街卒木棚中云云。」[15]周汝昌曾經解釋說寶玉實在窮得沒有住處，所以住在街卒所住的木棚裏，不是他本人去充當街兵。無論如何寶玉會落入相當貧困的境地。這個最初的早本也留下了許多痕跡，第一回甄士隱註解〈好了歌〉，有一句是「展眼乞丐人皆謗」，夾批曰「甄玉賈玉一干人」；第三回寫寶玉的〈西江月〉裏也有「富貴不知樂業，貧窮難耐凄涼」的詩句；第十九回批語曰：「留與下部後數十回『寒冬噎酸虀，雪夜圍破氈』等處對看。」三十一回則有「因麒麟伏白首雙星」的舊回目，暗示寶湘二人白首偕老；四十九回，寶玉湘雲商量吃鹿肉，李嬸娘大感好奇，向李紈提出詢問時也不提名字，只說「一個帶玉的哥兒和那一個掛金麒麟的姊兒」，直指「金玉良緣」的結局。黛玉笑湘雲啖腥茹血，是作賤「蘆雪庵」，並說：「那裏找這一羣花子去！」「花子」正是乞丐的別名。

添寫賈赦時，就準備讓賈環越過賈璉寶玉而承襲爵位，依寶玉的個性也不會去爭奪，彼時榮府漸衰，寶玉會備受指責，也給了趙姨娘賈環有機可乘。再加寧府獲罪時，榮府略受波及而已，寶玉此時的悲劇主要是在遷出大觀園，七十七回逐晴雯，王夫人吩咐襲人等人：「明年一併給我仍舊搬出去心淨。」庚辰本評語：「若無此一番更變，不獨終無散場之局，且亦大不近乎情理。」不出園就無法散場，可見後文沒有抄家。寶釵寶玉遷出，迎探出嫁，黛玉病亡，剩下李紈惜春也會搬出，庭園自然冷落下來，二十六回寫瀟湘館「鳳尾森森，龍吟細細」，夾批曰：「與後文『落葉蕭蕭，寒煙漠漠』一對，可傷可嘆！」也可見大觀園沒有抄沒，只是無人居住，蕭條冷漠而已。添寫寶玉出家到底在什麼時候？這牽涉到寶玉爲何而出家。像顧頡剛就認爲寶玉是窮了之後，不能治生而出家，俞平伯原來認爲出家的寫法不是作者的本意，後來被顧頡剛說服，接受寶玉窮困後出家的講法，還舉了「貧窮難耐淒涼」的句子來證明，「若甘心出家，何謂『難耐淒涼』乎？」這種見解不能完全反駁，就像《金瓶梅》裏的陳敬濟一樣，窮得無處安身，只好出家當道士，混一口飯吃。俞平伯甚至認爲寶玉出家應在四十八、九歲，因爲二十五回講寶玉十五歲，「塵緣已滿□□了」，俞平伯說：「二字塗改不明，似『入三』，疑爲『十三』之誤，謂塵緣已滿十之三了。」張愛玲對這個看法表示驚嘆：「甄士隱五十二、三歲出家，倒眞是賈寶玉的影子。寫他一生潦倒，到這年紀才出家，也是實在無路可走了，所謂『眼前無路想回頭』(第二回)，與程本的少年公子出家大不相同，毫不淒豔，那樣黯淡無味、寫實，即在現代小說裏也是大膽的嘗試。」但她畢竟根據甲戌本，看出「十三」應是「大半」兩個字，所以寶玉出家應不到三十歲。假若寶玉窮了出家，是否終老都只是個貧僧？第二回賈雨村途經一所破廟，裏面有個老僧「既聾且昏，齒落舌鈍，所答非所問」。靖藏本硃筆眉批：「雨村畢竟還是俗眼，只識得雙玉等未覺之先，卻不曉得既證之後。」這個批語可能只對了一半，寶玉未必是證悟之後出家，只是不耐清貧而已，二十二回那兩句「二次翻身不出」、「可知寶玉不能悟也」的舊批語仍然有效。窮了之後出家，出家之後以貧僧終老的寫法適用於添寫賈赦或再添寧府的階段，顯示證悟是相當艱難的，寶玉的消極也是徹底的。

寶玉證悟式、主動式的出家應該是與榮府被抄一起改寫的。像俞平伯或周汝昌，因為強調是自傳，必以曹雪芹的生平為基礎，所以不大願意承認有出家的情節，後來因為證據明顯，只得勉強認同窮了之後被動出家的說法。既願意承認作者有寫出家的可能，就已經超出曹雪芹的傳記了，何不完全拋棄自傳的說法，完全從虛構的角度來肯定作者有寫主動出家的可能？三十回與三十一回，寶玉分別向黛玉與襲人說「你死了，我做和尚」的話，黛玉認為他是開玩笑，如果黛玉不死，或許這眞是玩笑話。二十一回批語說寶玉有「情極之毒」，所以後文有「懸崖撒手」一回，意思是狠心拋下，有積極主動的意味。張愛玲認為「寶玉最後將寶釵『棄而為僧』，不能不顧到她的生活無著。如果襲人已經把他們夫婦倆接了去，一方面固然加強了襲人對寶玉的母性，而寶玉不但後顧無憂，也可見他不是窮途末路才去做和尚。這該是添寫襲人迎養寶玉、寶釵的主因。出家是經過考慮然後剃度的，不是突如其來被仙人度化了去，這也是一個旁證。這樣看來，『花襲人有始有終』毫無事實的根據，完全是創作」。寶玉出家如果是離開蔣玉菡家，至少有一半是為襲人，不完全為了黛玉，而且他出家還有一個更重要的理由，那就是家族基業畢竟不堪一擊，世事看透了也都是不穩靠的。所以出家的改寫配合著抄家是非常必要的，順理成章，不像有些小說為完結而寫出家。十七、十八回元妃點戲，有一齣《仙緣》，批註曰：「『邯鄲夢』中，伏甄寶玉送玉。」張愛玲的解釋「甄家抄了家，甄寶玉流為乞丐，出家得了道，把寶玉再次丟了的玉送了回來，點醒了他。寶玉不久就削髮為僧，人與玉一同走了」。其實也可能是賈寶玉出家時，甄寶玉在場相送。俞平伯認為安排一甄一賈，落了小說家俗套。影像重疊的寫法到現代小說裏，依然有它獨特的藝術魅力，只是看怎麼運用。也有評者從現代心理學來分析，認為甄是賈的超自我⑯，可見曹雪芹的技巧確實是超越時代的。

五、黛玉湘雲情節的增加與刪減

黛玉與寶玉之間，那些情感熱熾的部分如題帕，據張愛玲考證可能是後添的，甚至是作者「去世前數月內改寫的」。她所提出的理由是二十九回到三十五回這七回是兩人情感的高潮，除了少量原文連批註一併保留下來，此外全無回內批。這七回謄清後也沒經批者過目，就傳抄了出去，因此一直也沒有加批，應該是作者已經過世才有這種情形。第二十九回前半來自極早的本子，大姊兒巧姊兒還是兩個，後半與前半有明顯的區隔，寫的正是寶黛兩人因金玉配的問題，發生劇烈爭執，寶玉憤而砸玉的情形，三十、三十一回寶玉向黛玉襲人說做和尙的話，這些都是後添的；三十二、三十三回有金釧事件，金釧這個人物據張愛玲考證也是後加的。三十四回就是「題帕」的情節，留下兩人傳送私情的證據，這回原本寫薛蟠為蔣玉菡與寶玉爭風吃醋，間接告訴了賈政，造成寶玉被打的情節，後來改成薛蟠是被冤枉的。寶玉受傷後，黛玉來探望並勸告，寶玉說：「就便為這些人死了，也是情願的！」據三十六回批語：「每逢此時就忘卻嚴父，可知前云『為你們死也情願』不假。」張愛玲認為原來是寶玉在夢中向金釧蔣玉菡說：「為你們死也情願。」最後又改成向黛玉說：「為這些人死也情願。」顯示他們兩人之間有一種特殊的了解。三十五回有金釧的妹妹玉釧，也是添寫的人物。回末「只聽黛玉在院內說話，寶玉忙叫快請」，可見作者預備添寫黛玉再度來探病，但下回還沒改寫就過世了，所以三十五回與三十六回之間無法銜接。「寫寶黛的場面正得心應手時被斬斷了，令人痛惜」[17]。三十五回之後，兩人的感情就停滯不前，沒有任何發展。評家太平閒人解釋為年紀漸長，已經知道約束了。張愛玲說這是曲解，應該是來不及寫。客觀來說，寶黛的兩人世界從三十五回之後確實有原地踏步的嫌疑，只在小地方傳情，似乎有等待命運來收拾殘局的味道，過於消極。

這七回中夾著三十一回的舊回目「因麒麟伏白首雙星」，可見原本想要發出寶玉湘雲白首偕老的預兆，這分明是第一個早本的結局。張愛玲說：「寫寶玉湘雲的苦況一直寫到寶玉死去為止。這結局即使置之於近代小說之列，讀者也不易接受。但是與百回《紅樓夢》的『末回情榜』、『青埂峰下證了情緣』一比，這一個早本結得多麼寫實、現代化！從現代化改為傳統化，本來是此書改寫的特點之一。藝術上成熟與否當然又是一回事。」她對於寶湘二人窮苦終老的結局戀戀不捨，這與文學品味大有關係，在〈談看書〉一文中她曾說：「當然實事不過是原料，我是對創作苛求，而對原料非常愛好，並不是『尊重事實』，偏嗜它特有的一種韻味，其實也就是人生味，而這種意境像植物一樣嬌嫩，移植得一個不對會死的。」[18]因為曹雪芹和脂硯齋都沒有出家[19]，所以寶玉和湘雲偕老是「事實」，寶玉出家則是「創作」；前者具備人生韻味，後者表現藝術素養，各有擅長。湘雲在早本裏占有比較多的篇幅，三十二回襲人向湘雲提到十年前，主僕兩人曾在西邊暖閣說夜話，這部分的描寫後來刪掉了。張愛玲認為她們兩個所說「不害臊」的話，內容是兩人同嫁一個丈夫，好永遠不分開。這個推測大膽而合理，因為在早本裏，襲人因為對寶玉失望而主動求去[20]，湘雲卻嫁給落難的寶玉，一來一去，兩人還是無法在一起。「預言的應驗含有強烈的諷刺，正像許多神話裏有三個願望一一如願，而得不償失，使人啼笑皆非」㉑。在早本裏，黛玉來賈府之前，作者應該會寫湘雲寶玉幼小時與賈母住在一起，襲人服侍湘雲，兩人情同姊妹的畫面。現在的第一、二回都是後來添加，早本裏只有楔子，還有湘雲幼年在賈家長住的情景，其容貌應該也會有大概的形容，但這些都除了去，她的地位爲黛玉取代，「湘雲倒是寶玉確實對她有感情的。但是湘雲對黛玉有時候酸溜溜的，彷彿是因爲從前是她與寶玉跟著賈母住，有一種兒童妒忌新生弟妹奪寵的心理。她與寶黛的早熟剛巧相反」。「她稚氣，帶幾分憨，因此更天眞無邪」。「湘雲最接近俠女的典型，而俠女必須無情，至少情竇未開」。張愛玲對湘雲的了解著重在「天眞」與「不知愛情」上，前者猶可說，後者恐怕會有爭議，像俞平伯認爲作者寫寶玉洗湘雲用過之殘水，湘雲爲寶玉梳頭皆非無意之筆。我們都知道最後留在寶玉身邊的侍妾是麝月㉒，二十回寫的正是寶玉替麝月篦頭的情景，所以湘雲替寶玉梳頭是否暗示早本裏白首的結局？湘雲對黛玉的醋意也不能完全從兒童心理來解讀，她的聰慧和黛玉應不相上下，五十回爭聯即景詩可以證明。二十二回批語：「湘雲爲自愛所誤。」歷來沒有紅學家能夠解釋，俞平伯就說「不可解」，張愛玲推斷：「是指第一個早本內，再醮寶玉前，其實她不是沒有出路，可以不必去跟寶玉受苦，不過她是有所不爲。」此說高明而恰當，不愧爲一流小說家之見。《風月寶鑑》加入後，在太虛幻境裏預言她早寡，而對象也改爲短壽的衞若蘭。湘雲與黛玉一消一長，理由是「等到寶黛故事有了它自己的生命，愛情不論時代，都有一種排他性」。首先改掉的就是湘雲與寶玉白首的結局，寶玉改爲出家後的第一個本子內，對黛玉還不能專情，「寶玉思慕太多，而又富於同情心與想像力，以致人我不分，念念不忘」㉓，這是他的弱點。一直要到作者去世前不久，才讓寶玉對黛玉專情，例如將三十四回對蔣玉菡所說「爲你們死也情願」的話，改爲對黛玉說「爲這些人死也情願」，情感從分散於衆人中逐漸收束歸結於黛玉身上。筆者在《紅樓夢人物研究》一書，懷疑絳珠草的故事是後添的，在黛玉取代湘雲成爲寶玉的青梅竹馬，甚至成爲寶玉專情的對象時，所以和大荒山青埂峰的神話似乎不相干㉔，從兩位人物消長的情形來看，這個懷疑應該可以確定了。另外，在第五回太虛幻境中，仙子提到「絳珠妹子」要「前來遊玩」，太虛幻境既然是《風月寶鑑》加入才有，絳珠的說法必定不早。何況脂評中但見「石兄」之名，未見「神瑛兄」之詞？張愛玲說書中寫黛玉「通身沒有細節，只是一種姿態，一種聲音」。寫她的衣服也是沒有時間性的，「世外仙姝應當有一種縹緲的感覺」，爲何筆調如此浪漫？因爲黛玉是脂硯小時候的意中人，「大概也是寄住在他們家的孤兒」，「其實不過是根據那女孩的個性輪廓，葬花聞曲都是虛構的，否則（脂硯）會指出實有其事」。換言之，有關黛玉的描寫原本就是想像多於寫實，也只有高明的虛構才能產生如此精采的文學人物。

註釋

❶俞平伯的意見全部收錄於《俞平伯論紅樓夢》（上海：古籍）一書中。

❷張愛玲有一篇散文〈憶胡適之〉，其中說到：「跟適之先生談，我確是如對神明。」收錄於《張看》（台北：皇冠）一書。

❸本文所引《紅樓夢魘》（台北：皇冠，一九七七）。

❹本文所引《紅樓夢》皆以《紅樓夢校注》（台北：里仁）。

❺本文有關脂硯齋評語或其他批語、夾批之引用，皆以《新編石頭記脂硯齋評語輯校》（台北：聯經）爲本。

❻周汝昌的意見皆收錄於《紅樓夢新證》（北京：人民文學）一書中。

❼同註❸，頁三三〇。

❽同註❸，頁三三一。

❾見其書，頁五〇。（台北：時報）。

❿顧頡剛與俞平伯討論《紅樓夢》的信件收錄於《俞平伯論紅樓夢》一書中。

⓫張愛玲在〈二詳紅樓夢〉一文中，從時間上來推算作者原先並不預備補寫秦可卿生病。第十回張友士診斷說是「今年一冬是不相干」，只要能挨過次年春分就有生望。此後改寫賈瑞，同年臘月凍病了，「不上一年，……又臘盡春回」，方才病故。賈瑞死在秦可卿之前，可見她的病拖過次年春分，已經痊癒，再到下年初春時才突然過世。所以刪天香樓時，「是寫秦氏無疾而終，並不預備補寫她生過病。只有徹底代她洗刷的畸笏才會主張把她暴卒這一點也隱去」。見《紅樓夢魘》，頁一五七。

⓬同註❸，頁二七八。

⓭同註❸，頁四二〇。

⓮同註❸，頁三八五。張愛玲對寶釵的評語還有「寶釵雖高雅，在這些人裏她受禮教的薰陶最深，世故也深，所以比較是他們那時代的人」。見頁二五。

⓯王伯沆批語見周汝昌《紅樓夢新證》一書，頁九二九—三〇。

⓰請參考陳炳良〈紅樓夢中的神話與心理〉一文，收錄於《紅樓夢藝術論》（台北：里仁）一書中。

⓱同註❸，頁四〇五。

⓲見張愛玲散文集《張看》（台北：皇冠）一書，頁二一八。

⑲張愛玲說：「批者作者公認寶玉是寫脂硯，而個性中也有曹雪芹成分。」「一說曹顒生了個遺腹子曹天佑，那麼闔家只有他一個人是曹寅嫡系子孫。脂硯如果是曹天佑，那正合寶玉的特殊身分——在書中的解釋是祖母溺愛，又是元妃親自教讀的愛弟。」見於頁二二四與二二五。

⑳張愛玲根據庚本眉批：「花解語一段，乃襲卿滿心滿意將玉兄爲終身得靠，千妥萬當，故有是。」推論出：「想必窮了之後寶玉不求進取，對家庭沒有責任感，使襲人灰心。正值榮府支持不了，把婢僕都打發了。花家接她回去，替她說親。」見於頁二四七。

㉑同註❸，頁三五四。

㉒《紅樓夢》二十回批語：「閑上一段兒女口舌，卻寫麝月一人。有襲人出嫁之後，寶玉寶釵身邊還有一人，雖不及襲人周到，亦可免微嫌小敝等患，方不負寶釵之爲人也。故襲人出嫁後云『好歹留著麝月』一語，寶玉便依從此話。」見註❺書，頁三三四。

㉓同註❸，頁三八八。

㉔見其書，頁二七六。大安出版。

張愛玲和日本

——談談她的散文中的幾個事實

池上貞子

在日本，對於中國現代文學的研究，除一小部分外，主要是以反映中國大陸的研究動向者居多。人們對於張愛玲的作品引起注意，只是最近的事情。八〇年代後期，中國大陸實行經濟開放政策，隨之，張愛玲的文學引起了文學界的注視，在日本，也開始出現熱中於她的讀者及研究者。我自己是從八〇年代中期起開始閱讀她的作品的。曾經發表過幾篇很膚淺的論文，也翻譯過她的作品。今天，能夠在衆多張愛玲研究專家的面前發言，我感到高興，光榮。同時，我心裏也充滿了害怕和羞澀的心情。我衷心希望在座的諸位能對我不吝賜教。一個日本人有幸得到在中國人面前發表自己見解的機會，因此，我選擇了張愛玲和日本這樣一個題目。這次，因爲篇幅和時間的關係，我僅想把我在日本國內調查到的張愛玲散文中和日本有關的幾個事實向諸位披露一下。如果能對諸位的張愛玲研究提供一點線索，我將感到十分榮幸。

一、關於張愛玲作品的日語譯本

大家知道日本最早的「張迷」是誰嗎？談到這一點，話題必須回到四〇年代，上海的淪陷時代。當時，上海發行過一部叫《大陸新報》的報紙。這份報紙從一九三九年到日本戰敗一直由大陸新報社發行。《大陸新報》上有中國報紙稱之為「副刊」（文化欄）的欄目。在那個欄目裏，自一九四四年六月二十日起至二十八日，分為七回連載了張愛玲的〈燼餘錄〉的譯文。譯者是與汪精衛政權有極深關係的記者室伏高信❶的女兒克拉拉（クララ）。二十日，即，與第一次的連載同時，刊載了若江得行（一九一〇—一九七二）的文章〈愛・愛玲記〉。當時，若江是上海東亞同文書院的教授，講授英國文學。他與張資平、陶晶孫有交往。而對於張愛玲似乎是一無所知。讀了刊載於《天地》第五期的〈燼餘錄〉後，他寫到「她用主觀、客觀及各種手法巧妙地描寫了戰時的香港的情況，而且，她特別注重生動地描繪主要人物，手法不同凡響」。自那以後，他閱讀了張愛玲的許多散文作品，高度評價說，張愛玲對於英國文學以及中國古典文學的造詣頗深，意義十分重大。他期望張愛玲能涉獵一下日本文學。同時，他期待張愛玲做為女作家，能在家庭小說的領域一顯身手。在文章的最後部分，他著意滿懷激情地寫道：「衷心希望（張愛玲）知道，有一個日本人，每當新刊雜誌出版時，總是急不可待的奔向街頭。」

這位若江得行堪稱日本人中的第一號「張迷」。至於談到我本人為什麼對張愛玲感興趣，那主要是因為法政大學名譽教授尾坂德司先生的推薦。尾坂先生做為中國現代文學尤其是文學史的研究家很有名氣。他發表過很多著作、翻譯。以前在東亞同文書院時，他和若江是同事。聽尾坂先生說，若江對張愛玲很著迷，經常談起她。不過，尾坂先生基於自己自十歲起在中國長大的切身體會，他傾向於對左翼系統的文學感興趣。談到張愛玲，他的印象是「盛氣凌人的小姐派頭文學」。

此外，據當時的雜誌《風雨談》的「文壇消息」說，依舊是在上海刊行的日語婦女雜誌《婦人大陸》上，也曾與別的女作家的作品一起，刊載過張愛玲的翻譯小說。不過，對此我尚沒有確認。

五〇年代，張愛玲的《赤地之戀》（《赤い戀》，柏謙作譯，東京：生活社，1955）和《秧歌》（《農民音樂隊》，並河亮譯，東京：時事通信社，1956）這兩部長篇小說，均由英語轉譯爲日語。

進入九〇年代，寶島社（當時叫JICC出版社）出版了《浪漫都市故事》（1991），其中收錄了張愛玲的〈私語〉、〈燼餘錄〉、〈封鎖〉、〈傾城之戀〉、〈到底是上海人〉。擔當解說的是東京大學教授（當時是副教授）藤井省三氏。藤井氏詳細考察了四〇年代上海的狀況，論述了當時張愛玲所處的位置及她的文學。而譯者均爲東京大學藤井氏的研究生。藤井氏在編集《中國幽默小說傑作選》（白水社，1992）時，自己翻譯出版了張愛玲的〈洋人看京戲及其他〉。我也於一九九五年三月出版了《傾城之戀》（《傾城の戀》，平凡社），其中收錄了〈傾城之戀〉、〈留情〉和〈金鎖記〉。也許還有其他譯本或譯文，但，據我所掌握的情況，在日本只有上述這些。不過，遺憾的是，在日本張愛玲的讀者層尚不多，她還不是一位廣爲人知的作家。

二、散文中的幾個事實

1.〈忘不了的畫〉

張愛玲是怎麼看日本和日本人的呢？她在小說中正面談及日本及日本人的地方很少，在散文中也只是一鱗半爪地涉及到一些。其中有代表性的作品有〈忘不了的畫〉(《雜誌》，1944.9)、〈談跳舞〉(《雜誌》，1944.11)、〈雙聲〉(《天地》，1945.3) 等。胡蘭成寫的《今生今世》中，記載了他從日本大使館館員池田（篤紀）那裏借了版畫和浮世繪，與張愛玲兩人一起鑑賞時的情景❷。〈忘不了的畫〉描寫的便是她看到那幾幅名畫時的印象。開頭部分寫的是她自己喜歡的高更和美國畫家的畫，後來談到日本的美人畫〈青樓十二時〉中的丑時的畫。〈青樓十二時〉畫正如張愛玲所描寫的那樣，表現的是藝妓一天二十四小時的生活。是江戶時代日本有名的浮世繪畫家喜多川歌麿的作品。從子時到亥時共十二張。丑時的畫如圖一所示，這一張是〈青樓十二時〉中的代表作，描繪的是深夜去廁所小解的妓女的形象。她右手拿著手紙，左手拿著蚊香或是線香。也許那是爲了除味吧？有人解說道，那正在穿倒放著的草屐的、女性的身材修長的姿態，並非是出自歌麿的手筆，而是他受到競爭對手鳥文齋榮之的啓發創作的。

張愛玲寫那篇散文時似乎並非是邊看畫邊寫的，而是憑藉著自己的記憶。她的文章是這樣描寫的，「深宵的女人換上家用的木屐，一隻手捉住胸前的輕花衣服，防它滑下肩來，一隻手握著一炷香，香頭飄出細細的煙。有丫頭蹲在一邊伺候著，畫得比她小許多。……」她描寫的是幾張畫？也許在她的記憶中，把巳時和丑時的畫混在一起了。(圖二)

上面說的再當別論，張愛玲對於畫家的態度——即畫家對於藝妓「那倍異的尊重和鄭重」，她覺得「難以理解」。即，她認爲在中國，藝妓出色是由於個人的因素，而在日本，是由於制度形成的。在這裏，她所說的制度化，是否亦可以理解爲形式化、集團化？日本傳統文化的繼承方法中有一種叫「家元制度」，也許那其中有著日本人共通的特質。在這裏，她提出一個結論：

（圖一）

（圖二）

這樣地把妓女來理想化了，我能想到的唯一解釋是日本人對於訓練的重視，而藝妓，因爲訓練得格外徹底，所以格外接近女性的美善的標準。不然我們再也不能懂得谷崎潤一郎在《神與人之間》裏爲什麼以一個藝妓來代表他的「聖潔的 Madonna」。

然而，對於這部小說，日本人的通常的理解是，那位女性雖然原來出身藝妓，卻恪守婦德十分聖潔，因此被做爲 Madonna ❸。

再，還有一個是她所談到的「山姥與金太郎」。與此題目相同的日本畫及浮世繪很多，從她描寫的情況分析，看來仍舊是喜多川歌麿的浮世繪。請參照圖三和圖四。

2.〈談跳舞〉

張愛玲在〈談跳舞〉一文中談完了西洋和中國的舞蹈後，也談到了日本的東寶歌舞團。東寶歌舞團指的是創立於一九三五年日本劇場專屬的舞蹈團——「Nichigeki dancing team」日劇舞蹈團。一九四〇年，爲了避開英語改稱爲「東寶舞蹈隊」❹。一九四三年三月至六月在中國公演，其後他們參加了日中合作的電影《萬紫千紅》的攝製。張愛玲當時在上海可能看到的東寶舞蹈隊的一般公演，其日程如下：

四月八日—十八日　南京大戲院
五月六日—十二日　上海劇院

（圖三）

（圖四）

五月十五日—二十一日　南京大戲院

此外，東寶歌舞團還爲軍隊首腦、日本和汪精衛政權的要人舉辦招待公演，爲在附近駐防的日本部隊也舉辦了慰問演出。一般公演的節目有上述三種，至於其中有沒有什麼變更，情況不明。不過，團長澀澤秀雄，東寶會長（他做爲隨筆作家在日本也很出名）在四月九日的日記中，對那天演出的節目做了詳細的記述❺。

東寶舞蹈隊的日程安排得很緊，每天連著打通宵，他們參加了李麗華主演的電影《萬紫千紅》的攝製後，於六月十七日踏上歸國的旅途。雖然有人說這是當場偶然決定的，但是，實際上，好像在決定去中國公演時，已經制定好了與中國聯合攝製日中的第一部音樂舞蹈電影的計畫❻。

當時，是張愛玲在英文雜誌《二十世紀》發表影評的時期，她談到了《萬紫千紅》。最近，在《聯合文學》一九八七年三月號上，陳炳良先生翻譯介紹了《萬紫千紅》和《燕迎春》。該雜誌的五十三頁上介紹了當時的英語廣告「WITH TAKARAZUKA OPERATIC REVUE Show Girls」，即：是和寶塚歌劇團共演的。諸位知道，寶塚歌劇團和日劇舞蹈團（這時叫東寶舞蹈隊）是完全不同的兩個團體。據有關人士確認，當時，寶塚歌劇團沒有在中國舉行過公演。不知道這是無意中出現的失誤，抑或是有意識這樣寫的。我個人以爲，在那幾年前的一九三九年四月至六月，前面提到的澀澤秀雄身爲團長曾帶領寶塚歌劇團去美國公演，《紐約時報》當時高度評價說，她們是「charming looking girls」，也許是英語廣告那樣寫和寶塚歌劇團在美國廣爲人知有關❼。

此外，張愛玲看過日本電影《舞城祕史》（原題《阿波の踊子》），一九四一年由東寶電影製片廠牧野正博導演、主角由長谷川一夫、入江たか日子擔當，在日本於同年首次上映。我不太清楚在上海上映時的情況，現在有自一九四三年二月十三日起至十八日在上海大華大戲院(ROXY)上映時的記錄❽。《狸宮歌聲》(原題是《狸御殿》。這是系列片，根據情況分析可能是《歌ふ狸御殿》)一九四二年在大映由木村惠吾導演，由高山廣子主演，在日本同年十一月首次上映。在上海的上映，可能是一九四三年，在大華大戲院，因爲從一九四三年一月開始，大華大戲院專門上演日本電影。

3. 〈雙聲〉

正如大家所知道的那樣，〈忘不了的畫〉和〈談跳舞〉這兩篇散文收在《流言》裏。其半年後寫的〈雙聲〉中，有相當大的部分談的是對於日本文化的想法。這篇作品屬於散文，可是，寫法有些獨特，怎麼說好呢，就是寫得有些調皮。作品中所設定的場面是以貘夢(指的是張愛玲的密友法蒂瑪吧？)和張愛玲兩個女性在咖啡店喝著茶閒聊爲主線。也可以說是一篇小小說，或是雙簧戲的劇本。即，內容是散文，而形式卻是小說。作者並非直接對讀者闡述自己的主張，而是站在第三者的立場，自己描述自己和朋友談話的情景。

看她們談到日本的部分，貘夢好像是說日本的文化幼稚，沒有耐人尋味的地方。說點題外的話，當年和魯迅先生有深交的內山完造在上海時，曾經爲了中國人和日本人之間相互溝通，費盡了心機。內山完造寫過〈彼此的常識〉(〈お互いの常識〉)一文❾。寫的是在一次中日座談會上，大家列舉的中國人和日本人彼此最基本的常識，對此內山一一加了解說。至於日本人對中國人的看法，如果在座的諸位有想知道的，會後容我單獨告訴您。下面是中國人對日本人的看法：日本人膽小、性急、陰險、小氣、對中國人持侮辱觀念、用人朝前、不用人朝後、酗酒、好打人、太嚴厲難以接近、表面和氣並不是眞心、理論淺薄、辦事虎頭蛇尾、不可信賴，最後還要加上一條幼稚。

張愛玲在〈談跳舞〉一文中談到，她看〈獅與蝶〉（舞蹈）時感受到的恐怖，她接著說，「這種恐怖是很深很深的小孩子的恐怖。還是日本人頂懂得小孩子，也許因爲他們自己也是小孩。他們最偉大的時候是對小孩說話的時候。……」

這樣看來，剛才介紹的貘夢的話，也許代表了當時中國人比較普遍的見解。不過，張愛玲儘管同意貘夢的話，不過，她也發表了自己的獨到見解。

對於我，倒不是完全因爲他們的稚氣。因爲我是中國人，喜歡那種古中國的厚道含蓄。他們有一種含蓄的空氣。

他們有許多感情都是浮面的。對於他們不熟悉的東西，他們沒有感情；對於熟悉的東西，每一樣他們都有一個規定的感情——「應當怎樣想」。

可是，同西洋同中國現代的文明比較起來，我還是情願日本的文明的。

張愛玲和貘夢又以和外國人結婚的日本女性以及居住在美國的日籍僑民爲例，談到日本女性。我做爲一個日本女性，對她們的那些見解感觸頗深。

從張愛玲對於日本的物品（版畫、服裝、漆器……）的嗜好，以及胡蘭成談到的她的癖好（做爲中國人她有潔癖，用錢仔細）等特點來看，是否可以認爲她的那些見解是因爲與她自己的性格有相通的部分，或者是有與此相容的部分。探討日本人和張愛玲個人性格之間的異同，張愛玲完全是以個人的感情去感受日本及日本文化的，在審美感上可以說她與日本人有著共通的地方。然而，不同的是，日本人的審美感是約定俗成的（用張愛玲的話說是制度化了的），即，日本人都是用相同的眼光看待問題，而張愛玲在中國卻是獨自一人和日本及日本文化產生著某些共鳴。

一些中國人也許甚至認爲日本沒有什麼文化，像張愛玲那種自尊心強的人竟然認眞地面對日本文化，這無疑與她當時的處境有關，也是由於她那討厭「制度化」的個性形成的，因此，她在批判的同時，亦給了日本一定的評價。她把自己感覺好的東西統統歸爲好的一類。

然而，從「因爲我是中國人，喜歡那種古中國的厚道含蓄。他們有一種含蓄的空氣」的句子看來，位於她腦海深處的依然是中國。以前，在談到她的人生時，我寫過「她的這種思想既使她保持了自己的個人主義，又以此避免了當漢奸，維護了自己做爲中華民族一員的節操和榮譽」[10]。關於她的感性，似乎也可以這樣說。也許，正是因爲這個，她才保住了自己的面子。胡蘭成曾經說過，她是「民國世界的臨水花人」[11]。這個評價主要是指她的爲人以及對於文學的影響，不過，我認爲在她的「民族性」上也可以這樣說的。

4.〈星期五的花〉（〈金曜日の花〉）和阿部知二

據〈雙聲〉原註的解釋，說貘夢的貘字，是從「阿部教授」講的日本有食夢的動物「貘」那些話受到啓示，才用了這個字。其實在日本，關於貘各種書籍有很多解釋，其中最有名的是國語詞典《廣辭苑》（岩波書店），它是這樣解釋的：

> 中國想像中的動物。形似熊，鼻如象，目如犀，尾像牛，足像虎，毛有黑白斑紋，頭小，傳說食人惡夢。鋪其皮寢，可避邪氣。

〈雙聲〉中有兩人談及阿部教授的小說〈星期五的花〉的段落。看她們的談話，好像她們在這篇小說裏沒能找到值得一談的東西。

這裏所說的阿部教授指的是阿部知二（一九〇三—一九七三）。他在當時已經是以〈冬天的旅館〉（〈冬の宿〉）、〈北京〉等小說而知名的作家。阿部曾在明治大學講授英國文學。他的作品風格是以人道主義爲基調，被稱之爲「主知派文學」。他第一次是一九三五年，到北京、滿洲（中國東北）旅行，後來多次訪問大陸。自一九四四年九月起，至次年的三月，他曾在上海的聖約翰大學任教。關於阿部去聖約翰大學赴任一事，阿部知二的研究家竹松良明氏說：「因爲那是一所基督教大學，盡量想多聘用日本人教師，否則，校方擔心日本軍隊會進行封鎖。通過前一年阿部來上海的關係招聘了知二。」⑫

〈星期五的花〉最初於一九三九年發表在河出書房發行的雜誌《知性》上，後來，收錄在改造社刊行的《新日本文學選集第十六卷》（1941）裏。戰後編集的《阿部知二作品集》（河出書房，1952）全五卷是阿部本人編集的，〈星期五的花〉收在第一卷裏。在解說中他是這樣寫的：

……很偶然的原因，被譯成英文在上海出版了⑬。我記得從一個不知名的中國女性那裏來了一封信。還有一個人，她是中國和印度的混血，我在上海期間，她對我說，〈星期五的花〉淺淡柔弱，在那裏使人感受到東洋的脆弱。

阿部知二所說的中國和印度的混血，無疑指的是貘夢，即法蒂瑪。阿部對她的印象似乎挺深，他在寫關於聖約翰大學的學生的作品〈追憶〉時，貘夢以M在文中出現。

這樣，兩個年級三十幾名學生的大多數，不知不覺之中和我成了朋友。其中最好鬥的是一個父親是印度珠寶商，母親是中國人的叫M的女學生。考試結束後，休春假時，她到我那周圍住的都是軍屬，寒酸的宿舍來看我。她的英語說得很快，很難聽懂。她發表了對日本及日本人最徹底的嫌惡感情後，把我帶到她的朋友，一個從香港逃難來的女作家的家裏。那個叫C的年輕作家生活很苦。聽說她是李鴻章的曾孫，穿著十分華麗。我和M一邊倒著白開水，和她坐在沒有一絲熱氣的房間裏談論文學。幾天後，我受邀去看她寫的劇作的演出。情節我不太明白，好像是以日軍侵占香港為背景，描寫年輕的姑娘和海外華僑戀愛的故事。⑭

就是說，張愛玲通過法蒂瑪與阿部相識，在張愛玲家談了文學。而且，張愛玲把自己寫的〈傾城之戀〉改編成劇本，在劇場上演時，曾經邀請阿部去觀看。據我現在的調查，這是唯一的阿部談到張愛玲的地方。

〈星期五的花〉的大致情節是這樣的：

戰爭期間，在東京的郊外住著一位即將步入老年的大學教授。自從車站前新開了一家花店後，突然，他開始買花回家。他買的並非是年輕時喜歡的白花和藍花，而是色彩豔麗的紅花。而且，總是在星期五買花。妻子和女兒十分驚喜，可是，正在準備應考的兒子卻總是以看透了似的諷刺的目光看著他，使他感到難堪。教授買花好像和花店女主人的存在有關。有一段時期，他終止了買花，那是因爲他在花店看見有一個別的男人的身影。不久，那個男人的身影消失，他又重新恢復了買花。兒子照舊用諷刺的目光看著他……。

故事情節的確很單純，不過，從阿部知二的創作思想、創作經歷以及一九三九年這一特殊的年代考慮，他描寫的並非是單純的小市民生活。自一九三〇年代中期起，在日本，軍國主義的風潮日漸濃厚，在市民生活上投下陰影。對於作家這一類喜歡自由思考，自由表現自己思想的人來說，那種空氣顯得格外沉重。一九三五年以後，阿部屢次去中國，其背景很多也就是在於此。阿部被稱爲主知派作家，他的寫作作風是排開「思想」（在此是指左翼思想）和政治性。在無產階級文學占主流的三〇年代前期，他被看做是消極派或態度曖昧派。然而，當無產階級文學受到鎮壓，處於崩潰狀態時，時代變成軍國主義一邊倒，這時，他那種相信自己的「知」，我行我素的作風，被視爲危險的思想。他自一九三八年至翌年發表的長篇《風雪》，在那裏可以體味到他的自由主義立場對於法西斯主義的抗爭。在描寫戰爭和報國思想爲主題的作品充斥於市的時代，他卻在那裏描寫老教授對花店的女主人懷有好感，每個星期五肯定去買花這類瑣事。在什麼花呀戀愛呀都被看做軟弱的東西被加以否定的時代，他的作品無疑是一種對抗的象徵。那麼，兒子的目光又象徵著什麼呢？讀者也許自然能夠得到各種答案。不過，從文學的角度分析，單單理解爲那目光只是看透了父親的祕密似乎更耐人尋味。

實際上，在阿部的創作經歷中，這一類構思的小說還有幾篇，譬如，他在更早時期寫的出名作品〈日德對抗競技〉（〈日獨對抗競技〉，1930）中，就可以看到。當時，日本處在發揚軍國主義那種興奮狀態中，國民把體育選手的肉體以及動作單單與體育鍛鍊結合起來，而主人公卻從近代美的角度來欣賞，不僅如此，作品深處還有一個人在旁邊自始至終觀看主人公的心理。

我今天要談的不是阿部的文學，再說這也不是我的研究題目，做不了詳細的探討。我只是想說，〈星期五的花〉不是一個簡單的童話故事。當時的時代非常嚴酷，舉目所及到處講的都是國家，而一些作家卻往往面向更普遍存在的人性主義。在上海淪陷區和北京，當時也有一些只描寫日常生活瑣事的作品，張愛玲也是這樣說的：

> 我喜歡參差的對照的寫法，因爲它是較近事實的。
>
> 我寫作的題材便是這麼一個時代，我以爲用參差的對照的手法是比較適宜的。我用這手法描寫人類在一切時代之中生活下來的記憶。
>
> 一般所說〈時代的紀念碑〉那樣的作品，我寫不出來的，也不打算嘗試，因爲現在似乎還沒有這樣集中的客觀題材（〈自己的文章〉）

張愛玲與阿部作風不同，不過，他倆卻有著共通的「冷徹的知性」。前面提到的兩人相遇並直接談論文學時，互相之間有沒有留下什麼印象呢？對於有著很深的英國文學造詣的愛玲，英國文學研究家阿部又是怎麼想的呢？也許，阿部因爲法蒂瑪對日本及日本人懷有深惡痛絕的感情，而愛玲又是法蒂瑪介紹的，他心裏也許存在著一層芥蒂。我對這方面的研究尚處於開始階段，未知的地方很多。不過，我期待能在兩個作家相遇後的作品中再找到相互間有關聯的地方。

以前，我曾經搞過上海淪陷區文學中，日本的田村（佐藤）俊子和打進日本方面的地下黨女詩人關露以及由她們編輯發行的中文雜誌《女聲》⑮。當時，我參考了和她們相識的阿部寫的短篇〈花影〉。我深深感受到阿部對周圍狀況的觀察力之敏銳，小說的主人公是用眞實姓名寫作的，而他的態度充滿了誠實和同情心。我總覺得對於愛玲，他應該再有一些深入的評述。也許是因爲他讀不了愛玲用中文寫的小說，妨礙了他？抑或是因爲他察覺到當時愛玲的微妙立場，有意不寫以示同情，現在尙不清楚。阿部在戰前，曾避開政治及某種意義的「思想」，戰後，他做爲和平主義者和人道主義者竭盡全力發揮自己的作用，不但是文學，他還積極地參加社會活動。一九五四年的十月初，他做爲學術文化視察團的一員，受到大陸的邀請，再次訪問了上海和北京。

結束語

我本來計畫最後談一談小說〈浮花浪蕊〉和張愛玲幾次乘船旅行體驗的關係，但是，由於篇幅的關係，只得留待別的機會再談。這次，做爲「張愛玲和日本」這樣一個大題目的緒論，我在這裏主要介紹了幾個事實。分析張愛玲如何把這些事實寫成作品，我認爲這也是接近張愛玲文學的一種方法，因此，在這裏向大家做了報告。

＊寫作本論文時，下述團體和個人對我提供了大力協助，在此表示深深的謝意：川喜多紀念映畫文化財團的小池晃，大映德間的田村祥子，竹松良明，澀澤史料館。

註釋

❶室伏高信（一八九二—一九七〇），一九三四年至四三年，擔任《日本評論》的主編，和汪精衛是多年的舊交。在他寫的〈和汪兆銘的共鳴〉，《戰爭私書》（全貌社，一九六六；中公文庫，一九九〇）中，有「把女兒克拉拉送進汪兆銘的南京政府」的記述，一九四〇年十一月七日的《大陸新報》上，有他女兒抵達上海的報導。當時二十二歲。

❷胡蘭成《今生今世》（台北：遠行，一九七六年七月），頁一八七。初版在日本發行。

❸谷崎潤一郎（一八八六—一九六五），以唯美主義知名的著名作家。〈神人之間〉（〈神と人との間〉）在雜誌《婦人公論》從一九二三年一月號至十二月號之間，斷斷續續刊載。主要情節是某惡魔般的作家知道朋友對一個新人藝妓懷有戀情，卻娶爲自己的妻子，通過頹廢的、自私的生活，長年折磨妻子和朋友。

❹澀澤秀雄《戰中日記：昭和十八年》、《側面史百年》（時事通信社，一九六七）；清·水晶《上海租界電影私史》（新潮社，一九九五）等都提到。

❺澀澤秀雄《皇軍慰問》（東寶書店，一九四四年三月），頁一。

❻「東寶舞蹈隊到中國中部慰問公演決定後，在當時的中華電影企畫部，積極推進由東寶舞蹈隊出演、日中電影界第一部的合作音樂舞蹈影片的攝製準備工作。」（中國電影……《萬紫千紅——中華電影的報告二》，與註❺同），頁二二八。

❼澀澤秀雄《寶塚渡美記》（《宝塚渡米記》），陽春堂，一九三九年十月）。

❽《電影旬報》（《映畫旬報》），一九四三年六月一日號），頁二一。

❾內山完造（一八八五—一九五九），從一九一〇年代中期起，在上海開書店，以與魯迅等中國文學家有交情而出名。〈彼此的常識〉，《中國四十年》（羽田書店，一九四九年六月），頁五〇—五一。

❿〈張愛玲和胡蘭成〉，《文學空間》，II—九號（一九八九年七月），頁八九。

⓫與註❶同。頁一八八。

⓬竹松良明《阿部知二——大路晴天》（《阿部知二——道は晴れてあり》），神戸新聞綜合出版中心，一九九三年十一月），頁一六六—六七。

⓭即"Flowers on Friday," *The XXth Century* 七卷六號（一九四四年十二月），頁三六二—六五。

⓮阿部知二〈追憶〉，《新時代》（《ニソーエイジ》），一九四九年六月號）；《漂白》（創元社，一九五一年六月），頁一四七—四八。

⓯〈田村俊子和關露——華字雜誌《女聲》〉（〈田村俊子と關露——華字雜誌《女聲》のソとなど〉），二十世紀文學研究會編，《文學空間》III—三號（一九九二年七月），頁八二—一〇三。

在豔異的空氣中

——張愛玲的散文魅力

周芬伶

前言——面向世界

一九三八年《大美晚報》刊載一篇英文散文“What a life, what a girl's life”，這應該是張愛玲第一篇正式發表的作品，比一九三九年的〈我的天才夢〉還早；她雖然自命爲「生來是一個寫小說的人」，她的散文成熟作品卻早於小說，這使她的創作起點不同於鴛蝴派小說家，更不同於同時期的女作家。在一九四四年四月的女作家聚會中她也提到：「第一次的作品是一篇散文，是自己的一點驚險的經驗。」❶

那一年張愛玲十八歲，剛從父親的家逃離，並開始了她的英文寫作期，創作的高峰在一九四二年，她連續在英文雜誌《二十世紀》月刊發表〈中國人的生活和服裝〉、〈中國人的宗教〉、〈洋人看京戲及其他〉和幾篇影評，這幾篇英文散文後來分別重寫爲中文，並收在一九四五年的散文集《流言》中。

這種中英文互寫的習慣一直延續到她晚年的作品，這使她在寫作時同時觀顧外國人與中國人的看法，而具備雙重視點，一方面向外國人展示中國的文化櫥窗，一方面向中國人抒發民族感情；她既創造了外國人眼中的「他者」，又揭開中國人自身的「人民記憶」，這種中英文互寫，華洋摻雜的風格，奠定了張愛玲的文體基調。

可以說，她的創作姿態一開始即有面向世界的企圖，她喜歡解說中國並擅於解說中國，起初是面向外國人，最後卻在中國獲得最廣泛的共鳴，這一點可與林語堂相提並論。

然而，張愛玲的解說中國又不同於林語堂，最大的差異在於文藝的品味上，張愛玲掃除士大夫的「閒適風」「隱逸風」，以民俗趣味取代經典藝術，以「人生味」凌駕「獨抒性靈」，以可愛先於可信，她的文藝旨趣是較具現代性與世界性的。

張愛玲喜歡談現代性與世界性，並以爲是文藝作品的最高成就，她評《海上花列傳》：「……而最後飄逸的一筆，還是把這回事提高到戀夢破滅的境界。作者儘管世俗，這種地方他的觀點在時代與民族之外，完全是現代的，世界性的。」[2]；又評詩人路易士（即紀弦）的詩：「路易士最好的句子全是一樣的潔淨、淒清，用色吝惜，有如墨竹，眼界小，然而沒有時間性、地方性，所以是世界的。」[3]

張愛玲是否是現代的，世界的？還有待進一步評析。

一、感傷・諷刺・幽默・機警

張愛玲的散文路數難以歸類，主要的原因是她的文體是五四文體的反動，她既不認同郁達夫的「感傷派」，也不認同魯迅的「諷刺」，周作人的「言志」，林語堂的「幽默」，如果硬要歸類，只能說是「機警」。

林語堂在〈論幽默〉一文中曾提到「機警」：

> 幽默出於自然，機警是出於人工，幽默是客觀的，機警是主觀的，幽默是沖淡的，鬱剔諷刺是尖刻的。❹

張愛玲的散文眼界高，睥睨凡塵，眼界寬，各種題材皆能入文，在文風的傳承上，如明末公安派、五四周作人，講究人生味的品嚐，在手法上則是出以機警。現代散文受明末公安派「獨抒性靈」的主張影響，與西方小品文講究個性的表達不謀而合，幽默與機警皆根於性靈，不同的是，幽默「性靈是因，會心是果」；機警「性靈是因，悲憫是果」。

機警的優點是「微言解紛」，缺點是「鬱剔尖刻」，張愛玲散文具有上海人的通與壞，她的通是「如得其情哀矜勿喜」，她的壞是「由疲乏而產生的放任」，尖刻的時候她會說：「顧明道死了，我非常高興，理由很簡單，因爲他的小說寫得不好。」連自己的弟弟也不放過「有這麼豐富的選擇範圍而仍舊有人心甘情願地叫秀珍叫子靜，似乎是不可原諒的了」。然而，張愛玲的尖刻並不過度，她往往在鬱剔尖刻的頂點收上飄逸的一筆，將作品提升到戀夢幻滅的高度。

張愛玲最反對「三底門答爾」式（sentimental）的文體，直逼冷酷的現實，在〈談看書〉、〈談看書後記〉中就詳細地說明爲何偏愛忠實的記錄體，她說：「我是對創作苛求，而對原料非常愛好，並不是尊重事實，是偏嗜它特有的一種韻味，其實也就是人生味。」又說：「現代西方態度嚴肅的文藝，至少在宗旨上力避『三底門答爾』。」

力避感傷，往往流於過激的諷刺，然而諷刺亦有局限，她說：「一旦懂事了，就看穿一切，進到諷刺，喜劇而非諷刺喜劇，就是沒有意思，粉鋪現實。本來，要把那些濫調的感傷清除乾淨，諷刺是必須的階段，可是很容易停留在諷刺上，不知道在感傷之外還有感情。」❺

可見機警的文風是反感傷反諷刺的結果，它直逼世說新語式的慧敏，接近清少訥言、培根的犀利，而張愛玲的機警是建立在廣大的悲情之上，形成既悲涼又犀利的文風。

但是光用機警並不足以概括張愛玲的文風，只能代表她對人性與寫作原料的苛求，最終的目的是達到掃蕩濫情的潔淨，與人生味的淡入淡出，一般人所說的既華麗又蒼涼的風格，指的是一種複合且矛盾的風格，在手法上是「華麗的」、「機警的」，在內涵上則是「鬱剔的」、「蒼涼的」，冷與熱，美與力的矛盾組合，這說明張愛玲的散文不是單純的藝術而是複雜的藝術。

二、怪誕之美

張愛玲的散文中有一部分是抒寫審美經驗的，像〈詩與胡說〉是簡短的詩評；〈銀宮就學記〉、〈借銀燈〉是影評；〈忘不了的畫〉、〈談畫〉寫觀畫的經驗；〈談跳舞〉寫世界各國的舞蹈；〈談音樂〉從交響樂寫到流行音樂；〈談看書〉、〈談看書後記〉爲大規模的讀書心得。

歸納這些藝術欣賞活動，可以看出作者的藝術品味、文學品味，也許可以解釋張愛玲的複雜之美，以下舉出幾點重要的：

1.要一奉十——她認爲好的藝術應該喚起觀衆的創造性，不應當只是被動的欣賞，亦即強調讀者主動的參與與再創造，這個觀念跟現代的藝術理念是相通的。

2.人的成分——她認爲完美的藝術屬於超人的境界，她寧取不純熟的手藝或民間藝術，因爲裏面「有掙扎，有焦愁，有慌亂，有冒險」，「此中有人，呼之欲出」。

3.反高潮——在應超越時不超越，在應昇華時不昇華，她認爲這種反筆可以逼出人性「豔異的空氣的製造與突然的跌落，可以覺得傳奇的人性呱呱啼叫起來」。

4.天眞純潔的秩序——像申曲中的唱詞「文官執筆安天下，武將上馬定乾坤」，可以解釋爲作者遙遠又久遠的「人民記憶」。

5.世界性、永久的——她在評《紅樓夢》、《海上花列傳》都是以此爲理想標準。

張愛玲是現代藝術的愛好者，她喜歡印象派大師梵谷、高更的畫，也喜歡日本浮世繪、超現實畫派；中國畫家她喜歡林風眠，亦是較具現代風味的。她還喜歡漫畫、電影、東寶歌舞團的表演、時裝雜誌、偵探小說，越通俗的藝術越能獲得她的喜愛。

然而張愛玲並非追求低俗趣味，而是捕捉通俗文化中的「日常生活況味」。本來，現代藝術就是否定的藝術，否定經典、否定超卓，是屬於普通人的藝術，然而現代人是孤寂的、卑微的，他不可能再存有英雄式的「悲壯」，只能感受到小市民的「蒼涼」，他不容易受感動，只有雜亂不潔的壅塞的「憂傷」。

最能觸動張愛玲的美是怪誕之美，是醜的美而非美的美。雨果說：「美只有一種，醜卻有一千種。」在美學上，怪誕美不屬於美的基準，而屬於非美的基準，它的色調形體是怪異的，力量是強悍凌厲的，怪誕為混合的藝術，非單純的藝術，它混合了恐懼、畸形、諷刺與滑稽，與崇高的藝術剛好產生對比與互補的效果。這說明張愛玲為什麼不喜歡拉斐爾的聖母像，而喜歡日本畫的「山姥與金太郎」，山姥披著一頭亂蓬蓬的黑髮，豐肥的長臉，眼睛妖淫，又帶點瀟灑的笑，而胸前的黃黑的小孩於強兇霸道之外，又有大智慧在生長中。張愛玲認為聖母像只是「天眞的鄉下姑娘」，而山姥「看似妖異，其實是近人情的」❻。

德國的凱撒（Wolfgang Kaxser）在論怪誕的專書中，指出怪誕的特殊動機是為展現作者自身的一種危懼的生活❼，也就是說怪誕美顯示人類內心深處的不安，這種不安即張愛玲所說的「惘惘的威脅」、「大的破壞」；不安的情感產生不安的藝術，張愛玲所欣賞的現代藝術與她的作品的怪誕美豔異美，在精神上可以說是相通的。

張愛玲的蒼涼，是憂傷之力與怪誕之美的組合，這樣複雜的美豈是「華麗」二字所能形容？

三、獨特的女性書寫

五四之後的女作家有一種像冰心一樣，歌頌母愛的哲學；有一種像白薇，控訴男性對女性的壓迫；還有一種像丁玲，以中性的叛逆的話語大膽地暴露社會問題；而張愛玲與蘇青屬於另一種，她們以放大的女性化進行叛逆書寫，並自認為與衆不同。張愛玲在〈我看蘇青〉一文中就提到：如果必須把女作家特別分做一欄來評論的話，那麼把我同冰心白薇她們來比較，我實在不能引以爲榮，只有和蘇青相提並論我是心甘情願的。

張愛玲認同蘇青，因爲「她就是女人，女人就是她」。又說她不喜歡男性化的女人，她認同女性安於女性，反而能暢行無阻地表達女性思維，這種以女性反女性的書寫，較無表達焦慮，能夠童言無忌地談天說地，予人鮮明愉悅的刺激。

因爲認同女性，她強調男人與女人的差異，在〈談女人〉一文中，她說：「男子偏於某一方面的發展，而女人是最普遍的，基本的，代表四季循環，土地，生老病死，飲食繁殖。」又說：「超人是男性的，神卻帶有女性的成分，超人與神不同，超人是進取的，是一種生存的目標。神是廣大的同情，慈悲，了解，安息。」

然而張愛玲並不想創造女性的神話，爲她們塑造神像，她只是平實地記錄了幾個可愛女性的身影言談：〈姑姑語錄〉中的姑姑，具有沖淡清平的智慧；〈炎櫻語錄〉、〈雙聲〉中的炎櫻，熱情慧黠，是個現代奇女子；〈我看蘇青〉中的蘇青，俊俏實際，眞是亂世佳人。她們既不溫柔也不敦厚，妙語如珠，一針見血，是眞女子非好女子，如果散文之美在展示人格之美，那麼張愛玲所創造的女性人格美是獨特的，她所創作的女子語錄體意義亦非同尋常。

從來表達女性情誼的女性文學作品多以隱祕的書信、詩歌、小說體呈現。「語錄」這種做爲表彰男性偉人哲人的形式，用來表彰女子的言行，在中國的文學傳統中顯得突兀，我們可以說這是作者的幽默，也可以說是作者的「改寫」與「改裝」策略，利用崇高的形式裝載女人的輕巧靈魂，這不也是「怪誕」？又一次的「反高潮」！

張愛玲強調男女差異，亦強調自己與其他女人的差異，強調差異即強調個性，所以她的自傳個性特別鮮明，在〈我的天才夢〉中，我們可以看到一個女天才的尷尬，男天才可以被原諒，女天才卻不被原諒，她的狂言狂態比維金尼亞渥爾芙、西蒙波娃有過之而無不及。

閨秀派作家歌頌人性，張愛玲則說「缺乏人性，其實倒是比較人性的」；閨秀派作家抒寫唯美唯情，張愛玲則標舉「自私」；閨秀派作家不食人間煙火，張愛玲自稱是「拜金主義者」。

然而情的滅絕並不代表智的覺醒，而是發現物的世界。民國女子所擁抱的新世界，物質的親愛甚於骨肉的親愛，她寫衣服寫金錢寫居所，都湧現著發現新大陸般的欣喜。她大膽地將物性與人性並列，有時物性還凌駕了人性，這種反叛以人爲中心的人性論，是與五四標舉的理想道德背道而馳的。

她的物質世界是個「精密而完整的世界」，它自有潔淨的秩序，並與心靈世界相通。她之認同蘇青，是因爲她們對於物質生活，生命的本身，具有比別人更多的明瞭與愛悅，她說「蘇青代表物質生活」，而物質生活之中自有實際的人生。

張愛玲所展現的女性性格的確迥異傳統；而她所書寫的女性文體亦有創見，在散文結構上她少用一氣呵成的章法，而是解甲歸田式的分寫、散寫、雜寫、改寫。分寫如〈我看蘇青〉，明寫蘇青暗寫自己，二水並流，縱橫交錯；散寫如〈燼餘錄〉，焦點是香港之戰，通篇卻寫的是衣服、吃、愛情等不相干的事；雜寫如〈公寓生活記趣〉、〈表姨細姨及其他〉、〈談吃與畫餅充飢〉，時而離題時而切題，章法全憑意識流動；改寫如〈談看書〉、〈談看書後記〉，等於是把《叛艦喋血記》重新改寫一次；又〈談畫〉藉畫完整地描繪塞尙的一生。

分寫、散寫、雜寫、改寫方式並非女性首創，但是女性文體力求多元、散漫，與男性文體力求一元、統合，可以當做有趣的參照系統。

更有趣的是，越女性化的文體，越無表達焦慮，越能獲得男性讀者的認同，張愛玲予後代作家的啓示值得玩味。

四、語言鍊金師

如果進行統計現代作品被引用的句子數量，張愛玲無疑是名列前茅。

散文家鍛鍊文字與詩人不同，詩人披沙揀金，只留黃金；散文家夾泥沙與珠玉俱下，更顯得泥沙是泥沙，珠玉是珠玉。

張愛玲的散文結構是解甲歸田式的自由散漫，文字卻是高度集中的精美雕塑，她的語言像纏枝蓮花一樣，東開一朵，西開一朵，令人目不暇給，往往在緊要的關頭冒出一個絕妙的譬喻，如〈華麗緣〉中描寫戲台中的旦角耳朵上的珠光與陽光：「她耳朵上戴著個時式的獨粒假金剛鑽墜子，時而大大地一亮，那靜靜的亙古的陽光也像是哽咽了一下。」描寫民間戲曲的可愛是唐詩中的「銀釧金釧來負水——是多麼華麗的人生」；描寫畫中的小孩：「一個光微微的小文明人，粥似的溫柔。」

她還喜歡套用現成的詩句、俗語、諺語，並認爲是中國人語言中重要的纖維：「中國人向來喜歡引經據典，美麗的、精警的斷句……幾乎每一種可能的情形都有一句合適的成語來相配。」[8]所以文雅時她引用詩經：「死生契闊，與子成說。執子之手，與子偕老。」俚俗時她也會用「紅配綠，看不足；紅配紫，一泡屎」。這樣的句子。

本來，散文家最忌諱掉書袋，引經據典，同樣的句子，並非張愛玲引用得特別好，而是怎麼看待這些成語，如果把它們看做民族的祕密符碼，可以牽動集體潛意識的遠古記憶，那麼這些句子的確可以化腐朽爲神奇。有些祕密符號對特定的民族特別具有意義，如「杏花煙雨江南」、「白水黑山」、「夜深聞私語，月落如金盆」。其中的深切體會，非其他民族所能理解。張愛玲將它們視爲文章中的重要纖維，所構成的散文肌理深具民族風味。

舊語言的靈活運用是張愛玲的散文底色，然而她更擅長塑造新語言，有時不妨西化，有時不妨詩化，如「悲壯是一種完成，而悲涼則是一種啓示」；「有美的身體，以身體悅人；有美的思想，以思想悅人」；「非常的美，非常的應該」。

詩與散文一向是近親，張愛玲亦有寫詩的企圖，語言別有講究，她喜歡倪弘毅的「言語似夜行車」、「你盡有蒼綠」這樣的句子，認爲它們斷斷續續，遠而悽愴；她自己寫的詩「落葉的愛」亦追求這種斷續之美：

大的黃葉朝下掉
慢慢的，它經過風
經過淡青的天
經過天的刀光
黃灰樓房的塵夢
下來到半路上

看得出它是要
去吻它的影子
地上它的影子
迎上來迎上來
又像是往斜裏飄
……

這樣簡淡的句子不像張愛玲的風格，但別有氣韻，另外一首〈中國的日夜〉讓我們看到另一個張愛玲：

我的路
走在我自己的國土
亂紛紛都是自己人
補了又補，連了又連的
補釘的彩雲的人民
我的人民
我的青春
……

這兩首詩民族色彩濃厚，用字簡潔有力，如刀出鞘。寫詩的企圖使她的散文語言也有詩化的傾向，如「快樂的時候，無線電的聲音，街上的顏色，彷彿我也有份；即使憂愁沉澱下去也是中國的泥沙，總之，到底是中國」。「於千萬人中遇見你所遇見的人，於千萬年之中，時間的無涯的荒野裏，沒有早一步，也沒有晚一步，剛好趕上了」。這些句子讓我們看來熟悉，到現在仍可以看到類似的句子。

張愛玲編派舊密碼又創造了新密碼，她的密碼變成現代散文家的舊纖維，她的語言情境尤其貼近台灣的都市情境，電車聲、市聲、電梯、公寓、浴室、霓虹燈、廣告……，她的確擅長捕捉「城裏人的思想」，莫怪乎從事廣告業的作家陳輝龍最喜歡引用她的句子做文案，像「我喜歡聽市聲」、「有一天我們的文明，不論是昇華還是浮華，都要成爲過去」[9]。

張愛玲創造了她的文字花園，中了她的文字蠱的後代作家卻捕捉不到她的眞精神，因爲她的文字花園是個迷宮，而她的眞身不在文字中，她往往在文章的結尾時就跳脫開了，就像〈更衣記〉結尾寫的：「人生最可愛的當兒便在那一撒手罷！」

結語

張愛玲的小說是舊時代的總結，她的散文卻是新時代的開啓。她的女性書寫體、富於現代性的蒼涼美學，以及大量的警句構成現代散文家的參考系統。有些人認爲她的散文格調高於小說，那是因爲小說於她是未完成，散文於她卻是已完成，她橫跨散文的現代與後現代，只要現代主義未成爲過去式，「張愛玲」對於研究者創作者皆有意義。

註釋

❶張子靜《我的姊姊張愛玲》（台北：時報）。
❷〈憶胡適之〉，《張看》（台北：皇冠，一九七六），頁一七八。
❸〈詩與胡說〉，《流言》（台北：皇冠，一九九五），頁一四五。
❹陳敬之《早期新散文的重要作家》（台北：成文，一九八〇），頁一〇五。
❺〈我看蘇青〉，《餘韻》（台北：皇冠，一九七八），頁九三。
❻〈忘不了的畫〉，《流言》（台北：皇冠，一九九五），頁一七三。
❼姚一葦《美的範疇論》（台北：開明，一九六八），頁二九一。
❽〈洋人看京戲及其他〉，《流言》（台北：皇冠，一九九五），頁一〇九。
❾陳輝龍〈筆記張愛玲〉，《聯合文學》（一九九五年十月號）。

參考資料

張愛玲：《流言》（台北：皇冠，1995）。

張愛玲：《張看》（台北：皇冠，1976）。
張愛玲：《續集》（台北：皇冠，1995）。
張愛玲：《餘韻》（台北：皇冠，1978）。
張愛玲：《對照記》（台北：皇冠，1995）。
張子靜：《我的姊姊張愛玲》（台北：時報，1996）。
林式同等：《華麗與蒼涼》（台北：皇冠，1996）。
周麗麗：《中國散文的發展》（台北：成文，1980）。
陳敬之：《早期新散文的重要作家》（台北：成文，1980）
劉心皇：《抗戰時期淪陷區文學史》（台北：成文，1980）
胡蘭成：《今生今世》（台北：遠景，1986）。
鄭明娳：《現代散文類型論》（台北：大安，1987）。
林燿德：《現代散文批評理論》。
姚一葦：《美的範疇論》（台北：開明，1968）。
楊小濱：《否定的美學》（台北：麥田，1995）。
周蕾：《婦女與中國現代性》（台北：麥田，1995）。
孟悅、戴錦華合著：《浮出歷史地表——中國現代女性文學研究》（台北：時報，1993）。

張愛玲與她成名的年代(1943-1945)

羅久蓉

一、前言

從一九四三年到一九四五年抗戰勝利是張愛玲創作的巔峰期。在這短短兩年多時間裏，她幾乎完成了一生中最重要的作品，不僅數量驚人，並且迭有佳作，一時轟動淪陷區文壇，雖然這以後她一直沒有停止寫作，但是就一個作家的原創力而言，最光燦的時刻顯然已經成爲過去。張愛玲就像一顆流星，劃過抗戰時期枯涸的文壇。

近幾十年來，兩岸三地在不同時間都曾掀起過張愛玲熱，一些帶有張愛玲特殊風格的雋語也豐富了中文的語彙。對夏志清教授在他的《中國現代小說史》一書中所給予張愛玲的高度肯定，人們無論同意與否，大概都不會否認張愛玲在中國現代小說史上據有一席之地。但在這同時，少有人從歷史的角度去探討張愛玲做爲一個抗戰時期在上海淪陷區享有盛名的作家背後的時代意義；是什麼原因使初出茅廬的張愛玲在那樣一個特定時空下，不但吸引了廣大的通俗讀者羣，也贏得文學批評家如傅雷者的激賞（與批評）？

本文的目的不在評論張愛玲作品的好壞，而是把張愛玲其人其文放在一九四〇年代前半段的歷史脈絡下來看，這樣處理的一個先決條件是我們必須從比較寬廣的角度去檢視抗戰的集體記憶。一提起抗戰，人們腦中即浮現重慶精神、焦土抗戰、流亡學生等悲壯畫面，相形之下，我們對淪陷區的印象就比較模糊，對當時情況所知有限，對老百姓的生活與實質感受亦不甚了解，這種情形一直持續到今天。究其原因，一方面因爲談的人少，而能不帶政治立場並且言之有物的更少。通常人們傾向於從民族主義的角度把淪陷區看成罪惡淵藪，往往先入爲主地認爲淪陷區的知識分子，只要不是喪心病狂，心中大概總有幾分罪惡感，凡有所發，總不免有爲自己辯解之嫌，至於這是不是受限於史料與史識所得出的片面之見，倒不大深究。一九四二年「孤島時期」結束後，留在淪陷後上海的文人，除了附逆者與抗日分子之外，多半韜光養晦，謀求自保，如傅雷、錢鍾書等。他們的立場曖昧，盡量採低姿態，唯有張愛玲，在「僞」政權統治下，依然理直氣壯地活著，不但活著，並且大放異彩，充分享受成名帶來的喜悅與經濟上的獨立自主，與當時接受上海開明書店接濟的一批作家相比，張愛玲似乎毫無替自己在淪陷區的「成就」感到抱歉的意思。她與曾任汪政府宣傳部次長的胡蘭成之間的一段戀情，雖然許多人爲她不値，但她也覺得沒有辯解的必要。

當人們從歷史的角度去讀張愛玲時，會發現她小說中的歷史時空迥異尋常，在她文章裏，與時代脫了節的人物與情節似乎比比皆是；有人因此批評張愛玲缺乏歷史感，生活在大時代的洪流中，卻放棄了爲歷史做「見證」的責任。對此一看法，首先應該問的是：替時代見證是否即爲好的文學作品？抗戰時期許多成名作家用他們的筆爲時代做見證，然而，論者以爲這段時間文學作品的普遍缺乏深度[1]。除非文學作品能夠在特殊性與普遍性之間取得一定的平衡，否則作品好壞與它是否忠實反映時代之間其實無必然關聯。其次，張愛玲是否眞的沒有爲她的時代做見證？由於這問題牽涉到對抗戰時期的認知，在討論張愛玲與她寫作的時代之間的關係時，我們首先必須釐清那是一個什麼樣的時代，然後才能對她是否與時代脫節做出論斷。

二、文學與政治

1.從五四到抗戰

五四的新文化運動及其標榜的個人主義與人道主義精神在抗戰前夕面臨嚴重考驗。雖然反傳統與個性解放早已是無可挽回的潮流，但在國家民族興亡存廢的巨大陰影下，個人自由與價值首先受到質疑，在國家利益與個人利益、民族自由與個人自由孰輕孰重的辯論聲中，有關作家自主性的問題引起不少爭論，與此相關的是文藝創作與政治之間的關係。

二〇年代初軍閥割據，亂象紛陳，然而正因爲政局動盪不安，文藝創作雖然得不到官方積極的鼓勵與扶持，卻享有一定程度自由活動的空間。這種情形到二〇年代後半段開始轉變，國民黨完成北伐後，一時對文藝尚無有力對策，中共則受蘇聯共黨影響，很早就注意到此一問題，他們利用共產主義的社會主義理想色彩，吸引大批文人作家投向左派陣營。當「無產階級革命文學」取代五四時期「人的文學」與「個性的文學」，成爲新的口號時，意識形態悄悄潛入了文學的領域。

三〇年代的幾場文學論戰反映出文學與政治之間的弔詭：文學不能脫離現實人生，但過度涉入卻適足以斫喪文學創作所賴以維繫生命的自由與空間。左翼作家聯盟領袖魯迅在論戰中扮演重要角色，他先與新月派梁實秋交鋒，又在一九三六年與提出「國防文學」口號的周揚較勁。魯迅在這個議題上的立場，很值得我們注意，做爲一個共產黨的同路人，他承認文學有所謂的階級性；無產階級的文學必然不同於資產階級的文學。在他看來，梁實秋所主張的普遍人性論是不符合眞實情況的，文學在這個意義上只能是資產階級服務的工具。但另一方面，身爲一個作家，他深切了解自由對文學創作的重要性，因而堅持即使是無產階級革命文學的作家，亦應在創作上享有充分的自主性，這和周揚企圖以意識形態規範文藝寫作的主題與方法是背道而馳的。在堅持無產階級文藝創作與作家創作自由的同時，魯迅顯然並沒有正視馬克思主義與作家自主性二者之間的內在矛盾。與周揚論戰的結果是魯迅提出「民族革命的大衆文學」與「國防文學」對抗，在論爭過程中，文學與政治的關係不但沒有獲得釐清，反而益趨模糊。

一九三七年抗日戰爭爆發後，國共雙方都想利用文藝爲政治服務，而作家們在民族主義的號召下，紛紛自動投身抗戰報國行列，戰爭的全面展開使得有關文藝主題、內容、對象的辯論的迫切性大爲降低。一九三八年三月成立的「中華全國文藝界抗敵協會」把全國各地作家組織起來，加入抗戰行列，文藝的工具性與組織性都提高了，宣傳和報導成爲戰時文藝活動的主流，文藝創作很大一部分圍繞在抗日這個主題上打轉。一九四二年，在遠離砲火的陝北延安，政治與文學之間的糾葛以另一種形式表現。毛澤東在延安文藝座談會上的講話揭櫫新的工農兵文藝政策，確定了文藝的階級性，而王實味、丁玲在延安整風中的遭遇，代表政治的全面勝利，作家的創作自由與自主性蕩然無存。嚴格說來，三〇年代末、四〇年代上半期的民族戰爭是不利於文學創作的。

2.淪陷區文人的處境

戰爭把中國分爲兩個區域：淪陷區與自由區。但因爲日本占領的只是華北及東南沿海的大城市及鐵路沿線，國土分裂與其說是有形的界線，倒不如說是無形的區隔。雖然抗戰初期日本曾對大後方實施經濟封鎖，而重慶政府亦一度對淪陷區實行禁運，但雙方在物資與其他方面的交流始終未曾斷絕。

張愛玲主要的創作都是在一九四三年下半年到一九四五年抗戰勝利前完成，這段期間的上海是完完全全在日本人統治之下，以有別於珍珠港事變前的「孤島時期」，從一九三七年十一月上海淪陷到一九四一年十二月八日這四年時間，上海的租界爲文人提供了一個自由呼吸的空間，雖然自從汪精衞脫離重慶政府回到淪陷區籌組政府以來，國民政府特工人員即頻頻針對附敵文人展開暗殺制裁行動，汪派特工亦不甘示弱，雙方對壘的結果，往往殃及文化界人士，但大體說來，租界仍維持一定程度的言論自由，也因此成爲許多愛國志士的棲息之地。美國對日宣戰後，文藝界人士頓失庇護，立刻感受到政治上、經濟上的壓力，許多人被迫妥協。與一九四一年十二月八日以前比較，第二階段的上海文壇是消沉委靡的，帶有濃重商業化傾向，二〇年代、三〇年代爲左派文人詬病的小品文重新浮出枱面，充滿感傷與自憐，周作人以他一貫沉潛低迴的筆調，成爲淪陷區南北文壇的領袖。在淪陷區，看不到爲理想奮鬥的壯志昂揚，只有迫於現實的無奈與頹唐，即使是堅持抗戰、拒絕屈服的人，也只能在生活的煎熬中一點點咀嚼英雄崇拜幻滅的滋味。戰爭給予國家民族利益高於一切的合法性，個人不過是羣體的一分子，文人也就自然而然成爲衆矢之的。早在一九三四年周作人因〈五十秩自壽詩〉❷遭胡風、廖沫沙等左翼青年圍剿時，魯迅即指出，政治動盪不安的時代，人們總是先把矛頭指向文人美女，要他們爲亡國負責。

大體上，淪陷區在鮮明政治範疇以外求生的淪陷區的文人又可以分爲兩類：一是孜孜以國家民族大業爲念者，他們的效忠對象與其說是某一政權，倒不如說是文化中國，他們多半受過五四個人主義洗禮，對個人的自主性與創作自由可以說有相當程度的自覺，但是，無論選擇隱逸或「曲線」抗日，他們生活在淪陷區，皆有各自的矛盾與掙扎。對這些人而言，忠奸二分法的思考方式是很難擺脫的；對日抗戰代表試金石，在民族戰爭中，個人道德氣節面臨最大考驗。第二類文人在動亂時局之下同樣感到無可奈何，不同的是，他們從人的角度來看事情，比較不受民族氣節說的束縛；苟全性命於亂世是現實人生，不是政治口號，有人選擇逃避現實，但也有人因爲戰爭而對人生有更深刻的體認❸。張愛玲屬於後者。

一九四二年下半年是第二次中日戰爭的一個轉捩點，自美國挾其龐大人力物力投入太平洋戰爭之後，日本敗象逐漸顯露，周佛海私下承認當初與日謀和是判斷錯誤，在這同時，汪精衛政府則藉著對英美宣戰收回租界的機會，向國人強調淪陷區的獨立自主。因爲情勢丕變，日本重新檢討對汪政權的政策，允許它擁有更多的自主權，但爲時已晚。戰爭後期，日本在南洋戰事失利，加緊對華物資的榨取，實施物資統制政策的結果，更增淪陷區老百姓心中的怨恨。

在這種情況下，淪陷區文藝與政治的糾葛以另一種形式展現。汪精衛等人當初單獨與日媾和，其中不無與重慶政府爭奪權力合法性的意思，及至他們未能從日本占領者手中爭取到政治上獨立自主的生存空間，而種種跡象又顯得大局不可爲時，在上位者如周佛海者流，除了以實際政治行動向重慶輸誠，亦拾起筆桿，頻頻爲文自剖，《古今》雜誌遂成爲汪政權幾位主要人物感時傷物的園地。在這裏，現實、歷史與文學的界限日趨模糊，一片懷舊聲中，現實權力政治轉化爲個人心境，「現在」成爲「過去」的註腳。當那些日後將以漢奸罪名接受審判的政客急於在讀者面前表現自己人性化的一面時，他們不但沒有絲毫藉政治力量統御文學的野心，反而意圖利用後者紓解個人政治上的困境。雖然一九四四年底《古今》因爲政治因素被迫停刊，但此一行動並不表示政治與文學的對立，相反的，它顯示汪政權在政治宣傳上已欲振乏力。日本戰事失利，租界屏障的消失，文人政客的急於表明心跡，在在給予文學創作活動一個比較開闊的空間，使人再度成爲關懷的焦點。

三、張愛玲在淪陷區

一九四二年張愛玲從香港回到上海時，上海已完全在日人控制下，許多文人迫於生計，逐漸放鬆對忠奸附逆狹義的解釋。以淪陷區發行量甚廣的《古今》爲例，整個雜誌走的是感傷、懷舊的小品文及歷史掌故路線，強調生活趣味，對中日文化提攜等宣傳盡量避免，刻意淡化政治色彩。但它與汪政府的關係卻十分曖昧，雜誌創辦人朱樸過去是汪精衛旗下推動和平運動的一員大將，與周佛海關係頗深，《古今》雖對外宣稱未接受官方經濟補助，但不可否認，它之所以成功，很大一部分應歸功於周佛海、陳公博等人撰稿支持，使銷路上升。《古今》編者與作者之間的互動關係、文章所傳達的訊息，顯示淪陷區文藝活動運作上的曲折與複雜，任何把忠奸截然劃分爲二的做法，都有商榷的餘地。

隨著外在世界秩序的崩頹，人所能擁有的只是一點感覺、生活上一點小小的趣味與欲望、以及一些屬於個人的回憶，當時文壇瀰漫著自憐與自傷。對此，張愛玲既不曲意迎合，亦不流於感傷。她在《古今》雜誌上一共發表了兩篇文章：〈更衣記〉與〈洋人看京戲及其他〉。兩篇都是從歷史的角度看時代變遷，它們是了解張愛玲在淪陷區想法很重要的參考。對於她小說中沒有歷史、地理的批評，這兩篇文章顯示，張愛玲是一個具有歷史視野的作家。她之所以能在淪陷區文壇如魚得水，不只因爲她是他們之中的一分子，也因爲她能超越時空的限制。她始終站在潮流以外，冷眼旁觀。她的文章反映亂世兒女的倉皇無奈，也道出人在歷史變遷過程中的卑微渺小。她不一定直接描寫淪陷區人們的悲歡離合，但人們在她的筆下感受到時代的滄桑。

張愛玲這段時期的寫作有兩個特色：

1.以人爲中心的關懷

張愛玲關心的是人，不是政治意識形態。從生活的觀點出發，她心目中的眞實人生是錯綜複雜的，少有黑白分明、忠奸對立，有的只是參差對照，那些小奸小惡的人「就壞也壞得鬼鬼祟祟，有的也不是壞，只是沒出息，不乾淨，不愉快」[4]。這種態度反映在她的小說裏，不但人物不徹底，主題也欠分明。在張愛玲看來，這不是鄉愿，而是寫實。她從來不對書中人物做道德價值判斷，反而充滿寬容：「他們即使有什麼不好，都能原諒，有時甚至喜愛，就是因爲他們存在，他們是眞的。」❺同情來自了解，她認爲一個作家的本分是「把人生的來龍去脈看得很淸楚，如果原先有憎惡的心，看明白之後，也只有哀矜」。由於這種對人生的關照，她的作品帶有強烈的時代感，因爲「不徹底」正是在敵人鐵蹄下生活的眞實寫照。

上海時期，張愛玲本人不只一次受到忠奸之辨的期許與責難。當她開始在上海文壇嶄露頭角時，鄭振鐸基於愛才心理，曾透過《萬象》主編柯靈向她勸說，不妨把作品留到勝利以後再出版，以免被奸人利用。張愛玲拒絕了。她的交友狀況、參與藝文活動的情形均被賦予政治意義：拒絕出席在上海召開的團結大會表示她頭腦還算淸醒；但與在汪政府任職的女作家蘇靑結交，私下與胡蘭成締結連理，則被認爲附逆。

張愛玲是一個實際的人，對人，對生命，她都沒有太多幻想。鄭振鐸把淪陷區看做是鬼魅世界，使人墮落，使人腐化，張愛玲卻認爲動亂對人的影響畢竟有限；戰爭破壞人的生活秩序，然而時局再亂，人還是要活下去。民族主義掀起的狂熱終會消退，時過境遷，人仍得面對現實人生。誠如張愛玲所說，〈傾城之戀〉中的香港之役沒有使女主角白流蘇變成革命女性，也未能使男主角范柳原成爲聖人，甚至他因戰事爆發，改變主意，娶了白流蘇，也不能改變什麼。現實世界裏汪政權統治下的老百姓並不因爲身在淪陷區就停止生活，或放棄生活。張愛玲實在想不出有任何理由她應該把成名的時間延後。

不僅時代無法改變人的積習與個性，在動盪不安的時代，一般老百姓對時局的掌握也有限，張愛玲從淸末以來服裝的變化看出這種無奈：「人們沒有能力改良他們的生活情形，他們只能夠創造他們貼身的環境──那就是衣服，我們各人住在個人的衣服裏。」❻此處張愛玲用一個簡單生動的意象表達她對人世驚人的洞察力。

戰後，從大後方回來的人動輒以春秋大義責備淪陷區的老百姓，張愛玲卻說，他們其實沒有選擇，即使有，也只是沒有選擇下的選擇。香港淪陷後，許多不願回到淪陷區的人經廣東逃到西南大後方，她則選擇回到上海。在她認為，這是一個實際問題，與道德抉擇無關：「我們經濟能力夠不上避難（因為逃難不是一時的事，卻是要久久耽擱在無事可做的地方）。」只能「聽天由命」❼。戰時的民族大遷徙至今仍是抗戰史上一個為人津津樂道的篇章——象徵中華民族臨危堅忍不拔的勇氣與決心，但是，從經濟角度來看這個問題，隨政府遷徙到西南的絕大多數是政府機關員工或者與政府平素有淵源的人，一般老百姓限於家累與生計艱難，多半只能留在淪陷區自求多福了。

張愛玲的小說人物很多是以遺老遺少為題材，有人批評她脫離現實，殊不知遺老遺少浮出枱面卻正是淪陷區人生百態中的一個眞實面相。這些民國成立以來的社會邊緣人，在失去他們的政治舞台後，輕易掉進日本人布下的網羅，做了傀儡，滿洲國的鄭孝胥、維新政府主席梁鴻志是其中較為顯著的例子。遺老遺少不僅是封建落伍的同義詞，他們對於國家民族的忠貞更是啓人疑竇。

張愛玲卻選擇從另一個角度來寫遺老遺少，她強調的不是他們政治上的失落，而是生活上的沒有著落；所以遺老遺少代表的不是意識形態，而是一種生活方式。在以她的姨祖母——李鴻章的次女——為題材的〈創世紀〉中，她這樣描述紫薇的丈夫霆谷在淪陷區的生活：他是「最不喜歡讀書寫字的人——現在也被逼著加入遺老羣中，研究起碑帖來了」❽。張愛玲又一次從日常生活細節讀出了深遠的時代意義。

2.沒有英雄的歷史

張愛玲爲名門之後，對滿清遺老文化最不堪的一面早有體會，但同時她受母親和姑姑的影響，自幼接觸西洋文明，受新式教育。這兩種成分在她身上形成奇特的組合，使她能夠超越五四一代傳統與反傳統兩極化對立的思考方式，走出保守與激進，賦予傳統新的意義。

張愛玲是在五四運動後出生的，清朝末年對傳統的質疑與叛離在五四時期達到高潮，對這段現代中國人「揮之不去」的記憶，她有她自己的看法。她指出，不了解五四就沒法了解現代中國，但並非因爲她認同五四的反傳統思想，而是因爲她深切體認到傳統之於人，不是一個可以選擇的問題[9]。就個人經驗而言，儘管從小家庭中父母不合給她帶來一個不愉快的童年，但在她的文章裏，我們看不到對傳統的譴責，只有人的掙扎。在尋根的過程中，她這樣寫她未曾謀面的祖父母：「他們只靜靜地躺在我的血液裏，等我死的時候，再死一次。」[10]現在的一切都來自過去。

從一個角度來說，這種把傳統視爲活的東西，不局限於過去或現在某一點上的想法，與淪陷區逃避現實的風氣若合符節；現實生活的苦悶使人們不自覺地把目光從眼前移開，周佛海在他的《往矣集》中，即採現在與過去並列的筆法，每篇文章都是從現在出發，然後走進過去的回憶裏。但張愛玲不是以回憶逃避現實的人，她的過去與現在是一體的。在〈羅蘭觀感〉一文中，張愛玲用水的意象表現歷史如何活在現實生活裏，〈傾城之戀〉不是「一個遙遠的傳奇，它是你貼身的人與事」[11]。

因爲相信傳統不可割裂，張愛玲在〈五四遺事：羅文濤三美團圓圖〉(1952) 中，對五四反傳統思潮大大譏諷了一番。五四青年羅文濤反抗舊式婚姻的結果，是一頭栽進傳統的泥淖裏，未蒙其利，先受其害。張愛玲重申前面提到的主題：新式婚姻既沒有把羅文濤自由戀愛的對象密斯范改造成一個賢德的女人，也不能保證婚姻的幸福美滿。因爲傳統不是我們能夠用理智決定打倒或推翻的，它要在日常生活中才能不斷更新。這或許是張愛玲爲什麼對京劇異常感興趣的原因之一。她不無驕傲地說：「只有在中國，歷史仍於日常生活中維持活躍的演出，這是中國人得以永久青春的祕密。」⓬

張愛玲對傳統的看法仍是建立在以人爲中心的歷史觀上，她心目中的歷史不是一個和諧的整體，眞正的歷史是零亂的，「像七八個話匣子，同時開唱，各說各的，打成一片混沌」⓭。但過去與現在並不一定融洽無間，傳統與現代也並非毫無衝突，她也不認爲歷史是一個理念或是英雄的歷史，她的史觀裏沒有大我與小我的鬥爭，有的只是小人物的喜怒哀樂，對這些人來說，再沒有什麼比活著更重要的了。從這個角度看戰爭與和平，戰爭是荒謬的、非理性的。日本攻占香港時，兵荒馬亂，但留在她印象裏的卻是一些不相干的事。戰爭，就像她的歷史老師佛朗士莫名其妙地喪身自己槍下一般，是生命的浪費。因此，即使是戰敗的投降，和平也令人「歡喜得發瘋」，因爲「時間又是我們的了——白天、黑夜、一年四季——我們暫時可以活下去了」⓮。張愛玲在淪陷區文壇活躍、成名，雖然有來自外界的壓力，希望她收斂，但似乎從來沒有人強迫她公開表態，不過，從這篇當時發表的文章，她對和平運動的看法也就很明白了。

一九七九年張愛玲在中國時報人間副刊發表的〈色，戒〉一文，是以女間諜鄭蘋如謀刺汪政權七十六號特工總部頭子丁默村爲藍本的故事，雖然張愛玲矢口否認該文有所本。就文章本身而言，這不能算是一部成功的作品，許多地方交代不清，暴露了作者對背景知識掌握不足，但對我們了解作者如何看淪陷時期的忠奸問題，倒可以提供一點線索。上海時期，張愛玲很少正面處理忠奸問題，如前所述，民族大義本來不是她關切的重點。她書中少數幾個「漢奸」出場，也都輕描淡寫，一筆帶過。在《怨女》一書裏，我們從銀娣口中側面得知「大奶奶的兒子出過洋，巴結上了儲備銀行的趙仰仲，跟著做投機，玩舞女，少奶奶陪著一班新貴的太太打牌，得意得不得了」。漢奸和遺老一樣，代表一種生活方式，與意識形態無關。另一方面，張愛玲雖然拒談政治，但也知道當漢奸的嚴重性，因爲時代不同了：「民國以來改朝換代，都是自己人，還客氣，現在講起來是漢奸，可以槍斃的。」⑮

在〈色，戒〉一文中，她嘗試擺脫一般人心目中女間諜與特工頭子的刻板印象，表現忠奸人物的曖昧性，她把男女主角描寫成七情六欲的血肉之軀，各有其軟弱與掙扎，但必須指出的是，女主角王佳芝執行暗殺任務時的猶豫並非起因於小我和大我之間的緊張衝突，雖然她對男主角易先生沒有太多好感，但見到他即將因著自己的緣故命赴黃泉，也不禁興起一股柔情。張愛玲在這篇小說中沒有用她擅長的烘托手法呈現男女主角複雜的心理轉折，使整個故事的曖昧性只停留在作者的概念層次；離開了她熟悉的人物與環境，張愛玲的故事也失去了它的魅力。此一呈現人性複雜面的努力雖然並不成功，卻仍代表張愛玲企圖從人性角度對政治上所謂忠奸之辨提出反省與批判的一個努力。

四、結語

張愛玲其實是很能掌握歷史與時代脈動的一位作家，她之所以能在淪陷區的文藝界掀起一股旋風，並非毫無原因；除了獨特的文字技巧與風格之外，她的成功很大一部分應歸之於她犀利敏銳的觀察力、她對人世的了解與同情。她的小說中有鴛鴦蝴蝶派的影子，但與鴛鴦蝴蝶派不同的是，她具有更寬廣的人生視野與生活史觀，這些使她能夠超越時代與文類的限制，充分掌握淪陷區——特別是上海——的時代氛圍。

經過二〇年代、三〇年代文藝與政治的辯論，抗日民族戰爭使政治有凌駕文學之上之勢，唯有在上海，政客的掌控無異給了文藝呼吸的空間，張愛玲適時崛起。她不談政治，並不表示她逃避現實，主要因爲她認爲政治與老百姓的生活「不相干」，她企圖用她的傳奇故事營造出一個政治之外的生活空間，把關懷的焦點集中在人的身上。

淪陷區的遺老遺少、政客文人一個共同的特色在於他們都是社會邊緣人，面對民族主義潮流下的泛政治化傾向，他們對抗主流文化唯一的武器就是以人爲中心的普遍價值觀。張愛玲是當時上海文壇少數幾位能同時掌握特殊性與普遍性的作家，她對細節的掌握與對生活的洞見使她得以超越的態度關照人生，看出歷史的荒謬與反諷。

註釋：

❶夏志清教授早年即持這樣的看法，參見夏氏著，劉紹銘編譯《中國現代小説史》（台北：傳記文學，一九七九）。近年來對於抗戰文學的研究在某些方面雖然略微修正了這種看法，但大體而言，抗戰時期文學創作的表現並不令人滿意。

❷原詩題爲〈五十誕辰自咏詩稿〉，一九三四年一月十三日發表在《現代》第四卷第四期（一九三四年二月），署名知堂。

❸這樣的分類自然有其局限，就整體而言，由於大環境的複雜與限制，淪陷區文人的政治立場普遍顯得曖昧，雖然各人在程度與表現方式上仍有很大的歧異。

❹張愛玲〈我看蘇青〉，《餘韻》（《張愛玲全集》之十四，台北：皇冠，一九九一），頁七九—八〇；〈自己的文章〉，《流言》（台北：皇冠，一九六八），頁二三。

❺張愛玲〈我看蘇青〉，《餘韻》，頁八一。

❻張愛玲〈更衣記〉，《古今半月刊》，三十六期（一九四三年十二月），頁二七。

❼張愛玲〈我看蘇青〉，頁八二。

❽張愛玲〈創世紀〉，《張看》（《張愛玲全集》之八），頁一三二。

❾張愛玲〈憶胡適之〉，《張看》，頁一四八。

❿張愛玲《對照記——看老照相簿》（《張愛玲全集》之十五），頁五二。

⓫張愛玲〈羅蘭觀感〉，《對照記——看老照相簿》，頁九六。

⓬張愛玲〈洋人看京戲及其他〉，《流言》，頁一〇〇—〇九。

⓭張愛玲〈爐餘錄〉，《流言》，頁四一。

⓮同前註，頁四七。

⓯《怨女》，頁一九五。

參考資料

張愛玲：《張愛玲全集》一——十五（台北：皇冠，1991-1994）。

朱子家（金雄白）：《汪政權的開場與收場》一——六（香港：吳興記書報社，1984）。

胡蘭成：《今生今世》（台北：遠行，1976）。

張菊香、張鐵榮編：《周作人研究資料》上冊（天津：天津人民出版社，1986）。

周作人：《周作人全集》（台北：藍燈，1982）。

《古今月刊》一——八期（上海：古今社，1942.9-1942.10）。

《古今半月刊》九——五十六期（上海：古今社，1942.11-1944.10）。

周佛海：《周佛海日記》，蔡德金編注（北京：中國社會科學出版社，1986）。

唐文標：《張愛玲研究》（台北：聯經，1983）。

劉心皇：《抗戰時期淪陷區地下文學》（台北：正中，1985）。

夏志清原著，劉紹銘編譯：《中國現代小說史》（台北：傳記文學，1979）。

《劍橋中華民國史》中文本（北京：中國社會科學出版社，1994）。

Eastman, Lloyd E., "Facts of an Ambivalent Relationship: Smuggling, Puppets, and Atrocities

During the War, 1937-1945," in *The Chinese and the Japanese: Essays in Political and Cultural Interpretations,* ed. Akira Iriye (Princeton: Princeton University Press, 1980),pp. 275-303.

Fu, Poshek, Poshek Fu. *Passivity, Resistance, and Collaboration: Intellectual Choices in Occupied Shanghai,* 1937-1945 (Stanford: Stanford University Press, 1989).

重讀張愛玲的《秧歌》與《赤地之戀》

王德威

一九五二年春天，張愛玲離開上海，經廣州、深圳到香港，從此告別了中國。香港曾是她留學之地，珍珠港事變後才匆匆撤離。返回上海後的那十年，豈不正像一場繁華春夢？淪陷時期最走紅的女作家、「最後的貴族」、胡蘭成的祕密妻子、著名電影編劇……，一切都來得急，去得快。新中國成立了，張躊躇不已，終於一走了之。重臨香港，她竟有「從陰間回到陽間之感」[1]，而斯人已微近中年。

張愛玲在香港一共停留三年，除了少數友人支持外，她必須自謀生路。她與美國新聞處的合作關係，由此開始。在當時處長麥加錫(McArthy)的引薦下[2]，她不僅翻譯數部美國文學名著，也重譯了陳紀瀅的反共小說《荻村傳》(1950)[3]。但張最重要的成績，當是兩部長篇創作：《秧歌》及《赤地之戀》。這兩部小說先後於一九五四年出版。次年，張即隻身離港赴美。

《秧歌》及《赤地之戀》寫中共當權後，推動土改、「三反」、至「抗美援朝」等運動的慘烈後果，反共動機，不言自明。而在韓戰的年月裏，兩書由美國海外文化機構策畫、資助、出版，又蒙上另一層國際「統戰」宣傳色彩[4]。比起《傳奇》、《流言》時期，寫《秧歌》、《赤地之戀》的張愛玲似乎突然轉向，改與政治爲伍了。儘管《秧歌》曾受到胡適的盛讚，這兩本小說顯然不能列爲張迷心目中的首選。但張愛玲心中何嘗不無疙瘩？一九六八年皇冠出版社重印《秧歌》，卻因政治考量，壓下了《赤地之戀》[5]。至於國民黨方面的文工機構，則從未對張或她的作品，另眼相待。

左派評者曾就張愛玲寫反共小說，爲美帝及國民黨助陣，大作文章。但就在她「反共」之前，張愛玲曾於一九五一及五二年，分別推出《十八春》及《小艾》[6]。兩作都按照中共文藝政策，表達左傾訊息。再往前推，張又是上海淪陷時期「漢奸」文學裏的嫌疑分子，勝利後備受排擠[7]。她一九四七年復出文壇的首篇作品，是發表在鴛鴦蝴蝶派雜誌《大家》上——這是她當年在《紫羅蘭》一炮而紅後，再度與「封建文人」合作[8]。短短幾年裏左搖右擺，哪裏是張愛玲的本意。她的不斷改變敍事策略，無非反映彼時多數文人的艱難處境：生存在「歷史的夾縫中」，自由創作，談何容易。

張愛玲對左翼文學勢力的戒懼，其來有自。在〈憶胡適之〉一文中，她寫道：「自從一九三幾年看書，我就感到左派的壓力，雖然本能的起反感，而且像一切潮流一樣，我永遠是在外面的，但是我知道它的影響不止於像西方的左派只限於一九三〇年代。」[9]這裏的關鍵字眼是「本能」。衆所周知，張的創作觀建立在對人生參差對照的觀察上。她避寫戰爭與革命，因爲深知任何「大時代」裏，英雄兒女到底占少數。多數的男女還是跌跌撞撞的，「不徹底」的活了過來。「一般所說『時代的紀念碑』那樣的作品，我是寫不出來的，也不打算嘗試」[10]。這一信條，即使在她日後耿耿於懷的應命左傾作品，《十八春》及《小艾》中，也大抵維持著。

當張愛玲受邀撰寫《秧歌》及《赤地之戀》時，她又一次被推向銘刻「時代的紀念碑」的地位。累積了多年的恐左情結，外加「解放」後的實地生活經驗，張愛玲這一回寫反共小說，顯然有更多自發動機。但她必定深知右派文學的意識形態負擔，並不亞於左派文學。她要如何保持她的政治立場，而又不違反她極個人主義的創作良知呢？

其次，做爲四〇年代上海「頹廢」文化的重要代言人⓫，張愛玲早已不按時令的傳播世紀末的福音。「亂世」是她的創作環境，「末世」是她創作的靈視。其極致處，亂世及末世都要化爲耽美的象徵，一個「美麗而蒼涼」的姿勢。「時代是倉卒的，已經在破壞中，還有更大的破壞要來」⓬。張有名的預言，數年之後竟眞因共產革命而實踐，而她自己也不能置身事外。歷史的兇暴究竟是印證了她頹廢美學的極點，還是揭露這一美學本身的虛矯？

而最引人深思的是，張愛玲崛起於戰時的上海，「以庸俗反當代」⓭，一言一行，俱是一種「市」民，而非「國」民，精神的寫照。她仿鴛鴦蝴蝶派的敍述姿態，世故而譏誚的生存哲學，無不與血淚交織的抗戰文藝大異其趣。她熱愛上海，宜乎成爲海派文風的最佳表演者。然而五〇年代的國家文學敍述，因國共的對峙而更爲強化僵化。當「鄉村」已經包圍「城市」，上海的璀璨也要黯然失色。逃離上海的海派作者張愛玲如何向國家機器（左右不論）交代心事，成爲最艱鉅的挑戰。

這些問題引導我們重思《秧歌》與《赤地之戀》的重要性。這兩部小說不宜只視爲單純的教條文學而已；而是一位甘居主流之外、特立獨行的女作家，思辯政治與文藝轇轕的重要表徵。以下的討論將就前述三項議題：左、右意識形態的抗頡；歷史暴力與頹廢美學的辯證；城市與國家論述的對話，做初步觀察。本文的篇幅當然不足以圓滿回應這些問題。但藉著重讀《秧歌》及《赤地之戀》，或有助於我們多識張愛玲現象的不同層面。

一、《秧歌》：飢餓，女性，與創作

《秧歌》的背景是五〇年代初期中國南方的農村。此時「土改」運動方興未艾，韓戰威脅已接踵而至。民間生產秩序的紊亂，恰與官方的吹噓形成對比[14]。故事中的金根雖因土改分得土地，且當上勞模，卻並不能解決一家人的溫飽問題。在上海幫傭的妻子月香「回鄉生產」，赫然發現農村的困境。夫婦兩人節衣縮食，仍然窮於應付上級徵糧的召令。農民走投無路下，引發後來的暴動；金根一家家破人亡。《秧歌》情節尚有一重要副線——上海來的劇作家顧岡下鄉體驗生活，雖眼見饑荒與暴動始末，卻無奈的發揮想像，創作了一個匪夷所思的「大時代」劇本。

胡適應是最早讚美《秧歌》的讀者之一。在一九五五年寫給張愛玲的信上，他提到「此書從頭到尾，寫的是『飢餓』——書名大可題做『餓』字——寫得眞是細緻、忠厚，可以說是寫到了『平淡而近自然』的境界」[15]。比起過去作品的穠麗繁複，張愛玲在《秧歌》中的白描功夫，確實有返璞歸眞的意味。循著胡適的讀法，夏志清指出張愛玲對農民的悲憫，以及對共產制度邪惡本質的諷刺[16]；而龍應台則認爲《秧歌》側寫了人性曲折變貌，是一支「淡淡的哀歌」[17]；《秧歌》的「細緻」「忠厚」處，既已屢屢見諸評論，毋庸在此贅述。倒是胡適首先點明的「飢餓」問題，值得我們思考。

飢餓是身體需求食物的制約反應。當養分不足以應付生理新陳代謝運作，飢餓成爲身體「抗議」的徵兆。而飢餓成爲一種大規模、社會性的現象時，則必然使我們意識到生理機能、生產供需、經濟管理、政治秩序以及自然週期間，所滋生的齟齬症狀。尤其在強調「國以農爲本、民以食爲天」的政治傳統裏，飢餓做爲一種「匱乏」的表徵，不只投射在生理物質的層面上，更投射在社會及文化想像的層面上。從「不食周粟」的傳說，到「餓其體膚，空乏其身」的修行，到魯迅「人吃人」的控訴，再到孫隆基對中國人「口腔」情結的研究[18]，餓與吃如何成爲我們身體與政教倫理論述的連鎖之一，可見一斑。

弔詭的是，除了指涉個人與社會身體的匱乏現象外，飢餓不乏相反含義：一種亢奮的精神狀態，一種永遠以多爲少，不知饜飽的欲望[19]。飢餓象徵虛耗，但竟也能象徵放縱；可以是道德自制，或控制的手段，也可以是道德逾越的開端。我們只要再思「餓死事小，失節事大」這類古訓所暗含的種種解讀方法，可以思過半矣。至於魯迅一輩渲染的「禮教吃人」——四千年還散不了席的人肉盛宴，則早已成爲中國文學、文化現代化最重要的寓言。

左翼文學傳統把飢餓所帶出的各樣動機，尤其發揚光大。魯迅以降，有多少涕淚飄零的文字，是以狀寫飢餓的生存狀態爲誘因。柔石〈爲奴隸的母親〉、蔣光慈《咆哮了的土地》、吳組緗〈官官的補品〉、〈一千八百擔〉等人的作品，不過是其中的佼佼者。早在一九二七年的〈湖南農民運動考察報告〉裏，毛澤東已經建立了以飢餓革命爲主軸的革命論述[20]。一九四○年的〈新民主主義論〉更進一步說明革命羣衆在物質食糧外，吸取「文化食糧」的重要性[21]。飢餓的定義，已逐漸由生理層面過渡到意識形態層面；一種永不食傷的烏托邦欲望，於焉浮現。延安談話後的中共文藝，大量鋪陳飢餓題材。較著名的作品，如《王貴與李香香》、《白毛女》、〈呂站長〉[22]、《暴風驟雨》等，無不演義飢餓—革命—解放三部曲。四○年代後期，「飢餓」情結延伸至城市知識分子中。學生運動「反飢餓、反迫害、反內戰」的抗爭活動將「飢餓革命」的論述，帶向高峰。擺盪在經濟、道德及政治的命題間，飢餓是天災人禍，是修行鍛鍊，也是革命憧憬。而一九四七年以後的諸次土改運動，固是對應中國長久糧食分配問題而起，也必帶有強烈意識形態象徵色彩。

是在這樣一強大的左翼敍事傳統下，我們回過頭來看《秧歌》，才更能了解張愛玲的寫作用心，不宜以反映「永恆的人性」等語[23]，輕輕帶過。在彼時海外「控訴」中共禍國殃民的寫作潮下，她關懷的毋寧是更卑微的問題：政權改變之後，升斗小民怎樣繼續穿衣吃飯。這眞是生活的鬥爭，家常的政治。而從描寫這些瑣事的過程裏，她證明「人們只是感覺日常的一切都有點兒不對，不對到恐怖的程度」[24]。共產革命話語中的飢餓主題，終於顯露左支右絀。也因此，小說的主線（農民的飢餓與暴動）與副線（作家創作農民的飢餓與暴動），才能產生極諷刺的互動。

一九五〇年六月中共召開第七屆三中全會，通過《中華人民共和國土地改革法》。這是繼四七年的《土地法大綱》後，中共再一次落實糧食經濟政策[25]。土改的終極目標，是平均分配地權，其立即效應，即表現在飢餓問題的解決上。按照官方說法，解放後的三年，中國農業生產總值每年以百分之十四的比例增長[26]，農民生活大幅改善。然而張愛玲的《秧歌》告訴我們，土改後的農村，未蒙其利，反先受其害。金根與月香胼手胝足，經營農作。他們越是努力，所獲卻越是薄少。三〇年代茅盾的「農村三部曲」（《春蠶》、《秋收》、《冬殘》）也有類似的情節安排。但茅盾的時代，這生產邏輯的逆反可以歸咎到客觀歷史環境（國民黨當政；西方資本主義侵害；生產模式落後）上。換到了五〇年代，形勢一片大好，造成饑荒的根源變成一種「無以名狀的」(unnameable)邪惡。難怪小說裏的搶糧暴動後，幹部王霖下了確切結論：「一定有間諜搗亂。不然羣衆絕不會好好的鬧起來的。」[27]

張愛玲的《秧歌》寫土改後遺症，對當時流行的土改樣本小說，不可能沒有印象。譬如丁玲的〈太陽照在桑乾河上〉(1948)和周立波的〈暴風驟雨〉(1949)，寫的雖是上一梯次北方及東北土改實況，卻到五〇年代初期大紅大紫。一九五一年兩作分別獲得史達林文學獎[28]，我們還記得，此時張愛玲正窩居上海，寫她的《十八春》及《小艾》呢。丁玲和周立波的小說都是毛話語「飢餓革命」主題的正宗範本。藉著土改完成，「羣衆」不只解決了身體飢餓的危機，也啓發了精神飢餓的契機——對毛主席、共產黨的欲望，哪裏是塡得飽的？由身體資源的匱乏轉化爲無窮道德律令的渴望，飢餓這一現象其實已被異化。毛話毛文是如此重要的精神食糧，煮字的確應可療飢了[29]。

丁玲、周立波的小說飛揚跋扈，正是張愛玲要敬謝不敏的反面教材。在這方面，《秧歌》有深刻回應。村裏的譚大娘解放後成爲歌頌革命，憶苦思甜的能手。但譚大娘知道，這些話畢竟不能當飯吃。她積攢糧食，挨過饑荒的努力，絕不含糊。張愛玲寫她藏豬在床上，逃避課徵的一章，讀者應當印象深刻。另一方面，金根及其他農民暴動搶糧，未必心懷反共大義。幹部王霖指他們爲間諜唆使，實在太抬舉他們了。張愛玲對物質性的愛戀，未嘗或已。換了寫作時空，她必更深知物力維艱，一粥一飯來之不易的眞諦。這才眞是小老百姓安身立命的寄託。謂其反共，她應是最「唯物」的反共作家了。

但這一因唯物而反共的奇特觀點，需要一主體來負載。《秧歌》中的女性，尤其是月香，應是她著墨的焦點。回到鄉下之前，月香曾在上海幫傭三年。她對人事及金錢的看法，無疑已沾染了城市氣息。爲了荒年一家溫飽，她的精刮算計、小奸小詐，甚至及於最親之人。放在前述丁玲、周立波的標準下，月香這樣的女人當然不足爲法，她最後火燒糧倉，竟以身殉，也算罪有應得。然而從她的妥協與堅持裏，我們看到張愛玲如何將女性與飢餓，做了最發人深省的連鎖。

現代中國文學裏從不缺少飢餓的女人。魯迅〈祝福〉中要飯的婦人祥林嫂首開其端，柔石〈爲奴隸的母親〉，被夫出賣做爲生產工具的女人，曾是三〇年代重要的典型人物。在吳組緗的〈樊家鋪〉裏，飢餓的女人鋌而走險，手刃見死不救的生母。而又有哪本作品比得上路翎《飢餓的郭素娥》?這個被父遺棄的女子，塡飽了肚子後又有了性飢渴。她蠻強而沒有目標的欲望，以及血腥恐怖的下場，成爲左翼文學裏最難詮釋的飢餓女人。但只要稍加端詳，我們可知這些女性所扮演的角色，不脫苦難的象徵。祥林嫂托鉢詢問死亡的意義，或郭素娥的縱情色欲，一再被塑造成環境的犧牲品，封建社會不公不義的見證。

張愛玲筆下的月香與此不同。比起周遭的男人，月香自知是生活中的強者，也以此爲傲。她拒絕了小姑的借貸，推延地方的苛徵，甚至丈夫要求吃一碗乾飯，也算計再三。月香勢利自私，胳膊肘只向內彎，她的眼見何其狹小。但値得注意的是，活動於她小小世界中，月香有她的自主權。她是村裏少數見過世面的人，也最懂應變救急之道。她比男人更能挨餓。傳統飢餓的女人像祥林嫂與郭素娥，以她們的「存在」反證一種「匱乏」:食物、欲望、正義的匱乏。更反諷的是，她們做爲女性的位置，也因此被吃掉了。張愛玲寫月香這樣飢餓的女人，反而意外的飽滿。她潑辣的生命力，不僅表露在一路張羅食物的韌性上，也表露在小說的高潮。是她，而不是她的男人，最後一把火燒掉了農村最神聖的所在——糧倉。月香是張愛玲女子國度的子民:「最普遍的，基本的，代表四季循環，土地，生老病死，飲食繁殖。」[30]模仿張派警語，我們要說她的悲劇是落實在「女」爲食亡。

就在月香與糧食共存亡之際，二流男編劇家顧岡正絞盡腦汁，生產精神的食糧。顧岡來自上海，仍殘存小資本主義者的氣息，因而與曾在上海待過的月香，有種奇異的親切感。做爲革命作家，顧岡下鄉的任務是體驗生活，反映土改成就。但實地所聞所見，反使他再難下筆。別的不說，他自己都吃不飽，哪裏還有精力想像飢餓以外問題。幹部王霖不了解顧岡的煩惱：「現在這大時代，有多少可歌可泣的事情等著你們去寫。……到處都是現成的題材。……我不懂你爲什麼要去造個假的故事。」[31]張愛玲藉此調侃文藝八股政策，到了呼之欲出的地步。顧岡的苦惱，何嘗不就是她自己的苦惱？抗戰後張自己就是個出色的電影編劇家。《秧歌》中的農民掙扎在飢餓的恐懼下，寫農民的作家如顧岡者，卻面臨另外一種匱乏——想像力的匱乏。而這匱乏總也要埋藏在豐饒的假象下。

有心的讀者大可就此探勘《秧歌》的後設趣味。但這裏要著重的是，顧岡的劇本如何把飢餓這樣的民生問題，嫁接到中共國家論述上[32]。他的劇本裏出現了如水壩等公共建設；農民暴動及幹部王霖的「間諜」論給了顧岡亟需的靈感。村裏的倉庫「當然」應該是富農敗類，蔣幫國特陰謀燒毀的。富農的劣蹟無他，就是關起門來「大吃大喝」。而那「大腹便便的老頭子仍舊有一個美麗的年輕女子陪伴著他……她主要的功用是把她那美麗的身體斜倚在桌上……給那地主家裏的祕密會議造成一種魅豔的氣氛。她的面貌與打扮都和月香相仿」[33]。飢餓的月香變成了淫邪的月香，爲另一種齷齪的男性政治、色情欲望所支配。新中國的敘事機器把月香熔鑄回傳統壞女人的軀殼中去。飢餓革命的終點，是再一次將女性的身體，挪爲「他」用。張愛玲對中共政治話語的嘲弄，以此爲最。

顧岡的劇本固然是遵命文學，但他畢竟是快樂的。原因無他，月香所放的一把熊熊烈火，印證了他心目中最理想的戲劇高潮。顧岡對政治實況做了違心之論，然而他堆砌文字意象，完成夢寐以求的戲劇幻想。百十農民捨棄身家性命的抗糧活動，僅僅化爲他作品中的精采演出。誰是誰非不再是顧岡關心所在；在暴力洪流中，他竟找到了一個耽美所在。他是毛革命話語的應聲蟲，但在八股公式下，他營造了私密的個人情節。政治掛帥的文宣使命與「爲藝術而藝術」的耽美姿態互相糾纏，使得《秧歌》的結尾更爲曖昧。這是進步，還是墮落？張愛玲對顧岡極反諷的描寫，不無自況之意。她看出了共產飢餓革命逐步被架空爲烏托邦文藝的「頹廢」因素；但另一方面卻也明白，這一頹廢因素很可以做爲反制任何「歷史大敍述」的種子。面對國共愈演愈烈的文藝對抗，張的個人主義式反共姿態，因此尤顯彌足珍貴。

二、《赤地之戀》：從「傾城」到「傾國」

張愛玲對《秧歌》情有所鍾，從她特選此書寄贈胡適之舉，即可看出。同年（一九五四）在港出版的《赤地之戀》，則有不同命運。張嘗表示此小說是在「授權」情況下寫出，「非常不滿意」㉞；六〇年代末期皇冠出版社則因政治考慮，未能與《秧歌》一起重印。與《秧歌》比較，《赤地之戀》顯然多有斧鑿痕跡。五〇年代初期的中共歷史事件，如「土改」、「三反」及「抗美援朝」

等全部搬上枱面，成爲故事的前景而非背景。《赤地之戀》的主人翁是大學生劉荃。他參與北方的土改，眼見農村的紊亂而無能爲力。同時，他又與同伴黃絹展開一見鍾情的戀愛。劉荃後被調往上海協助「抗美援朝」宣傳，成爲上司戈珊的入幕之賓。黃絹出現，而劉荃又捲入「三反」權力鬥爭，被捕下獄。戈珊安排黃絹「捨身」救劉。出獄後，劉萬念俱灰，志願參軍，終成美軍戰俘……。

這樣的情節堪稱高潮迭起，主角們走南闖北，尤屬奇觀。即便張愛玲對通俗劇式情境有特殊愛好，想來下筆亦覺突兀。而劉荃成爲戰俘後，不選擇去台灣，反折回大陸做顛覆工作，更是特別光明的尾巴。評者每每詬病如是的安排[35]。但只要想想《十八春》的結局，世鈞、慕瑾、曼楨等一干人馬同去東北「爲祖國建設」，就可了解左右兩派的文藝想像，實有異曲同工之妙。《十八春》有幸被修整成《半生緣》，《赤地之戀》則依然維持原貌。在反共熱潮不再的今天，我們又要如何看待此書？

《赤地之戀》的結構明顯一分爲二，前半段寫農村，後半段寫都市——上海。兩段分別以「土改」及「三反」／「抗美援朝」作爲事件的動機。大抵而言，前半延續了《秧歌》的特色，極寫農村動盪，人事凋敝的苦況。與《秧歌》中的顧岡不同，劉荃與黃絹初出校門，充滿熱情，但更多了一分自覺及自省的能力。這是兩人與黨工機器衝突的開始。劉荃借住中農唐占魁家中，親口保證他的「成分」罪嫌輕微，卻終於自食其言，看著唐被槍決。唐是爲權充村中的地主惡霸配額，必要的犧牲。另一方面，土改隊處死鄉紳韓廷榜及其妻的殘酷過程，應是彼時反共小說中，最令人難忘的場景之一。

張愛玲熟悉陳紀瀅的《荻村傳》，應對該作把農村革命寫作恐怖鬧劇的方法，印象深刻。《秧歌》中鬼魅也似的歡慶場面，及《赤地之戀》中邪惡的跳梁羣醜，走的是類似路數。但如前所述，《秧歌》怨而不怒，描摹土改產生的暴力與傷害，止於慨歎革命邏輯的非理性結果。主要人物，包括幹部王霖，都有值得寬宥之處。《赤地之戀》中則把善惡問題作戲劇化的凸顯：惡人當道，襯托出劉荃及黃絹的無助。夏志淸指出小說的主題可用「出賣」二字概括：不論有意無意，所有角色都捲入鉤心鬥角的政治陰謀中，誰也難以全身而退㊱。也正因爲人與人間的關係是如此奸險多變，劉荃和黃絹的愛情才更爲突出：「他也像一切人一樣，面對著極大的恐怖的時候，首先只想到自全。他擁抱著她，這時他知道，只有兩個人在一起的時候是有一種絕對的安全感，除此以外，在這種世界上，也根本沒有別的安全。」㊲

生逢亂世，身不由己。大難將至，誰與憑依？如此蒼涼的愛情觀張迷應不陌生。早在一九四四年的〈傾城之戀〉裏，她已借范柳原、白流蘇患難見眞情的愛情故事，好好演義了一遍。白流蘇畢竟是幸運的，身邊要出賣她的小人，不過是姑嫂妯娌之輩。爲了成全她與范柳原的姻緣，「一座大城市在戰爭中傾圮了」㊳。戰爭過後，行走在中國的土地上，他們到底找了個安身立命的所在。到了劉荃、黃絹的時代，整個中國要成爲一個革命大家庭，等著出賣他們的兄弟姊妹，無所不在。最恐怖的是，出賣不再只是舊社會的私人恩怨問題，而是新國家重整人民情操的有機部分：整風、改造、檢討、坦白，種種自我及互相出賣技巧指向人間關係的重整，更高深的道德、「眞理」實踐㊴。夏志淸教授還算低估了張愛玲的憂懼呢。

儘管多數評者都認爲《赤地之戀》的前半部——「土改」亂象——寫得較好，我倒覺得後半部才更爲可觀。這個部分以上海爲中心，有關農村的故事寫得再好，總非張愛玲所長。回到她熟悉的上海，張才算優以爲之吧。但怎麼會寫不好了呢？解放才幾年，張所熟悉的人事都銷聲匿跡了；昔日的穿堂巷弄、豪宅闊路一下子有了今非昔比的滄桑。細細算來，幾乎所有《赤地之戀》的人物都是解放後進駐上海的；幾十萬老上海們只在第七章五一節傾巢出動，露面遊行（！）。更不堪的是，張從來認定自己的小說是爲「上海人」寫的㊵；即便左傾的《十八春》、《小艾》也曾是上海讀者捧場對象。但《赤地之戀》寫原非上海人的新市民，寫了上海讀者也未必能或願意看。這是女作家和她的城市間最奇怪的一次對話。在這樣情形下解讀前所述的「出賣」或「傾城之戀」主題，才別有意義。張愛玲力不從心的敍述反成了她藉書寫告別上海的重要訊號。

劉荃被分配到上海，主要支援「抗美援朝」工作。這場戰爭是中共建國後第一場硬仗，攸關國家存亡。戰爭從一九五〇年六月打起，到一九五三年七月結束，勞民傷財，卻意義非凡。套句周恩來的話：「『抗美援朝』的偉大鬥爭對我們國家各個方面改造和恢復工作起了偉大的推動作用，」「保證並促進了我們社會改造和經濟恢復事業的早日勝利完成。」㊶劉荃、戈珊等參與其事，與有榮焉。劉到任的第一件差事，就是「修改」納粹暴行照片爲美軍暴行照片，好暴露帝國主義的「本質」。爲了國家正義，積非當然可以成是。

對如此蠻橫的國家論述，張愛玲的不滿可以想見。但她批判的方法，別出心裁。她選擇上海做爲「抗美援朝」運動的中心。這座解放前最走資、最洋化的城市，要如何應付新中國的保土抗洋活動？小說中劉荃、戈珊、崔平、趙楚等皆身負愛國愛黨的任務，進駐上海。但曾幾何時，他們全都墮落了。戈珊濫交，劉荃也成了面首之一；崔平、趙楚這對出生入死的革命夥伴，如今也衣帽光鮮，享受革命戰果。他們的老婆爲了接收的冰箱鋼琴、桌椅板凳，大打出手。行有餘力，他們還得惡補西洋禮節，好促進國際友誼。上海究竟有什麼樣的魔力，讓這羣外來的「土八路」一下如醉如癡，忘其所以？這座城市究竟有什麼樣的韌性，使她落魄後依然傲視她的國家？老上海張愛玲以悲涼的筆調寫新上海；但面對她的人物，我們好像聽到她嘿然的暗笑聲。

於是在「抗美援朝」的同時，又有了「三反」運動。如果「土改」的目標是農村，「三反」（反貪污、反浪費、反官僚主義）的目標是城市。四〇年代末期以來，共產黨黨員幹部人數激增[42]，解放後他們接掌利益資源，發生嚴重腐化問題。而韓戰正如火如荼的進行，對國家經濟壓力尤大。一九五一年二月毛澤東規畫了整黨原則，十月在政協一屆三次會議上更點明「加強『抗美援朝』的工作，需要增加生產，厲行節約，以支持中國人民的志願軍」[43]。到了十一月「三反」已盛大展開，之後五反接踵而至，形成中共建國初期又一重大政治事件之一[44]。在《赤地之戀》裏，所有角色都受到「三反」波及，劉荃甚至因此幾乎送命。

歷史事件的複雜，當然遠過於歷史敍述。我們的焦點是張愛玲如何編織上述事件，形成自己的說法。她讓在上海宣傳「抗美援朝」的一干角色，同時成爲「三反」被鬥爭批判的對象。此中的嘲諷，何其曲折：炮製國家神話的聖手，竟是走私布爾喬亞毒素的罪人。他們既前進又落後，既愛國又叛黨。但造成這樣價值混亂的禍首是城市。鄉村與城市的對比，是中共政治、文化及道德論述中的重要課題，而上海一向是左翼文學想像城市萬惡的最愛。正是因爲有了上海這樣的城市，才使共產革命更爲迫切；也正因爲城市滋生了貪污腐化，才使「抗美援朝」的國家戰爭更爲艱難[45]。「三反」與「抗美援朝」兩項運動，不妨視爲「城市」與「國家」兩種地理／政治象徵的對抗。

做爲海派文學的代言人，張愛玲原不須同情任何一路共產人馬。但當她描寫劉荃、戈珊、黃絹等在上海的情愛徵逐，她毋寧再度反證了這一城市的神祕的愛欲蠱惑。當她諷刺趙楚、崔平及他們的妻子張狂又張惶的醜態，她是在享受上海人最後的一點虛榮。但她的上海終是來日無多；國家霸權的力量日益坐大，城市／都會的生活和想像空間節節後退。「三反」的目的充滿道德潔癖，張愛玲必然明白它的後遺症不只是反貪污浪費而已。一九五二年三反剛剛落幕，她選擇離開了上海，其間道理，可想而知。

然而上海還是張愛玲朝思暮想的地方。我們不難想像她避亂香港，寫作《赤地之戀》的上海部分時，是懷著怎樣的心情，拼湊著那城市逐漸凋零的聲影。上海成了她悼亡傷逝的對象，往事也是一種遺事。張愛玲小說從來不乏死亡象徵，現在上海更名正言順的成了鬼域。有名的樣板戲《白毛女》號稱「新社會把鬼變成人」，上海的都會的張愛玲要說新社會才把人變成鬼。電車裏啣著票的乘客「疲乏的蒼黃的臉；玫瑰紅的狹長的車票從嘴裏掛下來，像縊鬼的舌頭」[46]。三反裏出賣了老夥伴的崔平，惘然淚下，但「如果有人在流淚，那是死去多年的一個男孩子」[47]。戈珊根本像是豔鬼，她端詳鏡中的自己，「像是在夜間的窗口看見了一個鬼，然而是一個熟悉的亡人的面影」[48]。整個上海「夜裏是毫無人煙，成爲一座廢棄的古城」[49]。

在劉荃被誣、捲入「三反」鬥爭的前一章（第八章），張愛玲安排他與黃絹在上海街頭蹓躂。兩人像遊魂一樣，走過上海往昔繁華所在：穿解放裝的顧客充塞百貨公司；商品櫥窗裏陳列史達林毛澤東玉照，外加機器和平鴿；電影院放著蘇聯傳記片，扮史達林的演員，「一回比一回漂亮」

❺⓿……。他們穿街越巷，來到了跑馬廳——往昔殖民者的俱樂部，那裏正舉行土產展覽會❺❶。

這一章不算《赤地之戀》的高潮，但卻是張愛玲透露她上海心事的關鍵。劉荃與黃絹都是外來客，不可能熟悉上海解放前的風光。隨著她的角色，是張愛玲自己懷著憑弔古蹟的心情，又走了一遍上海。散步的終點跑馬廳是上海租界全盛時期的指標，國際風情的總匯，如今倒堆滿了地方「土產」。東方的花都確實已成爲共和國的國貨倉庫了。劉、黃最後來到了「手工藝館」。迎牆上掛滿「粉紅繡花小圍涎」，中有「一幅巨大的五彩絲繡人像，很像一個富泰的老太太的美術照，蛋形的頭，紅潤的臉面，額角微禿，兩鬢的頭髮留得長長地罩下來，下頦上生著一顆很大的肉痣。

「『這哪兒是繡的，簡直是張相片，』有一個參觀者嘖嘖讚賞。『連一顆痣都繡出來了！』

「『人家說毛主席就是這顆痣生得怪，』一個老婦人說。」❺❷

當手工藝土產、偉人肉身志怪，還有國家圖騰想像連鎖在一塊時，張愛玲其實感受到新中國內蘊頹廢殘酷的潛質，何曾亞於古老的中國？前此的殖民勢力是退卻了，然後呢？「跑馬廳裏面的場地非常廣闊，燈光疏疏落落的，不甚明亮。遠遠近近無數播音器裏大聲播送著蘇聯樂曲……跑馬廳的一角矗立著鐘樓的黑影，草坪已變成禿禿的泥地……那廣場是那樣空曠而又不整潔，倒很有點蘇聯的情調」❺❸。時間是怎樣的在流淌？她的上海「國度」是解放了，還是又一次淪陷了？張愛玲是該離去了。

藉著劉荃和黃絹的絕望戀愛故事，張愛玲也要再向她上海時代的文學經驗做告別式。如前所述，這兩人的感情模式脫胎自〈傾城之戀〉；在一切價值崩潰的年月裏，劉、黃對愛情素樸誠摯的信念，眞是彌足珍貴。但我們也看到張愛玲其他故事的影子。劉荃在充滿肉欲誘惑的戈柵及聖潔的黃絹間掙扎，豈不重演了〈紅玫瑰與白玫瑰〉裏的情境？戈珊為了黨犧牲了青春與健康，當她設計把後進黃絹一起拉下火坑時，她使我們想起《十八春》裏，曼璐安排曼楨失身所下的毒手。而黃絹被迫放棄所愛之人的淒美姿態，是複習張愛玲最有名的「一步一步，走回沒有陽光的所在」(〈金鎖記〉)了。

恰似劉荃和黃絹遊逛貌似而神非的上海城市風景，張愛玲由《赤地之戀》回顧她自己一度耽溺的文學風景。過去作品中的精采片段，像鬼魅一樣飄浮在這本小說中，但怎麼樣也難拼湊出完整的畫面來。《赤地之戀》眞沒寫好，但它散漫、不眞實的特徵也許事出有因。我要說這本小說記錄張愛玲在離開中國前，對上海最後的零星印象與回顧。小說充滿著悼亡的氣息，不只追記一個城市時代的結束，也追記一種文學生命的結束。

從這一觀點來看，《赤地之戀》最後一部分的反共宣傳文字，可以引申不同的解釋。劉荃獲釋，得知黃絹已為己犧牲，萬念俱灰，乃志願參加韓戰。他的願望是在砲火中一死了之。但天不從人願，他被俘生還，而且成了美國與中共談判的籌碼，有了「投奔自由」，到台灣寶島反共的機會。歷來讀者對這段光明的尾巴，沒有好評。張愛玲彼時身處國際反共文化網絡，有不得不然的苦衷。但她畢竟給這樣的八股情節，做了花樣。比起千萬被征「志願」參軍的戰士，劉荃眞是最情願赴死的，但動機是如此自私！抗美援朝、保衞中華，是多麼悲壯的社會主義國家聖戰，劉荃卻用河山血肉當做是終結自己愛情的代價。情場就是戰場，張愛玲讓劉荃把她最頹廢（或最素樸？）的歷史觀偷渡到了朝鮮半島，並將〈傾城之戀〉哲學更發揚光大。彷彿為了劉荃一個人的愛情悲劇，千萬人——中國人、美國人、朝鮮人——要在戰爭中死去，國際政治的版圖都得一再翻覆。

但故事並不就此打住。在戰後遣俘偵訊過程中，劉荃竟放棄了將要到手的自由，再度志願返回大陸。「他要回大陸去，離開這裏的戰俘，回到另一個俘虜羣裏。只要有他這樣一個人在他們之間，共產黨就永遠不能放心」54。張愛玲安排劉荃回大陸顚覆政治，共產黨當然不能放心。但聰明的國民黨文宣家其實也不該放心。畢竟劉荃不是爲了三民主義，而是黃絹，才反共的。而且憑他的記錄，他哪裏做得好地下工作？繞了一大圈，張愛玲努力配合經營的冷戰、國家敍述又回到最個人主義的原點。而在社會主義天堂裏，陰魂不散的個人主義者才是最大的威脅。劉荃已經死過一次，「一個人可以學習與死亡一同生活，看慣了它的臉也就不覺得它可怕」55。

於是以一種「美麗而蒼涼」的姿勢，劉荃轉身一步步回到那沒有陽光的所在。他應不會孤獨的，倒不是因爲他要從事「英勇的反共地下工作」，而是因爲他大概會遇到張愛玲留在上海的人物吧？范柳原、佟振保、白流蘇……，這些自私的、不徹底的、「海派」的人，「解放」後要怎麼樣的轉入地下、相濡以沫呢？他們幽靈般的存在，是對共產制度，以及共產文學文化思想最重要的反擊。一九五五年張愛玲踏上克里夫蘭號郵輪，永遠離開中國，但她把創作生涯中最後一個重要人物送回大陸。三十年後，她的上海，她的上海人物，隨著《傳奇》等作陸續出土，幽幽轉世還陽，傾倒新一代共和國的讀者、作者。張愛玲終以最獨特的方式，完成了她「自己的」反共大業。

註釋

1 引自張愛玲〈浮花浪蕊〉，《惘然記》，收於《張愛玲全集》（台北：皇冠，一九九五），頁五三。以下張愛玲作品頁數，皆引自本全集。〈浮花浪蕊〉初成於五〇年代，敍述年屆三十的女子洛貞解放後自上海逃至香港，再遠走海外的經驗，頗可與張愛玲個人經驗，相互印證。

❷余斌《張愛玲傳》（海口：海南島國際新聞中心，一九九四），頁二五七。

❸同上。

❹《秧歌》先於《今日世界》連載，一九五四年七月出版。見余斌，頁二五八；夏志清《中國現代小說史》，劉紹銘等譯（香港：友聯，一九七九），頁三五七—五八。

❺《赤地之戀》遲至一九九一年方由皇冠在台重印。

❻余斌，頁二三〇—五五；夏志清，頁三五七。

❼一九五〇年夏天，上海召開「第一次文學藝術界代表大會」，張愛玲應邀出席；而左派作家如夏衍也極器重張愛玲的才華。但她在上海淪陷時期的曖昧身分，顯然帶給她相當困擾。早在一九四六年年底，她已藉山河圖書公司出版《傳奇》增訂版機會，說明她辭去大東亞文學者大會代表的事實，並聲明她沒有向公衆說明私生活的義務，見余斌，頁二一八。

❽戰後張愛玲作品多發表於通俗刊物《大家》上；主持人龔之芳、唐雲旌均是典型鴛鴦蝴蝶派人物。《十八春》等連載於《亦報》，主持人即爲《大家》原班人馬。余斌，頁二三二—三三。

❾張愛玲〈憶胡適之〉，《張看》，頁一四八。

❿張愛玲〈自己的文章〉，《流言》，頁二〇。

⓫李歐梵〈中國文學中的頽廢〉，《今天》，十一期（一九九三），頁三七—四六。

⓬張愛玲〈《傳奇》再版自序〉，《傾城之戀》，頁五。

⓭蔡美麗〈張愛玲以庸俗反當代〉，陳幸蕙編《七七年文學批評選》（台北：爾雅，一九八九），頁一五一—五五。

⓮有關「解放」後至五〇年代中期中共經濟制度的劇烈轉變，可參看喬宗壽、王琪《毛澤東經濟思想發展史》（上海：上海人民出版社，一九九三），頁三〇一—七二；陳明顯、張恆等《新中國四十年研究》（北京：北京理工大學出版社，一九八九），頁一—九五。

「關於中共建國初期的饑饉問題，我們應有如下認識。饑荒是現代中國史經常發生的現象。「解放」初期因爲政局不穩、農村經濟結構因「土改」劇變、以及糧食運銷困難等問題，饑荒情形一時變本加厲。一九四九年春季亢旱、夏秋霪雨，全中國受災面積達一億餘畝，災民約四千萬人，華東地區受災面積占一半以上。糧荒危機一直延續到次年。另外，由於連年戰亂，農民勞動力下降，亦是主因。總體而言，一九四九年糧食產量竟較抗戰之前低百分之二十一，甚至少於抗戰期間。」見中國社會科學院、中央檔案館合編《中華人民共和國經濟檔案資料選編：一九四九—一九五二》上卷（北京：中國城市經濟社會出版社，一九九〇），頁二五—三六、七一—七二。

⓯胡適與張愛玲的通信，見《秧歌》（台北：皇冠，一九九五），頁四。

⓰夏志清《中國現代小說史》，頁三五七—六七。

⓱龍應台〈一支淡淡的哀歌〉，《龍應台評小說》（台北：爾雅，一九八五），頁一〇八。

⓲孫隆基《中國文化的深層結構》（台北：結構羣，一九八九）。

⓳參見樂剛(Gang Yue)的討論，*Hunger, Cannibalism, and the Politics of Eating: Alimentary Discourse in Chinese and Chinese American Literature*, Ph. D. Diss. (Eugene: University of Oregon, 1993), pp.54-56。

⓴早在一九二六年的〈中國社會階級的分析〉裏，毛澤東已引用食物分配多寡做爲社會階級高下的標準。而在〈湖南農民運動考察報告〉裏，飢餓的佃農「吃大户」的行爲更被毛推崇爲十四項偉大抗爭成就之一。「吃大户」不僅是農民爭求溫飽的激烈手段，也是饒富政治意味的抗爭行爲。見中共中央文獻研究室編《毛澤東文集》（北

京：北京人民出版社，一九七八），一：五—七，一五—一六，三三，四四—四五。亦見樂剛，pp.160-61。

㉑毛澤東〈新民主主義論〉，《毛澤東文集》，二：七〇〇。四〇年代大量中共文宣及政治敘述指涉了此一「食糧」意象。見樂剛，p.162。

㉒此三作的討論，見樂剛，chap.3。

㉓龍應台語，見頁一〇八。亦見夏志清，頁三五八。

㉔張愛玲〈自己的文章〉，頁一九。

㉕見陳明顯，張恆《新中國四十年研究》，頁四七—六六。《大綱》與《改革法》之間的不同處，見頁五〇—五八；喬宗壽、王琪《毛澤東經濟思想發展史》，頁三二一—二七。

㉖見陳明顯等，頁九一。

㉗「解放」後初期，中國農業經濟逐步好轉是不爭之實。但由於運銷分配制度的尚待確立，農村人事的傾軋，及韓戰所帶來的經濟壓力，顯然對「良法」美意造成衝擊；更不提中國的饑饉問題是「解放」前即已長久存在的現象。另外「間諜」論是「解放」後鎮壓反革命運動的重要節目之一，見〈中共中央關於清理廠礦交通等企業中的反革命分子和在這些企業中開展民主改革的指示〉，《經濟檔案資料選編》，頁二三七—四四。引言見張愛玲《秧歌》，頁一六〇。

㉘丁玲的〈太陽照在桑乾河上〉評爲二等獎；周立波的〈暴風驟雨〉評爲三等獎。見夏志清，頁四一三。

㉙由飢餓延伸的「吃苦」及「吃人」欲望，說明了中共的文宣及政治鬥爭論述如何轉化國民身體及國民性問題。見拙作"Reinventing National History: Communist and Anti-Communist Fiction from 1946-1995," in *China in Transitional Years: 1946-1955*, ed. William Kirby (Cambridge, Mass.: Harvard University Press, to come)。

㉚張愛玲〈談女人〉，《流言》，頁八七。

㉛張愛玲《秧歌》，頁九八。

㉜我對此論述的定義見David Apter and Tony Saich, *Revolutionary Discourse in Mao's Republic* (Cambridge, Mass.: Harvard University Press, 1994)。該書的論證又受了傅柯的影響。

㉝張愛玲《秧歌》，頁一八九—九〇。

㉞佘斌，頁二六八。

㉟同上。

㊱夏志清，頁三六八。

㊲張愛玲《赤地之戀》，頁九二。

㊳張愛玲《傾城之戀》，頁二三〇。

㊴參見Apter and Saich的討論，chap. 3-5；出責在此早已轉換成共產黨的精緻監控方式，其意義及運作難以用傳統道德方式衡量。

㊵張愛玲《傳奇》初版序。

㊶周恩來於一九五三年二月四日在中國人民政治協商會議第一屆第四次會議上的談話。引自陳明顯等，頁四七。

㊷一九五一年十二月十日左右，「三反」運動在黨、政、軍、人民團體和公營企業單位中迅速展開，糾舉幹部貪污浪費及官僚主義的行爲。此一運動約於五二年上半結束。在此一大規模反腐敗的活動中，近六萬幹部被捕法辦。受到審查者則遠過於此數，達一百二十三萬人。四〇年代末共黨黨員數約爲七十萬人；「解放」後激增，達到四百五十萬人。見王朝彬《三反實錄》（北京：警官教育出版社，一九九二）；陳明顯等，頁七六—九五。

㊸王朝彬《三反實錄》，頁四八。

44 在展開「三反」的同時，毛澤東又展開了「五反」鬥爭：反對行賄，反對偷稅漏稅，反對盜騙國家財產，反對偷工減料，反對盜竊經濟情報。「五反」運動以私營企業的工人及職員爲主，並發動市民組織配合，打擊的對象是在解放後、韓戰期間投機牟取暴利的資本家；但運動對以往城市資本主義式經濟的深遠影響，不言可喻。見毛澤東〈關於「三反」和「五反」的鬥爭〉（一九五一年十一月—一九五二年三月），《毛澤東文集》，頁五四—五五；喬宗壽、王琪，頁三五七—六一。

45 抗美援朝、三反、五反中上海的經濟、政治局勢，可參看如《陳毅傳》（北京：當代中國出版社，一九九一），第九章。陳毅當時爲上海市長，並間接出現於《赤地之戀》中。

46 張愛玲《赤地之戀》，頁一二八。

47 同上，頁一八八。

48 同上，頁一七三。

49 同上，頁一五九。

50 同上，頁一六四。

51 同上，頁一六七。土產會是中央推動「城鄉內外」物資交流的手段之一。見《經濟檔案資料選編》，頁二七九—九八。

52 同上，頁一六七。

53 同上，頁一六八。

54 同上，頁二五三。

55 同上，頁二五四。

輯二 ■ 性別政治

技巧、美學時空、女性作家

——從張愛玲的〈封鎖〉談起

周蕾

在沒有人與人交接的場合，我充滿了生命的歡悅。

——張愛玲〈天才夢〉（《張看》，279）

在〈論張愛玲的小說〉一文中，迅雨（傅雷）曾這樣寫道：「我們的作家一向對技巧抱著鄙夷的態度。五四以後，消耗了無數筆墨的是關於主義的論戰。彷彿一有準確的意識就能立地成佛似的，區區藝術更是不成問題。」❶迅雨的見解，可以以另一方法來闡明：中國文人所以不注重技巧，是因爲「思想」本身往往被認爲是文字的「內涵」和「實質」，而技巧則只是區區「表達」思想的器具，一貫占著次要的地位，被看作是可有可無的「技藝」而已。五四之後的幾十年，中國文學負著歷史、國家、民族的沉重包袱，現實主義雄霸人心，於是「思想爲首，技巧爲次」的基本概念，更加被視作文學的眞義。如迅雨所說，一切爭論集中在「主義」上，藝術和技巧只能是爲「主義」服務的奴婢。

然而，迅雨雖然一語道破了現代中國文人的通病，他的文章本身卻並沒有完全擺脫這通病的枷鎖。在他對張愛玲的表揚和責備之中，我們看到「眞義」和「技巧」仍然是二元對立的。文中他對〈金鎖記〉擊節讚賞，對〈連環套〉卻力斥，原因不外是前者寫得老練、細緻，內容與文字表達相配得天衣無縫，而後者則流於俗套甚至充斥著陳腔濫調。迅雨對於技巧的要求，一如他之前批評的作家一樣，是必須處於一種次要的地位，不能過火。他以生物學的詞彙來比喻技巧的潛伏危險性，是他沒有擺脫「思想爲首，技巧爲次」這種基本信念的最好標誌：

> 無論哪一部門的藝術家，等到技巧成熟過度，成了格式，就不免要重複他自己。在下意識中，技能像旁身的本能一樣時時騷動著，要求一顯身手的機會，不問主人胸中有沒有東西需要它表現。結果變成了文字遊戲。寫作的目的和趣味，彷彿就在花花絮絮的方塊字的堆砌上。**任何細胞過度的膨脹，都會變成癌**。（黑體爲本文作者所加）❷

迅雨最後的結論是：「寶石鑲嵌的圖畫被人欣賞，並非爲了寶石的彩色。少一些光芒，多一些深度，少一些詞藻，多一些實質：作品只會有更完滿的收穫。」❸

但是，「深度」、「實質」這些評論價值觀，卻正好再次說明了中國文學上偏於內容、偏於意識、偏於主義這些通病。因此，雖然迅雨明察地提出了「技巧」問題，但是他最後給張愛玲的忠告，卻似乎重新證實了傳統中根深蒂固的對技巧的「鄙夷」、防範態度。

「技巧」究竟是什麼？迅雨在文中這樣定義：「一種題材，一種內容，需要一種特殊的技巧去適應。所以眞正的藝術家，**他的心靈探險史**往往**就是和技巧的戰鬥史**。」❹（黑體爲本文作者所加）從迅雨的寫法，我們意識到，「技巧」其實是個非常抽象的問題——老實說，什麼是「心靈探險」，什麼是「和技巧戰鬥」呢？就是因爲「技巧」的抽象性，所以它牽涉到的問題和論爭也必然是多元性的，不單包括哲理、藝術、政治和文化，也包括了性別衝突。在下文，我嘗試以張愛玲的短篇小說〈封鎖〉爲導線，討論「封鎖」這既是故事內容、意識，又是創作技巧這一組微妙關係，希望能引起大家對技巧、美學時空及女性作者這幾個互相關聯的問題重新審視。

〈封鎖〉是張愛玲在一九四四年出版的《傳奇》小說集其中一個短篇。內容非常簡單：一如小說名稱所示，上海某一天，日本士兵封鎖了城市部分地區，搜查區內的人，一部行駛中的電車要停下來，於是我們讀到車中乘客種種不同反應，以及一對男女短暫的調情故事。小說由封鎖而開始，最後隨著封鎖完結而結束。

從最淺顯的角度來看，張愛玲的現代性，正因她取材於都市文化特有的時間和空間，去塑造故事片段的組合。在這一點上，張與二、三〇年代的作家們很有共通之處。比方，鴛鴦蝴蝶派作家張恨水，便曾以一段北京—上海火車旅程中發生的「豔情」故事寫成了中篇小說《平滬通車》❺；冰心的短篇〈西風〉❻，亦是一個以火車及輪船旅程爲背景，寫一對舊戀人偶爾重逢的故事；蕭紅則曾半自傳式地，描繪一對貧窮潦倒、飢寒交迫的戀人，在「歐羅巴旅館」中勉強求存的幾天❼。這些例子，相信只是現代中國文學中刻畫著都市文化流離式時空的少部分，然而它們都有著共通的社會兼形式上的意義❽。

這種非固定的都市時空，與婦女生活革命的關係是密切的。中國婦女，特別是知書識禮的「閨秀」們，過往總是被牢固在一個界線分明的時空之中——家居。越是貴族化背景的婦女，越是受到「深閨」的約束（也許這就是爲何與婦女情欲不可分解的名著，如《紅樓夢》和《西廂記》等，都以家居地方命名）。現代性一個至要的關鍵，便是婦女從家居甚至家庭中解放出來。一下子之間，中國受過高等教育的婦女，似乎有了無數新的、自由的、多采多姿的時空位置的選擇——特別在陌生人摩肩接踵的大都會裏。

但是，在意識上，被「解放」了的時空卻還是帶著重重困擾、帶著因社會改革而來的種種矛盾。冰心的〈西風〉是一個很好的例子：爲了追求教育理想及事業發展，女主角秋心不惜放棄了戀人和婚姻。多年後，當她不錯成爲一個成功的教育家時，竟在一次應邀講學途中重遇舊戀人。這位男士似乎仍然充滿朝氣，但秋心則自覺年華老去了。渡輪到碼頭時，舊戀人在妻兒相擁的幸福氣氛下告別，而秋心則像她的名字一樣，凋零、蒼老、孤獨，彷彿生命美好的日子已經成爲絕對的過去。在冰心的故事裏，一個現代性的女子雖然不再被困於封建式的深閨，而是出現在象徵著「前進」的交通工具裏，但是「深閨」這時空，卻依然有力地占據著女子的心靈：被主動地捨棄了的婚姻、家庭、兒女等傳統價值，現在似乎成了一種失落的美麗形象，爲一個本身非常成功的女子帶來了惋惜的悲戚感覺。換句話說，雖然現代婦女處身在革命化的時空之中，她的感受卻依然受著另一個時空的束縛❾。

蕭紅的〈歐羅巴旅館〉，沒有冰心小說中那種對舊情依依的韻味，然而與男情人相依爲命的女主人公卻面對著「婦女解放」的一個基本問題：金錢。在象徵著短暫關係，四周都是陌生人的旅館裏，蕭紅的女性角色的遭遇，說明了婦女解放與物質生活是相輔相成的：儘管「旅館」，像火車、輪船一樣，代表著簇新的時空概念，然而這簇新的時空裏，卻不乏殘酷、甚至壓迫。

冰心和蕭紅這兩個例子，由於選擇以交通工具、旅館爲背景，突出了現代性之中，時空變遷與婦女問題的微妙關係。而正因如此，我們可以進一步說，時空變遷亦連帶男女社會關係的徹底改寫。在「自由」的時空之間，男女的關係變成怎樣的交易呢？男性要求的是什麼？女性要求的是什麼？世上究竟有沒有「情投意合」的可能呢？最後，由時空、婦女、男女關係，回到「技巧」的問題：在這種變遷之中，一切以往連續、連接的歷史意義都在易位，變成斷續的，甚至是破碎的——那「技巧」要怎樣才能適應呢？特別是從一個女作家的立場，怎樣在突出現代性時空與女性不可分割之餘，找到一套同時刻畫著不同平面的種種變遷——包括文字運用本身——的「技巧」呢？

從以上較傳統的觀點，我們可以重返張愛玲的文本。也許，比她同年代的其他女作家爲甚，張愛玲對於現代性時空的理解，是與她對技巧的理解不可分割的。〈封鎖〉一開始引起讀者注意的，便是敍述的「技巧」問題。讀者們不僅在意識上明白了「封鎖」的意思，同時也從張愛玲的文字中馬上感受到「封鎖」的「切斷」和「停頓」效果——一個**跨感官性**及**跨媒介性**的敍事方式。這敍事方式在首二段便清楚地出現：

> 在大太陽底下，電車軌道像兩條光瑩瑩的，水裏鑽出來的曲蟮，抽長了，又縮短了；抽長了，又縮短了，就這麼樣往前移——柔滑的，老長老長的曲蟮，沒有完……。
>
> 如果不碰到封鎖，電車的進行是永遠不會斷的。封鎖了。搖鈴了。「叮玲玲玲玲玲」，每一個「玲」字是冷冷的一小點，一點一點連成一條虛線，切斷了時間與空間。（〈封鎖〉，《張愛

玲短篇小説集》，486)

張愛玲的敘事主體是敏銳、多元感官性的：視覺混揉著觸摸（「光瑩瑩」，「柔滑」），還加上聽覺（「叮玲玲」）。這多元的感官作用同時又超越了人體的個別觀察能力，以一種無所不在無所不知似的電影鏡頭方式把封鎖前後的情景攝獵下來[10]。鏡頭從容地把視線從一個目標移到另一個目標，給讀者在短暫的時間內展覽了多種形象，彷彿多齣內容不同的戲在敘事主體的凝視下各自上演：

> 電車停了，馬路上的人卻開始奔跑，在街的左面的人們奔到街的右面，在右面的人們奔到左面。商店一律的沙啦啦拉上鐵門。
>
> ……
>
> 電車裏的人相當鎮靜。……一個乞丐趁著鴉雀無聲的時候，提高了喉嚨唱將起來……。
>
> ……
>
> 還有一個較有勇氣的山東乞丐，毅然打破了這靜默。他的嗓子渾圓嘹亮……
>
> ——
>
> 電車裏，一部分的乘客下去了。剩下的一羣中，零零落落也有人説句把話……。
>
> ——
>
> 一對長得頗像兄妹的中年夫婦把手吊在皮圈上，雙雙站在電車的正中。……（〈封鎖〉，486

-87)

這些由不同片段斷斷續續組成的描繪，就像好萊塢導演希區考克當年的電影《後窗》(*Rear Window*)一樣，以一個固定的敍述／凝視主體，捕捉著一個都市某角落的多個不同、不全故事，引發著敍事與凝視兩種活動及其不同媒體的相互作用，也引發著讀者／觀衆的好奇、偷窺心理。一如《後窗》的情節，〈封鎖〉表達的，是因時空被意外地切斷而成的故事：《後窗》的男主角因受腿傷以致行動不便，所以終日坐在公寓窗前，以望遠鏡偷窺鄰居而自娛；而〈封鎖〉的敍事主體，則因爲公共時空被迫停頓而四周觀察，揭發男女角色的「私隱」[11]。雖然兩個作品一個是以文字爲媒介，另外一個以電影形象爲媒介，但二者都不約而同地探索著一種現代性的特有的存在意識：任何「故事」，任何「內容」，其實都藉著一個人工造成的視覺框框而來；這個框框一方面提供了觀察、理解的觀點，但另一方面卻必然是偏側不全，有著它自己的盲點的。因此，作者和導演除了引領我們進入「故事」和內容之外，還加添了**強調視覺框框存在**的創作法。這種把「故事」、「內容」與「形式」自覺性交疊在一起，使「意識」與「技巧」不能乾淨分辨開來的曖昧創作法，正是現代性的「技巧」問題的關鍵。

在張愛玲的小說中，封鎖正好是一個人工造成的時空，一個特別的敍事、凝視框框。電車一停，乘客們忽然意會到時空不再是區區「背景」，而是一種移到意識跟前的「前景」，甚至乎是一種具體的障礙，不再容許大家的疏忽了。於是大家不約而同地想著：怎樣打發這突然而來的、多餘的時空呢？「框框」與「故事」便這樣纏結起來，互爲因果。男主角呂宗楨受太太指示，剛好買了菠菜包子，想不到這些包子現在卻給了他消磨時間的好方法。他發現了包著包子的舊報紙，於是首先「把半頁舊報紙讀完了」。其他人也跟著他做：

> 他在這裏看報，全車的人都學了樣，有報的看報，沒有報的看發票，看章程，看名片。任何印刷物都沒有的人，就看街上的市招。他們不能不塡滿這可怕的空虛——（〈封鎖〉，488-89）

再過一會兒，呂宗楨連包子也吃光以後，一抬頭卻見到一個他極討厭的親戚。爲了避免要打招呼，他馬上換了個位子，坐到吳翠遠身旁，使她剛好擋住那位親戚的視線。這樣一來，一段完全因環境而成的「調情」便開始了。呂宗楨看得出翠遠以爲自己對她有意，於是將計就計，假戲眞做，說盡許多挑逗她的話，讓翠遠慢慢信以爲眞，對他非常好感。

然而，完全因意外造成的故事框框一到了女性身上，便馬上演變成一齣複雜的心理戲劇。由於傳統男女不平等的社會歷史，所以女性踏進「愛情」境界的心理期望，是往往與男性非常不同的（這一點我們在張愛玲的其他小說裏，如〈金鎖記〉的七巧和季澤，〈紅玫瑰與白玫瑰〉的嬌蕊和振保，〈傾城之戀〉的白流蘇和范柳原等，也看到）。在本篇故事裏，張愛玲把封建傳統加於女性的枷鎖很巧妙地三言兩語便勾畫出來——封鎖的時空被她運用成一個慢鏡，將女性那種難以啓齒的心理困境特寫、放大：

> 老頭子右首坐著吳翠遠，看上去像一個教會派的少奶奶，**但是還沒有結婚**。（黑體爲本文作

者所加）

頭髮梳成千篇一律的式樣，唯恐喚起公衆的注意。然而她實在沒有過分觸目的危險。她長得不難看，可是她那種美是一種模稜兩可的，彷彿怕得罪了誰的美，臉上一切都是淡淡的，鬆弛的，沒有輪廓。連她自己的母親也形容不出她是長臉還是圓臉。（〈封鎖〉，489）

在家裏，翠遠是個好女兒，在學校裏她是個好學生。大學畢業後，她在母校任英文助教，在封鎖時間裏，她在改卷子。當批改到一個男生做的，寫得其實不大好的卷子時，她得承認自己爲何給他好分數：「因爲這學生是膽敢這麼毫無顧忌地對她說這些話的唯一的一個男子。」「他拿她當做一個見多識廣的人看待，他拿她當做一個男人，一個心腹。他看得起她。」（〈封鎖〉，490）

就這麼幾筆，張愛玲把一個「新女性」的內、外輪廓速寫得淋漓盡致：好女兒、好學生、盡忠職守的大學教員，打破了女子職業紀錄的新女性：「天天洗澡，看報，聽無線電向來不聽申曲滑稽京戲什麼的，而專聽貝多芬、瓦格涅的交響樂，聽不懂也要聽。」然而，最重要的卻是「翠遠不快樂」（〈封鎖〉，490）。儘管翠遠得到了時代巨輪爲婦女力爭的社會權利，特別是教育，但是卻因爲自己仍然「待字閨中」而覺得自卑、煩悶。

像無數張愛玲筆下的女性一樣，翠遠對於愛情的感覺是帶著自嘲的。沒有冰心的緬懷過去，也沒有蕭紅的憧憬未來，張愛玲的女性總是爲著社會壓力所迫而渴望愛情來臨，但又同時知道愛情的虛浮性，理解男性的不可靠。因此，呂宗楨的挑逗，一方面爲翠遠帶來欣喜，另一方面又使她謹記「男人」的現實：

> 他們戀愛著了。他告訴她許多話……無休無歇的話，可是她並不嫌煩。戀愛著的男子向來是喜歡說，戀愛著的女人破例地不大愛說話，因爲下意識地她知道；男人徹底地懂得了一個女人之後，是不會愛她的。（〈封鎖〉，496）

正是這矛盾的、永遠帶著自我唾棄的女性心理的作用，所以一個萍水相逢、甜言蜜語的陌生男人才會顯得特別可愛：

> 以後她多半會嫁人的，可是她的丈夫絕不會像一個萍水相逢的人一般的可愛——封鎖中的電車上的人……**一切再也不會像這樣自然**。（〈封鎖〉，498，黑體爲本文作者所加）

封鎖、偶遇——切斷的、人工化的時空——造成的竟是「自然」的感覺。當然，翠遠最後得痛苦地發現眞相。封鎖開放之後，宗楨突然不見了，但他並非下車去了，只不過是換回之前的位子。隨著時空回復「正常」，現實冷冷地呈現在她眼前：

> 電車裏點上了燈，她一睜眼望見他遙遙坐在他原先的位子上。她震了一震——原來他並沒有下車去！她明白他的意思了：封鎖期間的一切，等於沒有發生。整個的上海打了個盹，做了個不近情理的夢。（〈封鎖〉，499）

這個美麗的夢，完全因封鎖而造成，也因封鎖開放而完結。

在結構上來說，〈封鎖〉的現代性是肯定的。首先，在情節和背景的層次上，如果沒有了大都市，沒有了電車，沒有了一切現代的物質文化，「封鎖」的故事根本不能成立；它的「內容」與它的現代環境因而是息息相關的。其次，〈封鎖〉同時也是美學性（aesthetic）的概念，意指著一個與平常生活隔絕、疏離的時空。正因這時空是非常性的，所以種種平常生活中不可能的事都變成可能，就像夢境一般。張愛玲的文字在這兒可以說是成了另外一種「交通工具」：像上海的電車一樣，這種歷來跟著「蠕蠕的車軌」不斷地往前移的時空媒介，爲了封鎖而暫停，慢慢地揣摩出一個在正常意識以外的、不碰到封鎖不會浮現的世界⑫。

因爲這個美學式的時空由斷裂而來，因此它獨特之處亦跟斷裂原則不可分割。儘管張愛玲寫的盡是老套的鴛蝶派愛情小說，儘管她的人物盡是半新不舊、不徹底的小人物，但是在寫作的技巧上，她的文字卻是絕對與新的技術意念、媒介意念走著同一步伐的。在她的文字裏，正因爲封鎖造成的框框，所以一切感受才變得尖銳起來——在封鎖的時空中，一切現象顯得誇張而纖細、擴大而精密，刻畫著物質世界的明顯輪廓而又充滿了多采多姿的感官細節。由是，我們可以做一個結論：〈封鎖〉不僅是一個短篇故事，亦是張愛玲的美學據點；封鎖的時空與她的創作特色（如破碎感、細節的突出等）是相輔相成的⑬。

在深明封鎖、距離，甚至隔絕這些原則都是藝術的泉源這一點上，張愛玲是西化的⑭。她的作風使我想起義大利導演帕索里尼（Pasolini）給電影的定義：「電影……基於摒棄時間的連續性……電影事實上就像死亡之後的另一生命。」⑮帕索里尼的意思，就是指「平常」、「自然」生命之外，還有另一種、藝術塑造而成的生命；藝術本身的時空就是一種生命。

從小說看到作者生平，也許我們甚至可以說，張愛玲的處世態度，正是把自己的生命進行「封鎖」，把藝術、文學的（人造）時空做為那死亡之後的「另一生命」。從我們所知道關於她生平的點滴，她很明顯地要把自己與「平常」的世界隔絕起來，與一切「普通」事物保持一定距離，從而集中寫作、研究⑯。許多批評家，特別是男性批評家，把她身世傳奇化之餘，往往加上心理分析而把她病態化，把她說成是一個自小失去家庭溫暖的悲觀者，或是一個自我疏離的水仙子式病人⑰。我建議另一個看法：我們爲何一定要以某種衞道式的「正常」標準去衡量張愛玲的「病態」，而不嘗試以張的獨特性去反省所謂「正常」本身呢？以「病」去比喻一個有才華的女作家，令我們想起迅雨以「癌」去比喻他所謂過度膨脹的「技巧」。中國文學文化之中的父權制度及衞道意識形態，是何等根深蒂固，而這些意識形態在批評女作家時往往欲蓋彌彰，這情形已屢見不鮮。

張愛玲卻似乎一直在說：病態就是藝術根源；技巧亦然。只有通過封鎖、與世隔絕、時空切斷這種種刻意的技巧式的禁閉過程，她才獲得眞正屬於自己的生命。不論要付出代價多少都是值得的。雖然她筆下的女性角色，總是離不開封建制度的時空，要依靠男性，要生兒育女，但做爲文學工作者的她，卻是以她們的「故事內容」，隔絕爲她自己的美學時空，從而創出自己的獨立性。短暫的愛情和婚姻之後，由四十多歲到七十多歲臨終，她都過著獨身的生活，純粹自力更生。以一個反父權主義的立場來看，張愛玲選擇的，正是放棄了以男性爲權力中心，放棄了以家庭、家族，甚至以理想人性這些**連續性**的歷史觀念爲生命平衡點的「正常」時空。她把自己封鎖起來，以女性的敏銳觀察、思想及寫作去挑戰一切，直到死亡。不論這種自我封鎖是一個如何蒼涼的手勢，它最終是張愛玲令人肅然起敬的重要原因之一。

註釋

❶迅雨〈論張愛玲的小説〉，原載《萬象》，第三卷第十一期（一九四四年五月）。本文所引，載於唐文標所著之《張愛玲雜碎》（台北：聯經，一九七六年初版），頁一一五—三五。文首引之一段，在該版本之一一六頁。

❷迅雨〈論張愛玲的小説〉，頁一三三。

❸迅雨〈論張愛玲的小説〉，頁一三五。

❹迅雨〈論張愛玲的小説〉，頁一三三—三四。

❺張恨水《平滬通車》（上海，一九四一）。

❻冰心〈西風〉（一九三六），《冰心小説集》（上海：開明，一九四三），頁二九六—三一三。

❼蕭紅〈歐羅巴旅館〉（一九三四），葛浩文編《蕭紅的商市街》，（台北：林白，一九八七）。

❽張愛玲在〈燼餘錄〉裏，也曾以交通工具描繪時代前進的無情力量：「時代的車轟轟地往前開。我們坐在車上，經過的也許不過是幾條熟悉的街衢，可是在漫天的火光中也自驚心動魄。就可惜我們只顧忙著在一瞥即逝的店舖的橱窗裏找尋我們自己的影子——我們只看見自己的臉，蒼白，渺小；我們的自私與空虛，我們恬不知恥的愚蠢——誰都像我們一樣，然而我們每人都是孤獨的。」（《流言》，頁五四）對電車她似乎有特別親切的感受。她在〈公寓生活記趣〉中這樣寫道：「城裏人的思想，背景是條紋布的幔子，淡淡的白條子便是行馳著的電車——平行的，勻淨的，聲響的河流，汩汩流入下意識裏去。」（《流言》，頁二

八）

⑨在這一層次上張愛玲沒有冰心的懷舊感：她並不把男性代表的世界表達爲一種失落的美好過去。比方在〈紅玫瑰與白玫瑰〉故事中，舊情人分別多年後在公車上再相遇的時刻，嬌蕊顯得很快樂，反而是振保感到失落以致流淚。

⑩張愛玲文字中有無數例子是以電影鏡頭方式來表達的。像〈金鎖記〉中以七巧對鏡自照的情景來表達時間的逝去：「七巧雙手按住了鏡子。鏡子裏反映著的翠竹簾子和一副金綠山水屏條依舊在風中來回蕩漾著，望久了，便有一種暈船的感覺。再定睛看時，翠竹簾子已經褪了色，金綠山水換爲一張她丈夫的遺像，鏡子裏的人也老了十年。」（《張愛玲短篇小說集》，頁一六八）。迅雨在〈論張愛玲的小說〉一文中對於以上一段這樣寫道：「這是電影的手法：空間與時間，模模糊糊淡下去了，又隱隱約約浮上來了。巧妙的轉調技術！」（頁一二三）。此外，張愛玲對視覺回憶的喜愛，最佳見證莫過於她的《對照記——看老照相簿》（香港：皇冠，一九九四年初版）。

⑪張愛玲作品中亦有更直接地以公寓爲題材的，見〈公寓生活記趣〉，《流言》，頁二七—三三。說到公寓的住客日常生活的祕密有時被逼公布，她寫道：「人類天生的是愛管閒事。爲什麼我們不向彼此的私生活裏偷偷的看一眼呢，既然被看者沒有多大損失，而看的人顯然得到片刻的愉悅？」（頁三二）

⑫水晶在《張愛玲的小說藝術》（台北：大地，一九七三）的跋中以 fantasy（他譯做「狂想曲」；「狂想」亦可）的結構來形容〈封鎖〉：「很少中國作家，能夠將 fantasy 表現得這樣圓融透熟，而張愛玲在三十年前即已向我們提供了一個極好的樣本……，〈封鎖〉顧名思義，是說在人爲的制度下，一切外在的交通都停頓了，而人的本能（id），反而獲得活潑的開放，於是婚姻不美滿的會計師呂宗楨，和注定即將成爲老處女的翠遠，在封鎖的電車中，肆無忌憚地聊起天來，互訴苦衷，終於發生了愛情。這一段情大概出諸會計師（或者翠遠）的「冥想」

成分居多……。」（頁一七〇）。本文作者認爲水晶的讀法有點牽強而且不夠仔細。此外，陳炳良在《〈封鎖〉分析》一文內，指出〈封鎖〉「不是一個簡單的調情故事，它是作者張愛玲對社會的批評」：「這個毫無生氣的社會，在這短暫的封鎖期間，好像要復甦了，因爲人們被迫要思想一下，也流露一點心底下的眞感情。」（陳炳良《張愛玲短篇小說論集》，頁九九—一〇〇），筆者對於這套分析也不盡同意。但無論如何，水晶和陳炳良都正確地說出了「封鎖」所帶來的是一個非常的時空。

⑬這一點，〈傾城之戀〉也是一個好例子。張愛玲這樣寫流蘇的愛情勝利：「香港的陷落成全了她。但是在這個不可理喻的世界裏，誰知道什麼是因、什麼是果？誰知道呢？也許就因爲要成全她，一個大都市傾覆了。」（《張愛玲短篇小說集》，頁二五一）

⑭水晶在《張愛玲的小說藝術》的跋裏曾這樣寫道：「張愛玲的小說外貌，乍看起來，似是傳統章回小說的延續，其實她是貌合而神離；她在精神和技巧上，還是較近西洋的。」（頁一七〇）

⑮Pasolini, Pier Paolo, "Living Signs and Dead Poets," in *Heretical Empiricism*, ed. Louise K. Barnett, trans. Ben Lawton and Louise K. Barnett（譯自義大利文原文）(Bloomington:Indiana University Press, 1988), p.250。

⑯記載張愛玲生平（特別是前半生）事蹟的文章很多，在這兒僅列出少數例子：唐文標《張愛玲雜碎》；唐文標編《張愛玲卷》（香港：藝文圖書，一九八二年初版）；鄭樹森編選《張愛玲的世界》（台北：允晨，一九八九年初版）；水晶《張愛玲的小說藝術》；于青《張愛玲傳》（台北：世界，一九九三年初版）；胡辛《最後的貴族張愛玲》（台北：國際村文庫，一九九五）；余斌《張愛玲傳》（海南國際新聞出版中心，海南出版社，一九九三）。

⑰比方，見宋家宏〈張愛玲的「失落者」心態及創作〉及李焯雄〈臨水自照的水仙〉；二文皆載於鄭樹森編選之

《張愛玲的世界》，頁一二九—四七、一〇三—二七。另見唐文標對張愛玲的分析《張愛玲雜碎》。

參考資料

〈封鎖〉、〈金鎖記〉、〈紅玫瑰與白玫瑰〉、〈傾城之戀〉，《張愛玲短篇小說集》（台北：皇冠，1968 初版）。

〈燼餘錄〉、〈公寓生活記趣〉，《流言》（台北：皇冠，1968 初版）。

《對照記——看老照相簿》（香港：皇冠，1994 初版）。

〈天才夢〉，《張看》（台北：皇冠，1976 初版）。

戀物張愛玲

——性、商品與殖民迷魅

張小虹

大三那年，由永和搬回復興北路舊眷村改建的國宅，老鄰居多還在，但對著十四層的電梯大廈，總有著腳踏不著實地的戚然。地方還是老地方，卻尋不著任何可以拴牽記憶之處，整個人飄忽如遊魂。在這個錯愕的異質空間裏，我在家的遺跡之上又有了家。

從小沒搬過家，雞犬相聞的窄窄巷道，村子的老樹與夏日沉沉的草地，曾經恍惚以爲這就是天長地久的地方，而第一次搬出去就五、六年，改建好搬回來的時候，一切都變了，母親過世，我也由懵懂世事的小女孩變成了有模有樣的大學生。

搬出搬進之間，被迫丟了不少東西，但有箱盒子卻是在搬回來後的半年才丟的。盒子裏裝著兩件小時登台表演的芭蕾舞衣，一件用金葱布和黃摺紗做的，記得是跟秋天落葉有關的舞碼，另一件是紫緞上綴著珠花亮片配紫紗裙，跳什麼早忘了。來來回回捨不得丟，但眞的是爬滿蟲子了。有日心一橫，叫妹妹順手帶到樓下去。

總是在這種時候記起張愛玲。當華服變縕袍、陳絲如爛草，湧起鬱鬱蒼蒼的身世、母親與耽溺，或許就是我「戀物」張愛玲的情結所在，而今要用典雅端莊、正經八百的論文形式處理的，其實也正是千絲萬縷卻欲解還結、死纏爛打依舊死心塌地的心理糾結，是張愛玲也是我的「戀物」。

戀物不就是一種「患得患失」嗎？擁有時怕失落，而只有不斷的失落才可印證曾經擁有，戀物不也是一種「幻得幻失」嗎？「幻」影的「幻」(phantasmagorical)，「如夢幻泡影，如露亦如電」的「幻」，戀物當然更是一種「換得換失」，是置移(displacement)、替代(substitution)與否認(disavowal)的心理機制，從來就不曾失落過，只因從來就沒有擁有過。

在下面如戀人絮語般的長篇大論中，我將有樣學樣於另一位女性主義學者的寄深情於學術(哪個寫女人的女人不自戀)。Toril Moi 在寫《西蒙・德・波娃》一書時，刻意迴避了「傳記VS.文本」的二元對立。對她而言，「她留給我們有關小說、哲學、自傳和書信文本的交互指涉網絡，就正是我們的西蒙・德・波娃」(4)，在此「主體性」(subjectivity)與「文本性」(textuality)相互疊合交織、相互建構形塑。因此下面討論的張愛玲，將包含各種文本與社會、文化脈絡文本(con-text)，有小說、散文、評論、劇本、照片、書信等，我們的張愛玲依舊是一個未曾終始的文本(an unfinished text)。

在理論架構上，將以「戀物」(fetishism)與「戀物化」(fetishization)爲主，穿梭遊織於精神分析的「性戀物」(sexual fetishism)、馬克思主義的「商品拜物」(commodity fetishism)與(後)殖民研究的「殖民凝物」(colonial fetishism)，也有由戀物到嗜糞(coprophilia)與戀屍(necrophilia)的滑動。總而言之，寫張愛玲戀物的論文，既該有情書的纏綿，也該有小報的聳動，在東家長、西家短的碎嘴聒噪中，牽腸掛肚、繪聲繪影我們的張愛玲。

一、鬼影亂髮與小紅月牙：曠男怨女的性戀物

在文化人類學的研究中，「戀物」爲原始宗教對山川樹石有靈的崇拜投射，後也用來指女巫所賜之護身符（我的枕頭底下一直都還壓著一個縫在紅套子裏的靈符）。但談到「性戀物」，卻不得不回到佛洛伊德，尤其是他的〈戀物〉（Fetishism, 1927）一文。對佛洛伊德而言，戀物乃爲男性「戀態」心理的一種，將做爲性對象的女人「部分轉化」爲物體或身體局部而得到性滿足，「因而腳或鞋擁有做爲戀物或其部分的吸引力，在於好奇的男孩總喜循女人大腿而向上偷窺其陰部。絲絨和毛皮總被人懷疑是製造了陰毛的視覺效果，而其理應早該展露那期盼已久的陰莖；如此常被當成戀物的內衣襯裏製造了輕卸羅衫的場景：在女人仍舊被當成陽具的最後一刻」（201）。

對佛洛伊德而言，「戀物」乃是小男孩面對母親被閹割的心理移轉機制，以「戀物」取代母親消失了的陰莖。用通俗粗野的話語複述便是，小男孩的「閹割恐懼」（castration anxiety）是在瞥見母親無陰莖的身體時產生的，小男孩不知道母親是有不同生殖器官的女人，而認定母親的陰莖被切除消去，因而開始恐懼自己的陰莖也可能朝不保夕。因此原本被小男孩視爲權力與豐足的「陽物母親」（the phallic mother），如今則淪落爲「匱缺」（the lack）的女人，而小男孩也由與母體共恃共生的混沌狀態（undifferentiation）被迫走向性別差異分化下的男性位置。因此，「戀物」是對女性閹割的「認知」（recognition）與「否認」（disavowal），亦即經由「轉喩式」（metonymical）的取代（轉到腳、鞋、絲絨、毛皮、內衣襯裏……），讓女人同時是也同時不是「被閹割的」[1]。

當佛洛伊德將「戀物」建構在他的閹割恐懼與伊底帕斯情結之上時，自是十足的陽物理體中心(phallogocentrism)與視覺主導論(oculocentrism)，其中不僅暗含了對女性陰部的嫌惡，更充滿了性別歧視與異性戀霸權之專擅。對佛洛伊德而言，即使維也納精神分析學會在一九〇九年就指稱所有的女人皆爲戀衣狂(clothes fetishists)，即使其他的精神分析師的病例中有各種以絲綢、煙捲錫紙、古浴袍達到性高潮、視藍棉牛仔褲、皮靴、鬍髭爲性快感來源的女人，在他的字典裏依舊是沒有「女戀物者」(female fetishist)一詞的，莫怪最早創用此詞的美國女學者 Naomi Schor 要說此詞乃「矛盾修飾法」(oxymoron, 115)，像擁擠的孤獨、殘酷的慈悲，或聰明的呆子一般矛盾。而以下對性戀物的討論，則便是要以佛洛伊德爲出發，企圖「去陽具化」、「去男性中心化」戀物理論，並導引向另一個戀物得不得了的男同志理論家：羅蘭·巴特。

就舉張愛玲的〈紅玫瑰與白玫瑰〉來談性戀物吧。隨身攜帶著「對」的世界的振保，曾在巴黎嫖妓，只因被那外國女人「黑蕾絲紗底下的紅襯裙」(5:54)所勾引而進了小旅館，而振保與嬌蕊由初識到調情到上床做愛的過程描述，則更是性戀物的高潮迭起❷。第一次見面正在洗頭髮的嬌蕊，「堆著一頭的肥皀沫子，高高砌出雲石塑像似的雪白的波鬈」，在浴衣揩手時濺了點肥皀沫子到振保手背上，「他不肯擦掉它，由它自己乾了，那一塊皮膚上便有一種緊縮的感覺，像有張嘴輕輕吸著它似的……。心中只有不安，老覺得有個小嘴吮著他的手」(5:59)。

而當嬌蕊沐浴完畢，振保隨後也進入同一間浴室準備盥洗，只見嬌蕊正對鏡梳髮，「頭髮燙得極其鬈曲梳起來很費勁，大把大把撕將下來。屋子裏水氣蒸騰，因把窗子大開著，夜風吹進來，地下的頭髮成團飄逐如同鬼影子」(5:60)。

> 振保抱著毛巾立在門外，看著浴室裏強烈的燈光照耀下，滿地滾的亂頭髮，心裏煩惱著。他喜歡的是熱的女人，放浪一點的，娶不得的女人。這裏的一個已經做了太太，而且是朋友的太太，至少没有危險了，然而……看她的頭髮！到處都是——到處都是她，牽牽絆絆的。
>
> 士洪夫妻兩個在浴室裏說話，浴缸裏嘩嘩放著水，聽不清楚。水放滿了一盆，兩人出來了。讓振保進去洗澡。振保洗完了澡，蹲下地去，把磁磚上的亂頭髮一團團撿了起來，集成一股兒。燙過的頭髮，梢子上發黃，相當的硬，像傳電的細鋼絲。他把它塞進褲袋裏去，他的手停留在口袋裏，只覺渾身熱燥。這樣的舉動畢竟是太可笑了，他又把頭髮取了出來，輕輕拋入痰盂。(5:60)

以精神分析而言，女人的頭髮是從女人陰部移轉的男性目光之落點之一，是身體部位「轉喻」的結果。美國女學者 Emily Apter 就曾撰寫過精采的文章，專論法國小說家莫泊桑作品中的「頭髮戀物」，有迷戀男愛人鬚毛的女人，有在十七世紀骨董櫃中發現束髮而如癡如狂的收藏家，也有用髮絲纏綿愛人每顆鈕釦的戀物者。Apter 戲謔地用「hair-splitting」做為論述發展點，既是對頭髮的念茲在茲，也是對瑣事瑣務的吹毛求疵。然而對佛洛伊德而言，頭髮戀物不但是對女性閹割的移轉置換，也是對嗅覺的「嗜糞快感」(coprophilia pleasure)：「有關戀物之擇選，精神分析……已展示嗅覺上嗜糞快感的重要性，此快感由於壓抑的結果多半已經消失。當嗅覺感應變成不悅和遭放棄時，擁有強烈氣味的腳和頭髮則被擢升為戀物。」(Three Essays on the Theory of Sexuality, 155)偉大的佛洛伊德似乎是要告訴我們（不論是剪一綹頭髮贈愛人、日益疏落的禿頂危機或電視上左搖右晃的洗髮精廣告），頭髮戀物原來也可以是一種肛門情欲(anal eroticism)的表現。在這裏，我當然不是要說振保是有肛門快感的，只是能從肛門的角度重新觀視這位「最合理想的中國現代人物」(52)，絕對是有快感的。

雖然騷得振保渾身熱燥的頭髮終究進了痰盂，但嬌蕊「深粉紅的襯裙」和南洋異國情調的睡衣，依舊讓振保禁不住地臉紅心跳：

> 她穿著的一件曳地的長袍，是最鮮辣的潮濕的綠色，沾著什麼就染綠了。她略略移動一步，彷彿她剛才所占有的空氣上便留著個綠跡子。衣服似乎做得太小了，兩邊迸開一寸半的裂縫，用綠緞帶十字交叉一路絡了起來，露出裏面深粉紅的襯裙。(5:65)

> 她不知可是才洗了澡，換上一套睡衣，是南洋華僑家常穿的沙籠布製的褂褲，那沙籠布上印的花，黑壓壓的也不知是龍蛇還是草木，牽絲攀藤，烏金裏面綻出橘綠。襯得屋子裏的夜色也深了。這穿堂在暗黃的燈照裏很像一截火車，從異鄉開到異鄉。火車上的女人是萍水相逢的，但是個可親的女人。(5:69)

二、黃金枷鎖：婚姻交易與女人商品拜物

在上面援引的精神分析語言中，不論是性戀物或愛戀物，都是將「客體凝止」(object fixation)置於他者（戀人）之身體部位或與其毗鄰觸碰之物，而戀物或愛物之價值與魅力，非存於內，而在欲望流動之中。這個部分則將援引另外一套參考座標——馬克思主義，強調的是自身的物化與資本的流通，以便打開戀物的另一些面向，也與原有的精神分析語言再融會貫通一番，看能不能更有目眩神馳的一番景象，畢竟在十九世紀末西方的歷史脈絡中，馬克思主義和精神分析是攜手打造了對「世紀末變態」(fin-de-siécle perversion)的分析批判。前面由佛洛伊德到巴特，這裏也將由馬克思到法國當代女性理論家Luce Irigaray，探一探「女人的商品拜物」(women's commodity fetishism)以及「女人做爲商品的拜物」(woman-as-commodity fetishism)的疊合轉換。

先來瞧瞧堅持自稱「拜金主義者」張愛玲的自敘。〈童言無忌〉裏果然開宗明義大談特談錢之重要、錢之可愛。張愛玲抓周時拿的是「小金鎊」，並自傲道「我喜歡錢，因爲我沒吃過錢的苦——小苦雖然經驗到一些，和人家眞吃過苦的比起來實在不算什麼——不知道錢的壞處，只知道錢的好處」(3:7)。更妙的是，張愛玲用生平第一次畫漫畫賺的五塊錢，馬上興高采烈地買了一支小號的丹琪唇膏，「我母親怪我不把那張鈔票留著做個紀念，可是我不像她那麼富於情感。對於我，錢就是錢，可以買到各種我所要的東西」(3:7)，也許母親富於情感的戀物，是要將那鈔票仔細珍藏；甚至框裱爲念（像小時家中掛著的獎狀），而張愛玲的戀「物」，則是一種具物質基礎的商品拜物，

眼明心透地看著自己役於物之哀喜：

> 有些東西我覺得是應當爲我所有的，因爲我較別人更會享受它，因爲它給我無比的喜悅。眠思夢想地計畫著一件衣裳，臨到買的時候還得再三考慮著，那考慮的過程，於痛苦中也有著喜悅。錢太多了，就用不著考慮了；完全沒有錢，也用不著考慮了。我這種拘拘束束的苦樂是屬於小資產階級的。每一次看到「小市民」的字樣我就局促地想到自己，彷彿胸前佩著這樣的紅綢字條。(3:7)

然而張的商品拜物不僅僅只是在拿了兩個獎學金，便放恣陶醉地做了些衣服，張的商品拜物，有時更以駭人聽聞的方式，成爲時代浮盪變亂中唯一可恃之物：

> 我記得香港陷落後我們怎樣滿街的找尋冰淇淋和嘴唇膏。我們撞進每一家吃食店去問可有冰淇淋。只有一家答應說明天下午或許有，於是我們第二天步行十來里路去踐約，吃到一盤昂貴的冰淇淋，裏面吱格吱格全是冰屑子。街上擺滿了攤子，賣胭脂，西藥，罐頭牛羊肉，搶來的西裝，絨線衫，蕾絲窗簾，雕花玻璃器皿，整疋的呢絨。我們天天上城買東西，名爲買，其實不過是看看而已。從那時候起我學會了怎樣以買東西當做一件消遣。——無怪大多數的女人樂此不疲。(3:48)

這種在戰亂中滿街找冰淇淋、對商品的迷忞、樂此不疲的遊逛，正如張愛玲記敍到「我們立在攤頭吃滾油煎的蘿蔔餅，尺來遠腳底下就躺著窮人的青紫的屍首」(3:48)一般，駭人卻又理直氣壯。

而張愛玲對櫥窗的迷戀，更是將商品之為物的神祕迷魅表呈入裏：「四五年前在隆冬的晚上和表姊看霞飛路上的櫥窗，霓虹燈下，木美人的傾斜的臉，傾斜的帽子，帽子上斜吊著的羽毛。既不穿洋裝，就不會買帽子，也不想買，然而還是用欣羡的眼光看著，縮著脖子，兩手揷在袋裏，用鼻尖與下頷指指點點，暖的呼吸在冷玻璃上噴出淡白的花。」(3:62)凍縮了脖子，遲遲不忍移去的目光，商品歆羨究竟是何種法力無邊的「壞意識」呢？對馬克思而言，商品常僅被視為「一個相當無關緊要的物品，極容易一目了然……，但實際上，商品卻是件非常詭異的東西，充滿了超物質（形上學）的幽微與神學的精緻」(81)。在他們的解讀中，商品的神祕性不在於其使用價值(use value)而在其交換價值(exchange value)，「價值並非高視闊步地用標籤描述其為何物，價值反倒將所有生產品轉換成一種社會祕文(a social hieroglyphic)。自今而後，我們努力去解讀祕文，想找出我們自身社會產品背後的祕密，只因將一個實用之物戳記成了價值，就如同將社會產品戳記成了語言」(85)。

因此張愛玲的櫥窗，不僅是刺激購買欲的貨品展示而已，她的櫥窗是「靜止的戲劇」(3:61)、歐洲中古時期金彩輝煌的 tableau (3:62)。馬克思在論商品拜物時，曾有一段膾炙人口的「降靈術」比喻：「只要是使用價值，便無神奇精怪可言……。但一旦轉而成為商品（例如：一張木桌），它便化身為超自然曖昧空幻之物。它不僅以雙腳屹立，更在與所有其他商品的關聯中，倒立而行，從它的木頭腦袋中旋散出古怪稀奇的想法，遠比以巫術法力移動桌子的降靈術更令人嘆爲觀止。」(81-82)此處的桌子，不再是柏拉圖式形式／物質、理念／現象的爭辯，此處的桌子雖靜靜展示文風不動，但它的商品迷魅卻會飛、會走、會旋轉倒立，如同有靈附身的符物或物神，如同傳說中波隆納的靈石(the stone of Bologna)，白天吸納的光芒在夜裏閃閃綻射。誰說張愛玲不諳商品迷魅之味，「深夜的櫥窗上，鐵柵欄枝枝交影，底下又現出防空的紙條，黃的，白的，透明的，在玻璃上糊成方格子，斜格子，重重疊疊，幽深如古代的窗槅與簾櫳」(3:61)。

然而張愛玲的商品拜物觀卻又比馬克思更勝一籌，她也許不懂使用價值與交換價值的術語，但張卻更心知肚明女人的商品拜物，不僅是女人對物質生活的痴心迷醉與巧揑算計，也是女人將自己妝點爲商品在婚姻市場上的論斤論兩、討價還價。像〈金鎖記〉中「賣身」到姜家做二太太的七巧，守著軟骨症的丈夫就爲了日後分產有錢揚眉，這身上「黃金的枷鎖」(5:156)，壓著她變形扭曲，走上自毀毀人的幽恨淒涼。又像〈連環套〉中的霓喜，先會「姘居」不同種族的男人。十四歲時被養母像賣牲口一樣賣給開綢緞店的印度人，日後爲了自抬身價，霓喜卻總把一百二十元的賣價調高講成三百五十元。

> 雅赫雅打量了她一眼，淡淡的道：「有砂眼的我不要。」那婦人不便多言，一隻手探過霓喜的衣領，把她旋過身來，那隻手便去翻她的下眼瞼，道：「你看看！你看看！你自己看去！」雅赫雅走上前來，婦人把霓喜的上下眼皮都與他看過了。霓喜疼得緊，眼珠子裏裏著淚光，狠狠的瞋了他一眼。

> 雅赫雅又著腰笑了，又道：「有濕氣的我不要。」那婦人將霓喜向椅子上一推，彎下腰去，提起她的袴腳管，露出一雙大紅十樣錦平底鞋，鞋尖上扣繡鸚鵡摘桃。(8:18-19)

然而張愛玲對這個後來四處調情、不乾不淨、死纏爛打、滾地撒野的女人，終究是有著「哀矜而勿喜」之理解：「霓喜的故事，使我感動的是霓喜對於物質生活的單純的愛，而這物質生活卻需要隨時下死勁去抓住。她要男性的愛，同時也要安全，可是不能兼顧，每致人財兩空。結果她覺得什麼都靠不住，還是投資在兒女身上，囤積了一點人力——最無人道的囤積。」(3:23-24)

這需要去死勁抓住的物質生活、經濟上的安全，對張愛玲筆下那一羣羣「女結婚員」來說，更是迫在眉睫、七上八下的局促與焦恐。首先揭露的是那「女人商品化」的弔詭邏輯：女人要用商品將自己妝點成商品，成功出售後的商品則可更恣意地擁有商品。像〈等〉裏面的推拿醫生的女兒阿芳：

> 女兒阿芳坐在掛號的小桌子跟前數錢。阿芳是個大個子，也有點刨牙，面如鍋底，卻生著一雙笑眼，又黑又亮。逐日穿著件過於寬鬆的紅黑小方格充呢袍子，自製的灰布鞋。家裏兄弟姊妹多，要想做兩件好衣裳總得等有了對象，沒有好衣裳又不會有對象。這樣循環地等下去，她總是杏眼含嗔的時候多。再是能幹的大姑娘也闖不出這身衣服去。(5:101)

又像〈花凋〉中患了骨癆的川嫦，望著自己已然到手的金龜婿漸行漸遠，而由婚姻生活構築出的物質美夢，也就更飄散無蹤：

> 這花花世界充滿了各種愉快的東西——櫥窗裏的東西，大菜單上的，時裝樣本上的；最藝術化的房間，裏面空無所有，只有高齊天花板的大玻璃窗，地毯與五顏六色的軟墊；還有小孩——呵，當然，小孩她是要的，包在毛絨衣，兔子耳朵小帽裏面的西式小孩，像聖誕卡上印的，哭的時候可以叫奶媽抱出去。
>
> 川嫦自己也是這許多可愛的東西之一；人家要她，她便得到她所要的東西。這一切她久已視做她名下的遺產。(6:219–20)

「人家要她，她便得到她所要的東西」，但如何要人家要她呢？張愛玲的筆下充滿女人推銷自己、待價而沽的焦慮，稍一不慎，便是萬劫不復的終生懊惱：「本來，一個女人上了男人的當，就該死；女人給當給男人上，那更淫婦；如果一個女人想給當給男人上而失敗了，反而上了人家的當，那是雙料的淫惡，殺了她也還汚了刀子。」(5:218)

在這種「女人商品化」的弔詭邏輯與如履薄冰，不得閃失的情場兇險中，張愛玲筆下一羣羣的女人便義無反顧地投身婚姻交易市場，紅粉戰戰兢兢、佳人庸碌一生。像〈鴻鸞禧〉凋落的大戶人家小姐玉清，任性地將陪嫁的五萬元統統花在自己身上，決絕的一種揮霍：

> 玉清還買了軟緞繡花的睡衣，相配的繡花浴衣，織錦的絲棉浴衣，金織錦拖鞋，金琺瑯粉

鏡，有拉鍊的雞皮小粉鏡；她認爲一個女人一生就只有這一個任性的時候，不能不盡量使用她的權利，因此看見什麼買什麼，來不及地買，心裏有一種決絕的，悲涼的感覺，所以她的辦嫁妝的悲哀並不完全是裝出來的。(5:37)

從軟緞繡花的睡衣到有拉鍊的雞皮小粉鏡，玉清在辦喜事時深深的悲涼，莫非在於她已是衆家姊妹眼裏「銀幕上最後映出的雪白耀眼的『完』字」，婚姻交易蓋棺論定的剎那，不是喜悅而是需要更多炫目的商品，以物質性的紮紮實實來移轉不容回首、無力前瞻的迷茫。

然而玉清仍是有對象結婚，有嫁妝可恃的女人，其他那些捉襟見肘、茫茫無著落的「女結婚員」們又是該如何呢？像〈傾城之戀〉裏的寶絡，家裏人爲了她的相親，早已忙得鴉飛雀亂，人仰馬翻：

白老太太將全家的金珠細軟，盡情搜括出來，能夠放在寶絡身上的都放在寶絡身上。三房裏的女孩子過生日的時候，乾娘給的一件巢絲衣料，也被老太太逼著三奶奶拿了出來，替寶絡製了旗袍。老太太自己歷年攢下的私房，以皮貨居多，暑天裏又不能穿著皮子，只得典質了一件貂皮大襖，用那筆款子去把幾件首飾改鑲了時新款式。珍珠耳墜子、翠玉手鐲、綠寶戒指，自不必說，務必把寶絡打扮得花團錦簇。(5:197)

花團錦簇的寶絡是商品，既是商品（珍珠耳墜子、翠玉手鐲、綠寶戒指）搭疊出來的商品，也是商品(貂皮大襖)換來的商品，最終圖的莫非也只是要在相親的商品交換中成功出售。這種「女人商品化」的淒涼困楚，曾在〈琉璃瓦〉中以童話故事般的浪漫詼諧鋪陳過，像大女兒靜靜與夫婿的回門，「霜濃月薄的銀藍的夜裏，唯有一兩家店舖點著強烈的電燈，晶亮的玻璃窗裏品字式堆著一堆一堆黃肥皂，像童話裏金磚砌成的堡壘」(6:130-31)。但在〈心經〉中，這種進退無據、待價而沽的急迫，卻成了綾卿嘴裏最直接慘烈的告白：「我倒不是單單指著他的。任何人……當然這『人』字是代表某一階級與年齡範圍內的未婚者……在這範圍內，我是『人盡可夫』的！」(6:156)。

這種幽微繁複、牽一髮動全身的婚姻買賣，絕非是馬克思去性別化、去身體化的商品拜物理論所能處理的，在這裏不得不請出 Irigaray 來與張愛玲有緣相識，看看另一個時空的法國女人，如何學舌顛嘲男性大師的理論，直搗父權結構與資本主義的勾結。透過 Irigaray，由「女人商品化」到「女人身體戀物化」，再去看張愛玲的〈第一爐香〉，該是讓兩個女人相互註解、相互回應的好謀略。

對 Irigaray 而言，女人就是在市場之上流通的商品，她結合了李維史陀在《親族基本結構》中對「交易女人」(exchange of women) 的論述與馬克思在《資本論》中有關商品拜物的討論，指出父權結構與資本主義(有時乾脆合併爲父權資本主義)中的「同性壟斷」(a ho(m)mosexual monopoly)❸。她詳細的闡述了女人變成商品的過程：首先女人必須具備一個「物質的形式」，具有生育兒女與家務勞動的使用價值，其次女人必須具備一個「價值的形式」，而由勞動力到價值的轉換，則必須在交易之中發生，在與其他交易商品的品評高下中發生。因此女人做爲交易商品的價值不在自身（自然本質或物質性），而是以「超—自然」(super-natural)與「超—物質」(meta-physical)的方式在交易中產生，而此父權交易的價值積累則端在於此女人商品載承了多少男人之間交換的需求與欲望。易言之，「一件商品——一個女人——被分裂爲兩個無法調協的對立『身體』：她的『自然』身體和她社會價值化、可交換的身體，後者乃是一種男性價值觀的父權模擬表達」(180)。

或許就從這個角度，再讀一次〈第一爐香〉中薇龍由清純女大學生轉變爲「自願」爲「妓」的過程。第一次踏進姑媽梁太太那蓋著綠色琉璃瓦的白房子的震撼迷惑，被丫頭們鄙爲打抽豐的窮親戚，但爲了能留在香港繼續念大學，一切都得低聲下氣，原本以爲「只要我行得正、立得正，不怕她不以禮相待」(6:44)的薇龍，卻在姑媽家紙醉金迷、杯觥交錯的世界裏，迷了心竅中了邪：

> 薇龍打開了皮箱，預備把衣服騰到抽屜裏，開了壁櫥一看，裏面卻掛滿了衣服，金翠輝煌；不覺咦了一聲道：「這是誰的？想必是姑媽忘了把這櫥騰空出來。」她到底不脫孩子氣，忍不住鎖上了房門，偷偷的一件一件試穿著，卻都合身，她突然省悟，原來這都是姑媽特地爲她置備的。家常的織錦袍子，紗的綢的、軟緞的、短外套、長外套、海灘上用的披風、睡衣、浴衣、夜禮服、喝雞尾酒的下午服、在家見客穿的半正式的晚餐服，色色俱全。一個女學生哪裏用得了這麼多？薇龍連忙把身上的一件晚餐服剝了下來，向床上一拋，人也就膝蓋一軟，在床上坐下了，臉上一陣一陣的發熱，低聲道：「這跟長三堂子裏買進一個人，有什麼分別？」(6:47-48)

望著滿櫥櫃的錦緞紗綢，薇龍換了又換，踏入物質世界的第一步，也是將自己妝點成物的第一刻，對梁太太而言肯在姪女身上大破慳囊，自是眼明手快的下注投資，但對薇龍而言，衣櫃的請君入甕卻是無法抗拒物質吸引的自投羅網。

在鏡前不止端倪的薇龍，正是透過自戀之凝視一步一步「戀物化」自己的身體。像 Grosz 所說的那種自戀女人，將自己的身體變成「陽物」(the phallus)，亦即變成欲望的客體：「所謂女性特質的正常發展途徑，對其被閹割的補償（和接受），必涉及女人身體的陽物化。」(110)❹透過種種裝扮做假、觀看與被觀看的女性氣質操弄，薇龍的身體遂獨樹商品拜物之一幟：

> 薇龍在衣櫥裏一混就混了兩三個月，她得了許多穿衣服的機會；晚宴、茶會、音樂會、牌局，對於她，不過是炫弄衣服的機會罷了。她暗自慶幸，梁太太只拿她當個幌子，吸引一般青年人，難得帶她到上等舞場去露幾次臉，總是家裏請客的次數多。香港大戶人家的小姐們，沾染上英國上層階級傳統的保守派習氣，也有一種驕貴矜持的風格，與上海的交際花又自不同。對於追求薇龍的人們，梁太太挑剔得很厲害，比皇室招駙馬還要苛刻。便是那僥倖入選的七八個人，若是追求得太熱烈了，梁太太卻又奇貨可居，輕易不容他們接近薇龍。一旦容許他接近了，梁太太便橫截裏殺將出來，大施交際手腕，把那人收羅了去。那人和梁太太攀交情，原是醉翁之意不在酒，末了總是弄假成眞，墜入情網。這樣的把戲，薇龍也看慣了，倒也毫不介意。(6:51-52)

三個月的工夫，上了癮的薇龍是離不開這由商品堆砌得金碧輝煌的屋子，而她也成了姑媽手上銀錢與愛情交易的籌碼，身不由主。

她要離開這兒，只能找一個闊人，嫁了他。一個有錢的，同時又合意的丈夫，幾乎是不可能的事。單找一個有錢的罷，梁太太就是個榜樣。梁太太是個精明人，一個徹底的物質主義者；她做小姐的時候，獨排衆議，毅然嫁了一個年逾耳順的富人，專候他死。他死了，可惜死得略微晚了一些——她已經老了；她永遠不能塡滿她心裏的饑荒。她需要愛——許多人的愛——但是她求愛的方法，在年輕人的眼光中看來是多麼可笑！薇龍不願意自己有一天變成這麼一個人。(6:66-67)

薇龍終究對愛認了輸，嫁給了紈袴子弟喬琪喬，「薇龍這個人就等於賣了給梁太太和喬琪喬，整天忙著，不是替喬琪喬弄錢，就是替梁太太弄錢」(6:82)。故事結尾描寫到薇龍和喬琪喬到灣仔看新年廟會，在人潮擁擠、眼花撩亂的市場中再次了悟到自己役於物、淪爲物與安於物的處境：

她在人堆裏擠著，有一種奇異的感覺。頭上是紫黝黝的藍天，天盡頭是紫黝黝的冬天的海，但是海灣裏有這麼一個地方，有的是密密層層的人，密密層層的燈，密密層層的耀眼的貨品——藍磁雙耳小花瓶、一捲一捲葱綠堆金絲絨、玻璃紙袋裝著「巴島蝦片」、琥珀色的熱帶產的榴槤糕、拖著大紅穗子的佛珠、鵝黃的香袋、烏銀小十字架、寶塔頂的涼帽；然而在這燈與人與貨之外，還有那淒清的天與海——無邊的荒涼，無邊的恐怖。她的未來，也是如此——不能想，想起來只有無邊的恐怖。她沒有天長地久的計畫。只有在這眼前的瑣碎的小東西裏，她的畏縮不安的心，能夠得到暫時的休息。(6:83)

在髒亂的狂歡中，攤子上的陳列品最主要賣的還是人，「在那慘烈的汽油燈下，站著成羣的女孩子，因爲那過分誇張的光與影，一個個都有著淺藍的鼻子，綠色的面頰，腮上大片的胭脂，變成了紫色」(6:84)。

Irigaray 曾以母親、處女與妓女在社會角色扮演上不同的交換屬性。母親是不可交換的，是交換價值終止後使用價值的剝削；處女則是「純粹的交換價值」，「一旦有過性交，女人便被編派爲使用價值的地位，以私有財產方式幽閉禁足，而從男人彼此的交換中除籍」(186)；而對妓女來說，使用價值與交換價值是交纏混淆的，她的身體之所以有價值只是因爲「已被男人所僭奪，而且還服做男人之間做爲隱祕關係的焦點」(186)。化身尤物、以物役物的薇龍，眼見著把她也當做妓女的一幫水兵，自嘲自棄：

喬琪喬笑道：「那些醉泥鰍，把你當做什麼人了？」薇龍道：「本來嘛，我跟她們有什麼分別？」喬琪喬一隻手管住輪盤，一隻手掩住她的嘴道：「你再胡說——」薇龍笑著告饒道：「好了好了！我承認我說錯了話。怎麼沒有分別呢？她們是不得已的，我是自願的。」(6:85)

薇龍的商品拜物與薇龍做爲商品的拜物，原來也是沒有分別的。女人在性、經濟、社會與文化上的交換價值，縱有自願／被迫、爲愛／爲生計等等高下貴賤階級區隔，原來也是沒有分別的。從七巧的黃金枷鎖到薇龍的自願弄錢弄人，女人身體的商品化、戀物化與陽物化，原來也可以是沒有分別的。

三、華洋雜處：異國情調與殖民凝物

從佛洛伊德到馬克思，從性戀物到商品拜物，戀物張愛玲的初淺形貌終於有了精神分析的心理幽微與商品消費的資本／身體邏輯，但畢竟張愛玲所處「華洋錯綜、新舊掩映」的上海與香港租界都會，似乎也該有更多歷史的陰影、殖民的焦慮雜糅其中，使其戀物更具權力、欲望、性／種族／膚色／階級差異的穿刺。此部分便將以（後）殖民研究的角度切入，將戀物在性別政治化之餘，也種族／文化政治化一番。

其實英文 fetish 的字源，不僅在文化人類學研究中可上溯靈石、符物，更可在歷史發展上追溯到西方殖民帝國主義之發軔期。fetisso，最早乃爲葡萄牙人的貿易術語，在歐洲人與非洲人交易時用以起誓成交的信物，而此 African fetish 更在日後以其獨特之魔魅席捲歐洲，轉而成爲表現非洲原始蠻荒的美學符徵，而此「美學化」的過程背後卻又是一頁頁血淚斑駁的奴隸販賣殖民史。英國藝術史家 Hal Foster 就曾以十七世紀荷蘭靜物畫爲例，談論藝術呈現的戀物結構。畫中豐盈之展示器物，既魔魅又可及，神靈活現地擺盪在生物—無生物之幽冥，出現一種「詭異的生動」(uncanny animation)與「死寂的懸止」(deathly suspension)。這些「超自然」之物既有繪畫上的價值，也栩栩如生地帶出所呈之物的商品價值，成爲荷蘭帝國主義與殖民市場的提喩舉隅。我將從 Foster 此種結合佛洛伊德、馬克思與殖民研究的角度，先切入張愛玲筆下的東方主義式凝視與器物表呈，再進一步探討其中對文化、種族與膚色差異的「殖民凝物」，最後將以洋人／雜種／洋派的人來分別談論張筆下新舊與華洋的排比轉換。

首先，「東方主義」(orientalism)一詞爲 Edward Said 援引爲西方帝國主義的基本心理機制，在「東方主義式的凝視」(the orientalist gaze)之下，西方看不見東方，只看見自己欲望投射出去、結合了「異國」(the exotic)與「異色」(the erotic)的東方色彩；或用 Frantz Fanon 在另一個種族殖民架構中(黑白衝突)所用的「文化木乃伊化」(cultural mummification)來說，殖民凝視便是在視覺快感中，將他者客體化與置固化，此種「他者的西方戀物化」(the western fetishization of the other)，便是將第三世界活生生的現實與現狀化爲神祕之本質或僵止置固在幽邈的古代。

像〈鴻鸞禧〉裏描繪玉清與大陸結婚的禮堂，其富麗堂皇之裝飾完全投合了外國人的東方色彩：

> 廣大的廳堂裏立著朱紅大柱，盤著青綠的龍；黑玻璃的牆，黑玻璃壁龕裏坐著小金佛，外國老太太的東方，全部在這裏了。其間更有無邊無際的暗花北京地毯，腳踏上去，虛飄飄地

踩不到花，像隔了一層什麼。整個的花園錦簇的大房間是一個玻璃球，球心有五彩的碎花圖案。客人們都是小心翼翼順著球面爬行的蒼蠅，無法爬進去。(5:45)

但眞正「詭異」的是，這花團錦簇的大房間不是外國老太太的東方幻象，而是十里洋場上海都會的結婚廳堂，這虛實眞幻間彷彿時間凝止，空間錯置，已被殖民凝視「釘死」的又借屍還魂，這種視覺的精神分裂與錯亂，正是既可用中國人的眼看外國人，又可用外國人的眼看中國人的「文化雜種」張愛玲的長處與苦惱。一方面她對炎櫻說的，「像我們都是在英美的思想空氣裏面長大的，有很多的機會看出他們的破綻」(14:59)，另一方面她覺得用洋人的眼睛看中國也不失趣味：

用洋人看京戲的眼光來看看中國的一切，也不失爲一樁有意味的事。頭上搭了竹竿，晾著小孩的開襠袴；櫃台上的玻璃缸中盛著「參鬚露酒」；這一家的擴音機裏唱著梅蘭芳；那一家的無線電裏賣著癩疥瘡藥；走到「太白遺風」的招牌底下打點料酒……，這都是中國，紛紜，刺眼，神祕，滑稽。(3:107)

當然張愛玲不是不知道即便最天眞爛漫的殖民帝國凝視，都有其權力壓迫的脈絡可循，但她多半以輕描淡寫的趣味一筆帶過：

有個外國姑娘，到中國來了兩年，故宮，長城，東方蒙特卡羅，東方威尼斯，都沒瞻仰過，

> 對於中國新文藝新電影似乎也缺乏興趣，然而她特別賞識中國小孩，說：「眞美呀！尤其是在冬天，棉襖、棉袴、棉袍、罩袍，一個個穿得矮而肥，蹣跚地走來走去。東方人的眼睛本就生得好。孩子的小黃臉上尤其顯出那一雙神奇的吊梢眼的神奇。眞想帶一個回歐洲去！」
>
> 思想嚴肅的同胞們覺得她將我國未來的主人翁當做玩具看待，言語中顯然有辱華性質，很有向大使館提出抗議的必要。愛說俏皮話的，又可以打個哈哈，說她如果要帶個有中國血的小孩回去，卻也不難。(3:59)

因此，張愛玲對帝國殖民主義的反思，不在於義正辭嚴的反霸反帝，而在於呈現殖民主體（包括外國人、雜種、中國人）本身內在的精神分裂與不穩定性，尤其是文化雜種的「疊影」(double vision)。

這種「疊影」(帝國凝視下影像的分裂與雙重)，就像是薇龍在第一次造訪姑媽「皇陵」宅院時所見到的自己：

> 從走廊上的玻璃門裏進去是客室，裏面是立體化的西式布置，但是也有幾件雅俗共賞的中國擺設。爐台上陳列著翡翠鼻煙壺與象牙觀音像，沙發前圍著斑竹小屏風，可是這一點東方色彩的存在，顯然是看在外國朋友們的面上。英國人老遠的來看看中國，不能不給點中國給他們瞧瞧。但是這裏的中國，是西方人心目中的中國，荒誕、精巧、滑稽。

葛薇龍在玻璃門裏瞥見她自己的影子——她自身也是殖民地所特有的東方色彩的一部分，

她穿著南英中學的別緻的制服，翠藍竹布衫，長齊膝蓋，下面是窄窄袴腳管，還是滿清末年的款式；把女學生打扮得像賽金花模樣，那也是香港當局取悅於歐美遊客的種種設施之一。然而薇龍和其他的女孩子一樣的愛時髦，在竹布衫外面加上一件絨線背心，短背心底下，露出一大截衫子，越發覺得非驢非馬。(6:33)

紛紜、刺眼、神祕、荒誕、精巧、滑稽，桌上的中國擺設是專爲了滿足外國人的異國情調，正如同薇龍身上的賽金花打扮，也是爲了投合歐美遊客的東方色彩，似乎突然間屋子與身體都成了殖民凝視下的皇陵、博物館與活人蠟像館，一種借屍還魂的戀物凝止卻又觸手可及，莫怪陰森而又詭譎。

這裏的「疊影」表呈了薇龍做爲殖民地的中國人，如何清楚意識到自己被觀看的方式，以及殖民凝視是如何穿透並建構其主體性，而張愛玲筆下更複雜的「疊影」，則出現在留過洋、喝過洋墨水的洋派角色身上。像〈紅玫瑰與白玫瑰〉裏帶著「外國式的俗氣」的振保，在帶著異味的巴黎妓女身上受了驚嚇，「眼睛是藍的罷，但那點藍都藍到眼下的青暈裏去了，眼珠子本身變了透明的玻璃球。那是個森冷的，男人的臉，古代的兵士的臉」(5:55)，便轉而結識雜種姑娘玫瑰，新加坡華僑嬌蕊，最後仍選擇了道地乖順卻乏味的中國姑娘烟鸝爲妻。而〈金鎖記〉裏的童世舫則更直截了當地想從長安的身上，找到故國姑娘楚楚可憐的韻致，但終究迷思變夢魘：「捲著雲頭的花梨炕，冰涼的黃籐心子，柚子的寒香……姨奶奶添了孩子了。這就是他所懷念著的古中國……他的幽嫻貞靜的中國閨秀是抽鴉片的！」(5:184)。假若世舫的落寞在於眞相之難以忍受，那他的難堪難道不更在於內化了的東方情調與殖民凝視，留洋之人回返尋夢於古中國之綺麗遐思嗎？這反諷與無奈間，又道盡了多少在現代化過程中剪不斷理還亂的殖民心理糾結。

而此現代化過程中的舊／新中國，卻時時配搭著帝國殖民權力排比下的華／洋雜處，往往透過對舊物／新物之迷戀、老派／洋派之對比，而有不同殖民心理層次的翻轉。像〈留情〉中留過學的米先生，常常憶及「老式留聲機的狗商標，開了話匣子跳舞，西洋女人圓領口裏騰起的體溫與氣味」(5:13)，而小說裏新派的楊家，則早在楊太太的公公手裏就作興念英文、進學堂，「楊太太的丈夫剛從外國回來的時候，那更是激烈。太太剛生了孩子，他逼著她吃水果，開窗戶睡覺，爲這個還得罪了丈母娘。楊太太被鼓勵成了活潑的主婦，她的客室很有點沙龍的意味，也像法國太太似的有人送花送糖，捧得她嬌滴滴地」(5:15-16)。在這個新派的家庭裏，就連老太太陰陰不開窗的房間，除了煙舖外也塞滿了「灰綠色的金屬品寫字枱、金屬品圈椅、金屬品文件高櫃、冰箱、電話；因爲楊家過去的開通的歷史，連老太太也喜歡各色新穎的外國東西」(5:18)。又像〈鴻鸞禧〉中在美國得過學位的婁囂伯，常愛翻閱舊的《老爺》雜誌，「美國人眞會做廣告，汽車頂上永遠浮著那樣輕巧的一片窩心的小白雲。『四玫瑰』牌的威士忌，晶瑩的黃酒，晶瑩的玻璃杯擱在棕黃晶亮的桌上，旁邊散置著幾朵紅玫瑰——一杯酒也弄得它那麼典雅堂皇」(5:39)。囂伯的商品拜物，既是由抹去了勞動痕跡的廣告所召喚，也是混雜了崇洋與階級品味之心理嚮往。

這種對洋化的投射與嚮往有時更直接以對外國女人之迷戀表達之。像〈年輕的時候〉裏的讀醫科的潘汝良，從不由自主地勾畫出一個外國人臉的側影，「沒有頭髮，沒有眉毛眼睛，從額角到下巴，極簡單的一條線，但是看得出不是中國人——鼻子太出來了一點。汝良是個愛國的好孩子，可是他對於中國人沒有多少好感。他所認識的外國人是電影明星與香菸廣告肥皂廣告俊俏大方的模特兒，他所認識的中國人是他父母兄弟姊妹」(6:184)。所以日後當汝良爲戀愛而戀愛的對象，便是俄國女子沁西亞，只因她似乎允諾了汝良投射出的新世界：

> 路上經過落荒地帶新建的一座華美的洋房，想不到這裏的無線電裏也唱紹興戲。從妃紅蕾絲窗簾裏透出來，寬亮的無表情的嗓子唱著「十八隻抽斗」。……文化的末日！這麼優美的環境裏的女主人也和他母親一般無二。汝良不要他母親那樣的女人。沁西亞至少是屬於另一個世界裏的。汝良把她和潔淨可愛的一切歸在一起，像獎學金、像足球賽、像德國牌子的腳踏車、像新文學。(6:190)

但如果面對抉擇的是兩個截然對立的世界，舊的中國VS.新的西方，那就算痛苦掙扎也還是可以孤注一擲的。然而張愛玲筆下的殖民糾結，卻正在於此二者的摻雜混糅，洋房裏聽紹興戲。所以我不贊同以菸舖上的父親VS.留洋的母親來強行編派張愛玲的文化認同分裂，因爲張的父親有洋名，而張的母親也纏過足，就如同《對照記》裏張與弟弟抱著母親從國外寄來的禮物，我們看到的不是一個穿襖袍的「中國」女孩抱著「洋娃娃」，因爲中國襖袍與西洋娃娃都是張愛玲主體成長經驗的戀物，就如同我們一直相信張愛玲的英文造詣毫不遜色於她的中文造詣一般，就如同我們相信張愛玲的作品與西洋文學的關聯並不弱於與鴛鴦蝴蝶派的關聯一般。

因此「文化雜種」的觀念必須被一再強調。「文化雜種」指的不是中體西用，也非全盤西化，而是「華洋雜處，新舊掩映」的疊合交纏，似有二元對立的華／洋與新／舊，但卻因種種戀物（如褉袍與娃娃）的「轉喻毗鄰性」而混淆曖昧。更何況「文化雜種」的張愛玲尙曾自嘲自己血統雜種的可能：「我母親也是被迫結婚的，也是一有了可能就離了婚。我從小一直聽見人說她像外國人，頭髮也不大黑，膚色不白，像拉丁民族。她們家是明朝從廣東搬到湖南的，但是一直守舊，看來連娶妾也不會娶混血兒……。這本集子裏〈談看書〉，大看人種學，尤其是史前白種人在遠東的蹤跡，也就是納罕多年的結果。」(8:8) 原來不僅是〈茉莉香片〉裏的聶傳慶有篡改身世之異想，連《張看》裏的張愛玲也有錯亂種族之好奇。莫怪乎張愛玲擅畫擅寫各種雜種人，對雜種人尷尬邊緣的社會處境多所觀察，像〈紅玫瑰與白玫瑰〉中的玫瑰，「就爲了她是不完全的英國人，她比任何英國人還要英國化」(5:56)，像小說中嫁了雜種人的英國艾許太太，「因此處處留心，英國得格外道地」(5:57)，她的女兒艾許小姐，則更是「地位全然沒有準繩的雜種姑娘」(5:76)。又如〈第一爐香〉裏的交際花周吉婕，有著極爲複雜的宗譜和極爲複雜的社會處境：

> 你看，我們的可能的對象全是些雜種的男孩子。中國人不行，因爲我們受的外國式的教育，跟純粹的中國人攪不來。外國人也不行！這兒的白種人哪一個不是種族觀念極深的？就使他本人肯了，他們的社會也不答應。誰娶了東方人，這一輩子的事業就完了。(6:60)

原來女人做爲交易商品也是有種族區隔的殖民布局啊！

上面談過了東方主義凝視下的中國擺設如鼻煙壺與觀音像，也談了崇洋心理投射中具有商品迷魅的汽車與威士忌，更帶出雜種女人身體商品化時的種族布局，但大體上仍以物和物化了的女體爲討論對象，最後這一部分則將焦點集中在張愛玲筆下的外國男人呈現，也藉此帶入思考 Homi K. Bhabha「殖民凝物」的另一面向。

張愛玲筆下不乏對外國男人的刻畫描繪，像〈桂花蒸　阿小悲秋〉中的哥兒達先生，是阿小眼中生吃雞蛋的「野人」(5:119)，也是「比十個女人還要小奸小壞」(5:124)的外國主人。像〈第二爐香〉裏的大學教授羅傑和新娘妻子愫細（多麼典雅婉轉中國化的名字，而非蘇西的平淡淺白），羅傑的被誤認爲變態色情狂，幾幾乎毀滅了白種人在殖民地應有的聲望，而他的「醜史」也迫他走上自殺一途。但引起最多爭議的則是〈連環套〉裏對外國人之描繪角色刻畫。迅雨在〈論張愛玲的小說〉一文中嚴厲批評道：

> 西班牙修士的行爲，簡直和中國從前的三姑六婆一模一樣。我不知半世紀前香港女修院的清規如何，不知作者在史實上有何根據，但她所寫的，倒更近於歐洲中世紀的醜史，而非她這部小說裏應有的現實。其次，她的人物不是外國人，便是廣東人。即使地方色彩在用語上無法積極的標識出來，至少也不該把純粹《金瓶梅》《紅樓夢》的用語，硬嵌入西方人和廣東人嘴裏。這種錯亂得可笑的化裝，眞乃不可思議。(131)

迅雨的批評中自有矛盾之處，像三姑六婆的修女竟也能鋪陳中世紀的醜史，或者是說迅雨只看出〈連環套〉中對中國古典小說的借用，卻否認其對西方中世紀文學場景的挪移呢？迅雨「畫虎不成反類犬」的責之以嚴，是否也排除了「文化雜種」四不像的可能呢？但這一席批評，雖不能斷定是張愛玲輟寫〈連環套〉的主要原因，但至少確曾引起張愛玲想為自己辯解的欲望：

至於〈連環套〉裏有許多地方襲用舊小說的詞句——五十年前的廣東人與外國人，語氣像《金瓶梅》中的人物；賽珍珠小說中的中國人，說話帶有英國舊文學氣息，同屬遷就的借用，原是不足為訓的。我當初的用意是這樣：寫上海人心目中的浪漫氣氛的香港，已經隔有相當的距離；五十年前的香港，更多了一重時間上的距離，因此特地採用一種過了時的辭彙來代表這雙重距離。有時候未免刻意做作，所以有些過分了。我想將來是可以改掉一點的。(3:24)

在答辯中最有趣的一點，是張愛玲援引賽珍珠小說中說話帶有英國舊文學氣息的中國人，這不是說久居中國的外國人寫起中國人來，依舊洋味十足，以便合理化自己筆下語氣像《金瓶梅》的外國人，而是說「寫實」不是獨立存在於「文學承規」(literary convention)之外的模擬，就像是「美國」作家賽珍珠筆下的人物是帶「英國」舊文學氣息的，而張愛玲在文學承規上的出入中西、熟稔古今，是不宜以「純種」文學觀或狹隘寫實論加以圈限的。

但張愛玲的辯白，卻引來唐文標更嚴厲的斥責，直指張對世界各色人種的簡化處理：

這一段話辯錯了，錯誤的來源可能是張愛玲寫錯了小說人物。張愛玲似乎並不怎麼懂得外國男人心理，更別說外國男人怎樣對待姘居的中國女人，在她所有的小說中，全世界各色人

> 種的心態皆是一個，白人就是印度人，印度人相同於中國人。把書中雅赫雅換成個中國名字，恐怕完全無別。(96)

在唐文標的偏見裏，張愛玲不僅不懂外國男人的心理，恐怕連中國男人的心理也不懂。但他對張愛玲「同化」(「中國化」)世界各色人種的批評卻讓我想誤打誤撞、將錯就錯地拋出一個假設：暫時先不管像不像與文學傳承、風格等問題，爲什麼張愛玲不可以把印度人、英國人、各色雜種人都用與寫中國人無異的方式寫出來呢？又如何能在殖民的歷史架構與心理曲折中，析剔這同與異的弔詭辯證呢？

Bhabha 在〈他者問題：樣板、歧視與殖民論述〉一文中，曾用「存有的轉喩」(the metonymy of presence)來談殖民樣板的心理形成過程，在面對種族與文化差異之時，透過戀物機制中的「認知」與「否認」，將差異固置爲樣板。因此殖民樣板不僅僅只是簡化窄化的錯誤扭曲而已，而是心理層面凝止、置固的呈現形式，擺盪於認知／否認、見／不見之間。如此而言賽珍珠筆下的中國人呈現，有可能是因她美國人的國籍身分而無法深入、知之不明，也有可能是因她英國文學的文化身分而有所隔閡，以英概中，當然更有可能是因她對種族文化差異的戀物置固，只用特定方式描呈中國。而對「文化雜種」張愛玲而言，她更形繁複的戀物凝止不僅是對西方也是對中國，「霓喜的臉色是光麗的杏子黃。一雙沉甸甸的大黑眼睛，碾碎了太陽光，黑裏面揉了金」，「他（雅赫雅）養著西方那時候最時髦的兩撇小鬍子，髮尖用膠水捻得直挺挺翹起，臨風微顫」(8:18)，這種文字營造出的雙重距離，也是雙重的殖民凝物，充滿了疊影的晃動，晃動在「華洋雜處，新舊掩映」的闌珊之處。

戀物張愛玲，就像「去年那件織錦緞夾袍」，總也是一往情深的。

後記

《戀物張愛玲》一文原本打算從張愛玲之「戀物」談到文化界的「戀物化」張愛玲，但卻因論文篇幅所限，只得從中腰斬。預計將繼續處理的三個方向分別如下：

(1)幽冥古墓：孩屍的心理戀物

「舊時王謝」的敘事風格，營造腐敗病態、人鬼不分的家庭文化氛圍，爲回返(regressive)心理機制之凝止置固，再將張愛玲的瑣碎敘事與細節描繪視爲戀物機制的一種，與周蕾、王德威、孟月、戴錦華等學者之評論對話。

(2)相片戀物：《對照記》中的家族魅影

以巴特的《明室》切入，談影像與死亡、刺點與戀物之關聯，帶入張「幽鬱」的家族相簿，及其如何在文字／影像中竄改性別與世系。

(3)亂世佳人：文化界的嗜糞與戀屍

分析文化界的「張愛玲現象」，以及張過世後的各種追悼文章，以凸顯壓抑中各種有趣的戀物、變態心理。

註釋

❶精神分析的「戀物」與「女性閹割」最常被運用在電影理論與對色情刊物的批判之中。此處所指的移轉與否認機制，可用佛洛伊德筆下的五歲小漢斯(Little Hans)爲例，當他看到妹妹在換尿布時露出「被閹割」的下體時，他對媽媽說：「她怎麼沒有牙齒」，而非她沒有陰莖。後來當他自慰時被母親發現，威脅說要找醫生割掉他「小雞雞」時，他辯白道：「那又怎樣，我用屁屁尿。」對佛洛伊德而言，小漢斯對女體閹割與閹割威脅的移轉與否認，正是心理防衛機制的正常表現(Analysis of a phobia in a Five-Year-Old Boy)。

❷水晶最早在《張愛玲的小說藝術》裏指出振保與嬌蕊的「戀物癖」(頁一二五—一二九)，但做爲批評家的水晶卻立即正襟危坐地不敢繼續戀物放縱下去。「『戀物癖』固然是促成振保和嬌蕊，變成『黃鷹抓住鷂子的腳，兩個人都扣了環』的一個主因，卻不是唯一的扣環。兩個人磨蹭了好幾次，經歷了至少三次『大』場面，作者才讓他們做成一段萍水孽緣，而這種『大』場面，方是作者意興所在。換句話說，振保在這次偷情過程中，心理上層巒疊翠、天光雲影，才是作者最關心的，這一點，讀者因爲可以當做借鏡，也應當是閱讀小說時，最關心的所在才對。相形之下，『戀物癖』所煽起的一陣豔麗奪目的『聲色馨』(sensation)，反倒不太重要了。」(頁一二九)

❸此處的 homo（相同）與 hommo（人）指的是男性，男性對宇宙普遍性的僭稱，也是以男性爲主體建構其他「非男性」之客體，亦即在 Irigaray 之理論中女人是不存在於男性的「同性映鏡」之中；男性只是以 the same 去投射一個 not the same，稱之爲異己。

❹此處 Grosz 乃援引 Jacque Lacan 對男／女、擁有陽物(having the phallus)／成爲陽物(being the phallus)之理論。此處之陽物不指任何生理器官，而是欲望之能指，對 Lacan 而言，擁有陽物亦即成爲欲望之主體，成

爲陽物亦即成爲欲望之客體，只有被欲望之欲望(the desire to be desired)。

有趣的是，對 Grosz 而言，女人可透過自戀而將「全身」陽物化，成爲性別虛矯表演的欲望客體，像〈傾城之戀〉中柳原就常嘲笑流蘇「很像唱京戲」（頁二一二），流蘇的做作，不正是她做爲交易商品的「女性扮裝」（the masquerade of femininity）嗎？而有些女人卻只能將「部分」身體陽物化，遂成了精神分析中的歇斯底里症狀：「烟鸝得了便祕症，每天在浴室裏一坐坐上幾個鐘頭——只有那個時候可以名正言順的不做事，不說話，不思想，其餘的時候她也不說話，不思想，但是心裏總有點不安，到處走走，沒著沒落的，只有在白天的浴室裏她是定了心，生了根。她低頭看著自己雪白的肚子，白皚皚的一片，時而鼓起來些，時而癟進去，肚臍的式樣也改變，有時候是甜淨無表情的希臘石像的眼睛，有時候是突出的怒目，有時候是邪教神佛的眼睛，眼裏有一種險惡的微笑，然而很可愛，眼角彎彎地，撇出魚尾紋。」（頁九一）

抑鬱自閉的烟鸝，心理的病往身體上去說，肚臍成了大千世界的唯一嘴臉。

參考資料

張愛玲：《張愛玲全集》，十五冊（台北：皇冠，1991-1994）。

水晶：《張愛玲的小說藝術》（台北：大地，1973）。

迅雨：〈論張愛玲的小說〉（唐文標，頁 115-35）。

唐文標：《張愛玲研究》（台北：聯經，1976）。

Apter, Emily, *Feminizing the Fetish: Psychoanalysis and Narrative Obsession in Turn-of-the-Century France* (Ithaca:Cornell UP, 1911).

Apter, Emily and William Piet, eds., *Fetishism as Cultural Discourse* (Ithaca: Cornell UP, 1993).

Barthes, Roland, *A Lover's Discourse: Fragments,* trans. Richard Howard (New York: Hill and Wang, 1978).

Bhabha, Homi K., "The Other Question: Stereotype, Discrimination and the Discourse of Colonialism," *The Location of Culture* (*New York: Routledge,* 1994)., pp.66-84.

Dollimore, Jonathan, *Sexual Dissidence: Augustine to Wild, Freud to Foucault* (New York: Oxford UP, 1991).

Foster, Hal, "The Art of Fetishism: Notes on Dutch Still Life," Apter and Piet, pp.251-65.

Freud, Sigmund, *The Standard Edition of the Complete Psychological Works of Sigmund Freud,* trans. James Strachey et al. 24 vol. (London: Hogarth Press, 1953-74).

"Analysis of a Phobia in a Five-Year-Old Boy," 10:5-149.

"Fetishism," 21:152-57.

Three Essays on the Theory of Sexuality, 7:135-243.

Grosz, Elizabeth, "Lesbian Fetishism?" Apter and Piet, pp.101-15.

Irigaray, Luce, "Women on the Market," *This Sex Which Is Not One,* trans. Catherine Porter (Ithaca: Cornell UP, 1985)., pp.170-91.

Marx, Karl, *Capital: A Critique of Political Economy* (1867), trans. Samuel Moore and Edward

Aveling, ed. Frederick Engels (New York: Modern Library, 1906).

Moi, Toril, *Simone de Beauvoir: The Making of an Intellectual Woman* (Oxford: Black-well, 1994).

Schor, Naomi, "Female Fetishism: The Case of George Sand," *The Female Body in Western Literature*, ed. Susan Suleiman (Cambridge, Mass.: Harvard UP, 1985)., pp.363-72.

Solomon-Godeau, Abigail, "The Legs of the Countess," Apter and Piet, pp.266-306.

傷逝的周期
——張愛玲作品與經驗的母女關係

平路

〇、

儘管我從未見過張愛玲，我可以誠實地說我早就在生命中認識了她。那是十二或十三歲時，我從自己生命中讀到她生命的故事❶。

我終於以這一點奇異的早慧，佐證自己日後對於她作品的極度關注。我所相信的是：「當作家的生命與作品的生命匯合一處，消除了主體與客體之間、寫作的女性與被寫的女性之間、閱讀的女性與被讀的女性之間的種種界線，生命才得到最充分的展現。」❷

一、

對我而言，她失去了母親，自從二十歲那一年（一九三九—一九四〇），甚至更早……，張愛玲始終在某種尋覓不到母親的失落當中。

女性主義的詩人安卓・里奇(Adrienne Rich)寫過：「母親失去了女兒，女兒失去了母親，那是最主要的女性悲劇。」❸因此在張愛玲日後的寫作，除了不住地重新回溯這個關鍵性的失落，……甚至更成爲她爾後創作的動力！

事實上，女性的小說、自傳與日記之間的界線一向很不清楚❹，舉女性主義者耳熟能詳的西克蘇(Hélène Cixous)爲例，在原本壁壘分明的評論與創作之間，由於她文字的異樣風格，竟然模糊了其中的界線❺，而後設地看，你眼前的這篇論文，希望也是界線被擦拭後的一個例子❻，因此，文中將出入於張愛玲的眞實經驗與她的小說情節之間，靠著這些生活與文字的點點滴滴，像費拉爾(Féral Josette)說的：「那失落的碎片——或許能夠重構女性身體失去的統一——將在別處尋得，在努力塡補理論的缺口與心理分析沉寂的探索中。」

因此，我們去追索張愛玲與她母親的關係，由於那是一把別處尋不得的鑰匙，可以去探看張愛玲的小說世界。依照貝爾・切夫尼(Bell Chevigny)爲另一個女人寫傳的經驗，扼要地說過：「女性有關女性的寫作是她們與母親的內在關係象徵性地再現，在某種程度上是再造自身。」張愛玲在創作中寫其他女人，以及寫角色的母女關係，其實也在象徵性地再現她身上的母女關係——以及再現她自己吧！

二、

我們先來看看張愛玲生命早期的母女關係，或者說在天眞未鑿的狀態下，她所期待的母親是怎麼樣的形貌。

若我們把心理分析理論與女性主義論述做一番整理，當可以看到小女孩與母親的聯繫相當程度地決定了前者的自我意識❼。

在張愛玲未成年的時日，這樣的「聯繫」尤其堅強。她二十歲以前，母親黃素瓊（逸梵）長年不在國內。她的父親張志沂（廷重）又是個遺老氣息很重的世家子，處於一個烏煙瘴氣的大家庭裏，母親恰恰代表她所嚮往的自由空氣。而她母親雖然也出身官宦世家，但相當特立獨行，與傳統女性很不一樣。像張愛玲自己在《對照記》裏形容母親：

她是個學校迷。我看茅盾的小說《虹》中三個成年的女性入學讀書就想起她，不過在她純是夢想與羨慕別人。後來在歐洲進美術學校，太自由散漫不算。一九四八年她在馬來亞僑校教過半年書，都很過癮。❽

而她母親的境遇也很傳奇，除了「踏著這雙三寸金蓮橫跨兩個時代，她在瑞士阿爾卑斯山滑雪至少比我姑姑滑得好」（張愛玲：《對照記》,20），而且「珍珠港事變後她從新加坡逃難到印度，曾經做過尼赫魯的兩個姊姊的祕書。一九五一年在英國又一度下廠做女工」（《對照記》，20），不要說當年，即使擺在今天的社會裏，都算做前衛的女性，張愛玲自己在《對照記》裏下斷語的說：「她不幸早了二三十年。」

對這樣時代先行者的母親，看在女兒眼裏，自然充滿欽羨的心情，譬如，張愛玲寫過：「我最初的回憶之一是我母親立在鏡子跟前，在綠短襖上別上翡翠胸針，我在旁邊仰臉看著，羨慕萬分。」(《流言》，11)然而，關鍵是這個在女兒眼睛裏美麗敏感的女人，總是高來高去，與女兒在一起的時間其實很短促。

張愛玲四歲，母親就出國留學；母親走後，父親便把外面娶的姨奶奶帶回家。直到張愛玲八歲，母親才回國，姨太太搬走，一家人團圓。張愛玲在母親堅持下，從私塾轉往中學讀書，後來她自己回憶，這段期間是最快樂的時光。但好景不常，她的父母又開始爭吵，而且是劇烈的爭吵，從復合算起，前後才不到兩年，終於協議離婚。她母親與張愛玲姑姑一同搬走，母親後來再度出國，直到女兒十七歲才回國。

四歲與母親別離的時刻，張愛玲只留下她當時自己不甚了然印象：

> 我母親和我姑姑一同出洋去，上船的那天她伏在竹床上痛哭，綠衣綠裙上面釘有抽搐發光的小片子。傭人幾次來催說已經到了時候了，她像是沒聽見，他們不敢開口了，把我推上前去，叫我說：「嬸嬸，時候不早了。」(我算是過繼給另一房的，所以稱叔叔嬸嬸)。她不理我，只是哭。她睡在那裏像船艙的玻璃上反映的海，綠色的小薄片，然而有海洋的無窮盡的顛波悲慟。(《流言》，144)

母親第一次回國，張愛玲已經八歲，比較懂事了。在她的記憶裏：

女傭告訴我應當高興，母親要回來了。母親回來的那一天我吵著要穿上我認爲最俏皮的小紅襖，可是她看見我第一句話就說：「怎麼給她穿這樣小的衣服？」不久我就做了新衣，一切都不同了。（《流言》，146）

不同之處尤在於家庭的氣氛突然變得明朗：

我父親痛悔前非，被送到醫院裏去。我們搬到一所花園洋房裏，有狗、有花、有童話書，家裏陡然添了許多蘊籍華美的親戚朋友。我母親和一個胖伯母並坐在鋼琴凳上模仿一齣電影裏的戀愛表演，我坐在地上看著，大笑起來，在狼皮褥子上滾來滾去。

我寫信給天津的一個玩伴，描寫我們的新屋，寫了三張信紙，還畫了圖樣。沒得到回信——那樣的粗俗的誇耀，任是誰也要討厭罷？家裏的一切我都認爲是美的頂巔。（《流言》，146—47）

接著，父母親猝不及防的離了婚。起初還見得到母親：

幸而條約上寫明了我可以常去看母親。在她的公寓裏第一次見到生在地上的磁磚浴盆和煤氣爐子，我非常高興，覺得安慰了。（《流言》，148）

然後，記憶裏是再一次與母親分別，這回，她不像前一次分別那麼懵懂了：

不久我母親動身到法國去，我在學校裏住讀，她來看我，我沒有任何惜別的表示，她也像是很高興，事情可以這樣光滑無痕跡地度過，一點麻煩也沒有，可是我知道她在那裏想：「下一代的人，心眞狠呀！」一直等她出了校門，我在校園裏隔著高大的松杉遠遠望著那關閉了的紅鐵門，還是漠然，但漸漸地覺到這種情形下眼淚的需要，於是眼淚來了，在寒風中大聲抽噎著，哭給自己看。(《流言》，148)

母親走後，情深到連母親的習慣以及她姑姑家的空氣都讓女兒來來回回地思憶：

《小說月報》上正登著老舍的〈二馬〉，雜誌每月寄到了，我母親坐在抽水馬桶上看，一面笑，一面讀出來，我靠在門框上笑。所以到現在我還是喜歡〈二馬〉，雖然老舍後來的〈離婚〉、〈火車〉全比〈二馬〉好得多。(《流言》，147)

是姑姑的家裏留有母親的空氣，纖靈的七巧板桌子，輕柔的顏色，有些我所不大明白的可愛的人來來去去。我所知道的最好的一切，不論是精神上還是物質上的，都在這裏了。(《流言》，148)

張愛玲的青春歲月中，母親遠在歐洲（對一位十幾歲的女孩子，「歐洲」不知道有多遠），父親再娶了同樣出自遺老家庭的繼母，繼母孫用蕃對她不好（遠不及前些年那位「姨奶奶」），但憑一些蛛絲馬跡的印象，張愛玲多麼努力要牢記住她的母親。她自己後來回憶中寫道：「我一直是用一種羅曼蒂克的愛來愛著我母親的。」（《流言》，10）

對母親的愛，到了癡迷的程度！

……我之所以戀戀於我的名字，還是爲了取名字的時候那一點回憶。十歲的時候，爲了我母親主張送我進學校，我父親一再地大鬧著不依，到底我母親像拐賣人口一般，硬把我送去了。在填寫入學證的時候，她一時躊躇著不知道填什麼名字好。我的小名叫煐，張煐兩個字嗡嗡地不甚響亮。她支著頭想了一會，說：「暫且把英文名字胡亂譯兩個字罷。」她一直打算替我改而沒有改，到現在，我卻不願意改了。（《流言》，40）

與母親相處的片段那麼稀罕，甚至勾引出強烈的感官經驗：

……在孩子的眼裏她是遼遠而神祕的。有兩趟她領我出去，穿過馬路的時候，偶爾拉住我的手，便覺得一種生疏的刺激性。（《流言》，10）

那時刻，以近乎浪漫的心情，她一心一意愛戀著自己的母親……。

三、

然而，羅曼蒂克的愛戀終於要受到現實的考驗！

考驗從她與母親近距離相處開始——

先是張愛玲十七歲那年（一九三六），她母親回國來，父親便覺得女兒態度轉變，有重大的改變。讓她父親難以忍受的是多少年跟著父親，原來她的「心卻在那一邊」。加上繼母挑唆，父親動手打她，把她關起來。張愛玲生了沉重的痢疾，差一點死了。等到她可以勉強行動，她逃到母親家裏去。

跟著母親住，跟母親要錢用，起先是親切有味的事，然而一天天下來，在母親的窘境中三天兩頭向她拿錢，「……爲她的脾氣磨難著，爲自己的忘恩負義磨難著，那些瑣屑的難堪，一點點的毀了我的愛」（《流言》，10）。

所以，張愛玲後來很冷峻地說：「能夠愛一個人愛到問他拿零用錢的程度，那是嚴格的試驗。」（《流言》，10）

在這樣的試驗裏，母親務實的面貌逐漸顯露出來了。錢的壓力下，她的母親也有頗爲算計的一面：

> 中學畢業後跟著母親過。我母親提出了很公允的辦法；如果要早早嫁人的話，那就不必讀

書了，用學費來裝扮自己；要繼續讀書，就沒有餘錢兼顧到衣裝上。（《流言》，12）

算算本身的資源，母親也毫不假以辭色地知道此刻不能夠再多收容一個孩子：

我逃到母親家，那年夏天我弟弟也跟著來了，帶了一雙報紙包著的籃球鞋，說他不回去了。我母親解釋給他聽她的經濟力量只能負擔一個人的教養費，因此無法收留他。他哭了，我在旁邊也哭了。後來他到底回去了，帶著那雙籃球鞋。（《流言》，154）

留在母親身邊的女兒感覺出這種壓力，母親做的犧牲，以及犧牲並不是完全心甘情願，兩個人的關係隱隱然存在著某種緊張：

……同時看得出我母親是爲我犧牲了許多，而且一直在懷疑著我是否值得這些犧牲。我也懷疑著。常常我一個人在公寓的屋頂洋台上轉來轉去，西班牙式的白牆在藍天上割出斷然的條與塊。仰臉向著當頭的烈日，我覺得我是赤裸裸的站在天底下了，被裁判著像一切的惶恐的未成年的人，困於過度的自誇與自鄙。

這時候，母親的家不復是柔和的了。（《流言》，154）

就這樣，張愛玲「赤裸裸站在天底下了」。那時候她不到二十歲，還沒有開始寫作。現實的因素，像金錢，不容情地阻隔在她與母親的關係之間……

四、

愈來愈多新近印行的資料❾顯示，張愛玲小說與自傳之間的關聯，愈來愈多生活中的人物，在她小說中可以對號入座❿。

她的小說人物，可說俯拾即來，和現實人物的距離只有半步之遙。在她生活周邊的知情者，一看她的小說就知道她寫的是哪一家的哪一個人。（《我的姊姊張愛玲》，241）

依此，讓我們看看她作品裏的母女關係。除了極少數例外⓫，她的作品經常描寫令女兒失望的母女關係，一針見血的像短篇小說〈傾城之戀〉：小說中，女主角流蘇受到了兄嫂語言刺激，到母親床跟前淒淒涼涼跪著，自己以爲枕住了母親的膝蓋，嗚嗚咽咽哭著希望老太太替她做主。然後流蘇定了定神發現，母親不在那裏——「她所祈求的母親與眞正的母親根本是兩個人。」與女兒希冀的母親迥不相同，〈傾城之戀〉的白老太太，在現實生活，究竟是一個什麼樣的母親？

需要她替女兒站出來的時候，倒是會一味的避重就輕，女兒被兄嫂言語糟蹋，白老太太只會不痛不癢地勸解：「支持這個家，可不容易！種種地方，你得體諒他們一點。」遇到現實的壓力，甚至要流蘇回去離過婚的婆家做寡婦，說些什麼：「天下沒有不散的筵席，你跟著我，總不是長久之計。倒是回去是正經。領個孩子過活，熬個十幾年，總有你出頭之日。」

後來，范柳原在香港召喚流蘇過去，白老太太仍然只會順水推舟，明知道女兒這樣去將就人家很沒面子，小說裏，白老太太長嘆了一聲道：「既然是叫你去，你就去罷！」

至於白老太太爲什麼寧可見到女兒委屈，重點還是錢。白老太太在勸女兒忍氣吞聲的時候，說道：「先兩年，東拼西湊的，賣一次田，還夠兩年吃的。現在不行了……。」

白老太太顧及的既然主要是「支持這個家，可不容易！」無形中已經站在兄嫂（他們掌管那個家）一邊，關鍵的時候，注定了不能夠替女兒撐腰。

另一篇小說〈金鎖記〉裏，橫梗在七巧與長安這對母女之間的，多少也是七巧對金錢的不安全感，總疑慮著自己女兒會夥同外人霸占她的家產。七巧數落長安的話是：「你自己要曉得當心，誰不想你的錢？」

在錢的主題下，七巧又嘟嚷著：

男人……碰都碰不得！……你娘這幾個錢不是容易得來的，也不是容易守得住。輪到你們手裏，我可不能眼睜睜看著你們上人的當——叫你以後提防著些，你聽見了沒有？

等到長安自做主張與童世舫訂下婚約，七巧當然意圖阻攔：

火燒眉毛，等不及的要過門！嫁妝也不要了——你情願，人家倒許不情願呢？你就拿準了他是圖你的人？……別瞧你們家轟轟烈烈……，早就是外強中乾，這兩年連空架子也撐不起了。

七巧一如《怨女》裏的女主角銀娣，本身屬於境遇不幸的守寡女人，錢既是手裏唯一能夠掌握的東西，遇上跟錢有關的題目，自然要窮兇惡極。

中篇小說《半生緣》裏，母親顧太太看起來恭謹平和，但在關鍵時分，錢的考量之下，同樣地，也眼睜睜地看著女兒的幸福遭到斷送。女主角曼楨的姊姊曼璐爲抓住丈夫的心，不惜以妹妹曼楨做誘餌，結果姊夫鴻才逼姦成功，夫妻倆事後更監禁了曼楨。那時候，能夠援救曼楨的只有顧太太，做母親的爲什麼偏偏遲疑起來，全然是錢的因素。

譬如有一幕，顧太太已經直覺地感到女兒曼楨的情況有些不對，關在屋子裏會不會出什麼差錯，「顧太太本來還想要求和曼楨見一面，當著小陶（替鴻才跑腿的茶房），也沒好說什麼，只好就這樣走了，身上揣著曼璐給的一筆錢」。

顧太太接著又面對曼楨的男朋友世鈞，本來想把曼楨遭到囚禁的實情告訴世鈞，恰巧手指碰到了口袋裏那疊鈔票，便打消了讓女兒得救的念頭。

……顧太太本來心裏懷著個鬼胎，所以怕見他，一見面，卻又覺得非常激動，恨不得馬上告訴他。她心裏實在是又急又氣，苦於沒有一個人可以商量，見到世鈞，就像是見了自己人似的，幾乎眼淚都要掉下來了，在樓下究竟說話不便，因道：「上樓去坐。」她引路上樓，樓上兩間房都鎖著，房門鑰匙她帶在身邊，便伸手到口袋裏去拿，一摸，卻摸到曼璐給的那一大疊鈔票，那種八成舊的鈔票，摸上去是溫軟的，又是那麼厚墩墩的方方的一大疊。錢這樣東西，確是有一種微妙的力量……。

曼璐一不做二不休，怕母親住在原來的地址惹麻煩，硬逼顧太太連根拔起搬到蘇州去。顧太太臨走都沒見著二女兒曼楨，甚至也沒眞的想要去見。臨到要離開上海了，還要出賣曼楨一回：

顧太太臨走的時候，心裏就十分倉皇，覺得就像充軍似的。想想曼璐說的話也恐怕不一定可靠，但是以後一切的希望都著落在她身上了，就也不願意把她往壞處想。世鈞有一封信給曼楨，顧太太收到了，也不敢給誰看，所以並不知道裏面說些什麼。一直揣在身上，揣了好些時候，臨走那天還是拿了出來交給阿寶，叫她帶去給曼璐看。

到後來，曼楨經過這人生的轉折，與母親的關係很淡薄，母女間剩下的倒又是錢的義務。姊姊死了，沒有人供養她母親，曼楨匯了一筆錢去，「但是沒有寫她自己的地址，因爲她仍舊不願意她母親來找她」。

接著，曼楨又寄了一筆錢過去，她把身邊的一些積蓄陸續都寄給母親了。

除了錢方面的義務，曼楨始終不願意接母親過來同住，「新頂下一幢兩上兩下的房子，顧太太要是來住也很方便，但是曼楨不願意她來」。

顧太太自己也知道，「她雖然是一肚子的媽媽經與馭夫術，在曼楨面前卻感覺到很難進言」，「曼楨對她的感情也有限，剩下的只是一點責任心罷了」。

曼楨在燈下看母親跟弟弟弟媳打牌，包括她母親在內，她娘家的這些人，沒有一個是可以商量的：

> ……那牌桌上的強烈的燈光照著他們一個個的臉龐，從曼楨坐的地方望過去，卻有一種奇異的感覺，彷彿這燈光下坐著立著的一圈人已經離她很遠很遠了，連那笑語聲聽上去也覺得異常渺茫。

很遠很遠了，這是《半生緣》小說進入下半部之後，女主角母女關係的描述。

五、

《半生緣》是一本特殊的小說，它出版的時間在張愛玲創作生涯中算比較晚的，而自傳性比較濃，曼楨被監禁的一段，不少細微的地方都可以對照到張愛玲本身在母親回國後被父親關起來的經驗——

散文集《流言》裏，張愛玲在〈私語〉一文中回憶自己的被囚的日子：

我這裏沒有臨街的窗，唯有從花園裏翻牆頭出去。靠牆倒有一個鵝棚可以踏腳，但是更深人靜的時候，驚動兩隻鵝，叫將起來，如何是好？

花園裏養著呱呱追人啄人的大白鵝，唯一的樹木是高大的白玉蘭，開著極大的花，像污穢的白手帕，又像廢紙，拋在那裏，被遺忘了，大白花一年開到頭。從來沒有那樣邋遢喪氣的花。

正在籌畫出路，我生了沉重的痢疾，差一點死了。我父親不替我請醫生，也沒有藥。病了半年，躺在床上看著秋冬的淡青的天，對面的門樓上挑起灰石的鹿角，底下纍纍兩排小石菩薩——也不知道現在是哪一朝，哪一代……，朦朧地生在這所房子裏，也朦朧地死在這裏麼？死了就在園子裏埋了。

張愛玲更想到逃亡：

然而就在這樣想著的時候，我也傾全力聽著大門每一次的開關，巡警咕滋咖滋抽出銹澀的門閂，然後嗆啷啷一聲巨響，打開了鐵門。睡裏夢裏也聽見這聲音，還有通大門的一條煤屑路，腳步下沙子的吱吱叫。即使因爲我病在床上他們疏了防，能夠無聲地溜出去麼？

做為對照，以下是《半生緣》小說中描繪被監禁的一段。

她扶著窗台爬起來，窗櫺上的破玻璃成為鋸齒形，像尖刀山似的。窗外是花園，冬天的草皮地光禿禿的，特別顯得遼闊。四面圍著高牆，她從來没注意到那圍牆有這樣高。花園裏有一棵紫荆花，枯藤似的枝幹在寒風中搖擺著。她忽然想起小時候聽見人家說，紫荆花底下有鬼的。不知道為什麼這樣說，但是，也許就因為有這樣一句話，總覺得紫荆花看上去有一種陰森之感。她要是死在這裏，這紫荆花下一定有她的鬼魂吧？反正不能糊裏糊塗的死在這裏，死也不服這口氣。房間裏只要有一盒火柴，她眞會放火，乘亂裏也許可以逃出去。

兩相比較，若把「玉蘭花」與「紫荆花」互換，做出這類表面的挪移之後，經驗與小說其實是近似的場景。那麼，小說的安排裏，顧老太太不肯援救曼楨，是不是反映著張愛玲儘管逃到了母親家，後來對自己母親卻也有著某種落空的情感？

同樣地再做一個對照，《半生緣》後半部：女兒對母親寒了心，兩人扞格已成，自然愈來愈冷淡；正好像在張愛玲本人二十歲以後的歲月裏，母女關係似乎極其疏遠……。

她自己的散文還可以提供另一個佐證：

散文之中，譬如說，一九三九年之後，筆下常有姑姑，還有好朋友炎櫻等等，然而，跟母親之間除了早年的回憶，十九歲是一個分水嶺，分水嶺之前她坦承當時對母親充滿孺慕的感情，分水嶺之後，除了寫到替母親「省下了一點錢」⓬，再沒有半個字提及了。

直到五十多年之後（一九九三），她此生最後寫的一本《對照記》中才又再次提起，原來一九五〇年間姑姑還收到過母親寫來的一封信，也約略提及母親在四〇、五〇年代傳奇性的經歷。張愛玲在雜文盛產的年間（一九四三—一九四五），可沒有任何跡象顯示她與自己母親還有聯絡。

事實上，她母親的生活倒始終風浪起伏，譬如我們如今知道⓭，母親與男友去了新加坡做生意，一九四一年新加坡淪陷，母親的外國男友竟然死於那裏的戰火；一九四六年，母親再度返上海⓮；一九四八年，母親又一次赴歐洲，一九五七年，母親在英國病逝……。

就因爲女兒看出了母愛的脆弱——一旦碰上現實的壓力，母愛成了不再純粹的東西——因此女兒筆下，除了早年的回憶，分水嶺這一邊，也從此不去觸及母親的存在麼？

至於十九歲以前，心裏由衷戀慕、充滿眞摯感情的人是誰……，她在文字之間卻從來不曾躲閃！

爲什麼有截然的轉折？

眞是如張愛玲說的，「那些瑣屑的難堪，一點點的毀了我的愛？」⓯

換個觀點看，她愈是清楚了母愛在現實壓力下可能會落空的本質，因此她愈是去加緊原本極具天分的寫作，藉著寫作，她反而不必再念茲在茲與自己母親的關係，正好像西方另一位女性主義者吳爾芙(Virginia Woolf)的例子，吳爾芙喪母失魂落魄，直到寫出了"To the Lighthouse"之後，認爲自己傷逝的周期終於得以完成(the completion of a mourning cycle)……。

如果不是被逼得「赤裸裸站在天底下了」（見本文第三節），張愛玲會寫嗎？——會寫得那麼急那麼多嗎？

女性「哀悼」母親的經驗中，其實許多人都提到這種突然迸放的精力⑯，「悲傷需要出路，而創造力恰可以提供一個出路」⑰！

爲什麼寫作可以提供「出路」，一種解釋⑱是女兒一方面在意識的層次必須接受母親逝去，一方面在心理上又必須排拒這件事，此一種「曖昧的矛盾」(ambiguity)恰恰可以激發出藝術方面的表現。

對女作家而言，其實，寫作一直就與尋找「出路」的內心需欲密不可分。譬如當今美國小說家安・泰勒(Anne Tyler)是有丈夫有孩子的婦人，住在城市郊區，看起來人生的路途坦平，卻也語重心長地說過：「對我而言，寫下來是唯一的路出去。」(For me, writing something down was the only road out!)

藉著寫作，她們都在尋找生命的出路——出去的路！

再以張愛玲來說，母親沒有眞的死去，但她對母親的失望一點點地毀了原先的愛，母親不再是想像中的母親了，這是一種與永別相彷彿的被母親棄絕。而她接下去時時感覺到的倉促，像什麼「出名要趁早呀！」⑲、「快，快，遲了來不及了，來不及了」⑳，確實與美國當今另一位女作家得到普利茲獎的昆德蘭(Anna Quindlen)喪母後的感受何其相似，昆德蘭回憶十九歲喪母時，她亦然覺得急切，「人們問我：『你爲什麼那麼急？你剩下來還有長長的一生？』」母喪之後的數年間，昆德蘭的回應都是：「我感覺每一件事都加快了速度。」(I feel like everything was sort of speeded up.)㉑

在象徵的意義上，經由書寫的過程，這些有寫作天賦的女兒才眞正接受與母親分別的事實，身爲作者，此後卻像是浴火重生的鳳凰㉒，得到了創作生命的新生！

依此，亦可以解釋張愛玲爾後幾年爲什麼源源不斷出現作品。她大部分重要的短篇小說，在二十四、五歲以前，都已經快馬加鞭地完成。

張愛玲孕育的小說人物，在母親一職上，除了前面⑪中提過的例外，遇到緊要關頭，沒有一個不讓女兒失望，沒有一個母親對女兒伸出持援的手臂。

如果依照另一位女性主義女作家莒哈絲（Marguerite Duras）關於創作的辯證，藉著書寫的過程，作者讓眞正的母親由世上消失，反而是作著筆下的母親永存在人們的記憶中。

後設地看，我們讀張愛玲的作品——包括散文、小說——以及依據作品推衍出的想像，讀到的其實又是她所描寫的母親形象，但她實際生活裏的母親什麼樣子，我們終歸是不知道的。《半生緣》裏她形容「那釘錘一聲一聲敲下來，聽著簡直錐心，就像是釘棺材板一樣」，這麼說，正是她往母親角色上敲釘子般釘的文字，一個一個釘子地敲下來，把棺材裏的母親釘住了……

然而最後的一本書《對照記》裏，卻是一個大幅度的轉折：她對母親流露出無比豐沛、充滿孺慕的情感。譬如說，除了張愛玲本人的照片，以數目來說，最多的是她母親的（經過她精心揀選）照片（圖十一—圖十八，圖三中也有），而她的文字更流露出對母親細膩又濃烈的愛㉓，不但不再有怨怪的語氣，而且表現出惓惓的依戀，語氣中，她只是恨不得多像母親一點、多愛母親一點，她甚至自願顯得卑微，總之，在母親跟前，她又是低矮的女兒了。

譬如，在一張她自己很好看的照片（圖四十五）旁邊，她寫著：

我母親戰後回國看見我這些照片，倒揀中這一張帶了去，大概這一張比較像她心目中的女兒。五〇末葉她在英國逝世，我又拿到遺物中的這張照片。

譬如，《對照記》的圖二，她更深情款款地寫著：

我第一本書出版，自己設計的封面就是整個一色的孔雀藍，……以後才聽見我姑姑說我母親從前也喜歡這顏色，衣服全是或深或淺的藍綠色。我記得牆上一直掛著的她的一幅油畫習作靜物，也是以湖綠色爲主。遺傳就是這樣神祕飄忽——我就是這些不相干的地方像她，她的長處一點都沒有，氣死人。

那是她希望的母親嗎？還是她終於希望自己做的女兒呢？十分神祕飄忽地，藉著寫作，張愛玲成爲創造母親的「母親」，然後經過好一番周折，到最後，她終於又甘心地再做母親的「女兒」——至此，我們可以說：「一個傷逝的周期就此完成。」

註釋

❶女性主義者桑德拉·吉爾伯特(Sandra Gilbert)評論已逝的女性詩人兼小說家普拉斯(Syluia Plath)的作品，吉爾伯特那篇文評是這樣開頭：「儘管我從未見過普拉斯，我可以坦誠地說我早就在生命中結識了她。那是我十二歲或十三歲時，我讀到她一篇非比尋常的故事。」這是對上述那個開頭的戲仿。

❷見Mary Jacobus, Reading Woman: Essays in Feminist Criticism, 1986.

❸這段的原文是The loss of the daughter to the mother, the mother to the daughter, is the essential female tragedy. ——Odrienne Rich, Of Woman Born。

❹見Judith Gardiner, Making A Difference, chap 5，引文見陳引馳先生譯本。

❺西克蘇的女性主義作品……，是自我超越、飄浮、開放的。每一個文本都來自其他寫作的並置。實際上，我們確證，以一種敍述性或結構性的術語來寫作有關它創作過程的連貫的詮釋性文章，……似乎是不可能的。——Verena Andermatt, Hélêne Cixous and the Uncovery of a Feminine Language。

❻正像是女性主義評論家蕭華特(Elaine Showalter)所說的：「女性主義批評方法既是閱讀又是寫作，既闡釋作品，又獨立的創造意義。」

❼譬如Jane Flax, Jessica Benjamine……之類的學者認爲，正因爲小女孩第一個愛戀對象是同性的母親，女性透過母親來界定自己，在這種架構之下，日後，一方面困難問題是如何獲得獨立，另一方面，女性比起男性，覺得本身對人際關係的網絡而不是抽象的權利符號更有繼續護持的義務。

❽《對照記》，頁二〇。

❾譬如，張愛玲弟弟張子靜所著《我的姊姊張愛玲》。

❿按照張子靜的說法，張愛玲的小說〈金鎖記〉、〈花凋〉等皆有所本。

⓫短篇小說〈心經〉的女主角小寒家境富裕，母親許太太與小寒的關係沒有牽涉到錢，兩人存著許多母女間的善意，而這其實是她作品裏的例外。

⓬「……我到香港去讀大學，後來得了兩個獎學金，爲我母親省下了一點錢，覺得我可以放肆一下了，就隨心所欲做了些衣服，至今也還沉溺其中。」（《流言》，頁一二）

⓭見張子靜著《我的姊姊張愛玲》附錄〈張愛玲生平．作品年表〉。

⓮從張子靜書中，倒有一段無可查考的回憶，一九四六年，他們母親返回上海那天，張子靜寫著（頁九六）看到母親下船，那時候：

「我姑姑在一旁說：

『哎唷，好慘！瘦得唷！』

我姊姊在一旁不作聲，只是眼眶紅了。」

⓯《流言》，頁一〇。

⓰*Motherless Daughter*, (by Hope Edelman) 一書第十二章就叫做〈女性鳳凰〉(The Female Phoenix)，這一章有許多例子。

⓱*Motherless Daughter*, p.265.

⓲*Motherless Daughter*, pp.265-67.

⓳見《傳奇》再版自序。

⓴見《傳奇》再版自序。

㉑*Motherless Daughter*, P.261.

㉒見⓮。

㉓譬如在圖四的說明中，記起了母親教自己背唐詩，在圖二的說明中細緻地寫著：「……隨又記起那天我非常高興，看見我母親替這照片著色。一張小書桌迎亮擱在裝著玻璃窗的狹窄的小洋台上，北國的陰天下午，仍舊相當幽暗。我站在旁邊看著，雜亂的桌面上有黑鐵水彩畫顏料盒，細瘦的黑鐵管毛筆，一杯水。她把我的嘴唇畫成薄薄的紅唇，衣服也改塡最鮮豔的藍綠色。那是她的藍綠色時期。」

母親，妳在何方？

——被虐狂、女性主體與閱讀

胡錦媛

在中國文學史中，母親的形象與意義是有別於女性的。貶抑譴責女性爲「禍水」的例證在傳奇及傳統章回小說中俯拾皆是，但是對母親心懷尊崇與仰慕，則是一般作者的共同態度。因爲母親終其一生以無比的慈愛與堅忍的毅力來撫育子女，她的犧牲奉獻成就了她的功德。文學中這種苦難偉大的母親背負著沉重深遠的象徵意義，已經在中國父權意識體系中走過千百年的歷史。

到二十世紀，母親的形象漸漸在多重折射的時空鏡頭下，呈現紛雜多樣的面貌。被譽爲「中國當今最優秀最重要的作家」❶的張愛玲就以作品中的「罪惡母親」❷改寫了中國文學史中母親被化約的刻板形象。在一篇討論名爲〈母親〉的舞劇的文章中，張愛玲直接的表達了她對母愛淪爲陳腔濫調的不耐：「母愛這大題目，像一切大題目一樣，上面做了太多的濫調文章。」張愛玲透視到中國文化重「母」輕「女」的層面，她剖析說：「普通一般提倡母愛的都是做兒子而不做母親的男人，而女人，如果也標榜母愛的話，那是她明白她本身是不足重的，男人只尊敬她這一點，所以不得不加以誇張，渾身是母親了。」❸

身爲女性作家，張愛玲的確是不標榜母愛的。綜觀她的作品雖然寫的大都是「怨偶之間的殘缺關係」❹，但怨偶背後更有個殘缺的母親/兒女關係，在不幸的婚姻中扮演關鍵性的角色。而母親之所以比父親更與兒女緊密地關聯，常常是因爲父親在主角幼時就去世或缺席或無行爲能力。父親在故事一開始時就不存在，凸顯了母親獨占性的重要地位。主角有母無父，由寡母撫孤而成長[5]。

在無父的國度中，母親是窮兇惡極的統治者，「母子連心」、「母女同體」的溫暖都是夢幻泡影，都是遙不可及的神話。一個典型的例子是著名的〈金鎖記〉。在其中從不曾現身或發言的二爺，自小骨癆纏身，成年累月躺在床上，身軀殘廢，徒然只是丈夫與父親的象徵符號。飽受磨難的七巧在丈夫二爺死後把她的怨恨、憤怒與痛苦轉而施加在兒子長白與女兒長安身上。爲了掌控長白，七巧讓他吸鴉片：

> 七巧把一隻腳擱在他肩膀上，不住的輕輕踢著他的脖子，低聲道：「我把你這不孝的奴才！打幾時起變得這麼不孝了？」長安在旁答道：「娶了媳婦忘了娘嗎！」七巧道：「少胡說！我們白哥兒倒不是那門樣的人！我也養不出那門樣的兒子！」長白只是笑。七巧斜著眼看定了他，笑道：「你若還是我從前的白哥兒，你今兒替我燒一夜的菸！」……七巧又變著方兒哄他吃菸。長白一向就喜歡玩兩口，只是沒上癮，現在吸得多了，也就收了心不大往外跑了。只在家守著母親和新姨太太。(185、188)

在這兒，令人感到不寒而慄的是七巧以鴉片控制兒子，而這種控制又在「孝」的名義下以充滿性挑逗的方式進行。對女兒長安，七巧也同樣以「孝」來施展壓力，蓄意破壞她的幸福，把她推到絕望黑暗的深淵：

> 七巧又把長安喚到跟前，忽然滴下淚來道：「我的兒，你知道外頭人把你怎麼長怎麼短糟蹋得一個錢也不値！你娘自從嫁到姜家來，上上下下誰不是勢利的，狗眼看人低，明裏暗裏我不知受了他們多少氣。就連你爹，他有什麼好處到我身上，我要替他守寡？我千辛萬苦守了這二十年，無非是指望你姊兒倆長大成人，替我爭回一點面子來。不承望今日之下，只落得這等的收場！」說著，嗚咽起來。(196)

七巧這一番話使長安恍然了悟母親對她的毀滅性威力，她是逃不出這個母親惡魔的。長安於是「主動」犧牲自己極有可能幸福的婚姻：

> 她詫異她臉上還帶著點笑，小聲道：「童先生，我想——我們的事也許還是——還是再說罷。對不起得很。」她褪下戒指來塞在他手裏，冷澀的戒指，冷濕的手。……世舫道：「那麼，爲什麼呢？」長安道：「我母親……」世舫道：「你母親並沒有看見過我。」長安道：「我告訴過你了，不是因爲你，與你完全沒有關係。我母親……。」(197-98)

罪惡的母親無所不在，理想的母親則是缺席的。在〈傾城之戀〉中，無父的白流蘇離婚後回住娘家，受到三哥與四嫂的欺負，她向母親求助，卻發現自己錯識母親，對母親的期待是個錯誤：

白流蘇在她母親床前淒淒涼涼跪著……她彷彿作夢似的，滿頭滿臉都掛著塵灰弔子，迷迷糊糊向前一撲，自己以為是枕住了她母親的膝蓋，嗚嗚咽咽哭了起來道：「媽，媽，你老人家給我做主！」她母親呆著臉，笑嘻嘻的不做聲。她摟住她母親的腿，使勁搖撼著，哭道：「媽！媽！」……她似乎是魘住了。忽然聽見背後有腳步聲，猜著是她母親來了。便竭力定了一定神，不言語。她所祈求的母親與她真正的母親根本是兩個人。(208-09)

無論是長安壓抑的控訴「我母親……」或是流蘇奔放的悲喚：「媽！媽！」都令人感嘆(真正的)母親太不像(理想的)母親，令人終究不禁要問：「母親，妳在何方？」❻而另一方面，我們在閱讀中經驗到張愛玲的邪惡母親，感到毛骨悚然，卻又矛盾地產生悲憐的情緒，同情起她，正如王德威所指出：「弔詭的是，張愛玲的母親角色惡則惡矣，卻兀自成就悲劇人物的向度。她們半瘋狂的行徑，使我們恐怖，也引起我們無限悲憫。」❼在恐怖與悲憫交錯的閱讀中，讀者體會到深刻複雜的閱讀樂趣。這種「弔詭」帶來的閱讀樂趣，很能解釋〈金鎖記〉之所以膾炙人口的一個重要原因，楊昌年就這樣說：「七巧由被虐而虐人……篇章之充具虐性，或正是基於讀者不平衡需求而行的設計。經由〈金鎖記〉的虐性扭曲，造成了讀者們被虐後的快感，個人的焦慮在比較之後能得紓解，人性的美感認知乃告開發。」❽如果說讀者對書中角色的同情反應是被虐心理的作用，那麼虐人與被虐的關係是在張愛玲作品的文本內外並行運作的。然而被虐的心理機制與「尋找母親」又有什麼關聯？以下本文將以《半生緣》為例，援引西方心理分析的理論來試圖回答這個問題，並希望能藉以引申說明張愛玲的作品對讀者的誘惑，令讀者癡迷的原因。

一、被虐狂與文本

佛洛伊德（Sigmund Freud）在數篇研究虐人／被虐的論文中表示說虐人與被虐是一體的兩面，彼此互補，各自在對方的需求中遂行其願[9]，兩者都源自於伊底帕斯情結（Oedipus complex）。「虐人狂」（sadism）是一種主體在受制於父親的威權（被閹割情結 castration complex）後轉而向外對另一個客體施加暴力或權勢的狀況，「被虐狂」（masochism）是將客體遺棄並向內代之以主體的自我爲施加暴力或權勢的對象的狀況。在這兩種狀況中，暴力或權勢以相同的機制運作，不同的只是承受暴力或權勢機制的客體[10]。伊底帕斯情結同時還衍生出「戀物癖」（fetishism）。根據佛洛伊德，當小男孩爲母親身體的「不同」（unlikeness）（即欠缺陽具）所震驚，並由此推衍自己本身也有被閹割的可能性時，他一方面仍願保存原來以爲母親和父親一樣具有陽具的信念，但另一方面又「不肯承認」（disavow）此信念。在這兩種相反力量的衝突中，小男孩即以妥協的方式將注意力轉移到女性身體的其他部分，如頭髮、胸部、腳、鞋等，使其成爲戀物的對象[11]，成爲「陽具的替代物」（phallus-substitute）。而在虐人／被虐的行爲中，女性的施虐者因此只是父親的替身，父親總是潛伏聳立在母親的形象背後。

正統佛洛伊德學派對虐人／被虐這種男性中心式的解讀不但否認女性戀物的可能[12]，而且忽略了前伊底帕斯時期戀母情結對嬰兒產生的影響。德勒茲（Gilles Deleuze）在《被虐狂：冷淡與殘酷》(*Masochism:Coldness and Cruelty*)一書中對正統佛洛伊德學派的虐人/被虐理論提出極具創意的修正。他解釋虐人和被虐各有不同的來源、意圖與表達方式，而不是一體的兩面。不同於虐人狂，被虐狂根源於前伊底帕斯時期，當嬰兒的唯一欲望是與母親結合之時。至於對理想母親狂想(fantasize)的(嬰兒)主體則不局限於男性，女孩亦可採取和男孩同樣的狂想(68)。更重要的，德勒茲認爲被虐狂的狀況超越性倒錯的局限，是人類生存的普遍現象，可從純臨床病學的領域延伸到語言、文學和藝術的美學領域。他說：「被虐狂在基本上是形式的和戲劇性的。這意指決定被虐狂獨特的樂趣——苦痛情結其實是一種特殊的形式主義，而決定其罪咎經驗的是一個特定的故事文本。」(95)

二、戀物癖與母親

在《半生緣》中，男主角沈世鈞的父親沈嘯桐長年駐蹕在姨太太的家，他母親則守寡般的和他的寡婦嫂嫂住在南京的祖宅。在上海工作的世鈞對南京的家感到遙遠疏離。他個性沉默內向，喜歡女同事顧曼楨。他對曼楨說：「因爲你像是從小做姊姊做慣了的，總是你照應人。」(16)世鈞把曼楨當做一個懂得愛人、照顧人的理想母親的化身。他渴望和她結合，感受內心深處前伊底帕斯時期與母親的「親近」(closeness)。值得注意的是，張愛玲在描寫世鈞和曼楨之間的親近或進展時，常常先以物品的出現爲前景。

在他們初識不久時，曼楨掉了一隻紅色的手套，世鈞「冒著雨走上這麼遠的路，專爲替她把這隻手套找回來」(11)。他把手套拿還給她後，他們才漸漸熟悉起來。可以說手套做爲一種「中介」(mediation)，拉近了他們之間的距離。透過曼楨的手套，世鈞開始他對曼楨的深情奉獻。又例如有次世鈞到曼楨家找她，他的眼睛在她的房間內找尋的是她的所有物：「眞正屬於她的東西只有書架上的書。有雜誌，有小說，有翻譯的小說，也有她在學校裏讀的教科書，書脊脫落了的英文讀本。世鈞逐一看過去，有許多都是他沒有看過的，但是他覺得這都是他的書，因爲它們是她的。」(86) 世鈞的戀物癖因此是企圖與母親合一的狂想，而不是如佛洛伊德所說的（陽具）匱乏的替代。

三、懸宕與等待

但是，另一方面，德勒茲認爲戀物癖的存在印證了被虐狂對前伊底帕斯期母親的認同有懸宕(suspense)的需要。透過戀物的行爲，被虐狂「質疑既存現實的妥當性，以便創造另一個純理想的現實」(33)。在質疑既存現實 (the real) 與創造理想現實 (the ideal) 之間，被虐狂持續保有他／她的懸宕。在懸宕中，被虐狂等待他／她注定要遲到的樂趣；被虐，基本上就是一種等待的狀態 (71)。在《半生緣》中，世鈞不斷等待曼楨、順從曼楨：

> 今天一早就在公共汽車站上等她，後來到她家裏去，她還沒回來，又在她房間裏等她。現在倒又在這兒等她了。(92)

世鈞道：「曼楨，我們什麼時候結婚呢？……我上次回去，我母親也說她希望我早點結婚。」曼楨道：「不過我想，最好還是不要靠家裏幫忙。」……世鈞道：「可是這樣等下去，要等到什麼時候呢？」曼楨道：「還是等等再說吧。現在我家裏人也需要我。」(100–01)

等待是世鈞和曼楨之間愛情關係的基調。德勒茲說被虐狂的極樂時刻是懸宕與等待的時刻，而不是圓房的時刻 (33)。世鈞接受等待，把希望寄託在等待中：「從前他跟她說過，在學校讀書的時候，星期六這一天特別高興，因爲期待著星期日的到來。」(92)

被虐狂一方面渴望與理想母親團聚合一，另一方面又不斷「不肯承認」這種傾向及可能性。被虐狂這種矛盾的欲望結構除了建立在懸宕與等待以外，因此還有賴分隔 (separation) 與距離 (distance)。世鈞是很懂得分隔與距離的，當他品味著初戀的興奮時，他把自己放在一個遠遠的位置：「街道轉了個彎，便聽見音樂聲。提琴奏著東歐色彩的舞曲。順著音樂聲找過去，找到那小咖啡館，裏面透出紅紅的燈光……送出一陣人聲和溫暖的人氣。世鈞在門外站著，覺得他在這樣的心情下，不可能走到人叢裏去。他太快樂了。太劇烈的快樂與太劇烈的悲哀是有相同之點的——同樣地需要遠離人羣。他只能夠在寒夜的街沿上蹓躂著，聽聽音樂。」(92)

這種分隔與距離所塑造成的「冷」卻最能激發世鈞的熱情。他在幽冷的時刻想起要吻曼楨：「月亮漸漸亮了，月光照在地上。遠處有一輛黃包車經過，搖曳的車燈吱吱軋軋響著，使人想起更深夜靜的時候，風吹著秋千索的幽冷的聲音。待會兒無論如何要吻她。」(91) 對被虐狂而言，「冷」(coldness) 是理想女性的首要特質，是使「情色」(sensuality) 得以懸宕，使「感傷」

(sentimentality)得以保持的原素成分。「冷」成爲一種中介，使「感傷」散發有如「新秩序的衍生原則，一種特殊的憤怒與一種特殊的殘酷」(47)。做爲被虐狂對象的曼楨，在與世鈞的互動中並不是個佛洛伊德式的虐人狂，而是以冷淡與殘酷的方式來表達她的愛，履行她理想母親的角色。在被虐狂式的情節(scenario)中，有次曼楨就向世鈞說：「你一定覺得我非常冷酷。」(148)而世鈞的反應則是「突然把她向懷中一拉」(148—49)。正如德勒茲所指出，被虐狂與其理想母親間的這種結盟破解了父權式主／奴、強／弱的階層關係，使被虐狂又終究矛盾地自願將權力交給理想母親。因爲被虐狂要自父親的陰影中解脫出來，重生爲「新的無性人」(new sexless man)，必須經過「母性的單性生殖」(maternal parthenogenesis)，自然必須賦予母親權力(95)。《半生緣》中的世鈞到最終並沒有得到被虐狂式的重生，因爲他眞正的母親——伊底帕斯母親——出面阻撓。而他終究也只是個不完全的(incomplete)被虐狂。

四、伊底帕斯母親

伊底帕斯母親的出現，一方面凸顯了德勒茲被虐狂理論的盲點，剝奪了理想母親的主體性，另一方面凸顯了父權的無所不在。

在「無止境的等待」(63)中，被虐狂運用狂想將理想母親幻化爲一種冰凍的靜止停滯狀態，就像「一座雕像，一幅圖畫或一張照片」(33)[13]。世鈞也企望將曼楨的特定姿態框在特定的時空內，她永恆的圖像於是就是他的：「他結果還是拿了他自己的一件咖啡色的舊絨線衫……曼楨穿著太大了，袖子一直蓋到手背上。但是他非常喜歡她穿著這件絨線衫的姿態。在微明的火光中對坐著，他覺得完全心滿意足了，好像她已經是他家裏的人。」(176)

將理想母親冰凍爲靜止不動是在使「嬰孩與母親間的雙重合一與全然共生」[14]懸宕，使被虐狂的欲望懸宕在終極的死亡之前，使被虐狂繼續保有狂想。但是正如周蕾所指出，德勒茲要求理想母親靜止不動的戀物癖美學剝奪了理想母親的主體性：「(德勒茲戀物癖美學)會將母親凝固爲區區一張照片或圖像，從而所有與她的關係，亦只能從美學上的距離來探究。雖然女人在此已不再是男人陽具的替代物，反之更是具有陽性權力的人，但是她無疑成爲神化了的活動布景，待在一旁百無聊賴，只能等男性需要現實暫停、需要享受耽擱、需要推遲與母親最後團聚(亦等於死亡)時才發生作用。」[15]

在《半生緣》中，曼楨欠缺一個強有力的主體性來抵抗大環境父權體系的壓迫，因爲她被世鈞冰凍爲一個理想客體，而他無法將她姊姊不名譽的過去自她的整體中分離出來。使曼楨的姊姊曼璐成爲世鈞與曼楨關係的致命傷的是世鈞的父親與母親。世鈞的父親沈嘯桐原來長住姨太太家，在世鈞的生命中，他原來是長年缺席的。後來因爲養病的需要，沈嘯桐搬回家與世鈞的母親同住，並且向她指出曼璐爲妓女。因此對世鈞而言，沈嘯桐的「父歸」可說是在行使父權的律法，阻止兒子錯犯社會禁忌。而原來是中國大男人主義的受害者的沈太太在丈夫回到她身邊後，成爲父權的共犯，妨害婚姻自主。根據德勒茲的定義，她是個不折不扣的伊底帕斯母親，是施展暴力與權勢的虐人狂父親的共謀(55)。在母親的壓力下，世鈞也漸漸喪失主體性，而以社會大眾的「他者」眼光來看待自己與曼楨的關係。他對曼楨說：「我就根本否認你有姊姊。」(194)

在全書中最能象徵曼楨的主體性的被剝奪，莫過於那許多無法投遞的信件。曼楨被姊夫祝鴻才在祝宅姦淫囚禁後，不知情的世鈞仍到顧家找她，撲了空後，世鈞連寫兩封信給她都得不到回信。張豫瑾屢次寫給曼楨的信也都被退了回來。這是因爲曼楨有個妓女姊姊的事實既已被揭發，而她又既已失去「清白」，如何能成爲一個閱讀主體？

沈嘯桐不久病死在醫院，沈太太成爲最後的勝利者：「寡居的生活她原是很習慣的，過去她是因爲丈夫被別人霸占去而守活寡，所以心裏總有這樣一口氣嚥不下，不像現在是名正言順的守寡了，而且丈夫簡直可以說是死在她的懷抱中，蓋棺論定，現在誰也沒法把他搶走了。」(241) 而且她的兒子世鈞又回到老家，繼承祖業，她的心裏自然覺得安定舒泰[16]。然而正如德勒茲所說，伊底帕斯母親一旦勝利，所有被虐狂對理想母親深情奉獻的活動都必然停止。被虐狂並不因此就與代表暴力與權勢的虐人狂結盟，但是他／她卻不是退縮，就是枯滅死亡 (61)。

在《半生緣》中，死亡的形式是結婚，結婚是「想像中的死亡」。在肉體的衰敗之前，死亡穿著結婚的禮服找到芸芸衆生的男男女女。這是因爲「爲欲望而結婚……，注定是悲劇收場；沒有欲望的婚姻則可以維持生存……，婚姻與欲望互相排斥，不然，死亡，不管是身體的或是感情上的，會緊追婚姻不捨」[17]。世鈞在與曼楨結不了今生姻緣之後，便與他原本不喜歡的石翠芝結了婚，過著貌合神離、雖生猶死的生活。而曼楨更不堪，嫁給原來姦淫她的祝鴻才。歷盡滄桑的曼楨了解他們各自走過死亡的幽谷，所以她在與世鈞久別重逢時說：「世鈞，我們回不去了」(355)，的確。

五、壓抑與表達

曼楨與世鈞這一對戀人原來處在雙方都情願的「被虐狂狂想」(masochistic fantasy)中，彼此各以自己的方式奉獻對方。但是伊底帕斯母親的出現，把他們從狂想中驚醒，逼得他們各自慌亂地奔向人生的陌路。在姊姊安排下受到姊夫姦淫的曼楨遭遇尤其悲慘，她的命運似乎受到她個人「意志以外的東西過分地決定」⑱。如果說「意志以外的東西」是指家庭制度和父權結構等壓迫人的系統，而曼楨又因為是女性而承受更深重的壓迫，那麼她是否曾以個人意志抵抗過命運？她如何表達她的抵抗？她的命運和她的表達又有什麼關聯？母親在其中又扮演什麼樣的角色？

從小說一開始，曼楨與世鈞之間「言不盡意」、「無聲勝有聲」的溝通方式就很難不引起現代讀者的關注。他們第一次向對方表白感情是這樣的：

> 他發現自己有點語無倫次，就突然停止了。曼楨倒眞有點著急起來了，望著他笑道：「你怎麼了？」世鈞道：「沒什麼。曼楨，我有話跟你說。」曼楨道：「你說呀。」世鈞道：「我有好些話跟你說。」其實他等於已經說了。她也已經聽見了。她臉上完全是靜止的，但是他看得出來她是非常快樂。(83)

評家認為張愛玲這一段的描寫「極盡含蓄委婉之妙，好像讀南唐北宋的小詞」⑲。這種表達美則美矣，但是卻也是誤會的泉源。他們之間每一次的拌嘴、誤會都和這種含蓄壓抑的表達有關。當他們因曼璐的不名譽身分而衝突起來時，曼楨開始覺得兩人間溝通不良，覺得「兩個人思想上有些距離，所以姊姊就是死了，問題也還是不能解決的」(204)。但是當她爲此而哭泣時，卻又「臉伏在枕頭上，一口氣透不過來，悶死了也好，反正得壓住那哭聲」(196)。世鈞後來把曼楨的失蹤解釋爲「當然是嫁了豫瑾」(234)可說是他們之間表達方式累積的惡果。交心、含蓄壓抑、推測、誤會——他們之間的愛情建構不啻是一連串縮短距離與強化距離的表意過程，這說明了何以懸宕與等待是他們愛情關係的基調，何以被虐狂世鈞是以障礙的戀物形式來表達他對在現實中無法結合的理想母親的眷愛。

傅柯(M. Foucault)在《性史第一冊》(*The History of Sexuality Vol. I · An Introduction*)一書中，曾引用維多利亞時期的情感表達爲例來反駁認爲「壓抑」(repression)、「保留」(restraint)和「愼重」(circumspection)是危險而不健康的心理妥協的指責。他認爲「壓抑」與「表達」(expression)其實是一體的兩面。壓抑是在孤寂中淨化內在自我、拓展自我的策略。透過壓抑，個人的情感經驗比人際互賴(interdependence)、公衆行動(public action)對自我的定位更具舉足輕重的力量。但是如果我們將壓抑／表達這種二元襯補的結構去看《半生緣》的世界時，會發現在其中曼楨並沒有足夠的外在社會條件去支撐她所淨化、沉澱的內在情感。被囚禁在祝宅的那段時間裏，她因壓抑而蘊積了許多的情感能量：「她現在倒是從來不哭了，除了有時候，她想起將來有一天跟世鈞見面，要把她的遭遇一一告訴他聽。」(240)但是這些被強化的「情感自主性」(emotional autonomy)卻找不到一個可相互交換的主體[20]，只徒然凸顯曼楨孤立的、被邊緣化的女性困境。

曼楨的母親應該是她所企求的可交換主體。但是即使在曼楨自由不被囚禁時，在平時，曼楨與母親之間也大都是「無言地對看」(203)。曼楨的母親在曼楨需要傾訴溝通的時刻都是缺席的，在她呼喚求救這件事上更是惡意缺席。她母親做了暴發戶女婿女兒的幫兇，拋棄了曼楨，逃避到遙遠的老家。曼楨想道：「她母親究竟是什麼態度也還不知道，多半已經被她姊姊收買了，不然怎麼她失去自由快一年了也不設法營救她？這一點是她最覺得痛心的，想不到她自己的母親對她竟是這樣。」(258) [21]

曼璐和她的母親也是難以溝通的，以致她的苦衷無從抒發：「曼璐不語。她不願意向她母親訴苦，雖然她很需要向一個人哭訴，除了母親也沒有更適當的人了，但是她母親勸慰的話從來不能夠搔著癢處，常常還使她覺得啼笑皆非。」(116)

爲什麼母女無法交心？爲什麼她們無法結盟爲「女同性社交」(female homosocial)？女兒們都在問：母親，妳在何方？

六、被虐狂與閱讀

根據近代閱讀心理學的研究，當讀者在進入深度閱讀時，他/她暫時變成一個嬰兒般，害怕被拋棄，希企回到口腔期時與母親合一的「無分」(nondifferentiated) 狀態。閱讀的過程就像在重建嬰兒與母親共生關係的完整感，閱讀的樂趣就在重尋嬰兒第一個戀物對象的母親[22]。由此看來，德勒茲的被虐狂狂想相當程度的反映了讀者的願望結構。以被虐狂的理論來解讀文學作品，提供了一種有別於男性中心的傳統模式、一種善待女性的閱讀策略。被虐狂的樂趣源自於對理想母親的臣服，理想母親在冷淡殘酷的外表下亦以溫暖的熱情回報被虐狂對她的付出。同樣的，閱讀的樂趣應來自於對女性（或書中角色）的同情，而不是來自於作品本身所建構出來的、控制女性的情境。張愛玲的《半生緣》就是一部以其深深銘刻的「虐待」(abusive) 性質，使讀者在閱讀的樂趣中建立起對女性同情的小說㉓。

《半生緣》敘述一個悲慘無奈的、沒有結果的愛情故事，這是小說一開始，作者就告訴讀者的：「他和曼楨認識，已經是多年前的事了。看起來倒已經有十四年了——眞嚇人一跳！馬上使他連帶地覺得自己老了許多。……他和曼楨從認識到分手，不過幾年的工夫，這幾年裏面卻經過這麼許多事情，彷彿把生老病死一切的哀樂都經歷到了。」(3) 在這種「結局非幸福快樂」的預告之後，讀者在緩慢但持續進行的情節中，目睹曼楨一點一點地被痛苦和不幸摧殘殆盡。這種虐待的敘事性質在描寫曼楨被姦淫時達到頂點，令讀者「毛髮悚立熱血奔流」㉔，令讀者不禁將外在事物對曼楨的侵害內轉到自己身上，和曼楨一起受苦。

對於設計陷害曼楨的曼璐，小說的作者是賦予同情的。當祝鴻才意欲指染曼楨時，曼璐長姊若母般的保護她：「我這一個妹妹，我賺了錢來給她受了這些年的教育，不容易的，我犧牲了自己造就出來這樣一個人，不見得到了這兒還是給人家做姨太太？」(111)。後來她誤會曼楨喜歡她以前的未婚夫張豫瑾，才開始恨起曼楨：「我沒有待錯她呀，她這樣恩將仇報。不想想從前，我都是爲了誰，出賣了我的青春。要不是爲了他們，我早和豫瑾結婚了。我眞傻。眞傻。」(144)

對於曼璐因過度犧牲而心生怨恨報復的心理過程，作者著墨許多，做了詳盡的分析，使讀者了解她的行爲並不是出於天生的嗔惡㉕。生活在中國社會的中國女性讀者，對於要求女性做出犧牲的修辭是很熟悉的，她們對於作者賦予曼璐的同情更能立即認同。

但是《半生緣》的讀者做爲被虐狂讀者卻並不永遠處在德勒茲式的被虐狂等待中。在閱讀這部節拍緩慢的長篇小說時，讀者像在經驗一連串的冗長等待，等待終將來臨的結局。被虐狂在現實中無法等到理想的來臨，但是《半生緣》爲形式所限，必得有個結局。這個結局對讀者而言是必須的，因爲唯有透過《半生緣》的結束，讀者才能超越等待，並賦予閱讀過程中的受苦被虐經驗以其意義㉖。《半生緣》這本書也成爲一種中介，藉著它，讀者找尋他／她一生愛戀的理想母親。

註釋

❶C.T. Hsia, *A History of Modern Chinese Fiction*, p.389.

❷王德威〈作母親，也要作女人〉，《小說中國——晚清到當代的中文小說》，頁三二三。

❸張愛玲〈談跳舞〉，《流言》，頁一七六—七七。

❹水晶〈象憂亦憂、象喜亦喜〉，《張愛玲的小說藝術》，頁一三一。

❺邱貴芬在〈當代台灣女性小說裏的孤女現象〉一文中曾指出台灣女性小說裏的孤女經常有母無父。張愛玲小說與台灣女性小說中的這種共同現象，耐人尋味，是一個很值得探討的課題。

❻此篇論文的題名借用王德威〈「母親」，妳在何方？——論巴金的一篇奇情小說〉，意在凸顯「母親」在中國現

代文學中的多重歧義。正如王德威〈「母親」，妳在何方？〉中的母親並不是指自然生理的母親，本文中的「母親」也具有多種指涉，包含理想母親與伊底帕斯母親。

❼王德威〈作母親，也要作女人〉，頁三二二。

❽楊昌年〈百年僅見一星明(二)——析評張愛玲〈金鎖記〉的藝術〉，頁二二。

❾佛洛伊德的虐人／被虐理論可見於以下數文："Instincts and Their Vicissitudes" (1915)；"A Child Is Being Beaten" (1919)；"The Economic Problem in Masochism" (1924)。

❿Freud, "Instincts and Their Vicissitudes," p.92.

⓫Freud, "Fetishism," p.215.

⓬在精神分析的研究中，佛洛伊德是第一個將戀物癖有系統地定義爲男性專屬的學者。其後如 Jacques Lacan、Christian Metz、Robert Stoller、Homi Bhabha 等學者都採納他的看法。Naomi Schor 對此現象批評說：「佛洛伊德和佛洛伊德學派的學者忠誠地堅信戀物癖在本質上是一種男性倒錯。傳統有關這方面的精神分析文獻都一而再，再而三地表示女性戀物者並不存在。在精神分析的修辭中，女性戀物癖是個矛盾語。」(頁三六五) 晚近以女性主義角度來修正佛洛伊德偏見的著作漸有增多之勢，例如：Emily Apter, *Feminizing the Fetish* (1991)；Emily Apter & William Pietz, eds. *Fetishism as Cultural Discourse* (1993)；Lorraine Gamman & Merja Makinen, *Female Fetishism: A New Look* (1994)。

⓭伊蕊葛萊 (Luce Irigaray) 在《異己女人的內視鏡》(*Speculum of the Other Woman*) 一書中以「僵止的母親」(immobilized mother) 一詞稱母親／女性的被動、無行動力。

⓮Bychowski, "Some Aspects of Masochistic Involvement," p.260。在本質上，被虐狂狂想無法達成與理想母親合一的原初欲望。死亡因此成爲被虐狂欲望的終極出路。

⑮周蕾〈愛（人的）女人——被虐狂、狂想和母親的理想化〉，頁二四五。

⑯參見謝泳〈中國文化中的寡母撫孤現象〉。

⑰史書美〈張愛玲的欲望街車：重讀《傳奇》〉，頁一二八。

⑱周蕾在此泛指張愛玲小說中的人物。她是這樣說的：「曼楨的被動，七巧的惡毒，阿小的聰敏，以及其他許多思想狀態被私人化和被困的人，都是社會的『細節』。這個社會從定義上來說，是不完整的，因爲這些女性的生命都給她們意志以外的東西過分地決定。」〈現代性和敘事——女性的細節描述〉，頁二二七。

⑲王拓〈談張愛玲的《半生緣》〉，《張愛玲與宋江》，頁九。

⑳女性的壓抑處境是張愛玲作品的一個重要主題，林幸謙就認爲：「（張愛玲）此種以女性主體言說女性壓抑處境的書寫，不但是作家對於女性亞文化處境的闡述，亦構成當代女性在過渡時代中的閨閣話語，一種歇斯底里的女性文本。」（〈張愛玲的臨界點：閨閣話語與女性主體的邊緣化〉），頁九五—九六。

㉑一對勞工階級夫婦蔡霖生、蔡金芳路見不平，拔刀相助，幫助曼楨從醫院中逃出來，逃離曼璐與祝鴻才的魔掌。與曼楨萍水相逢的他們雖然熱心助人，但是畢竟無法與曼楨形成「言談的夥伴關係」（fellowship of discourse）。曼楨在有自立能力後就搬離蔡家，與他們分道揚鑣，蔡氏夫婦兩人從此完成階段性任務，自小說中消失。可見得張愛玲並不意在強調階級的流動性、交換性，蔡氏夫婦也不是曼楨所屬意的交換主體。關於「言談的夥伴關係」，參見 Michel Foucault, "The Discourse on Language," p.225。

㉒Kris, "On Preconscious Mental Processes" p.493.

㉓例如王拓在〈談張愛玲的《半生緣》〉中就達到一種對女性的哀矜：「中國傳統宗法社會中的女人，這種完全忽略自己，抹殺了個人的人性尊嚴的謙卑，以現在的道德標準來衡量，這當然是極不平等、極殘酷不人道的事……張愛玲在這方面，不但替中國的現代文學做了許多貢獻，對社會上這種不平等現象，也發揮了不少批評的

作用。」（頁三七）。水晶在〈讀張愛玲新作有感〉中也說：「曼璐再壞，還是令人同情。」（頁一〇三）

㉔王拓〈談張愛玲的《半生緣》〉，頁二五。

㉕值得注意的是，作者對於男性惡徒祝鴻才則並未賦予等量的同情。

㉖對於讀者如何理解作品的結束 (closure) 的討論，請參見 Miller, *Narrative and Its Discontents: Problems of Closure in the Traditional Novel*。

參考資料

張愛玲：《流言》（台北：皇冠，1968）。

張愛玲：〈金鎖記〉，《張愛玲短篇小說集》（台北：皇冠，1973），150–202。

張愛玲：〈傾城之戀〉，《張愛玲短篇小說集》（台北：皇冠，1973），203–51。

周蕾：《婦女與中國現代性》（台北：麥田，1995）。

邱貴芬：〈當代台灣女性小說裏的孤女現象〉，《台灣文學》1:111–18(1991)。

史書美：〈張愛玲的欲望街車：重讀《傳奇》〉，《二十一世紀》24:124–34（April, 1994）。

謝泳：〈中國文化中的寡母撫孤現象〉，《二十一世紀》24:113–23(April, 1994)。

水晶：〈讀張愛玲新作有感〉，《拋磚記》（台北：三民，1970），92–105。

水晶：〈象憂亦憂、象喜亦喜〉，《張愛玲的小說藝術》（台北：大地，1978），129–48。

林幸謙：〈張愛玲的臨界點：閨閣話語與女性主體的邊緣化〉，《中外文學》24.5:93–116（Oct.,

1995）。

王德威：〈作母親，也要作女人〉，《小說中國——晚清到當代的中國小說》（台北：麥田，1993），319-26。

王拓：〈談張愛玲的《半生緣》〉，《張愛玲與宋江》（台中：藍燈，1976），1-37。

楊昌年：〈百年僅見一星明㈡——析評張愛玲〈金鎖記〉的藝術〉，《書評》4:12-22(1993)。

Apter, Emily, *Feminizing the Fetish: Psychoanalysis and Narrative Obsession in Turn-of-the-Century France* (Ithaca and London: Cornell UP, 1991).

——& William Pietz, eds., *Fetishism as Cultural Discourse* (Ithaca and London: Cornell UP, 1993).

Bychowski, Gustav, "Some Aspects of the Masochistic Involvement," *Journal of the American Psychoanalytic Association 7* (April, 1959), pp.248-73.

Deleuze, Gilles, *Masochism: Coldness and Cruelty* (New York: Zone Books, 1989).

Foucault, Michel, "The Discourse on Language," in *The Archaeology of Knowledge And the Discourse on Language,* Tr. A. M. Sheridan Smith (New York: Pantheon Books, 1972), pp. 215-37.

Foucault, Michel, *The History of Sexuality Vol. 1: An Introduction* (New York: Vintage Books, 1980).

Freud, Sigmund, "Instincts and Their Vicissitudes (1915)," *General Psychological Theory* (New

York: Collier Books, 1963), pp.83-103.

——"The Economic Problem in Masochism (1924)," *General Psychological Theory* (New York: Collier Books, 1963), pp.190-201.

——"A Child Is Being Beaten (1919)," *Sexuality and the Psychology of Love* (New York: Collier Books, 1963), pp.107-32.

——"Fetishism (1927)," *Sexuality and the Psychology of Love* (New York: Collier Books, 1963), pp.214-19.

Gamman, Lorraine & Merja Makinen, *Female Fetishism: A New Look* (London: Lawrence & Wishart, 1994).

Hsia, C.T., *A History of Modern Chinese Fiction* (New Haven: Yale UP, 1971).

Irigaray, Luce, *Speculum of the Other Woman,* Tr. Gillian C. Gill (Ithaca and New York: Cornell UP, 1987).

Kris, Ernst, "On Preconscious Mental Processes," In *Organization and Pathology of Thought,* ed. David Rapaport (New York: Columbia UP, 1951), pp.482-98.

Miller, D. A., *Narrative and Its Discontent: Problems of Closure in the Traditional Novel* (Princeton: Princeton UP, 1981).

Schor, Naomi, "Female Fetishism: The Case of George Sand," in Susan R. Suielman, ed., *The Female Body in Western Culture* (Boston: Harvard UP, 1986), pp.363-72.

烽火佳人的出走與回歸
——〈傾城之戀〉中參差對照的蒼涼美學

梅家玲

一、前言

這篇文章，是試圖藉由對白流蘇在〈傾城之戀〉中「出走／回歸」之歷程的觀照，以論析該文參差對照的蒼涼美學。

所以如此，當係〈傾城之戀〉乃是張愛玲小說中十分重要的一篇，不僅她本人曾屢次提及，文評家亦皆就此多所著墨。值得玩味的是：儘管是同一篇文章，她本人和評論者所著眼的重點，卻似乎並不完全合轍。在評論家方面，早期如水晶、張宏庸、高全之、陳炳良諸先生，或專論其「神話結構」❶，或認爲它是「嘗試著用一種新的方式，來處理男女戀愛的問題，她把男女的談戀愛加以誇張，認爲是一場亙古未有的智慧考驗戰」❷；或藉之申言張氏的「女性本位」❸、「啓悟主題」❹。近期則因女性主義流風所及，年輕的女性評論家，尤其特別強調其中的女性視點。如孟悅、戴錦華便指出該文是一個女性「逃遁」成功的故事、「解構」了父權社會中關乎文明、歷史、女人的話語❺；另外，盧正珩也認爲本篇的象徵意義遠超過寫實性，「可被視爲一則女主角白流蘇從舊社會一步步『逃亡』成功的神話」❻，周芬伶則以爲：以往的紅顏常是禍水的根源，如今的紅顏卻是禍水造就成的；因此，本篇的寫作，正是「女性敍述」中「改裝或改寫既有符碼」的一種策略運用❼。

這些論點，皆各有其洞見。但張愛玲本人，又是怎麼看待這篇文章呢？我們發現：在〈自己的文章〉中，張愛玲所以談到〈傾城之戀〉，乃是要以它爲例，宣示自己「參差對照」的美學理念：

> 我喜歡參差對照的寫法，因爲它是較近事實的。〈傾城之戀〉裏，從腐舊家庭裏走出來的流蘇，香港之戰的洗禮並不曾將她感化成爲革命女性；香港之戰影響范柳原，使他轉向平實的生活，終於結婚了，但結婚並不使他變成聖人，完全放棄往日的生活習慣與作風。因之柳原與流蘇的結局，雖然多少是健康的，仍舊是庸俗；就事論事，他們也只能如此。❽

在〈論寫作〉中，則藉它說明自己作品中「悲哀」的類型特質：

> 若能夠痛痛快快哭一場，倒又好了，無奈我所寫的悲哀往往是屬於「如匪澣衣」的一種（拙作〈傾城之戀〉的背景即是取材於〈柏舟〉那首詩上的：「……心之憂矣，如匪澣衣。靜言思之，不能奮飛。」「如匪澣衣」那一個譬喻，我尤其喜歡，……那種雜亂不潔的，壅塞的憂傷……）❾。

據此，可見在張愛玲本人眼中，〈傾城之戀〉其實是一種「如匪澣衣」式的悲哀呈現；而且，此一富於「蒼涼」性質的悲哀，乃是經由「參差對照」的手法表現出來。此外，若再仔細對照於〈傾城之戀〉的原文，更會發現：前引各家論述，其實都有若干疑點，未能解決。

首先，如果我們持「神話結構」之說，認為流蘇「有殺氣」、「勝利了」，「在風雨飄搖中站了起來」⑩；或是由「啓悟」觀點著眼，認為「流蘇對自己的前途已成功地掌握住。她的重返上海正是啓悟過程中最後的『回歸』。她的故事可說是得到『圓滿的收場』」⑪。那麼，為什麼最後她會「還是有點悵惘」？為什麼張愛玲會從「如匪澣衣」式的悲哀中取材，而將這篇小說定位為「不問也罷」的「蒼涼故事」？再者，如果認為這篇小說有「逃遁」、「解構」之意，以及「這部愛情傳奇是一次沒有愛情的愛情，它是無數古老謊言、虛構與話語之下的女人的辛酸的命運」⑫，那麼，該如何解釋流蘇離婚後的再婚、從上海出走而後又再度回歸上海的結局？以及在共患難之後，柳原所說的：「鬼使神差地，我們倒真的戀愛起來了？」而著眼於「改裝改寫」之餘，是否也就抹滅了原作者力求「參差對照」的用心？

此一情況，促使我們思索：對於〈傾城之戀〉的閱讀，除了既有的諸多觀照角度之外，是否還能配合原作者本人的觀點，予以更深入的解讀與發揮？另外，解讀之餘，即使要由現今流行的「女性視點」、「性別政治」的角度著眼，又將可推演出何種論述？

由於，該小說的場景集中在上海、香港兩「城」，而白流蘇在此兩城之間的來去往返，實為此一故事鋪展、進行的重要線索；此外，男女主角的「戀」情所以圓滿，又是因為「戰爭」造成了「傾城」之故。因此，若欲就該文進行全面性的觀照，遂不妨以白流蘇的「出走／回歸」歷程為主軸，再以其間所發生的各種有形、無形的戰爭爲輔，綜覽合觀，或可在其連串且戰且走、出而復入的歷程中，審視潛藏於其間的「參差對照」，與隨之蘊現的「蒼涼美麗」。

二、如何出走？怎樣戰爭？

——城、戰爭、愛情、婚姻與「出走／回歸」間的錯綜糾葛

儘管在前述的評論中，流蘇之於舊社會，似乎是一種「逃遁」、「逃亡」，但由於最後，她依然是回到上海，回到婚姻（雖然再婚的對象不同，在上海的處境、地位也有差異），因此，與其說她是「逃亡」，不如說是「出走」。在這一節中，將先說明「城」與「戰爭」的多重意涵，進而論析流蘇如何在諸多有形、無形戰爭的洗禮下，游移於諸城之間，終至「凱旋」（？）而歸的歷程。

1.「城」與「戰爭」的多重意涵

表面看來，〈傾城之戀〉中的「城」，無非就是香港城（因爲它是眞正在戰火中傾覆的城市），而所謂的「戰爭」，即爲發生於香港的太平洋戰爭。但仔細尋思，小說中非但別有一現實之城——上海，與香港城時相映照；甚且，更另有無形之城——流蘇與柳原各自的「心城」，於中迴映穿插。而無論有形無形，「城」都是一種空間構設，並受制於文明的律法。

從消極面看來，「城」是一種範限、一種禁錮，框囿著城中之人的諸般活動。因而，從城內出走，乃是對既有桎梏的叛離，意味著重獲自由的新生。但由積極面看來，城在造成限囿的同時，未嘗不是提供了另一重防衛、保護的作用，在強敵壓境之際，讓城中子民有所依歸、有所庇靠。

不僅乎此，若再加上「傾城傾國」成語典故的考量，則「城」不唯是國族、文明興廢之所繫，更因「佳人」的介入，延展出「美的極致，竟是文明的毀滅」的神祕與弔詭⑬。

緣此，則在〈傾城之戀〉中，滬港二城當皆屬文明世界之構設——白公館所在地的上海城，「代表的是傳統、守舊、封建的都會」⑭，「他們唱歌走了板，跟不上生命的胡琴」(203)⑮，因對而流蘇造成諸多的制約與壓抑；但從另一角度看，卻不僅是造就流蘇爲一個「眞正的中國女人」⑯的環境，也是她爲了讓柳原在「沒有得到她」的情況下，能夠「帶了較優的議和條件」(237)回到她身邊的唯一棲身之所。同理，香港城雖是「洋化、開放，沒有家庭包袱的城市」⑰，是流蘇可以擺脫舊社會牢籠的開放之地，可是蘊現於其中的浮華風氣、輕薄言行，卻使流蘇在「枉擔了這個虛名（范太太）」(236)下，感受到另一形式的心理壓迫和禁閉。此外，白、范二人的「心城」，乃是各人爾虞我詐，爲了不同打算，彼此攻防而築起的心理防線——退守於防線之內，固可保距離，以測安全；但畢竟失去眞心相待的契機。走出防線之外，雖可能獲致眞情感應，但也不無被對方玩弄於股掌之上，最後棄如敝屣的危險。

至於蔓燒於這些城池之間的戰火，則除卻有形的太平洋戰爭之外，至少還包括了流蘇與家庭、流蘇與柳原、流蘇與自我等諸多無形的戰爭。其中，每一次的戰爭，都不免帶來不同程度、不同面向的破壞和毀滅，但未嘗不是另一次重建和新生的開端。在〈傾城之戀〉中，不僅柳原向流蘇示愛時所提及的「死生契闊，與子相悅。執子之手，與子偕老」一詩，正是《詩經》中描述烽火情戀的歌詩⑱，綜觀全篇，戰爭的意象更可謂無所不在，試看：

（她）擦亮了洋火，眼看著它燒過去，火紅的小小三角旗，在它自己的風中搖擺著，移，移到她手指邊，她噗的一聲吹滅了它，只剩下一截紅豔的小旗桿，旗桿也萎枯了，垂下灰白蜷曲的鬼影子。(216)

那是個火辣辣的下午，望過去最觸目的便是碼頭上圍列著的巨型廣告牌，紅的、橘紅的、粉紅的，倒映在綠油油的海水裏，一條條、一抹抹刺激性的犯沖的色素，竄上落下，在水底下廝殺得異常熱鬧。(219)

她總是提心吊膽，怕他突然摘下假面具，對她做冷不防的襲擊。……她如臨大敵，結果毫無動靜。(231)

或許他有一天還會回到她這裏來，帶了較優的議和條件。(231)

處於無所不在的戰火之中，流蘇將如何出走？如何回歸？又如何進行攻防？以下，便就此予以論析。

2.流蘇的出入歷程與攻守策略

就所涉足的場域言，流蘇在〈傾城之戀〉中的活動歷程，實以上海城爲起點，中間經過香港—上海—香港的轉折，最後再回到上海。就其個人婚姻狀況言，則爲結婚—離婚—再結婚；故而，無論是活動場域，抑是婚姻狀況，基本上都體現出「出走／回歸」的模式。只是，如此的出走／回歸，一則並非一蹴可幾，而是經由諸多戰爭的考驗與磨難之後，方才完成；再則，她的回歸也不是全然朝向原點，而是另有歧出之處。大體而言，流蘇在不同場域、不同時段中，所面對的戰鬥對象和戰爭性質皆各有出入，因而，攻守之際，遂採行了不同的因應策略。下面，便循由流蘇的活動路線（上海—香港—上海—香港—上海），依次說明。

一開始，流蘇主要的戰事是發生在上海的白公館中。她所必須面對的，是與丈夫離婚後，娘家的冷嘲熱諷，以及自己「六親無靠」的事實。這時候，她之於白公館，就有如是浮在半空中的硃紅「對聯上的一個字，虛飄飄的，不落實地」，在其中，「過了一千年，也同一天差不多，因為每天都是一樣的單調與無聊」(211)。是以，舊社會中陳腐的婚姻觀、價值觀、道德觀，正是加諸於她身上的沉重枷鎖，而她的因應策略，便是甩脫「忠孝節義的故事」，點起意味著宣戰的蚊香，以搶走原先安排介紹給妹妹的范柳原，做為脫困的第一步；繼而跟隨徐太太去往香港，完成第一度的出走。

相對於陳腐而沉滯的上海，香港無疑是輕浮而動盪的。然而，在這樣一個沒有舊枷鎖、舊包袱的「新」城市中，卻因為范、白二人對愛情、婚姻的不同期許，啓動了男女之間各種形式的心理攻防戰——就柳原言，他不見得需要婚姻的形式，但希冀流蘇能夠「懂得」他，能夠擁有「也許你會對我有一點眞心，也許我會對你有一點眞心」的坦誠相待。只因為他覺得自己「犯不著花了錢娶一個對我毫無感情的人來管束我」(235)。就流蘇言，她的終極目標只是「結婚」，她並不見得能夠「懂得」柳原，也不認為那有多麼重要，甚至還認為那種「精神戀愛」只有一個毛病：「在戀愛過程中，女人往往聽不懂男人的話。然而那倒也沒有多大關係。後來總還是結婚、找房子、置家具、僱傭人——那些事上，女人可比男人在行得多。」(226) 也因此，在彼此的認知歧異中，二人交往遂成爲一場各有懷抱的、在各自「心城」中進行攻防的「戀愛智慧考驗戰」。

其間，柳原顯然採取的是主動出擊的態勢。透過舌戰（與流蘇唇槍舌劍，針鋒相對）、冷戰（藉與薩黑夷妮公主廝混，以疏遠流蘇，激發她的醋意）、形式各異的多種心理戰（不僅是「有意的當著人做出親狎的神氣」，背地裏卻「連她的手都難得碰一碰」，使她「枉擔了這個虛名」；尚且一方面在灰牆下，在深夜的電話中傾訴情愛，表白心跡，另一方面，卻又在表白後立即恢復玩世不恭的態度，讓流蘇無法肯定、無從把握），向流蘇的心防攻堅。而這一連串的綿密攻勢，似乎使流蘇無法招架，覺得自己「勢成騎虎，回不得家鄉，見不得爺娘，除了做他的情婦之外沒有第二條路。然而她如果遷就了他，不但前功盡棄，以後更是萬劫不復了」。以是，在香港的男女之戰中，她迫居劣勢，故自港出走，轉而回滬，遂成爲不得不然的無奈選擇（236-37）。

但回到上海之後呢？暫時離開了浮華都會中男女之戰的戰場，流蘇所面臨的，是又一次與舊式家庭婚姻觀、道德觀的對壘。所謂「一個女人上了男人的當，就該死；女人給當給男人上，那更是淫婦；如果一個女人想給當給男人上而失敗了，反而上了人家的當，那是雙料的淫惡，殺了她也還污了刀」。前一次橫刀奪愛、勝利出走的愉悅，非但因香港之行的出師不利，早已煙消雲散；更因爲「顯然沒得到什麼好處」，「無聲無臭的回家來了」，處境益形不堪，然而忍辱負重了一個秋天，畢竟讓她在「他沒有得到她」的情況下，等到了范柳原邀她赴港的電報——換言之，在拖延戰術的運用下，白公館中的境況儘管不堪，儘管「一個秋天，她已老了兩年」，但終究還是讓她在其中等到了柳原。於是，她再度出走了——雖然，柳原並不曾「帶了較優議和條件」前來妥協；雖然，「這一趟，她早失去了上一次的愉快的冒險的感覺，她失敗了」（238-39）。

再度赴港，流蘇除了做柳原的情婦之外，別無選擇。於家庭、於柳原，她都是兩軍對峙中的潰敗者。然而，突如其來的太平洋戰爭，卻奇蹟式地成爲她絕地大反攻、反敗爲勝的轉捩點。在此之前，流蘇不僅於滬港二城間進退維谷，狼狽不堪，亦且自陷於由一己私欲所構築的圍城之中——跟著柳原，她的目的「究竟是經濟上的安全」，因而對於相聚一周後，柳原的執意離去，她的想法乃是：「柳原是一個沒長性的人，這樣匆匆的聚了又散了，他沒機會厭倦，未嘗不是於她有『利』的」；「取悅柳原是太吃力的事，……他走了，倒好，讓她鬆下這口氣。」(240)

但戰爭的爆發，既炸毀了香港城，炸毀了文明世界中的種種人爲建構，也同時粉碎了人際之間因自私、貪婪、虛僞而構築出的重重防線。呼嘯而過的流彈，打得才子佳人走投無路；莽莽的寒風通入虛空，讓「失去記憶的文明人在黃昏中跌跌蹌蹌摸來摸去，像是找著點什麼，其實是什麼都完了」。——正因爲什麼都完了，一切攻守策略均無用武之地，流蘇方才體會到：「在這動盪的世界裏，錢財、地產、天長地久的一切，全不可靠了。靠得住的只有她腔子裏的這口氣，還有睡在她身邊的這個人。」至此，她與柳原「把彼此看得透明透亮。僅僅是一剎那的諒解，然而這一剎那夠他們在一起和諧地活個十年八年」(248-49)。患難之中見眞情，原先只想要婚姻卻不懂愛情的流蘇，與企盼愛情（情欲）卻並不想要婚姻的柳原，都因此走出了由一己之私構築的心城。他們眞正地戀愛了、結婚了，無須再玩愛情／婚姻遊戲的攻防戰，也再度回到了流蘇出走的起始點——上海，「出走／回歸」的歷程，於是在流蘇「笑吟吟地站起身來，將蚊煙香盤踢到桌子底下去」之後，畫上了看似完美的句點。

三、〈傾城之戀〉中「參差對照」的蒼涼美學
——時代與人性的多重疊合歧出和對映互涉

所謂「參差」，意即「不齊」；由於其本取義於「鳳翼」⑲，故推而言之，凡兩種以上的事物在「疊合」的同時，亦有其「歧出」之處，均可謂之「參差」。但在張愛玲加入「對照」之說後，「參差對照」已不再止於疊合與歧出，轉而因兩造間的對映互涉，更多出一分相生相成之意。在探析〈傾城之戀〉中的參差對照之前，不妨再檢視她自己對於此一手法特質的相關說明。

除了在前言中曾引錄過的部分文字外，〈自己的文章〉中，尚有多處提及「參差對照」：

> 我發覺許多作品裏力的成分大於美的成分。力是快樂的，美卻是悲哀的，兩者不能獨立存在。「死生契闊，與子成說。執子之手，與子偕老」是一首悲哀的詩，然而它的人生態度又是何等肯定。我不喜歡壯烈。我是喜歡悲壯，更喜歡蒼涼。壯烈只有力，沒有美，似乎缺乏人性。悲壯則如大紅大綠的配色，是一種強烈的配色，但它的刺激性還是大於啓發性。蒼涼之所以有更深長的回味，就因爲它像桃紅配葱綠，是一種參差的對照。

據此，可見「參差對照」並非極端對比，亦不在營造強烈的刺激性，而是意圖在如「桃紅配葱綠」般之錯落不齊的對照中，自然流露更深長的回味——大紅與大綠是極端的對比；而桃紅之於大紅、葱綠之於大綠，則是互相有疊合與歧出的「參差」；以之再行「對照」，既能相互輝映，又不

失蘊藉涵融。在小說中，如此的「參差對照」乃是經由「時代」與「人性」兩方面共同完成。

在時代方面，張愛玲以爲「這時代，舊的東西在崩壞，新的在滋長中。但在時代的高潮來到之前，斬釘截鐵的事物不過是例外」；「人是生活於一個時代裏的，可是這時代卻在影子似的沉沒下去，人覺得自己是被棄了。爲要證實自己的存在，抓住一點眞實的，最基本的東西，不能不求助於古老的記憶，人類在一切時代之中生活過的記憶」；「於是他對於周圍的現實發生了一種奇異的感覺，疑心這是個荒唐的古代的世界，陰暗而明亮的。回憶與現實之間時時發現尷尬的不和諧，因而產生了鄭重而輕微的騷動，認眞而未有名目的鬥爭」。因此，她說：

我寫作的題材便是這麼一個時代。我以爲用參差對照的手法是比較適宜的。我用這手法描寫人類在一切時代之中生活下來的記憶。而以此給予周圍的現實一個啓示。……我甚至只是寫些男女之間的小事情，我的作品裏沒有戰爭，也沒有革命。我以爲人在戀愛的時候，是比在戰爭或革命的時候更素樸，也更放恣的。……眞的革命與革命的戰爭，在情調上我想應當和戀愛是近親，和戀愛一樣是放恣的滲透於人生的全面，而對於自己是和諧。

在人性方面，她則以爲：「極端病態與極端覺悟的人究竟不多。時代是這麼沉重，不容那麼容易就大徹大悟。」所以她的小說裏，除了曹七巧，「全是些不徹底的人物。他們不是英雄，他們可是這時代的廣大的負荷者。因爲他們雖然不徹底，但究竟是認眞的。他們沒有悲壯，只有蒼涼。悲壯是一種完成，而蒼涼則是一種啓示」。因而，在實際做法上，張愛玲說：

我喜歡素樸，可是我只能從描寫現代人的機智與裝飾中去襯出人生素樸的底子。因此我的文章容易被人看做過於華靡。……我不把虛僞與眞實寫成強烈的對照，卻是用參差的對照的手法寫出現代人的虛僞之中有眞實，浮華之中有素樸……

我用的是參差對照的寫法，不喜歡採取善與惡，靈與肉的斬釘截鐵的衝突那種古典的寫法……[20]

落實到〈傾城之戀〉中，它的「參差對照」，不唯具現於「出城」與「入城」的疊合歧出與對映互涉之中；亦且因其間融匯了戰爭、愛情、婚姻的主題，以及藉「唱戲」託喻、以「傳奇」姿態敍事的寫作策略，呈現多層次的迴映，並益增其「蒼涼美麗」的藝術性。箇中曲折，乃可就三方面言之：1.出走與回歸；2.小人物的情愛婚姻與大時代的戰亂動盪；3.傳奇戲劇與現實人生。

回顧前一節的論述，我們發現：在流蘇於上海—香港—上海—香港—上海之間且戰且走、出而復入的歷程中，不僅「出走」的最後，是朝向原點方向、但又非眞正原點的「回歸」（因再婚對象、個人處境皆有所不同）；而且，其間每一次的「出」城，都是又一次的「入」城；每一次的勝利（或失敗），都隱伏著下一次的失敗（或勝利）。因此，她出了上海，便入了香港；出了香港，只好再回到上海。而白公館中打敗寶絡後的勝利出走，換來的是香港城中與柳原對陣後的棄甲而歸；回到上海後雖含辱受氣，卻導致柳原因「沒有眞正得到她」，再度邀她赴港；在港被迫成爲柳原情婦的失敗，又究竟因爲太平洋戰爭在港爆發，成功地滿足了原先不可企及的婚姻想望。出與入，成與敗，悲與喜，正是如此這般地既疊合、又歧出；既對映，又互涉——這也有如她原先明明離開了婚姻的牢籠，卻又一意想要抓住柳原，以便再入婚姻的圍城一般。而她再婚成功的「驚人成就」，竟是促成了四奶奶的離婚，用〈傾城之戀〉中的話說，豈不正是「在這不可理喻的世界裏，誰知道什麼是因？什麼是果？」(251)

所以如此，一方面固然因流蘇所處身的，正是一新舊交替的時代，無論出走回歸，都只能任當時環境左右，身不由己。另一方面，亦當因張愛玲小說中的人物，都是些「不徹底」的人物。由於不徹底，所以虛偽與眞實總不免有所參差，浮華與素樸總不免有所對照；其離合悲歡，亦一任時代動盪而浮沉推移。是故，相對於大時代的戰亂、大城市的傾覆，流蘇與柳原的情愛與婚姻，便有了另一層面的參差對照——表面上，將小人物的情戀冠以「傾城」之名，似乎是具有「升格嘲諷」(high burlesque)[21]之意；但在張愛玲自己看來，這些不徹底的小人物，「雖不過是軟弱的凡人，不及英雄的有力，但正是這些凡人比英雄更能代表這時代的總量」[22]。因而，即使是男女間的小事情，也因爲時代因素的牽纏，反更能流衍出生命中的蒼涼啓示。在〈傾城之戀〉中，此一情形便是藉由人物、城、戰爭與情愛婚姻的多重參差對照，而具體映現。

以人物論，柳原與流蘇都不過是自私的男女，前者重視的是愛情（情欲），後者則看重婚姻形式，認知的不同，本就形成二人往來時的「參差對照」。以城市論，上海、香港與白范二人的「心城」，既同具禁囿、防衛之意涵，也因在新／舊、實際／象徵間歧異，形成另一參差對照。同理，實際的太平洋戰爭與男女間愛情／婚姻的攻防戰，又是一重疊合歧出與對映互涉。而它們，復因流蘇身不由己的出走／回歸，而相互牽連，形成多重映照——大時代的戰亂在摧毀大城市的文明、瓦解小兒女的心防、結束愛情／婚姻遊戲攻防戰的同時，也連帶撕落人際間的虛僞面具，呈顯出虛僞中的眞實。男女之戰中的機智與裝飾、滬港二城中的頹靡與浮華，亦因白范二人婚姻的完成，襯托出「人生中素樸的底子」。

然而，世事畢竟是不可理喻的，「誰知道什麼是因？什麼是果？」所以，縱使失敗，未必絕望；縱使成功，未必恆久。所以，儘管看似成功地獲致了婚姻，「然而流蘇還是有點悵惘」；儘管一刹那的徹底諒解，夠一對平凡夫妻在一起和諧地活個十年八年，但，十年八年之後呢？誰知道？蒼涼的啓示，美麗的悲哀，亦以此迭然湧現。至此，也不難了解，爲什麼這樣一個看似圓滿的美麗故事，張愛玲竟是取材自「如匪澣衣」式的悲哀情境。

如此的參差對照，復因藉戲託喻，以傳奇姿態敍事，益添一迴映面向——流蘇依著胡琴調子對鏡做手勢、飛眼風、走台步，柳原說她「看上去不像這世界上的人。有許多小動作，有一種羅曼蒂克的氣氛，很像唱京戲」(230)，原已爲小說本身，另增戲劇／人生之虛實映涉。而全文以「胡琴咿咿啞啞拉著，在萬盞燈的夜晚拉過來又拉過去，說不盡的蒼涼故事」之雷同文句起結；近結尾時，又加上「傳奇裏的傾國傾城的人大抵如此」、「到處都是傳奇，可不見得有這麼圓滿的收場」之類的話語，既強化其「說故事」的敍事姿態，又隱涵古老記憶／現實生活間的參差對映，其間的反覆低迴，自然也就益發耐人尋味了。

四、餘論——也是參差對照：小說與論述、理論與非理論

以上，是藉由張愛玲在〈自己的文章〉中所一再申言的「參差對照」之說，對〈傾城之戀〉一文所做的解讀。基本上，是希望將張愛玲還諸於張愛玲，以自己的理念，爲自己的小說創作說話，因此，沒有涉及任何西洋文學理論，也無關乎任何文化批判。若以這樣一種解讀方式，與諸多由其他角度論析〈傾城之戀〉的論述相「對照」，則顯有「參差」之處。

本來，根據「讀者反應論」，一切的閱讀是「再創造」，既是再創造，便免不了有所「參差」。本文的做法，偏重於細讀文本，並盡量據作者自己的理念去闡析本文文本：此一做法，一則固可避免「斷章取義」、「顧此失彼」，再則，或可在既有之成說外，別開戶牖，推陳出更恰切的論述。即以現今頗受關注的「女性視點」、「性別政治」之議題爲例，《浮出歷史地表——中國現代女性文學研究》一書的影響力，實不容小覷。但在〈前言〉的檢驗中，已可見其推論過當、引喻失義之處。未能就文本細讀深究，固是原因之一，但最根本的因素，恐怕還是墮入了（西方文化）男性話語世界的一貫思維模式——預設前提、強調因果、以「直線」方式進行因果邏輯的論述推演——例如：**因爲**張愛玲的世界是「一幅脆弱、美麗、彩鑲玻璃式的鏡像，除了粉裂與消逝之外，別無獲救的希望」，**所以**，她的世界裏「便只有一個故事，一個逃遁的故事，或者說是渴望逃遁的故事」；**因爲**，先肯定了「每一個文明的起始與終點都刻著一個女人的面孔，一個注定缺席、又注定被囚禁的『女人』——歷史的話語」，**所以**，〈傾城之戀〉就是「以『女人的在場』——戰禍中

的一個男人和女人的故事完成一次巧妙而委婉的解構」[23]。如此論述方式，不僅失之武斷，並且也模糊、扭曲、簡化了〈傾城之戀〉中深邃幽微的美學旨趣。況且，即或是要就「女性視點」、「性別政治」的角度去討論，由「參差對照」出發，也應該可以提出更深入的論點：

如前所述：〈傾城之戀〉中所呈現出的「參差對照」，乃是蘊現於白流蘇的「出走／回歸」歷程之中。於是，簡單的說，其中的「性別政治」似乎應該是：張愛玲藉由一平凡庸俗的女子際遇，去涵攝亙古以來人類於生存困境中的依違掙扎，與諸般蒼涼美麗，其實正是「地母根芽」的彰顯、是女人在教化之外「培養元氣，徐圖大舉」[24]的具體表現。

但，更重要的是：若再玩味於出城／入城間的游移進退、細思於「什麼是因？什麼是果？」的因果質疑，當更會發現：相對於男性話語中單向、直線、偏重因果邏輯的事理觀照與時間認知，張愛玲的模式無寧是「鋸齒」加「螺旋」式的——其既進且退，類似「鋸齒」；出而復回，卻又岔開原點，另起圓周，狀如「螺旋」。再進言之，「參差」是「鋸齒」式的，加上「對照」，便有如「鋸齒」加上「螺旋」，其所生發出的小說美學，方得具有多重的錯綜迴映，並以此展演出瑣細幽微的人生萬象。此一手法，不正是「女性視點」最特殊的運用嗎？再就五四以來「感時憂國」、「新中國」、「新社會」之類的「大敍述」看來，其重前瞻、重進步、重文明之用心大矣；然而，在〈傾城之戀〉中，「鋸齒」加「螺旋」式的美學觀照，卻藉「傾城」反諷文明律法的合宜性；藉女性「回歸」的完成，嘲弄力求前瞻進步的一廂情願。更以對「因─果」之間必然關係的質疑，顛覆了理性世界的思維模式。若據此以言「性別政治」，豈非更能切中肯綮？

由此，亦得以看出：「小說」雖非「論述」，但未嘗不能透顯出比論述更深刻的意涵；論述若不能落實於小說之中，就未必具有積極的意義。〈自己的文章〉也許算不上什麼嚴謹的文學理論，但以其中的「參差對照」說論析〈傾城之戀〉，可能較任意套用西方文學／文化理論以曲解文本的做法，來得更合情理。而在這些小說與論述、理論與非理論彼此間的「參差對照」下，所引發的思考，似乎應該是：現今評論家常喜歡套用西方「後殖民」、「性別政治」、「解構批評」等理論解讀張愛玲小說的做法，是否有所偏差？能否行之久遠？張愛玲（以及評論者）會不會被這樣一座由西方文化霸權所構築成的圍城禁囿，亟思逃遁？而本文，在提出「參差對照」之說後，是否也同樣為自己、為〈傾城之戀〉構築了另一座圍城？身為一個小說評論者，該如何「出走」？如何「回歸」？這或許又是另一個值得思索的問題吧！

註釋

❶參見水晶〈試論張愛玲〈傾城之戀〉中的神話結構〉，收入《張愛玲的小說藝術》（台北：大地，一九七六），頁四三—五〇。

❷見張宏庸〈傾城佳人白流蘇——論張愛玲的〈傾城之戀〉〉，《中華文藝》十二卷五期。

❸見高全之〈張愛玲的女性本位〉，《幼獅文藝》三十八卷二期。

❹見陳炳良〈張愛玲短篇小說中的「啓悟」主題〉，收入《張愛玲短篇小說論集》（台北：遠景，一九八三），頁四三—七二。

❺引自孟悅、戴錦華《浮出歷史地表——中國現代女性文學研究》（台北：時報，一九九三），頁三三三—三八。

❻見盧正珩《張愛玲小說的時代感》（台北：麥田，一九九四），頁一一〇—一一三。
❼參見周芬伶〈張愛玲小說的女性敘述〉，鍾慧玲主編《女性主義與中國文學》（台北：里仁，一九九七）。
❽張愛玲〈自己的文章〉，收入《流言》（台北：皇冠，一九九三），頁一八—一九。
❾張愛玲〈論寫作〉，收入《張看》（台北：皇冠，一九九三），頁二三六—三七。
❿同❶，頁四六、四八、四九。
⓫同❹，頁五三—五四。
⓬《浮出歷史地表》，頁三三七。
⓭「傾城傾國」之典，語出李延年樂府歌詩：「北方有佳人，絕世而獨立。一顧傾人城，再顧傾人國。寧不知傾城與傾國，佳人難再得」；關於其間「城」與「佳人」間因「美」與「毀滅」而生的神秘與弔詭之說，可參考張淑香〈三面夏娃——漢魏六朝詩中女性美的塑像〉，收入《抒情傳統的省思與探索》（台北：大安，一九九二），頁一二七—六二。
⓮引自陳芳明〈亂世文章與亂世佳人——張愛玲筆下的戰爭〉，載於《聯合文學》一三二期，頁二五—二七。
⓯以下有關〈傾城之戀〉引文的頁碼，均根據皇冠出版社印行之《張愛玲短篇小說集》，一九七七年版。
⓰范柳原曾在流蘇初來香港時對她說：「妳好也罷，壞也罷，我不要妳改變。難得碰見像妳這樣的一個眞正的中國女人。」（頁二二三）。
⓱同❿。
⓲該詩出於《詩經．邶風．擊鼓》。按：其原文應爲「死生契闊，與子『成說』」，並非「與子『相悅』」。
⓳《楚辭．九歌．湘君》中曾有「吹參差兮誰思」之語，文中之「參差」，係爲「洞簫」。據洪興祖《楚辭補註》引《風俗通》云：「舜作簫，其形參差，象鳳翼參差不齊之貌。」（台北：藝文，一九七七），頁一〇七。

⑳以上引文均出自〈自己的文章〉，頁一八—二一。

㉑參見張宏庸之說，同❷。

㉒同⑳。

㉓《浮出歷史地表》，頁三二七、三二八、三三六。

㉔參見張愛玲〈談女人〉，收入《流言》，頁九〇、八七。

輯三　後殖民與城市史

從後殖民主義的觀點看張愛玲

蔡源煌

二十年前，唐文標的《張愛玲研究》指出，上海租界與舊家庭是構成張愛玲世界的主要元素。他說：

「張愛玲」代表了上海的文明——也許竟是上海百年租界文明的最後表現。她的小說，表現出幾重新舊矛盾的結晶，像在那個如此潮濕而又熱又熟的地方突然爆破的一枝罌粟花，美麗而蒼涼的花。

租界時代快完了，舊傳統的大家庭，紈袴子弟藉祖宗餘蔭，安享現成的生活，這種時代快要過去了。……在這交替期間，張愛玲是這種租界生活的舊家庭最後一個代言人，她小心地，一片一片地把租界快過去的舊世界搭拼起來，但卻又無可奈何的，無情地將它拆碎，因爲歷史已走到盡頭。（聯經，1976:5、21）

唐文標聲稱「張愛玲寫的一切地方都是上海，不是別地」，並且引述張愛玲在《流言》說過的話：

「我爲上海人寫了一本香港傳奇，寫它的時候，無時無刻不想到上海人，因爲我是用上海人的觀點來察看香港的。」(12)

按當今的批評詞彙來說，我們也許可以從後殖民主義的觀點切入張愛玲的世界。雖然我抽樣的作品只限於《傳奇》集子裏少數的幾篇，包括〈鴻鸞禧〉、〈紅玫瑰與白玫瑰〉、〈桂花蒸　阿小悲秋〉、〈第一爐香〉、〈第二爐香〉、〈年輕的時候〉，這幾篇中短篇小說卻也勾勒出兩種不同角度的後殖民主義思考：一種是「反對型後殖民思考」(oppositional post-colonialism)；另一種是「共犯型後殖民思考」(complicit post-colonialism)。前者是指第三世界作家爲顚覆歐洲中心論、白人至上論的表述。十九世紀以來，歐洲人心目中的東方是他們以殖民帝國的霸權所形塑的東方，即薩伊德所批判的「東方主義」(orientalism)，而所謂的反對型後殖民主義，目的就是要解構在歐洲中心論底下醞釀出來的白種人優越論以及純種、雜種的二分法。「共犯型」後殖民主義這個名稱雖然刺眼，卻有它的道理，意思是說在殖民地時代或殖民地獨立之初，接受殖民者的價値觀的人，難免有狗腿子、洋奴的罪孽感，怎麼說總有點不名譽、不合時宜的感覺(英文作 illicit)。可是，殖民帝國瓦解以後，舊時的殖民主義逐漸被強國的外交運作、干涉內政、政治經濟軍事援助，甚至意識形態滲透等新殖民主義所取代，或者，更進一步引申，在後現代的電子媒體籠罩下，人們耳濡目染到高度開發國家的訊息，接受的層面愈來愈廣——在這種條件下，後殖民思考也唯能在順應世界潮流的心態下，甚至在一種共犯(complicit)結構裏進行。

從後殖民主義的觀點看張愛玲的世界，總要提到以歐洲人眼光看東方：「東方主義」。在〈鴻鸞禧〉裏，張愛玲描述上海婁家娶媳婦的禮堂說：

廣大的廳堂裏立著珠紅大柱，盤著青綠的龍；黑玻璃的牆，黑玻璃壁龕裏坐著小金佛，外國老太太的東方，全都在這裏了。（《傾城之戀》，皇冠，1991:45）

外國老太太眼底的東方，不外乎一些抽離了日常生活的傳統象徵，而紅柱、青龍，與其說是人們生活的一部分，毋寧說是外國人定型的滿清王室宮殿造型，老百姓也只有在民國以後的日子裏，在像婚禮這麼隆重鋪張的場合才受用一次。總之，東方主義是一種以偏概全的暴力想像。或者，像〈第一爐香〉裏，葛薇龍看到她姑媽香港豪宅的布置，甚至於殖民地的東方人連自我呈現，都刻意迎合西方人的東方主義：

山腰裏這座白房子是流線形的，幾何圖案式的構造，類似最摩登的電影院。然而屋頂上卻蓋了一層仿古的碧色琉璃瓦。玻璃窗也是綠的，配上雞油黃嵌一道窄紅的邊框。窗上安著雕花鐵柵欄，噴上雞油黃的漆。屋子四周繞著寬綽的走廊，地下鋪著紅磚，支著巍峨的兩三丈高一排白石圓柱，那卻是美國南部早期建築的遺風。從走廊上的玻璃門進去是客室，裏面是立體化的西式布置，但是也有幾件雅俗共賞的中國擺設。爐台上陳列著翡翠鼻煙壺與象牙觀音像，沙發前圍著斑竹小屏風，可是這一點東方色彩的存在，顯然是看在外國朋友們的面上。英國人老遠的來看看中國，不能不給點中國給他們瞧瞧。但是這裏的中國，是西方人心目中的中國，荒誕、精巧、滑稽。

葛薇龍在玻璃門裏瞥見她自己的影子——她自身也是殖民地所特有的東方色彩的一部分，她穿著南英中學的別緻的制服，翠藍竹布衫，長齊膝蓋，下面是窄窄袴腳管，還是滿清末年的款式；把女學生打扮得像賽金花模樣，那也是香港當局取悅於歐美遊客的種種設施之一。(《第一爐香》，皇冠，1991:33)

表面上看，日常生活習癖的反映，交代被殖民者接受殖民者的意識形態時，自有它齷齪的一面(illicit colonialism)；實際上，這些現實寫照也為張愛玲開啓了後殖民主義書寫的想像空間。

後殖民書寫的首要特徵在顛覆歐洲中心論(Eurocentrism)；張愛玲抓住最直接而明顯的一環，那就是在人際交往上，歐洲人總是採取二元對立的分際，白種人是殖民者，絕不和被殖民的有色人種交遊——即使有，也像〈桂花蒸 阿小悲秋〉裏上海租界的哥兒達，不論「黃頭髮女人」或中國女人，來者不拒，用畢則棄如敝屣，完全是一副掠奪者的姿態。

通常，殖民者的身分與自覺將他們和被殖民者之間的界線劃分得一清二楚。〈年輕的時候〉裏的俄國女人沁西亞・勞甫沙維支在別無選擇的情況下嫁給上海租界工部局警察所的一個俄國下級巡官。在香港殖民地也不例外，〈第一爐香〉裏是這樣交代的：「中尉以上的軍官，也還不願意同黃種人打交道呢！這就是香港！」(《第一爐香》，53)；〈第二爐香〉的羅傑安白登，年屆四十，在大學裏敎了十五年的化學、物理，娶妻則必須在同國籍的洋女人當中物色。由於歲數已大，對象有限，他的太太愫細蜜秋兒則是個性教育錯亂的歇斯底里女人，新婚夜就受不了他「色情狂」的摧殘而驚嚇逃走。身為白種人，也有白種人的壓抑：在酒酣耳熱的時候，還要「大著舌頭，面紅耳赤地辯論印度獨立的問題」，並且提一提「白種人在殖民地應有的聲望」（《第一爐香》，121-22）。蜜秋兒太太早年就守寡，沒有能力帶她的三個女兒回英國去，「在香港這一隅之地，可能的丈夫不多」（《第一爐香》，90）；羅傑最後因東窗事發而自殺；愫細的姊姊靡麗笙，在她之前，嫁給佛蘭克丁貝，她丈夫的下場和羅傑沒什麼兩樣。

後殖民書寫勢必牽涉到人種或文化上純種與雜種的問題。在殖民者與被殖民者不通婚的大前提下，「雜種」向來就是個咒人的稱謂。〈第一爐香〉裏面有個混血的女孩叫周吉婕，張愛玲寫她的時候，語帶反諷：「據說她的宗譜極爲複雜，至少可以查出阿拉伯、尼格羅、印度、英吉利、葡萄牙等七、八種血液，中國的成分卻是微乎其微。」（《第一爐香》，55）像這種「雜種人」，交往對象的選擇更尷尬，周吉婕告訴葛薇龍說：

> 你看，我們的可能的對象全是些雜種的男孩子。中國人不行，因爲我們受的外國式的教育，跟純粹的中國人攪不來。外國人也不行！這兒的白種人哪一個不是種族觀念極深的？就使他本人肯了，他們的社會也不答應。誰娶了東方人，這一輩子的事業就完了。（《第一爐香》，60）

從人種的觀點來看，純粹與雜種的相容性很小，縱使在今天，雜種人還是難免遭到異樣的眼光看待。從文化和欲望的觀點來看，「純粹」則只是一個理想概念而已；歷來，外國人常被開發中的人奉爲「上國之師」，而被殖民者也不斷地模仿（Homi K. Bhabha 稱之爲 mimicry）殖民者的習癖，致使自身文化的本體性也搖搖欲墜保不住。然而，在後現代電子媒體浪潮侵襲下的「共犯型後殖民思考」卻可以接受文化雜交這個事實。〈年輕的時候〉的潘汝良是醫科生，他和沁西亞交識的過程印證了法國學者拉岡所揭櫫的從融合式仿同想像(imaginary)到分裂式象徵(symbolic)的過程。以往，「他所認識的外國人是電影明星與香菸廣告肥皂廣告俊俏大方的模特兒」(《第一爐香》，184)，他習慣在書本上畫人臉的側影，結識沁西亞，讓他心目中的外國女人形象找到落實的對象。沁西亞下嫁俄國巡官後，家裏錢不夠用，託他找事，不久即得了傷寒，潘汝良去看她，赫然發現：

> 她的下巴與頸項瘦到極點，像密棗吮得光剩下核，核上只沾著一點毛毛的肉衣子。可是她的側影還在，沒大改——汝良畫得熟極而流的，從額角到下頷那條線。汝良從此不在書頭上畫小人了。(《第一爐香》，199)

儘管她的側影還在，但那個符號已經成爲分裂的象徵，代表了意符(signifier)與意指(signified)之間的斷裂，理想意象與現實之間的落差；難怪他從此不在書上畫人的側影了。值得提的是，這樣的啓蒙或頓悟並不是現代主義作家筆下常搬弄的那種空洞的唯美禪，而是一個隱喻，凸顯了從認同到分歧的歷程。若要談「共犯型後殖民思考」(姑且不管這個名詞聽起來毫無美感)，這種對文化差異的認知與自覺是絕對必要的先決條件，而這也可以解釋殖民思考與後殖民思考之間最大的不同。從這個角度來解讀〈年輕的時候〉，我們可以大膽的說，比起張愛玲筆下的其他角色，潘汝良還是顯得較有文化自信。至少不像〈桂花蒸　阿小悲秋〉的李小姐，爲巴結哥兒達，送他一付

理情結。銀碗筷當生日禮物，仍討不得他的歡心，只因她畢竟是租界時代的人，還擺脫不了崇洋媚外的心

將近半個世紀以來，文壇對張愛玲的偶像化崇拜，幾乎可以說歷久不衰。從後殖民主義觀點來看張愛玲，最大的意義終究還是要把她擺在她所寫的那個年代裏，設法爲她尋求歷史的定位。不必諱言的是：上海租界的次殖民地位以及香港的割讓而致淪爲殖民地，歷史上已不堪回首，而作家筆下的殖民地文化誌或年鑑所呈現的畢竟也不是什麼光榮的歷史。二十年前，唐文標的《張愛玲研究》儘管也算是「後」殖民時代的論述，但是並未褪去民族主義的思維模式窠臼，況且評論的職司不是要爲作家安上任何大不韙的罪名，而是要找出能夠「正當化」的意義。平心而論，張愛玲筆下的殖民時代、租界時代的人物，再怎麼可憎可恨，都是歷史定命論底下的受害者，悲劇色彩濃厚。張愛玲寫他們，究竟出於何種居心（或動機），我無法分說。我只知道，在她筆下，那個時代，殖民者與被殖民者，受害的程度雖不同，畢竟同是天涯淪落人。

〈第二爐香〉的蜜秋兒太太、女兒和安白登、佛蘭克丁貝，〈年輕的時候〉的沁西亞，是受害者；〈第一爐香〉的喬琪喬和周吉婕是同母異父的雜種，更是殖民文化特有的產物。或許是這個緣故，我覺得，葛薇龍嫁給喬琪喬不必做太刻薄的解釋。明知喬琪喬是個拜金的物質主義者，而來自上海的葛薇龍也正亦步亦趨地步上她姑媽的後塵，但是在她姑媽的羽翼底下，她的無奈大於個人的自由意志。她和喬琪喬的婚姻，可想而知，是不可能美滿；但她選擇或接受喬琪喬，在這篇小說的情境而言，是個「寓言」(allegory)，烘托出後殖民主義最重要的一個課題：生存／survival。

最後，我引述 Homi K. Bhabha 的一段話做爲結語，大意是：「從那些承受歷史命運的人身上……我們學到生活和思考上一個永久不會忘記的教訓。在當代評論中，日趨普遍的信念是：社會邊緣人的感人經驗……改變了我們的評論策略。該信念驅使我們去面對藝術品或經典化的唯美禪以外的文化概念，將文化視爲社會在圖存行動中所造就的不完整的意義和價值。」("Post-colonial Criticism," in *Redrawing the Boundaries*, Greenblatt, Gunn, eds. MLA, 1992: 438)，葛薇龍的無奈也許該如此看待；而張愛玲式的文學想像，以及文壇對張愛玲的偶像崇拜，在後現代／後殖民時代，似乎也該有個了結。

殖民都會與現代敍述
——張愛玲的細節描寫藝術

彭秀貞

前言

上海造就了張愛玲，給予她幻化多變、五光十色的感官世界。浸淫在那種特有的殖民都會文化中，她稍稍「借一點時代的氣氛」便讓讀者們目眩神迷。反過來說，張愛玲更造就了上海。她所憑藉的不外是文字藝術的力量，把她自己及周遭人們如何在西方冒險家樂園的上海起落浮沉的軌跡書寫成文學作品。她嘲諷舊社會、舊家庭光怪陸離的現象，雖然採取冷漠的譏諷態度，卻也不時流露出對這些熟悉事物的懷鄉情緒，因爲她寫的是她自己的上海，她喜歡上海人，她喜歡他們身上那種「奇異的智慧」。「上海人是傳統的中國人加上近代高壓生活的磨鍊」所產生的特別種類。這些近代高壓生活的錘鍊，當然也出現在張愛玲的作品之中。在傳統與現代的並列與糾結的傳述之中，張愛玲形塑了一個上海特有的現代敍述(the narrative of the modern)。張愛玲發明那種不厭其煩、物質而感官的細節描述，來傳達上海的現代經驗。其中最重要的莫過於殖民主義對上海文化與生活的介入與形塑，以及它對傳統與現代衝突、糾結的強化作用。

一、

要將張愛玲的作品界定爲現代敍述，恐怕難免會引來遵奉五四新文學爲「正統」的論者的質疑。相對於新文學揚棄封建、創建新中國的使命感，張愛玲的小說，只是迎合都會市井小民趣味的「海派文學」流衍，只是消費文化市場的產物。加上張愛玲自承喜讀張恨水等鴛鴦蝴蝶派小說，她寫作的題材又不脫上海都會男女社交、言情的範圍，既無助於世道人心，更談不上關心國家社會的進步改革。其娛樂、市場取向的本質，及不知今夕何夕的保守態度，眞的可以稱得上「現代」嗎？

回答這個問題之前，我們必須先釐清所謂「現代敍述」到底是什麼。一般我們所稱的「現代性」(modernity)，雖然源自西方，可是卻有很多不同的版本。法國詩人波特萊爾(Baudelaire)所指的現代性，可能是十九世紀巴黎街景帶給浪遊者(flâneur)的感官經驗。德國哲學家哈伯馬斯(Habermas)所討論的現代性，則強調主體間形塑的溝通理性來回應加諸理性與現代性的諸多批評。班雅明(Benjamin)提出「蒐集者」(collector)的形象，他搜羅代表傳統的藝品，那種近乎戀物癖(fetishism)的行爲，似乎被認爲脫離了現代性追求新事物的走向。然而仔細分析一下，蒐集者企圖藉著蒐集過去事物來保存經驗並思考時間與經驗之互動關係的觀照方式，正好有助於我們對現代性裏有關經驗的課題進行反思。因此，蒐集者反而應該被看做是現代性的典範類型(type)。綜合以上的例證，我們可以發現，現代性經驗和經驗的呈現方式不是唯一的，不同的文字，經過不同的美學符號、不同的主體位置，以及不同的政治立場或國籍文化的制約，可能會指涉不同的現代經驗和呈現藝術。因此，我用一個約略性的描述——現代敍述，來概稱這種呈現現代性風貌與經驗的寫作(modernity and its text)。

在前文，我之所以比較詳細地引介蒐集者這種類型的原因，在於我認爲張愛玲傳達都會現代生活的方式，與蒐集者這個類型所隱喻的經驗呈現模式比較接近。張愛玲可能就是一個蒐集者。殖民都會裏各種混雜著傳統、現代、東方西方的複合式經驗衝擊著她。她用文學來蒐集這一切，見證這一切，形構出她特有的「現代敍述」。

二、

在分析張愛玲「現代敍述」的形貌與內容以前，我認爲有必要描述她所觀照的殖民都會以及直接衝擊她寫作的身世與記憶。張愛玲的作品處處摸得到她切身經驗的喜怒哀樂，這些經驗的舞台就是殖民地的上海和香港。在上海與香港，尤其是在上海，傳統的生活、文化與現代西方文明的刺激，把張愛玲捲進經驗與認知的漩渦之中，她在其間摸索、追逐她特有的現代經驗，或者更精確的說，被殖民者特有的「晚到的現代性」(belated modernity)。

在張愛玲筆下，上海是一座「新舊文化種種畸形產物」匯聚交流的所在。在殖民帝國主義長達一世紀的盤踞過程中，上海一方面成了西方冒險家的樂園，引進了最光怪陸離的現代聲色實驗；可是另一方面卻也提供了一塊革命、反革命無窮拉鋸爭執無法波及的避風港，讓前清遺老、地主、買辦得以「跑反」躲藏。

上海殖民租界與舊城二元劃分的都市景觀，並列著現代西方和傳統中國的對立文化氛圍。不只如此，傳統中國的區域還又依階級不同切割開來，現代西方的領地也有國籍上的差異，給這座殖民城市帶來了多樣變貌、難以簡化形容的樣態。

張愛玲是前清官僚遺老的後代，「他們的家就是一個小小的『清朝』，他們留辮子、納妾、抽鴉片、捧優伶、賭博、打麻將、莳花養鳥，游閒地他們仍在冶戀昔日的榮光」。「租界延長了他們所遵奉的封建制度」（唐文標：《張愛玲雜碎》）。很諷刺地，殖民主義挾帶來的強勢西方文明、現代化價值，無法穿透、影響這些封建舊家庭的規範與習慣，反過來還提供了一層保護膜，使它們不至於直接受到革命浪潮的衝擊。

這些家族與殖民統治者和平共存，儘管兩者其實遵從著兩種不同的時間箭頭與時間韻律。不，也許正因為兩者處於不同的現實裏，所以才能並行不悖。

遺老們自成一個世界，這個世界「既不是目前的中國，也不是中國在它的過程中的任何一階段」。「它狹小整潔的道德系統，卻是離現實很遠的……，它的逃避是向著死亡的」（〈洋人看京戲及其他〉），它的時空是錯亂倒置的。

這個世界裏的人和外面不是沒有交涉，可是他們的交涉是勉強的、敷衍的，隨時有一股強大的力量會把他們拖回那個「清朝」裏。張愛玲的父親住西式洋房、出入以洋車代步的洋派生活表層底下，是嫖妓、養姨太太、吸大菸等封建墮落的行徑。西式派頭掩蓋著一個像影子般要沉落下去的過去的生活模式與道德系統（張子靜：《我的姊姊張愛玲》）。對於父親的家，張愛玲說：「那

裏我什麼都看不起。鴉片……，章回小說……，懶洋洋灰撲撲地活下去了。」(〈私語〉)

遺老的下一代如張愛玲者，與都會中的現代層面，當然有比較深刻、眞心眞切的來往。上海有張愛玲所上的外國學校，有她平日閱讀投稿的小報，有她進出的戲院，還有她喜愛的上海人。她對遺老舊人物們沒有好感，更沒有認同，他們對她而言彷彿是一具具泡在殖民主義的「酒精缸裏的孩屍」，青灰灰的。(〈花凋〉)

沒有好感、不認同，可是畢竟每天都必須活在這些「孩屍」中間。「見到的、聽到的，都是那些病態的人，病態的事。……這種陰影是……，(張愛玲)這一代人最沉重的壓力。……生活的上空一直籠罩著黑色的雲霧，讓人覺得苦悶，有時幾乎要窒息」(《我的姊姊張愛玲》)。夾在最荒謬的傳統與現代對峙中間，張愛玲發展出了一套屬於她自己的敍述。

三、

張愛玲在〈花凋〉裏，以自己的舅舅做模特兒，寫出了一個「遺少，因爲不承認民國，自從民國紀元起他就沒長過歲數」的鄭先生。張愛玲這樣形容鄭先生這個角色：說他給人一種「眩暈的不眞實的感覺——處處都是對照，各種不調和的地方背景、時代氣氛，全是硬生生地給揉在一起，造成一種奇幻的境界」。

這種對照，這種眩暈，不就正是文化混生形態的殖民城市特性？上海式的殖民城市，尤其是租界這種「國中之國」(state within state)的寄生發展，開創了一個「非政治化」的空間。中國本身政府的統治穿透力被阻擋在租界之外，可是殖民者又沒有充分的合法性可以建立一套完整的、替代性的殖民政權、政策。租界的占領與治理，當然還是植基於船堅砲利的軍事優勢上，不過軍事優勢無法眞正介入租界內人民的生活。對於人民生活的眞實控制，於是就必須更大幅地依賴經濟上的消費主義，以及文化上的操弄技術。在這種「非政治化」的特殊背景下，消費行爲、文化意念成爲殖民者與被殖民者眞正衝突緊張的戰場。租界殖民者集中地以非政治性的現代化技術，強化了西方與東方、傳統與現代、歐洲與亞洲，甚至男性與女性之間的劃分、對立。

張愛玲的文學正是這種對立下的產物，換一個角度看，面對這種對立，張愛玲尋找其中一套敍述模式，努力趨近上海殖民都市的特殊情境。張愛玲試圖要傳達的，是一種在殖民主義下被撐張繃緊了的現代經驗。這組現代經驗不是簡單的現代化技術移植，而是中國傳統與西方近代兩種文明、兩套價值錯置並列的荒謬；以及這種複合式荒謬的經驗衍生出來對現代性的反思。其中包括對時間、主體性與殖民主義等課題的討論。從其中形成了張愛玲式的現代敍述。

四、

時間流逝所帶來的「荒涼」，主體性被分割、替代所引發的經驗危機，以及殖民主義造成的文化混同與階層化(hybridity and hierarchy)，這些構成了張愛玲現代敍述的主要部分，也形塑了她特有的世界觀。這些充滿衝突、混淆與矛盾的現代經驗以各種形式、風貌呈現於她的作品之中。其中，我認爲細節描述以零散而具體的、感官而物質性的方式，再現了張愛玲最眞實的經驗世界。

在具體分析細節如何形塑張愛玲特有的現代敍述以前，我想約略地介紹一下女性主義學者肖爾(Naomi Schor)的細節閱讀理論(Reading in Detail: Aesthetics and the Feminine)，來說明細節做爲一種表現形式，在西方美學傳統中的發展與被評價的過程。對細節描述背後所隱含的哲學、美學意義做一定的了解，可能對分析張愛玲的細節藝術有所啓迪。

從審視西方美學歷史中，肖爾觀察到「細節寫作」起起落落的發展歷程，與宗教形上學、各種文學流派或主義、心理分析（佛洛伊德）以及後結構主義的羅蘭・巴特(Roland Barthes)等論述都有密不可分的關係。舉例來說，黑格爾的唯心美學注重形而上的「美的意念」(idea of beauty)而排斥細節描述乃是古典時期側重普遍性(universal)而貶抑特殊性(particular)的延續。細節被認定爲特殊的部分(part)必須回歸普遍的整體(whole)才能見容於古典美學。推崇寫實主義甚力的馬克思學者盧卡奇(Lukacs)對寫實主義所使用的細節描述，還要嚴加區分，把細節區分爲本質性(essential)與非本質性(inessential)，前者具有寫實美學對應部分與整體的功能，後者則因其繁瑣而被貶爲多餘、煽情，成爲盧氏最反對的自然主義和現代主義的特色。

在肖爾看來，在西方傳統美學中細節描述只有在被賦予以特殊聯結整體之功能時，才昇華(sublimate)至美學藝術許可的範疇，細節因此被迫帶著因形而上或超越等價值系統所強加的崇高化形象。整個現代主義最重要的工作之一便是幫這些細節「去昇華」，讓它們還原成具體、物質、而感官的原貌。羅蘭・巴特甚至提出邊緣、去中心化的細節，才是趨近眞實(the real)的不二途徑。

張愛玲的細節描寫或許可以被理解成對「眞實」逼近的一種方式。這個眞實的人世，它充滿了各種光怪陸離、矛盾衝突、斷裂零亂的聲音與憤怒，細節，常常是游離的、零落的、感官的細節，更能具體呈現眞實的現代經驗。張愛玲作品中的細節固然對推動個別故事情節或豐富個別作品的意涵，有輔助的功能。但是，更基本的是，它們沒有系統，流竄在作品之間，超越個別情節與格局，自成一羣符號，簇擁著，湊合出一幅「荒涼」但「眞實」的現代風景。套用張愛玲自己的話：「現實這樣東西是沒有系統的，像七八個話匣子同時開唱，各唱各的，打成一片渾沌。」(〈燼餘錄〉)一片渾沌的奇幻境界正是張愛玲現代敍述中，衆聲喧嘩的細節所要趨近的眞實。

五、

從現代美學架構中理解到的細節是抗拒系統的。因此，對細節做分類、歸納的方式，直接與細節的本質牴觸。在分析張愛玲作品的細節的時候，我只能以列舉的方法，討論一些構成她現代經驗的細節，來暗示她所呈現的眞實的一些部分。如前所述，我會集中探討她對時間流變、主體性經驗危機與被殖民經驗等現代世界的浮光掠影。

張愛玲對她所處的時代，一直懷著一種即將消逝、毀滅的不安定感。在《傳奇》再版自序中，張愛玲說：「時代是倉促的，已經在破壞中，還有更大的破壞要來。有一天我們的文明，不論是昇華還是浮華，都要成爲過去。」這思想背景中的「惘惘的威脅」，讓她寫出一幕又一幕的荒原景象。於是經歷戰火摧殘的香港，白流蘇獨自面對的是「斷堵頹垣，失去記憶力的文明人在黃昏中跌跌蹌蹌摸來摸去，像是在找著點什麼，其實是什麼都完了」(〈傾城之戀〉)。城市倒塌、文明傾覆可能成就了白流蘇的戀情，這畢竟是一個善意的結局，但是賠上的居然是成千上萬人的不幸。

新的開始是建立在舊的轟轟烈烈的結束之上的，其間所經歷的是非同小可的文明推移。

但是張愛玲不會撒手讓舊的，即將過去的文明「自顧自地走過去」。就像小時候，她錯過了迎新年，「醒來時鞭炮已經放過了」，「一切的繁華熱鬧都已經成了過去」，她也只是「躺在床上哭，不肯起來」（〈私語〉）。於是寫作的張愛玲一直是把這些繁華熱鬧的過去，用片片斷斷的細節留存起來。她說：「人是生活於一個時代裏的，可是這時代卻在影子似地沉沒下去，人覺得自己被拋棄了。爲了證實自己的存在，抓住一點眞實的，最基本的東西，不能不求助於古老的記憶……」（〈自己的文章〉），張愛玲趨近眞實、記錄時代與記憶的方法，就是用細節把這些過去的光影白描下來，就像「硃紅酒金的輝煌背景裏……一點一點的淡金」（〈傾城之戀〉），把過去從時間軸上抽離放到空間的範疇裏來。

把時間的流動轉移到空間的層次上，張愛玲所憑藉的是細節描述以及其拼貼出來又華麗又森冷的過去。「那烏木長檯，那影沉沉的書架子，那略帶一點冷香的書卷氣，那些大臣的奏章，那象牙簽，錦套子裏裝著的淸代禮服五色圖版」，這些細節承載著過去，把流動的時間空間化，它們把傳統文明中的美或頹廢都凝固在一些具體而物質的事物裏，讀者彷彿可以聞到它們的氣味一般眞實而直接。「在這圖書館的黃昏的一角，堆著幾百年的書——都是人的故事，可是沒有人的氣味。悠長的年月，給它們薰上了書卷的寒香；這裏是感情的冷藏室」（〈沉香屑——第二爐香〉）。

冷藏室把過去或時代，連同它們的氣味、溫度，都隔絕在時光的流變之外。這些凍結時間的意象，它們所觸動的感官經驗，對張愛玲的小說敍述造成侵擾和延宕的作用。細節描述把過去帶到敍述的現場，切入敍述流程，並列不同時空的事物。張愛玲運用細節描述，成功地在直線進行的當下時空裏，保留給過去一些容身的空間。張愛玲迷戀過去乃至變成時間的戀癖者，就如同姜長安把一生唯一的戀情「裝在水晶瓶子裏雙手捧著看……」（〈金鎖記〉）一樣，是「一個美麗而蒼涼的手勢」。

六、

細節描述在小說的世界裏鋪陳了一個一個乘載著過去時間流變的器物，在裏面，歲月彷彿有它自己流動的韻律。迷戀過去的張愛玲變成迷戀著這些器物，它們可能是一副對聯或是紫緞子屏風，一些優美的傳統文化的遺留，簇擁著活在過去榮光的上海舊家庭的男女老幼。張愛玲的母親，那個無法忍受舊婚姻的女人，把這些古董變賣成金錢，搖身一變成了經濟自主的新時代進步女性。白流蘇卻不然，在上海白公館的「堂屋裏順著牆高高下下堆著一排書箱，紫檀匣子，刻著綠泥款識。正中天然几上，玻璃罩子裏，擱著琺藍自鳴鐘，機括早壞了，停了多年。兩旁垂著硃紅對聯，閃著金色壽字團花……在微光裏，一個個的字都像浮在半空中，離著紙老遠。流蘇覺得自己就是對聯上的一個字，虛飄飄的，不落實地」（〈傾城之戀〉）。在冷酷的舊家庭裏棲居，流蘇的生存，像是一副對聯裏，「不落實地」的一個字。因爲她還活著，所以感覺虛緲，但被隔離於現在，又彷佛死亡——一種主體性被物化的死亡狀態。

〈茉莉香片〉裏的馮碧落是「繡在屏風上的鳥——悒鬱的紫色緞子屏風上，織金雲朵裏的一只鳥，死也還死在屏風上」。把人繡在屏風上，如此，她的生死、衰滅也在屏風上。這種人與物同生共死的對等關係，暗示著主體性(subjectivity)的物化過程(objectification)。張愛玲把失意的人們推入她所眷戀成癖的美物世界裏，好像給了那個世界一些流動的氣息，但是物的封閉時空也同時把人的主體性轉換爲森冷的物化狀態。這種對等、互換的關係，背後所指涉的交錯並置的時空，是張愛玲發現的一種特殊的時間軸。在其間，我們彷彿可以看到傳統世界與現代生存並立的可能，但同時主體性的物化狀態，又把我們拉回時間割裂的現實裏。我認爲這種時間與主體交互指涉、引喻的方式，適切地呈現張愛玲的現代性經驗。

有關衣服的細節描述常常伴隨著這種物化作用。衣服吞噬了人的主體。於是玉清「立在那裏，白禮服平板漿硬，身子向前傾而不跌倒，像背後撐著紙板的紙洋娃娃」（〈鴻鑾禧〉）。幛紗罩在她的臉上，她「面目模糊……，彷彿無意中拍進去一個冤鬼的影子」。張愛玲在〈更衣記〉也提到，「削肩，細腰，平胸，薄而小的標準美女在這一層層衣衫的重壓下失蹤了。她的本身是不存在的，不過是一個衣架子罷了」。〈金鎖記〉裏的曹七巧，「臉看不清楚，穿一件青灰團龍官織緞袍……，一級一級上去，通入沒有光的所在」。曹七巧的衣服掩蓋了她小小的身軀，膨脹她舊家庭的權威，只是她的走向是通往沒有光的黑暗世界裏去的。

細節描寫中，身體所代表的自主性，不但被物化，也被割裂成不連續的部分(part)。〈紅玫瑰與白玫瑰〉裏，烟鸝躺在房間地板正中央的「一雙繡花鞋，微帶八字式，一隻前些，一隻後些，像有一個不敢現形的鬼怯怯向他走過來，央求著」。這段精采的細節，經由振保的凝視，把烟鸝和她的欲望轉成一雙繡花鞋，藉著割裂、物化女人的身體和其自主性，來保證男人傳統秩序的維護。物化與割裂成爲一種懲戒女人，收編女人情欲的一種控制技術。〈金鎖記〉中，長安被封建家庭的桎梏收編的過程，也可以從一個細節描述中看到。「長安悄悄的走下樓來，玄色花繡鞋與白絲襪停留在日色黃昏的樓梯上，停了一會，又上去了，一級一級，走進沒有光的所在」。我們只看到一雙鞋與襪的行動，帶著長安屈從的自我，走向她母親居住的黑暗世界。張愛玲重複使用「沒有光的所在」，似乎在提示著，年輕的長安也已經和她母親一樣，將會老死在黑暗中。

這種以部分影射身體割裂、以服飾掩藏身體，或物化主體性的細節描寫，呈現現代經驗中的主體意識的危機。無論是從性別政治方面來看身體、情欲和壓迫的關係，或是從主客體之間的關係來看現代經驗中主體疏離的現象，細節描寫把張愛玲深層的現代經驗表現得淋漓盡致。

七、

被殖民的經驗是現代化的後來者所體驗到，不同於西方現代性的經驗。有些學者稱被殖民者的現代性爲晚到的現代性，張愛玲經歷的上海和香港的現代經驗應該是屬於這個種類。這種現代經驗它跨時空、跨文化的傳統／現代衝突應該是更爲劇烈的。無論是殖民者對被殖民者社會及族羣的凝視，或是被殖民者的自我觀照，以及在殖民者文化統馭控制下，被殖民者的文化呈現，都在張愛玲筆下，以細節描述傳達出來。這些不同角度出發的凝視、呈現在她的作品中並列著，暗示殖民者與被殖民者之間微妙的層級意識。

如前文所提到，上海是傳統中國社會在現代西方的高壓錘鍊中，產生的經濟文化混生體(hybridity)。在上海這種殖民氛圍中，產生了具有奇異智慧的上海市民。〈桂花蒸　阿小悲秋〉中，受僱於外國人哥兒達的阿小便是這種具有街坊智慧的中國女人。從她的眼中看來，外國主人「臉上的肉像是沒燒熟的，紅拉拉的帶著血絲子。新留著兩撇小鬍鬚，那臉蛋便像一種特別滋補的半孵出來的雞蛋，已經生了一點點小黃翅」。阿小慧黠地使用流利的鄉土的比喻來書寫她的主人／殖民者，混夾著傳統式地方性的認知與對異國情調的好奇。這種饒富地方色彩的描述，呈現出外國男人／主人／殖民者旺盛的熱力，非常感官而暗示著強烈的性能力 (sexual potency)。與阿小的男人似有似無的，藏在舊綢長衫底下的被殖民身體與性形成強烈的對比。性與侵略在這個帶有殖民種族寫作意味的細節裏，被暗示出來。

哥兒達房間牆上「用窄銀框子鑲著洋酒的廣告，暗影裏橫著個紅頭髮白身子，長大得可驚的裸體美人。題著『——城裏最好的』和這牌子的威士忌同樣是第一流」。這個細節不但把殖民者的性與欲望直接地白描出來，同時提示商業機制如何使用女人身體，把身體與其代表的男性性幻想轉化爲販賣商品的技術。它呈現出殖民主義如何複製西方消費資本主義剝削女性身體的方法，來加諸於殖民地的商品文化空間之中。

細節描寫與廣義的「東方主義」之間的關係也可以下面的一個例子來說明。阿小主人房間的布置展現這個關係。「楊床上有散亂的彩綢墊子，床頭有無線電，畫報雜誌，床前有拖鞋，北京紅藍小地毯，宮燈式的字紙簍。大小紅木彫花几……。牆角掛一隻京戲的鬼臉子……把中國一些枝枝葉葉啣了來築成她的一個安樂窩」。這個細節描寫，挑選一些零散的文化象徵符號，拼湊出一種具有東方情調的空間，呈現了殖民者截取一些文化物件，布置起一座文明的殿堂，彷彿擁有了中國文明整體。把殖民者的分割在地文化、收編挪用 (appropriate) 其中的部分，而製造侵奪整體的幻象具體呈現出來。

張愛玲寫香港的殖民細節，更是不勝枚舉。〈沉香屑——第一爐香〉裏面，南英中學的制服，「翠藍竹布衫，長齊膝蓋，下面是窄窄的袴腳管，還是滿清末年的款式；把女學生打扮得像賽金花模樣，那也是香港當局取悅於歐美遊客的種種設施之一」。東方情調由殖民政府收編、管制而變成一種觀光的商品。薇龍穿著那種制服的同時，已經變成了「殖民地所特有的東方色彩的一部分」。被殖民者以及其斷斷碎碎的文化符號，變成殖民者凝視、消費的物件，這個細節暗示了薇龍終究會陷落在香港光怪陸離的殖民體系裏面。其中，薇龍的姑媽梁太太是揹賣中國風味及女性身體的買辦。她的洋房是一座雜陳西方／東方、現代／傳統文化的迷宮。她以為「英國人老遠的來看看中國，不能不給點中國給他們瞧瞧。但是這裏的中國，是西方人心目中的中國，荒誕、精巧、滑稽」。這種迎合西方殖民者，自我割裂、自我東方情調化的做法，在張愛玲尖銳的細節描寫下，顯得醜態畢露。細節的穿插，把殖民者／被殖民者之間各種發言位置與凝視所產生的齟齬——包括侵奪、收編、控制、自我割碎等經濟文化的互動關係——陳列出來。同時，細節零散、片斷的形式，正好表述了被殖民文化在殖民主義的介入、侵擾之下，零碎斷裂的現代化經驗。

八、

張愛玲的細節描述搜羅許多上海、香港殖民都會所產生的現代經驗。它們特有的複雜性可以被視為「晚到現代性」的中國版本。但是抽離經驗層次，來反思現代都會文化中，人們對時間所產生的焦慮；對主體性的危機觀照；以及對種種性別政治或殖民種族主義等操縱／壓迫機制的省視，卻可能是現代人共同關心而必須面對的課題。張愛玲可能是冷漠而疏離的，她說的故事可能殘酷而悲哀，但她把各種現代經驗的困局蒐集起來，陳列在她形塑的現代敍述的文學時空裏，供大家思考反省，卻是誠懇而眞切的。因爲她喜歡她的上海和上海人。她記下他們的軌跡，爲她的城市蓋一座博物館，在她的文學世界裏搜羅住現代經驗的五光十色與愛憎瞋痴。

參考資料

張愛玲：《張愛玲短篇小說集》（台北：皇冠，1968）。
張愛玲：《流言》（台北：皇冠，1991）。
鄭樹森編選：《張愛玲的世界》（台北：允晨，1990）。
張子靜：《我的姊姊張愛玲》（台北：時報，1996）。
周蕾：《婦女與中國現代性》（台北：麥田，1995）。

註：

周蕾此書第三章亦引用 Naomi Schor 的理論來分析張愛玲作品中的「細節」，不過周蕾對 Schor 的理解和應用，在重點選擇上和筆者不盡相同。又周蕾將張愛玲與五四新文學作家如巴金、茅盾、魯迅等人並列討論的取徑，其探討細節與中國現代性及敍事結構之關係的宏觀研究，也與筆者頗有差異。當然，筆者從中得到很多啓發與助益。

陳子善編：《作別張愛玲》（上海：文匯，1996）。
蔡鳳儀編：《華麗與蒼涼》（台北：皇冠，1996）。
唐文標：《張愛玲雜碎》（台北：聯經，1970）。
唐振常編：《近代上海繁華錄》（台北：商務，1993）。
Naomi Schor, "Reading in Detail: Aesthetics and the Feminine," (New York & London: Methuen, 1987).
N.B. Dirks, ed., "Colonialism and Culture," (Ann Arbor: U of Miclrigan Press, 1992).
A. D. King, "Urbainsm, Colonialism, and the World-Economy," (New York Routledgo, 1990).
Andrea Huyssen & David Bathrick, "Modernity and the Text," (New York: Columbia University Press, 1989).

張愛玲的「參差的對照」與歐亞文化的呈現

金凱筠（Karen Kingsbury）著
蔡淑惠、張逸帆譯

長達四十年的時間張愛玲在美國生活、工作，期間許多傑出的中國學者如：胡適博士、夏志清教授、劉紹銘教授等人，曾經嘗試將她的作品推廣到美國市場，可惜儘管他們不斷地努力，張愛玲的名望仍局限於美國大學中文系所的門堂。一九九五年張愛玲去世的消息曾以簡短的篇幅刊登在美國各報，這些報紙的編輯及讀者們很可能在此之前從未曾聽過她的名字，這個悲傷事件的刊登對他們來說也許只不過是對一個在他鄉異國的聞人所致上的尊崇表徵罷了，只是「一個遼遠的故事，不與他們相關了」。

張愛玲生前的數十年以「隱居」聞名，甚至連欣賞她作品的中國讀者也無法掌握她的訊息，所以對於住在台灣的人來說，這些以英語爲母語的外國讀者對張愛玲的陌生應該不是一件令人訝異的事。但是，我們一定可以看出來這是一個相當大的損失。張愛玲作品除了怡情之外更富於高度的教育性，必能豐富、充實美國人的生命，影響力自不限於對中國讀者而已，可惜的是，現在欠缺一份完整的英文譯本。目前張愛玲的作品中，僅有一小部分被翻譯成英文，多半刊載於文學選集或雜誌裏，閱讀的對象集中於對中國文化已有接觸或研究的學生及學者，而非廣泛的一般大衆❶。因此，當張愛玲作品的影響力已逐步在海外英語文壇生根時，我們卻同時失去了藉由這位中國近代最偉大、最令人震撼的作家作品來吸引更多英語讀者對學習研究中國文化的機會。

由於局勢的改變，現在我們終於有機緣將張愛玲的作品介紹給英語讀者，這千載難逢的時機絕對要把握，沒有理由讓機會再從我們的眼前溜過。本文將對此再做闡述，但是在進入這個主題之前，我必須先分析張愛玲作品先前之所以無法成爲美國顯學的原因。首先我們將從較浮面的問題著手，然後逐步深入探索與根本文化結構及國家概觀相關的深層問題。之後，我將進一步指出這些深層問題將如何尋得解答，並說明張愛玲的作品對這整個文化發展的過程所做的貢獻。基於張愛玲作品高度的作用及價值，我期望在不久的將來這些表層的問題能轉化爲本質上較爲實際的問題，例如：如何以最好的方式培植英語讀者並提供他們對張愛玲作品與日俱增的需求。

本篇文章的題目在經過此番的陳述之後，有些人或許會認爲本文與原本就肯定張愛玲卓越才能的讀者及學者無關，爲了澄清這一理念，我提出以下兩點。第一，從美國人接受張愛玲作品的態度中我們可以了解張的作品是國際性的；更準確地來說，她是一位跨文化的作家，一個在多重文化所形成的文學傳統中寫作並貢獻心力的作家。第二，我希望藉由此文討論有關影響張愛玲作品在美國爲美國人接受的程度的論述，來改善中國文學及美國文學這兩個市場的關係，並期待將來這兩個文化創造中心之間的往來能更迅速、快捷。由於我們居住在一個關係日趨密切的地球村，所以如果要繼續支持、鼓勵目前仍從事寫作的作家並瞻揚延續已故作家的精神的話，加速了解跨文化的步調是必要的。

讓我們先從語言、翻譯這兩個影響張愛玲作品在美國市場發展最大的問題談起。中國讀者或許並沒有完全注意到，張愛玲的英文作品雖然證明了她在英文寫作上的實力，但卻無法與其中文作品的篇幅、彈性及極盡巧妙安排的語氣、押韻相比。她在上海開始出版事業時所發表的英文散文（刊載在通俗的英文期刊《二十世紀》中）文筆十分出色，不論是在標題或是在文章處理方面都相當貼切，因此，文章很快地博得讀者的喜愛並一再閱讀，也因此使得她的作品不斷地被刊登。但除此之外，由張愛玲所翻譯（刊在 *Renditions* 中）的《海上花》英譯本第一章更是引人入勝。但是張愛玲作品的英譯本卻無法將其作品的創造力及其運用語言的才能展現出來，所以儘管她曾幾度在英文市場中發表她的英文作品，諸如小說：《秧歌》（*The Rice-sproutSong*）、《赤地之戀》（*Naked Earth*）和《怨女》（*Rouge of the North*）及英文版的〈金鎖記〉和〈五四軼事〉等，但其結果並不樂觀。基本上這並不令人感到訝異，因為任何台灣人應該都可以了解主流派的英語文化本身是由單一語言所建構的，因此對文法或俚語正確性的要求也是絕對的。舉我個人為例，我早期閱讀張愛玲的作品英譯本時，一直認為夏教授對張愛玲的寫作能力似乎過度推崇了，但是直到接觸到她的中文作品時，我對她的印象才頓時改觀。當然，我的中文並不是那麼地好，但是就連我也可以看得出來這些作品的作者是一位文學天賦不凡的藝術家。

這樣的領悟，自不是一般只有讀過張愛玲作品英譯版的讀者，或是只有看過由她作品改編成電影的觀衆能夠體會的了（雖然我同意電影《紅玫瑰與白玫瑰》拍得遠比先前的《傾城之戀》及《怨女》好）。因為電影和文學，兩者所面對的挑戰基本上是相同的：必須試著使譯本和原文在藝術品質上達到同等的水準。這自然不是一件簡單的工作，尤其張愛玲本身已經發展出一套獨特的寫作風格，又擅於運用語言中的音、義等變化，不過，這正是所有偉大的作家在使用一種豐富的語言創作時會發生的現象。所以說，若是福克納或莎士比亞的作品可以被翻譯成好的中文譯本，那麼我們當然也有可能把張愛玲的作品翻譯成好的英文譯本。同樣的道理，如果珍·奧斯汀的小說可以被拍成傑出的電影，那麼相信張愛玲的小說也可以被拍成同等傑出的電影。或許，在得到一個完美的譯本前，我們需要經歷多番嘗試，也可能遭遇到接連不斷的挫敗，但是相信只要有足夠的市場壓力，高品質的譯本一定可以，也一定會以另一種媒體或另一個語言的形態出現。

所以，目前我們所面臨的眞正問題不是在於我們是否有好的譯本，而在於所存在的市場壓力強度是否足以支持譯本的產生。在我看來，張愛玲之所以停止在美國市場衝刺的眞正原因，是因爲她看出來讀者並沒有興趣花錢購買她的小說。這一點也不奇怪，因爲終其一生，張愛玲對「讀者」的印象一直受她早年在上海的時期所影響。因此，她書寫的對象並不是美國人，而是上海人，特別是那些能夠盡情享受流行品味所引領風騷的娛樂的上海人，這流行品味正介於通俗的流行、生活雜誌和高尚、嚴肅的藝術之間。

乍看之下，美國讀者或許會自以爲他們能夠了解張愛玲所描繪的上海社會問題以及整個上海社會的概觀，因爲一九三〇、一九四〇年代的上海到處充斥著西方勢力的影響，而一些追求時尚的西方人更是早就已經把他們對中國事物的興趣表露無遺。但是，我們只需把張愛玲作品中所形容的社會現象和費茲傑羅(F. Scott Fitzgerald)、亨利·詹姆斯(Henry James)或愛荻思·華頓(Edith Wharton)等人所描寫的社會現象擺在一起，便可以輕易地看出來這兩個現象的相似點是膚淺的、形式化的。這兩個社會所呈現出的最大共同點，就是人們對社會地位以及既定的道德觀感到極度地敏感。張愛玲的世界中，與傳統地位和道德觀之間所發生的衝突，是爆發在一個中西文化矛盾較大的背景中，這個高度發展的悠久文化被迫接受另一個文化所發展出來的一些特質，雖然這個外來者在國際間被公認是卓越的、優秀的，但是對原文化來說它卻是全然陌生的。因此，在接受這外來文化時所產生的情緒也特別複雜，夾雜了尊敬、憎恨和調侃等多種情結。這個由千萬個嚴肅和風趣的文字交織而成的基本寫作立場與美國作家的著眼點是截然不同的。在西方文化帶領人之中，美國的地位堪稱資淺，雖然它嘗試運用各種方式來證明它有資格與其他較悠久、較明確的文化別體（other）——歐洲，平起平坐，但是美國人卻一直無法忘卻它對歐洲的孝敬情懷和愛慕情結。

因爲這種種因素，使得一些評論家認爲張愛玲的作品是「通往中國的橋梁」❷，值得說明的是，它不僅是一座架構在這兩個國家——文化之間的文學橋梁，它還是一座中間可被上下扭曲的橋樑，這一個扭曲的動作使得始終朝下的一面終得朝上，而朝上的一面也得以朝下。這種扭曲的方式正足以顯示這兩個國家在二十世紀勢力、認知位置上的轉移，而張愛玲的作品所代表的正是這一類的橋梁。其實，若不是前一陣子興起了一股有關殖民分布的分析熱潮，使得我們的閱讀細胞對跨文化的議題特別敏感的話，我想能平安地走過這座中間扭曲的橋梁的美國讀者將會是寥寥無幾。

以上所述，只是美國人在接受張愛玲的作品時所產生的前半段政治問題而已。而到現在浮現在我腦中的美國的讀者，也一直是由那些從二次大戰終了到越戰中期這段時間，習慣閱讀《讀者文摘》及《生活雜誌》的大學生及中年中產階級人士所構成的組合體。他們的特色是對中國普遍存有好感，可惜的是他們有可能會因散布在張愛玲小說中的那些「扭曲的橋梁」所困惑，而不斷地從橋面上摔下來。所以，夏志清教授說得一點也沒錯，這些讀者在閱讀賽珍珠（Pearl Buck）的作品時一定會感到比較自在，因爲賽珍珠是從他們熟悉、可接受的觀點來描述這些迥異的風俗事件。

再來，大半是因爲美國政府在越戰時期所犯下的種種錯誤的緣故，使得人們的想法改變了，如嬰兒潮時期出生的新一代開始抨擊他們上一代的戰後文化，並逐漸在完全陌生的農民文化社會（特別是指那些由國家領導人出面，公開反對西方侵略行爲的社會）中，找尋「眞實」的象徵，由毛澤東所統治的中國也在此時成爲這新一代欲於前往的地方。但是就在中國人民共和國成立之前的政治氣氛，引發了人們對探索近代中國歷史和文學的興趣時，張愛玲的作品並沒有得到讀者的青睞。對於這羣急切找尋絕對的社會差異的讀者而言，張愛玲所描述的中產階級社會對他們來說似乎太熟悉、太平常了。而眞正能符合這些讀者要求的則非魯迅莫屬了。和張愛玲一樣，魯迅也是一位才華洋溢的作家，但是張愛玲將重點放在都會男女之間的關係上，而魯迅則注重男性知識分子和農民社會之間的關係。當然，張愛玲也寫過與農民相關的作品例如：《秧歌》，而魯迅也寫過〈離婚〉和〈肥皀〉等有關男女關係的文章，但是張愛玲最重要的作品仍是以城市爲背景，而魯迅正好相反。

此時的美國讀者已經對戰後的都市以及都市外圍感到厭煩，他們極欲在中國尋找一些與衆不同的社會景觀。但是由於當時中、美之間的冷戰以及毛澤東的對外政策等等，導致了讀者們無法對當代中國進行直接的觀察與了解，在這種情況之下，中國共產黨很容易就被誤認爲是一個可靠且具相當吸引力的社會發展形式，因而中國共產黨的看法也因而變得格外有分量。如果連張愛玲的先生賴雅（Ferdinand Reyher）都會因爲讀了當時有關中國的資料而支持「文化大革命」的話

❸，那麼我們就不當訝於發現一九八〇年代，在美國最爲人知的中國作家盡爲備受中共推崇的人了。一九三六年「中國現代文學之父」魯迅的死使得他免於遭受之後的鬥爭之苦，他也因而名列中共褒譽的作家之首。相反地，雖然張愛玲寫過《秧歌》和《赤地之戀》，但是畢竟因爲她「錯誤」的出身，加上與親日分子胡蘭成過從甚密，所以被中共列入黑名單之中。如此一來，當西方文學理論家如：詹姆森(Fredric Jameson)等，想將中國納入二十世紀的文化研究時❹，他們無疑問地會將魯迅視爲最具代表性的中國現代作家。

如果我們說越戰喚起美國中年的中產階級一代，對美國戰後的擴張行爲提出質疑，並引導他們去了解支持美國戰後擴張行爲的無知，同時它也促使社會中年輕、激進的力量開始在中國以及其他第三世界中尋找反文化天堂的典範，那麼，一九八九年的天安門大屠殺則是粉碎這些完美夢幻的關鍵時刻。這個對自己文化及政府不斷提出疑問的新一代，開始以更機警、更多疑、更實際的角度看待中國。同時，由於美國華裔美籍作家和藝術家如雨後春筍般地出現，使得華僑從美國政治體系中的少數族羣裏被區分、定位出來，這個將華僑區分的行爲亦使得整個種族歧視的制度化體系得以公諸於世，因此也對挑戰、重塑這個體系有所助益。就在這個時期，中共失去了身爲一個享有特權的文化別體的特殊地位，而橫隔於華裔美藉人士和歐裔美籍人士之間的差異也跟著失去了意義。無論在美國或國際上，隨著東方／西方、中共／美國這種兩極化錯誤觀念的解體，歐裔美國人所建構的社會圖像也跟著遭遇到需要被重新省思的命運，中、美關係亦然。這樣才足以包容並說明那些不斷地介入、橫越「他們」／「我們」之間的界線上，那些越來越多元的、多重的認知。

雖然我對這幾十年來中、美之間文化政治所做的陳述稍嫌簡短、概略，但是它仍然有助於說明為什麼我們需要一個類似「歐亞」之類的辭彙，來解釋目前在東亞和「西方」文學、文化的發展。當然諸如：「後現代」和「後殖民」一類的詞當然有其作用，但是我認為我們需要一個能跨越傳統劃分東方／西方、我們／他們這條界線並同時能代表文化結構的辭彙，因此我採用了一個簡便且未被界定的地理現況。雖然歐洲和亞洲被區分成兩個大洲，但是它們之間並沒有海洋將它們完全地分隔，進而形成所謂的完整的陸塊（當然黑海、高加索和中亞地區的山脈是古代地理的重要部分，但是如果我們想一想現代的地理區分的話，將會發現人們並不因為哈德遜灣和一些大湖的關係就將北美洲分為兩個部分，更遑論用落磯山脈來劃分了）。也許比「歐亞」更適合解釋此一狀況的辭彙會很快地出現，但是無論如何，我認為最重要的事是去認同並培植這三千多年來，記錄東方和西方邊緣的歐亞陸塊中所發展出來的人類文化之延展、衝突、重疊、糾結的文學作品。由移民、侵略的支流所聚流而成的美國文化，也因而在我們這個發展中的故事裏扮演了重要的角色。畢竟現在航越太平洋，已經比航越，比方說：台灣海峽，容易的多。

歐亞文學中最顯著的例子，或許要屬華裔美籍的作品和留學生文學了。除此，所有近代中國的文學作品應該都可以被稱做歐亞文學，因為這兩百年來，全球的動力不斷促使中國文化體系回應歐洲文化體系。但是，與其用「西化」或是「受西方影響」等詞來具體化這個動力，我認為我們不妨用類似「歐亞」之類的辭彙，因為這樣一來我們便可以常常提醒自己任何國家或族羣勢力都有興衰和消長，而且注意到這跨文化的影響潮流絕對不會只朝向一個方向流動而已。

一般來說，討論張愛玲的文學特色時，「歐亞」一詞是相當管用的，因為她的作品很明顯地不被局限在一種語言或一個民族文化上。我們從她早期的文章中可以看出來，她曾經如何狂熱地閱讀上海小報和巴黎時裝的廣告，而她對富麗、感性的語言的熱愛，亦在中文和英文文字中得到紓解。當她在香港讀英國文學、返回上海之後，最早出版的作品都是以英文書寫。這些評論中國文化議題的短文和影評，是專爲居留海外的西方人所寫的。張愛玲很高興知道她早期的作品被認爲受到《紅樓夢》及毛姆 (W. Somerset Maugham) 的影響。後來，張愛玲也曾經做過中英、英中的雙向翻譯。

從張愛玲的姓名也可以看出來一個二元的傳承特色：她的姓使她與衰敗的父權王朝中的學者、政治家連結在一起，由她母親根據英文所取的名字，則鄭重說明她與現代女性的認知有絕對的關聯。張愛玲本身當然很清楚存在於故步自封的傳統與西方影響下，進步的現代化之間的對立，而這傳統與現代之間的對話，也在五四運動之後被搬上枱面。諸如此類的對立也曾數度發生在她的家庭裏，她記得在十來歲的時候，她曾經注意到她父母親之間的差異：

母親走了，但是姑姑的家裏留有母親的空氣，纖靈的七巧板桌子，輕柔的顏色，有些我所不大明白的可愛的人來來去去。我所知道的最好的一切，不論是精神上還是物質上的，都在這裏了。因此對於我，精神上與物質上的善，向來是打成一片的，不是像一般青年所想的那樣靈肉對立，時時要起衝突，需要痛苦的犧牲。

另一方面有我父親的家，那裏什麼我都看不起，鴉片，教我弟弟作「漢高祖論」的老先生，章回小說，懶洋洋灰撲撲地活下去。像拜火教的波斯人，我把世界強行分做兩半，光明與黑

暗，善與惡，神與魔。屬於我父親這一邊的必定是不好的……。（《流言》，162）

但是，張愛玲堅決認爲她母親房中的清爽所帶給她的欣悅，這種美好的感覺是源自和諧而非對立。從這裏，我們可以看出來她找到了將她父母的兩個世界合而爲一的方法，因此最後她必須承認父親沉悶、耽溺的臥房亦有其迷人之處，所以她說：

屬於我父親這一邊的必定是不好的，雖然有時候我也喜歡。我喜歡鴉片的雲霧，霧一樣的陽光，屋裏亂攤著小報（直到現在，大疊的小報仍然給我一種回家的感覺），看著小報，和我父親談談親戚間的笑話——我知道他是寂寞的，在寂寞的時候他喜歡我。父親的房間裏永遠是下午，在那裏坐久了便覺得沉下去，沉下去。

張愛玲早期的文章常以「腐敗」爲主題，但是我們也可以在文章中同時讀到矛盾、厭惡、喜愛等敍述。雖然正如她自己所認爲她的父親並非一無是處，不過儘管如此，她自己也不會一頭栽進父親黑暗的世界裏。她將父親午後的影子投射在她母親清晨的光亮中，從這兩個世界的差異，我們可以看出來張愛玲對明暗對比的辨識能力，同時也可以一窺她之所以能不斷地在異質中融合出一個辨識自我的能力的眞正原因。

這種對自己的感受所抱持的忠誠信念，不但是張愛玲名字所代表的眞正意義，也是造成她小說上的成就的根本動力。畢竟，她自己也說過「愛玲」這兩個字不是一個出色的組合，至少就她的職業來說，她應該早就改用另一個較優美的名字了。可是，除了在四〇年代她曾幾度擇用其他名字之外，她一直使用「張愛玲」這個名字來從事寫作。她說過對像她這樣容易受華麗所影響的人，這個樸素的名字可以讓她保持誠懇：

> 中國的一切都是太好聽，太順口了。固然，不中聽，不中看，不一定就中用；可是世上有用的人往往是俗人。我願意保留我的俗不可耐的名字，向我自己做爲一種警告，設法除去一般知書識字的人咬文嚼字的積習，從柴米油鹽、肥皀、水與太陽之中去找尋實際的人生。（《流言》，40）

張愛玲以作家的方式，書寫有關於她名字的意義時所表現出來的獨立思考，不但是：(1)她創作成就的來源，也是(2)她的作品中深爲中國讀者喜愛者，勢必能吸引那些急欲於後現代和後殖民時代中找尋自我認知的英文讀者的原因。這種獨立的思考並不是一個孤立的現象，它是一連串的自我和社會化的感情和知覺做不斷地周旋、談判，是一種企圖尋獲眞正自我的過程。爲了說明這個過程，並且分析它對張愛玲和我們在文化建設中的努力所造成的影響，我想先討論張愛玲早期的兩個重要文本。

第一個是〈紅玫瑰與白玫瑰〉，這是張愛玲偉大的早期，以小說探索上海民國時代的作品。在故事中，我們發現三層意義共同運作，創造出一個多層次的符號系統——這是歐亞文學技巧中一個高度精心製作的例子。第一層意義是紅玫瑰與白玫瑰，這兩者隱含了父系社會所架構的錯誤對立。第二層意義是外國／本國或洋／土緊張，在此意義上，故事記錄了男主角從巴黎妓女撤退到歐亞女學童，再撤到新加坡來的女妖，再撤到上海的女孩，一個他認爲是端莊乖巧的中國妻子。第三層意義是在桃花扇上，它呈現出佟振保事實上被封在一個未成熟的處男情結裏，因爲他害怕做出會將眞實價值注入生命的那種熱情的承諾。

由於本篇論文是以「超高速」的方式進行，我不打算詳細探討這三層符號學層面的意義；研究張愛玲敍事藝術的樂趣在此必須暫時擱開。相反地，我想討論小說中幾句張愛玲用以透露父系社會中專制政治的自敗特性的著名開場白。在這幾句話中，我們可以看到男性主義偏執的想法，藉此邏輯將女人分爲對立的兩類：名氣不好卻感情豐富的（男主角稱之爲「紅玫瑰」），以及那些貞潔而受人尊重的（男主角稱之爲「白玫瑰」）。如張愛玲所說：

> 娶了紅玫瑰，久而久之，紅的變了牆上的一抹蚊子血，白的還是「床前明月光」；娶了白玫瑰，白的便是衣服上沾的一粒飯黏子，紅的卻是心口上一顆硃砂痣。

這裏所要強調的是，如果將女人刻意的區分開來是錯誤的，那麼將中國文學和西方文學歸入不同學術領域的亦然。

就像充滿在張愛玲小說中的複雜女性一樣，強勢的中國和西方的作品顯示人性思考與感情廣大且大幅重疊的程度。這就是爲什麼閱讀中國作品的西方人不僅僅認識中國與中國人——他們也更了解自己，甚至更了解西方文化。

現在，讓我們來討論「參差的對照」這個名詞。這個詞最早出現在〈自己的文章〉一文，在這篇回應傅雷批評的文中，張愛玲為自己辯護，說明她為何拒絕在文中明確描繪善惡、眞僞的衝突。張愛玲並未正式給予「參差的對照」一個正式的定義。她僅僅將之比喻為葱綠與桃紅的配合（而非大紅與大綠的強烈對比）。但是這種觀念顯然與視覺意象並無太大關係，因為她喜歡強烈深刻的感官印象。相反地，這個名詞幫助她形容眞實的本質與風格的意義。張愛玲覺得，眞實或者有意義的內容，並非某種能夠明白表露的純粹知識，而是與經驗及感受一樣與生俱來的，包括那些虛假、浮面與不純的東西。同樣的，華麗的風格可能是傳達單純的最佳媒介。

> 我喜歡素樸，可是我只能從描寫現代人的機智與裝飾中去襯出人生的素樸的底子。……我不把虛僞與眞實寫成強烈的對照，卻是用參差的對照的手法寫出現代人的虛僞之中有眞實，浮華之中有素樸……。（《流言》，21）

這種理念同樣適用於張愛玲早期作品裏的經常出現的對立。當她說，作家的任務不僅是將萬象二分為眞的和假的，她指的更是那種武斷二分法的普遍原則，那種二分為好與壞、精神與肉體，或傳統與現代、中國與西方的對立的思考模式。她反對這種簡單的二元論。她強調，不同的特質，特別是道德特質，常以互補對立的方式存在。因此，譬如說，當探討人性的觀點時，張愛玲聲稱，人很少非常好或非常壞，就算是根本性格的大轉變也極不可能。在這個意義上來說，她的故事裏的人物只是尋常百姓。藉著對立二端的相互作用，來深入探索那些人物的意識，因而使得他們的精神生活非比尋常地生動起來。

但是就最廣的參考框架來看，「參差的對照」就不僅僅是闡述主題與人物的方式而已，它同樣在敍事風格的層面上發揮作用，敍述者揶揄的口氣，在自我嘲諷／自我放縱、幻想／現實、諷刺／同情之間穿梭。

這個名詞還可以有效地來形容張愛玲手法更基本的層面：它形容張愛玲的作品如何打破一般人對世界的看法，將她自己「古怪」的自我認知，銘刻（同時反銘刻）於社會和文化中成型、已知的論述中。這種參差的、不搭配的對位手法不僅定義故事內在的動力，並且定義作者對她心理位置的看法，她日益增長的意識的位置，透過寫作過程反映給了她自己。許多讀者已經注意到張愛玲小說中鏡子意象的重要性。值得繼續探索的是她的故事本身如何發揮鏡子的功能，藉由這個作用作者發現並肯定她的自我意識，而這種自我認知的人物，多少與社會強化的感情與認知而自陷其中的自我有別。由於張愛玲的小說是高度虛構的作品，是作者生活經驗深刻的重新想像的版本，因此這種自我指涉很明顯的只是透過推論，透過閱讀這點，像張愛玲的角鏡映照出原型的、心靈的連續一樣，來透視平凡、表面經驗的裂縫。

這裏，我必須簡短，而僅僅列出張愛玲早期作品邊緣及角落三個人物的自我表現，呈現出作者的主體位置的「參差」。第一個是她的朋友爲她第一版小說集所設計的封面圖。這幅圖，事實上是根據晚清服飾圖所繪的模仿品，圖中的少婦坐在桌旁玩骨牌，奶媽抱著小男孩在一旁看著。然而，這奶媽不是唯一的旁觀者，欄杆邊還有個巨大的、似鬼的女人，依張愛玲的詮釋，是個「現代人」，以高度的好奇，注視這牌局。這幅圖的手法是明顯、調皮的超現實。張愛玲自己說，她的目的是希望這幅圖讓人感到不自在❺。

另有一景出現在張愛玲早期的〈天才夢〉，在其中張愛玲形容她自己是個小女孩吟唱杜牧一首關於朝代衰落的名詩，一旁有個過氣的老臣聞聲而泣：

> 我三歲時能背誦唐詩。我還記得搖搖擺擺地立在一個滿清遺老的藤椅前朗吟「商女不知亡國恨，隔江猶唱後庭花」，眼看著他的淚珠滾下來。(《張看》，240)

在那幅模仿畫中，張愛玲的天神下凡——現代人——出現在邊緣，冷眼看著別人。這吟詩的女孩卻是衆目所矚，配合杜牧的名詩仔細觀察這幅圖，我們會發現，這小女孩是注目的中心，同時也是意識矯正的中心。這個鬼魅的現代人彷彿轉身向我們眨眼。以前在外圍的，現在開始向內擴展，成為創造意識的動機。

最後是幅蹦蹦戲花旦，女主角自娛且自持地短暫出現在張愛玲的《傳奇》再版序言：

> 將來的荒原下，斷瓦頹垣裏，只有蹦蹦戲花旦這樣的女人，她能夠夷然地活下去，在任何時代，任何社會裏，到處是她的家。(《傾城之戀》——張愛玲短篇小說集之一，8)

再也不容易找到更生動的勝利形象了，因為這勝利是由如此一個純樸、平凡的鄉村姑娘在淒涼的背景中達成的。這個人物和地面是互補的二元一體，兩者互為襯托，歡欣的女演員顯然與她所凌駕的荒蕪景象一樣重要。然而大多數的評論家都忽略了這個活潑的女性，而將注意力集中於荒蕪的背景，及其悲劇命運的意義。

這種對前景人物忽視的關鍵原因，在於張愛玲很少讓花旦跳過舞臺中央。相反的，她將活力的來源放在邊緣，敍述者也在邊緣出現，像那個「現代人」一樣靜靜地從另一個層面觀看，但是也像吟詩女孩暗中與詩人官吏互換位置，但是官吏（或者可以說是那個滿清遺老）卻渾然不知。這蹦蹦戲花旦鮮少在序言裏出現，縱使出現也是稍縱即逝。

然而這個人物卻無法被壓制住：這個非常女性的、非常中國的鬼魅就像某種游擊隊員，為作者自我做信號。身為一個得勢的女人，花旦既誘人又令人害怕，因為她暗示這個潛能的釋放或演出，這種能力可能傾覆內在和外在秩序的整體文明。「參差的對照」為其最徹底的表達，因此是個定位和釋放個人本身先驗、潛能自我活力的方式——並非透過對立、固執的對某種尖銳對峙的「它者」(other)的攻擊，而是透過扭曲的、間接的探索個人自身的主體中心，一種經常被忽視、遭壓抑或隱遁的人物，且是抑制不住的力量的本源。

正是因為張愛玲知道如何引出這種力量，我們可以有信心的聲稱，張愛玲對於中國文化，美國文化，以及歐亞文化的發展將會有不斷的貢獻❻。

註釋

❶〈金鎖記〉為張愛玲的英譯作品中最為廣泛傳閱者，由張愛玲翻譯，先後刊登於 *Twentieth Century Chinese*

Stories(1971)，夏志清主編，與 *Modern Chinese Stories and Novellas:* 1919-1949 (1981)，夏志清、劉紹銘、李歐梵等人主編。由我所翻譯的〈封鎖〉(Sealed Off) 刊登於 *The Columbia Anthology of Modern Chinese Literature*(1995)，爲劉紹銘與葛浩文(Howard Goldblatt)主編。一九九六年五月雜誌 *Renditions: A Chinese-English Translation Magazine* 出版了張愛玲特刊，其中將包括〈傾城之戀〉、〈封鎖〉、〈鴻鸞禧〉、〈留情〉和六篇散文。*Renditions* 並曾經出版過張愛玲本人翻譯的〈五四軼事〉(Stalemates)。

除此之外，在中國的英文界中極負盛名的作品，有張翻譯的〈秧歌〉、〈赤地之戀〉和〈怨女〉。此三篇文章目前已絕版，已由 University of California Press 安排再版。另外，〈等〉(Little Finger Up) 由 Lucian Wu 翻譯，並收錄於他所出版的 *New Chinese Stories: Twelve Short Stories by Contemporary Chinese Writers*(1961) 中。〈紅玫瑰與白玫瑰〉(Red Rose and White Rose) 由 Carolyn Thompson Brown 翻譯，發表於其博士論文中。最後，張愛玲爲 *XXth Century* 所寫的散文以及影評，收錄於一些主要的研究圖書館的縮影片中。

❷請參考 Bohlemeyer Jeannine "Eileen Chang's Bridges to China," *Tamkang Review* 5.1 (April 1974): pp. 111-28。

❸鄭樹森，《張愛玲的世界》(允晨文選4。台北：允晨，一九八九)，頁三六。

❹請參考 Jameson Fredric "Third World Literature in the Era of Multinational Capitalism," *Social Text* 15 (1986): pp.65-88。

❺張愛玲，〈有幾句話向讀者説〉，《傳奇》(北京：人民出版，一九八六) 頁三五三、五四。

❻特別感謝蔡淑惠小姐以及張逸帆副教授幫我翻譯此文。

民間和現代都市文化

——兼論張愛玲現象

陳思和

進入本論題之前，筆者應該附加一點說明：本論文是以張愛玲爲個案，討論有關民間在現代都市文化中的一些問題。這個題目來自於筆者一年前發表的〈民間的浮沉〉中未能解決的理論思考。該文在討論民間在當代文學中的隱形意義時，曾對「民間」的概念做過一些定義[1]，但由於該文主要是討論文化專制體制下的文學的內在矛盾與衝突，較偏重於中國傳統民間社會的主體農民所固有的文化形態，及其在文學創作中的隱形結構。由此引申出一個問題：在以現代化都市爲主要場景的當代文化建構中，「民間」的概念是否還有探討的必要性？自然，民間文化形態轉移到現代都市背景下給以考察，情況將會複雜得多，這將是本文所關心的一系列問題：現代都市文化中有沒有眞正意義上的「民間」？如果存在，那麼它與都市固有的通俗文化（大衆文化）能否混爲一談？更主要的問題是現代知識分子轉移其廟堂、廣場的價値取向、立足於民間立場以後，他們將以怎樣的方式來參與都市文化的建設？張愛玲現象及其與都市民間文化形態的關係，正是筆者在討論上述問題時表達自己觀點的一個切入點。

一、民間在都市文化建構中的表現形態

「民間」不是一個歷史的概念，在任何國家形態的社會環境裏都存在著以國家權力爲中心來分近疏的社會文化層次，與權力中心相對的一端爲民間，如果以金字塔形來描繪這兩者關係，那底層的一面就是民間，它與塔尖之間不僅包容了多層次的社會文化形態，而且塔底部分也含蓋了塔尖部分，故而民間也包容國家權力的意識形態，這就是民間自身含有的藏污納垢、有容乃大的特點。在專制形態的社會裏，塔尖與塔底之間的社會文化層次被大大地簡化，在某些極端時期會出現極權統治者直接面對無層次平面文化形態的民間社會。但是現代都市的文化建構則相反，它是以不斷製造社會文化層面的層次性和不斷消解政治權力話語對社會的直接控制爲特徵，所以民間往往被遮蔽在多層次的文化形態之下，難以展示其完整的面目。在現代都市文化形態下，生活其間的居民不像農民那樣擁有固有的文化傳統，也沒有以民風民俗的歷史遺物來喚起集體無意識的民族記憶，都市居民在日日新、又日新的社會環境下始終處於不穩定的流動狀態下，像上海這樣有百年歷史的大都市，其居民擁有四代以上居住史的家族恐怕就不多，所謂「都市」的歷史，常常給人一種流動無常、充滿偶然性的印象，而與傳統民間相關的原始性、自在性、歷史延續性等特徵都蕩然無存，至多是從宗法制傳統社會攜帶過來的舊生活痕跡，如民間幫會的某些特點，並不具備新的文化因素。因此在都市現代化的文化進程中，關於「民間」的傳統含義（如一些民俗性的生活習性），只是一種依依稀稀的記憶性存在，即都市居民的家族歷史上遺留下來的某種集

體無意識，對今天還在形成過程中的現代都市文化建構並沒有實際上的建設價值。在這個意義上說，現代都市文化這座金字塔形的「底」，只是一種呈現爲「虛擬」狀態的價值立場。

筆者在〈民間的浮沉〉中曾把中國抗戰以前的民間概括成三個文化層面：舊體制崩潰後散失到民間的各種傳統文化信息，新興的商品文化市場製造出來的都市流行文化以及中國民間文化的主體農民所固有的文化傳統。這裏除了第三種以外，前兩種所包含的民間意義都含有「虛擬」的成分。譬如學者陳寅恪，自稱其「思想囿於咸豐同治之世，議論近於曾湘鄉張南皮之間」❷，在廟堂、廣場兩不入的狀況下滯留民間，默默守護著文化傳統；同樣的例子還有錢鍾書，其在五〇年代以後雖然側身廟堂，仍能三緘其口，以管窺天、以錐揷地，埋首於中西文化大境界裏。這或可說都屬於第一種。再者，所謂民國舊派（鴛鴦蝴蝶派）文學，其前身爲顯赫的知識分子菁英集團南社，但光復以後未能恢復其在廟堂的地位，於是銳氣一敗再敗，後來在新文化運動的打擊下，他們退出了文化的主導位置，卻轉移到剛剛興起的都市傳媒領域，從事報業、出版、電影以及通俗小說的寫作，居然也培養起一些堪稱大家的後起之秀。這或可說屬於第二種。應該說這些文化現象都屬於都市民間文化的最初形態，但是民間對它們的眞實意義，只是當時主流文化——國家權力意識形態和五四新文化以外的一種立場而不是價值取向本身，他們所寄託的傳統文化和傳統文學，並非屬於現代都市民間自身的話語傳統。在歷史上，封建社會的廟堂與民間以對應關係構成自足循環體系，知識分子的文化傳統（道統）借助廟堂而被及民間，兩者是溝通的。民間雖然有自在的文化傳統（小傳統），但仍然以廟堂文化（大傳統）爲主導文化，因此在古代社會裏，國家主流文化藝術傳統與民間自在的民風民俗傳統一起建構了當時的民間文化形態，（孔子整理《詩經》分風、雅、頌三層次，從民風民謠到貴族生活再到祭祖頌神，從物質追求到形上追求，可以看做是當時民間文化形態的最完整的構成形式）。但是這種文化的自足循環體系在現代社會已經不復存在了，本世紀以來，廟堂、廣場、民間三分「天下」，因無法圓通而呈分裂狀❸，「道統」已隨著傳統廟堂的崩潰而瓦解，知識分子在廟堂外另設廣場，替天行道地承擔起啓蒙民間的責任，傳統文化和傳統文學在五四新文化運動的衝擊下日益式微，與現實生活的價值取向越離越遠，它們即使散失在民間天地也不可能眞正反映民間和代表民間，所以只能是一種「虛擬」的民間價值取向。

理解現代都市民間的價值取向虛擬性有助於我們區別以宗法制社會爲基礎的傳統民間文化形態，當我們在考察和表現農村文化生活時，會以歷史遺留下來的文化倫理形態做爲民間文化存在的依據；但在考察和表現現代都市生活時，顯然不能移用這些實物考察的方法。過去有許多研究者沒有注意到這些區別，對都市民間形態的考察總是局限在對黑社會、舊風俗、沒落世家等陳舊生活現象的範圍，使都市文化中的民間含義變得非常陳腐可笑。其實在現代都市社會裏，由於民間的價值取向虛擬化，它的範圍就更加擴大了，因爲它不需要以家族或種族的文化傳統做爲背景，其表現場景也相應地由集體轉向了個人，現代都市居民的私人空間的擴大，隱私權益得到保障，民間價值的虛擬特徵在個人性的文化形態裏得到加強。過去與國家權力中心相對應的民間往往是通過「家族」「宗族」的形態來體現的，文化價值是以集體記憶的符號來表現，具有較穩定的歷史價值；而在現代都市裏，與國家權力中心相對應的是個人，當然個人主義在文化上也可能表現出某些雷同現象，如年輕人喜歡在迪斯可舞廳裏尋找消遣，如果說在今天農村邊緣地區殘留的民間節慶舞蹈形式具有民族集體記憶的歷史符號，那麼在迪斯可舞廳中的狂舞背後並沒有什麼穩定的歷史符號存在，不過是一種個人性的選擇。迪斯可舞當然是非官方化的娛樂，它屬於都市民間文化形態的一種表現，但它的「民間價值」是虛擬的。

這種虛擬的不穩定的都市民間價值形態，只是反映了中國大都市的現代化過程還未最後完成，現代都市文化的背後還缺乏強大穩定的市民階級意識來支撐。近年來有些研究者對中國市民階級在歷史與現實中可能存在的作用總是抱過於樂觀的態度，比如說，三〇年代的上海是民族資本主義發展的較好時期，但是否因此形成了以中產階級爲主要力量的民間社會呢？顯然沒有，三〇年代與當時國家權力中心分庭抗禮的主要力量是五四新文化運動中的知識分子及其背後潛在的政黨力量，民間只是被動地爲多方政治力量所爭取的對象。同樣，也有的研究者不無憂慮地指出中產階級文化的保守性可能會在當代都市文化建設中產生負面影響，筆者以爲當代都市文化建設中會有各種負面效應存在，但還是不要輕易地歸咎於中產階級社會，一個本身還沒有具備完整形態的社會怎麼會已經「預支」了它的負面文化影響呢？中產階級雖然是個很時髦的詞，但距離今天的現實畢竟還有些遙遠，不如對中國現代都市的民間形態的研究也許更能反映我們所面對的都市文化的實際狀況。

所以，民間在都市文化構成中的虛擬性質決定了它不是一個類似市民階級、中產階級這樣的社會學分類概念，更不是類似西方中世紀自由城邦制度下的「市民社會」，它是筆者根據現代社會轉型期間知識分子價值取向所發生的變化而用來象徵文化形態的分類符號。這裏所指的廟堂、廣場和民間，都不是指實際的社會結構，而是近代社會中知識分子從權力中心位置放逐出去以後所選擇的文化立場，知識分子既然身在權力中心之外，不必以廟堂爲唯一的價值中心，只是堅守一個知識分子的工作崗位，建立多元的知識價值體系，以知識立本，在學術傳統中安身立命，促進社會改革和文明步伐。這便是所謂知識分子的崗位意識。既然這種崗位是專業性而非政治性的，它只能依據民間的立場來實行。雖然對都市人來說，傳統意義上的民間已經成爲一種遙遠的記憶，再也找不到像農村殘留的純然自在形態的民間文化，但它的虛擬形態依然存在於都市中，據本文前面所借用的金字塔底的比喻，在都市中我們能找到的只是介於國家權力中心的政治意識形態與虛擬狀態的民間之間的各種都市文化形態，在每一類都市文化中都存在著兩極的成分：一方面是對權力控制的容忍與依附，另一方面是對權力中心的游移與消解。從都市通俗文化思潮泛起到大衆傳媒的盛興、從知識分子的民間學術活動與創作活動到教育、出版體制以及各種文化市場機制的改革，都包含了上述兩種成分的融合和衝突。

二、現代都市通俗小說與民間立場

前面已經論述過，本世紀初形成的現代都市通俗文學與傳統通俗文學有些不同特點，在古代通俗文學可以成爲民間文化的一部分，而在本世紀社會轉型以後，這種通俗文學的價值取向已經與都市現代化的實際過程發生了分離。但它仍然是屬於都市民間的一種形態，尤其在通俗小說領域，它非常明顯地表現出國家權力形態與民間政治形態的結合。

首先應該說明，都市通俗小說不是眞正意義上的民間文學。從理論的界定上說，眞正來自民間的文學創作有著一些共同的特徵，如它的集體性創作的原則，決定了民間文學作者呈無名狀態，即使個別作家的名字有幸保留下來，多半也是以整理者的身分而非創作者的身分；還有，它的非書面性的原則，民間文學作品是依靠民衆口頭代代相傳中不斷補充、發展和完善的，眞正的民間作品不可能有標準的文本，它一旦被文人用文字形式固定下來，也就結束了民間性❹。當然這只是西方學術界的一種較傳統的界定，依這些標準來衡量，都市通俗小說不過是文人利用民衆可能接受的方式（包括語言、形式、審美趣味等）寫出來的文學性讀物，根本不能算是民間文學。如果從本文對民間文化形態的界定來看，兩者的區別還不僅僅於這些外在的標誌，在筆者看來，民間文化形態的標誌在於它眞正貫通了民衆的生活意義，表現出生命形態的自由自在狀態下的生氣，這種生氣不可能產生在權力制度的支配之下（非廟堂性），也不可能產生在思想道德的約束之下（非廣場性），當然它也不可能產生在眞空的社會環境裏，所以往往在被動地包容外在文化形態對它的侵犯的同時，努力用審美形態來表達自身的頑強生存意志。在今天的現代都市裏已經不存在這樣的民間審美價值與可能，一些優秀的作家只能把審美的觸角伸向都市以外，在一種虛擬的民間狀態中召回民間的正義力量。這在張承志的哲合忍耶宗教和張煒的「融入野地」哲學裏都充分反映出來。但我們回到歷史的狀況下考察這個問題時，就不能不正視民初以來都市通俗小說所含有的民間性。

現代都市通俗小說的作者羣並不是一批只知道遊戲人生的窮酸文人，他們是本世紀最初的一批知識分子菁英，他們從廟堂革命中敗退下來，又被五四新文化運動所排斥，新文化運動是以引進西方思想價值原則爲標誌的，當新文化成爲時代主潮以後，這批在政治上積極擁護共和、反對復辟的知識分子就成了思想道德領域的保守派，他們與五四一代思想文化上的反叛者相比，更容易為文化政策上趨向保守的各屆民國政府所接受，由他們控制現代都市文化運轉的主要工具——報紙、雜誌、畫報、電影等領域，是理所當然的（各屆民國政府對五四一代反叛性知識分子的容忍範圍僅限於大學和研究院，一旦其影響進入社會層面，即使如新月書店這樣溫和的團體，也將被毫不客氣地取締）。這也使他們不像五四一代知識分子對廟堂所採取針鋒相對的批判立場，而在一定程度上成為國家機器在現代都市文化建構中的另一種聲音。所謂民國舊派小說只是寄生於現代傳媒體制的一種通俗讀物，它固然具有都市傳媒體制的政治屬性，但畢竟又屬於一種商業行為，它自然要顧及到都市讀者的社會情緒和審美趣味的變化趨向，所以與五四一代知識分子創作的白話小說充滿著社會批判性和反叛性相反，都市通俗小說則小心翼翼地在官方旨意與民眾趣味之間走鋼絲。以魯迅為代表的新文學將國家統治者與被統治者所愚弄的民眾一起放在批判席上，鞭撻前者，警戒後者；而通俗小說則是根據不同時代特點及時找出官方與民眾的共同欲望來加以渲染。有位西方專家對中國一、二〇年代的「都市通俗小說浪潮」做過很好的概括，他認為這些「浪潮」有的大些，有的小些，每種浪潮都是由一種故事類型組成，一般來說這些故事類型與都市大眾的突出社會問題有關聯：第一個浪潮是辛亥革命後不久掀起的言情小說高潮，這顯然與都市青年希望新建立的共和國制度能使他們從舊式家庭組織下獲得自由婚姻的權力有關；第二個浪潮是對袁世凱復辟的反應，這就形成了社會小說到黑幕小說的大浪潮，反映了民眾對政治的普遍失望；第三個浪潮是二〇年代以反軍閥為背景的小說，這是因為反軍閥的鬥爭抓住了都市大眾的想像力❺。從這些概括中可以看到，都市通俗小說創作並沒有游離在政治鬥爭以外，但它注意到它所表達的政治意義不僅與都市大衆的關心熱點有關，而且與政治鬥爭中占主導力量一面的傾向也有關，共和、反袁、北伐，甚至包括三〇年代的抗日，都是中國政治鬥爭的主導性的一面，取得勝利的民國各屆政府也需要這樣的民間性的推波助瀾來配合宣傳（舉一個反面的例子：通俗小說裏從未出現過共產黨領導的革命故事）。所以，研究這類小說時孤立強調其題材的進步性是失當的，反之，像當時左翼作家批評這些小說散布的只是「充分的表現著封建意識的統治」❻也是不全面的，通俗小說所反映的「政治」，正是當時廟堂與民間所共同的欲望，這裏並沒有三民主義文藝政策的直接傳聲筒，更沒有知識分子獨立批判精神，它反映的是都市文化中的一種民間形態。

現代都市通俗小說與五四新文化運動建立起來的知識分子菁英傳統是格格不入的，新文學強調文學的啓蒙性和批判性，都市通俗小說更多地強調文學的消遣性和遊戲性；新文學創作傳達出來的是知識分子菁英的廣場意識，旨在通過社會批評和文明批評推動社會進步，而都市通俗小說卻有意識地迎合都市小市民的陳舊趣味；新文學的創作主要來源於西方文學的文本，都市通俗小說則更注重對明清通俗小說文本的模仿：在言情、武俠、黑幕、演義、偵探各類小說中，都能在古典小說裏找到相對應的文本原型。而如前面所說的，由於中國古代社會廟堂與民間的內在同一性，在這些傳統通俗小說的文本裏，包含了古代民間社會的豐富信息，幾乎每一種通俗小說裏都含有封建社會的主導意識形態對民間的控制與民間文化形態對這種控制的抗爭，這些信息雖然在現代社會已經失去了實際意義，但由於被模仿，也或多或少地表現出都市民間文化形態中的某些傳統意義。如張恨水的《啼笑姻緣》中關氏父女反軍閥的俠義行爲，雖然出於對古代武俠小說的模仿，也滿足了現代市民不滿於現實政治的幻想。但從以上三方面特點來看，似乎很難說都市通俗小說代表了現代都市市民的審美趣味，因爲都市市民的構成成分不同於傳統農村人員那樣單純，他們所表現出來的審美趣味是不定的，五四新文學的主要對象也是都市社會的市民，尤其到了三〇年代，郁達夫、巴金、茅盾的作品已經足以與都市通俗小說抗衡，而穆時英、劉吶鷗的作品更強烈地表達了現代都市青年的審美感受，無論是都市生活場景的高雅性和傳奇性、表現手段的新奇性和刺激性，還是現代男女的情愛內容及其方式的描寫，都要勝過傳統意味的都市通俗小說，即使在語言技巧上，越來越流利的白話小說也要比半文不白的舊小說語言更好讀些。張愛玲在回憶自己讀中學時流行「兩張」的作品，張資平和張恨水，這恰恰表現出新舊文學在都市年輕讀者中分庭抗禮的現實。所以說，在都市市民的讀者層裏，都市通俗小說並不是獨占鼇頭的，它只是迎合了現代都市社會轉型過程中保持著傳統審美口味的讀者，而這部分讀者的審美意識中含有較多的傳統因素。

但是一旦進入到文學操作過程和流通過程領域的比較，都市通俗小說的優勢顯然體現出來了。新文學作品大都發表在知識分子自己辦的同仁雜誌上，除了個別大型刊物有較多的讀者以外，主要是供朋友的小圈子自娛的，即使印成單行本出版也不會有太大的讀者面，而一些思想激進的書店和刊物還要時時冒著被政府查封的威脅。與這種受壓迫的狀況相反，控制了都市傳媒工具的那批舊文人在傳播自己的創作時根本遇不到這些麻煩，他們的作品大多數用連載的形式發表於小報雜誌和大報的副刊中，有些較有影響的作家甚至可以同時爲幾家副刊寫連載，一旦獲得成功馬上被改編成連環圖畫、電影和戲曲腳本，迅速在讀者中流傳開去。這當然不是說他們的作品比新文學更接近大衆，而是他們掌握了更多的合法輿論工具——這恰恰是與現代化的都市傳媒體制分不開的。大衆傳媒是現代都市民間文化的主要形態之一，都市通俗小說在這一優勢上也能證明它所含有的民間性質。

五四新文學運動是一批來自國外的留學生掀起的，儘管他們主觀上強調民間運動的必要性，並堅持使用民衆的白話語言來取代封建上流社會用慣的文言文，但他們的知識背景和政治抱負都使他們忽略了民間文化形態在現實社會轉型中的意義，只有極少數知識分子如周作人、劉半農、顧頡剛等，才有意識地蒐集歌謠、風俗、諺語、傳說、笑話，甚至存在於民間的猥褻性的文本。但在現代化都市的建設中，這樣一種純粹學術意義的民間采風已經不能解決新文化建構中實際遇到的問題，而這批知識分子又是在傳統廟堂意識的思維慣性中走過來的，一部分人想建立與廟堂分庭抗禮的知識分子廣場做爲自己安身立命之地，而一部分人則本能地想在傳統的「廟堂—民間」循環體系中獨善其身，這，顯然又同樣忽略了民間在現代都市文化建構中只有虛擬的價値取向，所以一開始就陷入了被動。這種狀況刺激了新舊知識分子爲爭奪都市文化控制權的鬥爭，由此構成二〇年代的《小說月報》和三〇年代的《申報·自由談》更換主編事件、左翼電影事業和話劇運動，以及有關大衆文學的幾次討論，筆者甚至認爲當時左翼作家對梅蘭芳爲代表的京劇藝術的否定，也與這種爭奪都市觀衆有關。三〇年代巴金的《激流》公然在《時報》上連載，並接受了報紙上使用的商業性宣傳，這在當時新文學創作中是很罕見的。但是做爲五四新文化運動的啓蒙傳統立場而言，他們即使在局部獲得了成功也很難堅持下去，這固然與知識分子的菁英立場不見容於統治者有關，但更重要的是面對一個流動不定的都市市民讀者羣體，西方文學的知識背景和強大的啓蒙意識使大多數作家很難一下子找到自己的定位。像巴金這樣既堅持了新文學的意識形態立場又獲得了城市青年讀者的喜愛，只是極少數的成功例子。

三、張愛玲現象與現代都市文學

有許多研究者在論述新文學與都市通俗文學之間對立情緒的消解總是歸結爲抗戰的發生：民族主義熱情使三〇年代的都市通俗文學開始放棄娛樂的主題去寫抗日愛國故事，而新文學作家也更加注意到藝術形式的通俗性。但從文學的民間性而言，這種合流並沒有提供多少新的貢獻，相反，抗日主題的流行使民間的自在性進一步喪失，而新文學作家們在形式上的讓步也不具備眞正的民間意義——民間是一種文化形態而不是技術。使傳統的民間文化形態得以復活的是四〇年代在抗日民主根據地的農民文學創作，關於這，筆者在〈民間的浮沉〉中已經予以探討。至於民間文化形態在現代都市文學中出現，即新文學傳統與現代都市通俗文學達成了藝術風格上的眞正融合，卻是在淪陷中的現代都市上海完成的。這種歷史性轉變是以一個當時才二十歲出頭的小女子的名字爲標誌：那就是張愛玲的傳奇創作。

張愛玲的成功出名是在一個特殊環境裏。柯靈先生曾說：「我扳著指頭算來算去，偌大的文壇，哪個階段都安放不下一個張愛玲；上海淪陷，才給了她機會。日本侵略者和汪精衛政權把新文學傳統一刀切斷了，只要不反對他們，有點文學藝術粉飾太平，求之不得，給他們點什麼，當然是毫不計較的。天高皇帝遠，這就給張愛玲提供了大顯身手的舞台。」[7]柯靈先生爲新文學陣營中的健將，深知左派批評的苛刻峻厲，如果張愛玲的創作落在這些批評尺度裏，難免欄猿籠鳥之禍，但具體到現代文學史的時間空間，恐也是誇大了這些批評的威力，因爲在文學批評沒有與政治權力結合爲一的時候，再嚴厲的批評也不至於格殺一個眞正有才華的作家的藝術生命。不說別的，即是在張愛玲之前，就有兩個她所心儀的寫世俗的作家：張恨水和老舍❽，一個是舊文學的大家，一個是新文學的明星，似乎都沒有受到五四啓蒙傳統的排斥，張愛玲即使早出道幾年，也未必不能成其爲張愛玲。不過是三〇年代的上海文壇龍騰虎躍，門戶複雜，一個文學新人要出名當別有一番滋味，不像淪陷時期，潛龍伏虎之外只有蝦跳貓啼，張愛玲又是被一些有政治背景的雜誌炒熱的，柯靈先生所說的「大顯身手的舞台」確非妄語。但是張愛玲畢竟是寫出了傳世的作品，而且在新文學的啓蒙傳統遭到空前抑止，一些堅持知識分子廣場立場的菁英們只能韜光養晦的時候，她卻獨獨開闢出一條通向都市民間的道路。

張愛玲是新文學史上的一個「異數」，在她接受現代化教育、學習中英文寫作的階段，正是五四新文化發展到最輝煌的三〇年代，她不可能迴避新文學給予她的巨大影響。她晚年回憶胡適的時候，說過一段很有感情的話：「我覺得不但我們這一代和上一代，就連大陸的下一代，儘管反胡適的時候許多青年已經不知道在反些什麼，我想只要有心理學家榮(Jing)所謂民族回憶這樣東西，像五四這樣的經驗是忘不了的，無論湮沒多久也還是在思想背景裏。榮與佛洛伊德齊名。不免聯想到佛洛伊德研究出來的，摩西是被以色列殺死的。事後他們自己諱言，年代久了又倒過來仍舊信奉他。」❾這「上一代」是指五四同代人，張愛玲自居第二代，第三代當是指五〇年代大陸背景下成長起來的青年人，在張愛玲看來，以五四一代開始，新文化傳統已成爲我們這個民族文化不可分割的一部分，它滲透到民族生命的血液當中，你想背叛它也不行。後面一段關於摩西的話，雖然說的是胡適的偉大，但不無反諷意義的是——也影射了張愛玲本人與五四文學之間割不斷的關係。她的西方化的教育，她對人性悲劇的深刻體驗，她對大時代中小人物的悲歡離合所持的不無同情的諷刺態度，都可以證明這種文化上的血脈。就在張愛玲最紅的一九四四年，有兩篇名重一時的評論文章，可以說文學觀以至人性觀完全對立，但他們談張愛玲的創作時居然都將張愛玲的小說比附了魯迅，這雖然是無意的，也可看做是張愛玲與五四新文學的天然聯繫⑩。

張愛玲是以〈沉香屑——第一爐香〉在周瘦鵑主編的《紫羅蘭》上一炮而紅，她選擇了這家鴛鴦蝴蝶派雜誌做為步入文壇的第一台階，自然有些人事上的因素，但也證明了她對自己的創作與文壇上的門戶沒有什麼定型的選擇標準，從其語言、技巧來看，多少有些得益於舊小說的地方。但不管張愛玲是否承認，這部小說的神韻得自於新文學：它探討了青年女性面對都市文明誘惑的病態心理。據張愛玲本人自述，她喜歡的新文學作品有曹禺的《日出》和丁玲的《莎菲女士的日記》⑪，我們在葛薇龍在物質誘惑下純潔外衣一層層褪去時不能不想到陳白露的遭遇；在她被受過西洋文明影響的男子所激起的性的煩躁時也不能不想到莎菲的悲劇，尤其是結尾部分，作家幽幽地寫灣仔市場上的衆生相，一直寫到那些描藍塗綠的妓女，最後寫葛薇龍對自己處境的嘆息，有些卒章顯志的意思，這當然是敗筆，卻是新文學作家常犯的社會性批評的主題。至於〈沉香屑——第二爐香〉裏羅杰教授隱私不幸被周圍社會所傳播，以致逼上絕路的悲劇故事，已經幾近於魯迅小說裏對社會輿論的憤怒控訴了。似乎用不著扯來讓人驚心動魄的〈金鎖記〉，即使在張愛玲小試鋒芒的處女作裏，也能在新文學史上有明確的定位。

有了這個前提，我們才能談張愛玲對現代都市通俗小說品質的提升。張愛玲從小深受中國古典小說的浸淫，晚年又以研究《紅樓夢》和《海上花列傳》自娛，其實這些個人愛好在一般新文學作家中也是很普遍的，並不說明她與舊文學有特殊關係。令人感到特別的是她直言不諱自己對都市通俗小說中社會小說（如張恨水、朱瘦菊等人的作品）的喜歡，以及對現代都市世俗文化（如滬上曲藝、舊京劇、社會小報等等）的熱愛，這在五四一代知識分子中是很少見的。以張愛玲的身世來猜想，她對受過西方文化教育而大膽背叛封建舊式家庭的母親向來不抱同情，這種潛在的逆反心理使她對舊式家庭的生活方式反而充滿了溫馨的回憶。與她母親追隨五四新文化的崇高精神理想⑫相反，她故意誇張了其家族的貴族血緣的一面，包括陳舊的生活方式和傳統的生活趣味。我在前面談到過，隨著現代社會轉型，古典的傳統的文化由社會中心向民間散失，終於降貴紆尊，與都市通俗文化合流。當張愛玲在文章裏津津樂道地談舊京劇，談舊服裝，談一夫多妻，談愛慕虛榮……時，你不會不感覺到其言詞背後存有什麼可能來自童年不愉快記憶的變態心理，同時也會爲她出人意外地坦然走出五四一代知識分子面對世俗社會的心理怪圈而感動。因爲張愛玲在文壇上的出現猶如燦爛耀眼的慧星一掃而過，花開花落不過兩年的時間，許多深層次的內心世界來不及展露出來，我們今天對她個人的研究無從談起，但她那些有意爲之的作品裏所流露的反五四的情結，卻鼓勵了她撿拾起都市民間文化形態的碎片，在現代都市通俗小說領域進行了一番革命。

張愛玲在一九四三年對都市小說創作的貢獻與趙樹理在同一年對農村小說創作的貢獻一樣，他們都是在知識分子的啓蒙傳統被抑止的時候，從根本上扭轉了五四新文學長期與民間相隔離的局面。但不一樣的情況是中國農村還殘存著民間文化的實在價值，所以趙樹理可以理直氣壯地舉起民間的旗幟與五四新文學傳統爭正統地位；而在現代都市中本來民間文化的價值就是虛擬的，所有的民間形態不過是市民們從其家族歷史中帶過來的文化陳跡，民初的現代都市通俗小說就是從傳統文本裏抓來這些陳跡，卻不能眞正代表都市市民在現代化過程中眞實的精神狀態，張愛玲對現代都市文學的貢獻是她把虛擬的都市民間場景：衰敗的舊家族、沒落的貴族女人、小奸小壞的小市民日常生活，與新文學傳統中作家對人性的深切關注和對時代變動中道德精神的準確把握，成功地結合起來，再現出都市民間文化精神。因此她的作品在精神內涵和審美情趣上都是舊派小說不可望其項背的。她不是直接描寫都市市民的生活細節，而是抓住了社會大變動給一部分市民階層帶來的精神惶恐，提升出一個時代的特徵：亂世。那些亂世男女的故事，深深打動了都市動盪環境下的市民們。

應該說，這種亂世感對張愛玲來說是眞實的。有一段描寫裏，她把對「亂世」的感悟當做一種神祕主義的啓示。

我一個人在黃昏的陽臺上，驟然看到遠處的一個高樓，邊緣上阿著一大塊胭脂紅，還當是玻璃窗上落日的反光，再一看，卻是元宵的月亮，紅紅地升起來了。我想著：「這是亂世。」晚煙裏，上海的邊疆微微起伏，雖沒有山也像是層巒疊嶂。我想到許多人的命運，連我在內的；有一種鬱鬱蒼蒼的身世之感。⓭

這段寫於一九四五年四月的心理描繪，多少反映了張愛玲對個人前途難以把握的不祥之感，從她與胡蘭成欲仙欲死的愛戀時起，對大限來臨的恐懼一直隱隱地支配著她，及時行樂、個人至上的世紀末情緒和通過古老家族的衰敗隱喻著傳統道德價值沒落，是她的小說的兩大主題，而這，絕妙的是逼眞地寫出了現代化過程中都市的傳統道德式微和都市市民面對社會文化發生巨大變動而生出的虛無和恐慌。比起那種專寫亭子間嫂嫂、白相人阿哥、拆白黨、姨太太等等城市醜惡大展覽的石庫門風情，是不可同日而語的磅礴大氣；比起那些專寫咖啡館、跳舞場，以及霓虹燈下頭暈目眩的新感覺小說，顯得充滿歷史感的深沉；比起老舍、張恨水筆下的相對靜止的舊式市民社會寫眞，又擁有強烈的時代氣息和現代都市特徵。確實，是張愛玲使散失在都市裏的民間文化碎片中心凝聚起來，再生出眞正的「現代性」的都市生命。直到今天，雖然都市建設在現代化物質文明方面有了巨大的發展，但都市市民面對流動不定、眞幻無常的都市文化所生的種種精神病象，大約也沒有超出這兩個範圍。由此而生的當代都市文學創作，幾十年來沉而復起，卻始終被籠罩在張愛玲小說的陰影之下，無論六〇年代的港台還是八〇年代的大陸。

張愛玲的第二個貢獻是突出地刻畫了現代都市經濟支配下的人生觀：對金錢欲望的瘋狂追求。在西方文學對人性的刻畫中，人性的三大變態欲望——權欲、物欲、性欲的瘋狂追求都得到過經典性的表現，可是在中國的現代文學創作中，作家們對現代經濟社會變動趨向的認識基本上還是停留在傳統思維模式上：存天理，去人欲。他們把剖析社會的注意力都放在人們對權力的爭奪方面（如階級鬥爭之類），而性的欲望也僅僅是在男人們的權力欲望得不到滿足時才被提升到合理的地位（郁達夫在這方面是很典型的例子）。在這種傳統士大夫模式的男人中心文化中，人的物欲——對金錢及其享樂主義的追求，被擠到了欲望的邊緣。雖然魯迅在〈傷逝〉裏提到過經濟對保障愛情的重要性，但這些主題並沒有得到很好發揮。事實上，對金錢在社會變動以致人生道路上的重要意義，是現代都市經濟充分發展以後的話題。知識分子只要擺脫了傳統的「天理」觀念才能深切地體會到這一點，（具體到現代文學史的範圍，也就是要擺脫了五四知識分子的菁英立場以後才能意識到這一點，而且女性作家往往比男性作家更容易接受這個現實）。在現代文學史上最初表現了這一都市文化特徵的是丁玲，可惜她在創作了《阿毛姑娘》、《慶雲里的一間小屋》等表現都市奢侈生活對人性的異化力量的幾部作品以後，迅速轉向了政治鬥爭題材，文學風格也迅速朝男性化發展，對人性中的物欲挖掘隨即中止。做爲都市人的張愛玲與衆不同，她一開始就直言不諱她愛錢，而且愛得有點「厚顏無恥」，她以愛錢的標準與象徵著五四一代理想主義的母親劃清界線⑭，並對別人稱她是「財迷」感到沾沾自喜。以這種心態創作，她從來不表現知識分子對金錢的清高態度，相反，在她的小說中一再出現的是人物對金錢的迷戀和不可自拔。葛薇龍、白流蘇、曹七巧等破落世家的女子傳奇之所以讓人感到怵目驚心，是因爲她們爲五四新文學提供了嶄新的形象：在現代都市經濟如怪獸張開的血盆大口面前，一面瑟瑟作抖坐以待斃，一面又義無反顧自甘沉淪的都市羔羊們。張愛玲筆下從沒有出現過愛情的理想主義者，葛薇龍是爲了享樂與金錢而背叛了破落世家傳統道德，而曹七巧，是爲了金錢而戰勝了自己的性的本能，那種被金錢的枷鎖沉重壓著下的人性掙扎，確實達到了恐怖的程度。唯一象徵了純眞的愛的感情的，卻是變態的戀父者許小寒，但她的戀父熱情仍然敵不過父親用金錢買來的愛情。儘管表現人性中物欲瘋狂的文學創作即使在今天也沒有得到過很好的發展，但張愛玲樹立起來的幾桿旗幟，卻成了現代都市文學不可繞過的座標。

既然是都市民間文化形態，就不能迴避對政治權力的妥協。在淪陷區的文化專制統治下面，民間不可能以純然的面目出現，它唯有以弱勢的姿態出現才能流行，所以張愛玲的筆下不可能出現五四一代知識分子與統治者的廟堂文化針鋒相對的鬥爭，甚至連《圍城》的作者那樣隱居民間從事學術活動的潔身自好也做不到。情況如柯靈先生說的，淪陷區文學只要不反對敵僞，就能被容忍，但這反對不反對並不體現在字面上的，許多有愛國心的知識分子，即使不便公開反對敵僞，憂世傷生的精神仍然能表現出知識分子的人文精神，但張愛玲對這些都迴避了，與其說她不懂政治或者厭倦政治，還不如說在張愛玲身上暴露出都市市民政治觀念的冷漠和生活態度的虛浮，即是那種「不管由誰當家，總得吃喝拉撒」的怯懦苟安心理。這本來也是中國民間藏污藏垢的特點之一，但在傳統的民間天地裏，有一種非政治性的原始正義做爲指導生活的倫理標準，使其在渾渾噩噩中自有清濁之分；而在現代都市裏，本來就虛擬化的價值取向一旦喪失了知識分子的人文精神參與，其虛無情緒就會變本加厲，這在一個特殊環境裏正好迎合了敵僞文化政策的點綴需要。當然在政治遊戲裏張愛玲很懂得規則，從消極的方面說，她的軟性文字抵制了敵僞政治的宣傳，她喋喋不休地談性論食，開拓了文學領域裏的私人生活空間，同時也迎合了專制體制下的市民有意迴避政治的心理需要，她使原來五四新文學傳統與廟堂文化的相對立的交叉線，變成了民間文化與廟堂文化的平行線。於是，在權力與民間達成的妥協中，張愛玲迅速走上了她的文學生涯的頂峰，這才是柯靈先生扳著手指算來算去算出唯上海的淪陷區才給了她一個「千載一時」機會的眞正答案。

四、知識分子參與都市民間的一種方式

在強大的五四知識分子啓蒙話語占領著三〇年代的上海時，都市通俗小說雖然與普通都市居民親近，雖然擁有現代化的大衆傳媒工具，但其所表現的生活內涵的陳舊性阻礙了它進入主流話語體系；而張愛玲的出現把這種狀況顚倒了過來，她雖然不斷消解新文學啓蒙傳統，雖然在敍事方式上部分繼承了舊文學的遺產，但其所展示的生活內涵卻是充滿了現代意義，同時她又及時利用傳媒，把自己的作品用連載小說、話劇、電影、散文隨筆、記者採訪等多種形式問世，爲了達到出名的效果，還不惜用驚世駭俗的奇裝異服來包裝自己。她的成功是全面的，是都市化的，不但現代市民文學由此進入了新文學傳統，而且都市民間文化形態也搭上了現代化的時間列車，一直延續於今。正如今天的現代都市文化建設中，偷偷陳列於地攤上的低級消遣讀物雖然時有氾濫，卻不可能進入現代都市文化的景觀，而眞正支配著市民文化趣味導向的傳媒、文學、影視、服裝、休閒方式等等，構成了現代都市文化特有的民間文化形態，而如今的種種都市民間現象的存在，追根尋源都能找到張愛玲的淡淡陰影，或者說，今天的都市文化依然在消費著這個身爲晚淸貴族後裔的奇女子。

如果是在一個專制體制過於強大的城市裏，權力意識形態可以直接干預市民的日常生活，那麼民間不興，張愛玲也隨之不存；如果是一個城市完全進入了民間的無序狀態，地攤文化和傳統小市民的惡俗趣味占領了市民的文化生活空間，那麼張愛玲也不會那樣流行。張愛玲是一個文化

現象，她是以一個現代知識分子對都市民間文化的參與方式，提升了傳統都市通俗文學的品格，在張愛玲的文化現象背後，無時不存在一個隱形的知識分子的影子。

當然，這種知識分子的參與方式完全是屬於個人化的，它表面上是與五四以來知識分子的菁英意識相對立的形態展開。我們不妨將同時代的路翎的小說與之相比較，《財主的兒女們》也是一部敍述舊式家庭崩壞的故事，在具體敍事方式上也充滿了作家的個性，但是它所採取的敍事立場則是典型的五四話語，與巴金的《家》、曹禺的《雷雨》等是一脈相承的：像蔣家這樣的家庭本身就是做爲一個巨大的歷史陰影而存在，因此反對家庭專制體制與反對社會專制體制成爲年輕人從事社會革命的一系列連環式的鬥爭環節，年輕一代知識分子勢必在無數的磨難中成就爲時代的英雄，蔣純祖的道路只是高覺慧的道路的自然延續——這是五四新文化啓蒙傳統所特定的話語樣式。而張愛玲的獨特之處恰恰就在反五四話語，她的故事告訴你：舊家庭崩壞以後並沒有奇蹟產生，這個世界仍然一天天地壞下去，年輕一代無論是否具有叛逆性都無路可走，你要學習娜拉獨立走上社會嗎？那葛薇龍的命運就等著你；你想擺脫頽敗家庭的血緣成爲強悍之人嗎？你看看聶傳慶的努力就明白了；你希望能夠成爲一個掌握自己命運的個人主義者嗎？白流蘇和范柳原的故事足夠給你啓示；更離奇的是你如果想學學五四青年的自由戀愛也是可以的，但結果呢？還有個「羅文濤三美團圓」的大圈套等著你⑮。因此，舊的東西在崩壞，新的東西在滋長，一切都是那麼自然，沒有什麼偉大的歷史時代在召喚，微不足道的人們只是「感覺到日常的一切都有點兒不對，不對到恐怖的程度」，於是在百無聊賴中感受了「蒼涼」⑯。說句老實話，放逐悲壯的理想主義和英雄主義，還原出人在歷史變動面前的凡俗和無奈，這是符合淪陷區都市居民的一般社會心理的，客觀上也迎合了專制體制下的文化心理，如果這裏沒有「蒼涼」的審美效果，這一切只是傳統都市通俗文學的精神延續。而張愛玲的「蒼涼」則是她所特有的美學意境，做為晚清重臣的後裔，張愛玲確能感受到歷史似白雲蒼狗變幻無情，看來是異常安寧的日常生活會在刹那間變得面目猙獰，她把這一切稱爲「傳奇」，面對這樣的傳奇感到了徹骨的恐怖。

張愛玲的小說集《傳奇》的兩幅封面畫可以做個對照。第一幅圖是：

……像古綢緞上盤了深色雲頭，又像黑壓壓湧起了一個潮頭，輕輕落下許多嘈切嘁嚓的浪花。細看卻是小的玉連環，有的三三兩兩勾搭住了，解不開，有的單獨像月亮，自歸自圓了；有的兩個在一起，只淡淡地挨著一點，卻已經事過境遷。

她自稱「被那強有力的美麗所震撼」，用它來象徵小說人物在現實時代裏的無奈和荒誕的相互處境⑰。

但在出《傳奇》增訂本的時候，已是一九四六年，抗戰勝利，張愛玲卻經歷了一場「內外交困的精神綜合症」：感情上的悲劇，創作的繁榮陡地萎縮，大片的空白忽然出現，就像放電影斷了片⑱。她爲小說集換了一張封面：

……晚清的一張時裝仕女圖，畫著個女人幽幽地在那裏弄骨牌，旁邊坐著奶媽，抱著孩子，彷彿是晚飯後家常的一幕。可是欄杆外，很突兀地，有個比例不對的人形，像鬼魂出現似的，那是現代人，非常好奇地孜孜往裏窺視。

她在這幅畫裏看到了令人不安的氣氛，並提醒讀者來一起感受⑲，但在這「不安」中強烈地突出了歷史的恐怖感：現代的進程已經突破欄杆進入了這個古舊的傳統家庭，而房裏主人卻毫不知情，還在孜孜地探究自己的命運（骨牌）。雖然現代化的歷史進程並無惡意，只是好奇，但它自然而然地往裏一窺視，對那被窺視的，卻是莫大的恐怖和悲哀。如果說，前一幅畫還只是描述出現代都市人在歷史巨浪擺布下的被動和無奈，那麼，這後一幅畫更加驚心動魄，它展示了現代人企圖掌握自己命運和命運之不可知間的悖論，由此而生的「蒼涼」，雖是張愛玲獨特的個人感受，卻又緊緊抓住了大都市的現代化進程中個人對歷史變動、日常生活、個人命運三者關係的總體感受，或可以說，做為一個知識分子，張愛玲是從審美精神上參與了都市民間文化形態的建設。

在張愛玲的一些比較優秀的小說裏，這種「蒼涼」已經成爲她的總體美學風格，她的小說敍事喜歡採用歐洲小說的框架結構，起先還是做爲故事的楔子，漸漸的，這種敍事風格與敍事美學混同起來，到了〈傾城之戀〉的二胡聲與〈金鎖記〉的月亮光，已完全擺脫了單純敍事效應，而爲小說注入了強化「蒼涼」的歷史意味。張愛玲是明白地感受到都市的現代化進程對個人意味著什麼，她說過在個人被時代迅速拋棄的時候，個人「爲了證實自己的存在，抓住一點眞實的、最基本的東西，不能不求助於古老的記憶」⑳。這種完全個人化的審美追求是很不好學的，所以在今天的「張愛玲熱」中，張迷們能否眞的理解這種蒼涼在現代生活中的意義，筆者是抱懷疑的。但張愛玲爲此定下的審美情感的高度必不可少，這是張愛玲與一般都市通俗文學的根本分界，也正因爲如此，她的作品中那許多世俗的描寫才會得到一些受過西方化教育的知識分子的理解和讚賞。事實上，「張愛玲熱」並不是城市小市民偶像崇拜的產物，而是知識分子的一種情懷寄託，當時在淪陷區，不管是有敵僞政治背景的一方，還是商業文化市場的一方，或是蟄伏民間的新文學作家，幾乎都爲張愛玲叫好。到了六〇年代台灣都市經濟起飛之際和八〇年代大陸都市現代化進程中，「張愛玲熱」都是先在知識分子中間流行開來，然後才進入商業文化市場，成爲都市中文化層次較高的一批人的寵愛。

做爲都市民間文化的一種特點，毋庸置疑，張愛玲的文章裏有許多庸俗的東西，因爲對歷史進程的無從把握而生的虛無感和及時行樂的迫切感，使她在公開消解五四傳統時掩飾了一些內心深處的卑瑣：比如故意對知識分子人格力量的淡化，其實在抗日這樣的民族大是大非面前，有些責任已經不是知識分子需要承擔，就是普通市民也應該承擔的，可是張愛玲卻故意裝做什麼都不懂。「呵，出名要趁早呀！來得太晚的話，快樂也不那麼痛快。……快，快，遲了來不及了！」[21]這樣的話，放在敵僞統治下的專制環境裏，也只有用小女子半是癡癲半是撒嬌的口吻說出來還能生出幾分可愛，可是在這幾句話的背後，卻隱藏了深思熟慮的歷史預感：「個人即使等得及，時代是倉卒的，已經在破壞中，還有更大的破壞要來。」這種人生享樂的無常意識，已經將現代都市的聲色犬馬文化享樂主義提升到生命哲學的境界；又比如她在消解五四新文化的理想主義時故意誇大了人的凡俗性，這本來也沒有什麼不可以，但是個人主義並不是一個凡俗性的概念，個人主義者是自覺賦予個人崇高的人性內涵，給以與世俗相抗衡的權力，張愛玲深知在一個專制時代裏個人主義沒有出路，她在〈傾城之戀〉中說，在這兵荒馬亂的時代，個人主義者是無處藏身的，但總有地方容得下一對平凡的夫妻。這話自然是有道理的，用「平凡夫妻」的私人空間來取代個人主義的精神高揚，也是都市民間文化形態中的一個特徵：現代市民的隱私權意識正是對專制權力侵犯的一種抗衡。可是張愛玲在宣傳人的凡俗性時恰恰迴避了這一點，她只是從消極的立場上渲染了小市民社會中自私庸俗的人生態度。別的不說，〈燼餘錄〉中寫她抱著貴族小姐的惡劣情緒對待港戰中傷員的態度，竟沒有半點自責與懺悔。這或許在現代青年看來是一種活得輕鬆的瀟灑和坦率，但在當時嚴酷的民族戰爭時期，多少顯得有些沒心沒肺。筆者舉此種種舊事，並不是爲了責備張愛玲，只是想放在都市民間文化形態的背景上看張愛玲現象，指出這種種豐富複雜的文化內涵，既是張愛玲個人的獨特之處，又是都市民間文化形態的複雜性所共有的。

張愛玲喜歡說把凱撒的歸凱撒，上帝的歸上帝，她本身所構成的內涵豐富的文化世界也同樣是凱撒與上帝的混合物，回到本文開始時所論述的民間在都市文化構成中的虛擬價值和都市民間的多層次性，張愛玲現象的複雜性便能夠得到完整的解釋。她不是某一個階級或階層的代言人，而是綜合了都市現代化進程中舊的不斷崩壞、新的不斷滋生、舊與新又不斷轉化的文化總體特徵，用她特有的美學風格給以表達，因此張愛玲是屬於都市的，屬於現代的，屬於民間的。她對都市民間文化形態的參與，是一種個人化的方式，因而有一種軟著落的親近感，她以自身的藏汚納垢形態來迎合民間的藏汚納垢性，或許正是如此，張愛玲的名字在今天和未來的都市民間文化領域裏還會有相當大的號召力。

本來，知識分子對都市文化建設的參與並不只有張愛玲式的一種態度。比如「五四」時期提倡新文化運動的知識分子，他們是以羣體的菁英意識來參與都市文化建設的，兩相對照：張愛玲是以現代市民的一分子的態度來對待都市的現代化，她既是都市文化的消費者，又是它的品質提升者；而「五四」一代的知識菁英們正相反，他們的參與是以都市放逐者的戰鬥姿態對都市文化進行批判㉒，這些批判在都市現代化進程中起到了文化上的中流砥柱的作用，同樣是一種參與，而且是更具有知識分子立場的參與方式。再者，張愛玲式的參與方式雖然是成功的，卻也不是最好的，因爲她畢竟爲了獲得世俗的成功付出過很多代價，尤其是隨著都市商品經濟的進一步發展，所謂後現代的種種平庸文化會變本加厲地鼓勵大衆去發展、追求張愛玲現象中的庸俗成分：那種裝癡弄傻的政治冷漠、那種故做瀟灑的炫耀庸俗、那種不惜降低藝術水準向大衆文化的遷就……等等，到了凱撒終於驅逐上帝的時候，張愛玲的名字也會變成一條冰箱裏的魚，只有肉而沒有鮮味。

五、現代都市文學創作中的民間形態之一：現代讀物

張愛玲以後，都市文學創作基本上處於冷寂狀態。由於都市民間價值的虛擬性，它不像農村民間文化具有相對穩定的價值取向和較爲長遠的歷史傳統，也不可能像農村題材創作中的民間隱形結構那樣，以生動潑辣的生命力和自由自在的美學風格與主流意識形態相抗衡，所以，五〇年代以來的大陸文學創作中，都市文學是最薄弱的環節。有兩部長篇小說似乎還值得一提：《上海的早晨》第一、二部和《火種》第一部。嚴格地說它們都不是純粹的都市小說，只是用現代都市做背景寫一段革命歷史或政策。它們所涉及的都市風情，也只是陳舊生活場景的再現。《上海的早

晨》寫了一個多妻的資本家家庭，《火種》是寫上海棚戶區的工人家庭，如果抓住了都市的流動變遷，寫出新的生活方式如何衝擊了舊的生活方式，也會接近都市文學的精神特徵，可惜當時的文學政策是鼓勵作家在創作中解釋革命歷史和黨史，過多的政治教條把小說中原來有生命氣息的素材割裂得奄奄一息。如《上海的早晨》中把資本家特地畫出左中右三類，分別以不同政策對待之，如果做爲「三反五反運動」的政治讀物也未嘗不是一種寫法，但這樣一來，藝術上做爲一部都市小說的特點完全消失了，只留下一些過時的生活場景痕跡。到了上海的柯慶施強行推廣「大寫十三年」的創作時代，一些揠苗助長的工人作家寫出的「都市小說」，都成了階級鬥爭的通俗宣講教材。

都市小說之不興，主要是都市民間價值的虛擬性所致；但做爲都市文化的民間性依然是存在的，它主要體現在私人生活空間的存在。由於都市人口的複雜多變，每一種層次的家庭都有自身家族背景，這些家族背景又是與某些城市區域和城市職業聯繫在一起，形成他們自己的私人社會空間。特別像上海這樣的大都市，幾乎包容了各種省分地區、各種社會層次的人羣生活方式，沒有一種人羣可以單獨做爲上海人的全權代表。這樣一些私人性質的社會空間，在生活方式及其價值上，既有傳統民間價值取向的痕跡，又有現代都市人的生活特徵。舉一個文學上的例子，王安憶的《文革軼事》是寫「文革」時期發生在上海弄堂房子裏的一個資本家家庭的故事，在這個家庭裏，男人們都因爲革命而萎縮了（象徵了專制時代政治對民間的專政），但一羣女人（不同年紀，不同身分）和一個來自別的階層的男人卻整天聚在一起昏昏然地講過去的電影故事和舊式都市生活經歷，以致發生了男女間隱隱約約的曖昧之情。故事像一枚放大鏡放大了文革時代都市中另一個被遮蔽的生活空間：這裏不講革命、不時興破四舊、不唱「樣板戲」、也不交流學毛選的體會，這裏的男女完全生活在另外一個與時代隔絕的話語空間裏，他們不是反對、批判或者嘲諷那個時代的主流話語，而是採取了迴避的態度，儘管他們在現實生活中不可能迴避抄家、批鬥、上山下鄉等中國式的災難，但他們可以在某一個生活空間裏完全拒絕這類主流意識形態，用他們所熟悉、喜歡的民間方式取代之。我把小說所描寫的這類純屬市民私人性質的話題視爲都市民間的一種特徵，是因爲這些話題與知識分子在那個時代的私人話題完全不一樣，知識分子在「文革」曾經歷著一個由迷茫而自我詰難，由懷疑而深入思考，進而討論、爭辯和驚醒的過程，完全是知識分子菁英式的廣場立場，這才產生了遇羅克、張志新等一系列思想解放運動先驅。都市民間的一個基本特徵是與主流意識形態協調成平行的關係，即使在「文革」時代，民間處於無層次平面狀態，它仍然能夠在私人性的空間裏慢慢生長起來。當然王安憶是在九〇年代寫出《文革軼事》，「文革」時代是不可能這樣表現私人空間的文學作品，但這樣潛隱在民間的私人空間是確實存在的。隨著九〇年代市場經濟的發展，城市人口又開始出現了新的流動，帶有雇傭性質的勞動力市場使個人的勞動力使用和勞動力維養成爲兩個截然分開的領域，市民私人空間合法化並得到越來越多的關注，這才有可能使都市的民間文化形態和都市文學的民間性眞正成熟起來。

都市民間的再現是以「張愛玲熱」爲標誌，這並不奇怪。如前所說，張愛玲在溝通「五四」新文學的知識分子立場和傳統都市通俗小說方面和文學中表現都市人的亂世情結、物欲追求和私人空間方面，都達到了很高的境界，後來人很難具有像她那樣身歷其境的生命眞實。八〇年代初，由於夏志清的《中國現代小說史》的介紹，張愛玲重新引起了中國讀者的注意，但僅僅在一些學者中間流行，他們在夏志清的影響下開始對她的作品做分類學上的研究。與此相應的是，上海一批女作家開始注意到「文革」以後資產階級家族「中興」的故事，她們描寫這些家族在「文革」中的遭遇和沉浮，描寫資產階級家庭和工人市民家庭之間的隔閡和溝通，甚至描寫資產階級家族的形成史和發展史。因爲要描寫舊式家庭的生活故事，就不得不從知識上返回舊上海的都市場景和生活方式，作家的注意力就開始轉移到一些從意識形態的縫隙中生長出來的民間信息。這些故事也寫到「文革」，卻沒有一部是以控訴爲基調的「傷痕文學」，作家們對描寫對象所抱的同情表現得很有分寸，並用嘲諷的態度寫出了這些人的怯懦、無能和自私。這種表現方法在無形中逐漸消解了「二元對立」的傳統創作模式，將原來的「控訴」型「批判」型話語轉向了主流意識形態和知識分子立場以外的民間日常生活描寫。不能排除這些創作模仿張愛玲的潛在因素，但從當時的條件限制，女作家們對張愛玲的理解僅止於對舊上海貴族生活場景的表現而沒有抓住張愛玲爲都市小說提供的眞正靈魂，本來，抓住時代大動盪特徵及其給一些家庭和個人命運帶來的變化，同樣能夠表現出張愛玲式的「亂世」精神，現在卻與此輕輕地擦肩而過，即使對歷史與家族命運的描寫，也多半停留在概念的圖解上，因而這些作品中的民間意識仍然相當薄弱，並能夠獲得主流意識形態的容忍和好評。

九〇年代初，張愛玲的作品開始進入商業性的文化市場，成爲都市裏的流行讀物。與張愛玲一起走紅的還有一些同樣被排除在現代文學史著作裏的作家：沈從文、周作人、林語堂、徐志摩和錢鍾書，這裏除了《圍城》是緣於電視劇推廣以外，大都是靠其文字自身的魅力。尤其是那種公然宣稱遁世和閒適的小品文與張愛玲更加市民氣的散文隨筆，爲正在被現實苦境糾纏著的都市青年提供了一個逃避的話語空間：前者是爲知識分子逃離廣場尋找心理平衡的藉口，後者是都市市民的欲望被擴張開去，無論是逃離還是擴張，都代表了知識分子向民間立場的轉移。這些文學作品與許許多多非文學性的流行讀物一起陳列於都市的街頭書攤，成爲都市民間文化的景觀之一：現代讀物。這個概念是筆者於一九八八年在香港考察都市文化現象時提出的，當時大陸尚不流行，幾年後，筆者在一篇談香港文學的通信裏提到它的定義：

這是一種相當廣泛的概念，它可以包括各種各樣的品種，有知識性讀物，有消閒性讀物，自然，也有文學性讀物。他們大都是做爲商品而投入讀者消費市場，但與教科書、政治文件、專業文獻等書籍不一樣，與純文藝作品也不一樣。純文藝和通俗文藝之間的界線有時並不那麼清楚，特別是進入了商品社會以來。但是藝術觀念的區別，寫作方式的區別，以及審美口味上的區別，仍然是存在的。我這裏界定的「讀物」之所以不包括純文藝，是因爲「讀物」在現代社會中不是一種與現存社會制度相對立，進而盡到現代知識分子批判責任與使命的精神產品，也不是一種民族生命力的文化積澱，並透過新奇的審美方式表現出來的象徵體，更不是憑一己之興趣、孤獨地嘗試著表達各種話語的美文學，後者林林總總，都以作家的主體性爲精神前導，與現代社會處於潛在的對立之中。或可以說，純文藝是知識分子占有的一片神祕領地。然而讀物，它的存在是以現代社會的需要爲前提，它將幫助人們更適宜地生存。這種幫助也是多方面的，它可以是實用性的生活指南，也可以是消閒性的精神消遣。純文藝（包括純學術）的讀者市場大幅度減少，成爲一種精神上的奢侈品；而讀物堂而皇之地接管了所有的各個社會階層的讀者，與影視文化流行音樂鼎足而立，左右了現代文化消費市場。

當時筆者還沒有研究都市民間的理論，但對於「現代讀物」的認識中已經包含了這層意思，「讀物」包括現代社會中所有的流行文字、圖書和報刊，從體裁來區分，由淺到深可以分以下幾類：一、連環圖畫和漫畫，它包括圖文並茂的生活指南、兒童連環畫、各類畫報、圖册、一直到類似蔡志忠漫畫；二、周刊、小報和各類報紙娛樂、體育性副刊；三、各類通俗性消遣性文字書籍，包括黑幕新聞、名人軼事、星相八卦、生活指導等等；四、文學性作品，包括故事、隨筆、小品，以及通俗小說。這裏並沒有將「讀物」與通俗文學等同起來，但「讀物」包括了用文學手段來包裝的通俗故事。有些很不錯的文學作品，如《廢都》、《曾國藩》等，一旦用通俗讀物的方式來包裝，也就加入了現代讀物的行列。

如果換一種角度來分析，那我們可以看到，這些所謂高雅的文學性作品，不過是爲了滿足文化層次較高的市民消閒心理。以人性的三大欲望而言：一、權力欲望，這是男性社會的主要衝動本能之一，在中國，做爲封建社會遺留下來的文化積澱尤爲深刻，有作爲的男人們的日常消遣主要就是演習爭權奪利和爾虞我詐的生存本領。在現代都市裏，市民們不可能直接參與政治權力的角逐，所有的聰明才智都使用在單位裏的人事糾紛、商場裏的不正當競爭、以及里弄街坊間的鄰里之爭，一大批讀物正是爲適應市民的需要而出現，它也是多層次的：從各種「厚黑學」、政治笑話、處世公關，到政治黑幕祕聞、政壇人物回憶錄、政治人物傳記，一直到武俠小說、宮闈鬥爭、歷史演義和《曾國藩》一類的歷史小說，形成一個由淺入深的完整系列。二、物質欲望，這是現代都市裏剛剛興起的話題，自從股票、房地產等投機性事業開展以來，一陣一陣的發財潮刺激了都市市民的瘋狂欲望，從讀物的範圍來看，高層次的作品不多，但低層次的讀物則從生活類指南、炒股指導、發財祕訣到梁鳳儀的財經小說、商界巨頭的傳記，並且伴隨商業明星的成功而來的現代消費指南等等，應有盡有。三、性愛欲望，都市人的性愛生活早已遠離樸素、眞純的人類愛情方式，各種權力和物質的欲望支配了人們的性愛生活，人的正常性愛要求被壓抑在層層都市文明底下，只能被扭曲和變態地表現出來，一些現代都市文明象徵性標記，如咖啡館、舞廳、卡拉OK、夜總會，甚至連一些餐廳髮廊浴室都可以成爲色情欲望的代名詞。做爲現代讀物，它不能不表現市民的這一欲望：從粗俗的層次說，各種色情畫報、文字到性學大全之類，稍高些的層次，是夫妻知識、家庭保健，以及各種女性雜誌和女明星的桃色新聞，再高些的層次是用文化包裝起來的《素女經》之類的傳統房事讀物，再上去是瓊瑤、亦舒等通俗言情小說和外國色情小說，最高層次還有勞倫斯、昆德拉、《金瓶梅》之類文學作品，亦自成一個完整系列。除此以外，還有都市人各種心理折射出來的心理欲望：如命運欲望、女權欲望、兒童教育欲望、休閒欲望等等，自成體系地構成完整讀物系列，來滿足各層次的都市人的閱讀需要。從這個層面來理解，大多數文學性讀物僅僅是都市人各類欲望的派生物，並沒有獨特的審美意義存在，這與純文學作品有本質的區別（只有極個別的例外，像勞倫斯、昆德拉的小說，在讀物和純文學兩個領域裏同時承擔價值意義）。

在龐大複雜的現代都市民間文化領域中，現代讀物只是其中一個部落，而文學性讀物又是這個部落中代表了較高層次的部分。知識分子雖然參與其間，但爲了遵循商業市場的成功，就不得不遵循「讀物」的規律。其創作立場、審美功能及讀者接受方式，都有所變化，娛樂性商業性取代了原創性，作家特立獨行的人格立場被包容在民間藏汚納垢的恢然世界中。以賈平凹的《廢都》爲例。這部作品無疑屬於現代讀物中的翹楚之作。在創作立場上，它也包含了知識分子社會批判和自我批判的嚴肅內容，而且其批判的深度是賈平凹以前的創作所不及的，但是在表述這些內容時，作家則採用了非知識分子化的民間立場：其一、他以采風形式在小說裏插入了大量的政治民謠、順口溜和社會性傳聞，用民間的口傳文本來表達知識分子立場；其二、他對知識分子在現實環境下感到無路可走的苦悶和自暴自棄心態雖然揭露得相當尖銳，但也不是持「抉心自食」式的知識分子反省態度，而是採取了浮浪的性遊戲的宣洩，知識分子連一個崇高的懺悔形象也不是，只是在放浪形骸中實現自我消解。在審美動能上，它的大量潛文本都來自中國傳統民間讀物，許多陳舊的審美手段甚至語言方式對小說產生了過多的影響，這些傳統民間讀物在都市現代化進程中已經失去了實際價值，只是一種虛擬的價值取向，它們過多地從小說文本裏浮現出來，反而造成作品與現實的隔閡。其實，對知識分子由政治絕望轉向性的變態追求的文學表現，並非自賈平凹始，遠的不說，米蘭・昆德拉的小說就表現過這類似的主題，昆德拉小說的中譯本和賈平凹的《廢都》在許多地方有異曲同工之處，所不同者，昆德拉寫的是東歐的事，但一些對社會政治的知識分子思考能讓人生出強烈共鳴；而《廢都》寫的雖是近事，其情趣則讓人感到遙遠得很，那就是潛文本裏透出來的令人生厭的混濁之氣所致。在讀者接受方式上，《廢都》也改變了賈平凹原來的讀者接受心理，賈平凹是個農民出身的作家，從小接受了農村民間文化的薰陶，這在他用文學方式來表現農村世界時，有些民間的隱型結構仍然能派上用場，如「換妻」模式，就成了他表現農村主流意識形態時的民間包裝；又如他對商洛地區民風民俗的描寫，形成了他的散文作品特有的優美風格，並且掩蓋了早就存在於他的作品中的粗鄙化傾向，他的讀者主要是都市青年，就好像都市人到野外郊遊，覺得處處是佳景，誰也不會注意到風景背後的粗鄙簡陋；可是一旦賈平凹寫起現代都市的時候，這些傳統民間包裝的優勢再也無法展示出來，再加上使用了讀物文化的促銷方式（如大肆宣傳其性描寫等），在都市青年看來不但沒有現代都市的精神，反而處處暴露了農民的粗鄙特徵，所以原來對賈平凹的作品抱有「美文」期待的讀者心理因此破滅，尤其是從新文學傳統的知識分子立場來看，這種失望更加明顯。

《廢都》自然是一個比較典型的例子，從《廢都》的變化可以看到都市文學如何由高雅的菁英文化向粗俗的讀物文化轉化：一、都市文學轉向讀物文化的過程也是高雅的菁英文化發生自我蛻變的過程，有一批作家從都市文學中分化出來，游離了主流意識形態和知識分子菁英立場的「二元對立」結構，在都市民間尋找新的立足點，這使都市文學的結構趨向複雜多樣；二、現代讀物文化也是多層次的，從最低俗的聲色犬馬文化，到較高層次的文學藝術性讀物，其承擔的功能並不一樣，在較高層次上的讀物，依然需要有知識分子去參與，以滿足文化層次較高的一部分讀物對象；三、即使像賈平凹這樣較為優秀的作家，當他向讀物寫作轉化的時候，他仍然需要放棄一些原有的知識分子傳統，改為民間的方式表達自己，但由於民間在現代都市的價值虛擬性，它已經不可能如農村民間文化那樣富有生命力，因此無論是對舊通俗文學文本的模仿還是舊生活方式痕跡的再現，都不可能眞正傳達出現代都市的精神。賈平凹為此付出了代價，是值得重視的。

現代讀物無論是為了滿足現代市民的哪一類欲望，其實都是以讀者在現實生活中得不到這方面的滿足爲基礎的，讀物僅僅是起到一種精神替代的作用，這種精神替代對讀者來說屬於個人隱私，並以擴大這類純屬私人性質的閱讀空間來滿足都市人做白日夢的需要。現代讀物文化與影視傳媒文化、流行音樂文化一起建構起現代都市文化的民間世界，它們的出現，使都市在現代化進程中分化出多層次的文化，以取代文化專制主義時代主流意識形態直接控制都市市民的文化狀態。從這個意義來說，現代讀物文化是有它一定的革命性。但從長遠的角度看，讀物文化對知識分子的精神啓蒙也是一種有力消解，它是以擴大現代市民個人隱私的卑瑣情懷來抵消崇高理想，使人們在自我白日夢中得以陶醉，放棄對現實世界的改造和批判責任，來適應日益技術化的現代經濟社會。在西方發達的民主社會裏，現代讀物往往起著使人們無形之中自動放棄民主權力的功能，它仍然起到了專制社會想起的作用。

所以，知識分子對讀物的參與是一個値得探討的問題。在香港，知識分子常常爲了生存而參與讀物寫作，但他們從不將這類文字當做文學作品或個人著作來看，筆者曾訪問香港文壇宿耆劉以鬯先生，他說起自己爲了生存而不得不從事讀物寫作時總是一把辛酸淚，絕不承認這些讀物爲他的作品。在這些香港的嚴肅知識分子看來，文學是文學，讀物是讀物，兩者不可混淆；而在大陸，隨著商品經濟和都市文化的發展，讀物的迅猛發展吸引了大量名作家加入讀物的寫作行列，這本來也是自然的現象，無可厚非，但問題是大陸有不少作家以爲凡是自己寫下來的一定會是文學作品，認爲自己有幾副筆墨，能俗能雅，還容不得別人批評。這就有些可悲。現代讀物在都市文化中自有其應有的地位，但不是文學上美學上的地位，更不是知識分子的價値所在。知識分子通過參與現代讀物的寫作，或許在一定程度上提高了讀物的品味，這也不過是滿足了一部分較高層次的文學性讀者的要求，而且其也必然會付出一些的代價，這是不能迴避的。

但是有一種例外值得注意：即前面所舉的一些文學作品在讀物和純文學兩個領域裏同時承擔價值。如勞倫斯、昆德拉、納博可夫的小說，在純文學領域自然有其重要價值，尤其在展示人性的深度上具有經典的意義，但它們在現代都市流行文化中獲得了另一種解釋，有關性愛的描寫，有關人生的哲理，都被引申出通俗的意義；還有些原來屬於純文藝的作品，但為了促銷也當做現代讀物來包裝，如前面所舉的周作人、林語堂、張愛玲等人的作品，均屬此類。這些具有多重性含義的作品，本來就該做多重的分析，既可以從思想藝術的角度分析其人性開掘的深度；也可以從世俗的角度來看其展示人性卑瑣的一面，甚至可以從庸俗的角度對其做出歪曲性的理解。但無論怎樣，其做為現代讀物的功能，與其在文學上的價值是不能相提並論。以張愛玲為例，她的作品在讀物市場上所受的歡迎，並不是她的一些比較優秀的小說，也不是學術研究，主要是她的那些展示私人空間的隨筆，這些談吃論穿的小品正好迎合了現代都市市民要求擴展私人空間的精神需要，流風所及，一些所謂「小女人散文」的盛興，正是張愛玲式文字的血緣遺傳，這當然也有它存在的意義，但如果把這些文字看做是張愛玲的全部美學價值的證明，那也確實汙辱了這位現代都市文化的開創者。

當代都市文學創作中的民間形態是個比較複雜的現象，現代讀物不過是其中一種形態，由於它與都市通俗文化的聯繫密切，所以與知識分子的原有傳統處於較為對立的地位，知識分子對讀物寫作的參與多少是一種自我背棄行為；但這並非是知識分子參與民間的唯一途徑，有些堅持純文學立場的作家們在反省了知識分子的傳統以後，也有可能站在自己的立場上吸取某些都市民間形態的內容，擴大了都市文學的表現空間，使現代都市文學從張愛玲以後進入一個新的境界㉓。

註釋

❶參見本書〈民間的浮沉——從抗戰到文革文學史的一個解釋〉一文。

❷引自陳寅恪〈馮友蘭中國哲學史下冊審查報告〉，《金明館叢稿二篇》（上海古籍出版社，一九八〇），頁二五二。

❸參見本書〈論知識分子轉型期的三種價值取向〉一文。

❹《辭海・文學分冊》載「民間文學」條，有以下內容：「指羣衆集體口頭創作、口頭流傳，並不斷地集體修改、加工的文學。……用文學記錄下來的歷代民間文學，大都經過文人的整理、加工、修改，不再符合原貌。」（上海辭書出版社，一九八八），頁一九。關於民間文學來源於集體創作的定義，最初出於德國的格林兄弟。

❺參見佩瑞・林克〈論一、二十年代傳統樣式的都市通俗小説〉，陳思和譯《中國現代文學的主潮》（復旦大學出版社，一九八六），頁一二六—一二七。

❻瞿秋白的原話是説：「這些反動的大衆文藝，不論是書面的口頭的，都有幾百年的根柢，不知不覺的深入到羣衆裏去，和羣衆的日常生活聯繫著。勞動人民對於生活的認識，對於社會現象的觀察，總之，他們的宇宙觀和人生觀，差不多極大部分是從這種反動的大衆文藝裏得來的。這些反動的大衆文藝自然充分的表現著封建意識的統治。」見《瞿秋白文集》（人民文學出版社，一九五三），頁八八四。「舊小説所包含的宇宙觀人生觀，不能夠説是大衆固有的，而只能夠説是統治階級布置的天羅地網，把羣衆束縛住的」頁八九七—九八。

❼引自柯靈〈遙寄張愛玲〉，《柯靈六十年代文選一九三〇—一九九二》（上海文藝出版社，一九九三），頁三八二。

❽參見張愛玲〈私語〉、〈存稿〉，《張愛玲散文全編》（浙江文藝出版社，一九九二），頁一二七、一七九。

❾引自〈憶胡適之〉，《張愛玲散文全編》，頁三〇九。

❿參見迅雨（傅雷）〈論張愛玲的小說〉，《萬象》，第五期（一九四四）；胡蘭成〈評張愛玲〉，《雜誌》，復刊第二二、二三號（一九四四）。

⓫參見〈女作家聚談會〉，《雜誌》，第十四卷第六期；〈讀書報告三則〉，《張愛玲散文全編》，頁四九六。

⓬張愛玲的母親是個具有女權主義傾向的新派女性，曾留學歐洲，學習美術，畫過油畫，與胡適、徐悲鴻、常書鴻都有交往，抗戰時在印度當過尼赫魯姊姊的秘書，晚年在英國當女工，一生追求自由和藝術。但她的「高大完美」形象在張愛玲心中一直是個無形的壓力。參見《對照記——看老照相簿》（台北：皇冠，一九九四年七月）。

⓭引自〈我看蘇青〉，《張愛玲散文全編》，頁二七三。

⓮張愛玲在〈童言無忌〉裏說：「從小似乎我就很喜歡錢。我母親非常詫異地發現這一層，一來就搖頭道：『他們這一代的人……』我母親是個清高的人，有錢的時候固然絕口不提錢，即至後來爲錢逼迫得很厲害的時候也還把錢看得很輕。這種一塵不染的態度很引起我的反感，激我走到對面去。因此，一學會了『拜金主義』這名詞，我就堅持我是拜金主義者。」引自《張愛玲散文全編》，頁九六。胡蘭成也說張愛玲在人情銀錢方面「凡事就像刀截的分明，總不拖泥帶水。她與她姑姑分房同居，兩人錙銖必較。她卻也自己知道，還好意思對我說：我姑姑說我財迷。說著笑起來，很開心」。引自《今生今世》（台北：遠行，一九九〇），頁一八〇。

⓯參見〈沉香屑——第一爐香〉、〈茉莉香片〉、〈傾城之戀〉、〈五四遺事〉。

⓰引自〈自己的文章〉，《張愛玲散文全編》，頁一一四。

⓱參見〈《傳奇》再版的話〉，《張愛玲散文全編》，頁一八八—八九。

⓲參見柯靈〈遙寄張愛玲〉，同❼。

⑲參見〈有幾句話同讀者說〉，《張愛玲散文全編》，頁三〇二。

⑳引自〈自己的文章〉，同⑯。

㉑引自〈《傳奇》再版的話〉，同⑰。

㉒有意思的是，「五四」一代知識分子菁英中間，幾乎沒有人不對上海十里洋場的畸形文化深懷厭惡。周作人把「上海氣」說成是「買辦流氓和妓女的文化，壓根兒沒有一點理性和風致」，引自〈上海氣〉，《談龍集》（上海書店，一九八七年印影本），頁一五七。魯迅在論述上海文藝發展時乾脆以「才子加流氓」立論，參見〈上海文藝之一瞥〉，《魯迅全集》，第四卷（人民文學出版社，一九八二），頁二九一—三〇三，最有意思的是原來也屬於舊派文人的劉半農，一到北京以後馬上瞧不起上海，爲了表示對郭沫若的輕蔑，便稱他是「上海灘上的詩人」，而郭沫若也引以爲恥，他從日本乘船一進黃浦江，首先感到的是「在行屍走肉中感受到一點新鮮的感覺」，參見郭沫若《學生時代》（人民文學出版社，一九七九），頁六八、七八。……三〇年代茅盾更是批評上海的都市文學以「消費和享樂爲主要色調」，呼籲左翼作家應該去改造它。引自〈都市文學〉，《茅盾文集》，第九卷（人民文學出版社，一九六一），頁六七。

㉓本文原計畫還有一節，討論九〇年代出現的幾種都市文學創作的現象，但後來考慮這部分內容較多，可以單獨寫成一篇論文給予闡釋，所以未寫。

不了情

——張愛玲和電影

李歐梵

張愛玲的小說〈多少恨〉是這麼開始的：

現代的電影院本是最廉價的王宮，全部是玻璃、絲絨，仿雲石的偉大結構。這一家，一進門地下是乳黃的；這地方整個的像一支黃色玻璃杯放大了千萬倍，特別有那樣一種光閃閃的幻麗潔淨。電影已開映多時，穿堂裏空蕩蕩的，冷落了下來，便成了宮怨的場面，遙遙聽見別殿的簫鼓。

這一段精采的描寫，儼然像一幅電影場景——既然是以電影院爲背景，在小說敍事上則成了巧妙的自我指涉，〈多少恨〉原來就是根據張愛玲編的一齣電影劇本《不了情》改寫的，所以更成了文學／電影兩種文體的雙重互相指涉，從而衍申出來的一部通俗小說。如果我們把這段描寫做爲一種電影式的聯想分析，這家現代電影院的意象則是一幢玻璃王宮——令人想起童話「玻璃鞋」辛德理拉的故事——而其基調是乳黃色的；「像一支黃色玻璃杯放大了千萬倍」。這一層層玻璃意象的堆砌，在文字上似乎並不太明顯，但在電影手法上，就可以做蒙太奇式的呈現了，譬如用希區考克式的大前景鏡頭先「推」入影院門口，然後轉接或「溶入」玻璃、絲絨、仿雲石的內景，最後則可把「黃色玻璃」放大變形(distortion)，用一種特殊鏡頭……。

我的這一串電影聯想，想不至於太過唐突，因爲故事本從電影院開始。而電影院本來就是「最廉價的王宮」——通俗的娛樂場所。換言之，張愛玲在本篇中所採用的通俗小說形式和技巧，已經融會了通俗電影的手法，而這篇小說中的人物，也附帶地添上一層電影角色的「幻麗潔淨」。女主角虞家茵的登場，用的也是一種電影手法。(括弧裏我試著加上鏡頭)：

> (遠景，鏡頭由上往下拉)迎面高高豎起了下期預告的五彩廣告牌，下面簇擁掩映著一些棕櫚盆栽，立體式的圓座子，張燈結綵，堆得像個菊花山。上面湧現出一個剪出的巨大女像，女人含著眼淚。(中景，鏡頭跟著人物)另一個較小的悲劇人物，渺小得多的，在那廣告底徘徊著，是虞家茵，穿著黑大衣，亂紛紛的青絲髮兩分披下來，(此時鏡頭轉爲特寫)臉色如同紅燈映雪。

然而，走筆(或「走鏡」)至此，我們卻又發現一個難題——張愛玲對於虞家茵的美的描寫，是一般電影手法無法表現的：「她那種美看著彷彿就是年輕的緣故，然而實在是因爲她那圓柔的臉上，眉目五官不知怎麼的合在一起，正如一切年輕人的願望，而一個心願永遠是年輕的，一個心願也總有一點可憐。」這段話可謂典型的張愛玲筆法，她把一張女人的臉先做文學式的解構，然後又把它引申成一種年輕人的願望，這一種「跳接」，僅僅以「正如」兩個字就那麼輕而易舉地帶過去了，而「正如」後面的句子，是無法用電影的視覺手法來表現的。當然，可以用幕後旁白，但是張愛玲的某些敍述或評論式的句子唸起來似乎有點做作，和她的道白句子的自然寫實恰成對比。譬如下面的句子就很難成爲旁白：

> 她獨自一個人的時候，小而秀的眼睛裏便露出一種執著的悲苦的神氣。爲什麼眼睛裏有這樣悲哀呢？她能夠經過多少事呢？可是悲哀會來的，會來的。

換言之，用一句普通話來說，張愛玲小說中的「文學味」仍然十足，並不能用電影的視覺語言來代替，特別是她所獨有的「寓言」(metaphor)筆法。即使在這篇小說的第一段，明眼的讀者就不難發現，她可以把電影院空蕩蕩的穿堂，「冷落了下來」之後，一走筆「便成了宮怨場面，遙遙聽見別殿的簫鼓」，一瞬間就從現代回到古代，從電影院回到漢唐的宮殿（電影怎麼拍？），我們甚至想到那些無數打落冷宮的宮女（也許已早生白髮），在悄悄聽著別殿的歌舞作樂的聲音；唐明皇又在吹簫擊鼓了，旁邊斜倚著半裸的楊貴妃……。

當然，張愛玲的這段寓言式的描述，似乎也別有用意，爲女主角在故事中的地位略做暗示：她的悲哀，何嘗不像唐朝宮女的「宮怨」？然而她畢竟是一個現代女子，不願意做商人之妾。她和夏宗豫的邂逅是在這家玻璃王宮電影院，但是她畢竟不能回歸傳統，而他也使君有婦，宮中有人，她終於不聽父親勢利的勸告做他的姨太太而忍痛離開。而從現代人的思想論之，虞家茵還是太過以男人爲中心，不夠獨立，更不像五四時期所標榜的娜拉典範。

張愛玲自稱她對於通俗小說「一直有一種難言的愛好；那些不用多加解釋的人物，他們的悲歡離合。如果說是太淺薄，不夠深入，那麼，浮雕也一樣是藝術呀」。什麼是浮雕式的小說？如果「深入」是指心理深度的話，沒有深度的、浮雕式的悲歡離合又怎麼寫？這一個問題本身，看來浮淺，但我認爲對研究通俗小說和通俗媒體——電影——是至關重要的。

如果要研究「通俗性」的問題，勢必須牽涉到讀者或觀衆。最簡單的說法是：作者在創作的過程中處處考慮到讀者的品味，而非如現代主義的作者可以是一個天才，可以「獨創」出一己的藝術世界，可以不顧讀者，甚至以作品的難懂來揶揄或震撼讀者。然而，通俗式的寫法並不一定要處處迎合讀者的低級趣味。張愛玲在〈論寫作〉一文中，就提到：「存心迎合低級趣味的人，多半是自處甚高，不把讀者看在眼裏。」她認爲要迎合讀者的心理，辦法不外兩條：「㈠說人家所要說的，㈡說人家所要聽的。」然而，說來容易，做起來卻不簡單，因爲它牽涉到一個「集體」（人家）的閱讀習慣問題，而閱讀習慣是和一個時代的文化背景和文類(genres)有關。文類是經由作者創造出來的，經過讀者接受而「通俗」以後，其本身也產生一種常規，後來的作者往往以此常規做爲典範繼續翻版下去。張愛玲深得此中奧妙：「將自己歸入讀者羣中去，自然知道他們所要的是什麼。要什麼，就給他們什麼，另外再多給他們一點別的——作者有什麼可給的，就拿出來……作者可以盡量給他所能給的，讀者盡量拿他所能拿的。」就以小說而言，張氏深知通俗小說的常規，就是故事性；除此之外，她還特別強調戲劇性：「戲劇就是衝突，就是磨難，就是麻煩，」而「快樂這東西是缺乏興味的——尤其是他人的快樂。」換言之，閱讀通俗小說可能是一種快樂和樂趣，但必須建立在別人的衝突、磨難和煩惱上。所謂悲歡離合，可以說是晚清以來所有通俗小說的故事常規，其「戲劇性」往往從悲和離出發，或生離死別，或悲離之後經過種種磨難才最終來一個大團圓的歡合。悲歡離合這個故事模子最不可或缺的因素就是「情」，但用之不當就容易流入煽情，張把這個英文字 sentimental 譯做「三地門搭兒」，它對讀者和觀衆的直接效用就是涕淚交零——一把鼻涕一把眼淚。

然而張愛玲的小說顯然並沒有落入這個涕淚交零的俗套，她的故事「俗」而不「套」，正因為她多給了讀者一點別的。但這一點「別的」是什麼？一般研究張愛玲的學者都提到她獨特的語言和人物刻畫的心理深度，此處不擬多說。我想要探討的是張愛玲的另一面：她如何結合兩種完全不同的通俗文類——中國舊小說和好萊塢出產的新電影——從而創出的新文體。茲先從電影談起。

周蕾教授最近出版了一本有關電影的新書。在該書第一章中她特別提到這一種新的視覺媒體往往不為五四作家的重視，而研究中國現代文學的學者亦復如此。這個說法，用以批判中國自古以來「文」以載道的傳統——文字才是正統——是一針見血的。周教授也提到：五四以後，不少作家在寫作中用了電影手法而不自覺，仍奉文字藝術為圭臬。到了三、四〇年代，上海的都市作家才開始重視電影，有些人——譬如「新感覺派」的劉吶鷗和穆時英——都特別嗜愛電影，非但在其作品中運用大量電影技巧（譬如穆時英的〈上海的狐步舞〉），而且對電影美學都頗有研究，後來也從事電影工作，可謂為張愛玲開了先鋒。然而二人的作品，似乎太過洋化，內中的電影技巧直接從好萊塢電影照辦過來，此處不能詳論。張愛玲的特長是：她把好萊塢的電影技巧吸收之後，變成了自己的文體，並且和中國傳統小說的敍事技巧結合得天衣無縫。這就牽涉到她對這兩種藝術——電影和小說——本身的了解問題。

張愛玲寫過不少中英文影評文章，也編了幾個電影劇本，這是衆所周知的「史實」。從這些歷史資料——特別是鄭樹森教授的研究成果——可以看出，張愛玲十分熟悉三〇年代好萊塢的愛情「諧鬧喜劇」(screwball comedy)。據鄭樹森的分析，這種喜劇的特色，「就是對中產（或大富）人家的家庭糾紛或感情轇輵，不加粉飾，以略微超脫的態度，嘲弄剖析。情節的偶然巧合和對話的詼諧機智，在這類作品裏，也是不可或缺的要素」。張愛玲編劇的《太太萬歲》，就是借鑑於此。鄭樹森又指出：「是否借鑑在藝術創作上原難落實」，況且《太太萬歲》也「摻雜一些三〇年代中國電影常見的題旨，例如婆媳摩擦、親友勢利、見異思遷等」。這些皆是不爭的洞見。我只能再補充一兩點意見。

好萊塢三、四〇年代出品的這種「諧鬧喜劇」電影，有的格調甚高，其喜劇效果不在插科打諢，而是借重對話的文雅和機智，史都傑(Preston Sturges)導演的作品更是如此。除此之外，這種喜劇多以大都會（譬如紐約或費城）爲背景，不論在布景、服裝和人物舉止談吐上都有相當程度的世故(sophistication)，我認爲正符合張愛玲本人的都市女性的氣質和品味。然而張似乎更關心比中產或大富階級更低一層的小市民，或逐漸沒落的中產或大富階級（如〈金鎖記〉），所以頗自覺地在她的人物身上加上一點溫情，而這種溫情，是史都傑式的好萊塢喜劇絕無僅有的。張愛玲又把這種溫情落實在以家庭爲軸心的中國日常生活中，所以人物之間的衝突和摩擦，完全是出自中國倫理道德，而劇情的發展（包括情節的偶合）也頗似中國通俗小說。但是，張愛玲畢竟又多給了一點別的：她採取了一個「略微超脫的態度」，在嘲弄剖析的敍事語言中加了一些電影蒙太奇的意象，使得讀者在閱讀過程中似乎看到了更多的東西。換言之，不論她的小說前身是否爲電影劇本，我們似乎在腦海中看到不少電影場面，也就是說她的文字兼具了一種視覺上的魅力。此處且以大家最熟悉的《傾城之戀》做例子略加分析。

我認爲這篇小說是中國「才子佳人」的通俗模式和好萊塢喜劇中的機智詼諧和「上等的調情」的混合品。故事一開始就是一個電影鏡頭，背景音樂是胡琴的咿咿啞啞，銀幕上出現的應當是一個由伶人搬演的光豔襲人的女子，「長長的紅胭脂夾住瓊瑤鼻，唱了，笑了，袖子擋住了嘴……」（這個意象和氣氛，四十年後在香港導演關錦鵬的《胭脂扣》一片的開場似乎看到了三分，而許鞍華拍的《傾城之戀》反而毫無張愛玲的意味）。張愛玲顯然是把這個愛情故事做爲一種「傳奇」戲曲的形式呈現，但表現出來的卻像一部電影。故事中白流蘇的幾場戲，完全是電影鏡頭。

故事開始不久，流蘇受三爺和四奶揶揄後，「流蘇突然叫了一聲，掩住自己的眼睛，跌跌衝衝往樓上爬……上了樓，到了自己的屋子裏，她開了燈，撲在穿衣鏡上，端詳她自己。……陽台上，四爺又拉起胡琴來了。依著那抑揚頓挫的調子，流蘇不由的偏著頭，微微飛了個眼風，做了個手勢。她對鏡子這一表演……她向左走了幾步，又向右走了幾步……她忽然笑了——陰陰的，不懷好意的一笑，那音樂便戛然而止」。

這一段白流蘇在鏡子前水仙花式的自哀自憐的整套動作，都像在演戲，難怪范柳原後來說：「你看上去不像這世界上的人。你有許多小動作，有一種羅曼蒂克的氣氛，很像唱京戲。」但這場戲的主要道具是鏡子，指涉的是電影，不是京戲。

張愛玲在小說中特喜用鏡子，當然令人聯想到中國舊小說中的鏡花水月。然而，鏡子更是好萊塢電影中慣用的道具，女主角在鏡前搔首弄姿，而攝影機在她身後拍攝，鏡頭對著鏡子而不露痕跡，原是好萊塢電影發明的技巧。張愛玲在故事中段另一場旅店幽會的情景描寫，也以鏡子爲中心，場景調度(mix-en-scêne)的用心處處可見：

> 海上畢竟有點月意，映到窗子裏來，那薄薄的光就照亮了鏡子（此處燈光照明要特別柔和！）。流蘇慢騰騰摘下了髮網，把頭髮一攪，攪亂了（像是好萊塢女明星——如嘉寶——的動作），夾叉叮鈴噹啷掉下地來。……柳原已經光著腳走到她後面（特寫先照著他的腳），一隻手擱在她頭上，把她的臉倒扳了過來，吻她的嘴（又是好萊塢的招式）。髮網滑下地去了。……流蘇覺得她的溜溜走了個圈子（鏡頭可做三百六十度搖轉），倒在鏡子上，背心緊緊抵著冰冷的鏡子（鏡頭跟著推進）。他的嘴始終沒有離開過她的嘴（依當時好萊塢電影的習慣拍法，此處可以用近景但不宜用大特寫）。他還把她往鏡子上推，他們似乎是跌到鏡子裏面（最好用特技，把鏡面變成水波，兩人由此跌到鏡湖中；法國導演考克多〔Jean Cocteau〕曾在他的《奧菲》〔*Orpheé*〕一片中用過類似的鏡頭），另一個昏昏的世界裏去了（考克多就是用此手法使奧菲進入另一個世界），涼的涼，燙的燙，野火花直燒上身來（這句情欲的隱喻，以當時的電影尺度，恐怕無法拍，只好以「溶出」或「淡出」結束這一場戲）。

傅雷（迅雨）在他的那篇名作〈論張愛玲的小說〉一文中，曾對〈傾城之戀〉有下列的批評：「幾乎占到三分之一篇幅的調情，盡是些玩世不恭的享樂主義者的精神遊戲；儘管那麼機巧、文雅、風趣，終究是精鍊到近乎病態的社會產物。」如果說這種玩世不恭的享樂遊戲得自好萊塢諧鬧喜劇的靈感，是值得批評的話，我們甚至可以進一步把這種「倣效」(mimicry)視爲一種被殖民種族對殖民文化的臣服表現，越是表現得唯妙唯肖，越顯露出小說中的被殖民心態。而好萊塢電影在上海的盛行，也可以說是西方殖民主義對中國文化的摧殘和「物化」的例證。如以「第三世界」反殖民論述立場視之，則更應該強調「第三世界電影」的模式與好萊塢模式的大相逕庭，前者是自然的、記錄寫實的，後者卻是以純熟的電影技巧創造出一個假象或幻想的現實世界，以此引觀衆上鈎。

如果用這種意識形態的尺度來衡量，〈傾城之戀〉這部作品——無論做爲小說或電影來看——都是要不得的。而大部分張愛玲的作品，用傅雷的話說，描寫的都是「遺老遺少和小資產階級，全部爲男女問題這惡夢所苦。惡夢中老是淫雨連綿的秋天，潮膩膩、灰暗、骯髒、窒息的腐爛的氣味，像是病人臨終的房間。……她陰沉的篇幅裏，時時滲入輕鬆的筆調，俏皮的口吻，好比一些閃爍的磷火，教人分不清這微光是黃昏還是曙色」。傅雷的這幾句話，可以說比後來左派的任何批評文字都精采，而最後的磷光譬喩——教人分不清這微光是黃昏還是曙色——更是神來之筆，令人想起義大利左派知識分子葛蘭西的名句：「舊的已死，而新的卻痛不欲生。」這句話後來被另一個左派導演約瑟羅西(Joseph Losey)引用，把它放在羅西導演的歌劇影片——莫札特的《唐喬萬尼》——的片首做爲題辭。似乎沒一個現代藝術家（更遑論義大利的幾位著名的左翼導演，從維斯康堤到貝托魯奇）不心慕「青黃不接」——不知是黃昏還是曙色——的時代，張愛玲何嘗不是如此？所以她常用蒼涼、蒼茫等字眼，她知道身處的是一個青黃不接的動亂的時代，「將來的平安，來到的時候已經不是我們的了，我們只能各人就近求得自己平安」。我想張愛玲把自己的小說題名「新傳奇」，意義就在於此，它所展露的是一種世紀末的華麗，一種浮華的喜劇，所以「沒有悲劇的嚴肅、崇高和宿命性」。〈傾城之戀〉正是這個浮華世界的代表作。

從這個角度來看，張愛玲借鑑好萊塢喜劇電影的手法，非但不影響其藝術成就，而且恰相匹配，相得益彰，因爲她的「傳奇」也是一種神話，並以之超越歷史的局限，正像三、四〇年代好萊塢的喜劇電影和歌舞片一樣，塑造的也是一個神話，卻以之來逃避現實（三〇年代初美國經濟大不景氣，所以柏克萊〔Busby Berkely〕所導演的歌舞片特別流行，美女如雲，場面豪華，以補償對現實的不滿）。然而，好萊塢的這類影片浮華玩世有餘，卻缺乏一種內在的感情因素，而張愛玲之能吸引大批中國通俗讀者，恰在於她小說中的感情內涵，這種感情，出自《紅樓夢》以降的言情小說，而在她那個時代眞正得其眞傳的反而不是五四的浪漫作家，而是像周瘦鵑這種「鴛鴦蝴蝶派」人物，張愛玲的第一篇小說就刊登在周所編的《紫羅蘭》雜誌，列位看官可知道這本雜誌何以《紫羅蘭》爲名？因爲周瘦鵑要紀念他一輩子最摯愛（但未成婚）的一個女友，她的英文名字就叫做 Violet——紫羅蘭！周也是一個影迷，曾經寫過不少電影文章，也可能是當時上海電影院所分發的西片說明書的執筆者之一，而當時不少好萊塢影片片名的中譯，都頗帶點中國舊詩詞的古風，譬如《魂斷藍橋》、《恨不相逢未嫁時》、《一曲難忘》（原是一部描寫蕭邦的音樂片，後來張愛玲在港編劇的一部喜劇片亦襲用此名）。

所以，我在此要做一個大膽的推論：「鴛鴦蝴蝶派」的通俗小說和好萊塢的某些言情和喜劇電影，在當時的上海同受觀衆／讀者歡迎，是有其共通的原因的，而不少讀者可能先看了舊式的通俗小說後，以其既有的閱讀習慣去看好萊塢電影，西片中有「合乎國情」的，講悲歡離合的，似乎更受歡迎。但把西片改編成國片的時候，正如鄭樹森所說，則更摻雜一些家庭倫理成分，例如婆媳摩擦、親友勢利、見異思遷等。張愛玲當然更得內中奧妙，〈多少恨〉和〈傾城之戀〉的前半部，都有這種摻雜的成分。

然而，前面說過：中國舊小說中最顯著的特色，也是大部分好萊塢電影所欠缺的，就是一個「情」字——從男女之情，到親情、友情、情欲，以至於情與色、情與理等等種種關係，無所不包。而張愛玲小說中的情的內涵，更是超過了一般舊小說中的「煽情」(sentimentalism)。因此，我必須再從《傾城之戀》之中舉一個例子。

《傾城之戀》中最關鍵的一場戲是：柳原和流蘇從淺水灣飯店走過去在橋邊看到一堵灰磚砌成的牆壁，「柳原靠在牆上，流蘇也就靠在牆上，一眼看上去，那堵牆極高極高，望不見邊。牆是冷而粗糙，死的顏色」。這堵牆顯然是一個重要的意象，甚至象徵一個蒼老的文明，不禁使我聯想到《紅樓夢》第二十三回黛玉初聽〈牡丹亭〉：「原來是姹紫嫣紅開遍，似這般，都付與斷井頹垣……」的句子，下面一句是：「良辰美景奈何天，賞心樂事誰家院。」黛玉感傷的這兩句所意味的正是好景無常，而《傾城之戀》中的灰牆，則可以說是一個「好景無常」之後的象徵顯現，怪不得柳原雖不懂古書卻突然想到地老天荒不了情那一類的話。事實上，張愛玲是藉了柳原之口來探討情的眞義，所以她要柳原引用詩經上的句子向流蘇求愛：「死生契闊，與子相悅。執子之手，與子偕老。」希望在地老天荒之後仍能求得此情不渝。他的話雖不合他早年留洋已不諳中文的身分，卻是印證了這個故事的主旨：在一個大時代中的小人物如何處理「情」的問題。所以他又說：

「生與死與離別，都是大事，不由我們支配的……，可是我們偏要說：『我永遠和你在一起，我們一生一世都別離開。』——好像我們自己做得了主似的！」（這又像電影的台詞）。

傅雷對於這篇小說的批評，是基於一種高調文學的立場，注重的是文字和人物的眞實性，所以他受不了取自好萊塢喜劇電影的技巧——「美麗的對話，眞眞假假的捉迷藏，都在心的浮面飄滑」。他也引了上面關於牆的片段，卻斥之爲大而無當的空洞。我想傅先生精通西洋文學，恐怕不見得喜歡看中國才子佳人式的舊小說，否則他不會不了解「悲歡離合」這個俗套的重要性。我想傅先生也不大喜歡看好萊塢的電影，否則他不會不了解這種電影的基本模式就是浪漫的「傳奇」——一種渲染的幻象——而電影的魔力就在於能夠「複製」幻象，使羣衆「入迷」(distraction，班雅明語)。〈傾城之戀〉這個故事就像是一個電影腳本，它故意虛構出一個現代才子佳人的傳奇，令讀者沉醉於撲朔迷離的浪漫世界之中，所以讀起來腦海中呈現出一段接一段的電影場景，這種視覺上的愉悅，是一般小說家——包括鴛鴦蝴蝶派的作家——所達不到的。在好萊塢影史上，偶爾會有一兩部根據文學名著而拍攝的影片，比原著更爲偉大動人，最有名的例子當然是《亂世佳人》。《傾城之戀》的骨架也與《亂世佳人》相仿，甚至有異曲同工之處（譬如郝思嘉初遇白瑞德時的調情情節，就頗像流蘇和柳原，二片皆以戰亂爲背景），不過，張愛玲更技高一籌，她已經把想拍的電影放在小說裏，因此使得她這種既有文字感又有視覺感的獨特文體，很難再改拍成電影。〈傾城之戀〉畢竟比〈多少恨〉(《不了情》)更高明。

做爲張愛玲的一個不太忠實的讀者，她故世以後，我除了望（太平）洋興嘆之外，爲了紀念她，只能不斷重讀〈傾城之戀〉，而終於逐漸在幻想中進入柳原的角色，爲自己製造另一個水仙花式的電影幻象：

　　這天晚上，她回到房裏來的時候，已經兩點鐘了。在浴室裏晚妝（我則有足夠時間偷偷地爬到房中床上），熄了燈出來，……一腳踩在地板上的一雙皮鞋上，差一點栽了一交，正怪自己疏忽，没把鞋子收好，床上忽然有人笑道：（這是我的第一句台詞，已經背得爛熟，但仍心跳不已）「別嚇著了！是我的鞋。」流蘇停了一會，問道：「你來做什麼？」（下一句我卻唸來唸去總是唸不好）柳原道：「我一直想從你的窗户裏看月亮。這邊屋裏比那邊看得清楚些。」

參考資料

張愛玲：《傳奇》增訂本（上海：山河圖書，1946）；《張愛玲全集》二（金宏達、于青編，安徽文藝出版社，1992）；〈傾城之戀〉、〈多少恨〉（原收入《惘然記》）；《張愛玲散文全編》（來鳳儀編，浙江文藝出版社，1992）。

張愛玲：《流言》（台北：皇冠，1984）。

張愛玲：《張看》（台北：皇冠，1977）。

唐文標：《張愛玲研究》（台北：聯經，1986），內附錄〈論張愛玲的小說〉（迅雨，即傅雷）。

鄭樹森：《從現代到當代》輯二（台北：三民，1994）。Rey Chow, *Primitive Passions: Visuality,*

Sexuality, Ethnography, and Contemporary Chinese Cinema(New York: Columbia Univ. Press, 1995), Part1.

文明的野蠻

——本外同體與張愛玲評論裏的壓抑說

廖朝陽

一九四四年，《傳奇》出版後不久，譚正璧發表〈論蘇青與張愛玲〉，把張愛玲的小說解釋爲「被壓抑者反抗的呼聲」(329)。此後壓抑說就一直是張愛玲評論裏的主流讀法。夏志清認爲張愛玲的小說所以含有「『蒼涼』之感」，是因爲「我們可以看到一方面是雋永的諷刺，一方面則是壓抑了的悲哀」(1970:61)。雖然他在敍述張愛玲早年家庭生活充滿挫折、委屈時 (32ff) 並沒有直接點出這就是她的寫作所以會充滿悲觀傾向的原因，後來的評論者並沒有放過兩者之間顯而易見的關聯。例如宋家宏認爲閱讀張愛玲必須考慮她早年身世所造成的，特殊的人格發展 (1990)；盧正珩也從心理傳記的角度來分析家庭經驗在張愛玲心中所造成的「創傷」與「仇恨心態」對她後來作品的影響 (1994:27ff)。在晚近標舉女性主義立場的研究中，張愛玲作品中的女性大體上仍然被解爲備受壓抑的受害者，「歷史的地表之下，一片扁平、鮮豔而了無生機的圖樣」，「如同被遺忘在解放了的巴士底獄的地牢中的死囚」(孟悅、戴錦華，1993:329f)。喜愛張愛玲的人似乎無可避免的要接受一個結論：張愛玲是「書寫女性壓抑主題的集大成者」(林幸謙，1996:106)。

這樣一種鮮少受到質疑的解釋路線顯然不可能是毫無根據的。但是對這麼重要的假設完全不作推求，似乎也有使評者陷入盲點的危險。這正是本文想進一步追究的問題。從理論的層面來說，自從傅柯提出西方近代文化裏權力運作的基本原則是生產而不是壓制(Foucault, 1977, 1980)之後，認爲權力的上下位之間必然得劃清界限，形成壓制、對抗關係的看法已經不再是不證自明。但是在相關的評論裏，即使明顯已經受到傅柯影響的評者在這部分似乎也並沒有產生新的思考(如林幸謙，1995, 1996)；這其實是相當奇怪也相當値得玩味的事實。傅柯的解釋當然不見得適用於中國文化，在過度排斥主體觀念的格局下他所謂的權力生產到底與壓抑、禁制的絕對化有何不同也是一個大問題(Copjec, 1994；邱彥彬，1996)。但是也正因爲如此，張愛玲作品中與壓抑說有出入的地方正可以與後傅柯時期的權力觀產生對話，爲作品的解釋與理論的思辨開出新的可能。

爲什麼說張愛玲的作品與壓抑說有出入？我先提幾個比較實際的問題。如果我們回到譚正璧的文章，我們就會發現，問題其實始終存在，只是沒有人去處理而已。在採用壓抑說的前提下，譚正璧做了一個評斷：馮沅君、謝冰瑩、黃白薇「都向著全面的壓抑做反抗」，張愛玲、蘇青的反抗則只是「爲了爭取屬於人性的一部分——情欲——的自由」，只表現出「單方面的苦悶」，所以會使人生「後來者何以不能居上的疑問」(1944:329)。也就是說，如果張愛玲文學的重點只是在表達對壓抑的反抗，那麼她與五四以來無數立場相似的作家似乎就沒有根本的不同；即使我們不像譚正璧那麼苛求，至少我們也必須承認，既然都是以反壓抑爲訴求，張愛玲的處理似乎就只是重點不同、方式不同甚至技巧的精粗不同(有沒有顧及「全面」、有沒有「雋永的諷刺」、有沒有「集大成」之類)。這一點與主流評論的另一個假說或結論——張愛玲(在精神上)有與衆不同的成就，是卓越超絕、「最偉大」的作家等等——並不是完全可以配合無間的。

另一方面，即使犧牲「最偉大」說來成全壓抑說，我們也會碰到別的問題。以最常被引用的例子〈金鎖記〉來說，即使我們暫且接受小說含有或多或少的「頹廢」、「消極」、「反動」的成分（金宏達，1986:295-304），把張愛玲的成就放在曹七巧「變態心理」刻畫的成功上，即使我們暫且不去考慮強調變態描寫的說法是不是已經坐實譚正璧指出的，張愛玲不夠全面、不能處理常態的批評，也就是說，即使我們只就最直接的表面解釋來觀察，我們仍然很難說明，到底七巧心理的哪一部分受到壓抑。通常的講法是「情欲」（譚正璧）或「性本能」（盧正珩，1994:37）。但是在故事的結尾，七巧想起婚前喜歡她的男人，顯然保有某種對情欲想像的回憶能力；在她身上眞正毀壞的是人情事理、宗法綱常。我們當然也可以說，七巧是因爲情欲壓抑過甚，產生反作用，把整個欲力轉注到事理綱常的層次，使道德規範產生逆轉。但是這樣的解釋不但不能交代〈金鎖記〉乃至張愛玲作品整體所受到的高評價，而且也與作家立場最直觀的呈現有衝突，因爲這樣的壓抑已經窄化爲一個心理衞生的問題，失去透過壓抑的描寫來**「反」**壓抑的原意：也就是說，七巧陷入瘋狂會變成只是理欲衝突導致適應不良的個案，最多只能顯示道德體系管理得不夠嚴密，沒有爲欲力太強的人提供安全活門；這不能說是「道德觀念對女性精神的迫害」（林幸謙，1995: 95），只能顯示道德秩序不夠細膩，不能**「完全」**避免女性精神受迫害。於是玳珍、長馨等等「常態」人物也可以變成「對照組」，用來證明道德體系在「正常情況」下也可以運作得很好，所以〈金鎖記〉終究是要爲體制服務，指出體制有待改進的地方等等。這一點恐怕是許多解釋者所不能接受的。如果要堅持反抗的本意，我認爲接受這樣的解釋還不如採用楊昌年的精神治療說：

精神的紓解有時可經肉體的折磨而得，然則篇章之充具虐性，或正是基於讀者不平衡需求

> 而行的設計。經由〈金鎖記〉的虐性扭曲，造成了讀者們被虐後的快感，個人的焦慮在比較之後能得紓解，人性的美感認知乃告開發。(1993:22)

雖然這種受虐的美感仍然含有維繫體制的意思，但是這樣說至少可以留下一個缺口：所有偏向維繫體制的讀法（自然也包括受虐說）都是解釋者陷入「受虐」情結，又無力對自己的快感進行分析的結果，所以並不會妨礙我們在另一個層次看到超越快感，走向反抗的可能。

但是夏志清另有一個別出心裁的解釋，認爲張愛玲的人物受的是「獸欲和習俗的雙重壓力」，所以七巧雖然是「社會環境的產物」，卻更是「她自己各種巴望、考慮、情感的奴隸」(1970:42,51f)。這裏我們不能不說夏氏已經看到單純的壓抑說可能會產生的困難。但是如果「獸欲」也是壓抑者，被壓抑的主體是什麼就更不容易決定了。從夏氏的文章看，我們只能假定這是某種經過倫理化育，已經文明化的「人欲」，也就是「一般人正當的要求——適當限度內的追求名利和幸福」(61)。這個解釋並沒有對後來的評論產生重要的影響，卻含有夏氏自己也想像不到的洞見：外在的道德標準（「適當限度」、名利與幸福的「正當」觀念）與來自生物本能的「巴望、考慮、情感」（對名利、幸福產生欲望的「獸欲」或無明）其實是合爲一體的。這正是本文所稱的「本外同體」。爲了維持壓抑說的格局，夏氏認定這個本外同體的子狀態產生之前另有一個本外分離的母狀態，並且大費周章的設想子狀態（人欲）必然會成爲母狀態（習俗與獸欲）的壓抑對象。其實本外既然同體，子母又怎麼分得清楚？本文認爲，只有拋開壓抑說的「金鎖」，不讓它「劈死」各種不同的讀法，我們才有機會眞正的來討論權力運作與文化壓抑的眞相。

也就是說，在張愛玲的世界裏，壓抑不可能只是簡單的某甲對某乙（男性對女性、禮教對情欲）的壓抑，而總已經是結構整體的生產與異化。這裏的情況其實就是拉康比喻爲「要錢還是要命」的不平衡選擇（Lacan, 1977:212）。在這個比喻裏，因爲要錢就沒命，結果還是享受不到錢，所以我們只能暫時犧牲口袋裏的錢，留下性命（眞正的本錢）。拉康用錢來比喻主體或存有，用命來比喻對體（相對於主體的社會或文化規範）（210f）。從最粗淺的層次來說，這好像只是現實原則壓倒快樂原則，造成主體的異化（單純的把要命不要錢的選擇當成花錢消災）。但是只要深入一點看，我們就會發現這並不是一個原本獨立、完整存在的主體直接接受對體壓抑，而是整個結構同時生成，產生一個從主體切割出去的無意識（也就是把失去的錢象徵化，指向不但「錢是身外之物」，命也如此的認知，產生一個新的，容許「身」與「物」分離的主體架構）。所謂主體或主體的某一部分受到壓抑是意識主體的後見之明。其實眞實層的欲望伴隨符號層而生，雖呈現爲過去經驗的殘餘，卻並非先於符號表述而存在（Shepherdson, 1996:par.62）。如果要追究主體產生的過程，我們就不得不考慮主體受到切割所造成的兩個結果：一方面是使無意識層次的欲望獨立於語言符號和意識主體之外，成爲主體的第二部分，一方面也使這個無意識的眞實欲望在意識的層次表現爲（被誤認爲）主體與對體的合一。從符號主體（主體與對體連結的部分）的角度來說，欲望阻隔在外是一種失去，一種異化。從眞實欲望的角度來說，這卻也可以說是一種超脫，一種分離。只有讓欲望分離在外，才會產生把主體移置到「身」與「物」之間的可能。拉康認爲這樣的主體沒有內容，只是空白，只是「切縫本身」（Fink, 1995:45），晚期拉康的理論更從這樣的主體架構導出透過倒轉「身」與「物」的關係來「親證幻見」的構想（62）。這裏本文想要強調的是：

分離欲望不受理性制約，卻因爲是符號的反面投射而可以突破意識與無意識的界限，回到意識主體的層次來干擾、顚覆符號（意識形態、「天命」）對主體的統制。從「符號的反面投射」這層意思來說，眞實欲望已經脫離盲目的生物衝動而對人文規範產生意義，也可以說已經成爲所謂「人欲」的一種形式。這樣的人欲當然不是壓抑說所主張或反對的文明「馴服」、「教化」欲望的結果，而是理與欲之間相互作用所形成的對應與協調。一方面，欲望強調的是不存在狀態或可變狀態（失去的錢），意識主體則是本外同體的互相歸屬（錢與命）。另一方面，因爲前者是後者的映射，所以也含有本外同體的形式：失去的錢原本是一堆死物，只有與命產生使用（或無法使用）的關係才能得到意義。這樣的欲望沒有實際內容，或者說只能透過內容來架構空白或「切縫」，卻能牽動主體與對體關係的發展與演變，甚至對異化現象產生反作用（Lacan, 1977:214f）。所以理與欲兩個層次既是壓抑、異化，也可以是生產、分離（失去的錢相對於命而言是無足輕重，卻也可以透過欲望成爲驅動命的力量）：異化使主體成爲空洞的符號存在，但同時也透過分離，成立主體反制對體的可能。

不從這樣的角度來看，我們就很難安置夏志清對七巧的評語：

十五年前，季澤來向她傾訴愛情的時候，她還有強烈的情感，她還能眞心的發怒。現在她已經把她自己正當的情感，完全壓抑；她隨隨便便撒個謊（「她再抽兩筒就下來了，」）就斷送了女兒終身幸福；她應付童世舫那段眞好，她的計謀是成功了，可是她既無愧疚之感，也並不得意。喪失了人的情感，她已經不是人。「……一個小身材的老太婆（應做『太』），臉看不清楚……」這個明確而使讀者牢記不忘的意象，正是代表道德的破產，人性的完全喪失。

(49)

我說這段評語不容易安置，是因爲夏氏顯然沒有注意到，〈張愛玲自畫像〉（見胡蘭成，1944:319）裏的張愛玲，以及炎櫻在《傳奇》增訂本封面畫出來的，那個代表張愛玲的「鬼魂出現似的」，「比例不對的人形」（史書美，1994:127，引張愛玲），都是沒有面目、「臉看不清楚」的。史書美認爲代表張愛玲的人形面目不清是表示「她不是小說的主角，但沒有了她的視角與敍述，讀者也無從窺知裏面的世界」(132)。但是如果這張臉不是代表無意識「鬼魂」，我們仍然很難解釋爲什麼張愛玲有「視角與敍述」卻沒有面目。在壓抑說的架構裏，七巧的異化只能解釋爲壓抑後的反彈，只能警告世人不要放棄道德與人性，但必須改善壓抑的技術以免反而造成「道德破產」、「人性喪失」的災難。只有深入分離與異化互相生成的層次，我們才能看到：七巧的異化與張愛玲那種沒有面目的，與無意識的「視角與敍述」合而爲一的反抗知識其實只有一線之隔。我們對張愛玲作品表層所呈現出來的壓抑狀態可以有種種解釋，但是本文的主張是：她在裏層所點出的是一種相當穩定的眞實。如果異化與分離同時生成，意識與無意識是一體的兩面，那麼人性與道德之間的關係就不是只有壓抑、放縱或和諧這幾種可能。如果分離的欲望是主體行動力量的來源，那麼欲望與主體的理性道德就並不是互相排斥，而是理性道德最後的支撐。伯格認爲臉部、肩膀、雙手這些地方表達的是特殊而具體的個人性質，只有赤裸的身體才能顯示人與人之間最平凡、最溫暖、最共通的一面（Berger, 19）。詭譎的是：理性道德雖然對「赤裸裸」的共通人（獸）性刻意壓抑，卻因爲必須回歸公共性而不能不在個人特殊性所造成的「神祕感」之外，進一步追求一個普遍共有的神祕感（19）。伯格在某些裸體畫類型裏看到這樣的共同神祕感；我們則在張愛玲那種沒有面目，介於人鬼之間的欲力裏看到理性文明的共同基礎。如果理與欲可以互相成立而不是互相排斥，我們就必須考慮：張愛玲所描寫的「道德破產，人性喪失」是不是已經含有更徹底的道德、更徹底的人性？如果壓抑與放縱不是此消彼長的直線對立項，那麼壓抑走到盡頭顯然應該包含「壓抑壓抑者」的扶正與顚倒，不但不必是秩序的崩潰與野蠻的勝利，反而也可能在秩序的欲化當中產生更徹底、更眞實的文明與秩序。

不論是白流蘇那種充滿利害計較的愛情還是佟振保那種拿天理來通暢人欲的世界觀，不論是張愛玲「參差對照」的寫作典範還是以香港、上海爲小說背景所表達出來的文化摻搭性（hybridity），都應該從本外同體、欲望分離的側面來理解。下面我們主要以〈傾城之戀〉爲例，再解釋一下這個成就欲望主體的過程。推動〈傾城之戀〉故事進行的驅力來自上海白公館裏的口舌是非：白流蘇離婚後返回娘家，因爲錢財逐漸被家人用光而成爲多餘的人，不容於三爺口中的「天理人情，三綱五常」（張愛玲，1991a:189）。她在家裏飽受冷嘲熱諷，被迫應戰，並且輕易在妹妹寶絡相親時喧賓奪主，取得范柳原的好感。她與柳原因爲各有目的，經過許多情場應接爾虞我詐的過程，終於在香港陷落時因共患難而產生無可逆轉的感情，達成流蘇再婚的心願。這裏的本外同體表現在文明秩序雖然造成家族成員的勾心鬥角，卻也是驅動流蘇欲望的生產者。白公館當權者的刻薄雖然令人生厭，但是因爲其中的野蠻完全是以文明說理的方式呈現出來，所以流蘇的苦痛並不在受到粗暴的對待，反而是因對方將暴力精緻化而占盡情理，顯得是她自己只顧溫飽，不夠文明。

在這個本外同體的異化狀態裏，個人的私欲並沒有受到壓抑，反而是以天理與人情不分的方式進入爲公衆所接受的社會、文化規範，使各層次、部分之間互相干擾，反而形成煙幕，美化了既無天理，也無人情的殘酷事實。流蘇的愛情建立在對婚姻保障的追求上，當然是接受了文明規範秩序的觀點。但是這裏有一個差別：經過追尋愛情的過程，她已經可以分辨欲望的層次與文明規範的層次。也就是說：她與柳原的愛情雖然始於私利的計較，含有文明與野蠻同體摻搭的異化，但是戰爭的經驗開出一條迴向的道路，在極限的情境中呈現出文明（其實就是野蠻）無法窮盡欲望的事實。於是，文明的權威傾覆了（所以稱爲「傾城之戀」）：由「死生契闊」（天理與人情互相干擾）的同體狀態走到極端，轉而分離出「與子相悅」的欲望層次。這個獨立的欲望層次是由理欲同體衍生出來的，所以也含有公共性的規範，並不能放縱欲力而顚覆到底，成爲文明的反面，反而必須附生在異化狀態上，成爲異化的極限或迴向點。但是也正因爲欲望是異化的極限，在這個分離的層次裏欲望的主體才能擺脫骨肉血緣、門戶身分等等文明的計較，達到以流蘇就是流蘇、柳原就是柳原爲基礎的眞愛。這就是柳原所謂「談戀愛」與「戀愛」的差別所在（230）。

從這個角度看，香港的戰爭並不是偶然發生的巧合，而是流蘇的異化狀態走入極端後必然產生的心理投射。〈封鎖〉裏的呂宗楨與翠遠在偶然的情境裏互相接近，也互相傾吐心事，等封鎖一完卻只能像「整個的上海打了個盹，做了一個不合情理的夢」（張愛玲，1991b:236），就是因爲兩人之間並沒有在異化的極限情境裏相遇，不能產生分離的欲望（呂宗楨只是爲了躲避表姪的糾纏而主動攀談）。流蘇與七巧則以不同的方式走入極端，一個成就了一對「平凡的夫妻」（1991a:

228)，一個則成爲失去「人性」的報復機器。這兩種迴向都不能只用簡單的壓抑、反彈等觀念來解釋，因爲在這兩例裏，欲望的純粹化、分離化雖然本身只是空洞的可能性，並無善惡可言，其實卻已經是異化、壓抑的極化與翻轉；這個過程收束了橫流於文明當中的野蠻，將文明與野蠻共同轉入一個脫離／進入文化意義，所以不受權力制約的層次。〈傾城之戀〉的結局以流蘇僥倖爲藉口，隱藏了這個欲望層次的顛覆力，看起來比較「正常」，比較容易納入常識性的讀法。〈金鎖記〉則毫不迴避的揭露了這個純粹欲望的無底深淵，成爲解釋上的難題，也使許多評論者遁入「瘋狂」、「變態」的便利解。但是從整體結構的層次看，這兩個例子講的其實都是從本外同體的異化狀態走向欲望的分離，性質並沒有太大的不同。

在〈中國的日夜〉裏，張愛玲說：「我們中國本來是補釘的國家，連天都是女媧補過的。」(1991b:240) 這個說法雖然不常被人討論，對了解張愛玲的小說卻非常重要。最近史書美討論《傳奇》裏的小說，已經注意到這個說法關係到張愛玲小說的解讀，但是在壓抑說的格局下，她也只能把「補釘的國家」解釋成中國人的「創痛和屈辱」：

> 大部分的人在屈辱與貧窮中苟且生活，他們這千創百孔的現實的投影，似乎就是張愛玲小說中千創百孔的欲望。在一個天空和人們都綴滿補釘的國家中，欲望之破碎不全也許是整個中國之不完全的一種折射。(史書美，1994:131)

這樣的解釋顯然是簡單了一點，因爲張愛玲在〈中國的日夜〉裏所舉的例子，從賣橘子小販的叫賣聲到申曲裏「入情入理有來有去的人情是非」，都看不出有「屈辱與貧窮」的意思，反而比較像是在描繪一個充滿活力與包容力的活潑景象：「我眞快樂我是走在中國的太陽底下。我也喜歡覺得手與腳都是年輕有氣力的。」(1991b:240–43)。的確，這樣的快樂也並不是不帶一點陰影：雖然「補釘的彩雲的人民」是「我的人民」，「我的青春」，但是其中也有「嘈嘈的煩冤的人聲下沉」(244)。雖然張愛玲大體上是快樂的，但是文中也有不容易解釋的說法：「那種愉快的空氣想起來眞叫人傷心。」(240) 整個說來我們只能說這篇文章呈現出「欲迎又拒」的矛盾，正表達出張愛玲「對整個中國傳統文化的接納與抗拒」(陳芳明，1995)。

但是我們仍然可以追問，她接納的是什麼？抗拒的是什麼？這裏的根本問題就是：如果中國文化眞是一個補釘的文化，同時又是一個父權的、高壓的、內部殖民的文化，那麼我們從後結構、後現代、後殖民理論承襲而來的，那些強調接納邊緣抗拒中心、接納多樣抗拒單一、接納變化抗拒本質的種種立場就很難直接應用到張愛玲身上。張愛玲說：

> 現實這樣東西是沒有系統的，像七八個話匣子同時開唱，各唱各的，打成一片混沌。在那不可解的喧囂中偶然也有清澄的，使人心酸眼亮的一刹那，聽得出音樂的調子，但立刻又被重重黑暗上擁來，淹沒了那點了解。(1991c:41)

如果文化的補綴性純粹只是壓抑的結果，那麼要解釋「欲迎又拒」的矛盾，我們就只能說作家在反抗壓抑的同時並沒有完全與壓抑者畫清界線。但是如果補綴性是現實文化裏不可超越的界限(也就是說，在文化現實裏沒有任何有形的權力可以超越補綴原則而成爲最高的壓抑者），如果補綴性是整體文化權力運作的一部分，是爲了強化現實裏的「重重黑暗」（多樣化的局部權力），爲了壓縮「心酸眼亮」的抵抗知識的存在空間而產生出來的紓解機制，那麼拉崗理論裏異化與分離互相生成的說法就更能解釋「迎」與「拒」的互爲表裏。也就是說，當本能與外力的同體交織成爲文化裏的主導力量，使異化狀態趨向穩定，「淹沒」了欲望分離的可能（就像白公館裏的「人情是非」不允許流蘇置身事外），這就形成作家所要反抗，所要克服的，補綴性的表層；一般所謂壓抑指的就是這個層次。但是如果異化所在也就是分離所在，那麼這個超穩定的異化狀態顯然也含有因極化而產生逆轉可能的強烈驅力；所以強調取消壓抑，並不能突破表層的壓抑狀態，反而在壓抑當中打轉，更深入的掌握文明制約使人性徹底化的力量，才會產生轉變的可能。也許這就可以解釋爲什麼作家與讀者願意不斷「受虐」，不斷回到這個文明與野蠻、青春與衰老、快樂與哀愁、權力與反抗的交會點（就像流蘇被不可名狀的力量推向柳原）。

討論到這裏，我們終於可以回頭來看看張愛玲對後殖民研究可以有的啓發。在一般的看法裏，張愛玲的小說情節大半發生在上海、香港等西化程度較深的地方，似乎表示她因爲備受中國舊文化的壓抑而向外求取生機，這一點雖然不完全符合典型歐洲殖民地的文化摻搭模式，卻可以納入整個後殖民研究肯定多元化，講求跨界限、反條理的路線。這樣的看法又往往與女性主義的立場結合在一起：「做爲香港——上海——這些畸形城市的居客，張愛玲置身於中華古文化與西方文明撞擊、破裂的鋒面上；」她是「最後一代頹廢／淫逸之家的棄女」，「淪陷區備受顛沛流離的現代女性」，所以能深入體會女性「永遠的異鄉人的身分」（孟悅、戴錦華，1993:324）。另一方面，如果上文提出的觀察可以成立，那麼在一個補釘的文化裏，本國人的公開定位原本就已經是各種異質的拼貼，已經不是異鄉人的反面。在這樣的條件下強調異鄉人的身分，反而有可能會落入犯法即是守法，「反對其實即是承認」（張愛玲，1991c:112）的受虐情境，難以自拔。也就是說，在一個徹底內部殖民的文化裏，絕對權力已經空洞化，必須靠各種局部權力才能得到具體的呈現；結果所有的人都是被壓抑的異鄉人；但是相對的，所有人（不管是白三爺還是曹七巧）也都有機會取得權力的位置，成爲局部的、即興式的壓抑者。這樣的權力運作顯然不是本國對異鄉、整體對個體這樣的思考所能處理的。雖然張愛玲也談上海文化是「新舊文化種種畸形產物的交流」（56），所以說她的作品與殖民都會的現實情況有密切關聯是沒有問題的，但是她談得更多的恐怕還是「中國人」，所以至少我們必須說她是透過上海的文化來掌握中國文化的性質。這樣說來，史書美採用民族寓言說，把張愛玲筆下的香港與上海看成中國的縮影（1994:131），恐怕還是比較接近事實。

就文化系統來說，香港、上海具有本外（這裏是本國、外國）同體的性質，原本的確可以成爲異鄉人身分的支撐。但是在張愛玲的世界裏，中國文化是透過補綴性來進行內部殖民的權力運作，所以香港、上海在她的小說裏如果占有特殊的位置，那也是因爲透過外部殖民的文化摻搭，內部殖民的異化狀態可以呈現得更清楚。香港、上海相對於中國不是異質相對於同質，而是本外同體的原則在內部、外部兩個層次的反覆呈現。本文認爲，這樣的反覆大體上消去了外部殖民引入新文化型態的可能；也就是說，香港、上海表現的不是可以取代中國文化的另一種文化，而是比中國更中國的，本國文化的極限情境。這樣的極化當然會造成文化意識形態遮掩層的弱化，有利於各種異形怪胎的出現，也有利於反抗知識的產生，但是追根究柢，這些可能性還是要回到本國文化的基本矛盾才解釋得通。

本文對張愛玲的解釋並未觸及傅柯的權力理論，這是因爲從拉崗派的觀點來看，傅柯理論眞正特別的地方並不在它對歷史或權力的解釋本身，反而是在傅柯著作中傳達出來的，「符號與眞實、律法與反律法」的詭譎關係；這樣的關係使傅柯的文字充滿秩序對抗失序的現象，在思考者與思考對象的反覆對話中「呈現出一個超出符號表述之外，卻又不離眼前的，混亂無意義的層次，就像一個忘不掉的痛苦回憶，一個揮之不去的鬼魂，徘徊在傅柯著作的廣博知識中，無法安頓，不可名狀」，令人始終不能排除傅柯的文字當中就有癲狂的聯想(Shepherdson, 1995:par.48)；這就是爲什麼傅柯講歷史往往會使「完整連貫，人人熟悉的史實」突然改變面貌，變成充滿「癲狂、矇騙、虛構」(1996:par.47)。這是從分離欲望、空白主體的觀點來解釋傅柯思想的源頭。如果這樣的看法可以成立，那麼傅柯的理論顯然與張愛玲的寫作風格（甚至曹七巧的心路歷程）有許多互相切合的地方，值得進一步思考。但是如果對傅柯的解釋或附會停留在符號權力運作與衝突對抗的層次，不能把握脫離符號，又離不開符號的主體眞實，那麼張愛玲評論就很難脫離壓抑說的局限，也很難借用後傅柯時期文化理論的洞見或參與文化理論的思辨。

後殖民研究是後傅柯時期文化理論的一部分，討論張愛玲與後殖民研究當然也離不開壓抑說可能引起的問題。但是我們如果能拋開這個過度簡化的分析框架，正視權力與主體之間的複雜關係，那麼討論張愛玲不論是對後殖民研究還是對文化理論裏面強調多元開放、尊重異質的部分必然都可以有重要的啓發。最後我再舉一個小例子。巴赫汀講文化摻搭，認爲自然形成的語言摻搭偏向中和異質，延續權威，作家故意造作出來的語言摻搭則偏向顛覆秩序，挑戰體制（Young, 1995: 22f）。從本文的觀點來說，這樣的分法點出自然摻搭可以產生延續權威的作用，印證了本文對補釘文化權力運作的解釋。但是在另一方面，用自然與人爲來區分性質不同的兩種摻搭，在本文的討論裏到底還是窒礙難行。講得簡化一點，在內部殖民的文化裏，所有人爲的摻搭都應視爲自然摻搭的反覆與激化；所有延續權威或顛覆秩序的力量都建立在最原始，最自然的本外同體的異化狀態，以及由這個異化狀態產生出來的，要求欲望分離的驅力上。至少張愛玲的小說是這樣說的。

*感謝講評人林文淇教授的指正。本稿敘述如有較初稿完備的地方應歸功於他的建議。

參考資料

陳芳明：1995，〈毀滅與永恆：張愛玲的文學精神〉，《中國時報》人間副刊（10.9）。

胡蘭成：1944，〈評張愛玲〉，唐文標等編《張愛玲資料大全集》（台北：時報），1984:318-27。

金宏達：1986，〈對「瘋狂的世界」的窺探〉，王瑤主編《小說鑑賞文庫》，《中國現代卷》（西安：陝西人民），3:294-304。

林幸謙：1995，〈張愛玲少作論——壓抑符碼與文本的政治含義〉，《當代》109:94-105。

林幸謙：1996，〈張愛玲的臨界點——閨閣化與女性主體的邊緣化〉，《中外文學》24.5:93-116。

盧正珩：1994，《張愛玲小說的時代感》（台北：麥田）。

孟悅、戴錦華：1993，《浮出歷史地表——中國現代女性文學研究》（台北：時報）。

邱彥彬：1996，〈我被決定故我在？論傅柯與拉崗的主體觀〉，《中外文學》25.5:79-118。

史書美：1994，〈張愛玲的欲望街車——重讀《傳奇》〉，《二十一世紀》24:124-34。

宋家宏：1990，〈張愛玲的「失落者」心態及創作〉，鄭樹森編《張愛玲的世界》（台北：允晨），129-47。

譚正璧：1944，〈論蘇青與張愛玲〉，唐文標等編《張愛玲資料大全集》（台北：時報），329-33。

夏志清：1970，〈張愛玲的短篇小說〉，《愛情、社會、小說》（台北：純文學），31-62。

楊昌年：1993，〈百年僅見一星明㈡——析評張愛玲〈金鎖記〉的藝術〉，《書評》4。

張愛玲：1991a，《傾城之戀》，《張愛玲短篇小說集》之一（台北：皇冠）。

張愛玲：1991b，《第一爐香》，《張愛玲短篇小說集》之二（台北：皇冠）。

張愛玲：1991c，《流言》（台北：皇冠）。

Berger, John (1972) *Ways of Seeing* (Harmondsworth: Penguin).

Copjec, Joan (1994) *Read My Desire: Lacan against the Historicists* (Cambridge: MIT Press).

Fink, Bruce (1995) The Lacanian Subject: Between Language and Jouissance (Princeton: Princeton UP).

Foucault, Michel (1977) *Discipline and Punish, The Birth of the Prison*, trans. Alan Sheridan (New York: Pantheon).

——(1980) *The History of Sexuality*, vol. 1: *An Instroduction*, trans. Robert Hurley (New York:

Vintage).

Lacan, Jacques (1977) *The Four Fundamental Concepts of Psycho-Analysis,* ed. Jacques-Alain Miller, trans. Alan Sheridan (New York: Norton).

Shepherdson, Charles (1995) "History and the Real: Foucault with Lacan," *Postmodern Culture* 5.2. ftp://jefferson, village, virginia, edu／pub／pubs／pmc／issue, 195／shepherd, 195(29 August 1996).

——(1996) "The Intimate Alterity of the Real: A Response to Reader Commentary on 'History and the Real'" *Postmodern Culture* 6.3. ftp://jefferson, village, virginia, edu／pub／pubs／pmc／issue, 596／shepherdson, 596(29 August 1996).

Young, Robert J. C. (1995) *Colonial Desire: Hybridity in Theory, Culture and Race* (London: Routledge).

子夜私語

陳傳興

失眠，無法入睡，「滬戰發生……因爲我們家鄰近蘇州河，夜間聽見砲聲不能入睡，所以到我母親處住了兩個禮拜」(〈私語〉，164)❶。造成上海孤島的戰爭喧囂讓張愛玲無法忍受父親的家，她暫時借住在和父親離婚而長年漂流國外的母親居處，租界的旅館。父親的家，也是張愛玲出生的房子，它是一座背負過量的家族記憶，模糊令人昏沉的陰陽交界地帶，雖然有陽光滲入，但是「在那陽光裏只有昏睡」(同前，163)。不是醒人耳目，警覺的陽光，迷濛冥昧的鴉片霧光長年不散。一切皆是模糊不清的空氣裏，眠夢交纏和蔓延不斷複印的回憶似乎才是眞實。她的父親是永遠的寂寞黃昏，即使是孤島的戰爭也未能改變這個狀態。爲了這次短暫離家，張愛玲因爲後母介入由而和父親生出極大的衝突爭執，被父親暴力相待後監禁在屋內。經過這場劇變後，這個原本尚存一層稀薄的微明理智維繫著奇異秩序的「家」，「房屋的青黑的心子裏是淸醒的，有它自己的一個怪異的世界」(同前)。徹底崩毀，「我生在裏面的這座房屋忽然變成生疏的了，像月光底下的，黑影中現出靑白的粉牆，片面的，癲狂的」(同前，165)。離異，非家(umhemlich)的瘋狂感覺直逼眼前，「死亡」由無意識底處悠然上升到她身邊幾幾乎是觸手可及，「……我們家樓板上的藍色的月光，那靜靜地殺機」(同前)。這個「殺機」是父親的，同時也是來自於張愛玲自身之內那層

「死亡欲力」的解放，片面、瘋狂沒有任何掛繫的死亡欲力，會將她驅向瘋狂，趕往自我摧毀的路上。這場家庭羅曼史的暴力場景所留下的「創傷」(trauma)造成一個在體內揮之不去而自己又不知道的「屏—憶」(screen-memory)，那個月影下的青白粉牆不正是在那等待她去投映和選擇、扭曲她心中種種妄想、瘋狂與強制性執念的一塊屏幕，空白尚未書寫而又可以一再揭起重寫的魔術屏幕。(被)強制性地張愛玲一而再再而三回返這個延遲發生的創傷「原始場景」，在她的文章，在某一種角度下，張愛玲父親對她施暴囚禁的表現呼應了她對他的誘惑的否定期待，否定那個喜歡她的永遠寂寞黃昏的父親，「我知道他是寂寞的，在寂寞的時候他喜歡我」(同前，162)。張子靜在《我的姊姊張愛玲》書中提到〈私語〉中漏寫了一段，她的父親幫她打針醫治❷，這個擦拭、遺忘的意義放置在上述的延遲「創傷場景」中來看是很符合邏輯、意義鮮明的，雖說它不是「愛瑪的注射」(injections of Irma)。

形成孤島的戰爭讓她失眠，驅使她穿梭於父母居所之間，由此導致了監禁和創傷的結果，這是她跟這個戰爭僅有的關係。被監禁期間，戰爭當然是被隔阻於外如同遠雷，只聽聞得到而不得見；對於後來島嶼形成的激烈過程則是陌生無從認識起，因爲她在島嶼另一端正孤獨地孕懷一塊記憶的暗礁；也許，謹限於也許，在孤島戰爭初期，時間上有一段落和她來回穿梭於父母之間重疊同時，她曾目睹戰爭所造成的現象，是否震驚過、感嘆過？從她的文章裏我們所知僅有那短短一行，由不帶任何情緒色彩的純粹客觀事件名稱「滬戰發生」開始，中間帶過因鄰近戰地砲聲而失眠，最後以在母親住處停留做結束。比起她描繪香港的圍城戰役和淪陷時所寫的篇幅和其心思，張愛玲對上海孤島戰役的寡言少語和平淡態度令人訝異。這個闇默的原因似乎來自於兩個層面：

(1)一者是病症的，因爲前述的「創傷原始場景」所構成的「屏—憶」將「自我的監禁」等同替換了「上海孤島的封鎖」——這個替換轉移是建立在彼此間同質類似性（戰爭和父親——家庭的暴力、監禁和孤島封鎖的孤立封閉）和空間鄰近性。因此，不去多談上海孤島戰役，爲的是避免面對創傷原始場景，這是典型的屏—憶修辭表現。從另一個角度去看，此種替換——以個人自我的狀態去替代外在現實世界——基本上是一種夢境裏經常出現的精神疾病狀態(psychosis)，張所說的「顛狂」可以在〈花凋〉的川嫦和〈封鎖〉的翠遠身上見到，兩人在希望逐漸幻滅後都呈現出某種「回溯」(regression)精神狀態，退回到異樣的「前語言」的象徵性時期，精神上呈現出全知全能幻覺；「然而現在，她自己一寸一寸地死去了，這可愛的世界也一寸一寸地死去了。凡是她目光所及，手指所觸的，立即死去。她不存在，這些也就不存在」（〈花凋〉，220）❸。「翠遠的眼睛看到了他們，他們就活了，只活那麼一剎那。車往前噹噹的跑，他們一個個的死去了」（〈封鎖〉,235）❹。〈花凋〉和〈封鎖〉是張愛玲著作中兩篇直接以「封閉」、「隔離」的囚鎖情境爲內容題材，前一篇拿疾病做爲自我隔絕的起因，另一篇則以偶發的戰爭時期的特殊檢禁阻止電車通行造成暫時閉鎖，不無巧合的兩篇的主角都用這種顛狂的全知全能的造物主姿態面對幻滅，面對世界，外在世界的生滅與否全取決於她們張眼闔眼，她們的意志，她們的觀看決定世界線軸的出現與消失，如同正在學語的小孩與他的玩具之愛憎關係。在監禁期間，感染痢疾而瀕臨死亡邊緣的張愛玲是否也有類似川嫦那樣的經驗，在日夜孤獨冥想中將自我無限放大：「川嫦本來覺得自己是個無關緊要的普通女孩子，但是自從生了病，終日鬱鬱地自思自想，她的自我觀念逐漸膨脹。」❺我們大致可以這樣解釋張愛玲對於上海孤島形成的過程那個闇默不言的症狀性意義，她一方面抑制，另一方面又透過「回溯」機制回轉到前語言的象徵性時期，像造物主那般全知全能，世界的毀滅與創造全在她手裏，她將外在世界吞食內化，替代以她投射出來的幻象。這個片刻她似乎已經快鄰近語言的原點，創作的冥昧將生時期。對於孤島的闇默其實是在等待另一種低唱的語言來臨。

(2)另一層理由則緊繫著倫理和本體性：張愛玲在〈私語〉裏描述她自己在父親的家裏像個拜火教的波斯人將世界裂分爲對立的兩邊「光明與黑暗，善與惡，神與魔」（〈私語〉，162），母親與姑姑的家是「善」的一方，父親這一邊則屬於「惡」，這個對比將道德判斷建築在性別差異上。家庭羅曼史的暴力場景徹底毀壞殘餘的些許「父—女」關係，想像或象徵的；同時也帶來新的性別效應，被暴力相待、羞辱，甚至隔離監禁等待死亡，張愛玲在這場悲劇裏具體活過男性社會所定義的女性特質：「被動性」、「羞恥」、「被隔離」、「被拋棄」；她如果持續接受「父—女」關係軸線所定義的「女性」，那似乎只有「死亡」與徹底崩潰的結果，所以母親與姑姑所代表的另一種「女性」的意義也必然不能在「父—母」、「子—女」這層家庭倫理關係上去尋求。經過家庭羅曼史的暴力洗禮之後，張愛玲走出「家」—「外」，在出走之前她用一場生死交關的大病（痢疾）去沖洗、刷瀉身上的傷痕與羞恥：那個與生俱來的「缺失」，女性的生理標誌。痢疾與便祕，無疑地是一種精神官能症狀的「轉化」表現形式。藉著痢疾，她可以將自己的軀體，甚至是生命本身當爲最後的「贈禮」給予那個自己最後的愛憎交織對象——父親；像〈花凋〉裏的鄭川嫦透過「疾病」想去換取章雲藩的撫慰與愛情，結果隨著一寸一寸剝落消褪的肉體最後只剩下一具「無—性」的軀體，石化的天使。但也或許，張愛玲在生這場大病於監禁時曾經像〈第一爐香〉裏的葛薇龍那樣也在心裏嘀咕著：「她生這場病，也許一半是自願的；也許她下意識地不肯回去，有心挨延著……說著容易，回去做一個新的人……新的生命……她現在可不像從前那麼思想簡單了。」(79)❻這層懷疑和反思是必須而且不可避免的，它涉及主體性的反思，大大不同於《半生緣》裏的曼楨落處於斷然的情境，只有逃出囚禁密室討回公道那麼樣的一個單純念頭，沒涉及到任何倫理或本體的變異。「出去了就回不來了」(〈私語〉，165)。外面是絕對的外界，不再有「家」，有「牆」的保護。走出門外，從此她不再有道德虧欠，她只擔負「倫理責任」；她只是一個「他者」，單純的「他者」，對於她母親、姑姑或任何人皆是，她只能是一個寡情、「自私」到近乎冷酷的「他者」，沒有任何掛繫、不屬於任何地方的「超—女性」(sur-feme)：「『超人』這名詞，自經尼采提出，常常有人引用，……說也奇怪，我們想像中的超人永遠是個男人。……超人是純粹理想的結晶而『超等女人』則不難於實際中求得。在任何文化階段中，女人還是女人。男人偏於某一方面的發展，而女人是最普遍的，基本的，代表四季循環、土地、生老病死，飲食繁殖。」(〈談女人〉，87)❼性別的差異不再以生理結構或是特定的文化系統價值來決定，男女之間的區別對她而言是殊相與共相的不同，是抽象和實際的對立；簡單的說，性別的差異，其實就是「差異」本身，本體差異。但是在張愛玲的這段話之中存有一個矛盾對駁的地方，她一方面以二元對立的方式去定義「超人／超等女人」，類近一種粗糙過度簡化的西方哲學傳統所說的唯心觀念論和唯物論的對峙：超人這個理想的男人是純粹本質的觀念產物，超等女人則是現實物質的。然而在另一方面於殊相／共相的差別上她卻又讓女人具有最普遍的泛宇宙生命現象特質，也即是說「女人」是在一切差異分化之前，更早於殊相／共相的區分之前，女人，或說「女性」、「超—女人」她是絕對的不可分化地「前—本體論」：「女人還是女人」，她即是世界，也是土地，此處很詭異地張愛玲遙遠陌生地回應了海德格說的「四方」，她同時是生有涯者和「神」：「超人是男性的，神卻帶有女性成分，超人與神不同。」（同前，88）什麼樣的女性成分？什麼是神的「女性」，或是「女性」——「神」？時間性，時間，在時間裏爲了時間與時間，神的時間（祂有嗎？）瞬息成爲「矛盾雙重性」的既永恆又短暫、危險的「混沌」：「超人是生在一個時代裏的。而人生安穩的一面則有著永恆的意味，雖然這種安穩常是不安全的，而且每隔多少時候就要破壞一次，但仍然是永恆。它存在於一切時代。它是人的神性，也可以說是婦人性。」（〈自己的文章〉，18）❽。人的神性，生有涯者的神性就是她認爲的「婦人性」；「神」、「女性」沾染了時間後從混沌中分化出「差異性」，「書寫」與「陳述」方才成爲可能，「性別」才開始存現。逃出「家」門外，被拋擲在「孤島」的離異懸置狀態——四周是大毀滅的末日戰爭，孤島裏卻像漩渦的中空核心，空洞但卻存著見不到的吸力將一切事物捲沉入黑暗，「不斷的下沉」——張愛玲如何由一個囚禁的島嶼去過渡進入另一個孤島，由絕對的純粹囚禁孤獨，只有內而無外的空間；轉移到戰爭洪水中的孤島去面對另一層更廣大、更不確定的無形封閉空間，內與外的分隔時時變動，沒有明白界限。出走海外留學自然是她唯一最好的出路，徹底離開雙重孤島的囚禁。但在這之前她必須先渡過完成兩個孤島之間的轉移，不讓記憶的暗礁浮起威脅或危害渡河。至於孤島之種種情狀她似乎不能也不願去面對。

總結前面的討論，症狀上她「回溯」到「前—語言」狀態的象徵時期，她有語言的欲望但卻無法陳述，不是失語，而是需要新的語言，去學習陳述和治療，去重新建構和「他者」的關係，去認識觀看永遠是「他者」的自己。此時她雖感覺到有某種語言在體內擾動，但卻說不出；再加上「屏─憶」與創傷的原始場景在那裏作用，孤島因此變成遠不及的落在河岸彼方。在本體和倫理上，它是支撐上述的症狀之基底，生理性別差異的擦拭、否認引發了「前─本體」無差異分別狀態的可能，連帶地也暫時中止懸置了任何的「陳述」之運作，如何讓這個自身即是「差異」的無差異性「女性」成爲倫理的可能，「女性」能否「給予」決定了語言、陳述、書寫之產生。從上述的分析，我們可以了解張愛玲爲何面對孤島的形成及孤島之一切時，她的闇默是必然而且必須的，落處在語言的雙重懸置狀態中，她既是最鄰近「語言」的「詩」義起源，但卻又被迫，強制性的要闇默不語──不能說也說不出那種近似顚狂的「狂喜」──她面臨，或更正確說，她和「詩」有一層逼近威脅的關係，她只能等待新的語言之給予，月影下青白色的空白粉牆等待書寫。那是一種什麼樣的書寫？如同佛洛伊德那些擁有多種外國語言的病患偏喜以他種語言而非母語去陳述他們的記憶暗礁，創傷場景；張愛玲在逃出父親的家之後不久，用英文寫出被監禁的經過發表在《大美晚報》(*Evening Post*, 1938)，多年後又用中文方式改寫成〈私語〉(一九四四)。這是張愛玲公開發表在大衆刊物上的第一篇文章，張愛玲用這篇文章總結了她和父親的關係，不是報復性的指控，文章的意向毋寧是治療，自我診治的。創傷太過強烈，不願也不能停留在體內太久，但要如何說，「母語」它是「父親」的語言，面對這個語言，她有兩種態度，她一方面自我抗拒去使用，另一方面她矛盾地告訴自己這個語言早已和父親的家一齊被摧毀，目前她處在等待新的語言。在這種困境下，英語，陳述創傷的唯一可能的他種語言，她的父親非常熟悉這個語言，文字和意義仍然可以傳遞過去，但是父親卻聽不到她的聲音，她沒有聲音，也沒辦法擁有這個語言的主宰。英語，矛盾雙重性地，不是父親的語言。新的書寫語言要能孕生，必然地要先能克服這層創傷性的「抗拒」機制，「抗拒」父親的書寫，讓母語重新在家庭羅曼史的廢墟上出現。這個克服是痛苦和緩長的，甚至要推延到異國他方。〈天才夢〉這篇半自傳的散文和《大美晚報》的文章相隔一年後在香港寫成，在這之後又間隔數年，從香港回到上海後，但也是在幾篇英文散文、隨筆之後才開始寫作發表用中文寫就的香港傳奇幾篇成名作。而至於〈私語〉，子夜裏的心腹之語，會需要更長的時間才能獲得母語聲音重新說出也就不足為奇。

綜觀張愛玲一生寫作經驗，她使用雙語的書寫並不是「同時」性的多種語言能力表現，介於「英語」和中文母語之間存在「非—同時性」的創傷意義，每當她面臨生命巨大轉變時，她總會跑向他種語言尋求庇護，抗拒徘徊在母語後面的父親陰影。那將是一種什麼樣的書寫？張愛玲提著兩爐沉香屑踏進中國文壇，〈第一爐香〉的開場白鮮明地隱喻了張愛玲書寫特質，「請您尋出家傳的霉綠斑爛的銅香爐，點上一爐沉香屑，聽我說一支戰前香港的故事，您這一爐沉香屑點完了，我的故事也該完了」（〈第一爐香〉，32）❾。銅綠斑斑的家傳香爐和裏面的沉香屑象徵張愛玲擅長的題材，沒落遺老遺少家庭的腐敗崩解，腐蝕發霉的銅綠慢慢吃食銷毀香爐上的紋飾，舊傳統的死亡。說書人用章回小說的口吻，拿一盞香的時間來做為故事的敍述時間，舊社會的空氣又再加重一些。銅香爐和沉香屑，容器與內容，符號的兩重體質；這層包容的關係並不是那麼肯定，因為點燃之後香屑先是成為煙上升逸出擴散到整個房間，接著煙盡消失不見之後剩下香氣久留不散，容器反倒成為被包藏的內容，符號的雙重體質之間的對立性被焚燒揚棄掉。銅香爐上的紋飾、家族徽章、霉綠跟隨香煙四處瀰漫飄轉，它的時間痕記被重新時化、喚醒。沉香屑就是隱喻，時間，灰燼的時間。第一篇中文小說的序幕在灰燼中開啓，開始在結束裏，開始即是結束，張愛玲用灰燼書寫末日的聲音。張愛玲對灰燼和末日有著一種強制性偏執喜好，文章裏隨時可見到它們的意象和影子，借用張愛玲的文章標題，她的小說種種大致不離〈燼餘錄〉的變奏。不論是葛薇龍那一爐香，她穿上在被燒了一個洞的織錦棉旗袍，喬琪喬嘴上橙紅色香菸火花，或是〈第二爐香〉裏的羅傑安逐漸消逝的「黑心藍菊花」生命火光，火與灰燼一直蠱惑纏繞正文直到火熄灰冷，直到「宇宙的黑暗」：「黑暗，從小屋裏暗起，一直暗到宇宙的盡頭，太古的洪荒——人的幻想，神的影子也沒有留過痕跡的地方，浩浩蕩蕩的和平與寂滅。屋裏和屋外打成了一片，宇宙的黑暗進到他屋子裏來了。」（〈第二爐香〉，123）[10]，絕對的虛無，甚至在神、在一切之前，比《創世紀》所說的「黑暗」還要早的黑暗，連神的影子都沒到之前的黑暗，《創世紀》的「黑暗」是神創造出來的：「起初，神創造天地。地是空虛混沌。淵面黑暗。神的靈運行在水面上。神說，要有光就有了光。神看光是好的，就把光暗分開了。」（《創世紀》，第一章）。無邊的黑暗，沒有空間也沒有時間，連無限的宇宙也消失（〈宇宙的盡頭〉）。末日的末日，所有的大毀滅，所有的戰爭亂世，生生死死全都消失在張愛玲常帶在口上寫進書裏的——洪荒——宇宙洪荒、太古洪荒，洪水與荒野，荒涼。絕對的虛無，無法言容的（但卻又要勉強說出）黑暗，否定性（négativité）。張愛玲的灰燼書寫所費盡心力想觸及、遠涉的無非是這個連神影也沒有的無意識之極點，不可認識也不能想像的否定性。

〈私語〉裏的監禁聽得見這個末日聲音，末日裁判：「頭上赫赫的藍天，那時候的天是有聲音，因爲滿天的飛機。」（〈私語〉，165）。當周遭只有靜靜的死亡影像，當語言消褪闇默的時候，被監禁的人只能傾聽威赫上天，祈求回應，祈求「天是有聲音」的悲憫思想，天的回應是啓示錄末日聲音，現代機械蝗蟲遮蔽天空，她希望大毀滅降臨父親的家，與家人同亡。但這個祈求只是希望，只是欲望，只是幻想，回響在無意識的天空，她沒有聲音，她說不出來，她不能說，天上的聲音要她噤啞，像《啓示錄》裏的約翰在天上七雷發聲之後正想寫下所聞所見時「……就聽見從天上有聲音說七雷所說的你要封上，不可寫出來」（《啓示錄》，第十章）。不可訴說，必須掩蓋封藏，祕密。灰燼之下埋藏著不可說，但又隨時要衝破禁制冰封的祕密，被擦拭掉的另種書寫，創傷和記憶的暗礁。在封藏自己的書寫（已經或尚未寫下的）之後那個天上的聲音吩咐約翰將身邊天使手中的小書卷吃進肚子裏，「在我口中果然甜如蜜，喫了以後肚子覺得發苦了。天使們對我說，你必指著多民多國多方多王再說豫言」（同前）。書卷，文字書寫，糖衣苦（毒）藥。這個祕識是來自於呑食，內化(introjection)，口腔和舌頭的，食物和語言，味覺。

灰燼書寫涵蓋了五官的五種知覺知識，沉香屑的「嗅覺」，呑食食物的「味覺」，和傾聽上天的「聽覺」，至於「視覺」，那個決定書寫者的觀看和主體位置的「視覺」卻經常是迷濛不清，影影綽綽像爐香煙氛中的紋飾與家徽，看不清確。「指著多民多國多方多王」，注定這將是一種後巴別塔的「流離四散」(diaspora)書寫命名，非整體、非集權、非單一的碎裂多音書寫。是「多意」的預言。在最後的國際大城，在最後的殖民地，華洋雜居的詭異戰爭時代氛圍裏，張愛玲交雜不同語言的多種書寫，割裂、撕碎傳統（或所謂新派）中文書寫，她書寫不是爲了「給予」我們文字，她是爲了呑食，她是個食文者。所謂的歷史，所謂的時代她全不管，感時不憂國，她不屬於任何一個國家，任何地方，歷史在她身上書寫，她否定一切。〈傾城之戀〉的白流蘇先是對著蚊香的「蜷曲鬼影子」自憐自艾，在無意初識柳原那夜，懷疑地面對自己那個飄搖不定的主體鬼影，無從下決定只能聽任命運擺布，到最後因著香港陷落反倒成全了她和柳原的婚姻結合，但她（他）還是她（他），她不再需要灰燼鬼影去倒映自己，甚至她能不存任何餘想的將歷史灰燼一腳踢開，「流蘇並不覺得她在歷史上的地位有什麼微妙之點。她只是笑吟吟站起來將蚊煙香盤踢到桌子底下。」（〈傾城之戀〉，230）⓫。灰燼書寫不反映歷史，不需要歷史鬼影去自我對照，它已經是歷史的灰燼。在〈我看蘇青〉這篇文章裏，透過參差對照的手法，張愛玲凸顯了自己吝惜末日灰燼只爲了貪看那火盆內炭火堆上的奇景幻象「像山城的元夜，放的煙火，不由得使人想起唐宋的燈市記載」（〈我看蘇青〉，84）⓬。至於蘇青呢，張愛玲將她比擬爲「紅泥小火爐，有它自己獨立的火，……由此我想到蘇青。整個的社會到蘇青那裏去取暖」（同前，93）。蘇青的火是純粹功能性和公共的，爲了取暖。這點和張愛玲的耽美，幻想要求完全不同。更進一步，張愛玲強調個人、隱密的。蘇青的火引來整個社會要求分火，結果卻反倒帶來寒冷「從來沒那麼冷過」。火的公共性將自己轉成否定，灰燼，冷灰。張愛玲的火既不爲了取暖，也不煮食，它只是個人小小的奇想幻想，不和人分享，不給予別人。這個反差對比似乎看得出來張氏灰燼書寫的某些特質，張愛玲文章裏那璀璨華麗的辭藻不停地將書寫詩詞化，焚盡任何可能的意義，匆促慌慌張張的相互撕裂像片刻閃爍的火花，或是捕捉住燈火的雨滴，瞬時即熄，陷落中空化文體造成空白處處，沒有意義，也沒有遺痕，食文者毫不惋惜地吞食這些書寫和它們的幽靈。這是一位不願「給予」的絕對「女性」。

不可能的書寫。這是一個最大的「諷刺」（satire），書寫爲了空白，爲了不說。「在中國現在，諷刺是容易討好的。前一個時期，大家都是感傷的，……一旦懂事了，就看穿一切進到諷刺」（同前，89）。諷刺，是 parody, irony 還是 satire?·張愛玲在〈傾城之戀〉裏玩了一個小小的語言翻譯上的雙關語，白流蘇第一次到香港在船上遠看城市風景五光十色倒映在海裏，每個顏色在那裏彼此纏殺不已，「流蘇想著，在這誇張的城市裏，就是栽個跟頭，只怕也比別處痛些」（〈傾城之戀〉，202—03）[13]。「誇張」的城市。誇張的修辭。關於 satire 的定義在羅絲（Margaret A. Rose）書中整理了希臘犬儒學派（Menippus of Gadara）的談論這個修辭格的簡單內容：「非慣例性的措辭，新名詞，以兩字複合成新字，混淆體語言（如使用拉丁語尾和現代語首），過度瑣碎，粗俗下流，羅列樣本，誇大，混合語言，拖長句子，」[14]這個定義裏面有很多項目在張愛玲的文章裏經常出現，像過度瑣碎、混淆體、混合新舊語言等等。「誇大」，英文譯本用 bombast 這個字；將它引入〈傾城之戀〉那個句子裏，一個被掩藏消失不見的另種語言的無意識機制運作的痕跡躍現出來。如果「誇張」的城市是 bombast 的城市，那麼張愛玲顯然很有意地在這個消失的另種語言之上去選擇派分、運轉不可能出現的語言譜系在〈傾城之戀〉裏。這個不可能出現在〈傾城之戀〉裏的可能譜系是：1. bomb (bombard, bombardier, bombardment) 2. bombast (bombastic) 3. Bombay。也許還有那個衣服質料的 bombazine。第一個系列，砲彈與轟炸，文章裏描述香港城圍城之戰所不可欠缺的事項。第二個系列由白流蘇在船上看香港城的第一眼印象開始（這是她的還是作者的）擴散到全篇裏的內容（矯飾的男女主角，誇張的情節等等）和修辭。第三個「孟買」那更顯然指涉了香港英國殖民地→印度→印度人薩黑荑妮，她和白流蘇在文裏彼此對立，「黑／白」，最後消失無蹤的交際花。我們甚至可以由薩黑荑妮的「黑」，她的被放逐和耽欲放縱的異族女人角色這個軸線探觸到張愛玲爲何想將這個不可能的另種語言排除、擦拭、摧毀星散到陷落的香港各處的那個深層欲望。對這個不可能的另種語言的譜系灰燼的挖掘，它是一種聯想，一個夢。它可能讓我們看到灰燼中的香港燈市，星羅棋布於〈傾城之戀〉空白不可見之處。或許我們需要另一個夢。

一個夢魘。張愛玲在《紅樓夢魘》的自序裏點破一個她隱藏多年的謎題，性質上很接近前述的雙關語，「連帶想起來，彷彿有書評說不懂『張看』這題目，乘機在這裏解釋一下。……『張看』就是張的見解或管窺——往裏面張望——最淺薄的雙關語。以前『流言』是引一句英文——詩？Written on water（水上寫的字），是說它不持久，又希望它像謠言傳得一樣快。我自己常疑心不知道人懂不懂，也從來沒問過人」（《紅樓夢魘》，7）⑮。事隔多年張愛玲不但沒忘掉這個謎，又因為提及自己的〈初詳紅樓夢〉文章發表後有人說看不懂，由此她突然自由聯想到潛藏在《流言》下面的英語源頭。單單因為（讀者）「不懂」這個念頭，原本討論「考據」、「版本」、「改寫」與「重抄」的問題思路被中斷而偏移退回到多年前轉譯借用但未說出的雙關謎題。張愛玲比較不同版本的考古挖掘卻無意間挖到意識的地下水源湧現寫在水上的字，另一種語言、無意識的書寫。寫在水上，流動的語言，隱喻。寫在水上，它是灰燼書寫的逆轉鏡像，彼此相互對映的瞬間鬼影。「它不持久」，意義不能停留、凝聚，書寫快速匆促的不停流傳散布的過程中將意義燒成灰燼，沖刷成空白水面，「像謠言」。謠言不是為了懂或不懂而出現，它是為了自己的散布，為了遮蔽眞理，為了混淆和顚覆，為了意義的消失。謠言，諷刺的變體。張愛玲促狹諷刺地還反問自己別人是否懂她的謎，當《流言》類似謠言時，當 Written on water 被寫在水上，被燒成灰燼時？誇張的城市謠言。如果沒有這個無意識的考古挖掘，謠言是否有被澄清的一天？被借用翻轉的另一個語言能否從遺忘空白中被喚回，跨過「時差」的鴻溝？張愛玲文章裏滿篇遮蔽天際的灰燼下還存有多少這類無聲無息的另種語言幽靈？它們能否死灰復燃？我們恐怕很難聽得到。

〈第一爐香〉裏葛薇龍和喬琪喬兩人在園遊會中初次相識交手彼此試探對方，言不及義一陣子後，喬琪喬先提議要教她游泳，隨即又馬上補了一句：「你的英文說得眞好。」（〈第一爐香〉，58），這之後的整大段落兩個人繞著語言的話題打轉，從上海話、廣東話到以一句聽不見的所謂葡萄牙話，喬琪喬用這個想挑逗葛薇龍，裝著想把它譯成英文給她聽，她掩耳走開爲止。整大段文章從喬琪喬那句話「你的英文說得眞好」開始，突然之間讓我們發現另一個聽不見的語言音聲在書寫後面，原來先前喬琪喬和人的對話，或甚至是其他人彼此之間，使用英語或其他語言在交談而我們完全不知，讀到的全是中文書寫，這種情形好像觀看默片的經驗，我們只見到銀幕上的人物開口說話，他說什麼只能靠字幕卡片告訴觀衆。園遊會開場戲，葛薇龍和天主教尼姑用法語交談，只簡略帶過，它就是一個典型的沒有音聲的默片場景，相較於喬琪喬和葛薇龍的交談。喬琪喬這句話揭開中文書寫幕後那個聽不到的另一種語言，點明了這是一個「沒有音聲的書寫」(écriture sans voix)。〈第一爐香〉的書寫與另一種語言的音聲關係異常特殊，它完全不同於〈第二爐香〉裏的情形。〈第二爐香〉裏的人物除了敍述者之外全是英國人，英語與中文文本的書寫關係打從一開始就已被固定在翻譯轉寫這條線上，閱讀者很持續地閱讀英美電影的中文字幕卡，它本來就是沒有聲音，它替代英文。如果不是喬琪喬那句話，讀者一路跟隨女主角和她的姑姑及女傭之間故事情節、對話發展下來，只有一種書寫，一種語言，「音聲」自然地被透明地吸納在書寫裏面，沒有人會查覺得到「音聲」存在的必要性。一直到喬琪喬指出在文本裏尙有另一種語言，這才拉開先前「音聲」和書寫的距離，打破透明的屏障，凸顯「音聲」「不在」、「欠缺」的特徵。

我們仍然聽不到它，但我們見到它「曾經」在那裏。喬琪喬的這段恭維話揭露了文本裏失落的雙重音聲：中文母語自身的和英語。不只雙重音聲，它甚至是衆音喧譁的多語多音(polyphonie polyglotte)：聽了喬琪喬的話之後，薇龍隨即自謙「文法全不對」——將音聲、話語(parole)又拉回語言系統(langue)上面，想彌補書寫的裂隙不讓音聲逸出，但這是一個有缺陷，「不對」的語言系統，她眼見掩蓋不住先前的雙重音聲只好又讓更多的音聲以方言鄉音方式想爭相湧出（上海語、廣東話）文本表面，這個交嘈混雜的語言諷刺嬉戲，最後總算結束在一個薇龍聽不懂而喬琪喬又沒翻譯，當然作者也沒寫出來的喬琪喬自說自話的所謂葡萄牙（情）話。張愛玲把男女主角雙方之間的調情挑逗場景放置在書寫被音聲穿透的裂隙上，以「不在」的音聲與書寫的矛盾交錯去隱喻兩人之間的情欲關係。

如果喬琪喬，一個香港殖民地的混血富家浪子，想用英語這個殖民者的語言去誘惑來自上海的薇龍，結果反被她運用了雙重策略去化解掉這個殖民語言的權力與誘惑。首先，她以退爲進的謙稱自己學英文不久，所說的「文法全不對」：文法屬於語言系統，象徵「法律」與「律則」，薇龍藉著這句話動搖了殖民語言的權力律則。然後，她再用兩個地方方言去替代殖民語言：「那麼說什麼呢？你又不懂上海話，我的廣東話也不行。」用母語的地方方言去替代男性的殖民語言，結果直接的對立替代關係反倒讓它們彼此取消陷入短暫的闇默，書寫又重新彌補了音聲的裂隙，音聲再次消失在隱形文字底層，「靜默三分鐘，倒像致哀似的」。音聲的死亡，誘惑與欲望的被懸置。要打開懸置的括弧，似乎只有針對上述的兩種語言——殖民語言與方言母語——的矛盾辯證關係去找出可能出現的第三種語言，一種不確定、虛擬模糊的語言，喬琪喬低低自言自語的所謂葡萄牙話，「喬琪喬的葡萄牙話」——一種虛擬的混合語言，像 créole 那般的混血語言：只有喬琪喬這個混血男子方才聽得懂。這個虛擬的混血語言啓開懸置的欲望，張愛玲以語言的交合，音聲和書寫的交錯穿透掩蓋去隱喻男女主角二人暗潮洶湧的欲望。語言交換，對談的形式，由對談到短暫的沉默和最後近似獨語的單向對談，具體而微的點出男女雙方於欲望和愛的流通交換上是不對稱與單向的，雙方是不對等的。從殖民語言衍生出多種方言和混血不純粹語言，華洋雜居的上海租界和香港殖民地語言特色，張愛玲的語言策略徹底瓦解了語言純粹性和占有性的權力機制。模糊的混雜語言，讀起來總是隔了一層，像〈封鎖〉裏的翠遠，「生命像聖經，從希伯來文譯成希臘文，從希臘文譯成拉丁文，從拉丁文譯成英文，從英文譯成國語。翠遠讀它的時候，國語又在她腦子裏譯成了上海話。那未免有點隔膜」（〈封鎖〉，228）⑯。閱讀時無意識語言機制自動轉譯書寫語言——國語，國家語言，在這一系列譯寫散布的過程裏已經是一個失源的混雜語言，腹語者的謠言——成爲上海方言，給予音聲但卻讓意義又更糊暈一層。自動轉譯，自我翻譯，閱讀者在無形的版本中迴映其主體性，張愛玲經常運作這種自我翻譯的書寫形式，模糊譯本與原文的語言與時間界限。

我們在前面已分析過〈私語〉和最初發表在《大美晚報》的英語版本兩者之間的延遲時間性之治療意義。〈傾城之戀〉和《流言》的雙關語例子，則讓我們發現張愛玲運用他種語言的混雜這種諷刺修辭方式去干擾語言的純粹性。張愛玲也拿方言，或是舊體書寫語言去摻雜；簡單說，張愛玲的特殊虛擬混雜語言形式，多語多音的書寫徹底打亂了語言的譜系，時間性與空間、種類的差異分隔全被淆混。對她而言沒有所謂的純粹翻譯與創作的分別。所有的書寫就是翻譯，所有的翻譯就是改寫；她強烈的表現出吞食語言的食文欲望，但不是要據有語言而是相反的由此去顯現後巴別塔的語言虛無、無政府狀態，它們不屬於任何人、任何種族、國家——民族或地域。像刊行張愛玲發表的最早幾篇英文雜文的英文月刊《二十世紀》的主編克勞斯・梅涅特⑰，生於莫斯科的德國人，到孤島上海最後的國際大城創辦一份最後的國際性綜合性刊物，像那些流亡於上海、香港的白俄、猶太、印度等等各類人，〈燼餘錄〉裏面教他們日文的俄國人，〈年輕的時候〉教潘汝良德文的俄國少女沁西亞・勞甫沙維支，都是無國籍的流離四散者。張愛玲的語言，無國籍(apatride)的流離四散混血語言，幽晦四散如同風中灰燼，「必指著多民多國多方多王」的隱喻。

註釋

❶《張愛玲全集》，第三卷《流言》（台北：皇冠，一九九五）。後面引文皆依此全集版本（以「全」簡稱）。

❷張子靜《我的姊姊張愛玲》，（台北：時報，一九九六），頁九一。

❸《張愛玲全集》，第六卷《第一爐香》。

❹同上。

❺同上。

❻同上。

❼同上。

❽同❶。

❾同❸。
❿同上。
⓫《張愛玲全集》，第五卷。
⓬唐文標《唐文標散文集》（台北：時報）。
⓭同⓫。
⓮Margaret A. Rose, *Parody: ancient, modern, and post-modern*, (Cambridge UP 1993), p.85.
⓯《張愛玲全集》，第九卷。
⓰同❸。
⓱鄭樹森〈張愛玲與二十世紀〉，收於鄭樹森編選《張愛玲的世界》（台北：允晨，一九九〇），頁四一—四六。

輯四 ■ 張愛玲與台灣文壇

張愛玲與台灣文學史的撰寫

陳芳明

引言

張愛玲的文學成就，很早就受到肯定；但是，有關她的歷史地位，至今似乎還未獲得定論。在中國、香港與台灣三地所撰寫的文學史作品中，張愛玲所受注意的程度，顯然與她的文學造詣不成比例。她的歷史定位之所以發生困難，恐怕與她一生的「孤島」旅程有極其密切的關係。

在張愛玲的生命裏，應該包括三個孤島時期。第一個孤島時期，是一九四二年到一九四五年之間的中國抗日戰爭末期；亦即張愛玲在上海發表第一篇小說的那年開始，一直到日本投降爲止。這段時期，上海作家與中國內地切斷聯繫，無論在肉體上或心靈上，都停留於孤島狀態。第二個孤島時期，是一九五二年到一九五四年，張愛玲流亡於香港的時期。在香港孤島上，她完成了《秧歌》與《赤地之戀》兩部小說。這時，中共建國已經成功，反右氣焰相當高漲，張愛玲再次與中國內地切斷關係。第三個孤島時期，從一九五五年張愛玲赴美，到一九九五年去世爲止，她的作品在台灣孤島上大量流通，重振其文學靈魂。張愛玲在島上放射其高度的影響力時，距離中國內地就更加遙遠了。

她的「一意孤行」，對中國現代文學史而言，自然帶有「抵中心」(decentering)的意味。以左翼史觀爲中心的中共史家，顯然不能接受張愛玲的「反共」立場❶。同樣的，以右翼史觀爲中心的國民黨史家，側重於抗日文學的歷史評價；對於張愛玲在汪精衛時期的上海作品，自然不會給予重視❷。即使在香港出版的有關中國新文學著作，在討論上海的「孤島文學」時，也刻意避開張愛玲不談❸。因此，到目前爲止，張愛玲的文學評價似乎不可能被納入中國新文學史的發展脈絡之中。

相形之下，張愛玲在台灣所獲得的待遇，恐怕也超出她本人的意料之外。從五〇年代《秧歌》介紹到台灣之後，張愛玲受到重視的程度，幾乎日益升高。她在台灣造成的文學影響力，同時代的任何一位作家可能都無法望其項背❹。然而，可怪的是，張愛玲在台灣卻從未定居過。一位作家可以不必生活在台灣，卻能在島上放射無限的魅力，毋寧是文學史上的一項異數❺。她在一九六一年訪問台灣數天而已，除此之外，任何記錄都顯示不出張愛玲與台灣有任何關係❻。縱然如此，張愛玲得到的尊崇，足以睥睨同儕。

不過，她獲得尊崇是一回事，台灣文學史如何接納她又是另一回事。對照於到目前爲止的所有中國文學史的撰寫，台灣文學史家對待張愛玲可謂不薄。以葉石濤的《台灣文學史綱》爲例，他在書中以如此的語句指出：「張愛玲是四〇年代傑出的作家之一。」他又說：「張愛玲的《秧歌》著重描寫農民生活的日常性，以女作家特有的細膩觀察描寫農民瑣碎的生活細節，當然也沒有口號式的誇張批判，卻反而把共產統治下的農村現實寫活了。」❼葉石濤的筆法，直接把張愛玲置放於台灣文學史的軌跡上。這種史觀，不能不說是相當具有突破性的了。反而是中國學者在研究台灣文學時，表露了極爲尷尬的態度❽。

台灣文學史的撰寫，自然是以台灣史家的史觀爲重心。葉石濤的突破性筆法，似乎僅是孤例。後來，彭瑞金撰寫文學史時，也絲毫沒有爲張愛玲文學做任何歷史的評價❾。這足以說明，張愛玲雖在台灣擁有廣大讀者與模仿者，文學史的閘門並沒有爲她打開。爲什麼張愛玲要進入台灣文學史竟然會產生困難？究竟障礙出於何處？這篇論文企圖回顧張愛玲文學在台灣所引起的爭議，同時從爭議中窺探她的歷史定位之所以產生困擾的原因。通過這樣的回顧，本文嘗試爲張愛玲作品尋找台灣文學史脈絡中的一個位置。

一、夏志清的《中國現代小說史》

張愛玲文學之介紹到台灣，絕非一朝一夕造成的，而是經由前後長達十餘年的時間慢慢累積起來。成名於一九四〇年代的張愛玲，在上海時期就普受肯定，迅雨、胡蘭成、柳雨生、譚正璧的評文都在一九四四年先後發表❿。但是，一九四五年戰爭結束後，在汪精衛時期發表作品的作家，受到高漲的中華民族主義氣氛的封鎖，一時受到排斥或議論。這段期間，關於張愛玲的評論文字似乎未曾出現。一九四九年，中共建國成功，張愛玲未及逃出，停留於上海將近三年之久。海外作家對於她的下落，並未表示任何關切。直到一九五四年，張愛玲突然在香港的《今日世界》雜誌上連載《秧歌》與《赤地之戀》兩部作品，遂又引起注意。

台灣文壇最初之接觸張愛玲，並非是由文學作品開始，而是透過夏志清的評介文字獲得初步了解。那是一九五七年《文學雜誌》發表的兩篇夏志清評論[11]。張愛玲日後於台灣文壇所引發的爭論，顯然也是由這兩篇評論點燃的。夏志清評張愛玲的作品，事實上是他當時撰寫英文版《中國現代小說史》計畫中的一部分。在台北主編《文學雜誌》的夏志清令兄夏濟安，優先將其完成的章節譯成中文發表。身爲主編的夏濟安，在刊登〈張愛玲的短篇小說〉一文之後，特別加上按語：「本文原爲介紹張愛玲給美國讀者而寫，因此討論的時候態度也許顯得過分『熱心』。假如這篇文章能夠使國人注意到張愛玲在中國文學史上地位的重要性，她將能得到更公允的批判。」[12]

夏濟安的這段按語，值得注意的地方有二：一是說明夏志清的文章係爲美國讀者而寫；一是指出夏志清的討論態度過分「熱心」。凡熟悉當時政治環境的研究者都很清楚，五〇年代的美國與台灣，都是反共氣焰特盛的時期。在那樣的環境下，討論中國新文學史時，自然不免對左翼作家都抱持貶抑的態度。張愛玲被提高到魯迅的同等地位，在當時是屬於相當突破性的評價；所謂「熱心」一詞，應是指此而言。

在那段動亂的時期，夏志清能夠獨具慧眼注意到張愛玲歷史地位的評價，可謂不易。不過，五〇年代反共的客觀環境，無疑也助長夏志清肯定張愛玲的勇氣。因此，在評價《秧歌》一書的結論時，夏志清終於也毫不掩飾他的反共立場：「《秧歌》不僅是一部中國農民受苦受難的故事，而且是一部充滿了人類的理想與夢想的悲劇；而人類的理想與夢想是爲共產黨所不能容的。」[13]張愛玲作品之所以能夠進入台灣，可以說歸因於台灣的反共政策：由於反共，而開啓了一個缺口，張愛玲文學遂通過這缺口，接觸了五〇年代的台灣社會。

張愛玲一度被視爲「反共作家」，恐怕與類似夏志清的評價有關。事實上，她本人對於這樣的見解頗耿耿於懷。在夏志清的評論文學發表之前，張愛玲於稍早曾寫信告訴胡適：「您問起這裏的批評界對《秧歌》的反應。有過兩篇批評，都是由反共方面著眼，對於故事本身並不怎樣注意。」[14]如果張愛玲沒有撰寫《秧歌》，如果當時的台灣沒有實施反共政策，相信台灣文壇對她的接受不會來得那麼早。如前所述，張愛玲一直是一位「抵中心」的作家，倘若她要迎合當時的風潮，盡可乘著反共政策之便在台灣大量發表作品。然而不然，她仍然無視於客觀環境所營造出來的對她有利之條件。因此，在夏志清評文發表後的十年，張愛玲未再受到台灣文壇的注意。直到一九六八年，皇冠出版社開始重印她早期作品[15]。海外學者水晶也同時發表系列有關張愛玲作品的研究，從此開啓台灣文壇對她作品的熱烈討論。

這樣的討論，基本上還是沿著夏志清的批評路線而展開的。不過，在這些討論中牽出的問題，已不只是作品內容的探索而已，張愛玲在文學史上的地位開始成爲台灣作家注目的焦點。爲了檢討上的方便，似乎可以把七〇年代在台灣的張愛玲論分成兩條路線，一是以水晶爲中心的研究，引發了林柏燕的挑戰；一是以唐文標爲中心的史料整理，遭到作家朱西寧等人的反駁。水晶與林柏燕的論爭，集中於張愛玲歷史定位的問題；唐文標與朱西寧之間的議題，則側重在「殖民地作家」的評價問題。這兩個陣營的討論，都涉及台灣文學史撰寫的方法與史觀，值得重新再檢討。

二、水晶VS.林柏燕：張愛玲的歷史定位

毫無疑問的，使張愛玲在台灣重新復活的，當推水晶與唐文標二人。水晶從作品著手，剖析張愛玲文學的內在結構，頗能揭露小說中的靈魂精髓。必須承認的是，水晶的研究帶動了台灣社會閱讀張愛玲小說的風氣。從六〇年代末期開始，水晶在海外之便，首先獲讀張愛玲長篇小說《怨女》在香港《星島日報》的連載，遂展開一系列的作品研究⑯。伴隨著張愛玲作品的重印，新一代的讀者幾乎都對她保持高度的好奇心。

水晶的文字，可以說開闢了兩個值得注意的方向。第一，他在研究之餘，也親自去訪問張愛玲，卸除了存在於台灣讀者心中的神祕感。他對張愛玲本人的興趣，顯然不遜於對她作品的熱心。張愛玲的隱居生活，對台灣讀者而言，遂逐漸形成重要的議題⑰。第二，更爲重要的，水晶的批評文字，超越了當時的政治偏見，而純粹就文學作品本身進行藝術的考察。具體而言，水晶既未受中共左翼文學觀的影響，而且也未受夏志清反共觀點的影響。他的研究無疑爲日後的「張學」奠下基礎；西方文學批評的訓練，可以說協助水晶擺脫了許多無謂的政治解釋⑱。

在水晶的系列研究中，對於張愛玲的歷史地位並未觸及。不過，他在比較張愛玲與三〇年代作家郁達夫時，顯然是褒張貶郁。水晶特別指出：「郁達夫的小說，像前面所說，是充滿了偷窺、戀物癖、嫖妓等描寫的。因爲他的故事，缺乏一種內在的邏輯，這些描寫便自成一個單元，可以任意從故事裏抽出來看，而用不著顧慮人物的心理和因果關係。」⑲相形之下，同樣描寫具有戀

物癖男性的張愛玲小說，就能夠從心理層面去挖掘，相當生動寫出一位沙文主義男性的傲慢與脆弱。

從心理學的鏡子意象，到神話結構的分析，使得水晶的張愛玲研究朝向一個規模龐大的批評工程去建立。無形中，張愛玲的歷史影像也隨著提升膨脹。因此，水晶的研究文字編輯成集之後，夏志清爲他寫書序時，就不免帶進張愛玲歷史評價的問題。夏志清承認他對張愛玲作品的接觸，始於宋淇（林以亮）的介紹。讀過《傳奇》與《流言》之後，使他頗爲震驚，那是一九五二年的事。夏志清說：「隔兩年（一九四五）讀了《秧歌》、《赤地之戀》，更使我深信張愛玲是當代最重要的作家，也是五四以來最優秀的作家。別的作家產量多，寫了不少有分量的作品，也自有其貢獻，但他們在文學上，在意象的運用上，在人生觀察透徹和深刻方面，實在都不能同張愛玲相比。」[20]

夏志清的措辭用字，等於把張愛玲的文學地位提升到中國新文學史的最頂端。不僅如此，夏志清又提到加州大學教授 Cyril Birch 編的 *Anthology of Chinese Literature*，「該書選了《怨女》英文本頭二章來代表自由中國的文藝成就」[21]。至此，夏志清的序文不只視張愛玲爲中國五四以來的最優秀作家，同時又認爲她是代表自由中國的文藝成就。這種評語，等於是對台灣作家構成極大的挑戰。

水晶的《張愛玲的小說藝術》出版於一九七三年，當時台灣社會正處於內外動盪的局面。緊跟著釣魚台運動（一九七〇）、退出聯合國（一九七一）、台日斷交（一九七二）等一連串政治事件，台灣知識分子都孕育一股強烈的危機意識，也因此對台灣本土文化抱持著前所未有的關切。在那段危疑時期，反映在文學運動上的重要現象，便是新詩論戰的爆發。從這些論戰文字可以發現，當時台灣作家的美學無非是建基於台灣的現實環境之上，同時文學思潮也偏向於寫實主義的表現㉒。因此，對於來自海外學者的文學批評，也相對地具備了高度的敏感。在這種客觀條件下，首先回應夏志清、水晶的文字，出自於文評家林柏燕之手。

林柏燕集中於張愛玲作家地位的討論，對於「最重要」與「最優秀」的評語提出他的質疑。從中國五四傳統的觀點而言，林柏燕指出：「五四以來中國人民受盡了戰亂與苦難，而我們的作家在隨波逐流之下，又有幾個眞能以『最重要、最優秀』而當之無愧？」㉓林柏燕的見解，頗能反映當時台灣文壇的寫實主義美學，也就是說，他是以中國的苦難經驗去考察張愛玲的作品內容。不過，林柏燕的批評文字裏，雖然不贊成把張愛玲視爲最重要的作家，他自己卻也沒有提出任何作家與她相互比較。倒是對於「代表自由中國文藝成就」的說法，林柏燕認爲：「如果今天把姜貴、朱西寧、司馬中原、鍾肇政、黃春明的其中一些作品翻譯出去，個人深信，絕不至於比張愛玲差到哪裏。」㉔

在這個時期的林柏燕，似乎還未對張愛玲的文學作品有全面的了解。他一方面承認「她是少數兼有女性細膩的觸覺及理智批判的女作家」，另一方面則又認爲「她的題材是狹窄的，在女性的角度來說，她更忽視了中國廣大社會婦女的一面」。在女性主義思潮尙未引進七〇年代的台灣社會時，林柏燕受到時代的局限，顯然沒有辨識出張愛玲小說中強烈的女性意識。林柏燕以爲，她只是關心那些遇人不淑、自悲身世、逼良爲娼、少奶奶、姨太太等等的女性生活。事實上，張愛玲所指控的，便是透過這些女性角色的形塑，暴露中國男性宗法社會與家族文化的黑暗落後㉕。

林柏燕的批評，立即得到水晶與夏志清的答覆。夏志清並沒有正面回應，不過，他特別強調：

「假如林先生派定我是『建立張愛玲聲譽的功臣』，我將引以爲傲，因爲我這裏『功臣』之『功』，也是改寫中國文學史之功。」㉖這樣的自我辯護，應該是可以成立的。因爲，他的《中國現代小說史》，以二十二頁寫「魯迅」，以三十八頁寫「張愛玲」，全然迥異於中國共產黨文學史家的史觀，筆法不可不謂放膽。更爲重要的，乃在於他的推薦，而終於造成日後「張學」研究的興起。

在這場論辯中，觸及較爲敏感的問題，恐怕還是張愛玲歷史地位的歸屬問題。林柏燕認爲：「張愛玲的小說，可以是中國文學的一支，但做爲自由中國的文學，其意識是相當淡薄的，其背景與自由中國更扯不上關係。」㉗這裏所指的「自由中國」，乃是指台灣而言。在那段政治當道的時期，台灣一詞原屬禁忌，因此都通稱自由中國。正如前述，七〇年代初期的台灣文壇，正進入新詩論戰階段，本土意識也隨之逐步高漲。因此，林柏燕文中所提「意識淡薄」的說法，便是當時政治氣氛的一個反映。如果使用現階段的語言，林柏燕提出問題的眞正意義是：張愛玲是不是台灣作家？

針對林柏燕的質問，水晶特別回答：「張愛玲在美國、在中國大陸，也許還沒有重要性；唯獨在自由中國，她卻是大大的重要，大大的發生了影響力，而且這種影響力的深巨，足以震撼得人『一愣一愣』的。」㉘爲什麼具有影響力？水晶具體舉出實例，台灣作家朱西寧和王禎和，「和張女士有近乎師徒的關係」。這種說法不僅可以接受，而且也是屬於無可搖撼的事實。自朱西寧和王禎和以降的台灣作家，有無數作品都可發現張愛玲的血緣與陰影。水晶甚至還這樣預言：「張女士注定要在自由中國，成爲最重要的作家，受到許多後來者的推崇與讚美。」

水晶在七〇年代宣告的預言，已證明是沒有落空。張愛玲在台灣所得到的重視程度，絕對不只停留於文學批評的層面，而是內化於(indoctrinated)台灣作家的創作思維之中。不過，林柏燕與水晶之間的議論，對於日後台灣文學史的撰寫有很大的啓發。一位後來在台灣定居生活的作家，可否視爲台灣作家？如果作家的文學作品未能具有濃厚的台灣意識，或是未能反映台灣的社會現實，可否代表台灣的文學成就？猶如林柏燕所說：「所謂一國的文學，除了能繼承該國的文學傳統之外，其創作意識與背景，必須是該國的。」依照這樣的標準，林柏燕又進一步指出：「有許多在台灣的作家，個人並不認爲能代表自由中國。」[29]倘然這樣的尺碼可以成立，那麼張愛玲顯然不能視爲台灣作家的代表。台灣文學史的撰寫，恐怕也很困難將她納入。

然而，水晶提出的答覆也不能不令人深思。有些作家誠然未曾在台灣社會生活過，他們的影響力卻極爲深遠持久，台灣文學史似乎也應讓出空間予以討論。以魯迅爲例，戰後的台灣作家受其影響可謂無數；稍早的鍾理和，稍晚的陳映眞，都有魯迅的影子[30]。張愛玲在台灣文壇所釋放出來的魅力，幾乎沒有人能夠否認。在撰寫台灣文學史時，能夠不正視廣闊的張愛玲文學流域嗎？

三、唐文標VS.朱西寧：「殖民地作家」的評價

倘然水晶是以正面的批評方法來提升張愛玲的地位，則唐文標的張愛玲史料蒐集，及其批判態度，乃是以反面手法來肯定她的文學史地位。在七〇年代初期的新詩論戰中，唐文標是一位主要的旗手。對於六〇年代現代詩運動的成績，他完全持否定的態度[31]。這種批判精神的崛起，無疑是相應於當時知識分子普遍瀰漫的政治危機意識。因此，唐文標對張愛玲作品的評價，可以說

是他批判新詩的一個延續。

唐文標之所以致力於張愛玲文學史料的蒐集，乃是針對當時正在形成的「張愛玲熱」而起意的㉜。但是，蒐集張愛玲的早期作品與相關的文字資料，目的並不是爲了探索她的藝術營造，而是爲了暴露她文學作品所賴以生存的背景都會上海之黑暗。對唐文標而言，四〇年代的上海不僅是一個租界，而且是不折不扣的殖民地。住在上海的遺老遺少，「他們正在優哉悠哉地過著他們迷信死守的舊制度生活，他們的家就是一個小小的『清朝』，他們留辮子、納妾、抽鴉片、捧優伶、賭博、打麻將、莳花養鳥，游閒地他們仍在冶戀昔日的榮光。」㉝

張愛玲小說中的人物，享受著「存而不在」的殖民地和平。因此，「她是表現這個沒落的『上海世界』的最好和最後的代言人」。就像同一時期唐文標對台灣現代詩的負面批判，他對張愛玲的小說幾乎也提不出任何肯定的評價。對於她的文學世界，唐文標使用了如此嚴重的字句：「回到『張愛玲世界』，我們以爲這世界太小、太特殊，和我們世界日距日遠，有什麼幫助的地方呢？裏面宣傳的失敗主義、頹廢哲學，和死世界的描寫，我委實只感染到絕望和對人類失去信心，我想，上海那類都市罪惡不應代表人間，男盜女娼只是租界的產物，過渡期人類劣根性的表現，我們不能諱言其必無，但深信活下去是爲了把現象改正，代替以人間的愛和同情。」㉞這是最典型的唐文標式的批評。這種批評的立論基礎大約有二，一是作家應該負有改造社會的任務。作品不應只是反映現實而已，同時還必須影響社會人心。另一是文學作品的感召力量是非常巨大的，絕對不會作者完成之後便及身而止，因此文學作品本身具備了更大的責任。正因爲作家與作品所擔負的任務是那樣重大，文學批評就相對具有監督的使命。唐文標公開表示他批判張愛玲的出發點是：

「文學批評仍有它的作用，慎用它會澄清一些語言的混亂，思想的沉濁，尤其對於一些滿布錦衣繡服的文章，對於裝飾著奇技淫巧的文字，很容易使人目眩於表面的彩澤，流連在抽象玄想的象徵迷宮，而忘記詢問，文學究竟是什麼？最中心的問題應該是，這些文章爲什麼而寫的，而且寫的是什麼？和我們今日有什麼關係呢？如果沒有，那麼，應怎麼辦呢？」㉟

從這段文字透露的信息，可以了解唐文標費盡心機蒐集張愛玲史料的用心。他爲了配合這樣的文學批評，需要大量證據來支撐自己的立論。必須給予肯定的是，他的努力終於完成了兩部重要書籍，一是《張愛玲卷》（台北：遠景，1982），一是《張愛玲資料大全集》（台北：時報，1984）。如果沒有他的海內外全面搜尋，今天台灣社會對張愛玲早期作品與創作生涯的認識，恐怕還是極其隔閡。然而，唐文標的史料工程造成的效果還不止於此。由於他的刺激，終於促使了張愛玲本人不能不同意讓自己的全集出版。自一九九一年以降，台北皇冠出版社陸續出版了十六册的《張愛玲全集》，不能不歸功於唐文標的「催逼」。

然而，唐文標所發表的數篇有關張愛玲作品的批評，雖然可以視爲七〇年代初期台灣文壇不可分割的一個現象，他的一些觀點所引導出來的論戰，以及連帶激起有關文學史撰寫的議題，即使到今天，也還是存在著值得討論的空間。

他的史料蒐集方式，事實上已經受到林以亮的回應㊱。值得討論的，倒是他提出的「文學功能論」與「殖民地作家論」。在文學功能論方面，引發的辯論極爲強烈㊲。唐文標在當時發揮的影響力，造成了一定的作用。以作家王拓爲例，早期他對張愛玲的作品頗爲激賞；但是到了一九七六年，亦即台灣鄉土文學論戰展開之際，王拓的筆鋒突然調轉，也開始批判張愛玲的小說㊳。不過，這種功利觀點的文學批評，代表文學史上不同時期的價值觀念，並不影響文學史的撰寫。唐文標對「殖民地作家」的批判，恐怕與日後台灣文學史的描寫有極爲密切的關係。

「殖民地作家」應該寫什麼文學作品？在回應唐文標的批評時，朱西寧認爲張愛玲是文學史上的「先覺者」，他說：「先覺者並非預言家，唯憑其敏銳的直覺，於現實裏先覺了數十年、數百年，或竟數千年後方始明朗的新世；要到那時才爲後覺者，或不覺者所承認。所以先覺者雖非預言家，卻似預言家。做爲先覺者的小說家，則應是預言者。所謂藝術家走在時代前端，其實即是這個意思。」[39]朱西寧的觀點在於指出，唐文標以後來者的立場來指導前輩作家「應該」如何寫，是不能接受的。唐文標的美學要求是，在日本侵華期間，作家都應「秉于全民抗日大義，大家都『應當』寫民族正義那樣的東西」。這種畫一整齊的文學紀律，恰如其分反映了鄉土文學論戰期間的批評風氣。

朱西寧認爲，張愛玲「做爲一個小說家，『能夠』成功的寫出她所代表的文明，寫出一個大都市裏主要人口中一大部分的人物、典型市民，和沉澱在這大都市底層的家庭和文化，這已經很夠是一位卓越的大家了」[40]。因此，他特別強調：「有誰寫香港的地理背景、本地景物和所在地描寫能高過和生動過〈傾城之戀〉、〈茉莉香片〉、〈第一爐香〉、〈第二爐香〉？又寫上海，有誰能寫得出像〈留情〉、〈桂花蒸　阿小悲秋〉、〈等〉、〈年輕的時候〉、〈封鎖〉、〈創世紀〉那麼眞切鮮活？」[41]

朱西寧的反駁，全然是從張愛玲所處的環境去考量。相形之下，唐文標是傳統文學批評的典型餘緒，亦即要求大敍述(grand narrative)的格局，要求作家寫出整個民族的苦難與困境。然而，這種審美觀念，往往忽略了個人的意志與欲望。更具體而言，當一位作家受到要求必須表現堂皇的、大規模的故事背景時，在龐大的理念壓服之下，個別的角色、性格就顯得不重要、不醒目了。朱西寧並不反對大敍述的創作方式，但是，他認為作家只要能具體描寫其周遭環境，便是盡到本分了。

更進一步而言，身為租界地與殖民地作家的張愛玲，原就生活於整個中國政治、社會、文化的邊緣。她誕生於上海，絕對不是她的選擇；而上海之成為殖民地，也絕對不是張愛玲設計出來的。因此，要理解張愛玲的文學作品，並不能從中國抗日戰爭觀點去考察，而是從上海之所以成為殖民城市的歷史角度切入。朱西寧並不認為張愛玲必須「秉于全民抗日大義」，並且「寫出民族正義那樣的東西」。這種說法是可以成立的，同時也應該是以這種見解來認識張愛玲文學。誠然，有誰能夠比張愛玲描寫上海、香港還來得生活眞切？倘然張愛玲表現得一如巴金、茅盾，充滿了民族悲情，上海與香港的城市性格反而受到蒙蔽、泯滅，文學史上只是增加了另一位矯情的抗日作家而已，豈有今日的張愛玲？

不過，朱西寧指出張愛玲是一位「先覺者」、「預言家」時，並未進一步申論這個觀點。事實上，張愛玲作品確實是文學史上的先覺者。她的小說，擺脫了所有文化權力中心的干擾，全然是從「他者」(other)的角度來描寫上海的市民生活。無論是從後殖民論述的觀點，或是從女性主義的角度，都可以強烈感受到她作品裏生動力量。那種蓬勃的生命力，正是傳統儒家思想、傲慢的民族主義，或是霸權的殖民主義所一貫忽視的。

凡是熟悉張愛玲作品的人，都知道她的小說乃是環繞著上海租界地下層社會中之女性生活而經營的。相對於西方的殖民主義，上海租界地無疑是具有邊緣的性格。同樣的，相對於中國儒家知識分子的思考，上海的下層社會也是處於邊緣的地位。更進一步而言，上海的女性角色相對於中國男性沙文主義文化而言，乃是不折不扣的邊緣人。換句話說，張愛玲作品帶有三重邊緣的性格；而這樣的邊緣性格完全爲唐文標論述所忽視。

唐文標在七〇年代發表批評文字時，受到當時政治氣氛的薰陶，再加上他本人對中華民族主義的急切擁抱，遂投射其個人的思考與情緒於張愛玲的文學作品之上。在他的批評引導之下，張愛玲的文學性格即使沒有被扭曲，至少也遭到蒙蔽。唐文標的民族主義美學，建基於普通主義(universalism)之上，亦即所有的作家都應該符合一致的要求。當這種普遍性的尺碼拿來衡量張愛玲作品而發現尺寸不符時，唐文標便不可避免使用負面的觀點來評價。這種龐大的「民族自我」(national self)從現在的觀點來看，乃是一種變相的權力中心之建構。

張愛玲所要表達的，便是努力掙脫這種自我中心的操控。她忠實寫出殖民地的女性生活，無非是對殖民主義、男性沙文主義的一種抵抗。站在這種「他者」的立場，相當符合今日女性主義的抵抗精神。後殖民女性主義學者史碧娃克(Gayatri Spivak)提出了「他者」的一個核心問題：「不單單我是誰？而且還有別的女人是誰？我如何爲她命名？她如何爲我命名？尤有進者，她如何在自己的敍述裏爲她自己命名？她如何在自己的經驗裏尋找意義？而且，在她努力爲這些經驗命名時，她如何理解語言的角色？」[42]這些問題，不就是張愛玲小說所關心並提出的嗎？所謂「命名」，不只是爲其下定義而已，並且也是爲沒有聲音以及處於邊緣位置的女性，尋找其使用的語言與意義。她的作品，無疑是一個典型的後殖民呈現(postcolonial representation)。她突破中華民族主義的普遍要求，而挖掘了長期被掩蓋的角色，揭露了民族主義的虛構與神話。

四、結語：寫入台灣文學史？

「孤島生活」的旅程，使張愛玲一生都停留於流離失所(diaspora)的狀態。在上海、在香港、在美國，她都扮演了邊緣性的角色。因此，過去所有文學史作品的撰寫中，張愛玲往往得不到應有的重視。對於四〇年代的中國文學，中共與國民黨史家都一致從抗日運動的經驗來觀察。張愛玲早年的才華之獲得承認，僅止於上海一地，而無聞於其他的中國城市。

不僅如此，張愛玲的作品內容也只是描寫租界的女性生活。就中華民族主義或男性沙文主義的角度來看，她的文學就更具強烈的邊緣性格。在民族主義與男性文化的雙重權力中心支配之下，張愛玲之難以獲得正面評價，幾乎是可以想像。台灣文壇在五〇年代也是受到民族主義與雙重權力中心的支配；特別是反共政策的高度實施，任何邊緣性的書寫都不可能得到重視。張愛玲文學之所以能夠介紹到台灣，乃是因爲她在香港撰寫的《秧歌》被誤解爲「反共文學」。這種誤解，正好符合雙重權力中心的要求，遂爲張愛玲啓開進入台灣的閘門。

然而，台灣社會所接受的張愛玲作品，僅是《秧歌》與《赤地之戀》而已。當她的早期作品也陸續介紹進來之後，便逐漸產生爭議。她的上海小說在七〇年代大量重印時，正好遭逢台灣政治面臨危機變化的時刻，民族主義與男性文化的權力再度獲得提升。因此，無可避免的，張愛玲早期文學作品所呈現的精神，受到前所未有的挑戰。水晶與林柏燕的辯論，以及唐文標與朱西寧的爭議，都剛好觸及了張愛玲文學的問題核心。她是不是可以視爲「台灣作家」？身爲一位「殖民地作家」，她的作品應該如何受到評價？

七〇年代的討論，顯然沒得到合理的答案。八〇年代以後，台灣社會開始朝向後戒嚴時期推進，長期被傳統權力中心所束縛的思考方式，漸漸獲得鬆綁。一個非常重要的現象在這個階段慢慢浮現，那就是台灣文學的研究日益成爲重要的學問，而台灣文學史的撰寫也開始成爲學術界的議題。

台灣文學史的角色，就像張愛玲的文學地位一般，長期都是處於邊緣的位置。由於台灣社會曾經是日據時期的殖民地，戰後又淪爲戒嚴體制下的再殖民，因此台灣作家的歷史地位也在思想鬆綁後，變成熱門討論的議題。台灣文學史的撰寫，也是屬於 postcolonial representation 的問題。怎樣爲台灣作家定位，怎樣爲台灣的文學作品下定義，亦即史碧娃克所謂的「命名」，將是日後台灣文學史的撰寫過程必然會遭遇到的問題。

在台灣文學史的撰寫已經提上日程表的今天，處理的問題恐怕不只是台灣本地作家而已。從已經發現的史料來看，日據時期在台的日籍作家、戰後初期的中國左翼作家，對台灣文學都產生過一定程度的影響力。文學史家如何評價他們？同樣的，像張愛玲這位未曾生活於台灣社會的作家，卻又具備無可比擬的影響地位，台灣文學史如何面對她？

這篇論文主要在於提出，台灣社會對張愛玲的接納與抗拒時，引發了一些重要的問題；而這些問題，都必須在未來撰寫文學史時應該處理的。本文作者傾向於主張把她寫入台灣文學史。但是，要討論這個問題，恐怕需要以另一篇論文來考察。

註釋

❶在七〇年代出版的中國新文學史作品中，未嘗有一語提及張愛玲。即使到了九〇年代，張愛玲之被忽視，似乎一仍其舊。參閱馮光廉、劉增人主編《中國新文學發展史》（北京：人民文學出版社，一九九一）。書中提到張愛玲同一時期的另一位作家錢鍾書，卻對她沒有隻字片言的討論，極爲離奇。張愛玲去世後，中國社會開始興起「張愛玲熱」，最近出版的《張愛玲全集》（大連出版社）與《張愛玲小說全編》（內蒙古文化出版社），因收入兩部具有反共色彩的《秧歌》與《赤地之戀》，而遭到中共當局查禁。見〈張愛玲小說在大陸惹禍〉，《聯合報》讀書人第二一一號（一九九六年五月十三日，第四十二版）。

❷尹雪曼《中華民國文藝史》（台北：正中書局，一九七五），頁八九三。張愛玲被劃入「華僑文藝」的範疇，未提及她上海的文學作品，僅提到《秧歌》與《赤地之戀》。

❸參閱司馬長風《中國新文學史》下卷（香港，作者自印，一九七九），頁二九—三一。討論上海孤島文壇一節，僅以抗日作家爲中心。

❹討論張愛玲文學在台灣的影響力，最爲精要的一篇文字，參閱王德威〈落地的麥子不死——張愛玲的文學影響力與「張派」作家的超越之路〉，收入蔡鳳儀編《華麗與蒼涼——張愛玲紀念文集》（台北：皇冠，一九九六），頁一九六—二一〇。

❺陳芳明〈張愛玲與台灣〉，《中國時報》人間副刊（一九九五年九月十三日）。

❻張愛玲來台灣一遊時，由作家王禎和接待，其間經過參閱王禎和（丘彥明訪問）〈張愛玲在台灣〉，收入鄭樹森編選《張愛玲的世界》（台北：允晨，一九九〇），頁一五—三二。

❼葉石濤《台灣文學史綱》（高雄：文學界，一九八七），頁九三。

❽參見古繼堂《台灣小說發展史》（台北：文史哲，一九九二），頁一七六：「張愛玲本不應該算是台灣作家，因爲她既不是出生在台灣，雙腳也沒有踏近過台灣的土地；既不關心台灣的現實，也從未描繪過台灣的生活，如果把她算做台灣作家，或把她放進台灣小說發展史中敍述，有點不倫不類，既不符合她的身分，也不符合文學史實。」不過，這本書也特別指出：「不是她要躋身台灣文壇，而是她吸引了台灣文壇；不是她離不開台灣文壇，而是台灣文壇離不開她。」

❾彭瑞金《台灣新文學運動四十年》（台北：自立晚報，一九九一）。書中闢有專章討論一九五〇年至一九五九年的文學發展，卻未提到張愛玲。

❿張愛玲的名聲奠定於一九四四年。在這一年，四位男性作家不約而同對她的小說給予極高的評價。參閱，迅雨（即傅雷）〈論張愛玲的小說〉，原載《萬象》月刊，第三卷第十一期（一九四四年五月）；後收入唐文標《張愛玲雜碎》（台北：聯經，一九七七），頁一一三—三六。（《張愛玲雜碎》後又增訂改名爲《張愛玲研究》，一九八六年出版）。胡蘭成〈評張愛玲〉，《雜誌》月刊，第十二、十三期（上海，一九四四）；後收入唐文標主編《張愛玲資料大全集》（台北：時報，一九八四），頁三一八—二七。（《資料大全集》因涉及版權問題，未對外發行。承文庭澍教授慨然賜借，特此致謝）。柳雨生〈說張愛玲〉，《風雨談》月刊（上海，一九四四年十月），收入《張愛玲資料大全集》，頁三二八。譚正壁〈論蘇青與張愛玲〉，《風雨談》月刊（上海，一九四四年十一月），收入《資料大全集》，頁三二九—三三。

⓫這兩篇關鍵性的評論，參見夏志清〈張愛玲的短篇小說〉，《文學雜誌》，第二卷第四期（一九五七年六月二十日），頁四—二十；夏志清〈評《秧歌》〉，《文學雜誌》，第二卷第六期（一九五七年八月二十日），頁四—十一。

⓬這段按語，見於《文學雜誌》，第二卷第四期，頁二十。

⓭夏志清〈評《秧歌》〉，頁十一。又見夏志清原著，劉紹銘等譯《中國現代小說史》（香港：友聯出版社，一九

七九），頁三六七。

⑭張愛玲〈憶胡適之〉，《張看》（台北：皇冠，一九九二），頁一四五。

⑮一九六八年，台北皇冠出版社重印張愛玲作品，包括《張愛玲短篇小說集》、《流言》、《秧歌》、《怨女》與《半生緣》等。其中《張愛玲短篇小說集》，乃是重印一九五四年在香港出版的《傳奇》增訂本。

⑯水晶最早的兩篇研究張愛玲文學的論文，包括〈讀張著《怨女》偶拾〉，收入水晶著《拋磚記》（台北：三民，一九六九），頁六九—七八；以及〈讀張愛玲新作有感〉，頁九二—一〇五。

⑰水晶的訪問張愛玲，共計三篇文字，包括〈尋張愛玲不遇〉、〈蟬——夜訪張愛玲〉、〈夜訪張愛玲補遺〉，均收入水晶著《張愛玲的小說藝術》（台北：大地，一九七三）。大約與水晶同一時期去訪問張愛玲的，還有台灣的作家殷允芃，參見她的〈訪張愛玲女士〉，收入殷允芃著《中國人的光輝及其他》（台北：志文，一九七一），頁一—十。

⑱水晶自己也承認：「有一點促成我寫張愛玲，可能不當算做主觀的原因，那便是：張愛玲的小說外貌，乍看起來，似是傳統章回小說的延續，其實她是貌合而神離；她在精神上和技巧上，還是較近西洋的。」〈《張愛玲的小說藝術》跋〉，頁一九二。

⑲水晶〈潛望鏡下一男性〉，《張愛玲的小說藝術》，頁一三五。

⑳夏志清〈《張愛玲的小說藝術》序〉，同上，頁二。

㉑同上，頁三。

㉒有關七〇年代的新詩論戰概況，參見趙知悌編《文學，休走——現代文學的考察》（台北：遠行，一九七六）。另見陳芳明〈檢討民國六十二年的詩評〉，《詩和現實》（台北：洪範，一九七六）。

㉓林柏燕〈從張愛玲的小說看作家地位的論定〉，《文學探索》（台北：書評書目，一九七三），頁一〇五。

㉔同上。

㉕參閱陳芳明〈毀滅與永恆——張愛玲的文學精神〉，《中國時報》人間副刊（一九九五年十月九日）。

㉖夏志清〈文學雜談〉，原載《中外文學》（一九七三）。此處轉引自林柏燕《文學探索》，附錄三，頁二九〇。

㉗林柏燕〈大江東去與曉風殘月〉，同上，頁一一二。

㉘水晶〈殊途同歸〉，同上，頁二八二。

㉙同㉗。

㉚有關魯迅在台灣文學史上的意義，參閱陳芳明〈魯迅在台灣〉，《典範的追求》（台北：聯合文學，一九九四），頁三〇五—三九；又見，楊澤〈盜火者魯迅其人其文〉，收入楊澤編《魯迅小說集》（台北：洪範，一九九四），頁一—二二。

㉛唐文標在一九七三年連續發表三篇火力十足的新詩批判文字，包括〈僵斃的現代詩〉，《中外文學》，第二卷第三期；〈詩的沒落〉，《文季》，第一期；〈什麼時代什麼地方什麼人〉，《龍族詩刊》，第九期。有關唐文標新詩批論的觀點，參閱顏元叔〈唐文標事件〉，收入趙知悌編，前引書，頁一一九—二四。

㉜唐文標承認：「（一九七二年）回到台北後，我卻逐漸聽多了朋友們對『張派小說』的讚美與崇拜，其中尤其是年輕的朋友們。他們若追問下去，卻又說不出太強的『喜愛』理由，除了泛泛的文辭，奇特的技巧之外，簡直對張愛玲的生平簡傳，以及時代背景等等，一無所知。」見唐文標〈張愛玲雜碎〉，《張愛玲研究》，頁二一六。

㉝唐文標〈一級一級走進沒有光的所在：張愛玲早期小說長論〉，同上，頁八。

㉞同上，頁六四。

㉟唐文標〈又熱又熱又清又濕〉，同上，頁一〇二—〇三。

㊱林以亮〈唐文標的「方法論」〉，《昨日今日》（台北：皇冠，一九八一），頁二三九—四七。

㊲針對唐文標採取功利觀點來批評張愛玲的方法，引起的回應文字大約有：銀正雄〈評唐文標的論張愛玲早期小說〉（上）、（下），《書評書目》，第二十二期（一九七五年二月一日），頁六七—七三；第二十三期（一九七五年三月一日），頁四一—五〇。王翟〈看《張愛玲雜碎》〉，《書評書目》，第四十二期（一九七六年十月一日），頁五一—五五。

㊳王拓對張愛玲作品的肯定，見諸三篇文字，都已收入《張愛玲與宋江》（台北：藍燈，一九七六）；包括〈談張愛玲的《半生緣》〉，頁一—三七；〈《怨女》和〈金鎖記〉的比較〉，頁三八—七二；〈介紹一本散文——《流言》〉，頁七三—九二。王拓批判態度的轉變，見〈從另一個角度談張愛玲的小說〉，頁九三—一〇二。

㊴朱西寧〈先覺者、後覺者、不覺者——談《張愛玲雜碎》〉，《書評書目》，第四十二期，頁七九。

㊵同上，頁八一。

㊶同上，頁八九。

㊷Gayatri Spivak, "French Feminism in an International Frame," Yale French Studies, 62, (1981), p.179.

從張愛玲談台灣女性文學傳統的建構

邱貴芬

一、「張愛玲」符號在台灣

一九九五年九月的台灣新聞界異常騷動忙碌。正忙著因應中共導彈引發的台灣各層面（政治的、經濟的、文化的）現實效應。應付現在、思考將來，張愛玲突然逝世的消息從太平洋彼岸傳來，卻打斷了媒體這樣的時間心情。悼念張愛玲、挖掘有關張愛玲塵封往事的記憶、老文化界人士回憶自己初遇佳人（作品）的驚豔心情、回溯張愛玲文學地位的文章紛紛出籠。不管是老、中、青哪一代的作家和文化界人，都在報刊編輯急促的催稿下，停下手邊的工作，共襄盛舉，悼念張愛玲。文字媒體、照片、加上座談會、短短數天之內，台灣主要報系媒體就匯集了廣大的資源，製造出世紀末華麗的張愛玲文化饗宴。這場世紀末的張愛玲旋風清楚顯示，對台灣而言，張愛玲絕對不是個作家而已。「張愛玲」是個超級符號。但是，更重要的是，這場旋風讓我們目睹台灣報系媒體高度的「文化總動員力」，親身經歷文化符號的生產製作過程，得以更深刻的體會文學典律塑造與文化工業行銷文化商品之間的密切關係。站在這樣的一個立場「張看」，今日這場張愛玲盛會的潛在意義就不是那麼單純。

我無意干犯眾怒，貶低張愛玲的文學地位。張愛玲的文學地位如何，自有意識形態立場不盡相同的張迷或學者（前有夏志清、水晶，近有王德威、周蕾等）為她進言。我的興趣在於探討「張愛玲」之做為一個在台灣流行的文學／文化符號，所帶出的一些除了文學作品文字技巧、讀者偷窺癖、作家文學成就之外的一些問題：在台灣這個特定的社會情境裏，「張愛玲」是怎麼被塑造的？這個製造過程牽扯到哪些隱藏的意識形態假設？「張愛玲」究竟對台灣文化而言，代表了什麼樣的意義？「張愛玲」又是哪些意識形態力量折衝交戰的地帶？最重要的是，站在一個台灣、女性的審視觀點，我們又該如何透過「張愛玲」，探討如何建構台灣女性文學史以及這過程所涉及的史家位置問題？換言之，撰述台灣女性文學史，我們究竟該如何定位張愛玲與台灣女性文學傳承的關係？

二、張愛玲的台灣奇蹟

台灣愛慕張愛玲，幾已到達「傾城之戀」的地步。文藝界名人（如胡蘭成）的歌詠，報社編輯（高信疆、桑品載）私人的憶述及出版界鉅子平鑫濤的促銷、學者評論家的評介、加上圖像照片，塑造了「張愛玲」在台灣文化工業裏獨領風騷的「拜物」（fetish）地位。陳芳明（《中國時報》，1995）說的沒錯，除了張愛玲，「從來沒有一位作家可以在特定的社會缺席，卻能夠產生旺盛的影響力」。在國外文學裏，當然也有作家在特定社會缺席，卻也風靡全國，對當國文化產生深遠的影響。著名的例子，如喬哀思於愛爾蘭，索忍尼辛於俄國。但是，這裏卻有一個不可忽視的差異。喬哀思及索忍尼辛都是（自我或被迫）放逐的作家，筆下營構的世界是愛爾蘭，是俄國。作家雖然沒有將他人生歲月賦予那個特定的社會，文字之中卻盡是那個社會的呼吸脈動，想像裏處處是那個社會的愛恨情仇。張愛玲筆下的世界卻與台灣毫無瓜葛。承襲鴛鴦蝴蝶派的傳統（楊照，1995），浸淫於上海十里洋場文化的張愛玲，念茲在茲的是那個腐爛淒美的世紀末中國。如同施淑（李昂，1995）所言：「張愛玲喜歡的是傳統特殊的中國，是中國鬼靈冤魂的精粹。」這樣一個文字之中毫無台灣社會影像的作家爲何能讓台灣讀者如痴如醉，恐怕不是單單一個「文學造詣高超，文字精練」的單純說法可以解得。觀照張愛玲的台灣奇蹟，我們或許可以轉個角度，不把重點放在辯論她的文學造詣如何，而著眼於什麼樣的台灣時空背景造就了「張愛玲」？「張愛玲」滿足了什麼樣的社會需求？

晚近國外批評理論已注意到，文學經典形成過程（或謂「典律」）其實牽涉到種種權力運作（相關討論請參考 Von Hallberg 編的 *Canons* 裏的多篇文章，白人女性主義學者 Kolodny 及黑人女性主義學者 McKay 不同關懷重點的典律批判文章）。衆多有關典律的深入討論提醒我們。閱讀和寫作都是種社會活動，受制於不同形式、不同層次的體制化遊戲規則。一部文學作品是否能夠順利出產，引起大衆消費興趣，甚至流傳千古的，並不單單取決於美學標準而已（Guillory）。解嚴後台灣文學典律重整努力也注意到這個問題。彭瑞金（1991）和蔡詩萍（1995）分析戰後官方支配論述下的台灣文學發展可以代表這類思考。王浩威的〈國家機器對台灣文學的宰制〉（1995）則一刀雙刃，批判台灣社會不同意識形態國家機器與資本商品產銷策略結合的文化生產過程。在列了一套生產「文學人」的流程之後，王浩威指出：「文人的產生是多重步驟決定的，但絕對不是自己意志所能掌握的；他能掌握的只是要參與這些遊戲規則到怎樣的程度。」(102)「張愛玲」的產生，歷經數十年，其過程當然與現今初出茅廬、力拚在台灣文壇掙得一席之地的文學新鮮人不盡相同；但是王浩威所言，一個文人的產生與許多體制化的文學機構、國家機器、資本主義文化商品化的關係，卻可挪用來觀照「張愛玲」的台灣現象。

三、拜戀(fetishization of)張愛玲

張小虹(《自由時報》，1995)曾用心理分析「戀物化」的角度談張愛玲的「戀物癖」。在《中國時報》舉辦的「告別張愛玲座談會」(一九九五年九月二十四日)裏，她並引申用來談論台灣將張愛玲死亡儀式化的潛在「戀物」心情。她認爲，台灣藝文界在張愛玲死後的媒體演出，其實是在進行一場「把張愛玲『戀物化』的過程」，藉以達成「集體性的心理治療」，治療失落張愛玲的傷痛：

> 在精神分析裏經常談到死亡必須經過哀悼的過程。許多哀悼儀式之所以那麼繁複，是因爲我們無法面對突然的失落，必須把它「儀式化」——張愛玲消失的過程我們不能(她禁止任何人)親眼目睹，只有透過報章雜誌、她的文字來強化對她的「戀物」——「告別張愛玲」，就是「失落」張愛玲的過程。

或許礙於時間限制，張小虹並沒有進一步深究，爲什麼台灣會對張愛玲產生這麼強烈的「戀物化」傾向？不過，在處理這個問題之前，且讓我們回想，其實，遠在張愛玲逝世之前，張愛玲就已被台灣藝文界「戀物化」，藝文界編輯、出版者、作者（如朱西寧、王禎和）對她的崇敬愛慕，幾乎是西方中古騎士文學精神的台灣再版。「張愛玲」是戰後台灣主流媒體製造生產的文化符號。最先爲「張愛玲」打下基礎的是反共立場鮮明的夏志清。儘管他的《中國現代小說史》（1961）在西方漢學界是影響深遠的中國文學批評經典作，但是，如果他的政治立場不符合戰後台灣當局的反共政策，文章論述再如何精闢，也無法順利通過國民黨黨國機器的篩選，而在台灣媒體造成一定的影響力。隨後，「張愛玲」更在當時名作家朱西寧以及其旗下「三三集」的文藝網絡推展開來。不過，在談論「張愛玲」的製造過程時，我們往往忽略了媒體企業所扮演的吃重角色。談製造「張愛玲」的功勞，不該忘了將當時的中國時報人間副刊記上一筆。媒體參與製作製造「張愛玲」的程度，從「人間」副刊前編輯桑品載的短文〈與張愛玲周旋——拾掇她與「人間」的一段因緣〉，可略見端倪。據桑品載所言：

> 坊間既不易見到她作品，甚至還列爲「禁書」（至少是「半禁書」），則所謂「張愛玲熱」，所謂「張迷」，其形成之功，如水晶、如夏志清、如朱西寧等諸名家的多次爲之讚頌，絕對是項重要因素，**而這些文章，幾乎無一例外全在「人間」刊出**。
>
> ……

不記得是哪位作家跟我說的，其實張愛玲正在寫長篇小說，還說是以北方的軍閥家庭爲背景。一聽到這消息，自是興奮不已，立即向余董事長報告，**余先生指示我一定要把這篇小說拿到，並說可以先寄五千元美金給她，做爲稿費的一部分。余先生也是「張迷」嗎？我沒問，不過五千美金那時合台幣是二十萬，而且還只是稿費的一部分，余先生對張愛玲的重視，當可想見……**（黑體爲本文作者所加）

除了點將錄，看那些「名家」在文字裏爲張愛玲在台灣塑造「傾城之戀」，桑品載的這篇文章更值得注意的地方，在於它提供了第一手資料，透露了報社董事長、編輯、評論家搭起的網絡，如何造就「張愛玲」。如果沒有「余董事長」的「特別指示」及鼎力支持，「張愛玲」是否能成爲台灣的超級文化符號，恐怕難以預料。但是，沒有這些評論名家的青睞愛慕，董事長再怎麼「特別指示」也無法成就「張愛玲」。這個問題從傅柯(Foucault)所定義的「考古學」的觀點來看，就非常清楚（參看Hacking, Davidson）。「張愛玲」之得以產生，並非理所當然，並非只因爲張愛玲的藝術成就或是她的文字、觀察敏感度等等；「張愛玲」提供我們一個焦點，來審視台灣這個社會在某段歷史時空背景裏，論述產生過程所牽涉的權力與制約問題。

文化界人士加上媒體網絡的愛慕，與其說張愛玲是一個作家，不如說她是台灣深植於資本主義系統文化商品市場的「拜物」。馬克思談資本主義社會的拜物現象(fetishism)，認爲物品被視爲理所當然的「價值」其實是某種社會關係的產物；重要的是，只有透過商品的生產與交換，物品才產生所謂的「價值」。媒體、作家、學術界名人、學校老師搭起的「文化市場」裏，「張愛玲」

成爲戰後台灣文化界的一個重要的象徵資本。在不斷敍述張愛玲、評論張愛玲、閱讀張愛玲、教學張愛玲中，我們透過文字「交換」「張愛玲」，在「拜物化」「張愛玲」的過程裏，也無形中換得了一定的資源（近似觀點可參考王浩威，1995b, Becker-Leckrone）。

不過，這樣分析「張愛玲」，只探討了台灣「張愛玲」拜物現象的一部分而已，只看到「張愛玲」「文化價値」的一部分而已。我們或許可以回到先前提出的問題，追問：「爲什麼是張愛玲，而不是其他人成爲台灣戰後文化界所塑造的『拜物』、所愛戀的對象？難道不是因爲她的文學藝術造詣的確高人一等，其他作家望塵莫及？」爲什麼張愛玲可以觸發我們這樣強烈的「戀物」心情，而其他作家卻不能？或許我們可以在李歐梵（1995）一段短短描述張愛玲小說的評論裏得到一些啓示：

> 我雖不能算做「張迷」或張愛玲專家，卻在她的小說中得到許多啓示，啓示之一就是張愛玲一直在寫世紀末的主題，而別的作家，特別是革命作家，卻拼命在「時代的浪尖」上搖旗吶喊，展望光明的未來。然而這個二十世紀中國的雄偉壯烈的烏托邦心態，終於經過幾段悲壯的集體經歷而回歸「蒼涼」。在這世紀將盡的時候，一般人仍然不知所措，於是又開始做著二十一世紀是屬於中國的民族美夢來了。唯獨張愛玲看得開，她從不相信「歷史的洪流」，卻從日常生活的小人物世界創造了另一種「新傳奇」。

李歐梵的這段話或許是在側面呼應周蕾（Rey Chow, 1991）現已膾炙人口的「張愛玲小說中瑣碎政治」說法，但是，點出張愛玲在文字想像裏一再勾畫世紀末的中國，卻提供了我們解釋「張愛玲」在台灣被「戀物化」的線索。或許張愛玲筆下的中國提供了戰後從大陸來台文人對母國複雜情緒的投射。張愛玲擅寫世紀末頹廢蒼涼的中國。這樣的中國，顯然最能契合當時來台大陸系人對中國愛恨交加，欲拒還迎的複雜情愫。只有在張愛玲文字裏的蒼涼、腐敗、「沒有光的所在」，才能找到那夢裏尋她多少遍、又愛又恨、卻永遠不得歸返、永遠失落的「中國」。張愛玲的隱遁難見，恰可提供這分心情的移轉投射。欲見張愛玲不得、愛慕張愛玲、拜物張愛玲，台灣的文化界因而得以持續愛慕「中國」，在不斷書寫張愛玲中，一方面企圖撫慰「失落中國」的挫折，一方面在台灣建構一個文學網絡，延續「想像中國」的欲望。這或許是台灣文化社羣集體「戀物化」「張愛玲」的深層心理意義。

四、「張愛玲」和一九八〇年代初的台灣女性小說風潮

如果我們把「張愛玲」現象落實到時間點裏來探討，或許就更能凸顯其中隱藏的意識形態折衝。楊照(1995b)在〈四十年台灣大眾文學小史〉裏談到：

「張愛玲風」最盛時是在七〇年代末期，台灣文壇上一方面是鄉土文學論戰的意識形態炙熱殺伐，一方面卻浮現許多以張愛玲筆調寫的愛情小說，一剛一柔，一個以雄性聲音張揚國族、階級論述；一個以女性書寫挖掘情愛內蘊細節，給那個時代圖染了令人久久難以忘懷的

豐富面貌（43）。

不過，這樣看待「張愛玲」在當時台灣歷史點的意義，恐怕還有斟酌之處。釐清「張愛玲風」與鄉土論戰的關係，我們或能更清楚地看到「張愛玲」在特定台灣時空背景裏的意義。首先，就時間層面而言，鄉土文學風潮應是先於「張愛玲風」。認清這點，對討論「張愛玲」在台灣文學史中扮演的角色，相當重要。如衆所周知，台灣七〇年代鄉土文學的興起與台灣於一九七一年十月被迫退出聯合國有相當程度的關係。也就是在台灣當時整個社會高漲的悲憤情緒下，開始了所謂的「文化尋根」。這是七〇年代初日據時代作家如鍾理和、楊逵、吳濁流等人塵封作品再被挖掘出土的背景。一九七六年開始引爆的鄉土文學論戰，是這波台灣文學典律重整的高潮，到一九七九年「美麗島事件」，王拓、楊青矗等作家因文字賈禍，被捕入獄，告一段落（彭瑞金，149-94）。楊照所謂的「張愛玲風」應是指一九七〇年代末期，曇花一現，被呂正惠稱爲「閨秀文學」的台灣女性文學當道的現象。這波女性文學風潮可以視爲以蔣曉雲在台灣文壇迅速竄紅爲序幕。蔣曉雲的〈掉傘天〉在一九七六年奪得聯合報小說獎的二獎（首獎從缺）。一九七七年的〈樂山行〉及一九七八年的〈姻緣路〉更連續獲頒聯合報的小說大獎。值得注意的是，蔣曉雲的成名，與喜愛張愛玲文風且頗有左右當時台灣文壇之力的夏志清、朱西寧的大力提拔，脫不了關係。在爲《姻緣路》單行本寫的序裏夏志清開場一段話，提供重要佐證：

> 民國六十五年中秋節寫〈蔣曉雲的小說〉那篇評文時，朱西寧僅看過了她已發表的五篇（〈隨

> 緣〉、〈宜家宜室〉、〈驚喜〉、〈掉傘天〉、〈口角春風〉〉，但即毫無猶疑地肯定她為張愛玲、潘人木之後「無人可及」的言情小說家，盛讚其語言之「清麗閃爍」與其行文思路之「交織緊密和靈活暢捷」(《六十五年度小說獎作品集》，357-58)。翌年八月，我身為《聯合報》小說獎的評審委員，讀了三十篇入圍作品後，也毫無猶疑地圈選蔣曉雲〈樂山行〉為首獎小說，因為憑其技巧之圓熟文筆之細緻，其他二十九位作者都不能同她相比的。去秋朱西寧同我同為《聯合報》中篇小說獎評審委員，決選首獎作品為蔣曉雲的〈姻緣路〉(1)。

在整篇序裏，夏志清不時把蔣曉雲與張愛玲相提並論，張愛玲成為衡量蔣曉雲文學成就的重要標竿。夏志清這則序可以引申出兩點重要訊息。第一、蔣曉雲能透過得獎建立文名，主要因為她能得當時文壇名人、報系文學獎主審夏志清、朱西寧的賞識。第二、這個賞識，主要是因為蔣曉雲的文字洗練直逼張愛玲。誰得獎、誰成名、誰落選、誰被遺忘，文學資源的分配向來不是個簡單的問題。楊照所謂的「張愛玲風」可謂就此肇端。隨後，蕭麗紅以台灣版《怨女》——《桂花巷》(1977)竄起文壇、被王德威列入「張腔作家」的袁瓊瓊的〈自己的天空〉、蘇偉貞的〈陪他一段〉、〈紅顏已老〉、〈世間女子〉也陸續得獎，加上當時朱西寧旗下的三三集作家、朱家姊妹，創作界的「張愛玲風」於焉形成。

一九八〇年代初台灣女性文學當道，並非無中生有，與既有的政治意識形態、文壇生態布局毫無關係。台灣文壇被鄉土文學論戰的高度政治辯論壓得透不過氣來，求取政治之外的文學題材固然是「張愛玲風」興起的部分原因，美麗島事件之後的肅殺政治氣氛也是不可忽略的因素。但是，從更深層的意義層面來看，「張愛玲風」未嘗不是鄉土文學論戰所牽涉的意識形態之爭的延續。一般評論家論張愛玲的台灣現象，咸認爲以朱西寧爲首的三三集網絡是傳承張愛玲的主力。根據楊照(1995b)在討論「三三現象」時的說法，「三三現象」不僅與鄉土文學論戰同時，「『三三』基本上可以看成是對應鄉土文學，企圖創造一個以大中國文化爲中心的行動原則的努力」(152)。「三三」一方面在理論架構上強調中華文化的博大精深，一方面轉換從胡蘭成那裏學來的禪式語言，認爲「正如同自然現象最後會化約到意志與息的感應，社會時代的問題也必須化約到個人情愛的感應上」(154)。張愛玲的中國式情愛傳奇恰巧符合了這兩項需求。如果楊照對「三三」的陳述可以成立，如果「三三」與一九八〇年代初台灣女性文學風潮之間有值得深入探討的關係，那麼「張愛玲」與台灣文學意識形態爭奪戰的糾結就更形複雜了。說得更明白一點，如果鄉土文學論戰再度演練了「失落中國」的威脅及其引發的焦慮（不過，這一次，不是政治領土，而是文化上、精神上、「論述領土」上的），造就「張愛玲」、（潛意識地）複製張愛玲、讓「張愛玲」形成一個文學網絡，讓繼承她衣鉢的文學子子孫孫在台灣繁衍不息，卻是繼續「想像中國」的一條活路。一九八〇年初顯赫一時的女性創作對台灣往後女性文學的發展絕對有不可忽視的積極意義，十多年來，當時出道的女作家有泰半都發展出自己的一片天空，已非張愛玲身影所能籠罩。但是，了解「張愛玲」在台灣女性文學發展過程中扮演的複雜角色，卻是我們在建構台灣女性文學史時，不可迴避的課題。

五、「張愛玲」與台灣女性文學譜系的建構

站在這樣一個對「張愛玲」的認知基點上，我們可以進而思考台灣女性文學傳統建構的問題。雖然遠在多年前，「張愛玲」傳奇就已形成，「張愛玲」的文學社羣網絡就已存在，但是，眞正將「張愛玲」的台灣現象透過批評論述，加以體制化，爲張愛玲在台灣張羅一個文學族譜的，非王德威莫屬。早在他一九八八出版的評論集《衆聲喧嘩》裏，王德威即以一篇〈「女」作家的現代「鬼」話——從張愛玲到蘇偉貞〉建構了一套台灣「張派」女作家的譜系。這篇文章在張愛玲、女性主義、台灣女性小說之間搭建了一套關係，如今已是探討「台灣女性文學傳統」的經典，到了《小說中國》的〈張愛玲成了祖師奶奶〉裏，王德威更將格局擴大，不僅將台灣女作家如朱天文、朱天心、施叔青、蘇偉貞、袁瓊瓊等列爲「私淑張腔的作家」，也視不少男性作家爲張派傳人（白先勇是最明顯的例子）。一九九五年九月四日發表於《中國時報》開卷版的〈落地的麥子不死——張愛玲的文學影響力與「張派」作家的超越之路〉更加鞏固這個理論。王德威所鋪陳的這套台灣女性文學譜系，當然有其現實基礎，並非捕風捉影。不過，這樣一個張愛玲譜系如果存在於台灣女性文學的版圖裏，究竟隱藏了什麼台灣女性文學傳統建構的問題？「張愛玲」的介入，顯示了什麼台灣女性文學傳承的特殊歷史情境？掩蓋了哪些文學傳統塑造的問題？

王德威在建構這套張愛玲的台灣（女性）文學傳統譜系時，著眼於張羅「張腔」的網絡，在其論述呈現中，張愛玲傳統的形成似乎是水到渠成，極其自然。但是，如果我們以重整台灣文學

典律的角度來探討這個問題，或許我們寧可選擇傅柯有關譜系(genealogy)的關照點，來探討這套台灣女性文學譜系裏牽涉的一些重整台灣文學典律問題。從強調中國想像及其敍述傳統傳承的角度來看，張愛玲的台灣文學傳統是中國傳統在台灣的延續，其合理性似乎不那麼需要進一步思考。但是，這樣一套顯得極其「自然、合理」的文學傳承，如果是站在以台灣為主體位置的觀點來看，就顯得問題重重。斷層(discontinuity)應該取代平順的傳承關係(continuity)成為探討台灣女性文學史建構的主題。

在彭瑞金(1991)重要的台灣文學批評著述《台灣新文學運動四十年》裏，我們看到，由於政治版圖的屢屢變動，台灣這個社會裏文學經驗的傳承從來不是一路順風地走過來。當然彭瑞金定義的台灣文學主要是指有「台灣意識」的文學作品，他的討論也以本土男性作家為主，對女性文學部分的關照不多。但是，他所描述的台灣文學史建構過程中所一再出現的「斷層」，卻也是我們談所謂「台灣女性文學傳統」必須注意到的問題。就台灣女性文學傳統的建構而言，我們必須拒絕將張愛玲的台灣文學譜系視為理所當然。我們必須進一步深究，這樣一個被自然化的譜系，究竟掩飾了什麼樣台灣特定時空背景中意識形態力量的折衝？只有當我們拒絕將「張愛玲」的介入，視為一個自然的歷史事件，我們才能誠實地面對知識(或論述)與權力的問題，才能穿透表面，深入去挖掘台灣(女性)文學傳統建構一向被忽略的問題。透過這樣一個史學觀點，台灣女性文學的特殊歷史性及在地性才不致被架空，我們才不會忽略過去台灣的殖民經驗對台灣社會裏文化生產、消費活動的影響。台灣女性文學活動才得以被放置在適當的歷史脈絡裏來討論。

六、結語：告別「張愛玲」之後

相對於傳統文學史論述以「傳承、連續」概念做爲串聯作家創作活動的史學方法，在建構台灣女性史時，我們可以採取強調台灣不同世代女作家之間的斷層現象爲策略，把台灣的女性文化活動放在台灣特殊的歷史脈絡裏來探討，彰顯各類權力架構的互動關係。如此，我們才能在不同世代台灣文學女聲此起彼落的音律裏，建立起深具台灣本土色彩的台灣女性文學史。換言之，在呈現台灣女性文學傳統時，史家或許更要注意，在台灣不同政權更替之下，不同文學傳統的引進對台灣女性文學活動造成什麼樣的衝擊？產生什麼樣後續的效應？多元卻又不免互相競爭的文學傳統是透過什麼管道，介入不同背景女作家的創作？作家與不同文學傳統關係的深淺，是否與她的族羣、地域背景有關？這些都是我們在建構台灣女性文學譜系時，可以進一步探討的問題。

我們無須否認，「張愛玲」做爲一個風靡台灣數十年的文化符號，與台灣文化活動的關係非常密切，對台灣女作家的創作，也產生了一定的影響。但是，以張愛玲爲一個源頭，把活躍於台灣當代女作家幾乎都一網打盡，收攏到張愛玲的旗下，似乎不能眞正照應到台灣女性文學複雜的面向。告別「張愛玲」不是要撇清與張愛玲的關係。台灣女性文學活動裏有張愛玲的氣息是毋庸置疑的。但是，告別「張愛玲」卻能讓我們另起爐灶，挖掘台灣女性文學裏被忽視、被壓抑的聲音。從文化媒體的層面來談，或許今天這場世紀末的張愛玲饗宴，正可以用來眞正的告別「張愛玲」，爲「張愛玲」世紀畫下一個漂亮的句點。以前集中於「張愛玲」的文化資源，得以重新分配，用來挖掘更多被張愛玲身影掩蓋的台灣歷史滄桑歲月裏的女作家。

　　這樣的論述版圖重組，或許短期內對一向賴製作生產明星符號維生的媒體而言，是個損失。但是，站在媒體企業長期經營的角度來看，這樣「研發」投資的短期損失，卻是放長線釣大魚。一道美食，再怎麼可口，總有吃膩的時候。開發多樣豐盛的產品，才能刺激消費。告別「張愛玲」，我們可以開始期待新的台灣文化菜單了。

參考資料

王浩威：1995a，〈國家機器對台灣文學的宰制〉，《台灣文化的戰鬥邊緣》（台北：聯合文學），93-107。

王浩威：1995b，〈評論做為一種新興工業〉，《台灣文化的戰鬥邊緣》，164-66。

王德威：1988，〈「女」作家的現代「鬼」話——從張愛玲到蘇偉貞〉，《眾聲喧嘩——三〇與八〇年代的中國小說》（台北：遠流）。

王德威：1993，〈張愛玲成了祖師奶奶〉，《小說中國——晚清到當代的中文小說》（台北：麥田）。

王德威：1995，〈落地的麥子不死——張愛玲的文學影響力與「張派」作家的超越之路〉，《中國時報》開卷版（1995.9.14）。

李昂記錄：1995，〈我們三個姊妹與張愛玲〉，《中國時報》人間副刊（1995.9.10）。

李歐梵：1995，〈蒼涼的啓示〉，《中國時報》人間副刊（1995.9.14）。

呂正惠：1988，〈閨秀文學的社會問題〉，《小說與社會》（台北：聯經），135-52。

呂文翠等記錄、整理：1995，〈永不消逝的華麗——告別張愛玲座談會〉，《中國時報》人間副刊（1995.9.28-30）。

夏志清：1980，〈蔣曉雲小說裏的眞情與假緣——《姻緣路》序〉。附於蔣曉雲著的《姻緣路》（台北：聯經），1-25。

桑品載：1995，〈與張愛玲周旋——拾掇她與「人間」的一段因緣〉，《中國時報》人間副刊（1995.9.13）。

張小虹：1995，〈誰與更衣——張愛玲的戀衣情結〉，《自由時報》副刊（1995.9.11）。

陳芳明：1995，〈毀滅與永恆——張愛玲的文學精神〉，《中國時報》人間副刊（1995.10.9）。

彭瑞金：1991，《台灣新文學運動四十年》（台北：自立晚報）。

楊照：1995，〈在惘惘的威脅中——張愛玲與上海殖民都會〉，《中國時報》人間副刊（1995.9.11-12）。

楊照：1995b，《文學、社會與歷史想像——戰後文學史散論》（台北：聯合文學）。

蔡詩萍：1995，〈台灣文學霸權論〉，收於《騷動島嶼的論述反抗》（台北：聯合文學，一九九五）。

Becker-Leckrone, Megan (1995) "Salome:The Fetishization of a Textual Corpus," *New Literary History*26:239-60.

Chow, Rey (1991) "Modernity and Narration-in Feminine Detail," *In Woman and Chinese Modernity,* (University of Minnesota Press).

Davidson, Arnold I (1986) "Archaeology, Genealogy, Ethics," *In Foucault: A Critical Reader,* ed. David Couzens Hoy, Basil Blackwell Ltd., pp.21-34.

Guillory, John (1990) "Canon," *In Critical Terms for Literary Study,* eds. Frank Lentricchia and Thomas McLaughlin, The University of Chicago Press, pp.233-49.

Hacking, Ian, "The Archaeology of Foucault," *In Foucault:A Critical Reader,* pp.27-400.

Von Hallberg, Robert (1984) *Canons*, Chicago: University of Chicago Press).

Kolodny, Annette (1985) "A Map for Rereading: Gernderf and the Interpretation of Literary Texts," *In the New Feminist Criticism,* ed. Elaine Showalter, (New York: Pantheon Books), pp.46-62.

Marx, Karl (1976) *Capital: A Critique of Political Economy,* vol. One, trans. Ben Fowkes, (Rpt. Penguin Books, 1990).

McKay, Nellie (1661)"Reflections on Black Women Writers: Revising the Literary Canon," *In Feminisms: An Anthology of Literary Theory and Criticism,* eds. Robyn R.Warhol and Diane Price Herndl, (New Jersey: Rutgers UP), pp.249-61.

台灣的香港傳奇

——從張愛玲到施叔青

廖炳惠

本來，我是想透過朱天文的作品去管窺張愛玲在台灣文壇的影響。不過，王德威在他的〈從《狂人日記》到《荒人手記》〉一文中，已對這個題目發揮得酣暢淋漓。正當無計可施之際，我讀到施叔青的〈兩情〉，提及她「不只一次踩在張愛玲的腳印」，在香港「這華洋雜處的社會，經歷著張愛玲經歷過的殖民地特有的風情事故……，在延續張愛玲沒說完、也不了的故事」。也許尾隨施叔青所踩過「張愛玲的腳印」，透過讀者兼作家的眼光，去分析文學因緣及其「影響焦慮」，以便重新檢視這一段「兩情」，藉此探討張愛玲對殖民社會中女性角色的描寫及其對後人的啓示，進而界定這兩位作家於台灣的文學出版與領受機制中的地位，應該有助於我們了解張愛玲作品世界的某些面向及其遺緒發展。

事實上，張愛玲僅於一九六一年秋天，到台灣訪問一些親友，曾與白先勇、王文興、陳若曦、歐陽子、殷張蘭熙、王禎和見面，並偕王禎和到花蓮一遊，然而她並不曾以台灣為背景寫小說。她告訴王禎和：「台灣對她是 silent movie。」（鄭樹森，24）然而，有趣的是張愛玲熱的中心卻非台灣莫屬，從胡蘭成到朱天文，乃至新小說族，張愛玲的影響力可說相當深遠。誠如邱立本所說：「有意識或無意識地模仿她的作家很多。即使在創作上強調『鄉土』、在政治上認同『台獨』

的作家，也不能抵抗她的魅力。那些源自上海大都會的文學繆思，也許在今日台灣本土意識高漲的政治氛圍中，是『政治上不正確』的影響，但無可否認，張愛玲的風格數十年來越洋灌溉了台灣文壇的土壤，成為台灣文學中重要的資產。」(《明報》，1995.10:5)

由《聯合文學》一三二期、《明報》月刊三十卷十期、《華麗與蒼涼》一些追悼張愛玲的論述，乃至稍早由鄭樹森編的《張愛玲的世界》及其中收錄的陳炳良輯〈有關張愛玲論著知見書目〉，即不難看出張愛玲的作品在台灣廣受喜愛的程度，不僅作家，即連學者也加入全球華人對張愛玲傳奇的塑造活動，而且年齡層的範圍涵蓋老中青少輩，可以說是十分普及。我在香港中文大學開會，遇見來自上海的王曉明，他便半開玩笑、半帶懊惱地說自己追思張愛玲的文章在十天內完成，但已擠不進悼念的隊伍裏去，編者手上的稿子遠超過篇幅限制，可見其熱門程度。

當然，上海、香港、美國華人的張愛玲熱是有些地理因緣，畢竟張愛玲在這些地方定居過。但是，張愛玲才來台灣一次，卻引起如此多的台灣作家、學者，不再計較政黨、派系、族羣、省籍、性別或性嗜好取向的差異，全神投入歌頌及回憶的工作，確實是相當特殊。在這麼多人中，我只將視野限定在施叔青上，勢必造成掛一漏萬，然而這種選擇性的隨興之舉卻勉強可用施叔青的自白、張愛玲的香江生活經驗，與張與施在文本意象及主題上的若合符節去加以支撐，同時也由於那種以外人來看香港，而又以異地傳奇的形式在台灣出版，構成其華文閱讀、詮釋的社羣，樹立她們於居住地之外的文學地位，並以投射的回流，奠定其跨越國界、地區的文學聲望。

在一篇文章裏，陳芳明已指出香港之戰使張愛玲寫了七篇香港傳奇，並列舉她有關香港的作品(240)。張愛玲僅住香港三年，根據余斌所著的《張愛玲傳》，張愛玲的香港傳奇比她的上海傳奇帶有更多的「怪力亂神」成分（38），可能是由於香港的殖民怪異風俗人情是個全新的天地，「在她這個外來者的眼中，這一切都化爲一種刺激、犯沖的、不調和的色彩和情調」，各種殖民地國家及歐亞混血所組成的同學也令她感到新鮮而陌生，對他們的心理、行爲總感到有幾分謎的味道。正因爲這種好奇、驚訝，張愛玲說她是「試著用上海人的觀點來察看香港」。後來，日本攻打香港，日軍與英軍交戰，在香港人的冷眼旁觀中進行，但映現在張愛玲眼中的卻是災難的體驗，從此她對生命的沉浮變幻有惘然的領悟，以至於將視野沉醉於封閉世界，一個風雨飄搖的現實外的悲涼世界（余斌，41-42）。香港戰事中，整個華人社會中所瀰漫的空虛絕望，那種朝不保夕的環境使得一般羣衆學會了抓緊眼前到手的東西，例如〈傾城之戀〉中白流蘇與范柳原的結合，「在這動盪的世界裏，錢財、地產、天長地久的一切，全不可靠了。靠得住的只有她腔子裏的這口氣，還有睡在她身邊的這個人」；或者，〈第二爐香〉的愫細本來有她的各種選擇，但是在母親早寡，經濟情況不佳之下，她領會到「在香港這一隅之地，可能的丈夫不多」，一切是出自「對於這局面的合理的估計」。

在香港這個殖民地上，女性的情愛與生活細節從戰爭與權力傾軋的夾縫裏發展、釋出，其不盡合意的思考方式與漫不經心的欲望渴求往往留下深刻的種種悲歡離合，許多評論家均注意到這一點（如陳芳明、楊照、周蕾等）。從某種觀點來看，施叔青筆下的黃得雲正是張愛玲的香港傳奇人物的延續。如同張愛玲，施叔青是以外人的眼光去觀察香港，而且不斷推出香港的故事，特別在《維多利亞俱樂部》（1993）等長篇小說中，將殖民社會中的權力、情欲戲劇納入華洋雜處的官司、腐化及壓迫中，扣緊男女關係的變化，去凸顯殖民文化的功利、近視、混亂及聲色面向上的多釆多姿。特別值得注意的是：施叔青在《香港三部曲》之一、二中，透過黃得雲這位妓女，彷彿又「踩在張愛玲的腳印」：《海上花》的妓院，堂子中的愛情起落；〈金鎖記〉中的黃金夢抵消情欲之變態心裏描寫……。尤其，〈第一爐香〉以葛薇龍這位上海女子來姑媽家，目睹種種混雜的現象，儼然就是《她名叫蝴蝶》的雛形。我認爲黃得雲在《遍山洋紫荊》中見十一姑的情節安排很可能受到張愛玲這部中篇小說的影響。

當然，要深究影響的具體痕跡並不容易，因爲有許多挪用與模仿是透過閱讀及無意識的吸收消化或反芻過程去進行，但是十一姑及妓院的描寫，乃至香港外在景觀與人物心理內在的起伏、男女關係的浮動等，這些課題確實可見於張愛玲的小說中。例如〈第一爐香〉中葛薇龍在玻璃門裏瞥見自己的影子，像賽金花，帶有殖民地特有東方色彩，在背心、衫、滿清末年的服裝款式及南英中學別致的制服交糅的不中不西情況，「越發覺得非驢非馬」。她的皮膚白淨及種種表徵均使人看到黃得雲的映像，這種「非驢非馬」的殖民大雜膾更是《她名叫蝴蝶》裏，中西事物交織成光怪陸離的景象、情色與物欲掙扎、殖民者與被殖民者的糾纏……一起落入的共業：「跑馬地成合仿陰影重疊的唐樓，帳幔綾羅斜塔，飛龍雕刻、紅紗宮燈、花瓶高几才是我『亞當・史密斯』的後宮，與床上脂粉豔光風情十足的我的女人一同棲息的，是尺來長的蜈蚣、放毒素的蜘蛛、成羣結隊的蟑螂、暗處的虱子、木柱裏密密麻麻的白蟻，發青色的石灰牆上肚腹透明爬行的壁虎。」(205)

接著，我試以施叔青筆下的黃得雲去重新檢視張愛玲由上海到香港傳奇的餘緒發展。正由於張愛玲與施叔青均是「過客」，在資本與殖民主義的「過渡」城市香港駐足停頓，他們以觀光的方式，看出聲色、景物之表層背後的本質，在這種流動不居的片段感覺及其細節處理手法上，兩位小說家有頗多相似之處；同時，由於他們的流離經驗，對情色、身體、不起眼的生活瑣屑事件獨具慧眼，並弔詭地以飄浮的身分在台灣文壇中找到一席之地。這種若即若離的殖民小說，雖然場景是放在上海、香港，但卻在台灣讀者身上產生好奇與興趣，從而對本地的類似經驗有所體悟。以其他方式來談張愛玲的影響，我們自然要談她的《秧歌》、《赤地之戀》對反共文藝，愛情小說《十八春》、〈紅玫瑰與白玫瑰〉等作品給蘇偉貞、袁瓊瓊、朱天文等小說家的啓發。不過，透過黃得雲這位妓女人物，也許我們可看出張愛玲對王蓮生、沈小紅等邊緣角色的垂青，對由上海到香港的兩地情、雙城記底下的殖民史有所了解。

赫雪特(Gail Hershatter)曾以上海的娼妓爲例，說明妓女與政治權力、文化轉變、國家地位與文化認同的錯綜關係，提出妓女的六種類型及妓女此一都會人物與現代化過程中的性別、欲望、政經交涉、身體控制等面向之間的互動關係。她特別關注都會歷史、殖民與反殖民的國家形塑、性與民族論述，以娼妓與性交易爲具豐富的意義場域，藉以觸及其他社會關係。據赫雪特，晚明一直到中清，以娼妓爲題材的作品，仍大致以色藝絕佳的名妓而非出賣身體的妓女，做傳統文化的邊緣與社會底層代表之一；隨著西方現代情境(modernity)的逼近及帝國、資本主義的深入中國沿海都會，名妓逐漸成爲絕響，取而代之的是不再能「妙舞清歌」的妓女，而且大多是遭人出賣爲娼，飽受老鴇笞罰剝削的農家女。

我們在黃得雲身上確實可發現到赫雪特所歸納出的諸多類型特徵，黃得雲十三歲時上天后廟求神被人以大口袋綁架賣至香港，成爲倚紅閣的名妓，「猜拳飲酒、唱曲彈琴一一學會」，而且也巧於利用各種伎倆騙取恩客的金錢，甚至於象徵了中國的現代化過程，不但英語會話流利，更知道如何掌握個人的身體及情欲，去達成性夢想與提升地位。她在亞當·史密斯的眼中卻是個「黃皮膚的娼妓」，邪惡而放蕩的「黃翅粉蝶」，代表了中國及東方的神祕落後及疾病，因此造成殖民者的不安與焦慮，乃是得透過殖民政府的法令去加以管制的「異己」。

在許多批評家中，班雅明是不斷提到妓女的男性學者，而且一再將妓女與現代情境加以關聯。根據魏格爾(Sigrid Weigel)的剖析，班雅明提及各種女性人物，尤其「娼」(Hure，英譯 whore)、「妓」(Dirne，英譯 prostitute)，有時談「娼」，但大致是以「妓」去探討性別意象，並發展其歷史辯證意象的見解。女性代表「語言無法言說的」、「沉默」與「激情」，而在討論波特萊爾(Charles Baudelaire)的專著及其未完成的巴黎「通道書」(Passagenwerk)，娼妓則被說成是「現代主義的一種託寓」。於《波特萊爾》，他說波特萊爾曾想以「女同性戀」(Les lesbiennes)爲《惡之華》(*Fleurs du mal*)原先的標題，因爲「女同性戀乃現代主義的女英雄」，不必再受制於生產及母親的工作(motherhood)，血脈法則(90-91)。對班雅明來說，妓女是不事生產的肉欲與性愛身體，而現代主義的詩人與知識分子乃是以想像自我投射，不事生產(non-procreation)的藝術家，妓女與從事智識創作而不事生產的「天才」、藝術家似乎沒有什麼差別。

鑑於世紀轉捩之間的文化政治問題，許多猶太籍知識分子對當時的庸俗文化、戰爭創傷、專制與民主的無謂紛爭、崛起的法西斯政權均有相當強烈的無力感，班雅明尤其對社會改革及文化左派的想法十分失望，因此在他的《德國憂傷劇之起源》(*Ursprung des deutschen Trauerspiels*)此一升等長篇論文遭法蘭克福大學回絕，便於一九二五年九月起自我放逐，從學院中人變成自由作家、批評家、翻譯者、電台節目的腳本作家，逐漸明白學院機制及知識分子、政治革命的錯綜及自我毀滅面向。在這種流浪的困頓日子及個人情感生活的諸多不順裏，班雅明了解了文明之下的野蠻及革命政治與性愛縱恣的密不可分，他在超寫實、現代主義之中找到新的歷史天使，朝向唯物歷史辯證，企求新的彌賽亞，另一方面則發展有關沉默、女性（特別是娼妓）、寓喻(allegory)、辯證意象與可見現存美學(aesthetics of visibility and presence)等見解(Werckmeister; Koepnick)。誠如史坦柏格(Michael P. Steinberg)所指出，班雅明重新審視寓喻及其新歷史意涵，乃是用以對抗當時德國批評家所推崇的象徵手法(symbol)，特別強調寓喻有其獨特歷史及其限定性，在本身的語言與文化之間的運作中，符號指涉及其他符號，如憂傷劇的巴洛克是指涉第二帝國，巴洛克的整體性乃指涉法西斯的誘惑等(127)。由於晚近學者對班雅明及克羅卡爾(Siegfried Kracauer)的專注研究，我們總算對班雅明等人的思想脈絡及其歷史經驗有較深入的認識，而不再像以往那麼忽視其歷史符象意義、文化批判及主體位置所涉及的具體歷史情境（非抽象之歷史history）。

班雅明的流浪歷史經驗，使他體會到知識分子與妓女、妓女與現代主義書寫的關聯，而同樣的情況可能也適用於張愛玲與施叔青，特別針對施何以安排黃得雲，這位於一八九二年九月二十五日被綁架運抵香港的東莞農家女，爲故事的主人翁。班雅明的妓女是一種遭壓抑勢必回返的人物，她們代表現代情境中被遺忘的意象檔案，將過去所扭曲的面貌重新以商品的形式去回顧，「此一重生的歡樂喜慶乃在娼妓身上」(1:2:671)，是以商品與販賣者爲一體，並且以身體包裝其意象（邁向過去、他人的通道意象）此一寓喻方式，去表達大眾尋找過去歡樂、長驅直入時間毀滅的空間，與女性結合爲一的快感，完成重返母體、原鄉此一神話、都會地底、不容於象徵秩序(presymbolic)的情欲。妓女是邁向過去無底洞的門檻，同時也是現代文化寓喻的身體與意象空間，使尋芳客在夢與醒之間，看到復甦的可能性，從物質意象及希望象徵的夢寐快感之中，觸及眞正的身體與意象的自我迴映。這種意象空間若放入奇怪的東西現代情境交會的「通道」(香港)中，如夢如幻的景觀可能是連殖民者、被殖民者均無法預期：

> 經不起黃得雲苦苦哀求，滿足她和愛人共度一夜的想望，史密斯留了下來，擁抱他放蕩的女妖過了一夜。隔天早晨他在逸樂的床上睜開眼，看到沒有燭光、黑夜遮掩下的現實：紅磚地橫陳她的褻衣，第一次曾經使她感到淫穢的妓女紅肚兜，牆角立著異教徒的小神龕，燒盡的香灰像堆起的小墳塚。飛龍雕刻、紅紗宮燈、竹椅高几，史密斯心目中的中國和黃得雲從灣仔春園街買來的西洋花紗窗簾、綠絲絨靠墊、帶穗的桌巾，混合成光怪陸離的景象。(69-70)

史密斯發現他所躺的彈簧大床是擺在唐樓的客廳中央，也就是一般中國人「拜祖先、供神明的莊嚴廳堂」(70)。這種去神聖化、除魅的隨興方便之舉，一方面是因爲當天苦力「沒吃飽肚子，扛不上樓梯，就把床丟在客廳」，另一方面則是由於黃得雲與史密斯均不計較中國固有的傳統持家之道。在一個膚色、性別、權力、文化關係混雜的「意象空間」裏，人與事務交織成一幅「光怪陸離」的景象：本來，史密斯是以蓄娼妓的方式，將黃得雲安置在唐樓；然而，他卻意識到自己非但控制不了身體，而且被他的「黃翅粉蝶」絆住，儼如「綠藻海草攀來繞去纏住他，把他往下拉」(115)，彷彿也遭殖民的疾病所感染。顯然這對男歡女愛的異國性伴侶在「貼得死緊的那一刻」，心中仍感覺到「有東西橫在他們當中，硬要把他們分開」(173)，但是兩個人均陷入情欲的殖民煉獄中，在難分難解的感官歡樂中總已「被扭曲為淫蕩」(120)，即連後來的屈亞炳也以「妳讓我失身於妳」的方式，陷入「女人陰暗潮濕的裏面」，感覺到自己的無能及莫名的恐慌。在這個殖民社會的性愛戲劇中，誰也沒占上風，勉強只能說黃得雲在隨機而起的意外異國性接觸與其後的一連串變故裏倖存，並且養出了有造化的兒子，其他男人無不在自己的欲望、貪婪、愚昧之中沉淪：亞當·史密斯的貪污舞弊案被揭發（《遍山洋紫荊》，217），姜俠魂在三合會的反英抗洋事件中生死不明（《遍山洋紫荊》，117-19），屈亞炳則娶個小腳媳婦，在殖民與被殖民者兩皆不容的夾縫中窩囊苟活。

班雅明將記憶的軌跡及其意象放入女性的範疇中，他自己對童年的經驗總是圍繞著家裏的縫紉、針線包、衣架，這些生活中的細節及不起眼的事物反而成為記憶的主要線索，這些邊緣、瑣屑、膚淺、不容易引起注意的日常對象往往以漫不經心的片段、浮面符號、聲音，巧妙而十分弔詭地打入無意識的深處，引起更加全面性的迴響，正如克羅卡爾所說，「這些表層的形象，正由於其毫不經意，讓我們得以直接體會事物的原來本質」(75)。隨興、浮面、漫不經心的觀光客有時更能看到建築、文化之美，遠較那些每天生活其中，熟悉其細節的當地人獨具慧眼，洞察一些習而不察的面貌，也因此班雅明認為電影以其不斷流動、消逝的意象反而更捕捉了現實。以這種辯證意象的觀點來看，黃得雲的東莞女身分及其妓女職業的送往迎來，那種漫不經心的性交易活動，事實上，比她後來刻意學十一姑，精打細算的「從良」行為，更深入殖民社會的底層變化，親身體會當時的鼠疫及現代衛生技術、殖民者對被殖民者的殘暴及殖民者本身的挫折感、傳統醫術及民間的通俗信仰（包括求神問卜、命相等）、劇團功夫與舊社會的反現代論述或實踐（打虎、王寶釧、三合會等曲目或組織等）。

在傳統的眼光中，娼妓乃是位階最低下的腐化、疾病、欲望化身，而在各種殖民文獻中，娼妓及其類似範疇的女性（藝妓、交際花、甚至渴望異國戀情或歸化他國的女性）往往成爲殖民與被殖民雙方均加以監督韃伐的對象，藉此維護文化及血統的純粹性，然而在針對跨國接觸的文化想像及其表達中，女性往往是最危險、含混且越界的焦慮人物，不管是《國王與我》（*The King and I*）或《蝴蝶夫人》（*Madame Butterfly*），乃至《櫻花戀》、《蘇西黃的世界》（*The World of Suzie Wong*）、《西貢小姐》（*Miss Saigon*）、《蝴蝶君》（*M. Butterfly*），無不圍繞著性別與種族的文化政治，去再現許多既有的成見與刻板印象。這些作品及其造成的效驗歷史（effective historical consciousness）勢必對施叔青選擇黃得雲此妓女角色有一定程度的影響。事實上，目前的女性主義也把「第三世界」女性當做亟需進一步探究的題材，認爲女性主義的理論應將性別意識體系的論述分析與機構、政治經濟的結構分析緊密相連，並注意不同女性在不同文化、社會、階層中的錯綜多元論述範圍、主體位置、意義實踐、公共領域及各種詮釋之間的衝突，將特定的女性意義（signification of femininity）放入具體的歷史中，去檢示其道德政治之新視野（Fraser, 160–65）。

施叔青對殖民與被殖民男女的再現方式難免強化圍繞種族文化政治的偏見；不過，由於觀點時而從黃得雲，時而來自史密斯、屈亞炳，透過流動的全景掃描及深入內心的獨白特寫，我們看到了各種人物在殖民社會中的諸多病徵，而且在命名(naming)之中，施叔青刻意賦予人物象徵意義，史密斯的名爲「亞當」除了呼應經濟學大師之外，也將聖經中的第一位男性及其失樂園歷史放入一個殖民煉獄，在性愛的誘惑及權力的利益之中沉淪；而牧師娘潘朶拉的嘴巴不饒人自然沒有讓那位帶給人類災難寶箱的先輩感到後繼無人；在狄金遜夫人離港後，另一位救星艾米麗則以純潔、慈善的形象打入史密斯的生活中，充當他殖民罪藪之清新改造力量，艾米麗與狄金遜放在一起立刻令人聯想及美國的女詩人；至於屈亞炳的走狗嘴臉及暴虐行爲則與「東亞病夫」的名號相得益彰，而姜俠魂正是義和團起義及國民革命軍的混合。有趣的是這些人物全由黃得雲此一妓女加以串連，正如班雅明所說妓女是通往過去（殖民史）的門檻，黃得雲象徵了遭到壓抑、扭曲的過去，而且更像張愛玲筆下的芝壽、七巧、阿小……這些在中國現代文化情境中掙扎的婦女。

從施叔青筆下的黃得雲，我們再回過頭去看張愛玲對《海上花》及有關上海、香港的女性人物故事，或許會得到一些「後」見之明。正如班雅明的女性意象與歷史先知的形象之中，過去而非現在或未來才是眞正的轉捩點，先知是背向未來，「以其憧憬」的眼光照亮以往英雄人類的高山以及詩歌景觀，深深沒入過去之中(2:2:577-78)。而女人則是「掌握過去」、「邁向過去的門檻」。

參考資料

王德威：〈從《狂人日記》到《荒人手記》〉，即將出版之論文。

余斌：《張愛玲傳》（湖南：海南出版社，1993）。

張愛玲：《張愛玲全集》（台北：皇冠，1988）。

施叔青：《她名叫蝴蝶》（台北：洪範，1993）。

施叔青：《遍山洋紫荊》（台北：洪範，1995）。

施叔青：〈兩情〉，《聯合文學》，132:40（1995）。

蔡鳳儀編：《華麗與蒼涼——張愛玲紀念文集》（台北：皇冠，1996）。

陳芳明：〈亂世文章與亂世佳人——張愛玲筆下的戰爭〉，收入《華麗與蒼涼》，238-46。

楊照：〈在惘惘的威脅中——張愛玲與上海殖民都會〉，收入《華麗與蒼涼》，254-66。

鄭樹森編：《張愛玲的世界》（台北：允晨，1989）。

Benhabib, Seyla, et al., *Feminist Contentions: A Philosophical Exchange* (New York: Routledge, 1995).

Benjamin, Walter, *Gesammelte Schriften,* eds. Rolf Tiedemann and Hermann Schweppenhauser. 7 vols. in 14 (Frankfurt: Suhrkamp, 1972-1989).

——*The Origin of German Tragic Drama,* trans. John Osborne (London: NLB, 1977).

——*Charles Baudelaire: A Lyric Poet in the Era of High Captialism* (London: NLB, 1973).

Fraser, Nancy,"Pragmatism Feminism, and the Linguistic Turn," In Benhabib, et al.,pp.157-71.

Hershatter, Gail, "Modernizing Sex, Sexing Modernity: Prostitution in Early Twentieth-Century Shanghai," *Engendering China: Women, Culture, and the State,* eds. Christina K. Gilmartin, et al. (Cambridge: Harvard UP, 1994), pp.147-74.

Koepnick, Lutz P., "The Spectacle, the *Trauerspiel*, and the Politics of Resolution: Benjamin Reading the Baroque Reading Weimar," *Critical Inquiry* 22, 2(1996):268-91.

Kracauer, Siegfried, *The Mass Ornament,* trans. Thomas Y. Levin (Cambridge: Harvard UP, 1995).

Steinberg, Michael P., "Mendelssohn and Selfhood," trans. in *Hui-guxian-dai wen-hua xian-xiang,* ed. Ping-hui Liao (Taipei: Ship-Pao, 1995), pp.85-109.

Weigel, Sigrid, "From Gender Images to Dialectical Images in Benjamin's Writings," *New Formations* 20(1993):21-32. Rev. in *Body-and Zinage-Space: Re-reading Walter Benjamin* (New York: Routledge, 1996), pp.80-94.

Werckmeister, O.K., "Walter Benjamin's Angel of History, or the Transfiguration of the Revolutionary into the Historian," *Critical Inquiry*, 22,2(1996):239-67.

透過張愛玲看人間
——七〇、八〇年代之交台灣小說的浪漫轉向

楊照

一、

一九六一年秋天，張愛玲訪問台灣，和《現代文學》的白先勇、王文興、陳若曦、歐陽子等人會面晤談，並在王禎和的帶領導遊下，到花蓮、台東、高雄轉了一圈。不過她的訪問，並未在當時台灣的文壇掀起什麼樣的波浪，「及至她將離台」，才有一位晚報記者「在報紙上寫了一段小小的新聞」❶。

剛好同一年，夏志清的《中國現代小說史》英文本在美國由耶魯大學出版。在書中，夏志清對張愛玲推崇備至，不但以專章、且比「魯迅」章多出一倍的篇幅介紹張愛玲，篇頭毫不客氣地說：「她的成就堪與英美現代女文豪如曼斯菲爾德(Mansfield)、安泡特(Ann Parter)、韋爾蒂(Welty)、麥克勒斯(Mc Cullers)相比，有些地方，她恐怕還要高明一籌。」❷而且盛讚「《秧歌》在中國小說史已經是本不朽之作。……〈金鎖記〉長達五十頁；據我看來，這是中國從古以來最偉大的中篇小說」。這樣的論點，其實早在一九五七年，就已由夏志清的哥哥夏濟安依初稿譯成中

文，刊登在《文學雜誌》上❸。不過無論是夏志清的書，還是夏濟安的譯文，也都並未立即受到重視、發揮影響。

張愛玲在台灣，眞正捲起旋風，蔚爲「現象」，已經是七〇年代後期的事了。王德威曾經對受張愛玲影響的所謂「張派」作家，進行初步的系譜整理❹，就中台灣的部分，除了白先勇、施叔青之外，其他被王德威「點名」的，都是七〇年代中後期以降才崛起於台灣文壇的。

張愛玲眞正「介入」台灣文學史，關鍵時期正就在七〇年代後半葉。這個時候，在紛擾的台灣文學界，突然出現了一羣深受張愛玲「洗禮」的作家，以女性居多數，她們身具「reading through 張愛玲」的雙重意義：那就是一方面熟讀張愛玲，另一方面又模仿、學習以「張愛玲式」的眼光來閱讀、呈現人間情感。放在台灣文學史的脈絡裏，我們應該如何去看待、理解這羣「reading through 張愛玲」的作家作品？就是本篇論文最爲核心的課題。

二、

張愛玲在台灣「遲來」的介入，可以從幾個不同的角度來解釋。

第一，六〇年代台灣文學的風氣，在《現代文學》的帶動下，正飢渴地吸收西方的存在主義以及現代主義文學大師典範。與五〇年代「現代派」以降的現代詩運動相比，六〇年代更強調對西方現代文學傳統的有系統引介，相形之下，中國文學的典範意義不斷被削弱、被推擠到邊緣，尤其是被官方刻意禁絕的大陸新文學時期遺產，更是嚴重缺乏社會能見度與閱讀誘因。

七〇年代氣氛丕變。一連串的外交挫折激發了新一波的民族主義情緒。做爲當時文化界的主軸主幹的文學，很快就感染到了這種氣氛。這一次的民族主義熱潮，不完全是由官方發動、主導的，更多了民間許多領域自發的推波助瀾，「中／西」的文化論述權力有了明顯的高下消長❺。於是「五四」、「三〇年代文學」紛紛被挖掘出來，重新認識、重新討論❻。整個大環境有利於張愛玲隨著魯迅、茅盾、巴金、老舍，被再度「發現」。

第二，這幾年間，夏志清在台灣文壇的地位也大幅上升。夏志清以〈勸學篇〉重擊當時「新批評」派的代表人物顏元叔，讓人印象深刻，一種異於「新批評」的文學分析與文學研究，呼之欲出，而夏志清被看做是這波變動中最具權威的代表性人物。加上七五、七六年，《聯合報》、《中國時報》連續以高額獎金創設小說獎、文學獎，「獎」的評審活動提供了夏志清年年儀式性、盛典性地參與。律定島內新興文學標準的機會，再加上《中國現代小說史》中譯本陸續完成、連載到出版，夏志清成爲唯一擁有「完整史觀」的批評權威❼。

夏志清雖然是個反共態度極其明顯的研究者，西方的書評者談到《中國現代小說史》時，總不免提到「作者某些強烈的偏見」❽，然而他書中討論的作家，卻幾乎清一色都是台灣國民政府認定的「陷匪作家」，換句話說，他們的作品都在政治控制的禁絕流傳範圍內。張愛玲成了非常突出的特例。

第三，除了夏志清之外，這個時期還有唐文標、水晶、朱西寧、胡蘭成等人，加入了建構「張愛玲現象」的行列裏。不管是朱西寧的「由愛而敬」，堅持稱張愛玲爲「先生」，或唐文標的「由愛而恨」，痛詆張愛玲作品「一步步走入無光的所在」的頹廢敗德，都是以非常強烈的情緒來閱讀張愛玲作品，把張愛玲其人其作放進了聚光燈下，供衆人瞻觀論證。尤其是唐文標才剛涉及與關傑明共同煽風點火，引發「現代詩論戰」的遍地烽火，他選擇張愛玲做下一個開砲對象，無疑地是將張愛玲這樣一個原本和台灣無甚淵源的作家，捲入了台灣當時正方興未艾的激動討論中，這場長達十年的討論專注在處理「文學與社會的關係」，前爲「現代詩論戰」、後有「鄉土文學論戰」，張愛玲本來和「現代詩」和「鄉土文學」都扯不上任何關係，可是卻也被捲進來，扮演了一個特殊的「對照組」的角色。

胡蘭成也在那個節骨眼由日本來台，其自傳《今生今世》中，把張愛玲寫成了「民國女子」的傳奇。於是張愛玲不只有作品，又有了作品以外、獨立於作品的作家生命異常故事，可供談說、想像。胡蘭成落拓華崗，被朱西寧接到景美，於是「張愛玲現象」又延燒到由朱西寧精神領導的青年文學行動主義社團——「三三集刊」，「三三」所到之處，張愛玲風也就順勢颳到，於是張愛玲的作品又取得了具體的推展廣傳組織力量。

三、

七〇年代後期，張愛玲的作品在台灣同時被書寫上了好幾層的意義。

首先是順著夏志淸的解釋，張愛玲原本屬「海派文化」、「鴛鴦蝴蝶派」的背景，被洗刷得一乾二淨。夏志淸只注意到她「可以不受左派理論的影響」，「她誠然一點也沒有受到中國左派小說的影響，當代西洋小說間所流行的一些寫作技巧，她也無意模仿」❾。卻完全沒有想到她眞正的傳承乃是來自於鴛鴦蝴蝶派，並不完全是「自己的風格」。

張愛玲當然有明確明顯的自己的風格，可是她受鴛鴦蝴蝶派的影響，卻也是不可否認的。鴛鴦蝴蝶派給她最大的資源，第一是以女性心思爲主要的取材，第二是用人際關係的齟齬折磨來發展情節的習慣，第三是對環境布景的鉅細靡遺寫實刻畫。

鴛鴦蝴蝶派的言情小說，以「哀情」爲主，表面上寫的是「男女主角火熾專注的愛情，在傳統禮教的桎梏下，只得深埋心底，不敢大膽暴露，最後必然導致雙雙殉情的哀慟結局」❿。然而實質上，「這些『愛情』故事經常發生在女主人公的鍾愛對象缺席的情況下……男主人公大多不是脆弱、多病、死亡、遠離，就是不受儒家文化薰陶的外國人……，結果，被遺留下來獨自掙扎的婦女便構成劇情的主要內容。對她們來說，『愛情』並不是賦予『完整』生命意義的、抱有希望的狀態，而是降臨在她們身上的災難」⓫。

所以鴛鴦蝴蝶派小說的巨匠，從徐枕亞、李涵秋到周瘦鵑、張恨水，雖然都是男性，可是他們筆下眞正的主角其實都是女人。鴛鴦蝴蝶派小說和「閨怨詩」如出一轍，卻是中國男人想像女性經驗、越俎代庖書寫女性經驗的集體論述。

不過也正因爲這樣，鴛鴦蝴蝶派替以女人爲中心的文學題材，奠定了合法存在基礎。而且這裏的「女人」，是在家戶裏、在傳統裏感知種種複雜人際、被種種封閉空間關鎖的女人，而不是五四「新文學」裏熱中處理的革命新女性、都會公共領域裏的女性，或用受過佛洛伊德理論洗禮後的眼光看出去，充滿各種壓抑與「情緒」的女性。

張愛玲入於鴛鴦蝴蝶派的傳統，卻將想像出發的主體代換爲女性，女性爲主題的地位不變，然而女性經驗不必再轉手男性來想像、捏造，進而原本在鴛鴦蝴蝶派裏為了強調女性世界的「不變」、「靜止」（相對於男性的「變動」、「流轉」）而發展出的細節描述技法，也在張愛玲筆下取得了女性主觀的色彩，充分挖掘出其禁錮女性、消耗女性生命的殘酷一面。張愛玲更是襲用鴛鴦蝴蝶派那種刻意充滿各種情緒的敍述修辭（相較於「新文學」裏講究「寫實」、「自然」的客觀、冷靜腔調），把這改造為一種大量借用明喻隱喻來發抒刻薄評論的特殊描寫風格，對禁錮、消耗女性的環境大加反擊。

這些特質特色，在夏志清的分析中都未見提及。事實上，夏志清完全從「新文學」的角度來揣測張愛玲、衡量張愛玲，把張愛玲編納進「新文學」系譜的同時，意外地讓張愛玲作品中深濃的鴛鴦蝴蝶女性色彩、女性中心的發言樣態，也一併在台灣取得了前所未有的合法性地位。

四、

其次，七〇年代台灣文學領域空前熱鬧，在政治、社會領域被嚴格監視的情況下，文化、尤其是文學成了難得的理念衝激辯駁的主要戰場。由「現代詩論戰」而「鄉土文學論戰」，本來錯綜複雜的政治社會經濟討論，逐漸縮小到文學內部，變成兩個典範的對話對決。一邊是講究哲學化、講究藝術美學獨立於社會以外的自主位置的「現代派」，另一邊則是講究行動原則，講究文學介入社會、實踐正義理想的「鄉土派」。

這兩組典範的互相攻擊，到後來演變為惡言相向、不留情面的風格，再加上許多非文學的力量夾雜其中，一個最大、最普遍的效果其實是讓這兩派兩敗俱傷，兩種美學都無法眞正建立起讓人接受的權威。「現代派」在「鄉土派」的攻擊下遍體鱗傷，不得不接受所謂「與社會脫節」之指控，雖援引政治威權力量介入，亦無從挽救走下坡之命運。「鄉土派」則一方面飽受「陰謀論」的醜化，另一方面和政治上的反對運動日趨接近，終於在一九七九年年底的「美麗島事件」後，和「黨外」一起受到無情的鎮壓與積極的收編[12]。

游移在這兩組對峙的文學典範間，從七〇年代後期起，就有不少人努力想要找出其他的出路來。其中「三三」就是最積極、最有組織的代表。「三三」從民族主義出發，反對「現代派」那種「橫的移植」的存在焦慮美學，也反對他們對個人主義的耽溺，失去了社會視野，更缺乏行動原則與行動能力。「三三」和「鄉土派」一樣強調文學的行動意義，可是卻反對「鄉土派」的悲觀、抗議色彩，更對「鄉土派」以土地、農村爲凝視對象的美學缺乏同情。

在胡蘭成的影響下，張愛玲儼然成了「三三」尋找的另類出路(alternative)的提供者。「三三」在張愛玲的作品裏讀到的是一套「中國修辭」，精刮聰明的「都會智慧」，以及人際複雜的集體運作。更重要的，張愛玲營塑的浪漫氣氛，眞正可以脫開「現代派」、「鄉土派」的正經八百嚴肅意味的糾纏，走出另一條不一樣的「行動之路」。

我們當然可以歷歷指證說，這些其實是「三三」對張愛玲的誤讀。不過在異時空裏的誤導，並不會因爲已偏離了作者的原意，而削減其影響力的。

「美麗島事件」後，「現代派」、「鄉土派」雙雙破產，繼而「三三」的右派行動主義也遭到打壓[13]，在這樣的典範眞空狀態裏，延續「三三」對張愛玲的讀法，但減去「行動主義」意味的一批作家與作品，倏忽興起，蔚爲一股不可忽視的風潮。

五、

從七〇年代末到八〇年代前期，陸續在文壇嶄露頭角的女作家，論密度和作品的能見度，都遠高於戰後台灣文學史上其他任何一個時期。這批女作家包括了朱天心、朱天文、蔣曉雲、袁瓊瓊、蕭麗紅、蘇偉貞、蕭颯、鄭寶娟、鍾曉陽、廖輝英等人。

檢視她們的背景，再對照她們的作品風格，我們發現她們大多和張愛玲有密切的關係。朱天文、朱天心姊妹是朱西寧的女兒，更是「三三集刊」的核心健將。蔣曉雲極受朱西寧喜愛，她崛起於第一屆聯合報小說獎，朱西寧就是大力提拔她的評審⓮。後來朱西寧又在另一本選集裏替她寫了評介，文中就直接提到蔣曉雲作品與張愛玲相似之處⓯。

蕭麗紅的《桂花巷》裏面的女主角，明顯是以〈金鎖記〉、《怨女》的七巧、銀娣做原型的，只是把背景移到傳統台灣社會來。《千江有水千江月》更是看得出胡蘭成的強烈影響。鍾曉陽更直接，她的作品在「三三集刊」初試啼聲，後來在聯合報小說獎獲得大獎，再由「三三出版社」輯印成書。鍾曉陽不僅是風格酷似張愛玲，連小說取材都刻意遵循張愛玲的前例，避開現實現代，去經營一個似古非古的曖昧時空。

袁瓊瓊和「三三」諸人本來就過從甚密，她後來寫的第一本長篇小說《今生緣》，不管是書名或文字敍述習慣，都極爲類似張愛玲的《半生緣》。蘇偉貞的成名作〈陪他一段〉，寫都市街景的繁華與蒼涼並存辯證的段落，也是像極了張愛玲筆下的上海。蕭颯、鄭寶娟、廖輝英也許比較沒有那麼清楚的「張愛玲關係」，然而她們在這個時代所創作的作品，不管主題或觀念，都是與以上介紹的其他幾位女作家，緊密呼應、熱切唱和的，因此似乎也可以把她們看做至少間接地在「張愛玲陰影」的籠罩範圍內。

爲什麼在這個時期，「追隨」張愛玲而冒出了這麼多女作家與風格獨特的作品？

第一個解釋是簡單的社會發展論，歸因於「女性就業及受教育的機會大幅度地增加了。……到一九八三年，台灣女性二十至二十四歲人口已平均受到十年的教育，男性則爲一〇・六五年教育，二者相差無幾。台灣女性的就業率也由一九六五年的三三%增加爲一九八三年的四二%」⑯。女性取得了較多爲自己發言的「本錢」。

第二個解釋是因爲文學的「大敍述」，與人生意義、國家民族前途、公平正義有關的路徑，暫時疲軟、發展停滯，於是而有空隙讓所謂的「閨秀文學」趁虛而入，用婆婆媽媽的瑣碎關懷取代了原本男性化陽剛的普遍眞理姿態。

這兩種解釋都自有其一部分的道理，也都指向一個共同的前提，那就是這個時候，有一個比較良好的環境，讓女性從過去的「作者焦慮」(anxiety of authorship)中解放出來。女性、女作家過去受到壓抑、傾向沉默，有一個重要原因就在對自己的書寫沒有自信。整個文學傳統是以成年男性的生活意識爲主流，甚至把這種「部分」的意識內容誇張成爲文學的「全部」。於是女性要走進文學的領域裏，她變得必須要去學習模仿男性的聲音、揣摩男性世界，再把這些模仿、揣摩的成果交給男性去評斷，看這樣夠不夠格當一個「作者」。

「作者」的定義變得和男性經驗密切重疊，難怪女性會長期懷疑自己成爲一個「作者」、做爲一個「作者」的能力與資格。是之謂「作者焦慮」[17]。

「作者焦慮」的降低、解消，不可能光靠女性教育、就業程度的提高，或是男性文學論述的暫時性空檔。女性寫作和男性很大的不同，在於男性對同爲男性的前輩作家，具有一種類似「伊底帕斯情結」的感覺，努力想要擺脫影響，伸張自我[18]。女性必須處理男性對她「作者性」、「作者資格」的輕蔑與質疑，於是她們在面對同性的前輩女作家時，所感受的就不是「怕受影響的焦慮」，而是一種積極投靠的求助心情[19]。她們需要一個前輩典範，替她們擺脫男性文學傳統的意識獨裁，建立她們「自我書寫」女性生活經驗的合法性。

顯然，對七〇年代末、八〇年代初在台灣新出的這羣女作家而言，張愛玲就是她們的「典範前輩」。經過雙重的折射，張愛玲「意外」地在七〇年代後期的台灣文學論述裏站穩了權威的地位，因而鼓勵了其他女性以她的觀點、她的風格、她的筆法爲掩護，建立了前所未有的「作者信心」。

從性別意識的角度看，張愛玲作品經歷的兩次折射，分別是：第一次，以女性身分、女性經驗潛入鴛鴦蝴蝶派的傳統裏，堂而皇之地取代了本來的男性捏造、男性想像，把鴛鴦蝴蝶派裏著重描寫女性的權力，從男作家手裏成功搶來。第二次則是在夏志清的「誤解」下，被擺放進了新文學的「正統」論述裏，於是顛覆了原本關心「大敘述」、看輕「瑣碎細節」的新文學美學標準，給女性細膩經驗「入侵」新文學領域，開放了一個入口。

沒有張愛玲，沒有張愛玲作品這兩重的折射「意外」，大概就不會有這些台灣女作家集體性的「作者現象」。

六、

在此之前，台灣當然不是沒有女作家、不是沒有女作家寫的作品。不過在受張愛玲影響之前的台灣女作家，她們的自我、作品與女性特質，這三者之間，處處存在著被男性「超我」所穿透、控制的痕跡。

首先是以「純文學／通俗文學」、「文化／消費」對比的高低位階，一方面定義女性的文學傾向爲浪漫想像，另一方面歧視浪漫經驗與浪漫小說。因而虛構的、對女性情愛世界的探索，被認爲一定要含雜大量不切實際、脫離現實的浪漫成分，並且由於它是浪漫的、非眞實(unreal)、缺乏本質(inessential)的，所以無法提供高一層的普遍教訓與普遍眞理，不適合男性的「正常」閱讀，只能是女性私下的短暫性消費，無法也不應該留下深刻、長久的效果。

瓊瑤是最女性的，因爲她的作品裏充滿了浪漫的修辭，以及可以被男性權威視爲背離現實的幻夢情節。在這種情形下，她在虛構中吉光片羽地蒐集的眞實女性經驗也就順道被否定、甚至被看待只是消費構造中的一部分。擺明地給了既有男性社會可以明確予以邊緣化定位的理由，瓊瑤的小說再怎麼暢銷，她所營塑的女性浪漫世界觀不具任何現實合法性，也就無論如何不會威脅到既有的眞理秩序。

再者，比較不浪漫的女性作者，就必須戴上男性化了的眼鏡，回過頭來看女性自我(feminine self)。在女作家筆下的女性角色、女性經驗，通常仍然是「天使／怪物」(angel／monster)的兩極化投射。郭良蕙的《心鎖》中每個女人都病態地好，或病態地壞。於梨華寫男人多過寫女性，女性一般都是拿來陪襯、突顯男人在異國異境痛苦經驗的影子罷了。

早年的陳若曦和歐陽子筆下的女性，則是被佛洛伊德理論徹底洗禮過的「精神分析化」樣板。她們的性壓抑、她們的戀物情結、她們對兒子的占有與遺忘，無一不是刻板化地顯現出作者對理論的擁抱，切割、改造眞實女性經驗以就佛洛伊德的鑿痕，斑斑可考。

第三，這些文學裏沒有眞正的女性私生活。有的只是在公領域裏被認定應該扮演的角色。其中最重要的當然是母親。所以在琦君、徐鍾佩等人的散文裏，以母親口吻發言記錄，或懷念母親、描寫母親的篇章最是大宗。至於私領域則化身爲種種刻板化的扮演，而且一定善惡分明。像潘人木的《漣漪表妹》，或孟瑤的小說都是代表。

最大最重要的例外，一是李昂，另外一個是三毛。不過早期的李昂寫得最精采的畢竟是情欲成長，對人際的世故細節還不夠留意；而三毛又充滿了流浪異國情調，女性閱歷經轉寫後變成可遠觀不可褻玩狎近的傳奇故事。

七、

張愛玲文學給予新一代女作家最大的影響在於一種浪漫化、主觀化的敍事腔調；在於對女性世界大膽的侵略態度，在於勇敢自信地將女性戲劇化(self-dramatization)。

張愛玲的敍述裏，永遠都帶著自己強烈的意見，她筆下的世界沒有客觀中立存在的物事，樣樣都有意義，而這些意義是作者毫不猶豫賦予的。像她寫老太太的房間裏有文件高櫃、冰箱、電話等東西，卻一定要說：「可是在那陰陰的，不開窗的空氣裏，依然覺得是個老太太的房間。」（〈留情〉）。她形容嬌蕊和佟振保的關係，嬌蕊跟振保說：「你放心，我一定會好好的。」振保明明成功了，可是張愛玲卻又跳出來說：「她的話使他下淚，然而眼淚也還是身外物。」（〈紅玫瑰與白玫瑰〉）。她形容烟鸝的一雙繡花鞋是「微帶八字式，一隻前些，一隻後些，像有一個不敢現形的鬼怯怯向他走過來，央求著」（〈紅玫瑰與白玫瑰〉）。她形容晴天是「中午的太陽煌煌地照著，天卻是金屬品的冷冷的白色，像刀子一般割痛了眼睛」（〈沉香屑——第一爐香〉）。木槿樹在張愛玲筆下成了「枝枝葉葉，不多的空隙裏，生著各種的草花，都是毒辣的黃色、紫色、深粉紅——火山的涎沫」（〈沉香屑——第二爐香〉）。

類似例子俯拾即是，舉不勝舉。在作品的世界裏，張愛玲看似寫實，其實卻表現出最強悍的暴君獨裁姿態，她不讓「事物自己說話」，所有的意義在她控制下，所有的情緒由她來給。

這是最極端、最自信的「作者權威」。一方面保留了女性纖細敏感所帶來的主觀領受，另一方面卻又逆轉了女性必須去揣測男性中心文學世界意義成規的情況，替新一代的女性作家灌注了許多自信的力量。

張愛玲從來不憚於表露人，尤其是女人，眞正私生活裏曲曲折折，不敢曝光、不願曝光、不能曝光的種種算計與機巧。「人的靈魂通常都是給虛榮心和欲望支撐著的，把支撐拿走以後，人變成了什麼樣子——這是張愛玲的題材。張愛玲說她不願意遵照古典的悲劇原則來寫小說，因爲人在獸欲與習俗雙重壓力之下，不可能再像古典悲劇人物那樣的有持續的崇高情感或熱情的盡量發揮」[20]。

這種對人崇高情感或熱情的悲觀，使得張愛玲沒有太多同情、也沒有什麼幻想。揭露一向被掩藏被美化的女性內在時，她毫不手軟、更不心軟，因爲這樣，女性在文學裏，反而第一次能夠擺脫東挪西湊借來的煙霧化妝，誠實表現自己、凝視自己，把自己和幫忙製造煙霧化妝的男人，都嚇了一大跳。

張愛玲筆下的女人，不是被男人對象化、靜靜接受男人注目的物件，她們是充滿「表演自覺」的，她們擅長在自己的生命裏製造各種戲劇化場面，因爲她們知道，只有在自己製造的戲劇化起伏裏，才有一點點希望擺脫不平等、不公平的既有命運。「自我戲劇化」是女性取得主動權的少數手段之一。

〈傾城之戀〉裏的白流蘇是最突出的典型。開頭有一段，四爺拉著胡琴的聲音傳到陽台上來，其實四爺拉的當然是男性世界「忠孝節義的故事」，可是「依著那抑揚頓挫的調子，流蘇不由得偏著頭，微微飛了個眼風，做了個手勢。她對鏡子這一表演，那胡琴聽上去便不是胡琴，而是笙簫琴瑟奏著幽沉的廟堂舞曲。她向左走了幾步，又向右走了幾步，她走一步路都彷彿是含著失了傳的古代音樂的節拍，她忽然笑了——陰陰的，不懷好意的一笑」。

這種不管男性世界的背景音樂是什麼，堅持上演自己戲碼的「表演」主題，替白流蘇爭取來了范柳原的注意。她和寶絡最大的差別，就在寶絡是任人安排的，她卻是隨時有她的戲劇性表演準備。

〈金鎖記〉裏的曹七巧也是戲劇性極濃的人，只可惜千鑽萬找，逢不到一個可以發揮的舞台，本來想演給三少爺季澤看的，季澤以更戲劇性的方式逃避之後，七巧的戲只能壓抑，改在自己的兒女世舫和長安身上變形演出。

戲劇化了的幸與不幸。戲劇化了的女性身世。從舊有的「男人參與時代，女人苦守傳統」、「變／不變」的主調裏脫出來，指示了女人不亞於時代變遷的大起大落大變動，甚至有時時代的變遷只成了哪個女人生命戲劇的背景陪襯。

八、

通讀張愛玲，透過張愛玲來看人間的這羣台灣女作家，她們正讀歪讀誤讀張愛玲，形成了一股強大的文學次文化。在這個次文化裏，她們找到了自己的戲劇。一方面她們不再需要去正面挑戰男性給她們分配(assign)的浪漫位置，然而另一方面這份浪漫卻是經歷了張愛玲的浪漫，有足夠合法性地位的浪漫，複雜的浪漫。

她們共同的特色是寫一種非常女性的文字，最浪漫的是她們的敍述風格。她們的文字不講求推動情節的功能，而在於鋪陳一種主觀的氣氛，情緒高下起伏甚大，違反了冷靜的古典律與理性原則。

她們的取材則大量集中在男女情愛上，編寫了一則又一則的悲歡離合故事。可是她們的男女情愛不再是最主要的戲，毋寧成了戲搬演的舞台，藉著這個舞台，把男性論述裏的許多現有主題，例如國族想像、成長教育經驗、暴力恐嚇、社會規範等等，進行一次又一次的女性改寫。

透過她們的參與，這一時期的台灣文學經歷了一次「浪漫化」的轉向，影響所及，連男作家也紛紛拋棄過去的生冷晦澀哲學性語言，以及挖掘人在苦難或生命終極情境下省思的主題，改而把注意焦點放在浪漫情愛上。

不過受過張愛玲洗禮的浪漫轉向，只是表面的浪漫，骨子裏卻順勢顛覆了「浪漫／女性」互相定義的整套成規運作，藉著看似浪漫的語言與題材，寫出了女性生命中的種種驚悚與不堪。

註釋

❶見王禎和〈張愛玲在台灣〉，收入鄭樹森編《張愛玲的世界》（台北：允晨，一九九〇），頁一五—三二。

❷夏志清著、劉紹銘編譯《中國現代小說史》（台北：傳記文學，一九七九），頁三九七。

❸見夏志清〈超人才華，絕世淒涼——悼張愛玲〉，收入《華麗與蒼涼——張愛玲紀念文集》（台北：皇冠，一九九六），頁一二五—三七。

❹王德威〈落地的麥子不死——張愛玲的文學影響力與「張派」作家的超越之路〉，《華麗與蒼涼》，頁一九六—二一〇。

❺參見楊照〈發現「中國」——台灣的七〇年代〉，收入《痞子島與荒謬紀事》（台北：前衛，一九九五），頁七一—八〇。

❻一九七五年前後，連續出現好幾本與「五四」有關的論文集，同時林海音也打破禁忌編了一本《中國近代作家與作品》（台北：純文學），收錄三〇年代中國作家作品。又周策縱的《五四運動史》及夏志清的《中國現代小

說史》，這兩本在美國早已出版的英文著作，也都在這個時期積極進行中譯、連載，也是明證。

❼這段發展的來龍去脈，請參看楊照〈台灣戰後五十年文學批評小史〉，《聯合文學》第十一卷十二期，第十二卷二期。

❽見劉紹銘〈編譯者序〉，《中國現代小說史》，頁二四。

❾《中國現代小說史》，頁四〇〇、四〇四。

❿魏紹昌《我看鴛鴦蝴蝶派》（台北：台灣商務，一九九二），頁一六二。

⓫周蕾《婦女與中國現代性》（台北：麥田，一九九五），頁一〇三。

⓬參見楊照〈惡化的歷史失憶症——「鄉土」重訪〉，收入《流離觀點》（台北：自立晚報，一九九一）；及〈鄉土文學的宿命困境〉，收入《文學、社會與歷史想像——戰後文學史散論》（台北：聯合文學，一九九五），頁一三五—四九。

⓭以上演變過程的詳細討論，請參見楊照〈浪漫滅絕的轉折〉，《文學、社會與歷史想像》，頁一五〇—五九；〈從「鄉土寫實」到「超越寫實」——八〇年代的台灣小說〉，靜宜大學台灣文學會議論文（一九九五年十二月）。

⓮見《六十四年度小說獎作品集》（台北：聯經，一九七六）。

⓯見符兆祥編《一九八〇》（台北：文豪，一九七九）。

⓰黃重添等《台灣新文學概觀》（台北：稻禾，一九九二），頁五九五。

⓱參見 Sandra M. Gilbert and Susan Guber, *The Madwoman in the Attic: The Woman Writer and the Nineteenth-Century Literary Imagination* (New Haven: Yale University Press, 1979)。

⓲Harold Bloom, *The Anxiety of Influence: A theory of Poetry* (Oxford: Oxford University Press, 1975).

⓳參見 Joanne Feit Diehl 從女性角度對 Bloom 提出反對意見的經典論文 "Come Slowly-Eden, An Exploration of Woman Poets and their Muse," Sign, No.3, Spring, (1978)。

⑳《中國現代小說史》，頁四〇五。

迷蝶
——張愛玲傳奇在台灣

廖咸浩

我想我是醒了
天際有一隻飛遠的蝶
但天色卻仍深青如網
那麼，我是還未醒來吧？
我脫光衣服，散開長髮
走進心中曲折的暗室
迎面
一隻又一隻的
蝴蝶不斷從我心中飛出

——佚名〈蝶夢〉

錦瑟無端五十絃，一絃一柱思華年
滄海月明珠有淚，藍田日暖玉生煙

莊生曉夢迷蝴蝶，望帝春心託杜鵑
此情可待成追憶，只是當時已惘然

——李商隱〈錦瑟〉

長安悠悠忽忽聽見了口琴的聲音……著了魔似的，去找那吹口琴的人——去找她自己。

——張愛玲〈金鎖記〉

一、楔子：沒來由的蝨子

「儘管她懂得享受鹽水花生、看七星趕月、雨夜街燈，聽蘇格蘭笛，但生命仍只是一襲華美的袍子，爬滿了蝨子。」（《我的天才夢》）

蝨子，到底是哪來的呢？沒來由爬滿了華美的袍子上。不久大概連袍子也沒有了。張愛玲晚年時，也苦於一種據說是出於幻想的蝨子。牠們就像《鳥》中的鳥一樣吧？拉崗說的小物件（objet petit a）：只有自己看得到。但張愛玲寫小物件，自己也變成了衆人心目中的小物件。

但我們爲什麼對她如此著迷？當然，比起一大羣蝨子造成的驚恐，張愛玲給人的更多是驚喜，然而兩者卻也有一點什麼相似的地方。我們回到張愛玲在台灣初露鋒芒的時候：鄉土文學論戰。那時候，她，一個不家不國、離羣索居的人，居然成爲雙方陣營爭論的中心之一。

二、張愛玲的兩種身分

時至今日，幾乎已無人不知，在鄉土文學論戰中，被鄉土文學陣營的論者羣起攻之的是「為藝術而藝術」的藝術，以及「西方買辦」的藝術。而這些籠統稱為「現代主義」的批判對象，有幾個醒目的「團體」成為主要的靶子。如台大外文系出身的幾位作家（包括王文興、白先勇、歐陽子等人，可簡稱「《現代文學》集團」），以及「三三集刊」。而「三三集刊」以張愛玲為師，結黨糾衆並「與漢奸唱和」，似乎尤為鄉土文學陣營所不容。

但有趣的是，在「三三」自己的說法中，他們之與張愛玲有密切的關係，卻適足以說明他們服膺的傳統就是中國傳統，而非西方精神。因為，經由張愛玲可以上達《紅樓夢》而與中國的傳統銜接上（朱西寧，1981:26-7）。「三三」的這種關於張愛玲的說法未必只此一家（如夏志清也強調張愛玲與傳統中國小說的關係），但在當時卻是最具代表性的一種說法。

鄉土文學對「三三集刊」的理解與後者的自我理解顯然有著巨大的落差。但話又說回來，在「三三」的論述中，對鄉土文學的描述也顯現出一種有趣的誤解——鄉土文學值得憂慮，不只因其左翼政治，也因其狹隘地域主義（朱西寧，1979:301）——地域主義的指責與鄉土文學作家以中國民族主義自期的自我認知完全相反。故雙方對於對方的不滿所屬的兩個面向（階級意識形態與文化認同）中，有一個卻未偏離事實。即一方屬右翼的思維，另一方屬左翼。但關於「中國」的議題，則雙方都會錯了意。因為彼此都認為對方對「中國」有所背叛。然而，雙方根本上的差異，並不是「中國不中國」的問題，而是「藝術不藝術」的問題。亦即「三三」或王文興等人所持較是「想像文學」(imaginary literature)的角度，鄉土文學則強調介入(literature of engagement)。但兩者或多或少都自認爲其藝術觀在爲「中國」發言。

值得我們注意的是，張愛玲在此處所受到的挪用(appropriation)。一方面她是「中國傳統」的代表，另一方面，她又是「西化買辦」(生在上海的原罪，加之她與胡蘭成的關係，顯得更是罪證確鑿)或「反民族」的代表(在抗戰正熾的時候，猶自在淪陷區鴛鴦蝴蝶)。

但用以上任一種方式描述張愛玲，都未免太一廂情願了些。首先我們看所謂她是「中國傳統」的代表這個說法。這種說法的前提往往是認爲張繼承了《紅樓夢》的傳統云云。姑不論是否張確如彼所言繼承了《紅樓夢》的香火，《紅樓夢》本身又與「中國傳統」的關係如何呢?從各個角度看來，《紅樓夢》反傳統的地方可能比承繼傳統的面向來得多。雖然這並不能完全推翻《紅樓夢》形成了一種新傳統之說，但起碼這是一個甚爲獨特、甚至「小眾」的「中國」傳統。

而張愛玲與《紅樓夢》的關係雖然有她自己的證明，但我們很難說，在文字上受到影響就意味著所有一切都一脈相傳。尤其是所謂「中國性」的傳承。張愛玲與《紅樓夢》的確是有關係的。但這層關係也許不用「中國」來理解，更能突出其傳承與變異關係。

張愛玲與《紅樓夢》的關係，除了所謂風格上的類似之外，更重要的應在於精神層面上的既同又異。而這點事實上應該是他們所不同於《紅樓夢》以前的中國小說的地方。這個不同就在於其虛無與頹廢(李歐梵)，尤其是虛無。中國小說在《紅樓夢》之前儘管有細品感官、抗拒載道的作品，但能從情字入手深入虛無者，恐怕《紅樓夢》是空前的。張愛玲之虛無雖有承自《紅樓夢》

者，但又更深入、更「徹底」。《紅樓夢》的虛無，需以才子佳人小說爲襯底，才能看出它的用心。也就是《紅樓夢》是在才子佳人小說的通俗架構上，進行偷天換日的內部改造。但這種內部改造其實只是把事情的「本來面目」給予還原罷了。才子佳人小說中有情人終成眷屬的陳腔濫調原是空中樓閣，是「小文人」的「一廂情願」(wishful thinking)(何滿子，160-61)。而《紅樓夢》則以「無常」推翻了前者的天眞。張愛玲同樣也採「以通俗反通俗」的方式。她以鴛蝴派通俗小說爲藍本，但進行的卻幾乎是全然反鴛蝴式愛情的描繪及人情的思索。但在這些雷同的表面下，張愛玲與紅樓夢仍有極大的不同。張愛玲比《紅樓夢》更「冷眼」但也更「入世」。更「冷眼」的地方在於，《紅樓夢》仍然對情字有曖昧的執著，張愛玲對情則已是水冷冰清、無所欲求。更「入世」的地方在於，《紅樓夢》最後能尋得「一片白茫茫大地眞乾淨」，張愛玲則始終「在人堆裏擠著，有一種奇異的感覺」(〈第一爐香〉)。

這樣的「冷眼」與「入世」誠然無法用「中國」來籠統理解。用「中國」便顯得是要給她一個積極的意義似的。表面上是爲了還她公道，但更深層的理由可能是要把自己對她的喜好「正當化」(legitimate)。但張愛玲承受得起嗎?更有趣的問題應是,我們喜歡她是因爲這類堂皇(grand)的理由嗎?

我們再看看左翼張學論者唐文標對張愛玲的評論。他對張愛玲愛恨交加是衆所周知的。然而，在他對張愛玲的評論中，我們卻很難看出爲什麼他會對張愛玲付出如此的心力。因爲，他大部分的評語都是負面的。但是看他的三本書中所表現出的張愛玲狂熱，卻又絕對不是他的嚴厲批評所能掩蓋。我們如何解釋這個現象呢?

我們從他對張愛玲的批評中便可見出端倪。唐文標對張愛玲最常見的批評是「不健康」、「不道德」或「不愛國」。而對她的期許則多以下列方式表達：「我仍堅信，我們寫作是爲了下一代的健康心靈，爲了中國民族的復生，爲了人權和（道）德，爲了人類要活下去而寫的，中國文學應對世界貢獻更大的力量。」（1976:6）或「或遲或早，他們一定是新中國的好兒女的」（35）。或「嚴肅文學應有人性標準，應有道德制裁。應有『君子愛人以德』的內容」（49）或「她寫作爲了中國進步……」（54）。換言之，唐文標的文學觀是根植在「國族主義」與「道德規範」的綜合配方上。

但嚴格講，唐文標與朱西寧的論述模式其實極爲相似。也就是都把張愛玲以「嚴肅文學」看待。雖然朱西寧繼夏志清之後確認「張愛玲是當代唯一與五四無關的作家」（朱西寧，1981:26），比唐文標更接近事實，但張愛玲屬嚴肅文學範疇，因之必須承載「國家民族」之類大敍述的看法卻無二致。

三、無以名狀之物——蝶

左右兩翼對張愛玲有如此南轅北轍的挪用並不令人意外。倒是挪用的動機値得深究。爲什麼左右兩翼同時對張愛玲如此著迷？

右翼對她著迷，似乎比較說得過去。因爲，他們與張愛玲確有許多相似的地方。但彼此相似不一定會互相吸引。極不相似往往更具吸引力。追根究柢，張愛玲對他們的吸引力，還是來自於「不同」：她的頹廢與虛無。而對左翼之所以能具吸引力，更是這些原因。極不相似何以能形成吸引力？其實又是因爲在更深一層的所在，她與「我們」(包括左與右)是「相同」的。

我們必須從拉崗開始。

拉崗對主體性的建構看法是奠基在「誤識」(misrecognition)的理論之上。這個理論對主體的理解如下：一方面指出其根基處的「空白」(void)，另一方面也承認在實際運作時有權宜的主體性。這個主體性類似阿圖塞所說的，經過「召喚」(interpellation)而來的「論述位置」(discursive position)。但值得注意的是，在拉崗的誤識理論中，這種呼喚並不可能完全成功，因爲論述位置「總會沾黏著一個剩餘物(residue)，一個殘存物(leftover)，一個令人傷痛的、由非理性與無意義所形成的污點」(Žižek, 1989:43)。不過，不完全呼喚「非但不會阻礙主體完全臣服於意識形態的命令，反而是後者成立的條件。正是這個無法融入、產生無意義傷痛的『多餘部分』(surplus)，賦予了『律法』(law)無條件的權威」(43)。

這個拉崗稱之爲「小物件」的多餘部分之所以會造成「傷痛感」，是因爲它指向了人類主體的「天生的內在衝突」(constitutive antagonism)，而會引發一種對「前象徵神漾」(pre-symbolic jouissance)的鄉愁。如此，這個傷痛指向的，其實便是「我們欲望的眞實」(the real of our desire) Žižek, 1989:45)。不過因爲「眞實」會帶來太狂暴、太驚人的衝擊(terrifying impact)——無意義，或無法被象徵化的意義：無怪乎齊切克稱此「多餘部分」爲一個「壯美/無以名之的物件」(sublime object)——讓人難以承受(71)。而爲了消弭這種過度的衝擊，我們連忙爲它尋找意義。於是，我們會奔向意識形態，擁抱所謂的「現實」(reality)，以求取心安。這就是爲什麼「多餘」的部分反而會是「律法」權威的基本條件：對多餘部分的焦慮，讓我們對「律法」更充滿期待。

期待它能再還我們以一個圓滿的（關於人生的）解釋。

但我們愈急著要給它意義、讓它消失，它愈揮之不去，且更如影隨形一再回頭糾纏我們，如此而形成持續不滅的所謂的「精神病癥」(symptom)(69)。同時我們也很可能愈發對它專注著迷，而形成所謂「神物崇拜」(fetishism)(49)。

拉崗對於「病癥」另外做了一個也許讓中國人更易於理解的比喻，也就是莊周夢蝶的故事。在他的詮釋中，莊子是蝶的夢，因爲夢中的我（蝶）才是「欲望的眞實」呈現。而「現實」(reality)中的我，不過是經過掩飾過後的我(Žižek, 1989:46)。但夢中眞實的我是個令人無法逼視的「無以名之的壯美物件」，因此，我們會試圖給它一個屬於「現實世界」的解釋——那不過是個夢，而我們也仍是「哲學家」莊周。但「假如你像歷來的人類一樣是個哲學家，你就無法看到曾經存在的、以及正在變化的事物——你只看得到眼前的存在。但既然沒有什麼東西存在，那麼哲學家的世界所剩的，就是想像(the imaginary)」(Nietzsche, 307)。

此後我們遂一再的迷於蝴蝶。

四、我們都是上海人

以上的這套理論，一路說來有如迷宮般曲折，但有一點不曲折的，就是，那隻隨迷宮蜿蜒的蝶。這隻蝶就是張愛玲。換言之，張愛玲讓左右兩翼人馬都爲之神魂顛倒，無非顯示，對他們而言，她正是他們共同的「無以名之的（小）物件」，他們「欲望的眞實」。

張愛玲是蝶，因爲她是我們的夢：我們不敢實現的夢，只能遠觀的夢。更嚴格的說應該是，我們是張愛玲的夢。她才是「眞實」，而我們乃是幻覺／現實。

又如炎櫻說：「每一個蝴蝶都是從前的一朵花的鬼魂，回來尋找它自己。」（〈炎櫻語錄〉）蝶是花的靈魂，是花的「欲望的眞實」，是不斷回來糾纏的小物件（但又碩大無朋！）。當然蝶又是鴛蝴派的蝶，和小物件一樣讓人傷透腦筋，無處安頓。

蝶：美麗但非人。使人想要追捕，想要逼視；但她奇幻的美麗，就有如她翅翼上的兩隻大眼睛一樣，又讓人震懾，而止於遠觀。

但人與「小物件」之間是不可能形成穩定關係的。「小物件」因爲不能納入既有的體制，而帶來了極度的焦慮。不能納入體制最可怕的地方在於，它很可能會因此而暴露原有體制的「人爲性」、非超越性。甚至揭露，「無意義」就是生命或藝術的本質。這就是先前提到的：我們原以爲蝶是夢中所見，不是眞實；但那事實上是我們人生幻覺的「基礎」，甚至是我們「眞實的自我」，但也就是爲了掩飾這個「欲望的眞實」，我們緊抓著「日間」的身分不放。於是，左右雙方都使用各式提供「日間身分」的「大敍述」(grand narrative)框架（如國族、社會、藝術）從正面或反面來描述張愛玲。

但雙方描述的基本策略有一個有趣的共通點，那就是把張愛玲孤立，並且不約而同的各自使用波希亞(Baudrillard)所謂的「擬仿」(simulation)策略中的一種。右翼「以超眞搶救眞實」(to rescue the real with the hyperreal)，左翼以「以虛假搶救眞實」(to rescue the real with the imaginary)。

右翼把張愛玲變成「藝術」的代表，故視之爲超越於社會與道德之外。這種描述基本上是在布爾喬亞／資本主義體制內運作：把藝術放逐到體制邊緣，變成幾近商品(reify or commodify)，以使藝術稜角模糊、商價提高。

但是，先前已提過，對右翼的論者而言，符合資本主義的邏輯是不足以安身立命的。布爾喬亞的「國際主義」(藝術討論的是人性)，並無法討好同樣布爾喬亞出身、同時爲左右翼所擁戴的「國族主義」(藝術要發揚民族傳統)，更何況還有左翼的社會主義要應付。因此這個問題還是要回答的：張愛玲到底有什麼「現實意義」？換言之，她與所謂的「現實世界」(reality)——「國家」或「社會」有何關聯？在答案明顯缺如的情況下，右翼論者只好祭出波希亞所謂的「眞實的策略」(strategy of the real)來搶救她與「現實」的關係或她對現實的意義。這也就是先前提到的「以超眞搶救眞實」(波希亞此處所謂「眞實」指的不是拉崗的眞實，而是他的現實(reality))。

這個策略的目的，表面上是爲了張愛玲，其實更是爲了自己。迷上張愛玲使他們暗覺原罪加身——不道德、不社會、不中國——因此，必須強調張愛玲的「中國性」，以讓人覺得我們都在追隨她的典範，並掩飾在藝術中——尤其是張愛玲的藝術中——「中國性」原不存在的事實(這裏的意思當然不是說中國性全然不存在，而是未經解構的中國性不存在)。

然而，張愛玲的「中國性」到底在哪裏？先前已經討論過，她與《紅樓夢》共有的這個小傳統，並不足以證明她有中國性。從中國的大敍述來看，她所有關於中國的言論(如〈中國的日夜〉中所言)「向來已是」(always already)「非中國」。換言之，張愛玲不但不是個孤立的「超眞」(hyperreal)(中國)，反而是我們「虛假」(中國)的具體表現。

左翼對張愛玲的批判更顯出其焦慮。相對於右翼論者所做的「造神」(fetishize)工作，他們所進行的則頗有「驅魔」(exorcize)的意味。以波希亞的說法就是「以虛假搶救眞實」，也就是孤立出「虛假」的部分，以確保/假裝「眞實」仍然存在。比如，把狄斯耐樂園定義爲「幼稚的想像世界」，以確保它外面的世界是「成熟的眞實世界」；又如，揪出水門案以確保美國政治仍然有清明的部分(Baudrillard, 1988)。唐文標做的便是這樣的工作。

比如，他把張愛玲歸入鴛蝴派。張謂「鴛蝴派的小說，感傷中不缺少斯文扭捏的小趣味，但沒有惡言」(13)，唐文標便問道：「張愛玲的小說是否也要這樣，感傷，小趣味，沒有惡意？」或把她所描寫的主要地理背景上海或其租界說成化外之地：「上海那類都市罪惡不應代表人間，男盜女娼只是租界的產物……」(64)。這種非常布爾喬亞的說法，就是波希亞所謂的想要找回「現實原則」(reality principle)：他想告訴我們的是，雖然張愛玲作品中描述的世界是如此逼近拉崗所謂的「眞實」(real)，但在此之外無論如何還是有一個美好乾淨的「現實」存在。

而唐文標對張愛玲作品的批評，不只企圖搶救現實原則，也同時是爲了搶救「道德原則」(morality principle)。比如他說：「我們不只要指出作者道德批評太少了，七巧該不該受到譴罰，佟振保應不應批評？葛薇龍，哥兒達這種姘居方式是否我們社會的要求？理想？」(63)又如「嚴肅文學應有人性標準，應有道德制裁……。」(49)

然而，這些搶救不過是自欺欺人罷了。因爲，先前提到過，張愛玲並不是一個孤立的現象；她無所不在，甚且是事物的本質。波氏的理論將此歸諸「擬仿」的無所不在（也就是說，因爲後現代文化工業的蓬勃發展，已經無所謂「原則」或眞象，一切都在其外運作）。

但就此而言，拉崗的理論或許更為深入。他將此逕自解做「壓抑的反撲」(the return of the repressed)。也就是說，其實這就是主體在建構世界時，曾刻意壓抑的「眞實」。但壓抑的眞實並不是一小部分，而是主體全部的眞實，或主體的基礎。雖然這個眞實其實是「空白」。這就是所謂「空缺與多餘的重疊」(coincidence of lack and surplus)(Žižek, 1989:53)，多餘的部分指向的是主體內部的一個無法彌合的空缺，也就是先前提到的「天生的內在矛盾」(constitutive antagonism)。而「現實正是讓我們得以遮掩此『欲望的眞實』的幻想建構」(45)。

若說張愛玲可以指向這個空缺，那便意味著她果眞是我們的小物件(病癥)。在拉崗的理論中，這樣一個小物件(病癥)並不是純粹客觀的存在。來自她蝶翼上那兩隻巨眼的「凝視」(gaze)，並不是每個人都(被)看得到的。「唯有被欲望扭曲過的眼神」才能發現她已經望向你了(Lacan, 1977:73-4)(Žižek, 1991:12)。這裏的意思當然是說，「我們的張愛玲」——被布爾喬亞論述所描述的張愛玲——並不存在(於我們身旁)。當她翅膀上的兩個大眼睛凝望我們的時候，我們發現，她是存在於在我們底部的兩個深不可測的洞：「一點，一點，月亮緩緩的從雲裏出來了，黑雲底下透著一線烱烱的光，是面具底下的眼睛。天是無底洞的深青色。」(〈金鎖記〉)

這時候，我們再回過頭來看唐文標對她的批評，又可以更了然於其隔。比如，他引張愛玲自己的話評論她的小說世界：「既不是目前的中國，也不是中國在它的過程中的任何一階段。」此話本是要藉以證明張愛玲脫離社會、無心家國。但張愛玲寫的本來就不是中國的任何一個階段。而是中國被壓抑的部分，中國的空缺，也就是中國的「眞實」。

張愛玲寫的上海，正如唐文標對於她所寫的香港的直覺一樣，是「存而不在」(9)。但唯有這個「存而不在」的上海，才能讓張愛玲得以寫下她這些令人目眩神迷的作品。上海本來就是個華洋雜處的城市：新舊中國的並置，殖民與被殖民的重合，使得這個城市本來已有強烈的異地感。最後日本入侵更把一切都「一刀切斷了」。上海變成了短暫的空白：難得的「眞實」出現的契機。這個上海就是齊切克所謂的「幻想空間(fantasy-space)的十三樓」，一個「除了地點(place)之外沒有任何事情發生(take place)的地點」(Žižek, 1991:12-14)。沒有大事發生，卻成全了點滴小事不斷。周蕾(Rey Chow)認爲張愛玲的「荒涼」感所傳達的，「正是一個充滿細節或瑣事的世界，一個向來已經從那個假想的『完整體系』(whole)中剝離的世界」(114)。張愛玲正是藉著寫這些小事，放大這些小事，進行摧毀的工作：她所摧毀的是「『人』、『自我』、『中國』這些唯心的整體化觀念」(114)。但小事能有摧毀的效果，還是必須從拉崗的理論來理解。因爲，它們形成了大敘述中的小物件。張愛玲寫這些小物件，也成就了她本身小物件的特質。

但小物件不只顚覆大敘述而已。她從「上海舊家庭」體悟出上海「有的只是中產階級的荒涼，更空虛的空虛」(〈談畫〉)。更從上海的「空虛」領悟到一切文明的「上海性」(shanghai-ness)：

> 這時代，舊的東西在崩壞，新的在滋長中。……斬釘截鐵的事物不過是例外。人們只是感覺日常的一切都如點兒不對，不對到恐怖的程度。人是生活於一個時代裏的，可是這時代卻在影子似地沉沒下去，人覺得自己是被拋棄了。爲要證實自己的存在，抓住一點眞實的，最基本的東西，不能不求助於古老的記憶，人類在一切時代之中生活過的記憶，這比瞭望將來要更明晰、親切。於是他對於周圍的現實發生了一種奇異的感覺，疑心這是個荒唐的，古代

的世界，陰暗而明亮的。」〈自己的文章〉

這雖然是從上海出發，但分明已抵達一個「普遍的境界」(一切上海化)，但唐文標一定要把它拉回上海，而謂此乃是描寫上海的無根與逃避 (17)，只能說是膠柱鼓瑟了(張愛玲的虛無是否是文明的本質，但看有多少人對她的著迷〔fascinated，包括抗拒在內〕可知)。

這個無所不在的「上海性」，以拉崗的理論來說，正是人類文明的本質或眞相，也正是人類文明想要藉國族、社會、道德、甚至藝術等大敍述加以壓抑的「癥狀」。以此認知再回頭看張愛玲這句話：「如果我最常用的字是『荒涼』，那是因爲思想背景中有這惘惘的威脅。」(《傳奇》序)我們恍然大悟，威脅原是來自那無可名狀的「眞實」，而不是楊照所說的她安身立命的環境即將遭受的大破壞 (266)。

如此解構的看法，與唐文標的看法不啻差之千里。唐文標把上海看成是異類，但張愛玲則把上海變成一切的根柢。既然如此，則生命便如聖經一般，是「從希伯來文譯成希臘文，從希臘文譯成拉丁文，從拉丁文譯成英文，從英文譯成國語」〈封鎖〉，一切都如波希亞所言只是「擬象」；無所謂眞或假、原版或複製，惘惘的威脅就不那麼具威脅性了。張愛玲不過是在無意間實踐了拉崗對佛洛伊德名言「Wo es war, soll ich werden」的解釋：「我必須從『無意識主體』(unconscious subject) 成爲存在 (being) 的地方，重見天日。」(Ragland-Sullivan, 12) 張愛玲重見了天日，雖說這天日卻是：「太陽暖烘烘的從領圈裏一直晒進去，晒到頸窩裏，可是他有一種奇異的感覺，好像天快黑了——已經黑了。他一人守在窗子跟前，他心裏的天也跟著黑下去。說不出來

的昏暗的哀愁。」（〈茉莉香片〉）

張愛玲最上乘的功夫盡在此矣：遠的看透了，近的才能徹底享受（海德格：死亡使我們熱愛生命——但張愛玲沒那麼沉重）：因爲深知一切都是擬仿，反而更能接受波希亞所謂的「致命物件」(fatal objects)的「死亡之誘惑」(fatal seduction)：不斷因小物件而抛棄與逃離舊日的自己。所謂「直需看盡洛城花，始共春風容易別」，無怪乎他死於洛城。因此，她才能說出：「現代的東西縱有千般的不足，它到底是我們的，於我們有親。」這就是拉崗所謂的「享受你的病癥」(enjoy your symptom)。與後現代的雙重視野——知其不可爲而爲之——也僅一水之隔：「有一天我們的文明，不論是昇華或浮華，都要成爲過去。然而現在還是清如水明如鏡的秋天，我應當是快樂的。」

那麼唐文標所鄙夷的上海的生活方式，尤其是租界，在他眼中雖是終將過去的（21、35），但卻透過張愛玲的作品而形成了一種永遠的「誘惑」，一個在各種大敍述上的大缺口、大窟窿、大眼睛、大黑洞(a black hole in reality)（Žižek, 1991:8）。正如唐文標所言，張愛玲的作品是一種「逃入死亡」(9)，但「死亡」卻一再以它不死的身形——張愛玲那美麗而蒼涼的手勢——回來，誘惑陷身各種論述中的「無意識主體」(unconscious subject)，使他們睜開眼，目不轉睛的盯著這個多餘部分——眞是「千古艱難唯一死」（要死或不死，是個大問題〔To die or not to die; that is the question〕）。

五、惘惘的威脅，人人都愛

如此一個深知那「惘惘的威脅」(「欲望的眞實」)的人,難免就變成了人人的「惘惘的威脅」。張愛玲在作品中所鏤刻的正是這「惘惘的威脅」,而人們因爲對她的鏤刻著迷,把她變成了一則傳奇,足證她和她的作品也都是人們的「惘惘的威脅」。對國族主義者而言,她抗日時在孤島中寫通俗小說大收版稅,當然是全無國家民族觀念;她老愛與男人的價值唱反調,又不提供新的(比如說女人的)價值,對父權體制豈只是威脅而已;對講究人生必須有意義的中產階級而言,她總是走在沒光的世界,也讓他們心急;對爲藝術而藝術論者而言,她也仍然是威脅,因爲張愛玲並不認爲藝術是「獨立」於世外,而直是文明的根柢(的虛無)。甚至張愛玲作品新近被發掘出來的女性主義內涵,也可能無法被開懷接受,因爲她似乎過度虛無,全無革命傾向(但她想革命嗎?「……並不曾將她感化成革命女性」(〈自己的文章〉)。

但這樣一個人人愛之,人人復忌之的張愛玲,何以獨獨在台灣成就了她的歷史地位呢?「惘惘的威脅」是如何「沒有早一步,也沒有晚一步」成爲人人的愛戀呢?

在鄉土文學論戰期間,張愛玲被右翼論者擎爲大纛,雖然挪用難免失眞,卻能愈戰愈勇,最大的原因應是她出自民間的、自然而然的反教條文學,吸引了所有「反教條」的心靈。民間文學自古沒有愛國文學,只有反國族文學。對於來自國家或關於國家的各種要求,皆嘖有煩言。對「人民」而言,一切都不如生存重要。張愛玲不奢言生存,卻仍掌握了日常生活最根本的屬於生存的脈動。

而張愛玲之不能耐俗，無法在上海這種脫國族、脫道德、脫文學的地方之外的中國土地生活，也讓她幾乎完全不受此類教條論述的「召喚」，而更能強化其反教條的質感。

另一方面，中產階級「反意識形態」的慣性也扮演了一定的角色。但這必須與先前提到的布爾喬亞／資本主義體制對照觀之。在這個體制中，藝術本來就被當成是「獨立」(autonomous)的體制(institution)對待，以便一方面可以馴化及消解藝術的顛覆力，另一方面更可以開創商機。張愛玲就在台灣的布爾喬亞／資本主義體制對形勢的快速反應之下，大幅擴張了她的影響力。

於是，當別人忙於驅魔或造神的時候，這個「神物」已經悄悄變成了商品。商品仍然會製造欲望，但這種欲望是消費邏輯中的欲望，而不會是那種直接令人不安的「眞實的欲望／欲望的眞實」。商品化之後的張愛玲，遂讓許多讀者能憑窗夜讀，而不自心驚。而張派作家也能學張而忽視張「徹底」的虛無。

但從八〇年代中期後現代的風潮掩至之後，張愛玲的虛無才漸獲理解。張派作家最後的道德堅持才漸放鬆（如朱天文與朱天心姊妹）。換言之，到了這個時候，我們才眞正感知張愛玲的蝶夢本質，才測知她也正是我們的本質。

蔡美麗說張愛玲「以庸俗反當代」確是深具洞察。但張愛玲的「庸俗」不是「通俗」。反而是「反媚俗」(anti-kitsch)。所以指稱《秧歌》或《赤地之戀》是反共小說確是低估了張愛玲。她雖不會認爲自己有敵人，但應該是會同意這句話的：「我的敵人不是共產主義，而是媚俗。」張愛玲的庸俗是眞正的進入小老百姓的生活中，把他們最「眞實」(real)，也最反「現實」(reality)的部分表露無遺。「反當代」指的是當年張愛玲創作時文學藝術仍然處在「新文學」的嚴肅文學傳統的陰影下討生活的當代。在今天，我們其實可以說，張愛玲已教會了當代作家如何銜接今天的當代了。但如今她在哪裏呢？她已經不存在，正如她從來不曾存在。

六、尾聲：蝶夢與惘然

最後讓我們再回到我的題目：迷蝶。迷蝶有兩重意義：我們著迷於張愛玲這隻蝶，是因爲我們自己就是「迷失的蝶」。而且，身外那隻蝶，就是內心那隻蝶。但最終而言，兩者都是「空缺」、都不存在。然而，我們在夢中的時候並不知道；醒來時，才有可能記起這個事實。但是記得起未必願意承認，即使承認，也不過是「此情可待成追憶，只是當時已惘然」罷了。

參考資料

蔡美麗：1987，〈以庸俗反當代〉，《當代》14:105-12。
何滿子：1995，《中國愛情與兩性關係——中國小說研究》（台北：商務）。
李歐梵：1994，〈中國現代文學的「頹廢」及作家〉，《當代》93:22-47。
唐文標：1982，《張愛玲卷》（台北：遠景）。
唐文標：1976，《張愛玲研究》（台北：聯經）。

唐文標：1984，《張愛玲資料大全》（台北：時報）。

楊照：1996，〈在惘惘的威脅中——張愛玲與上海殖民都會〉，《華麗與蒼涼——張愛玲紀念文集》，254—66。

朱西寧：1979，〈我們的政治文學在哪裏？〉，《民族文學的再出發》（仙人掌編輯部編，台北：仙人掌），285-316。

朱西寧：1981，《微言篇》（台北：三三書坊）。

Baudrillard, Jcan (1988) "Simulacra and Simulation," *Jean Baudillard: Selected Writings*, ed. Mark Poster, (Stanford: Stanford UP).

——(1990) *Seduction* (New York: St. Martin's Press).

Calinescu, Matei (1987) *Five l'aces of Modernity: Modernism, Avani-Garde, Decadence, Kitsch, Postmodernism* (Durham: Duke UP).

Chow, Rey (1991) *Woman and Chinese Modernity: The Politics of Reading between West and East* (Minnesota & Oxford: U of Minnesota P).

Derrida, Jacques (1981) *Dissemination* trans. Barbara Johnson, (Chicago: Chicago UP).

Hsia, C. T. (1971) *A History of Modern Chinese Fiction* (New Haven and London: Yale UP).

Lacan, Jacques (1978) *The Four Fundamental Concepts of Psycho-Analysis*, ed. Jacques Alain-Miller, trans. Alan Sheridan, (New York & London: W. W. Norton & Company, Inc.).

Nietzsche, Friedrich (1968) *The Will to Power*, trans. Walter Kaufmann, (New York: Vintage).

Ragland-Sullivan, Ellie (1986) *Jacques Lacan and the Philosophy of Psychoanalysis* (Urbana & Chicago: U of Illinois P).

Žižek, Slavoj (1991) *Looking Awry: An Introduction to Jacques Lacan through Popular Culture* Cambridge, Mass.: The MIT Press).

——(1989) *The Sublime Object of Ideology* (London & New York: Verso).

作者簡介（依本書篇章順序排列）

康來新 一九四八年生。國立台灣大學中文系學士、美國印地安那大學東亞研究所碩士。現任國立中央大學中文系主任，主持紅樓夢研究室。出版《失去的大觀園》、《石頭渡海——紅樓夢散論》、《晚清小說理論研究》、《可愛——我讀美人詩》、《應有歸來路》等書。

郭玉雯 一九五六年生。台大中文碩、博士。現任台大中文系教授。出版《聊齋誌異的夢幻世界》、《紅樓夢人物研究》等書。

池上貞子 一九四七年生。一九七三年東京都立大學人文學部碩士課程修畢。現任職共榮學園短期大學助教授。著有《黃の攪亂》、《ひとのいる情景》、《同班同學》，譯有《傾城之戀》等。

周芬伶 一九五五年生。東海大學中文碩士。現任東海大學中文系講師。出版《絕美》、《閣樓上的女子》，少年小說《藍裙子上的星星》、《小華麗在華麗小鎮》等書。

羅久蓉 中央研究院近代史研究所副研究員。

王德威 國立台灣大學外文系畢業，美國威斯康辛大學麥迪遜校區比較文學博士，曾任教於台灣大學及美國哈佛大學，現任美國哥倫比亞大學東亞系及比較文學研究所教授。著有《從劉鶚到王禎和：中國現代寫實小說散論》、《眾聲喧嘩：三〇與八〇年代的中國小說》、《閱讀當代小說：台灣、大陸、香港、海外》、《*Fictional Realism in 20th-Century China: Mao Dun, Lao She, Shen*

Congwen》(Columbia, 1992)、《小說中國：晚清到當代的中文小說》、《*Fin-de-siècle Splendor: Repressed Modernitis of Late Qing Fiction, 1849-1911*》(Stanford, 1997)、《想像中國的方法：歷史、小說、敘事》；譯有《知識的考掘》(米歇．傅柯著)。

周　蕾　一九五七年出生於香港。香港大學英文與比較文學系學士。史丹福大學現代思想與文學系碩、博士。現任教於美國加州大學 Irvine 分校英文與比較文學系。著有《女性與中國現代性》、《寫在家國以外》、《*Writing Diaspora*》、《*Primitive Passions*》。

張小虹　一九六一年生。美國密西根大學英美文學博士。現任台灣大學外文系教授，出版評論集《後現代／女人》、《性別越界》、《自戀女人》、《欲望新地圖》、《性帝國主義》、《情欲微物論》等書。

平　路　本名路平，台灣大學心理系畢業、美國愛荷華大學(University of Iowa)碩士。小說家，專欄作家。著有長篇小說《行道天涯》、小說集《百齡箋》、《紅塵五注》、《椿哥》、《禁書啓示錄》、《捕謀人》等，評論集《愛情女人》、《女人權力》、《非沙文主義》、《到底是誰聒噪》等，近作爲散文集《巫婆の七味湯》。

胡錦媛　一九五四年生。美國密西根大學比較文學博士。國立政治大學英語系副教授。論文散見《中外文學》、《政大學報》。

梅家玲　一九五九年生。台大中文研究所博士。現任台灣大學中文系教授。出版古典文學論文集《漢魏六朝文學新論．擬代與贈答篇》、《古典文學與性別研究》(合著)等，現代文學評論散見各報刊。

蔡源煌　一九四八年生。紐約州立大學英語研究所。台大外文系教授。代表著作《海峽兩岸小說的風貌》

等。

彭秀貞 一九六二年生。台大外文系畢業。美國愛荷華大學比較文學碩士，美國哈佛大學博士候選人。專攻中國小說史、近代歐洲思想史及大衆文化理論與文化史。書評、文化評論散見於台灣報章雜誌。

金凱筠(Karen Kingsbury) 一九六〇年生於美國加州。哥倫比亞大學比較文學碩、博士。現任東海外文系主任、副教授。專攻張愛玲研究的翻譯工作，已發表論文八、九種。

陳思和 一九五四年生於上海(原籍廣東)。一九八二年復旦大學中文系畢，留校任教迄今，現爲人文學院副院長、中文系教授。從事中國二十世紀文學史研究。著有《巴金論稿》、《人格的發展——巴金傳》、《中國新聞學整體觀》、《筆走龍蛇》等共十本。

李歐梵 一九三九年生。台灣大學外文系畢、哈佛大學文學博士。現任芝加哥大學東亞研究中心主任。編著有《西潮的彼岸》、《浪漫之餘》、《中西文學的迴想》、《鐵屋的吶喊》等書。

廖朝陽 美國普林斯頓大學東亞研究所博士。台大外文系副教授。論文散見各期刊雜誌。

陳傳興 一九五二年生。法國高等社會科學學院語言學博士。現任清華大學外國語文學系副教授。出版評論集《憂鬱文件》等書。

陳芳明 一九四七年生。台灣大學歷史碩士，美國華盛頓大學博士候選人。現爲暨南大學中文系教授、靜宜大學中文系教授。出版《謝雪紅評傳》、《典範的追求》、《危樓夜談》、《左翼台灣》、《殖民地台灣》。

邱貴芬 一九五七年生。美國華盛頓大學比較文學博士。現任中興大學外文系教授。研究台灣當代女性小說。作品散見《中外文學》雜誌。

廖炳惠 一九五四年生。美國加州大學比較文學博士。曾任清華大學亞太文化研究中心召集人、清華大學文學研究所所長、中華民國比較文學學會理事長。目前爲清華大學外語系教授。著有《解構論文集》、《形式與意識形態》、《里柯》、《回顧現代》，論文散見 *Cultural Critique*、*Musical Quarterly*、*Public Culture* 及國內外各種學術刊物和報章。

楊　照 本名李明駿。一九六三年生。著有長篇小說《大愛》、《暗巷迷夜》，小說集《星星的末裔》、《黯魂》、《獨白》、《紅顏》、《往事追憶錄》，散文集《飲酒時妳總不在身邊——軍旅札記》、《迷路的詩》、《*Café Monday*》，文化評論集《流離觀點》、《異議筆記》、《臨界點上的思索》、《痞子島嶼荒謬紀事》、《人間凝視》、《倉皇島嶼》、《在我們的時代》、《知識分子的炫麗黃昏》、《*Taiwan Dreamer*》，文學評論集《文學的原像》、《文學、社會與歷史想像——戰後文學史散論》、《夢與灰燼》，運動散文《悲歡球場》，電影劇本《秋日小鎮紀事》、《文明荒野》等。曾獲賴和文學獎、吳濁流文學獎及吳三連獎。

廖咸浩 一九五五年生。美國史丹福大學文學博士。現任台大外文系教授。著有《愛與解構》、編有《八十四年度小說選》，譯有《魔術師的指環》等書。

國家圖書館出版品預行編目資料

閱讀張愛玲：張愛玲國際研討會論文集 / 楊澤主編. --初版. --臺北市：麥田出版：城邦文化發行, 1999 [民88]
面； 公分. --(麥田人文；28)

ISBN 957-708-888-0(平裝)

1.張愛玲-作品評論

848.6 88012699

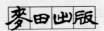

讀者回函卡

謝謝您購買我們出版的書。請將讀者回函卡填好寄回，我們將不定期寄上城邦集團最新的出版資訊。

姓名：＿＿＿＿＿＿＿＿　電子信箱：＿＿＿＿＿＿

聯絡地址：□□□ ＿＿＿＿＿＿＿＿＿＿＿＿

＿＿＿＿＿＿＿＿＿＿＿＿＿＿＿＿＿＿＿＿

電話：(公) ＿＿＿＿＿＿＿＿ (宅) ＿＿＿＿＿＿

身分證字號：＿＿＿＿＿＿＿＿＿＿ (此即您的讀者編號)

生日：＿＿年＿＿月＿＿日　性別：□ 男　□ 女

職業：□ 軍警　□公教　□ 學生　□ 傳播業

□ 製造業　□ 金融業　□ 資訊業　□ 銷售業

□ 其他 ＿＿＿＿＿＿

教育程度：□ 碩士及以上　□大學　□專科　□ 高中

□ 國中及以下

購買方式：□ 書店　□ 郵購　□ 其他 ＿＿＿＿＿＿

喜歡閱讀的種類：□ 文學　□ 商業　□ 軍事　□ 歷史

□ 旅遊　□ 藝術　□ 科學　□ 推理　□ 傳記

□ 生活、勵志　□ 教育、心理

□ 其他 ＿＿＿＿＿

您從何處得知本書的消息？（可複選）

□ 書店　□ 報章雜誌　□ 廣播　□ 電視

□ 書訊　□ 親友　□ 其他 ＿＿＿＿＿＿

本書優點：□ 內容符合期待　□ 文筆流暢　□ 具實用性

（可複選）□ 版面、圖片、字體安排適當　□ 其他 ＿＿＿＿

本書缺點：□ 內容不符合期待　□ 文筆欠佳　□ 內容平平

(可複選)　□ 觀念保守　□ 版面、圖片、字體安排不易閱讀

□ 價格偏高　□ 其他 ＿＿＿＿＿

您對我們的建議：

＿＿＿＿＿＿＿＿＿＿＿＿＿＿＿＿＿＿＿＿